DAVID L. LINDSEY

Dunkles Leuchten

Buch

Sie kennen keine Grenzen, keine Skrupel und keine Moral. Ihre Geschäfte sind Waffen und Drogen, und sie tätigen sie rund um den Globus. Der Kopf des Unternehmens ist Panos Kalatis, mächtig, skrupellos, genial. Seine gefährlichste Waffe: eine schöne Frau. Doch Kalatis weiß, daß sein gigantisches Schattenreich nicht ewig bestehen kann. Und deshalb plant er einen letzten gigantischen Coup.

Marcus Graver steht auf der anderen Seite – allein. Der Leiter einer Sonderabteilung bei der Polizei in Houston hat zunächst keine Ahnung, mit wem er den Kampf aufnimmt. Eigentlich geht er nur zwei mysteriösen Todesfällen unter seinen Kollegen nach und stößt dabei auf Korruptionshinweise innerhalb der Polizei. Doch schließlich eskaliert der Fall, und Graver führt ein verzweifeltes Rennen gegen die Zeit: Ihm bleiben noch genau fünf Tage, um Kalatis' teuflische Pläne zu durchkreuzen...

Autor

David L. Lindsey, 1944 in Texas geboren, studierte Literatur, arbeitete als Lektor in verschiedenen Verlagen und ist seit 1979 freier Schriftsteller. Mit seinen eigenwilligen Werken gilt er als Meister des modernen Thrillers. Jahrelange Erfahrung in der Zusammenarbeit mit der Polizei verleihen seinen Büchern eine besondere Authentizität. Lindsey wurde 1989 mit dem Edgar-Allan-Poe-Preis ausgezeichnet. Er lebt heute in Austin, Texas.

Von David L. Lindsey außerdem bei Goldmann erschienen:

Abgründig. Roman (42097)
Amaranta. Roman (41214)
Kalter Amok. Roman (41045)
Sog der Gewalt. Roman (9765)
Teuflisch. Roman (41480/43096)
Todesspirale. Roman (9908)

Kalter Amok / Sog der Gewalt.
Zwei Thriller in einem Band (13144)

DAVID L.
LINDSEY

Dunkles Leuchten

Roman

Aus dem Amerikanischen von
Elke vom Scheidt

GOLDMANN

Die Originalausgabe erschien unter dem Titel
»An Absence of Light« bei Doubleday, New York

Umwelthinweis:
Alle bedruckten Materialien dieses Taschenbuches
sind chlorfrei und umweltschonend.
Das Papier enthält Recycling-Anteile.

Der Goldmann Verlag
ist ein Unternehmen der Verlagsgruppe Bertelsmann

Taschenbuchausgabe 11/96

Umschlaggestaltung: Design Team München
Umschlagfoto: Superbild/Anzilov
Druck: Elsnerdruck, Berlin
Verlagsnummer: 42979
AB · Herstellung: Heidrun Nawrot
Made in Germany
ISBN 3-442-42979-X

5 7 9 10 8 6 4

Für Joyce
wie immer,
wie es sein sollte.

»... denn wo viel Weisheit ist, da ist viel Grämen.«
Prediger Salomo 1,18

SONNTAG

Der erste Tag

1

Barfuß ging er im Dunkeln über den frisch geschnittenen, feuchten Rasen. Die schwüle Brise aus dem fünfzig Yards entfernten Golf von Mexiko zupfte sanft an den Beinen seines seidenen Pyjamas, die er bis zur Mitte der Waden hochgekrempelt hatte. Er war ohne Hemd, und obwohl das Gewicht seines Torsos jetzt ein wenig anders verteilt war als vor zwei Jahrzehnten, waren seine Muskeln mit achtundfünfzig noch straff. Er war ein gutaussehender Mann, und das wußte er; jeden Tag hob er Gewichte, um sich seine breite Brust zu bewahren, und verbrachte eine halbe Stunde in der Küstensonne, damit seine olivfarbene Haut ihre nußbraune Patina behielt. Weil sein Haar anfing, ein wenig schütter zu werden, trug er es jetzt etwas länger als früher; die grauen Koteletten waren flott zurückfrisiert, damit sie in das graue Haar seiner Schläfen übergingen.

Ein hohes, schmales Glas mit Eis und Rum in der Hand, ging er auf den Pier zu, der in den dunklen Golf hinausragte, wo ein Wasserflugzeug durch die nächtlichen Wellen pflügte, als es auf den Andockplatz zuglitt; seine roten und weißen Lichter blinkten, und das ersterbende Wimmern seiner Propeller wurde leiser und leiser, als es sich den beiden Männern auf dem Pier näherte, die darauf warteten, die Maschine an den Pfählen zu vertäuen.

Panos Kalatis konnte nichts von alldem sehr deutlich sehen. Die Männer, das Flugzeug und der Pier waren Grau auf dunklerem Grau auf Schwarz, denn die Nacht war mondlos und klar, und die verstreuten Lichter auf der langen Kurve der Küstenlinie leuchteten nur die Sterne an und verschwanden dann in der riesigen, leeren, universalen Dunkelheit. Er kratzte sich das ergrauende Brusthaar und wartete, lauschte auf die eigenartig hohlen Laute, die entstehen, wenn Geräusche von der Wasseroberfläche widerhallen, das klickende Öffnen der Flugzeugtüren, die metallenen Pontons, die sacht gegen die Pfähle prallten, Wasser, das an Ufer und Pier schwappte, das Scharren menschlicher Füße auf dem hölzernen Dock und der flüchtige Klang von Stimmen.

Kalatis aß einen Eiswürfel aus seinem Glas und wartete. Er liebte den Golf mit seinen atemwarmen Nächten voll salziger Düfte aus anderen Welten, die die glatten, starken Strömungen des Golfstroms mit sich brachten. Er erinnerte ihn an andere salzige Gewässer, andere Buchten, andere Ufer und andere Intrigen.

Im Augenblick jedoch war er vor allen Dingen ruhelos. Er trat ein paar Fuß weiter vor an den Punkt, wo der Pier mit dem darunter liegenden Wellenbrecher zusammentraf. In der fast vollkommenen Dunkelheit konnte er den Sand unter dem Pier sehen und vage die Bewegungen der Männer auf dem Dock erkennen. Aus dem Scharren von Füßen auf dem Dock konnte er ein Paar mit einem ganz eigenen Rhythmus heraushören. Er konzentrierte sich auf diese Schritte, als sie sich von den anderen trennten und über den Pier näher kamen. Als sie die Treppe erreichten, wurden sie kurz und abgehackt, denn der Mann erstieg die Stufen, die ihn nach oben an den Rand des Rasens brachten.

»Panos.«

»Hier drüben.« Er sprach aus der Dunkelheit, nicht zu laut, da er wußte, daß seine kräftige Stimme trug wie ein Nebelhorn.

»Schöne Maschine«, sagte der Mann, ein wenig außer Atem, und kam über den Rasen auf Kalatis zu.

Ehe er ihn erreichte, trat Kalatis ein paar Schritte zurück in Richtung auf das Haus, damit Colin Faeber weitergehen mußte, um ihn einzuholen. Als Kalatis stehenblieb, drehte er sich zu Faeber um und aß noch einen Eiswürfel. Sie sahen einander an; beider Gesichter waren in dem schwachen Licht kaum auszumachen. Kalatis sagte nichts, und nach einem Augenblick drehte er sich um und schaute zurück zum Haus, das etwas höher stand, von vereinzelten Palmen umgeben, ein niedriger Bau mit breiten Veranden, die an britischen Kolonialstil erinnerten. Kalatis konnte Jael auf der Veranda hin und her gehen sehen; ihre langgliedrige Silhouette hob sich von dem dämmrigen Licht ab, das aus den hohen Fenstern hinter ihr fiel. Selbst aus dieser Entfernung konnte er deutlich sehen, daß sie nackt war. Als er sich umwandte, erhaschte er gerade noch Faebers Kopfbewegung, mit der dieser wegschaute und seinen Blick auf den Strand richtete, als sei da draußen im Dunkeln etwas, das er sehen wollte.

Faeber trug einen Anzug und ein Ziertaschentuch in der Brusttasche. Er mußte irgendwo gewesen sein, vielleicht auf einer Party oder einer anderen Veranstaltung. Kalatis konnte seinen Gesichtsausdruck in dem schwachen Licht aus den Fenstern des Hauses gerade noch erkennen; das Licht erhellte den weiten, abfallenden Rasen zum Strand immer weniger und war da, wo sie standen, ein paar Meter oberhalb des Wassers, kaum noch vorhanden.

Faeber fühlte sich unbehaglich, weil Kalatis schwieg. Er schaute in die andere Richtung den Strand entlang und dann zu dem Flugzeug auf dem Wasser. Sonst konnte er seine Augen nirgends hinwenden außer auf Kalatis oder Jael auf der Veranda, wohin er schon geschaut hatte und nicht erneut zu schauen wagte.

Kalatis beobachtete ihn und wartete noch einen Augenblick länger, damit Faeber auch wirklich dankbar war, wenn er ihn sprechen hörte. Er trank einen Schluck Rum und blickte auf den dunklen Schemen des Flugzeugs auf dem Wasser.

»Ich habe vor ungefähr einer Stunde einen Telefonanruf bekommen«, sagte er. »Keine guten Neuigkeiten.«

Er konnte sehen, wie Faeber sich verkrampfte, und dachte, daß ein Hund wohl den von ihm ausgehenden Geruch der Angst wahrnehmen könnte.

»Was ist los?« fragte Faeber.

»Arthur Tisler hat sich umgebracht.«

Pause. »Großer Gott...!« Faebers Ausruf war ein gehauchtes Zischen.

Kalatis glaubte, eine Bewegung von Faebers linkem Bein zu sehen; vielleicht suchte er auf dem abfallenden Rasen einen festeren Stand.

»W ... wann war das? Herrgott ... das ist unglaublich. Himmel Herrgott. Wann war das?«

»Vor ein paar Stunden.«

»Gottverdammt ... Arthur Tisler.«

»Ja.«

»War er allein? Ich meine, ich nehme an, jemand hat ihn gefunden. Wer hat ihn gefunden?«

»Das ist unwichtig.«

Faeber schwieg. Kalatis unterbrach das Schweigen nicht. Jahrelange Erfahrung hatte ihn gelehrt, daß gute Leute – und Faeber war ein guter Mann – schon auf sehr geringe Reize reagierten. Wenn sie intelligent genug waren, korrupt genug, wenn er sie mit genügend Geschick und genau der richtigen Beimischung von Angst ausgewählt hatte, dann trafen sie die richtigen Entscheidungen. Sie waren zuverlässig – zumindest für seine Zwecke –, selbst wenn man sie überrumpelte.

Faeber hatte sich umgedreht, um auf den Strand hinunterzuschauen, auf die geschwungene Linie von Lichtern, als könne er besser denken, wenn er Kalatis nicht direkt ins Gesicht sah. Kalatis studierte sein Profil. Er war ein typischer amerikanischer Geschäftsmann, eine Art immerwährender, ausgewachsener Junge, der immer von seinem eigenartigen Gefühl für Männlichkeit – einer Vorstellung, die wesentlich von finanzieller Konkurrenz bestimmt wurde, beeindruckt sein würde – und der immer versuchen würde, seinerseits andere damit zu beeindrucken. Kalatis hatte nie einen amerikanischen Geschäftsmann kennengelernt, der nicht am Ende versuchte, seinen ungefähren finanziellen Status herauszufinden, indem er umständlich Konversation darüber machte, was er beruflich tat, wo er wohnte, was er fuhr, welchen Clubs er angehörte, wen er kannte, wohin er in Urlaub fuhr und welche Art von Spielzeug er in seinen Mußestunden benutzte – Boot, Auto, Skier, Waffen etc. Das war eine Art Penisvergleich, ein schuljungenhaftes Messen der eigenen Person am Nebenmann unter Verwendung von Dollars anstelle der Genitalien.

Faeber wandte sich an Kalatis. »Sie sagten, Sie hätten einen Anruf bekommen. Wird das in den Nachrichten gezeigt werden?«

»Nein. Soweit ich gehört habe, kann man das sehr unauffällig handhaben. Da hatten Sie ziemliches Glück.«

Faeber ging der Frage nicht weiter nach und bat Kalatis auch nicht um nähere Angaben. Die brauchte er nicht. Er lockerte seine Krawatte.

»Dann nehme ich an, daß die Seldon-Operation gestorben ist«, sagte er. Er schüttelte den Kopf. »Selbstmord. Gottverdammt, ist das zu glauben? Was für eine Dummheit. Unglaublich. Jetzt wird es eine Flut von Untersuchungen in den Abteilungen geben. Mordkommission und IAD. Graver wird eigene Ermittlungen anstellen. Falls es Selbstmord ist...« Er verstummte und schaute Kalatis scharf an. »Sie sind sicher, daß es Selbstmord ist...?«

Kalatis nickte. »Sie sagen Selbstmord.«

»Wenn es Selbstmord ist, dann gibt es kein Problem mit der Mordkommission oder dem IAD, nur Gravers Untersuchung. Aber da sollten wir gedeckt sein. Unsere Leute sind gut, sehr vorsichtig. Ich werde ein Auge darauf haben und dafür sorgen, daß nichts durchdringt.«

Kalatis trank den restlichen Rum und schüttete das Eis ins Gras. »Ich bin sicher, daß Sie alles unter Kontrolle behalten werden, Faeber«, sagte er. »Aber mir machen zwei andere Dinge Sorgen bei dem, was hier vorgeht, sehr ernste Sorgen. Nach meiner Erfahrung bedeutet ein Selbstmord in diesem Geschäft immer Ärger. Das habe ich schon erlebt. Mexico City. Brindisi. Montevideo. Marsala. Tel Aviv. Marseille.« Er zählte die Orte langsam auf und zögerte vor jedem ein oder zwei Sekunden, als müsse er zuerst den Vorfall in jeder Stadt vor seinem inneren Auge sehen, ehe er den Namen aussprechen konnte. »In jeder dieser Städte habe ich Selbstmorde gesehen, und in jedem Fall verursachten sie Verwirrung und unerwartete Vorfälle. Andere Menschen kamen zu Tode. Ärger.«

Er rollte das kalte Glas über seine nackte Brust und wischte das kühle Kondenswasser des Glases auf seine Haut. Er wollte, daß Faeber ihm zuhörte und über das nachdachte, was er sagte.

»Solche Männer«, sagte er, »bringen sich nicht aus gewöhnlichen Gründen wie Geldproblemen oder Frauen oder Depressionen um. Sie bringen sich häufig aus Angst um. Weil sie glauben, etwas nicht vermeiden zu können. Oder vielleicht, weil sie etwas getan haben, von dem sie wissen, daß sie deswegen garantiert getötet werden, und aus irgendeinem Grund, den ich nie begriffen habe, wollen sie dem Mörder eins auswischen.«

»Vielleicht«, sagte Faeber. »Aber hier ist nicht die dritte Welt, mein Gott. Hier ist es nicht dasselbe, Panos.«

Kalatis nickte nachsichtig über den amerikanischen Chauvinismus, eine eingebildete Überlegenheit, die in diesem Mann so tief verwurzelt war, daß er sie nicht einmal dann begriffen haben würde, wenn man ihm den Mund gestopft und ihm die Sache erklärt hätte.

»Nein, das ist nicht die dritte Welt, mein Freund«, sagte Kalatis zustimmend. Sein Ton war geduldig, sein Verhalten höflich. »Aber was Sie noch nicht verstehen, ist, daß Sie auch nicht mehr in der ersten Welt sind. Oder in der zweiten. Wenn Sie in dieses Geschäft verwickelt sind, Faeber, dann befinden Sie sich in einer vollkommen anderen Welt. Ich habe schon versucht, Ihnen das zu erklären, erinnern Sie sich? Diese Welt ist überall auf dem Globus gleich. Glauben Sie mir. Sie werden nicht überleben, wenn Sie das nicht vollständig begreifen ... und zwar schnellstens.«

Faeber sah Kalatis an, und in dem schwachen Licht, das aus dem Haus hinter seinen Schultern kam, konnte Kalatis erkennen, daß sich die Augen des anderen Mannes fast unmerklich von ihm abwandten und auf die Frau auf der Veranda richteten. Kalatis lächelte in sich hinein. Darauf hatte er gewartet. Männer, sogar intelligente Männer, vielleicht besonders intelligente Männer, waren so berechenbare Tiere. Es gab wenige, die ihre Augen von dieser Veranda hätten fernhalten können. Er hatte Männer gekannt, die selbst dann zu dieser Veranda hätten schauen müssen, wenn sie gewußt hätten, daß sie in wenigen Augenblicken sterben würden.

»Sie sagten, daß Ihnen zwei Dinge Sorgen machen«, sagte Faeber.

»Graver.«

»Oh?«

»Ich habe mir die Zeit genommen, ihn etwas genauer zu studieren als anhand des Dossiers, das Sie mir gegeben haben«, sagte Kalatis. »Wissen Sie, es könnte sein, daß er ein Mann ist, den man leicht unterschätzt. Er wird nicht so leicht zu täuschen sein.«

»Nein«, stimmte Faeber zu. »Ich glaube, da haben Sie recht, aber wir haben einen guten Zeitpunkt erwischt. Graver hat in letzter Zeit ein wenig Pech gehabt.«

»Sie meinen, wegen seiner Frau?«

»Genau. Wenn Ihre Frau mit einem Schickeria-Arzt durchbrennt, kann sich das ungünstig auf Ihre Konzentration auswirken.«

»Ja«, sagte Kalatis. »Ich kann mir vorstellen, wie er sich fühlen muß.«

Unten auf den Docks lachte ein Mann leise, und Füße scharrten auf den Planken.

»Gibt es denn etwas Bestimmtes, was ich Ihrer Meinung nach tun sollte?« fragte Faeber.

»Nein.« Kalatis grub seine Zehen in das feuchte Gras. »Ich empfehle Ihnen nur, daß Sie jedesmal doppelt wachsam sind, wenn Ihr Herz klopft. Sie wissen, was passieren muß und was nicht passieren darf.« Er machte eine Pause, aber Faeber sagte nichts. »Okay«, sagte Kalatis.

Er pfiff einmal scharf, und die murmelnden Stimmen verstummten. Plötzlich hörte man das Geräusch eiliger Schritte auf dem Pier, etwas schlug gegen die metallenen Pontons des Flugzeugs, und dann hustete der Motor und sprang an.

»Man wird Sie nach Clear Lake zurückbringen und dann in die Stadt fahren.«

Faeber schien plötzlich unsicher und zögerte zu gehen, als glaube er, etwas verpaßt zu haben, irgendeine Anweisung, etwas Genaueres. Kalatis sah ihn nur schweigend an und wußte, daß Faeber bei dem schwachen Licht in seinem Rücken von ihm kaum mehr als seine Silhouette sehen konnte.

Nach einem unbehaglichen Augenblick wandte Faeber sich ab und ging den Abhang zum Pier hinunter. Kalatis beobachtete ihn, und als die Dunkelheit ihn verschluckt hatte, lauschte er den abgehackten Schritten, die die Treppe hinuntergingen, und ihrem veränderten Rhythmus, als Faeber das Dock erreichte und sich dem Flugzeug näherte.

Kalatis atmete den Geruch des Golfs von Mexiko tief ein und schob die Schultern nach vorn, um seine Rückenmuskeln zu dehnen. Er wartete auf dem abfallenden Rasen, während das Wasserflugzeug losgemacht wurde und die Motoren langsam surrten und das Wasser peitschten, als es sich vom Dock entfernte. Es schob sich in das Meer hinaus, gewann Tempo, der Pilot drückte den Hebel nieder, die Motoren wimmerten und durchschnitten die Nachtluft, und einen Augenblick später hatte die Maschine abgehoben, stieg in die ausgespannte Schwärze, bis ihre kleiner werdenden Lichter schließlich nicht mehr von den Sternen zu unterscheiden waren. Kalatis verlor sie aus den Augen und hörte sie nicht einmal mehr, da sich nun wieder der Rhythmus der nächtlichen Brandung durchsetzte.

Er drehte sich um und schaute zum Haus. Jael lag bäuchlings in der Hängematte, und er konnte sehen, wie sie schaukelte und schaukelte. Das Baumwollgewebe der Hängematte war weiß, und er stellte sich vor, wie sich ihre dunkle Haut darauf ausnahm und wie sie weich in kakaofarbenen Dreiecken durch das Webmuster drang.

2

Von seinem Wagen auf dem fast verlassenen Expressway aus beobachtete Marcus Graver, wie der späte Juniregen über die westlichen Ränder der City zog, während der verblassende Abend den dichten Baldachin aus Wassereichen und Kiefern und Magnolien, der sich bis zum Horizont erstreckte, in einem dunkleren Grün färbte. Ein schwaches, gelblichgrünes Licht, alles, was vom Tag übrigblieb, erschien kurz zwischen den treibenden, geballten Wolken und den dunkel werdenden Bäumen, als habe sich ein bewußtloses Auge ein letztes Mal leicht geöffnet.

Graver schaltete die Scheibenwischer aus und sah, wie das Auge sich in den letzten Überresten des abziehenden Gewitters wieder schloß, das die Windschutzscheibe punktierte. Er war zwar gereizt und ungeduldig, doch das hätte nur jemand gemerkt, der ihn gut kannte. Er fuhr zügig über das schimmernde schwarze Band, das leicht nach Süden führte; die Reifen seines Wagens saugten Regen vom Asphalt und spieen ihn in einer weißen, zischenden Wolke hinter dem Auto wieder aus. Die Lichter der Stadt hatten angefangen, in der Dämmerung des Sonntagabends zu funkeln.

Wenn man Graver aufgefordert hätte, sich dieses Szenario vorzustellen, hätte er es nicht mit Arthur Tisler besetzt. Von allen Männern und Frauen, die unter ihm arbeiteten, schien Tisler der unauffälligste zu sein, derjenige, dem mit geringster Wahrscheinlichkeit irgend etwas »zustieß«. Arthur Tisler war die Quintessenz des unsichtbaren Mannes, und unsichtbare Männer führten ihr Leben, ohne um sich herum Luftwirbel zu erzeugen, sie starben ohne Umstände, und binnen kürzester Zeit ertappten sich alle Leute bei dem Ausruf: Arthur Tisler, mein Gott, an den habe ich seit Jahren nicht mehr gedacht.

Uninteressant war kein Wort, das von Haus aus unauffällige Persönlichkeiten kennzeichnete, doch als Graver jetzt darüber nachdachte, erschien ihm für Tisler dieses blasse, schwerelose Adjektiv äußerst treffend. Tisler war Mitte Dreißig, von mittlerer Größe und mittlerem Gewicht. Sein Haar, hellbraun, glatt und babyfein, wurde an einem kleinen, flaumigen Wirbel am Hinterkopf vorzeitig licht. Er trug eine Brille, eine eckige, zinnfarbene Metallfassung mit braunem Plastikrand auf der oberen Hälfte. Er hatte schwachen Bartwuchs, dünne Augenwimpern, bescheidene Brauen, die sich fast dafür entschuldigten, daß sie nicht mehr Eindruck machten, und eine eher kleine Nase, die ziemlich spitz auslief. Er besaß tatsächlich ein Gesicht, das man vergessen konnte. In nicht allzu ferner Zukunft würde Graver sich ein Bild von ihm ansehen müssen, um sich zu erinnern, wie er aussah.

Oder nein, vielleicht doch nicht. Nach dem, was heute nacht passiert war, würde Graver ihn vielleicht niemals vergessen können.

Er wechselte auf die rechte Fahrspur, wurde langsamer und nahm dann die Harwin-Abfahrt vom Expressway. Die Harwin war eine lange Straße. Sie verlief östlich und westlich vom Southwest Freeway nach Sharpstown hinein, durch gute und nicht so gute Viertel der Stadt, je nachdem, wie lange man auf ihr blieb. Auf der rechten Seite wurden die Straßen spärlich, als Graver Brays Bayou überquerte, und unbebaute Grundstücke wichen leeren Feldern, schwarzen Strecken unerleuchteten Landes. Die Schienen der Southern Pacific Railroad kamen von Norden, als er sich der Überführung des Sam Houston Tollway näherte, und dann liefen sie parallel zur Harwin, als in kurzer Entfernung die Lichter von Andrau Airpark sichtbar wurden.

Er bog rechts in die Willcrest ein, nahm sofort den Fuß vom Gas, überquerte die Eisenbahnschienen, kurbelte dann sein Fenster hinunter und begann, in die Dunkelheit auf der linken Seite zu spähen, in Richtung auf das entlegene Ende der Rollbahn. Pio Tordella hatte ihm präzise Anweisungen gegeben. Der Detective des Morddezernats hatte ihm gesagt, er solle unmittelbar nach Überqueren der Eisenbahnschienen anfangen, nach einer kleinen Schotterstraße Ausschau zu halten. Die Straße war unmarkiert, eigentlich nur zwei Fahrrinnen, die durch Unkraut und hohes Gras führten.

Da weit und breit kein anderer Wagen zu sehen war, lenkte er auf die Gegenseite und fuhr an der leichten Böschung entlang, damit seine Scheinwerfer jede Unterbrechung im glatten Grasland leichter erfaßten, was unmittelbar darauf der Fall war.

Er bog ab und kam rasch in Sichtweite der kirschroten und saphirblauen Blinklichter eines Streifenwagens, der etwa hundert Meter entfernt im Freien stand, auf gleicher Höhe mit dem Gras und von den hohen Halmen fast verdeckt. Anscheinend hatte es nicht genug geregnet, um die unbefestigte Straße unpassierbar zu machen. Er beugte sich über das Steuerrad vor, folgte der Spur, so gut er konnte, und lauschte dem Rascheln der hohen Gräser, wenn sie niedergedrückt wurden und den Unterboden des Wagens streiften.

Gravers Wagen schwankte leicht in der Fahrrinne, als er sich dem Schauplatz näherte und neben dem nächsten Streifenwagen anhielt. Außer dem Zivilfahrzeug der Detectives gab es nur noch einen Streifenwagen, einen Lieferwagen von der Spurensicherung und den des Coroners. Und dann war da natürlich noch der andere Wagen, es mußte der von Tisler sein, ein kleiner, mehrere Jahre alter Chevrolet, dessen Tür auf der Fahrerseite offenstand. Der

Wagen war von unidentifizierbarer dunkler Farbe, blau vielleicht, oder grün, doch die Sonne hatte die reicheren Pigmente ausgelaugt, und der Lack wirkte pulverig und schuppig. Obwohl der Wagen im Mittelpunkt der Aufmerksamkeit stand, war er eigenartig unauffällig, ein schwarzes Loch, das Licht schluckte.

Als er seine Scheinwerfer ausschaltete und ausstieg, tauchten hinter Tislers Wagen zwei uniformierte Beamte auf, die in großzügig bemessenem Umkreis gelbes Band zur Absperrung des Tatorts abrollten. Pio Tordella, stämmig und dunkelhaarig, watete durch das hohe, nasse Gras, das rings um Tislers Wagen allmählich niedergetreten war, auf ihn zu. Er trat vor die Scheinwerfer eines der Streifenwagen und kam zu Graver hinüber.

Sie schüttelten sich die Hand, und in diesem ersten Augenblick bemerkte Graver, daß Tordella ihm einen abschätzigen Blick zuwarf, ehe er sich abwandte. Graver hatte kurz nach dem Ablegen der Uniform sechs Jahre im Morddezernat zugebracht, doch in den restlichen vierzehn Jahren seit damals hatte er der Criminal Intelligence Division angehört. Den größten Teil seiner Laufbahn hatte er dort mit Aufklärungsarbeit zugebracht, hauptsächlich als Analytiker, in den letzten vier Jahren dann als Captain der Division. Er war seit beinahe fünf Jahren an keinem Tatort mehr gewesen.

Doch das war es nicht, was Tordella so unbehaglich aussehen ließ. Es hatte eher mit Gravers Arbeit zu tun. Criminal Intelligence war eine umstrittene Abteilung. Manchmal wurde sie verachtet, manchmal gefürchtet, doch stets betrachtete man sie mit einem gewissen Respekt. Graver hatte versucht, sich gegen diese Einstellungen ein dickes Fell zuzulegen. Er verstand und tolerierte sie. Leute, von denen man wußte, daß sie Geheimnisse sammelten, um ihren Lebensunterhalt zu verdienen, konnten nicht erwarten, mit warmer Herzlichkeit behandelt zu werden. Graver wußte, daß der besorgte Ausdruck auf dem Gesicht des Detectives Verständnis dafür widerspiegelte, was das Schicksal ihm über den Weg geschickt hatte. Der Tod eines der Geheimnishüter war ein bedeutsamer Tod, war in der Tat beispiellos, und Tordella wußte nicht, worauf er sich gefaßt machen mußte.

»Sieht schlimm aus, Captain«, warnte Tordella ihn zögernd. Seine Stimme war weich und moduliert, seine Aussprache präzise.

Er hatte einen dichten Schnurrbart, der widerspenstig zu werden drohte, und die Angewohnheit, mit den unteren Zähnen auf einer Ecke davon herumzukauen.

Graver schaute umher auf die Ansammlung glänzender Wagen, auf deren Lack der Regen Perlen hinterlassen hatte. Der metallische Geruch heißer Motoren vermischte sich mit dem von feuchtem Unkraut. Die Scheinwerfer der Streifenwagen, die Formation der Fahrzeuge, einschließlich seines eigenen, erinnerten ihn an eine Studie visueller Perspektiven, bei der alle Elemente der Komposition so angeordnet waren, daß sie die Aufmerksamkeit des Betrachters auf den Brennpunkt des Bildes lenkten: den Wagen mit der offenen Tür, aus der eines von Tislers Beinen steif hervorragte.

»Hatte er seinen Ausweis bei sich?« fragte Graver.

»Ja«, sagte Tordella. »In der Innentasche seiner Jacke.« Er griff in seine eigene Jacke und nahm eine Plastiktüte heraus, in der sich Tislers Brieftasche und seine Polizeimarke befanden. Die Innenseite der Tüte war mit Blut verschmiert.

Graver spürte einen Moment lang Optimismus. Dann war es vielleicht *wirklich* Selbstmord.

»Übrigens, Sie hatten ziemliches Glück«, sagte Tordella.

Graver riß seinen Blick von der Tüte los und schaute den gedrungenen Detective an. »Wieso?«

»Ich war nicht als erster draußen«, sagte Tordella. »Keine zehn Minuten, ehe diese Meldung hier hereinkam, gab es eine Schießerei in einem Selbstbedienungsladen draußen in Kashmere Gardens. Der Angestellte im Laden hat auf zwei Burschen geschossen, die ihn ausrauben wollten. Einer war auf der Stelle tot. Der andere wurde nur verwundet, tötete dann den Angestellten und lief weg, wobei er wild um sich schoß und draußen eine Frau verletzte. Jetzt hat er sich in einem Garagenapartment etwa einen Block von dem Laden entfernt verbarrikadiert – mit einer Geisel. Es gab jede Menge Funkverkehr. Buchstäblich jeder aus dem Presseraum stürzte los, und ich denke, inzwischen sind alle ihre Wagen da oder auf dem Weg dorthin.«

Jemand fluchte mit einem scharfen Zischen, und Graver und Tordella blickten hinüber zu Tislers Wagen, wo ein Mann in Straßenkleidung, vielleicht der Ermittler des Coroners, sich von der offenen Autotür entfernte, mit dem Fuß aufstampfte und ihn im Gras abwischte. Er fluchte erneut.

»Jedenfalls«, sagte Tordella und wandte sich wieder an Graver, »kam danach diese Meldung. Der Junge da drüben, der sie gemacht hat« – er schaute in Richtung eines der jungen Beamten in Uniform –, »meinte, er wäre ein Detective und sagte über Funk, er habe einen ›Selbstmord‹. Wenn irgend jemand zugehört hat, war das im Vergleich zu der Show in Kashmere wahrscheinlich eine ziemlich langweilige Geschichte. Ich glaube nicht, daß jemand von den Medienleuten auch nur weiß, daß wir hier sind.«

»Ja«, sagte Graver, »das ist gut, das verschafft uns ein bißchen Luft.« Wieder schaute er zu Tislers Wagen.

»Er war Ermittler, nicht?« fragte Tordella.

»Ja.«

»Hatte er heute nacht Dienst?«

»Herrgott, ich wünschte, ich wüßte das«, sagte Graver.

Tordella nickte. Seine großen, dunklen Augen gaben ihm trotz seiner Angst ein ruhiges Aussehen. »Welche Abteilung?«

»Organisiertes Verbrechen.« Graver wußte, wie das klingen mußte, voll unausgesprochener Bedeutungen.

Tordella nickte wieder bedächtig. »Die IAD-Leute sind unterwegs nach hier.«

Das Internal Affairs Department, die Abteilung für innere Angelegenheiten, befaßte sich automatisch mit jeder Schießerei, in die ein Beamter verwickelt war. Jack Westrate würde einen Herzanfall bekommen.

»Und Captain Katz ist auch unterwegs«, fügte Tordella hinzu. Er meinte Herb Katz, Gravers ranggleichen Kollegen vom Morddezernat. »Der Lieutenant war schon nach Kashmere Gardens rausgefahren«, erklärte Tordella.

Das war unwichtig, Katz wäre in jedem Fall gerufen worden. Und Katz hatte vermutlich bereits Jack Westrate angerufen, der als Assistant Chief der Investigative Services, der ermittelnden Dienste, Gravers und Katz' Vorgesetzter war. Aber auf dem dunklen, unkrautüberwucherten Feld würde Westrate nicht erscheinen. Sein Zuständigkeitsbereich waren die brodelnden Hintergründe und politischen Verästelungen, nicht konkrete Geschehnisse. Natürlich würde er wegen dieser Sache in Hektik geraten sein, sogar in Panik, aber aus lauter falschen Gründen.

»Was halten Sie davon?« fragte Graver schließlich.

»Tja, ich bin selbst erst kurz hier«, sagte Tordella mit Nachdruck und schüttelte den Kopf, »aber ohne sonst etwas darüber zu wissen, nur dem Augenschein nach, würde ich auf Selbstmord tippen.«

Graver war erleichtert, aber nur vorübergehend. Doch an diesem Punkt war sogar ein kurzer Aufschub willkommen. Eine Minute lang sagten sie nichts und beobachteten, wie die Frau von der Spurensicherung mit einer Videokamera den Wagen und seinen Inhalt aus jedem denkbaren Winkel und jeder Perspektive filmte. Als sie fertig war, spürte Graver, daß der Detective ihn ansah. Er wandte den Blick von dem Wagen ab und schaute sich um.

»Okay, schaun wir mal«, sagte er.

Tordella senkte den Kopf, und sie gingen auf Tislers Wagen zu. Obwohl es nicht genug geregnet hatte, um Schlamm zu erzeugen, war es feucht genug, um die Erde an Gravers Schuhen festkleben zu lassen. Tordella hielt ihn hinter dem gelben Band an, das man vor der offenen Autotür ausgespannt und an in den Boden gerammten Stöcken befestigt hatte.

»Wir suchen da drüben noch immer nach etwas«, sagte er und wies vage auf die andere Seite des Bandes.

Im Scheinwerferlicht des Streifenwagens konnte Graver Tislers Bein unter dem Steuerrad sehen; der Fuß ragte ungelenk aus der offenen Tür, der Körper hing in der Dunkelheit zum Beifahrersitz geneigt. Die Scheinwerfer beleuchteten das Fenster der offenen Fahrertür von hinten und ließen auf dem Glas die rostroten Spritzer der besonderen Materie glänzen, die zum Inhalt von Tislers Kopf gehört hatte.

Graver knöpfte seine Jacke zu, damit die Schöße ihm nicht im Weg waren, stieg über das gelbe Band und ging vorsichtig über das Gras unter seinen Füßen zur Tür. Er steckte die Hände in die Taschen, biß die Zähne zusammen und schaute hinein.

Tisler hatte hinter dem Steuerrad gesessen, als der Schuß abgefeuert wurde, aber nun hing sein Oberkörper auf der Beifahrerseite, und sein zerfetzter Kopf lag in dem schwarzen Sirup, der sich in der Vertiefung des Sitzes angesammelt hatte. Sein rechtes Bein war unter der Lenksäule ungelenk verdreht, das linke ganz gerade und ragte aus der Tür. Der rechte Arm war ausgestreckt, hing über den Rand des Sitzes, und darunter auf dem Boden lag eine Faustfeuerwaffe, eine Automatik. Überall war Blut, und Graver konnte es riechen, ein merkwürdig ausgeprägter Geruch, eine Art muffiger Süße, wie etwas, das lange in einem feuchten Keller gelagert worden war, etwas Altes. Es war, dachte er, ein Geruch, der sich wahrscheinlich in all den Jahrtausenden menschlicher Geschichte nicht verändert hatte, der mit Sicherheit noch genauso roch wie an dem Tag, an dem Kain ihn als erster Mensch einatmete.

Tordella wies auf der Innenseite des Türrahmens auf den Knopf, der das Licht angehen ließ, wenn die Tür geöffnet wurde.

»Er hat ein Streichholz neben den Knopf geklemmt, um ihn unten zu halten«, sagte er. »Vielleicht hat er eine Weile hier gesessen, ehe er es tat, und wollte keine Aufmerksamkeit erregen.« Er wies auf das Armaturenbrett. »Das Radio ist an, aber es ist leise gestellt. Man fragt sich, warum er es nicht einfach abgeschaltet hat.«

»Und die Tür war so geöffnet wie jetzt?«

»Ja, ganz genauso. Und schauen Sie.« Tordella beugte sich vor Graver nieder und wies auf den Rand der offenen Tür. »Ich glaube, die verdammte Kugel hat den Türrahmen eingekerbt. Danach suchen wir hier im Gras, nach dem Geschoß.«

»Gibt es keinen Brief?«

»Wir haben keinen gefunden« – Tordella zuckte mit den Schultern und kaute an seinem Schnurrbart –, »aber wir haben noch nicht alle seine Kleider und den Wagen durchsucht.«

Er leuchtete mit seiner Taschenlampe in den Wagen. Eine Hose auf einem Kleiderbügel, in klare Plastikfolie verpackt, hing hinter dem Beifahrersitz; ein rosa Wäschereizettel war an den Plastiksack geknipst. Sonst gab es nichts auf dem Rücksitz, keinen Abfall, kein Durcheinander, kein vergessenes Kaugummipapier.

»War er so ordentlich?« Tordella nickte in Richtung Rücksitz.

»Er war ordentlich«, sagte Graver.

»Vielleicht hat jemand den Wagen saubergemacht. Vielleicht war er es auch selbst. Das machen sie manchmal, wissen Sie.«

Es gab eine Menge Mythen über Selbstmörder, darüber, wie sie ihren Tod oft sorgfältig planten, über ihr merkwürdig gewissenhaftes Verhalten, ehe sie starben, über ihre seltsam abgründige Logik. Graver fand solche Verallgemeinerungen nicht besonders überzeugend, denn er betrachtete Selbstmörder nicht als einzigartige, besondere Gattung mit spezifischen, identifizierbaren Merkmalen. Seelisch gestörte Leute begingen Selbstmord. Intelligente, ausgeglichene Leute begingen Selbstmord. Feiglinge begingen Selbstmord und Helden auch. Richard Cory brachte sich um, wie es Judas tat. Und Sokrates. Graver sah in dieser Vielfalt sehr wenig, das sich für Verallgemeinerungen eignete. Er war unweigerlich mißtrauisch angesichts einfacher, formelhafter Erklärungen für irgend etwas; Axiome verursachten ihm Unbehagen.

Ein kleines, zweimotoriges Flugzeug kam über die Rollbahn auf sie zu und hob so niedrig über ihren Köpfen ab, daß Graver das Dröhnen der Motoren in der Brust spürte. Alle wandten sich um und schauten aufwärts nach dem Geräusch, das sich in die Dunkelheit erhob.

»Tja, dann sollten wir wohl mal anfangen«, sagte Tordella, zog ein Paar Latexhandschuhe an und ließ die Ränder an den Handgelenken schnippen. »Ich nehme nicht an, daß Ihnen dazu irgendwas einfällt?«

Graver schüttelte den Kopf. »Nichts, gar nichts. Sein Supervisor in der Abteilung ist Ray Besom. Normalerweise würde der wissen, ob Tisler heute nacht gearbeitet hat, aber er ist in Urlaub, eine Angeltour unten in der Nähe von Port Isabel. Und vielleicht weiß Dean Burtell Bescheid.«

»Burtell?«

»Er ist der Analytiker, der meistens mit Tisler arbeitet.«

Tordella nickte und wich Gravers Augen bewußt aus, während er die Finger verschränkte und die Handschuhe zurechtzog.

»Okay. Also, unterbrechen Sie uns, wenn Sie etwas sehen wollen oder Fragen haben oder so«, sagte er und warf Graver einen kurzen Blick zu. »Ansonsten werde ich mir die Sache detailliert anschauen und dabei berücksichtigen, wen wir hier vor uns haben.«

Graver drehte sich um und ging zurück zu seinem Wagen, hinaus aus dem weißen Gleißen der Scheinwerfer. Pio Tordella war nur der erste in einer langen Reihe von Leuten, die Graver bei dieser

Sache über die Schulter schauen würden. Der ungeklärte Tod eines CID-Beamten hatte ein Maximum an Argwohn und ein Minimum an Hoffnung auf Aufklärung zur Folge. Es gab keine Möglichkeit zu vermeiden, daß andere sofort annehmen würden, irgend etwas sei in der Abteilung, in der sich alles um Geheimnisse drehte, schrecklich falsch gelaufen.

Graver schaute wieder auf Tisler, auf sein schräg in die unruhige Dunkelheit ragendes Bein, und er konnte sich beinahe zu der Annahme versteigen, Tisler hätte sich bewegt, die verrenkte Lage seines Oberkörpers sei ein Zeugnis des Widerstands, als habe er im unerwarteten Entsetzen des gottverlassenen letzten Augenblicks seine Meinung geändert und sich verzweifelt dagegen gewehrt, kopfüber vom schwarzen Schlund der Ewigkeit verschluckt zu werden.

3

Herb Katz zündete sich eine Zigarette an. Er trug einen Jogginganzug, obwohl Graver wußte, daß er in den mehr als zwanzig Jahren, seit er die Polizeiakademie verlassen hatte, wahrscheinlich nicht mehr als fünfzig Meter gejoggt war.

»Was hat Westrate gesagt, als du ihn angerufen hast?« fragte Graver.

Er und Katz lehnten an der Motorhaube von Gravers Wagen und sahen zu, wie Charlie Bricker und Hodge Petersen von der Internal Affairs Division sich zusammen mit Tordella und seinem Partner gründlich über den Wagen und seinen Inhalt hermachten. Die Scheinwerfer des Streifenwagens waren durch tragbare Flutlichter von der CSU, der Spurensicherung, ersetzt worden, und die beiden Ermittler der Abteilung staubten den Wagen ab und sammelten Proben.

»›So eine *Scheiße!*‹« sagte Katz, Westrates schrille Stimme imitierend. »Warum hast du ihn nicht angerufen?«

»Weil ich wußte, daß du's tun würdest.«

Graver stand mit verschränkten Armen, die Beine an den

Knöcheln übereinandergeschlagen. Er und Katz waren etwa im gleichen Alter und hatten sich kennengelernt, als sie noch im Morddezernat arbeiteten. Katz war dunkel und gutaussehend, hatte dichtes schwarzes Haar und die Art von Genen, die es noch schwarz bleiben lassen würden, wenn die meisten anderen Leute seines Alters schon lange Spezialshampoo benutzten in der Hoffnung, sich das zu bewahren, was ihnen an grauen Haaren noch verblieben war. Graver war der Meinung, daß er etwas Slawisches an sich hatte. Katz hatte eine Ehefrau, zwei Töchter und einen Sohn. Wie Gravers eigener Sohn und seine Tochter waren sie jetzt alle im College.

Außerdem hatte Katz eine Geliebte. Solange Graver ihn kannte, hatte er immer eine Frau nebenher gehabt, obwohl Graver das nie jemanden hatte erwähnen hören. Katz war diskret. Er war klug. Graver hatte in den vergangenen paar Jahren mehrmals gemerkt, daß Katz nur zu gern gewußt hätte, ob Graver seine Affairen bekannt waren, doch er machte niemals den Fehler, kokett zu sondieren, ob das der Fall war. Graver sah solche Dinge häufig. Wenn man so lange wie er bei der CID war, bemerkte man es früher oder später in jedermanns Benehmen. Die Leute fragten sich einfach, wie viele von ihren Leichen im Keller man kannte. Diejenigen, die zu Gewissensbissen neigten, gingen einem aus dem Weg. Die Zyniker gingen davon aus, man wisse ohnehin so ungefähr alles, und behandelten einen mit frecher Gleichgültigkeit. Katz war ein Zyniker, doch davon abgesehen war er kein Mann, der sich gestattete, sich von Schuldgefühlen plagen zu lassen.

»Er sagte, ich soll mich wieder bei ihm melden, sobald ich etwas weiß«, sagte Katz. »Ich konnte die Panik in seiner Stimme hören. Ich glaube, er gab eine Party. Seine Frau kam ans Telefon, und als er den Hörer übernahm, hörte ich eine Menge Stimmen im Hintergrund.«

Drüben bei Tislers Wagen mühten sie sich ab, den Leichnam so zu bewegen, daß sie unter ihn schauen konnten. Jeder versuchte, sich dabei nicht blutig zu machen, aber Tislers Gliedmaßen waren in seltsamen Winkeln erstarrt und machten das so gut wie unmöglich.

»Wenn sie einen Mord daraus machen«, sagte Graver, »dann liefert sich Jack ein Kopf-an-Kopf-Rennen mit Lukens.«

Ward Lukens war der Assistant Chief, verantwortlich für die Abteilung Management Services und Westrates größter Rivale bei den Machtkämpfen, in die die zehn Assistant Chiefs ständig verstrickt waren. Internal Affairs war seine Konkurrenz, und ein Mord in der Intelligence-Abteilung würde ihm die Möglichkeit eröffnen, Westrates hochgeschätzten Besitz und die bestgeschützte Abteilung des Departments zu untersuchen. Das bedeutete einen Wirrwarr zwischen den Abteilungen, der leicht zu offenem Aufruhr führen könnte.

»Okay, also was ist damit, Marcus?« Katz wies mit dem Kopf in Richtung auf den blutigen Wagen vor ihnen. »Würde Selbstmord dich überraschen?«

»Selbstmord würde mich überraschen«, bejahte Graver. »Mord würde mich allerdings noch mehr überraschen – und mir eine Heidenangst einjagen.«

»Dann hat er also nicht an etwas gearbeitet, von dem du meinst, es hätte zu dem hier führen können?«

Graver schüttelte den Kopf. »Eigentlich nicht.«

Katz wandte sich um und schaute Graver an. »Heiliger Strohsack«, sagte er. »Was soll das heißen?«

»Ich hätte das nicht gedacht. Nicht bei ihm, nicht bei irgendeinem von den Ermittlern. Bei seinen Informanten, vielleicht. Man denkt, daß die Informanten, die Quellen, gefährdet sind, nicht die Ermittler.«

»Selbst wenn es Selbstmord ist, wirst du es verdammt schwer haben, einige Leute davon zu überzeugen, daß es mit rechten Dingen zuging.«

»Einige Leute?«

»So ziemlich alle, schätze ich.«

»Tja, das denke ich auch.«

»Gott, wie gräßlich«, sagte Katz.

Sie sahen zu, wie die Besatzung des Leichenwagens und die Detectives sich abmühten, Tislers starren Torso vom Vordersitz zu zerren. Die gespreizten Arme und Beine blieben am Türrahmen und dann an einer Ecke des Sitzes hängen, als sie ihn drehten, wendeten und aus dem Auto manövrierten.

Als es vollbracht war und die Türen des Leichenwagens sich endgültig hinter Tislers Überresten geschlossen hatten, standen die vier Detectives im Flutlicht gleich innerhalb der gelben Bandabsperrung, zogen ihre Latexhandschuhe aus und warfen sie in einen Papiersack. Sie führten eine längere, gedämpfte Diskussion, dann befreiten sie sich aus der lockeren Absperrung und kamen durch die taumelnde Wolke von den Flutlichtern angezogener Insekten über das Gras.

»Tja« – Tordella sprach als erster –, »wir sind uns ziemlich einig darüber, daß nichts darauf hindeutet, daß hier irgendwas faul ist.« Diesmal wandte er sich an Katz, seinen Chef, der die Unterarme auf den Kotflügel seines Wagens gestützt hatte, während er rauchte, als schaue er einem Basketballspiel auf der Straße zu.

»Es sieht einfach so aus, als hätte er sich selbst erschossen, und fertig«, fügte Tordella hinzu. »Ich meine, darauf scheinen die Tatsachenbeweise zu deuten. Aber man muß natürlich an die Fingerabdrücke denken, die Autopsie, alles mögliche, was der Spurensicherung noch einfallen könnte, all das. Das IAD wird allerhand brauchen.«

Charlie Bricker nickte. Er war eigentlich der Drogenabteilung zugewiesen, leistete aber sein achtzehnmonatiges Pensum beim IAD ab, eine notwendige Dienstverpflichtung, in der sich Beamte aus allen Abteilungen abwechselten. Dieser Dienst war allgemein gefürchtet, teilweise, weil es bedeutete, daß man Kollegen unter die Lupe nehmen mußte, was niemand gern tat, und teilweise, weil beim IAD keine Überstunden erlaubt waren, was sich ungünstig auf das Monatseinkommen auswirkte. Detectives von Internal Affairs hatten oft schlechte Laune.

»Ich glaube, man handhabt das am besten«, sagte Bricker und fixierte Graver, »indem man sich eine Übersicht über die Ermittlungen verschafft, an denen Tisler beteiligt war. Und eine Art Risikofaktorschätzung für jede. Wir müssen irgendeinen Weg finden, um zu beurteilen, welche mit seinem Job verbundenen Möglichkeiten hier bestehen.«

»Ich werde sehen, was ich tun kann«, sagte Graver.

»Ich werde in meinen Bericht schreiben«, sagte Bricker, um Graver klarzumachen, daß er sich nicht austricksen lassen würde, »daß ich diese Art Information von Ihnen erbitte, ehe ich meinen Teil der Ermittlung abschließen kann.«

»Ich verstehe«, sagte Graver. »Nur fair.«

Er konnte Bricker nicht vorwerfen, kleinlich zu sein. Sein Captain würde darauf bestehen. Und außerdem konnte Graver es sich leisten, entgegenkommend zu sein. Ob Bricker das, was er verlangte, am Ende kriegen würde oder nicht, hing ohnehin nicht von ihm allein ab. Das CID-Aktenmaterial war der sensibelste Informationsfundus jeder Dienststelle von Gesetzeshütern, und die Personen, die Zugang zu den gesamten Akten hatten, ließen sich an den Fingern einer Hand abzählen.

Die Intelligence-Abteilung eines Police Departments unterschied sich in einem zentralen Aspekt von allen anderen Abteilungen: Sie hatte kein aktives Interesse an bereits begangenen Verbrechen. Ihr ging es vielmehr um Prävention, um das Erkennen von kriminellen Trends und darum, den eigentlichen Machern bei der Polizei Einschätzungen dieser Trends zu liefern, indem sie Informationen über Menschen und Organisationen sammelte, von denen man wußte oder argwöhnte, daß sie in kriminelle Akte verwickelt waren, oder die kriminelle Akte androhten, planten, organisierten oder finanzierten.

Der Schlüsselbegriff bei diesem Auftrag war »verdächtig des...«. Das war die Quelle einer Welt von Schwierigkeiten. Der Verdacht brachte eine Verantwortung mit sich, die so heikel war wie Nitroglyzerin. Weil das Gesetz den Beamten der CID die Autorität verlieh, aufgrund eines bloßen Verdachts zu handeln, wohnte dieser Autorität die Annahme inne, daß sie verantwortlich handeln würden. Sie genossen beträchtliche Freiheit bei der Entscheidung, wer zur Zielscheibe ihrer »Sammelbemühungen« werden sollte.

Die Ermittler der CID sammelten oft Informationen über Personen, bei denen nicht auf den ersten Blick klar zu erkennen war, daß sie in kriminelle Aktivitäten verwickelt waren. Das Aktenmaterial enthielt daher stets Behauptungen, Gerüchte und Erkenntnisse vom Hörensagen, die auf dem Wege waren, entweder bestätigt oder widerlegt zu werden. Diese Informationen waren als »Rohdaten« bekannt.

Aus diesem Grund war das Aktenmaterial überaus sensibel. Falls die Rohdaten, die sie sammelten, schließlich bestätigt und die sich daraus ergebenden Einsichten benutzt wurden, um kriminelle

Aktivität abzuwenden, dann war der Vorgang ein Prima-facie-Erfolg. Er war gerechtfertigt.

Wenn die Rohdaten sich jedoch am Ende als falsch erwiesen, dann wurde die Information aus der Akte getilgt. Während der Zeit jedoch, in der diese Behauptungen noch geprüft wurden, unterhielt die Intelligence-Abteilung tatsächlich eine Akte aus falschen Informationen über Personen oder Organisationen, die völlig frei von jedem kriminellen Makel waren. In den Augen vieler Menschen stellte dies eindeutig einen Verstoß gegen das Recht des Individuums auf Privatsphäre dar, einen Verstoß, den die sonstigen Erfolge des Systems kaum rechtfertigten.

Marcus Graver hatte es zu seinem Beruf gemacht, die Geheimnisse anderer Leute zu sammeln. Schon früh hatte er gelernt, daß die meisten Menschen eine so komplexe Mischung aus dem waren, was traditionell als gut und schlecht galt, daß man sich einer groben Vereinfachung schuldig machte, wenn man irgendein Individuum einer dieser beiden Kategorien zuordnete. Keine Theorie oder Doktrin enthielt seiner Meinung nach eine angemessene Erklärung für die erstaunliche Verhaltensvielfalt, zu der ein einziges Individuum in der Lage war.

Er hatte auch gelernt, daß man, wenn man sich dem Geschäft hingab, die Art von Information über Leute zu sammeln, die diese unbedingt geheimhalten wollten, aus welchen unschuldigen oder bösen Gründen auch immer, sich besser mit der Tatsache abfand, daß man selbst nie frei von Verdacht war. Die Geheimnisse anderer Menschen zu kennen war als solches ein Wissen, das einem einen Makel anheftete.

Katz und Graver sprachen noch ein paar Minuten, während der Leichenwagen im hohen Gras verschwand und der Abschleppwagen vorfuhr, um Tislers Fahrzeug an den Haken zu nehmen. Graver sagte, er werde für die Benachrichtigung von Tislers Frau sorgen. Schließlich gingen die Detectives, und die Spurensicherung zerlegte ihre Geräte und packte sie in den Lieferwagen. Katz zündete sich noch eine Zigarette an.

»Na, herzlichen Glückwunsch, Marcus, das ist eine Premiere«, sagte er. »Ich glaube nicht, daß je ein CID-Beamter unter Umständen umgekommen ist, die eine Untersuchung nötig machten.«

»Nein«, sagte Graver, »glaube ich auch nicht.«

Es war jetzt völlig dunkel bis auf die tanzenden Lichtstrahlen aus den Taschenlampen der beiden Leute von der Spurensicherung, die ihre letzten Geräte einpackten und die Türen schlossen. Sie führten ein kurzes Gespräch mit dem verbleibenden Beamten in Uniform, der wartete, um den Tatort als letzter zu verlassen. Dann stiegen sie in ihren Lieferwagen und pflügten durch das Unkraut zu den Fahrspuren die sie auf die asphaltierte Straße zurückbrachten.

Der uniformierte Beamte kam auf Graver und Katz zu, und das Licht seiner Taschenlampe hüpfte durch das niedergetretene Gras.

»Ist in Ordnung, Sie können ruhig fahren«, sagte Katz durch die Dunkelheit zu ihm.

»Okay, Sir. Wollte mich nur vergewissern.«

»Ja, danke«, sagte Katz.

Das Licht hüpfte zurück zum Streifenwagen, die Tür schlug zu, die Scheinwerfer leuchteten auf, und der Wagen wendete und steuerte auf den Weg zu, den alle anderen genommen hatten.

Einen Augenblick lang schien die Stadt weit fort, als habe sie nichts mit ihnen zu tun. Vom Flughafen stiegen keine Flugzeuge mehr auf. Katz' Zigarette glühte hell auf und verblaßte dann, absorbiert von der Dunkelheit, die sie einschloß. Graver wartete darauf, daß er eine Bemerkung machte. Er wußte, daß Katz etwas auf dem Herzen hatte, sonst wäre er mit den übrigen abgefahren.

»Ich sag' dir nichts Neues, das weiß ich«, sagte Katz, räusperte sich und spie seinen Raucherschleim ins Unkraut. »Gott weiß, daß du die CID wie ein Spieler aus dem Kreml gelenkt hast, aber wenn ich du wäre, würde ich bei dieser Sache auf Querfeuer achten. Ich glaube nicht, daß Lukens Westrate mit einem einfachen ›Selbstmord‹ davonkommen lassen wird. Die Gerüchte, daß Hertig in Pension gehen will, lassen die Assistant Chiefs von einem Bein auf das andere springen wie eine Horde kleiner Jungs, die Pipi machen müssen.«

Katz liebte Klatsch und Gerüchte. Das lag in seiner Natur. Er hätte einen Trip in die Hölle riskiert, wenn er gedacht hätte, der Teufel könne ihm eine saftige Geschichte über Petrus erzählen. So gab er sich mit regelmäßigen frühabendlichen Besuchen in den richtigen Kneipen und der Mitgliedschaft in den richtigen Clubs zufrieden, wo seine einzige sportliche Aktivität im Heben von Bloody Marys bestand – in einem seiner Jogginganzüge – und der Tomatensaft darin die Rohkost darstellte.

»Westrate leckt sich alle zehn Finger nach dem Posten«, fuhr er fort. »Aber ich glaube, Lukens' Entschlossenheit, ihn davon fernzuhalten, könnte genauso unangenehm werden. Ich schätze, wenn du ihnen bei diesem Kampf in die Quere kämst, würden sie nicht viel Rücksicht auf dich nehmen.«

Graver, der sich an den Kotflügel gelehnt hatte, richtete sich auf. »Nein, da hast du wahrscheinlich recht.«

Er wollte dieses Gespräch nicht führen. Er haßte es, über die Politik des Departments zu reden. In seinem Job mußte er sie jedesmal berücksichtigen, wenn er vom geraden Weg abwich, aber er sprach nicht gern darüber. Ganz gleich, was man bei einer Unterhaltung über dieses Thema sagte, Leute wie Katz würden es unweigerlich weitergeben, gewöhnlich mit einem kleinen Dreh. Das konnte Graver nicht gebrauchen.

»Tut mir leid, daß du extra hier rauskommen mußtest«, sagte er.

Katz richtete sich ebenfalls auf, warf seine Zigarette weg und trat sie aus. Er war gewohnt, daß Graver Gespräche abrupt abbrach. Graver war dafür wohlbekannt; nie streifte er die Schuhe von den Füßen, lehnte sich zurück und klatschte mit den Jungs.

»Was ist mit Tisler?« fragte Katz und spuckte zwischen seine Füße. »War er ein guter Ermittler?«

»Ja, eigentlich war er das«, sagte Graver. »Ich hoffe bloß, daß er nicht besser war, als ich gedacht habe.«

Er nahm an, Katz werde das nicht verstehen.

4

Als Graver auf die Westschleife des Southwest-Freeway zufuhr, kurbelte er trotz der warmen, dichten Feuchtigkeit das Fenster herunter. Es wäre ihm auch gleichgültig gewesen, wenn es geregnet hätte; er brauchte einfach frische Luft, und zwar eine Menge.

Graver würde früher oder später Peggy Tisler seine Aufwartung machen müssen. Als Captain der Abteilung war das seine Pflicht und Schuldigkeit. Aber er hatte die Frau nur ein- oder zweimal getroffen, vor drei oder vier Jahren, und er wollte nicht derjenige sein, der ihr die Nachricht vom Tod ihres Mannes überbrachte. Die Rolle des Boten fiel in Dean Burtells Zuständigkeit.

Dean Burtell kannte Arthur Tisler vermutlich besser als irgend jemand sonst. Um eine erfolgreiche »Sammeloperation« durchzuführen, war eine symbiotische Arbeitsbeziehung zwischen dem Ermittler und dem Analytiker geboten. Als Analytiker befand sich Burtell am Empfängerende der Operation und war dafür verantwortlich, sie kritisch zu durchdenken und die gewundenen Muster krimineller Beziehungen und Aktivitäten aufzuspüren.

Außerdem jedoch spielte er eine bedeutsame Rolle bei der Gestaltung des Sammelvorgangs selbst. Wenn er mehr Informationen brauchte, um seinen Verdacht über sich erweiternde Verbindungen und Zusammenhänge zu bestätigen oder zu widerlegen, dann beriet er sich mit dem Ermittler. In gemeinsamer Arbeit, oft über lange Zeiträume, entwarfen sie einen Sammelplan, den beide als machbar und realistisch ansahen.

Auf diese Weise schufen sie Schritt für Schritt eine »Mappe« über ihr Ziel, ein Prozeß, dessen Entwicklung Jahre dauern konnte. Es war eine langfristige Arbeitsbeziehung, und die war selten erfolgreich, wenn der Ermittler und der Analytiker nicht irgendwie miteinander zurechtkamen. Gleichzeitig arbeitete jeder Ermittler und jeder Analytiker außerdem noch im Tandem mit anderen Ermittlern und Analytikern und hatte manchmal bis zu sechs oder sieben Zielpersonen im Auge. So war es mit der Zeit dazu gekommen, daß Tisler und Burtell eine Menge Ziele gemeinsam bearbeitet hatten, und Burtell hatte den zurückhaltenden Ermittler sehr gut kennengelernt.

Physisch war Burtell das Gegenteil von Tisler: auffallend gutaussehend, etwas über einsachtzig, ein begeisterter Handballspieler, der sich sorgfältig kleidete, das leicht gewellte Haar voll, aber gut geschnitten trug und einen so starken Bartwuchs hatte, daß sein Teint einen schwachen Schatten aufwies, selbst wenn er sich morgens gründlich rasiert hatte. Auch seine Persönlichkeit stand im Gegensatz zu der von Tisler. Dean Burtell hatte das ungezwungene Gebaren eines Mannes, der nie an sich selbst zweifelte. Er konnte mühelos eine Unterhaltung führen und war in gesellschaftlichen Situationen sprachgewandt und geschickt. Obwohl er von Natur aus gesellig und gern mit Menschen zusammen war, war er nie so extravertiert, daß er die Aufmerksamkeit auf sich zog. Er war ungewöhnlich höflich, und zwar auf irgendwie altmodische Weise. Früher hätte man ihn als Gentleman bezeichnet.

Er hatte nur zwei Dinge mit Tisler gemeinsam: Er war ebenfalls Mitte Dreißig, und er und seine Frau waren kinderlos.

Dean und Ginette Burtell wohnten in einem Eigenheimkomplex der gehobenen Klasse gleich beim Woodway in der Nähe des Houston Country Club. Das ging mehr als nur ein wenig über das Gehalt eines Analytikers hinaus, doch Ginette hatte eine sehr gute Stellung bei einer internationalen Marketingfirma, deren Hauptquartier sich in Houston befand, und ihr Gehalt übertraf das ihres Mannes bei weitem. Ginette Burtell paßte gut zu ihrem Mann, was physische Attraktivität und Intelligenz betraf, aber sie war entschieden ruhiger.

Graver fand die richtige Sackgasse und parkte am Bürgersteig vor dem Haus der Burtells, in dem, wie er zu seiner Erleichterung sah, Licht brannte. Er schloß seinen Wagen ab und ging einen gewundenen Gehweg entlang, der nach frisch gemähtem Gras roch, zu einem ummauerten Hof mit einem Eisentor. Als er das Tor öffnete und eintrat, fiel ihm gleich der Duft von Rosen zu beiden Seiten des Gehwegs auf, die er in dem weichen Licht, das durch die vorderen Fenster fiel, kaum ausmachen konnte. Er drückte auf den Klingelknopf und hörte irgendwo im Haus gedämpften Glockenklang.

Die Türbeleuchtung über seinem Kopf ging an, und während er noch überlegte, ob er Burtell nach draußen bitten sollte, statt hineinzugehen, öffnete sich die Tür, und Ginette stand im Licht. Sie trug kurze, pfirsichfarbene Shorts, die fast unter einem locker fallenden Oberteil verschwanden.

»Marcus«, sagte sie mit überraschtem Lächeln. »Dean hat mir nicht gesagt, daß Sie vorbeikommen würden.« Sie trat nach draußen und umarmte ihn.

»Entschuldigung, Ginette«, sagte Graver. Ihr Hals duftete leicht nach Parfum. »Er hat nicht gewußt, daß ich komme ... ich muß ihn nur ein paar Minuten sprechen.«

Sie sah ihn an, und in ihren Augen flackerte kurz Besorgnis auf, doch sie schob sie gleich wieder beiseite. Selbst wenn die Männer und Frauen, die für die CID arbeiteten, ihren Ehegatten mehr über ihre Arbeit erzählten, als sie sollten, so waren diese doch darauf trainiert, sich dumm zu stellen. Tatsächlich benahmen sie sich ständig und unnatürlich so, als seien sie überhaupt nicht neugierig.

»Na, dann kommen Sie herein«, sagte sie und trat in den Hauseingang zurück. »Wir haben draußen im Patio gesessen. Nach dem Regen war es kühl, aber es wird schon wieder wärmer.« Sie schloß die Tür hinter ihm. »Wir trinken gerade etwas ... möchten Sie auch?«

»Nein, nichts«, sagte Graver. »Es dauerte nur einen Moment ...«

Sie betraten das Wohnzimmer, das an eine offene, sehr moderne, porzellanweiße Küche grenzte.

»Dean wollte im Garten arbeiten«, sagte sie, »aber der Regen gab ihm einen Vorwand, das aufzuschieben.«

»Na, einen großen Vorwand hat er sicher nicht gebraucht«, sagte Graver.

Sie lachte und schob sich eine Haarsträhne hinter ein Ohr. »Nein, er war nicht gerade wild darauf.«

In diesem Augenblick öffnete sich die Hintertür der Küche, und Burtell kam herein, barfuß in Jeans und einem alten Rugbyhemd, dessen Ärmel fast bis zu den Ellbogen aufgekrempelt waren. Er hatte ihre Drinks in den Händen und konzentrierte sich darauf, mit dem Fuß die Tür hinter sich zu schließen, als er aufblickte und Graver sah.

»Marcus.« Binnen eines Augenblicks sah man seinem Gesicht mehrere Emotionen an – Überraschung, Verwirrung, eine ungute Vorahnung, die er wieder abtat –, ehe er sich zusammennahm und ein entspanntes Lächeln heuchelte. Er kam auf sie zu und reichte Ginette eines der Gläser. »Was ist los?«

Vermutlich war es Gravers kaum verhohlenes Unbehagen, auf das er so schnell reagierte, doch was er auch spüren mochte, er versuchte, nonchalant zu bleiben, obwohl er sicher damit rechnete, daß es sich nicht um einen Höflichkeitsbesuch handelte.

»Tut mir leid, daß ich nicht vorher angerufen habe«, sagte Graver.

»Schon in Ordnung, kein Problem«, sagte Burtell. »Kommen Sie, setzen wir uns hierher.« Er wies mit seinem Drink in Richtung Wohnzimmer. »Draußen *war* es kühl, aber das hat nicht lange gedauert. Oh, äh« – er hielt das Glas hoch – »möchten Sie etwas?«

»Nein, danke.«

»Ginny« – Burtell wandte sich an seine Frau – »könntest du bitte nachsehen, ob ich alles von draußen hereingeholt habe? Ich weiß, daß ich ein paar Brezeln dagelassen habe.«

Ginette Burtell verzog sich.

Sie nahmen Platz, Graver in einem Sessel, Burtell auf einem großen Seidensofa. Graver lehnte sich in dem dick gepolsterten Sessel zurück; die weiche Rückenlehne tat seiner Wirbelsäule gut, die zu schmerzen angefangen hatte. Burtell saß auf der Kante des Sofas, trank aus seinem Glas, stützte dann die Ellbogen auf die Knie, das Glas lässig mit beiden Händen haltend, und sah Graver an.

»Fällt mir schwer, das zu sagen«, sagte Graver. »Arthur Tisler ist tot. Sieht aus, als hätte er sich selbst umgebracht.«

Burtell ließ sein Glas fallen.

Es enthielt nur noch ein paar Schlucke, die mit einigen Eiswürfeln auf den cremefarbenen Teppich flossen.

»Scheiße«, sagte er, ohne Graver aus den Augen zu lassen, und verstummte dann. Der Ausruf bezog sich auf Gravers Nachricht, nicht auf den verschütteten Drink. Er blickte darauf nieder – es war eine klare Flüssigkeit, Gin oder Wodka –, griff dann nach unten, hob das Glas auf, sammelte ungeschickt die wenigen Eiswürfel ein und warf sie in das Glas. Er nahm ein Taschentuch aus der Hüfttasche, legte es auf die feuchte Stelle und drückte darauf. Dann stellte er das Glas auf einen Beistelltisch. Er bewegte sich langsam, als sehe er voraus, daß er erst sein Gleichgewicht wiederfinden mußte. Er schaute auf das Taschentuch zwischen seinen nackten Füßen.

»Heilige Scheiße«, sagte er. Sein Gesicht war angespannt.

Eine Zeitlang sagte keiner von ihnen etwas, und Burtell starrte auf das Taschentuch.

»Ich bin heute abend da rausgefahren...«

»Rausgefahren?« unterbrach ihn Burtell, noch immer das Taschentuch im Blick. »Hat er es zu Hause getan?«

»Nein. Er hat auf einem unbebauten Grundstück in der Nähe der Rollbahnen im Andrau Airpark geparkt. Ein Streifenpolizist hat es zufällig gesehen und nachgeschaut.«

Burtell hatte sich nicht gerührt. »Wie?«

»Er hat sich erschossen.«

Schweigen.

»In den Kopf?«

Graver nickte. »In die rechte Schläfe, Dean. Mit seiner eigenen Waffe.«

Burtells Augen fixierten noch immer das Taschentuch. »Selbstmord«, sagte er.

Graver hörte, wie tonlos Burtells Stimme war, und fand seine Beschäftigung mit dem Taschentuch zwischen seinen Füßen eigenartig. Dann merkte er, daß Burtell ganz blaß war, als sei ihm übel.

»Tja, so sieht es aus. Ist noch nicht offiziell. Es gab keinen Brief, zumindest nicht dort bei ihm.« Graver erzählte Burtell einige Minuten lang den Ablauf des Abends genau so, wie er gewesen war. Als er geendet hatte, blickte Burtell auf.

»Was ist mit Peggy?«

»Sie weiß es noch nicht«, sagte Graver. Er zögerte. »Ich bitte Sie ungern darum, Dean, aber ich wäre Ihnen sehr dankbar, wenn Sie es ihr beibringen würden.«

»Gott im Himmel«, sagte Burtell. Er streckte die Hand aus, hob sein Taschentuch auf und warf es auf den Beistelltisch neben das Glas. »Natürlich«, sagte er und sank auf dem Sofa zurück. »Natürlich, schon gut. Hab nichts dagegen. Ist wohl meine Sache. Ich weiß das.« Er sah Graver an. »Ist das alles gewesen? Alles, was Sie wissen?«

»Ich fürchte, ja.«

Burtell runzelte ungläubig die Stirn, aber als Graver nichts weiter sagte, wandte er den Blick ab. »Was, zum Teufel, hat er sich bloß dabei gedacht?«

»Ich hatte wirklich gehofft, Sie könnten mir ein paar Hinweise darauf geben«, sagte Graver.

Burtells Augen wandten sich rasch wieder Graver zu. Er schien erstaunt.

»Vermutlich kannten Sie ihn besser als sonst jemand«, erinnerte ihn Graver.

»Hören Sie, ich habe nicht ... es ist einfach ...« Er hielt inne und tat dann das, was er am besten konnte, er sammelte seine Gedanken und organisierte seine Überlegungen. »Okay«, sagte er, hob die geöffneten Hände, Handflächen nach außen, als wolle er sich selbst beruhigen, und setzte neu an. »Um Himmels willen, Marcus, *so* nahe standen wir uns nicht ...« Er dachte darüber nach, starrte an Graver vorbei in die Schwärze hinter den Fenstern und schüttelte langsam den Kopf.

»Gott, ich weiß nicht ... äh, zu Hause«, begann er. »Ich kann mir nicht vorstellen, daß zu Hause, jedenfalls zwischen ihm und Peggy, irgend etwas war, das an ihm genagt hätte ... genug, wissen Sie, für so was. Ehrlich, bei Gott, das kann ich nicht. Ihre Ehe war ... ich weiß nicht ...« Er räusperte sich. »Manchen Leuten käme sie vielleicht langweilig vor. Art war nicht ... er hat nicht herumgespielt. Er ging nicht mal mit irgendwelchen Freunden aus. Peggy war keine Sportwitwe oder so was. Er ging zur Arbeit; er ging nach Hause. Sie machten so ungefähr alles zusammen. Sie hatten keine offensichtlichen Schwierigkeiten, jedenfalls keine ernsthaften. Art war zufrieden damit, zu Peggys Katzenausstellungen zu gehen, hat ihr bei dieser Art Scheiß geholfen. Das war tatsächlich ihre Hauptfreizeitbeschäftigung, ihre Katzenausstellungen.«

Seine Gedanken schweiften einen Augenblick ab, ehe er sich wieder fing und den Kopf schüttelte. »Ich sehe da nichts, weswegen man sich umbringen sollte. Keine Geliebten, kein verrückter Sex, keine Frustrationen.« Er sammelte sich. »Ich meine ... ich habe niemals irgendeinen Hinweis auf derartige Sachen gesehen. Ich will damit sagen, Art und Peggy ... man sah so was einfach nicht. Nichts Extremes bei beiden, nichts, was vielleicht außer Kontrolle geraten könnte.«

Er legte den Kopf zurück und verdrehte den Hals, um seine Spannung zu lindern. Dann richtete er sich wieder auf.

»Was ist mit ihren Familien?« fragte Graver. »Irgendwelche Komplikationen? Was ist mit Geld? Schulden?«

»Familienprobleme?« sagte Burtell. »Arts Vater ist gestorben, vor fünf oder sechs Jahren. Seine Mutter lebt in Dallas, in der Nähe seiner einzigen Schwester, Peggys Eltern wohnen in Corpus Christi. Eigentlich weiß ich gar nichts über sie.

Was Geldprobleme betrifft, zum Teufel« – Burtell lächelte dünn –, »Art ist das, was man als ›finanziell konservativ‹ bezeichnet. Ich bezweifle, daß er überhaupt wußte, was Verschwendung ist. Man hätte ihm *beibringen* müssen, über seine Verhältnisse zu leben. Einer der wenigen Menschen in den Vereinigten Staaten, die nichts von Ratenzahlung halten. Ich würde wetten, daß er außer auf dem Haus nicht einen Cent Schulden hat...« Er verstummte. »Also wirklich, Himmel Herrgott, für mich wäre Tisler der letzte Mensch auf der Welt gewesen, der sich umbringt, und sei es nur deshalb, um Peggy nicht um ihre Versicherung zu bringen. Er hat jahrelang Prämien bezahlt... vergeudetes Geld... so würde er das sehen. Er hätte das für verdammt dumm gehalten. Ich meine, das wäre das erste gewesen, was er von der Liste seiner Möglichkeiten gestrichen hätte. Er hätte es einfach nicht als... praktisch angesehen.«

»Wollen Sie damit sagen, daß er sich *nicht* umgebracht hat?«

Burtell sah auf. »Nein, das will ich keineswegs. Ich will überhaupt nichts sagen...« Er starrte Graver an, doch der schwieg. »Wir müssen uns seine Ermittlungen vorknöpfen, ist es das?«

»Ganz gleich, was das Morddezernat feststellt, wir werden sie schon zu unserer eigenen Zufriedenheit untersuchen müssen«, sagte Graver. »Wir müssen sichergehen, daß es da keinen Zusammenhang gibt, das wissen Sie.«

Burtell schluckte und nickte. »Natürlich... ich weiß.«

»Hielt er irgendwas zurück?« fragte Graver.

Das war eine legitime Frage, und Burtell wußte es. Aus einer unendlichen Vielfalt von Gründen gab es Anlässe, bei denen Ermittler nicht alles, was sie wußten, in den Berg von Berichten hineinschrieben, die sie über jedes untersuchte Ziel anzufertigen hatten. Ein guter Ermittler erzählte niemandem alles, was er wußte, nicht einmal seinen Vorgesetzten, die sich auf seine Integrität verließen. Ein guter Vorgesetzter wußte das, und er wußte auch, daß er gar nichts dagegen machen konnte. In diesem

Geschäft waren Geheimnisse die gängige Währung, und jeder hatte ein paar Münzen beiseite gelegt – nur für alle Fälle.

Letztlich jedoch mußte man glauben, daß das System funktionierte, weil es ein System war. Man mußte glaubten, daß die Ermittler keine Informationen zum Schaden der Operation oder der Abteilung zurückhalten würden. Am Ende lief es, wie bei allen Dingen, auf Vertrauen hinaus. Diese Ironie entging Graver durchaus nicht. Er wußte aus Erfahrung, daß die Menschen, denen irgendein CID-Beamter zu irgendeinem Zeitpunkt vertrauen würde, innerhalb oder außerhalb des Berufs, sich an den Fingern einer Hand abzählen ließen.

»Also, ganz ehrlich«, sagte Burtell. »Sie kannten ihn gut genug, um zu wissen, daß er verschwiegen war. Wenn er irgendwas Wichtiges zurückgehalten hat, dann hat er mir jedenfalls nichts davon gesagt. Die Seldon-Operation hat ihn bestimmt beschäftigt. Sie wurde schwieriger, aber ich sehe nicht, daß sie auch nur entfernt in einem Zusammenhang mit so etwas stehen könnte.«

»Herrgott, Dean. Sie glauben nicht, daß die Kombination aus dem Deponieren von Giftmüll und dem Handel mit Drogen potentielle Gefahren in sich barg?«

»Doch, natürlich, aber was ich meine, ist, daß Art noch nicht so weit vorgedrungen war. Er war nicht *kurz vor* irgendwas. Sie haben seine Kontaktberichte gesehen. Mit diesem Informanten fing er gerade erst an. Der Kerl war vielversprechend, aber Art mußte sich den Arsch aufreißen, um die Sache weiterzubringen. Er wußte noch nicht genug, um umgebracht zu werden.«

»Soweit Sie wissen.«

»Tja, nun, sicher«, räumte Burtell ein, »soweit ich weiß.«

»Und sonst arbeitete er an nichts, was brenzlig hätte werden können?«

Burtell schüttelte den Kopf und starrte hinaus in die Nacht hinter den Fenstern. »Die drei anderen Sachen, die er bearbeitete …« Seine Stimme verklang, und wieder schienen seine Gedanken zu etwas anderem abzuschweifen. Für einen Augenblick sagte keiner von ihnen etwas. Dann fuhr Burtell, den Blick noch immer nach draußen gerichtet, fort: »Na ja, für mich sah das ziemlich nach Leerlauf aus.« Er richtete die Augen wieder auf

Graver. »Ich weiß nicht«, sagte er. Das drückte Verwirrung aus, nicht Unwissenheit.

Graver betrachtete Burtell. Er hatte damit gerechnet, daß er schockiert sein würde, ernüchtert, sogar fassungslos über die Nachricht von Tislers Tod, doch er hatte nicht erwartet, daß sie Burtell so treffen, daß er so... verstört sein würde.

»Okay«, sagte Graver. Er hatte genug gehört. Vielleicht würde Burtell die Angelegenheit morgen früh in einem anderen Licht sehen. »Also, vielleicht sollte ich rüberfahren und es Peggy selbst sagen. Oder ich könnte mit Ihnen gehen...«

»Nein, ist schon gut«, sagte Burtell und schüttelte den Kopf. »Ist wirklich meine Sache. Ginnys und meine.« Er schaute hinüber zu seinem Glas, als erwarte er, darin etwas zu trinken zu finden. Er sah Graver an.

»Morgen sollte eigentlich mein erster Urlaubstag sein«, sagte er. »Vermutlich sollte ich das aufschieben.«

Graver hatte es vergessen. »Wollten Sie die Stadt verlassen?«

»Nein, nicht in der ersten Woche. Ginny kann im Moment nicht weg. Aber in der zweiten Woche wollten wir wegfahren.«

»Vielleicht können wir es in ein paar Tagen aufklären.«

»Was ist mit Besom? Er ist nicht zu erreichen, oder?«

»Nein, aber ich glaube, er wird morgen gegen Abend in der Stadt zurückerwartet, obwohl er erst in einer Woche wieder Dienst hat.«

»Das wird ihn umhauen.«

»Ich werde versuchen, ihn zu erreichen, sobald er wieder in der Stadt ist.«

»Westrate, was ist mit dem?«

»Ich hab' nicht mit ihm gesprochen.«

»Der wird einen Aufstand machen.«

»Wahrscheinlich.«

Graver war nicht überrascht über die Frage. Jack Westrate setzte die Abteilung so unter Druck, daß jedesmal, wenn etwas Ungewöhnliches geschah, jedesmal, wenn eine administrative oder budgetäre Veränderung erfolgte oder eine Ermittlung »heikel« wurde, alle fragten, wie Jack Westrate reagieren würde. Niemand glaubte jemals, er würde sich für ihn ins Zeug legen. Westrate war konsequent; er setzte immer sich selbst und seine Anliegen an die erste Stelle. Jedesmal, wenn etwas Wellen schlug, war sein erster Gedanke, wie das sein eigenes kleines Boot in Mitleidenschaft ziehen konnte. Arthur Tislers egozentrische Verzweiflungstat würde ein enormes Ärgernis für Westrates eigene egozentrische Anliegen sein.

Graver sah Burtell zerstreut seine Uhr aufziehen. Es war eine Armbanduhr von der klassischen Art ohne Batterie. Man mußte sie regelmäßig aufziehen. Graver nahm an, daß sie nicht einmal wasserdicht war, diese Art Armbanduhr. Burtell fummelte an dem Band herum, einem Lederband mit goldener Schnalle. Bei der Art von Arbeit, die sie taten, sah man nicht viel vom Tod. Man hatte nie viel Gelegenheit zu sehen, wie Leute darauf reagierten.

5

Als er nach draußen trat und wieder über den sanft geschwungenen Gehweg zu seinem Wagen ging, dachte Graver, die Nachtluft sei noch drückender geworden als zuvor. Ihm war unbehaglich; er schloß seinen Wagen auf, stieg ein, ließ den Motor an und schaute nach dem Haus der Burtells, als er die Scheinwerfer einschaltete. Durch die schwankenden, geraden Silhouetten der Tannen hindurch war nicht viel zu sehen, nur ab und zu ein erleuchtetes Fenster im kreidigen schwarzen Dunst.

Er fuhr vom Rinnstein fort und aus der Sackgasse. Burtell, dachte er, hatte einigermaßen so reagiert, wie er es erwartet hatte. Und auch wieder nicht. Obwohl Burtell tatsächlich schockiert war über die Nachricht von Tislers Tod, schockiert sogar, daß es Selbstmord gewesen war, schienen seine Reaktionen irgendwie die Bedeutung dieser traurigen Neuigkeit zu übersteigen. Nicht, daß er sich unpassend oder naiv benommen hätte oder daß seine Reaktion gefühlsbetont gewesen wäre. Burtell neigte nicht zum Melodramatischen. Es war nur, daß seine Reaktion umfassender war, als habe die Nachricht noch eine andere Dimension und als begreife er mehr, als Graver ihm gesagt hatte. Graver zweifelte nichts an, was er sah. Er hatte nur mehr gesehen, als er erwartet hatte.

Andererseits könnte die Art, wie Graver das sah, auch mehr über ihn selbst aussagen als über Burtell. Die Tatsache, daß Graver Burtells Reaktion auf die Nachricht von Tislers Tod... stärker fand, als er erwartet hatte, lag vielleicht daran, daß Graver selbst so wenig fühlte. Oder zumindest hätte Dore das gesagt. Ihr zufolge war Graver ein »emotionaler Krüppel«. Jemand anderer hätte vielleicht gesagt, er sei zu intellektuell oder reserviert oder zurückhaltend. Doch Dore hatte »emotionaler Krüppel« gesagt, und die Beschreibung hatte ihn getroffen.

Dore hatte sich diese Worte als Abschiedsgeschenk aufgehoben, nachdem sie bereits die Scheidung eingereicht hatte und sie fast nicht mehr miteinander sprachen. Er hätte gern mit ihr darüber geredet, bevor die Gefühle, die sie einmal verbunden hatten, durchtrennt und abgestumpft waren. Doch jetzt war es zu spät, und er mußte allein über diese wenig schmeichelhafte Beschreibung nachgrübeln. Vielleicht hatte Dore genau das erreichen wollen – daß der Stachel nach dem Stich im Fleisch blieb, ein dauerhafter Schmerz, der Erinnerungen weckte.

Es konnte natürlich auch sein, daß Burtells Reaktion gar nicht bemerkenswert war. Wie hätte er sonst reagieren sollen? Tislers Selbstmord lief allem zuwider, was sie von ihm gewußt hatten, und vielleicht hatte eine solche Abweichung vom erwarteten Verhalten bei Burtell eine ebenso überraschende Reaktion ausgelöst.

Schließlich gibt es für alles einen natürlichen Rahmen, dachte Graver, Verhaltensbereiche, die sich je nach der gegebenen Gesellschaft und dem Platz der Person darin entwickeln. Nach einem bestimmten Zeitpunkt heftet sich eine Ansammlung von Erwartungen an unser Leben. Man nimmt an, daß wir uns weiterhin so verhalten werden, wie wir uns früher verhalten haben, daß unsere Persönlichkeit festgelegt ist, ein unvermeidliches Amalgam aller Erfahrungen, die wir von der Geburt bis in die Gegenwart gemacht haben. Wenn jemand anfängt, von dem Verhalten abzuweichen, das wir inzwischen von ihm erwarten, dann sind wir verblüfft darüber und erinnern uns viel deutlicher daran, als wenn er sich wie vorhergesehen benommen hätte.

Das alte Haus im georgianischen Stil aus roten Ziegeln und weißen Holzeinfassungen lag hinter einem schmiedeeisernen Zaun mit Lilienornamenten, deren ursprüngliche Farbe schon längst weggerostet war und die eine dunkle, moosige Patina angenommen hatten. Der Zaun, der Rasen und das Haus wurden von einem Baldachin aus Wassereichen der dritten Generation beschattet, die den Besitz beschützten wie stille alte Tanten, deren Aufgabe darin bestand, das Kommen und Gehen der Generationen zu beobachten.

Das Haus hatte immer so gewirkt, als habe es genau die richtige Größe für sie, selbst als die Zwillinge Teenager wurden und Horden von Freunden die großen Räume füllten, durch die der Duft aus Dores Küche wehte. Dore hatte es ebenso geliebt wie er, und die meisten ihrer achtzehn Jahre darin waren voller guter Zeiten und guter Erinnerungen gewesen. Die meisten. Dann, vor ein paar Jahren, nachdem die Zwillinge fort und aufs College gegangen waren, hatte sich ein Wurm in den Apfel gefressen. Es war, als begännen alle geringfügigen Unverträglichkeiten, die Dore und er zum Wohl ihrer Familie hatten hintanstellen können, sich nun zu unüberwindlichen Unterschieden auszuwachsen. Am Ende kam nichts Gutes dabei heraus, und er blieb mit dem Haus zurück, eine Art Trostpreis dafür, daß er alles andere verloren hatte. Und nun besuchten die Zwillinge Universitäten an zwei verschiedenen Küsten, beide waren verlobt, und er war so ziemlich sich selbst überlassen.

Er parkte in der Kieseinfahrt, verschloß den Wagen und ging über den Gehweg zur vorderen Veranda. Er hatte vergessen, dort das Licht brennen zu lassen, also tastete er im Dunkeln nach dem Schlüsselloch, fand es schließlich, trat ein und schaltete das Verandalicht hinter sich an, als er die Tür schloß. Er schob den Riegel vor und zog, während er die Treppe hinaufging, seine Jacke aus.

Er warf die Jacke auf das ungemachte Bett, setzte sich und fing an, sich die Schuhe auszuziehen. Er entkleidete sich und hängte seine Sachen in seinen Schrank gegenüber dem von Dore, dessen Tür er geschlossen hielt. Er ging ins Badezimmer, zog die Unterwäsche aus und warf sie in den Wäschekorb. Er nahm seine Badehose von dem Haken neben der Duschtür und zog sie an, wobei er es vermied, sich selbst im Spiegel anzusehen. Er griff nach einem Handtuch, seiner Schwimmbrille und der kleinen Uhr, verließ das Badezimmer und stieg die Treppe hinunter. Während er durchs Haus ging, schaltete er die Lampen ein und ließ sie hinter sich an, im Hauptflur, in der Küche und draußen im hinteren Patio.

Es war ein einfacher Pool, rechteckig und lang genug, um Bahnen zu schwimmen. Graver schaltete die Lampen am Pool und im Garten nicht an, da er das Zifferblatt der Uhr in dem Schein, der aus dem Patio fiel, sehen konnte. Die Sommernachtsluft umfing seine nackte Haut wie ein warmer Hauch, als er an den Rand des Pools trat, sein Handtuch ablegte und in das Wasser glitt, das sich wegen der vergangenen Regenfälle ein kleines bißchen kühler anfühlte. Normalerweise war es lauwarm, wenn es den ganzen Tag die Sonne aufgespeichert hatte.

Er schwamm vierzig Minuten in der Dunkelheit, und das stetige Hin und Her seiner Bahnen schlug im Wasser Wellen, die die Schwimmer in den Sieben zum Schaukeln brachten, ein leises, hohles Platschen, das erstarb, wenn es über den Rasen zu den Hecken aus Geißblatt und Jasmin wehte. Er war so oft geschwommen, daß er auf fünf Minuten genau sagen konnte, wann seine festgesetzte Zeit abgelaufen war. Heute nacht strengte er sich ein bißchen mehr an, verlängerte die halbe Stunde um zehn Minuten und steigerte auch das Tempo. Als er schließlich Schluß machte, rangen seine Lungen nach Luft, und er mußte sich eine Weile am Rand des Pools festhalten, ehe er sich herausziehen konnte.

Oben im Haus zog er eine bequeme Hose und ein altes Hemd an, stieg in ausgetretene Halbschuhe und ging hinunter in die Küche. Es war zu spät, um noch irgend etwas zu kochen, und außerdem fand er im Kühlschrank ohnehin nichts Anregendes. Essen zu müssen, langweilte ihn, obwohl das Schwimmen ihn immer heißhungrig machte; er füllte eine Schale mit Getreideflocken, schnitt dünne Scheiben von Nektarinen darüber, fügte Milch hinzu und setzte sich an den Küchentisch, um zu essen.

Er wußte nicht, was er mit seinen Gedanken anfangen sollte. Er wollte eine Zeitlang nicht über Tisler nachdenken und versuchte, sein Gehirn zu leeren. Es war eine Übung in Vergeblichkeit. Seine

Weltanschauung war überaus westlich, und ein leerer Geist war für ihn schwer zu erreichen. Seine Meditationen tendierten eher zum Barocken.

Als er aufgegessen hatte, stand er müde auf, trug seine leere Schale zum Spülbecken, wusch sie aus, öffnete die Geschirrspülmaschine und stellte Schale und Löffel hinein. Er nahm ein Glas aus dem Schrank, ließ Wasser aus dem Hahn laufen und stand am Becken, während er es trank, in den Garten hinausschauend.

Dann hörte er die Türglocke läuten.

Instinktiv sah er auf die Uhr; es war beinahe Mitternacht. Er stellte das Glas auf den Tresen, griff nach dem Handtuch, das am Schrank hing, und trocknete sich die Hände ab, während er durch den Flur zur Haustür ging. Im Eingang brannte kein Licht, doch die Lampe auf der Veranda brannte noch, und durch das Sprossenfenster in der Tür konnte er die in Quadrate unterteilte Gestalt eines Mannes sehen. Er erkannte die kubistische Silhouette nicht gleich. Er warf sich das Handtuch über die Schulter, schob den Riegel zurück und öffnete die Tür.

6

Vor ihm stand Jack Westrate, die Hände in die Hosentaschen gestemmt. Der dunkle Seidenanzug war zerknittert, das Hemd aufgeknöpft, die Krawatte gelockert. Westrate war etliche Zentimeter kleiner als Graver und hatte einen Körperbau, der einem die Worte Bollwerk und Redoute in Erinnerung rief. Er war entschieden gedrungen, aber von der Art von Massigkeit, die an harte Aggressivität denken ließ. Jack Westrate hatte nichts Weiches an sich, weder im Verhalten noch im Aussehen.

»Wir müssen reden«, sagte er und klappte den Mund gleich wieder zu. Seine lange Oberlippe und seine mit Grübchen versehene Unterlippe preßten sich entschlossen aufeinander.

Westrate war wie ein bulliger Hund; er versuchte immer, schon in den ersten Sekunden einer Begegnung mit herausfordernder Gebärde die Regeln zu seinen eigenen Gunsten festzulegen. Doch für Provokationen dieser Art war es verdammt zu spät, und Graver war nicht in der Stimmung, irgendwelche Anteilnahme für Westrates Zwangslage zu empfinden. Also bewegte er sich nicht und sagte auch nichts, zögerte gerade so lange, um Westrate etwas von seiner Selbstsicherheit zu nehmen, und wich dann langsam zurück, während er die Tür öffnete. »Kommen Sie rein«, sagte er.

Sofort trat Westrate in den Flur. Er brachte den vertrauten, starken Geruch von Rasierwasser und Zigarrenrauch mit. Eilig wandte er sich nach rechts, wo er im Wohnzimmer Lampen brennen sah, und trat ein.

»Setzen Sie sich irgendwo hin«, sagte Graver und wies vage in den Raum.

Westrate verschmähte das Sofa und einen Ohrensessel und setzte sich in einen tiefen grünen Ledersessel neben einem Tisch mit einer kleinen orientalischen Lampe.

»Ich habe eben mit Katz gesprochen«, begann Westrate sofort. »Nachdem Sie und die anderen den Schauplatz da draußen verlassen hatten.«

Er beugte sich in dem Sessel vor, die Unterarme auf die dicken Knie gestützt. Sein schwarzes Haar wurde schütter, aber er trug es ohnehin militärisch kurz – er pfiff auf den Haarausfall. Wie Burtell hatte er einen so starken Bartwuchs, daß die gespannte Haut seines runden Gesichts immer dunkel beschattet war und die Kerbe seines kriegerischen, eckigen Kinns wie mit Kohlenstaub gepudert aussah.

Graver sagte nichts. Er schlug die Beine übereinander und wartete.

»Herb sagte, sie meinten, es sei Selbstmord.«

»Das ist bloß …«

»Ja, weiß ich, vorläufig. Trotzdem ist es kein glasklarer Fall von Mord.«

»Nein.«

Westrate ruckte nervös mit den massiven, abfallenden Schultern, und sein Jackett beulte sich in seinem feisten Nacken zu einer Rolle. Er kleidete sich stets in teure, maßgeschneiderte Anzüge, Seiden- und Leinenmischungen, tropische Wollstoffe, die dem feuchtheißen Klima der Golfküste angemessen waren, aber er trug sie achtlos, scheinbar der Kosten nicht bewußt. Graver mochte dieses Flair von

Nachlässigkeit, das er an sich hatte, obwohl er eigentlich nicht wußte, warum. Es war so ungefähr das einzige, was er an dem Mann ertragen konnte.

»Okay. Aha. Ich hätte natürlich auch nicht erwartet, daß Sie denen etwas sagen, wenn Sie Grund hätten, anders darüber zu denken. Wie steht's damit?«

»Ich weiß nichts, Jack. Ich widerspreche dem nicht, was sie zu sagen haben, weil ich nicht den Hauch einer Ahnung habe, warum der Bursche tot ist.«

»Kein Scheiß?« Westrates Gesicht war unbeweglich. Er versuchte, eine Verstellung in Gravers Reaktion zu erkennen, und fragte sich, ob Graver ihn hinhielt. Sein Mißtrauen war unersättlich. Westrate war Machiavelli lesend und mit dem Verdacht, sein Vater sei ein Hahnrei, auf die Welt gekommen.

»Kein Scheiß«, sagte Graver. »Und ich habe vorhin mit Dean Burtell geredet. Wenn das irgendwas mit Tislers Arbeit zu tun hat – Selbstmord oder Mord –, dann weiß Burtell jedenfalls auch nichts davon. Kann es sich nicht vorstellen.«

»Ach, mein Gott«, sagte Westrate mit ungeheuchelter Überraschung. »Das ist gut zu wissen. Eine Erleichterung.« Er hatte das Schlimmste erwartet. Er war zwar gerissen, aber auch ein Hypochonder. Ironischerweise jedoch hatte Graver das unbehagliche Gefühl, Westrate habe einen guten Grund, sich Sorgen zu machen, obwohl er das nicht sagte.

»Aber gleich ab morgen früh fangen wir an, seine Ermittlungen zu überprüfen –«

»Ja, prima, das ist gut«, unterbrach ihn Westrate. »Das wollte ich mit Ihnen absprechen. Liefern Sie mir ein weißes Blatt Papier, etwas, was ich an Hertig weitergeben kann und das bestätigt, daß das CID-Aktenmaterial in keiner Weise durch diese Farce kompromittiert ist.«

Farce? Großer Gott.

»Es geht darum«, sagte Westrate mit vor Entschlossenheit verkniffenen Lippen, »daß wir das in der Hand behalten. Kümmern Sie sich darum, bleiben Sie am Ball, schaffen Sie es aus dem Weg.« Mit seiner feisten Hand hackte er auf die Luft zwischen seinen massigen Knien.

Graver sagte nichts dazu. Westrate war so mit der Aufgabe beschäftigt, seinen eigenen Arsch zu schützen, daß keine Überlegung, die in irgendeine andere Richtung hätte führen können, in der Lage war, sein kurzsichtiges Eigeninteresse zu durchdringen. Zweifellos war er ein ausgebuffter Spieler, doch ihm fehlte die Begabung, das größere Bild zu sehen, soweit es sich über seine eigene Person hinaus erstreckte. Diese Unfähigkeit, in den Begriffen von irgend etwas zu denken, das ihn nicht persönlich betraf, war ein modernes Versagen, und insofern war Westrate ein Produkt seiner Zeit. Seine eigene Karriere war das vorrangigste Konzept in seinem intellektuellen Inventar, und was immer diese Karriere betraf, war die wichtigste Sache im Leben. Er war ein hohler Mensch. Und er würde vermutlich all seine ehrgeizigen Ziele erreichen.

Jetzt schimmerte mehr als ein bißchen Verzweiflung durch Westrates Gebaren, und das machte Graver vorsichtig. Mißtrauisch und vorsichtig. Er griff hinüber auf seinen Schreibtisch und nahm einen Notizblock und seinen alten grünen Füllfederhalter von der Arbeitsplatte. Er schraubte den Füller auf und machte sich ein paar Notizen auf dem Block, nur Gekritzel, doch das konnte Westrate nicht sehen. Graver nahm sich Zeit und unterstrich ein paar Wörter.

»Reden wir nur mal über den schlimmeren Fall«, sagte Graver und schaute auf. »Wie werden Sie die Sachen handhaben, falls es ein Mord ist?«

Der Ausdruck auf Westrates Gesicht wechselte bei dieser Frage von nüchtern zu grimmig. Er hatte sichtlich darüber nachgedacht.

»Keiner bekommt Einblick in die Akten«, sagte er. »Nicht ohne schriftliche *und* mündliche Zustimmung von mir.«

Obwohl er sich rauhbeinig benahm wie jemand, der auf der Straße gelernt hat, wo es langgeht, war Westrate kein tölpelhafter Clown. Der Mann konnte so raffinierte Machtpolitik betreiben wie nur irgendeiner, und genau aus diesem Grunde saß er jetzt hier. Interne Manöver waren ihm ebenso zweite Natur wie sein Poltern. Obwohl Graver ihn nicht mochte, mußte er sich eine gewisse Anteilnahme an Westrates Situation eingestehen. Der Mann würde ein paar Entscheidungen treffen müssen, für die es keine klaren

Präzedenzfälle gab, eine qualvolle Lage für einen Bürokraten. Tislers Tod erforderte eine Kriminaluntersuchung, bei der die Ermittlungen, an denen er beteiligt war, natürlich eine zentrale Rolle spielen würden. Und darin lag das Problem.

Westrate mußte nicht nur berücksichtigen, wie die Integrität des CID-Aktenmaterials am besten zu schützen sei, er hatte noch ein weiteres Anliegen. Als Assistant Chief, der für die ermittelnden Dienste zuständig war, war er nicht nur für die CID, sondern auch für das Morddezernat, das Drogendezernat, die Abteilung für Autodiebstahl und das Kriminallabor verantwortlich. Tislers Tod hatte Westrate in die wenig beneidenswerte Lage gebracht, mit seiner linken Hand (Morddezernat) seine rechte Hand (CID) untersuchen zu müssen, eine Situation, die noch durch die Tatsache verschlimmert wurde, daß seine rechte Hand die geheimniskrämerischste Abteilung des ganzen Departments war und ihre Akten niemals *irgend jemandem* öffnete.

Also stellte Graver die nächste heikle Frage. »Was ist mit dem IAD?«

Westrate schüttelte langsam und nachdrücklich den Kopf. »Darum werde ich mich kümmern. Ich habe schon mit Hertig gesprochen, bevor ich herkam.«

Nicht weiter überraschend.

»Werden Sie versuchen, ihnen Beschränkungen aufzuerlegen?«

»Verflucht, und ob ich das werde«, sagte Westrate scharf. »Um an diese Akte ranzukommen, muß Lukens über meine verdammte Leiche gehen.«

Graver schraubte seinen Füllfederhalter zu. »Vielleicht denken Sie da in die falsche Richtung«, sagte er.

Westrate sah ihn an. »Wieso?«

Bei diesem Hinweis auf irgend etwas anderes als bedingungslose Gefolgschaft reckte er den Hals.

»Kommen Sie schon, Jack. Der Tod eines Beamten der CID kompliziert die Frage der Vertraulichkeit«, sagte Graver. »Wir können uns nicht gut weigern, materielle Beweise weiterzugeben. Ich denke, wir könnten es vertreten, das, was sie zu sehen bekommen, ein bißchen zu frisieren, aber ich weiß nicht, wie wir uns weigern könnten, sie überhaupt etwas sehen zu lassen.«

»Wenn Tordella entscheidet, daß das ein Selbstmord ist, dann ist es prima, Klappe zu, Affe tot«, sagte Westrate ausweichend. »Keine formelle Untersuchung. Ich kümmere mich um die Verwaltungskriege... und Sie lernen Arthur Tisler *auswendig.*« Er zeigte mit den beiden Zeigefingern seiner verschränkten Hände auf Graver. »Wenn jemand Ihnen eine Frage über diesen Kerl stellt, dann möchte ich, daß Sie in der Lage sind, darauf mit Beweisstücken zu antworten, sofern es welche gibt. Ich will nicht, daß irgend jemand irgend etwas über Arthur Tisler weiß, was Sie nicht über Arthur Tisler wissen.«

Die Beleuchtung im Wohnzimmer war nicht allzu gut, aber Graver konnte deutlich die Feuchtigkeit sehen, die auf Westrates Oberlippe stand. Es ging um viel, um Karrieren und zumindest eines Mannes gesamte Psychologie. Es schien, als sei Westrate überzeugt – oder als wisse er –, daß ein Skandal unmittelbar bevorstand.

»Warum sind Sie eigentlich zu mir gekommen?« fragte Graver nach einem Augenblick. »Sie hätten mir das alles auch morgen früh sagen können.«

»Okay«, sagte Westrate. »Faire Frage.« Er verschränkte die Finger beider Hände ineinander und drückte sie so fest zusammen, daß die Knöchel weiß wurden. »Insider werden erfahren, daß wir das untersuchen müssen. Standardprozedur. Aber was ich vermeiden will, ist der Verdacht, daß da mehr als Routinescheiße abläuft. Zum Teufel, ich hoffe – und bete –, daß Sie feststellen, daß Tisler bis zum Hals in Spielschulden steckte, daß er heimlich schwul war oder ein Pädophiler, der die Hälfte der Vierjährigen in Harris County befummelt hat. Aber das letzte, was ich entdecken will, ist, daß er mit dem Aktenmaterial von Intelligence herumgemacht hat. Ich will, daß seine Sünde *persönlich* war, nicht beruflich.«

Westrate war jetzt ganz an die Kante des Sessels gerückt, den Oberkörper und das Gesicht mit den zusammengepreßten Lippen wie zum Angriff vorgereckt.

»Die Sache ist die«, sagte er, »ich will nicht den Eindruck vermitteln, als fürchteten wir, daß es beruflich sein *könnte.* Ich will nicht, daß jemand mich in Ihr Büro gehen sieht, und ich will nicht, daß jemand Sie in mein Büro gehen sieht. Von jetzt an verkehren wir nur über *sichere* Telefone. Oder wir treffen uns so, persönlich, wo wir wissen, daß wir nicht gesehen werden. Ich möchte nicht, daß die Kollegen, Ihre oder meine, sehen, daß wir die Köpfe zusammenstecken. Ich will keinerlei Klatsch. Ich will keine undichten Stellen. So kommt die Presse hinter solche Sachen. Irgendeine kleine, schmalärschige Sekretärin, irgendein verdammter tagträumender Aktenhengst sieht Scheiße und berichtet darüber. Ich will nicht, daß solche Sachen die interne Gerüchteküche speisen. Das habe ich Katz auch schon klargemacht.«

Graver konnte nicht entscheiden, ob Westrates Paranoia routinemäßiges Theater war oder ob er etwas verbarg, das zu bemerken Graver hätte schlau genug sein sollen. Die Wahrheit war, wenn Westrate versuchte, ihn wegen irgendeines seiner zahllosen geheimen Pläne zu manipulieren, dann konnte Graver das auf keine Weise vorhersehen. Nicht an diesem Punkt jedenfalls.

Westrate stand auf. »Ich muß gehen«, sagte er. »Hören Sie, Graver, ich will, daß Sie sich da richtig reinknien. Irgendwelche Zweifel, Fragen, irgendwas, was nicht richtig aussieht, was nicht zusammenpaßt, und Sie kommen sofort zu mir.« Er riß die Augen weit auf. »Verstanden?«

»Ich denke schon«, sagte Graver.

Westrate nickte kurz, als wolle er sagen, gut, dann verstehen wir uns, und damit ist die Sache klar. Er wirbelte herum und stürmte aus dem Wohnzimmer wie ein wilder Stier, weiter zu anderen Geschäften. Binnen weniger Sekunden stand er an der Haustür und zog sie auf. »Rufen Sie mich an«, sagte er, ohne sich umzudrehen, und ging.

Graver schloß die Tür hinter ihm und wartete im dunklen Flur. Er schaute, wie der zerteilte Schein des Verandalichts durch die Sprossenfenster in der Haustür fiel. Er wartete, bis die Scheinwerfer von Westrates Wagen eingeschaltet wurden, sich langsam vom Straßenrand entfernten und dann im Dunst die Straße hinunter verschwanden.

7

»Mir gefällt der Gedanke nicht sonderlich, daß du zusiehst«, sagte sie und schaute aus dem Autofenster die schmale Allee mit den Bäumen hinunter, die noch vom Regen glänzten. Auch die Straße selbst glänzte nach dem Schauer am frühen Abend, und gelegentlich stiegen Dampfschwaden vom Asphalt auf und schwebten einen Augenblick unter dem Schein der Lampen, ehe sie sich langsam hoben und mit der Dunkelheit verschmolzen.

»Ich will das sehen«, sagte Kalatis. »Denk nicht an mich. Tu einfach,was du zu tun hast.«

Die Frau war Anfang Vierzig und hatte rötlichgraues Haar, das sie lose zurückgekämmt und am Hinterkopf zusammengefaßt trug. Sie war gut gebaut, nicht mager, aber mit einer Figur, die sie mit viel Schweiß und der grimmigen Entschlossenheit, unbarmherzig gegen die Schwerkraft und nachlassende Elastizität anzukämpfen, viel jünger gehalten hatte als ihre Jahre. Entschlossenheit hatte ihr Leben geprägt. Ihr Wille war eisern. Ihre Konzentrationsfähigkeit war einzigartig. Sie hatte Nerven wie Drahtseile.

Panos Kalatis benutzte sie gern, weil sie im Laufe der Jahre gelernt hatte, Angst zu haben. Das hatten die vergangenen Jahre ihr angetan. Das Leben, das ihr früher nichts bedeutet hatte, spielte nun eine große Rolle. Sie war noch immer entschlossen, doch zu ihren Motiven gehörte jetzt der Selbsterhaltungstrieb. Kalatis sah gern, wenn sie Angst hatte. Vor zwanzig Jahren hatten sich die Härchen in seinem Nacken aufgerichtet, wenn er sie nur über die Straße gehen sah. Heute hatte ihr stiller Körper das bewirkt, was keine Pistole, kein Messer und kein Gift in ihrer Jugend geschafft hatten: Er hatte sie gelehrt, sich zu fürchten, und ihre Angst, obwohl sie sie verbarg und nicht eingestand, hatte ihre Mythologie demaskiert. Sie war noch immer der Tod, aber jetzt eine andere Art von Tod.

»Mir gefällt das nicht«, sagte sie wieder.

Diese wenigen – zwei, vielleicht drei – Jobs würden ihre letzten für ihn sein. Er dachte, sie habe ihre Nützlichkeit so ziemlich überlebt.

»Was glaubst du, wie lange du das noch machen kannst?« fragte

Kalatis. Es war eine grausame Frage, doch für Kalatis war Grausamkeit amüsant, da seine eigenen Gefühle schon längst ausgebrannt und über solche Subtilitäten hinaus waren.

»Was meinst du?« sagte sie, öffnete ihre Tasche und kramte suchend darin herum.

»Deinen Körper benutzen. Vielleicht solltest du dir etwas anderes überlegen. Etwas, das mehr... adäquat ist.«

»Adäquat«, sagte sie, in ihre Tasche schauend. Sie nahm einen Lippenstift heraus und trug ihn auf, ohne in den Spiegel zu sehen. »Adäquat...« Sie nickte, preßte leicht die Lippen aufeinander und starrte durch die Windschutzscheibe.

Kalatis nahm an, daß ihre Unbekümmertheit nur gespielt war. Er stellte sich vor, daß sie wütend war. Er dachte, wenn das Licht im Wagen heller wäre, würde er auf dem blassen Fleisch ihres Decolletés die rote Marmorierung sehen können, die dort erschien, wenn die Leidenschaft sie ergriff. In den alten Zeiten, in Triest, hatte er immer nach dieser zarten Rötung Ausschau gehalten, wenn sie zusammen im Bett lagen. Sie war immer so kontrolliert, daß er nicht wußte, was sie fühlte – ihr sexuelles Engagement, wie alles andere, was sie tat, erfolgte mit einer kühlen Entschlossenheit, die erst im allerletzten Augenblick Hingabe verriet. Zuerst war das verwirrend für ihn, weil er nie wußte, wie gut er war, und manchmal überraschte ihn das Ende. Bis er das Geheimnis des errötenden Busens entdeckte. Sie konnte alles kontrollieren, nur nicht dieses sehr spezifische Verhalten ihrer Anatomie.

»Was hat er dir getan?« fragte sie, ihre Tasche schließend.

»Dieser Mann?«

Sie nickte.

Panos legte die Hände auf das Steuerrad, streckte die Beine aus und seufzte. »Er ist sehr reich. Er hat zwei Flugzeuge. Eines dieser Flugzeuge wurde gesehen, wo es nicht hätte sein sollen. Er weiß, daß es dort war. Er weiß, daß es dort nicht hätte sein sollen.« Panos wandte den Kopf und sah sie an. »Ich glaube, daß er mir untreu war... auf seine Weise.« Er grinste.

Das Telefon zwischen ihnen läutete, ehe sie darauf antworten konnte, und Panos nahm den Hörer ab.

»Ja.« Er lauschte einen Moment. »Danke.« Er legte auf. »Er ist mit zwei anderen Männern zusammen, aber er hat gerade seine Rechnung verlangt.«

Sie öffnete die Tür des Mercedes und stieg aus. Der private Club befand sich in einem alten, efeubedeckten Ziegelbau inmitten eines dicht bewaldeten Grundstücks. Die schmale Straße, die zu ihm führte, war eine Einbahnstraße, die von einer Seite des Geländes zu einem kleinen Parkplatz und auf der anderen Seite wieder hinaus führte. Kalatis hatte ganz in der Nähe der Grundstückseinfahrt angehalten, und sie mußte fast fünfzig Meter durch das dämmrige Licht einer Straßenlaterne gehen, ehe sie eine Hecke umrundete und die geparkten Wagen erreichte.

Als er sie gehen sah, mußte Kalatis sich eingestehen, daß sie weit davon entfernt war, ihren Reiz, ihre Figur oder gar ihre sexuelle Anziehungskraft zu verlieren. Obwohl er sie das niemals wissen lassen würde. Was immer sie für Ängste vor dem Altern haben mochte, sie waren verfrüht, doch ihm gefiel es trotzdem, sie furchtsam zu sehen.

Nur sechs oder sieben Autos standen auf dem kleinen Parkplatz, der voll nicht mehr als die doppelte Anzahl hätte aufnehmen können. Der Club war in der Tat sehr exklusiv. Sie hatte den Mann erst kürzlich bei zwei Anlässen getroffen, und zwar, als sie in Gesellschaft von jemand anderem war, doch das hatte ausgereicht, um einen Eindruck auf ihn zu machen und ihm einen Grund zu geben, an sie zu denken, nachdem sie fort war. Bei fünfundneunzig Prozent der Männer, die Kalatis kannte, hätte das nicht funktioniert, doch in seinen mittleren Jahren war Toland in bezug auf Sex voreilig geworden. Unverantwortlich.

Sie wartete in der Dunkelheit unter dem Baldachin eines Baumes am Rand des Parkplatzes, und als die Eingangstür des Clubs sich öffnete, setzte sie sich in Bewegung. Kalatis beobachtete sie interessiert.

Sie hatte wieder ihre Handtasche geöffnet und schaute hinein, als suche sie etwas, als sie sich ihm im Dämmerlicht des Parkplatzes näherte. Er sah sie natürlich als erster, und genau in dem Augenblick, als sie aufblickte und ihre Tasche schloß, sagte er etwas zu ihr, und sie blieb stehen. Sie wandte sich um, und, oh, ja, sie erkannte ihn.

Kalatis sah ihre Körpersprache und folgte dem Wesentlichen ihrer Unterhaltung. Toland richtete sich ein wenig auf, zog ein bißchen den Bauch an. Was in aller Welt machen Sie denn hier?

Sie erklärte, sie habe X hier treffen sollen, aber die Verabredung sei ziemlich früh am Abend vereinbart worden, und dann sei sie aufgehalten worden und habe ihn telefonisch nicht erreichen können, und ein Taxi habe sie gerade abgesetzt, weil vielleicht die Möglichkeit bestünde, er sei noch da.

Nein, er sei nicht da, sagte Toland. Sie legte in gutmütiger Enttäuschung den Kopf schräg. Er stellte eine Frage, und sie schüttelte den Kopf und erklärte etwas. Er stellte noch eine Frage und wies auf seinen nur wenige Fuß entfernten Wagen. Sie neigte wieder den Kopf, dachte einen Augenblick nach, während sie zu seinem Wagen schaute, und nickte dann dankbar.

Sie dirigierte ihn auf den Parkplatz einer Eigentumswohnanlage nicht weit vom Club, wo ihr Wagen bereits anonym zwischen den anderen stand. Sie sagte ihm, wo er parken sollte, die genaue Stelle. Inzwischen befummelte sie ihn schamlos, und er wäre vom Rand des Bayou ins Wasser gefahren, wenn sie ihm gestattet hätte, seine Hand noch ein Stückchen weiter in ihren Slip zu schieben. Statt nach oben in ihre Wohnung zu gehen, schlug sie vor, könnten sie doch gleich hier...

Kalatis hatte das Geschehen choreographiert, aber es hätte nicht so gut funktioniert, wenn seine Primaballerina nicht so begabt gewesen wäre. Als Kalatis mit ausgeschalteten Scheinwerfern hinter ihm auf den Parkplatz fuhr, war Toland blind für alles bis auf die immer größeren Einblicke auf das ungewohnte Stück Fleisch auf dem Sitz neben ihm.

Kalatis parkte in einiger Entfernung zwischen anderen Wagen, kurbelte die Fenster hinunter, nahm sein Fernglas heraus und stützte es auf dem Steuerrad ab. Er stellte es auf Tolands Wagen scharf ein, dessen Inneres von der Straßenlaterne dahinter beleuchtet wurde und die beiden Gestalten als deutliche Silhouetten erkennen ließ. Er gab ihnen ein paar Augenblicke, bis sie ihre Bluse ausgezogen hatte. Er hätte sie weiter gehen lassen, aber er fürchtete, daß sie ihren Büstenhalter nicht ausziehen und die Sache schneller beenden wollte, als ihm recht war. Er würde sie trotzdem bezahlen müssen, aber er würde nicht die Befriedigung bekommen, die er wollte. So hielt er sich an den Plan, nahm seinen Telefonhörer auf und wählte.

Es läutete viermal, ehe Kalatis sah, wie sie Toland zurückstieß. Er konnte sich nur vorstellen, was gesprochen wurde.

»Jaaa...« Tolands Stimme war angespannt und reizbar.

»Robert, hier ist Panos Kalatis.«

Pause.

»Kalatis?« Pause. »Wieso rufen Sie mich um diese Zeit über mein Autotelefon an?«

»Irgendwie wußte ich, daß Sie da sein würden, um abzuheben.«

»Was wollen Sie?«

»Zahltag, mein Freund.«

»Was?«

»Ich weiß, was Sie getan haben, Toland.« Kalatis gab seiner Stimme einen vernünftigen, entspannten Klang. »Sie sind nicht annähernd gut genug, um mich zu bestehlen. Sie sind so ein dummes Schwein, Robert.«

Pause.

»Ich glaube, da liegt ein Mißverständnis vor...«, begann Toland. Seine Stimme hatte sich verändert.

»Ich glaube, da haben Sie recht«, sagte Kalatis, »also lassen Sie es mich Ihnen erklären.« Er beobachtete Tolands Profil durch das Fernglas genau. »Die Frau, die neben Ihnen sitzt... sie wird Sie für mich töten. Und ich werde mir das über dieses Telefon anhören und mit meinem Fernglas zuschauen. Robert, Sie sind wirklich so dumm...«

Kalatis hörte die beiden Schüsse eigentlich nicht, nicht als Schüsse, nur als *phuut! phuut!*, und gleichzeitig flog ein Teil des Fensters hinter Tolands Kopf mit dem Geräusch von zerstoßenem Eis auf den Asphalt des Parkplatzes. Die Reste des Fensters überzogen sich mit einer glänzenden, rostroten Flüssigkeit.

Kalatis zählte bis zwölf, bis sich die Beifahrertür öffnete. Sie stieg aus und schloß sie hinter sich. Mit geschäftsmäßiger Entschiedenheit ging sie zwischen den wenigen Autos hindurch, bis sie bei einem stehenblieb, aufsperrte und einstieg. Er zählte bis acht, bis die Scheinwerfer eingeschaltet wurden und sie wegfuhr.

Nur so zum Spaß wählte Kalatis noch einmal Tolands Nummer. Er fühlte sich besser, viel besser. Befriedigt lauschte er dem Besetztzeichen.

8

Graver schaltete das Verandalicht aus, schob den Riegel vor die Haustür und ging ins Wohnzimmer zurück. Er trat an seinen Schreibtisch, setzte sich, nahm den Notizblock in die Hand und betrachtete sein Gekritzel. Himmel, was für eine Situation. Was für eine gottverdammte Nacht.

Er warf den Notizblock beiseite. Er war noch immer rastlos, viel zu aufgekratzt durch die Ereignisse des Abends. Er dachte daran, nochmals zu schwimmen, um einen klaren Kopf zu bekommen, doch dann, zu schnell, noch ehe er es vermeiden konnte, erinnerte er sich an das unkrautübersäte Feld und den Kampf, den Tislers erstarrende Glieder gegen die endgültige Bestätigung seines Todes geführt hatten. Tisler hatte es geschafft, alle zu überraschen, hatte es geschafft, Gehirne über seinen Tod nachgrübeln zu lassen, die nie einen zweiten Gedanken an ihn verschwendet hatten, als er noch lebte. Das war natürlich eine traurige Umkehrung dessen, wie es im Leben *eigentlich* zugehen sollte.

Doch Graver lernte jeden Tag etwas dazu über den Trugschluß, das Leben »solle« so und so sein, irgendwo gäbe es Fairneß und Vollkommenheit, und wenn es uns nur gelänge, uns oder die Gesellschaft oder unsere Umgebung an das Leben anzupassen oder uns fein darauf abzustimmen, dann würde es schon so sein, wie es sein »sollte«.

Als das Telefon auf der Schreibtischecke läutete, fuhr er zusammen. Er krümmte sich bei dem Gedanken, daß, was Tislers schrecklichen Tod anging, neue Entwicklungen zutage treten könnten. Es war fast ein Uhr. Er dachte einen Moment daran, nicht abzuheben, doch in Wirklichkeit war er dazu nicht imstande. Immerhin ließ er es sechsmal läuten und nahm dann widerstrebend den Hörer ab.

»Hallo.«

»Marcus?«

Es war eine Frauenstimme, nicht Dores, nicht sofort erkennbar. Im Geiste ging er rasch ein Inventar von Stimmen durch.

»Ja«, sagte er und wartete auf einen weiteren hörbaren Hinweis. Und dann war er sofort vorsichtig, sogar argwöhnisch, fürchtete, sie könne auflegen, ohne noch etwas zu sagen.

Die nächste Stimme war die eines Mannes. »Graver, hier ist Victor Last.«

Diese Stimme erkannte Graver sofort, obwohl er sie, wie er annahm, seit acht Jahren nicht mehr gehört hatte. Lasts Stimme zeichnete sich durch ihre Weichheit, sogar Freundlichkeit, und ihren eigenartigen Akzent aus. Last war der Sohn britischer Eltern, die eine Schiffahrtsfirma in Veracruz, Mexiko, besaßen, wo Last aufgewachsen war. Seine Aussprache war eine wundervolle Mischung aus mehreren Sprachen.

»Na, so eine Überraschung, Victor«, sagte Graver. Er war auf der Hut.

»Tja, ich, äh, ich bin jetzt in der Stadt«, sagte Last. »Dachte, ich sollte mich mal bei dir melden.«

Graver hörte das hohle, gedämpfte Geräusch, als Last versuchte, die Sprechmuschel zuzuhalten, während er mit jemandem sprach, der bei ihm war, vermutlich der Frau, die sich gemeldet hatte, als Graver abhob.

»Hör mal«, sagte Last, wieder in den Hörer, »äh, ich würde gern mit dir reden. Könnten wir uns zu einem Drink treffen?«

»Victor, du hast mich in einem schlechten Moment erwischt. Ich muß eine Menge Feuer löschen in ...«

»Eigentlich wär's am besten heute nacht«, unterbrach ihn Last. Seine Stimme war ruhig und natürlich, angenehm, als habe Graver *ihn* angerufen, um ihn zu fragen, wann ihm ein Treffen passe.

Diese höfliche Verkennung der Realität ihrer Situation ließ Graver noch mehr auf der Hut sein.

»Okay. Wo bist du? Norden? Süden?«

»Ich glaube, der beste Platz wäre das Lokal, wo wir uns früher immer getroffen haben«, sagte Last beiläufig. Graver fiel auf, daß er es vermieden hatte, den Namen auszusprechen.

»Ist es noch da?«

»Natürlich.«

»Es ist spät. Es wird geschlossen sein.«

»Ich hab's überprüft«, sagte Last. »Es ist offen.«

»Gut«, sagte Graver resigniert. »Ich bin in zwanzig Minuten da.«

»Zwanzig Minuten«, sagte Last, und die Verbindung wurde unterbrochen.

9

Das kleine Café La Cita war nur einen Block vom Schiffskanal entfernt, nicht weit von der Zufahrt des Wendebeckens in einem Barrio, der sich nie veränderte. Noch immer wurde die schmutzige, mandarinenfarbige Eingangstür von zwei trägen Guadalupe-Palmen flankiert, deren riesige, grobe Stämme in dem winzigen Stückchen Erde und Unkraut zwischen dem holprigen Pflaster des Bürgersteigs und der Mauer des Hauses wurzelten. Eine einzige Neonröhre in Flamingorosa umrahmte noch immer die beiden Vorderfenster, und ein Guckfenster in der Eingangstür ermöglichte noch immer einen Blick in das schummrige Innere, ehe man eintrat.

Graver parkte auf der anderen Straßenseite und wartete einen Augenblick. Er sah sich in der Nachbarschaft um und erkannte keine geparkten Wagen am Straßenrand, die dort nicht hinzugehören schienen.

Er stieg aus, verschloß den Wagen und ging hinüber zum Café. In diesem Viertel roch die Nachtluft nach dem Schiffskanal, einer Mischung aus Bayou und Buchtwasser, Dieselmotoren und fremden Häfen, heimischen Küchen und fremdländischen Gerichten. Graver atmete die Aromen tief ein und ließ sich acht Jahre in die Vergangenheit tragen.

Er stieß die Tür auf und trat ein. Das La Cita war nie ein großartiges Lokal gewesen, aber ein gutes Café. Jetzt lag das einst behaglich beleuchtete Innere im düsteren Zwielicht von Neonreklamen für Bier, und die Luft roch unangenehm nach ungewaschenen Körpern, abgestandener Zigarettenasche und ranzigem Fett. Hinter der Bar kauerte eine dicke mexikanische Frau unter einer kleinen Lampe und las eine Zeitschrift. In den Ecken machte Graver ein paar dunkle Gesichter aus, aber er ging an ihnen vorbei zur Hintertür und trat hinaus in den Patio, wo Schnüre mit bunten, schwachen Glühlampen über die Tanzfläche aus fleckigem Beton gespannt waren. In dieser heißen Sommernacht waren nur drei oder vier der groben Holztische, die auf gut Glück an den Rändern des Patios aufgestellt waren, von einigen Männern und Frauen besetzt, die aussahen, als hätten sie niemals auch nur die geringste Chance gehabt oder, schlimmer, sie vertan und nie gelernt, sich das zu verzeihen.

Graver setzte sich an einen leeren Tisch in der Nähe der hinteren Ecke und bestellte eine Flasche Bier bei einem jungen Mann, dessen eine Brustseite eingesunken war, wodurch die Schulter herunterhing und sein Gang ein wenig an den eines Krebses erinnerte, der ständig einen Drall korrigieren muß. Er fiel jedoch in dieser schäbigen Umgebung auf, nicht durch seine Entstellung, sondern vielmehr durch einen makellosen Haarschnitt, den er perfekt frisiert trug. Außerdem hatte er eine blendendweiße Kellnerschürze umgebunden, die in dieser Umgebung zweifellos als dandyhafte Extravaganz galt.

Während Graver sein Bier trank, stand ein geisterhaft aussehender Mann Anfang Dreißig von dem Tisch auf, wo er allein gesessen hatte, und steckte einige Münzen in die Jukebox auf der anderen Seite der Tanzfläche. Er kehrte an seinen Tisch zurück, und nach einem Augenblick begannen die Akkordeone und Hörner eines *conjunto* zu spielen, während der Mann sich eine Zigarette anzündete. Wie auf Kommando verließen zwei abgetakelte Prostituierte in engen Kleidern, die ihnen kaum bis an die Oberschenkel reichten und ihre vorstehenden Bäuche betonten, ihre männlichen Gefährten an ihrem Tisch, traten auf die Tanzfläche, nahmen sich in die Arme und begannen zu tanzen. Scheinbar ohne den munteren Rhythmus des *conjunto* zu bemerken, bewegten sie sich traurig über die Tanzfläche, die Schenkel ihrer dünnen Beine eng verflochten, staksten auf hohen Absätzen dahin, die über den körnigen Betonboden kratzten, Bauch an Bauch, die Arme über die Schultern der anderen gelegt, die Stirnen eng aneinandergedrückt in einer Partnerschaft ohne Lächeln.

Graver beobachtete sie, genau wie ihre beiden Gefährten und der geisterhafte Mann. Ein Mann und eine Frau, die in der Nähe saßen, ignorierten sie und teilten sich in einer süßen, malvenfarbenen Wolke einen dicken Marihuana-Joint. Als die Musik zu Ende war, kehrten die Frauen zu ihren Begleitern zurück, und Graver trank sein Bier aus.

Fünf Minuten später trat Victor Last aus der Hintertür des Cafés, warf einen kurzen Blick über den Patio und ging mit seinem lässigen, lockeren Gang, der Graver so vertraut war, durch die Flecken bunten Lichts auf ihn zu. Er trug strohfarbene, weit geschnittene Leinenhosen mit Bügelfalte, ein weites, zerknittertes, langärmeliges Seidenhemd und eine hellbraune Sportjacke mit aufgesetzten Taschen. Sein graubraunes Haar war modisch lang, um die Ohren und im Nacken aber korrekt geschnitten und so zurückgekämmt, daß ihm eine Locke achtlos in die Stirn fiel.

Er lächelte bescheiden, als er sich Graver näherte, der aufstand, und dann schüttelten sie sich die Hand.

»Setz dich«, sagte Graver und wies auf den Stuhl ihm gegenüber.

Last nickte und setzte sich. Graver konnte ihn jetzt besser sehen und bemerkte überrascht, daß Last einige harte Jahre hinter sich haben mußte. Obwohl er noch immer schlank und gebräunt war – die Sonne hatte blonde Strähnen in sein bräunliches Haar gebleicht –, war sein Gesicht unglaublich faltig; Krähenfüße umgaben seine Augen, und die Mundwinkel begannen zu erschlaffen. Er sah aus, als hätte er eine Menge Sonne abbekommen und sich dem Rum und Tequila früherer Zeiten ergeben. Was immer er in den letzten acht Jahren getan hatte, er hatte es exzessiv getan.

Last grinste ihn über den Tisch hinweg an, lässig auf seinem Stuhl zurückgelehnt, die Beine in Kniehöhe übereinandergeschlagen. Graver bemerkte, daß seine Zähne noch immer weiß und ebenmäßig waren.

»Du hast dich überhaupt nicht verändert, Graver«, sagte Last. »Du mußt einen Deal mit dem Teufel persönlich gemacht haben.«

»Du weißt, daß ich keine Deals mache, Victor«, sagte Graver. »Der Teufel muß sich hinten anstellen wie alle anderen auch.«

»Tja, freut mich, dich zu sehen«, sagte Last.

Und Graver glaubte ihm. Vor acht Jahren war Last Gravers Hauptinformant bei seinem letzten und größten Fall als CID-Ermittler gewesen. Sie hatten fast ein Jahr lang eng zusammengearbeitet und waren tatsächlich Freunde geworden, obwohl Graver annahm, daß Last diesen Begriff wesentlich flexibler auslegte als er selbst.

»Kann ich dich zu einem Bier einladen?« fragte Graver und winkte dem verkrümmten Kellner.

»Aber klar.« Last griff in seine Jackentasche und nahm eine Schachtel Zigaretten heraus. Er schaute Graver an. »Rauchst du immer noch nicht?«

Graver schüttelte den Kopf.

Er bestellte ein weiteres Bier für sich und eines für Last, und Last sah dem verkrümmten Kellner nach, der sich in Richtung auf die äußere Bar entfernte.

»Himmel«, sagte Last und zog kräftig an seiner soeben angezündeten Zigarette. Er wandte sich wieder an Graver. »*El capitán,* hm?« Wieder ein Grinsen, ein knappes diesmal.

»Ja, vor ungefähr vier Jahren«, sagte Graver. Er beobachtete Last aufmerksam.

Der verkrümmte Kellner brachte die Biere, und Last wischte den Flaschenhals ab und hob die Flasche zu einem Toast. Graver hob seine Flasche ebenfalls, und sie stießen an.

»Auf die guten alten Zeiten«, sagte Last, »und bessere neue.«

Last trank das kalte Bier wie Wasser in großen Schlucken. Als er die Flasche wieder auf den Tisch stellte, war sie halb leer. Er schürzte die Lippen, genoß den Nachgeschmack und schaute über die Tanzfläche.

»Der Laden ist noch nicht ganz am Arsch.« Er zog an der Zigarette und betrachtete die Frauen. »Aber die Huren waren früher besser.«

»Hier hat sich nichts verändert, Victor. Vielleicht ist dein Geschmack besser geworden«, sagte Graver.

Last lächelte, wandte sich wieder Graver zu und rauchte seine Zigarette. Victor Last war ein ungewöhnlicher Informant. Er war auch ein ungewöhnlicher Mann. Er hatte eine Universitätsausbildung in den schönen Künsten, und als sich seine kriminellen Tendenzen bemerkbar machten, taten sie dies mit deutlich künstlerischem Flair. Alles, was er an Vorstrafen aufzuweisen hatte, waren zwei Jahre im ziemlich offenen Vollzug des texanischen Gefängnissystems, weil er seltene Bücher und botanische Drucke und Stiche verkauft hatte, die aus britischen Büchereien, Museen und Privatsammlungen gestohlen worden waren.

Als Graver ihm begegnete, hatte Last seine Strafe abgesessen und war wieder im Geschäft, nur, daß die Gefahr bei seinem Spiel jetzt erheblich größer war. Er hatte fast ein Jahrzehnt als »Exporteur« aus Mexiko zugebracht und nebenbei gestohlene präkolumbianische Artefakte verhökert. Und er dilettierte in der Fälschung historischer Kolonialdokumente aus dem achtzehnten Jahrhundert. Graver erkannte in ihm das Rohmaterial für einen erstklassigen Informanten, und der wurde er auch. Was einige von Lasts Geschäften anging, über die man munkelte, drückte Graver beide Augen zu, und binnen eines Jahres hatte der dankbare Last Graver auf ein Netz illegaler Waffenhändler angesetzt. Die Sache entwikkelte sich zu einer der größten Waffenschmuggeloperationen, von denen die CID jemals Wind bekommen hatte.

Wie sich herausstellte, mochte Last die Natur des Spiels. Er liebte die intellektuelle Herausforderung, ein »Spion« zu sein, und er liebte sogar den Adrenalinstoß, der die latente Gefahr bei allen mit viel Geld verbundenen kriminellen Plänen begleitete. Victor Last war tatsächlich ein Gentleman-Abenteurer, in den Dschungeln Mittelamerikas ebenso zu Hause wie in den Herrenhäusern der reichsten Bewohner Houstons, die die Artefakte sammelten, welche er »besorgte«.

»Okay«, sagte Graver, seine Flasche absetzend, »wie ist's dir ergangen?«

Last nickte und schluckte langsam sein Bier. Er lächelte fast entschuldigend.

»Bin quasi von der Bildfläche verschwunden, oder?« Er zog erneut an der Zigarette und schaute über die Betontanzfläche mit ihren Flecken weicher Farben. »Beim letzten Ding hab ich mich ein bißchen übernommen, Graver. War Zeit für ein Sabbatjahr. Bin zuerst nach Oaxaca. Zurück ins Exportgeschäft. Aber das war nicht mehr dasselbe wie früher. Ich hatte gehört, es gäbe inzwischen einen neuen Markt für hispanische Kolonialdokumente. Ich befaßte mich damit; war in der Tat ein Gebiet, das im Kommen war. Ich ging nach Madrid und verbrachte ein Jahr damit, dort die Archive zu durchkämmen. Phantastische Archive. Gott, Museen, groß wie Höhlen, und ausgedehnte Privatsammlungen. Ein paar von den Museen wissen überhaupt nicht, was sie da besitzen. Teufel, manche von diesen Läden wissen nicht mal, *wieviel* sie haben, von dem Wert ganz zu schweigen. Wunderbare Häuser.«

Er trank sein Bier aus. Er hob die Flasche und winkte damit dem verkrümmten Kellner auf der anderen Seite des Patios. Der Kellner hob mit fragendem Blick zwei Finger, doch Graver schüttelte den Kopf.

Last drückte in dem Blechaschenbecher auf dem Tisch seine Zigarette aus. Die Schwüle der Nacht wurde jetzt in den ersten Morgenstunden lähmend, und Schweißperlen erschienen auf Lasts Stirn und Oberlippe. Er zog sein Taschentuch aus der Brusttasche seiner Jacke und tupfte sich Gesicht und Oberlippe ab.

»Bin in Spanien geblieben, fast zwei Jahre lang«, fuhr Last fort, steckte das Taschentuch wieder in die Tasche und ließ geschickt einen Zipfel davon herausschauen. »Hab ein bißchen Geld und ein paar gute Kontakte gemacht. Aber alles in allem war mir das gute alte Mexiko doch lieber. Man ist da ein bißchen ›unternehmerfreundlicher‹.« Er lächelte.

Der verkrümmte Kellner brachte Lasts Bier und nahm ihre leeren Flaschen mit. Last ergriff die Flasche, auf der schon Kondenswasser perlte, und hielt sie sich an Stirn und Schläfen. Dann nahm er einige tiefe Schlucke.

»In Mexico City bekam ich ein paar Schwierigkeiten«, fuhr er fort. »Die haben da knifflige Gesetze über Archive und dergleichen... historische Artefakte... ich habe eigentlich nichts gegen ihr Rechtssystem... weißt du, auf der Grundlage des Code Napoleon... aber wenn du dazu all die Korruption addierst, dann ist es schwer, dort Geld zu machen. Auf legitime Weise.« Er zuckte mit den Schultern und betrachtete die Leute im Patio. »Trotzdem blieb ich ein paar Jahre dabei.«

Er griff wieder in die Seitentasche seiner Jacke, nahm eine

weitere Zigarette heraus und zündete sie an. Er legte den Kopf zurück und blies den Rauch hinauf in die stille Nacht.

»Vor ungefähr sechs Monaten«, sagte er, »bin ich nach Vera Cruz gegangen und habe nach ein paar kolonialen Seefahrtsdokumenten gesucht, die angeblich im Besitz einer Familie sein sollten, deren Vorfahren im dortigen Hafen während der spanischen Vizekönigschaft Dockmaster gewesen waren. Damals war ich ziemlich flüssig, weil ich gerade mit dem Verkauf von Fotos aus der mexikanischen Revolution ein gutes Geschäft gemacht hatte, und darum habe ich mir etwas gegönnt und bin in einem sehr teuren kleinen Gasthof nicht weit vom Strand abgestiegen. Ich lernte ein Ehepaar aus Houston kennen, und während der nächsten drei oder vier Tage haben wir uns ein bißchen angefreundet. Ungefähr einen Monat nach der Rückkehr nach Mexico City bekam ich eine Einladung zu einer Party in ihrem Haus in Houston.«

Last nahm einen weiteren Schluck Bier, und während er ihn auskostete, blieben seine hellen Augen auf Graver gerichtet. Er war im Begriff, zur Sache zu kommen, was immer das war.

»Auf der Party lernte ich zwei andere Ehepaare kennen, die mich interessierten. Dem einen Typ gehörte eine Kunstgalerie, der andere war Geschäftsmann. Hatte eine große Firma einer bestimmten Sorte. Ich weiß nichts über diese Art von Geschäften – es sind harmlose Geschäfte –, also hab' ich bloß Fragen gestellt, und dieser Bursche wurde auf einmal sehr wachsam und gab nur noch ausweichende Antworten. Das kam mir eigenartig vor, denn ich hab' so gefragt, wie ich einen Lebensmittelhändler fragen würde. Ich meine, es war eine harmlose Beschäftigung.«

Last zog an seiner Zigarette.

»Also, bevor ich weiterrede, möchte ich dich etwas fragen.«

Graver nickte.

»Hast du irgendwas von« – Last sog durch die zusammengebissenen Zähne leise die Luft ein – »von Polizeikorruption läuten hören?« Er hob die Hand mit der Zigarette. »Auf Detective-Ebene, meine ich.«

Graver spürte, wie sein Magen sich verkrampfte. »In welcher Abteilung?«

»Weiß ich nicht.«

»Du weißt, daß ich dir so etwas nicht erzählen würde, Victor.«

Last nickte verständnisvoll. »Ja, weiß ich.« Er zog an seiner Zigarette und klopfte mit einem Finger an die bernsteinfarbene Flasche. Er machte ein unentschlossenes Gesicht, als wisse er nicht, was er tun solle.

»Weißt du etwas?« fragte Graver.

»Nein«, sagte Last rasch. »Nein, ich weiß nichts. Es ist nur ein Verdacht wegen etwas, was ich zufällig aufgeschnappt habe. Ich begriff nicht, was ich da hörte, und das war eine der Möglichkeiten. Es gibt noch andere Möglichkeiten.«

»Und wo hast du das aufgeschnappt?«

»Hier in Houston. Bei einer schicken Party vor ungefähr drei Monaten.«

»Vor drei Monaten?«

»Ich hatte zu tun«, sagte Last, um die Verzögerung zu erklären, mit der er sich an Graver gewandt hatte. »Aber das... blieb irgendwie hier hängen.« Er tippte mit dem Finger an seine Schläfe. »Es war so eine Sache, von der ich dachte, wenn ich dir davon erzählen würde, würdest du sofort wissen, ob was dran ist oder nicht.«

»Aber du hast mir nichts erzählt.«

»Nein, aber ich habe dich nach etwas Bestimmtem gefragt, und dabei hat anscheinend keine Glocke geläutet. Ich denke, ich habe mich geirrt.«

Last schien sich plötzlich unwohl zu fühlen, was ganz untypisch für ihn war. Sonst war die Sicherheit im Auftreten sein hervorstechendes Merkmal. Sie machte ihn zu einem guten Kunstschwindler und zu einem guten Informanten. Er war einer jener Männer, die Wagnisse mit einem unbekümmerten Lächeln akzeptierten und tollkühne Dinge mit einer kultivierten Furchtlosigkeit taten, die Jahre später gute Geschichten daraus machten, die man anderen Leuten erzählen konnte. Doch im Augenblick war er seiner selbst nicht sehr sicher.

Er begann sein Bier mit der unverkennbaren Absicht zu trinken, die Flasche zu leeren, damit er gehen konnte. Graver vermutete, daß Last soeben klargeworden war, daß er sich verrechnet hatte, daß das, worüber er gestolpert war, was immer es sein mochte, nicht das war, wofür er es gehalten hatte.

»Tja, es tut mir sehr leid, Graver«, sagte Last. »Daß ich dich extra herbemüht habe und so. Tut mir wirklich leid . . . Ich muß, äh« – er lächelte unsicher –, »muß da wirklich auf 'ner falschen Fährte gewesen sein.«

»Hör mal«, sagte Graver, »wie kann ich dich erreichen? Wohnst du jetzt in Houston oder noch in Mexiko?«

»Houston«, sagte Last, steckte die Zigarette in den Mund und griff in seiner Jackentasche nach einem Stift und einem kleinen Notizblock. »Mehr oder weniger«, fügte er kryptisch hinzu. Er zwinkerte um den Rauch seiner Zigarette herum, notierte etwas auf dem Papier und riß den Zettel vom Block. Er reichte ihn Graver. »Höchstwahrscheinlich meldet sich eine Frau. Sie heißt Camey.« Er buchstabierte den Namen. »Sie weiß immer, wie ich zu erreichen bin.«

Graver stellte keine Fragen über Camey. Er nickte.

»Laß mich darüber nachdenken«, sagte er. »Wenn dir noch irgendwas einfällt, setz dich mit mir in Verbindung.«

Last trank sein Bier aus und griff in seine Jacke nach der Brieftasche.

»Nein«, sagte Graver. »Mir wär's lieber, wenn du in meiner Schuld stehst.«

»Aha.« Last nickte einmal, und sein spitzbübisches Lächeln kehrte zurück. »Schlaue Polizeipsychologie.« Er drückte seine Zigarette im Aschenbecher aus. »Tja, Graver, trotz des Fehlschlags war es gut, dich zu sehen. Wenn du mich jemals brauchst, ruf Camey an.«

Er stand auf und reichte Graver die Hand.

»Freut mich, daß du angerufen hast, Victor«, sagte Graver. »Paß auf dich auf.«

»Wiedersehen, Graver.« Last drehte sich um, ging über die Tanzfläche mit den pastellbunten Lichtflecken zurück zur Hintertür der schäbigen kleinen Taverne und war verschwunden.

Graver stand ebenfalls auf, nahm seine Brieftasche heraus, legte genug Geld für die Drinks und ein gutes Trinkgeld für den verkrümmten Kellner auf den Tisch und schob es unter Lasts leere

Bierflasche. Mit einem letzten Blick auf die tristen Gäste des La Cita überquerte er die Tanzfläche und ging durch das heruntergekommene Lokal und die Eingangstür hinaus in die Nacht des Barrio. Die schmale Gasse war leer, genau wie bei seiner Ankunft. Victor Last war nirgends zu sehen.

MONTAG

Der zweite Tag

10

Als der Radiowecker läutete, öffnete Graver die Augen in dämmrig grauem Licht. Ohne sich auch nur zu bewegen, wußte er, daß die Muskeln in Nacken und Schultern förmlich Knoten bildeten.

Nachdem er spät nach Hause gekommen war, hatte Graver noch eine Stunde im Bett gesessen und versucht, sich Notizen für das Treffen am nächsten Morgen zu machen. Obwohl es ihm schwerfiel, sich zu konzentrieren, blieb er bei der Sache, bis Müdigkeit und Schmerzen im Rücken ihn zwangen, Stift und Block wegzulegen und das Licht auszumachen. Dann hatte er bis in die frühen Morgenstunden wachgelegen und an Last gedacht. Er spielte ihr Gespräch noch einmal durch und vergegenwärtigte sich jedes Wort, das Last gesagt hatte. Er wunderte sich, wieso er aus dem Nichts erschienen war. Dann ermahnte er sich selbst. Das war nicht der richtige Zeitpunkt, um damit anzufangen, an glückliche Zufälle zu glauben. Schließlich sank er in unruhigen Schlaf, und die vergangenen zwölf Stunden verschmolzen zu absurden Träumen.

Als er sich umdrehte, um aufzustehen, fand er den Block und den Stift zwischen den zerknitterten Laken und warf sie auf den Boden am Fußende des Bettes. Er widerstand der Versuchung, sich auf das Kissen zurückfallen zu lassen, schwang die Beine über den Bettrand und blieb einen Augenblick sitzen, steif und mit schwerem Kopf. Dann stand er langsam auf, ging ins Badezimmer, trat in die Dusche und drehte das kalte Wasser auf.

Nachdem er sich gewaschen und rasiert hatte, zog er sich an und sammelte die schmutzigen Kleider ein, die er auf das Sofa unter den

Fenstern geworfen hatte. Er brachte sie in die Wäscherei und hielt danach bei einer Bäckerei in der Nachbarschaft, wo er ein Zimtbrötchen, einen kleinen Becher Kaffee und eine Zeitung kaufte. Die Schießerei in Kashmere Gardens beherrschte die Schlagzeilen. Der bewaffnete Mann, der die Geisel in seiner Gewalt hatte, war im Sperrfeuer umgekommen, nachdem er auf der kleinen Terrasse vor dem Garagenapartment seine Geisel erschossen hatte.

Graver überflog rasch den Rest der Zeitung, doch Arthur Tislers Tod wurde nicht erwähnt. Kein Thema für die Nachrichten. Er warf die Zeitung in einen Abfallkorb und aß das Zimtbrötchen auf und leerte den Kaffee auf dem Weg in die Stadt.

Die Criminal Intelligence Division befand sich im obersten Geschoß eines tristen, dreistöckigen Gebäudes auf der Rückseite des Grundstücks des Polizeihauptquartiers am nordwestlichen Rand der Innenstadt. Von der architektonischen Pracht der Bauboomjahre Houstons durch das wuchtige Betonnetz von Rampen, Piers, Umfahrungen und Streben des Gulf Freeway getrennt, hatte der häßliche Zementbau den besonderen Vorzug, daß die einzige Eingangstür von der Rückseite des Polizeigrundstücks aus nach außen zeigte statt nach innen wie bei den anderen Gebäuden. Infolgedessen hatte das Erdgeschoß einen großartigen Blick auf den Unterbauch des Expressway, wo der Buffalo Bayou sich unter der Betonstruktur dahinschlängelte und das klebrige Unkraut des Sommers außer Kontrolle geriet.

Graver stellte den Wagen auf einem kleinen Parkplatz gegenüber der wegähnlichen Einfahrt ab, die das Gebäude umrundete und von einem Dschungel von Unkraut umgeben war, das gleich am Rand des Grundstücks übermannshoch stand. Er stieg aus dem Wagen, verschloß die Tür und atmete die muffigen Gerüche ein, die von dem versumpfenden und stinkenden, trüben Wasser des Bayou fünfzig Meter entfernt auf der anderen Seite der überwucherten Böschung ausgingen.

Lara Casares war jeden Morgen immer die erste im Büro. Sie war Gravers Sekretärin seit seinem ersten Tag als Captain vor vier Jahren, als er sie aus dem Pool der Stenotypistinnen herausgeholt hatte, wo ihre Begabung verschwendet war. Fast alles an Lara war eine Überraschung, beginnend mit ihrem Aussehen. Sie war eine dreißunddreißigjährige Hispanoamerikanerin mit erstaunlich schöner Figur, wunderbar proportionierten Brüsten und tollen Hüften, die sie dreimal pro Woche mit Gymnastik und Jazztanz in atemberaubender Form hielt. Sie trug ihre Kleider so, wie Muskelmänner enge Hemden trugen, ihrer selbst bewußt und mit Spaß an der ganzen verdammten Sache. Obwohl sie nur einen High-School-Abschluß hatte, nahm Graver an, daß ihr IQ außergewöhnlich war. Sie war all das, wovon man auf den ersten Blick angenommen hätte, sie sei es nicht, zuverlässig, diskret in einer Stellung, in der Diskretion von höchster Wichtigkeit war, organisiert wie ein Computer, jeder seiner Bitten immer um zwei Schritte voraus, rücksichtsvoll und nüchtern wie eine Nonne, wenn es um ihre Arbeit ging, obwohl sie privat eine etwas wilde Dame war. Graver verließ sich rückhaltlos auf sie.

Darüber hinaus teilten sie eine gegenseitige Anziehung, die länger nicht zur Kenntnis genommen worden war, als beide jemals vorhergesagt hätten. Trotz ihrer starken Persönlichkeit wußte Graver, Lara war zu klug, um als erste diese Anziehung offen auszusprechen. Sie wußten beide, daß das voller potentieller Probleme war. Das war eine Sache, in der sie nicht die Führung übernehmen würde. Was Graver selbst betraf, so hatte seine zerbrochene Ehe auf ihn nicht die Wirkung, die sie vielleicht auf die meisten anderen Männer gehabt hätte. Er war nicht leichter geneigt, sich in eine Affäre zu stürzen. Aus Gründen, die allzu genau zu untersuchen er sich nicht gestattete, war er entschlossen, seine Gefühle für Lara nicht zu nah an sich herankommen zu lassen; da seine Scheidung nun endgültig war, mußte er allerdings einräumen, daß dazu eigentlich kein Grund mehr bestand. Tatsächlich stand er in dieser Zeit seines Lebens Lara wahrscheinlich näher als irgendeinem anderen Menschen.

Als er spät, um halb neun, das Büro betrat, sagte er der Empfangssekretärin guten Morgen und schaute den nackten, schmalen Gang auf der linken Seite entlang, wo die Büros der Abteilung zu beiden Seiten vom Korridor abgingen, eine Serie identischer Türen, die in dem überlangen Gang perspektivisch immer schmaler wirkten.

Die Tür des Kommunikationsraumes stand offen, und einer der

Drucker hämmerte vor sich hin und ließ einen Schwall Papier auf den Fußboden rattern, der bereits mit dem Papier der über das Wochenende eingelaufenen Berichte übersät war. Die Computer blieben rund um die Uhr lebendig, um »Beiträge« von Polizeibeamten – Streifenpolizisten und Detectives – überall in der Stadt entgegenzunehmen.

Graver drehte sich um, ging an Laras Büro vorbei und streckte den Kopf hinein. Sie war am Telefon, und er zeigte auf sein Büro und ging weiter. Als er sich hinter seinem Schreibtisch niedergelassen und einige Notizen gemacht hatte, kam Lara mit seinem Charlie-Chan-Becher mit frischem Kaffee herein. Sie stellte den Becher mit einer Serviette vor ihn hin, richtete sich auf und zog einmal energisch am Saum ihrer roten Kostümjacke.

»Den haben Sie über das Wochenende auf Ihrem Schreibtisch stehen gelassen – mit Kaffee drin. Heute morgen war er verschimmelt«, sagte sie betont.

Jeden Morgen, wenn Graver ins Büro kam, fand er seinen Schreibtisch sauber und ordentlich aufgeräumt vor, ein Zustand, in dem er ihn selten hinterließ. Lara war verantwortungsbewußt. Sie staubte den bernsteinfarbenen Glasschirm der Lampe ab, die er von zu Hause mitgebracht hatte, um das anämische fluoreszierende Licht an der Decke zu ersetzen. Sie sorgte dafür, daß der marmorierte Füllfederhalter, den Nathan ihm geschenkt hatte, in der schmalen grünen Glasschale lag, die vorn auf seinem Schreibtisch stand. Sie kümmerte sich darum, daß der elfenbeinweiße Kaffeebecher mit der Silhouette von Charlie Chan darauf, den Natalie ihm gegeben hatte, sauber war. Und sie achtete darauf, daß sein buchförmiger Kalender durch den schwarzen, glattpolierten Pflasterstein flach und offen gehalten wurde, den er und Dore vor hundert Jahren, leicht angetrunken und lachend, aus einer schmalen Gasse in der Nähe der St. Paul's Cathedral ausgegraben hatten.

Das war auch so eine Sache an Lara. Sie hatte ein intuitives Verständnis für die bleibende Macht kleiner Dinge, alter Geschenke von Sohn und Tochter oder einer Gedächtnisstütze in Form eines Pflastersteins, der kein Andenken an die Frau war, die nicht mehr seine Frau war, sondern an das Mädchen, das er einst geheiratet hatte.

»Tut mir leid«, sagte er und bat sie mit einer Geste, die Tür zu schließen. Sie tat es, kam zurück und blieb vor seinem Schreibtisch stehen.

»Ziemlich üble Neuigkeiten«, sagte er. »Gestern abend wurde Arthur Tisler tot in seinem Wagen aufgefunden. Sieht aus, als hätte er sich umgebracht.«

Sie sperrte den Mund auf und setzte sich langsam auf einen der Stühle.

»Mein Gott«, sagte sie. »Er hat sich *umgebracht?*«

»So... sieht es aus.«

»Sieht es aus?«

»Es muß untersucht werden, Lara, das ist alles.«

»Ich weiß, aber... Mein Gott...« Ihre schwarzen Augen schauten ihn an, und er konnte sehen, daß sie sich an Tisler erinnerte.

»Westrate macht sich natürlich Gedanken über Schadensbegrenzung, darüber, wie das aussehen wird.«

»Weiß es denn noch keiner?«

»Burtell weiß es. Er hat gestern nacht Peggy Tisler benachrichtigt.«

»Gott, die arme Frau.«

Graver hätte gern eine Weile mit ihr gesprochen, einfach darüber geredet, wie er es vor Jahren mit Dore getan hätte, aber dazu war keine Zeit. Widerstrebend machte er weiter.

»Ich denke, Sie sollten sämtliche Squad-Supervisors anrufen und dafür sorgen, daß sie um neun Uhr hierher zu mir kommen«, sagte er. »Ich werde es denen überlassen, ihre Leute zu unterrichten. Und Sie übernehmen am besten für den Rest des Tages alle Anrufe für mich, mit Ausnahme der von Jack Westrate oder von jemandem vom Morddezernat oder IAD.«

Um neun Uhr versammelten sich die drei Squad-Supervisors in seinem Büro. Ray Besom war der vierte, doch er war ja auf seiner Angeltour. Graver sagte ihnen gerade heraus, was geschehen war. Er berichtete ihnen soviel, wie er am Vorabend Burtell gesagt hatte, doch keiner von ihnen hatte Tisler nahegestanden, und so beschränkten sich ihre Reaktionen auf einen leisen Fluch, ein Zusammenzucken oder ein Stirnrunzeln mit zusammengebissenen Zähnen. Er erklärte alles, die Situation am Schauplatz des Geschehens und auch, wer von Morddezernat und IAD an der Untersuchung beteiligt war.

»Und unsere eigenen Ermittlungen werde ich selbst leiten«, sagte er. »Seine Untersuchungen überprüfen, sicherstellen, daß wir eine weiße Weste haben.« Sie alle wußten, was er meinte. Er sah Matt Rostov an, einen dünnen, eckigen Mann Anfang Vierzig, der die Abteilung für Recherchen und Analyse leitete. »Matt, wenn es Ihnen recht ist, würde ich gern Dean Burtell und Paula Sale hinzuziehen, damit sie mir helfen. Können Sie sie entbehren, für eine Woche vielleicht?«

Rostov nickte und sagte, natürlich könne er das.

»Wenn Sie in Ihr Büro zurückgehen, würden Sie sie wissen lassen, daß ich sie etwas später am Vormittag anrufen werde?«

Wieder nickte Rostov. Natürlich.

»Ich werde auch Casey Neuman von OC zuziehen.«

»Was ist mit den Leuten in OC?« fragte Lee Stanish. »Wissen sie es schon?«

Stanish hatte vier Jahre zuvor Ray Besoms Stellung als Leiter der Abteilung für Organisiertes Verbrechen, OC, innegehabt. Er war ein großartiger Supervisor, und Graver hatte ihn in die Anti-Terror-Abteilung befördert, als der dortige Supervisor in Pension gegangen war. Er hatte eine hervorragende Beziehung zu seinen Ermittlern gehabt und nie gefunden, daß Besom bei seiner alten Truppe ausreichend gute Arbeit leistete.

»Noch nicht«, sagte Graver. »Ich werde gleich mit ihnen reden. Ich habe mich gegen eine allgemeine Bekanntmachung entschieden. Die Sache ist heikel, und es ist noch vieles in der Schwebe. Ich dachte einfach, daß wir die Sache am besten niedrig hängen sollten.«

Alle nickten, alle verstanden, und Graver entließ sie. Nur Bob Penck, der dem technischen Dienst vorstand, hatte nichts gesagt, was für ihn normal war. Er hätte vielleicht etwas gesagt, wenn im Büro eine Bombe hochgegangen wäre ... vielleicht aber auch nicht.

Nachdem sie gegangen waren, bat Graver Lara, alle neun Ermittler der Abteilung für organisiertes Verbrechen anzurufen und zu ihm zu bitten. Er holte sich von der anderen Seite des Ganges einen frischen Becher Kaffee und erwartete sie an seinem

Schreibtisch sitzend. Als sie kamen, rechneten alle mit einer Bombe, denn sie waren nie zuvor alle zusammen gerufen worden; sie standen an den Wänden herum, da keiner von ihnen einen der drei Stühle vor Gravers Schreibtisch benutzen wollte. Also stand Graver ebenfalls auf und wiederholte zum vierten Mal die Geschichte von Arthur Tislers Tod.

11

»Wir haben eine Menge zu tun und sehr wenig Zeit«, sagte Graver und legte die Hand auf den Stapel von braunen Aktenmappen. Er lehnte an der Vorderseite seines Schreibtischs, und die drei Personen, die er soeben in sein Büro gerufen hatte, schauten grimmig drein.

Dean Burtell saß auf dem Stuhl, der den Fenstern am nächsten stand, und obwohl er frisch rasiert war und wie üblich gepflegt aussah, war von seinem normalerweise heiteren Wesen nichts zu bemerken. Er war schlecht gelaunt, und der Schlafmangel hatte sein Gesicht verändert. Vorher hatte Graver kurz mit ihm über seinen Besuch bei Peggy Tisler gesprochen. Sie war verständlicherweise ziemlich aufgelöst gewesen, und Dean und Ginny waren die ganze Nacht bei ihr geblieben. Sie hatten ihre Familie in Corpus Christi angerufen, und sie waren im Morgengrauen in Houston eingetroffen, gerade rechtzeitig, damit Dean und Ginny nach Hause fahren, duschen und dann zur Arbeit gehen konnten. Dennoch schien Burtells Verhalten mehr auszudrücken als nur den Schlafmangel.

Graver sah ihn an und schaute dann durch die Fenster nach draußen, wo die schmuddeligen Morgenwolken vom Golf her rasch landeinwärts zogen und einen gedämpften Hintergrund für die Skyline der Innenstadt bildeten. Der Verkehr auf dem Expressway rauschte mit dumpfem Dröhnen vorbei, das Graver gelegentlich förmlich fühlen konnte.

»Ich habe bereits Tislers gesamte Akten hergeholt. Ich möchte, daß ihr zum jetzigen Zeitpunkt mit den schriftlichen Unterlagen arbeitet, damit ihr die Originaldokumente seht für den Fall, daß es eine handschriftliche Randbemerkung oder eine Unterstreichung im Text gibt, alles, was euch vielleicht auffällt.«

Neben Burtell, ein wenig weiter von Graver entfernt, saß Paula Sale, die zweite Person, die Graver aus Rostovs Abteilung für Recherchen und Analyse geholt hatte. Sie war sechsunddreißig Jahre alt, hatte an der Rice University einen Doktorgrad in Soziologie erworben und war eine von vier Zivilisten, die Graver trotz Westrates Einwänden für die Abteilung hatte gewinnen können. Sie hatte sich als brillante Analytikerin erwiesen. Im Augenblick saß sie mit übergeschlagenen Beinen da, in einer Hand einen Becher Kaffee, den sie auf ihr Knie gestellt hatte. Sie sah ihn mit kritischen grauen Augen an und versuchte, zwischen den Zeilen zu lesen. Paula trug ihr hellbraunes Haar knapp schulterlang, glatt und ohne Dauerwelle. Sie bevorzugte Hemdblusenkleider, die sie mit überraschendem Schwung trug. Sie liebte Armbänder. Sie war seit drei Jahren geschieden und konnte kratzbürstig zu Männern sein, die Interesse an ihr zeigten. Sie war ganz entschieden nicht an Männern interessiert. Graver fragte sich manches Mal, ob nicht mehr als ein bißchen Perversität in der Art lag, wie sie ihre Sexualität zur Schau trug und dann Männer zusammenstauchte, die in vorhersehbarer Weise darauf reagierten.

»Leider halten wir nach nichts Bestimmtem Ausschau«, fuhr er fort. »Nichts, was die Sache für uns einengen könnte. Es gibt bloß eine einzige Tatsache: Arthur ist tot. Und eine einzige Frage: Gibt es irgend etwas in den Akten, das dazu etwas aussagt? Ich möchte, daß ihr euch weitere Fragen einfallen laßt, eine Menge Fragen. Alles und jedes. Mir ist es egal, wie weit hergeholt sie sind, wenn ihr irgendeinen Zusammenhang seht, möchte ich, daß ihr sie vorbringt und wir sie diskutieren.«

Casey Neuman saß in der Nähe der Tür. Er war der jüngste Ermittler in Besoms Abteilung für Organisiertes Verbrechen. Neuman war einfallsreich und schnell von Begriff; niemals mußte man ihm etwas zweimal sagen, und meistens mußte man ihm überhaupt nichts sagen. Er war vorausschauend, sah Dinge kommen – ein unschätzbarer Vorzug. Er hatte volles, hellbraunes Haar, das er jungenhaft lang trug, und bevorzugte karierte, sportliche Hemden mit Button-down-Kragen, die er niemals zuknöpfte, und Khaki-Anzüge oder sportliche Jacketts mit lässigen Hosen. Er war einer der wenigen Männer, mit denen dic WASP-mäßige Paula ohne irgendwelche Spannungen auskam. Vielleicht lag es daran, daß er jung und knabenhaft war, vielleicht aber auch daran, daß er auf ihre ätzenden Bemerkungen nie anders als mit einem offen amüsierten Lächeln reagierte.

»Ich werde Paula die vier Ermittlungen geben, an denen Tisler mit Ihnen gearbeitet hat, Dean«, sagte Graver, nahm den dicksten Stapel von Aktenheftern und ging zu Paula hinüber. Sie stellte die Füße nebeneinander und hob ihren Kaffeebecher an, damit Graver ihr den Stapel auf den Schoß legen konnte.

Das war das routinemäßige Verfahren, gutes Management, und alle Anwesenden wußten das, doch alle wußten ebenso, daß es auf persönlicher Basis unangenehm war. Burtell hatte Graver bereits gesagt, daß er an Tislers Ermittlungen nichts finden könne, was möglicherweise mit seinem Tod zusammenhing, und nun mußte Paula dasselbe noch einmal durchkauen. Sie würde Fragen stellen müssen, die Burtell leicht als Krittelei auslegen konnte. Das verstanden alle, und jeder von ihnen wollte auf verantwortungsvolle Weise leidenschaftslos an die Sache herangehen.

Graver nahm den zweiten Stapel Akten von seinem Schreibtisch und reichte ihn Burtell. »Sie nehmen die anderen vier, Dean. Sie sind gleichmäßig zwischen Rankin und Derr verteilt. Sie sind die einzigen Analytiker, mit denen Tisler außer Ihnen noch zusammengearbeitet hat. Aber ich möchte nicht, daß Sie mit ihnen darüber reden.«

Burtell nahm die Akten an sich und nickte. Gravers Aufmerksamkeit blieb noch zögernd einen Moment auf ihn gerichtet, dann wandte er sich an Neuman. »Okay, Casey, ich möchte, daß Sie Arthur bearbeiten, wie Sie jede andere neue Zielperson bearbeiten würden. Beginnen Sie am Anfang. Gehen Sie alles durch. Lassen Sie nichts aus und stellen Sie keine Vermutungen an.«

Er hielt inne. Casey und Paula fixierten ihn mit nüchternem Gesichtsausdruck und versuchten noch immer, die Neuigkeit zu verarbeiten, die sie vor weniger als einer Stunde erfahren hatten.

»Das mag ein bißchen geschmacklos wirken«, gab Graver zu,

»aber wir werden es machen. Wir müssen ihn auseinandernehmen.«

»Sie *wissen* aber nichts ... oder?« warf Paula ein.

Die Frage hätte klingen können wie eine Beschuldigung, doch sie wurde mit der für Paula typischen aggressiven Neugier gestellt. Sie wußte verdammt gut, wenn er ihnen etwas nicht sagte, so aus Gründen, die er ihnen nicht mitteilen würde; er würde sie belügen und weiter damit hinter dem Berg halten. Doch das war Paula. Sie wollte sein Gesicht sehen, wenn er log.

»Nein«, sagte er, »ich weiß nichts.« Er nahm seinen Charlie-Chan-Becher und trank einen Schluck Kaffee. Es war die dritte Tasse des Morgens, und viele weitere würden folgen. »Gestern nacht neigten sie zu der Annahme, es sei Selbstmord, aber das war nur eine vorläufige Vermutung. Vielleicht werden sie später am Vormittag etwas finden, was die Annahme stützt. Aber im Augenblick gibt es keinen Verdacht für irgendwas, nichts, was uns in die eine oder die andere Richtung weisen würde.«

Er schaute zu den Wolken hinüber, die jetzt ein wenig aufbrachen und von glitzernden Schäften greller Morgensonne durchdrungen wurden.

»Seid ihr euch alle darüber klar, was wir hier machen müssen?« fragte er. Alle nickten. »Wenn in diesen Akten oder in Tislers Hintergrund irgendwelche Überraschungen warten, dann möchte ich sie kommen sehen. Okay?«

Wieder nickten alle.

»Möchten Sie, daß wir unsere Einschätzung aller Ziele in schriftlichen Berichten festhalten?« fragte Paula.

»Nein, und das ist ein wichtiger Punkt. Wenn Sie denken, Sie hätten etwas gefunden, dann kommen Sie zu mir, damit wir zuerst darüber reden.«

Er wollte sie schon entlassen, doch dann fiel ihm ein, daß er die Ernsthaftigkeit ihrer Situation vielleicht noch einmal unterstreichen sollte. Er verschränkte die Arme und setzte sich wieder auf seinen Schreibtisch.

»Natürlich, wenn Tisler die Akten in irgendeiner Weise mißbraucht hat, dann haben wir ein Riesenproblem«, sagte er. »Alles, was wir hier diskutieren, bleibt unter uns. Ich habe euch nicht zufällig für diese Aufgabe ausgewählt, sondern deshalb, weil ich dachte, daß ihr am besten tun könnt, was getan werden muß.« Er zögerte nur eine Sekunde. »Ihr berichtet nur mir. *Nur* mir. Wenn ihr reden wollt und ich nicht da bin, dann behaltet es für euch, bis ihr mich findet. Haltet nichts schriftlich fest bis auf eure Notizen, es sei denn, ich sage es euch ausdrücklich. Solange diese Sache läuft, bin ich rund um die Uhr verfügbar; es ist nie zu spät, nie zu früh. Ihr habt meine Piepsernummer. Benutzt sie. Ist das klar?«

Es war klar, und es gab keine Fragen.

12

Zwei Aspekte von Tislers Leben hatte Graver sich selbst vorbehalten: seine Personalakte und seine Unterlagen über Zuträger. Er schlug die Personalakte auf und begann mit dem Anfang.

Nach dem Abschluß der Polizeiakademie hatte Tisler drei Jahre mit Streifendienst verbracht und dann nacheinander vier Abteilungen des Ermittlungsdienstes durchlaufen, Raub, Sitte, Autodiebstahl und Drogen. Zweimal war er zur Sergeantenprüfung angetreten, aber seine Punktzahlen waren nie hoch genug gewesen, um ihm gute Aussichten auf eine Beförderung zu verschaffen. Seine Sicherheitsüberprüfung für die Aufnahme in die CID war Routine und schien ganz allgemein Burtells Einschätzung zu bestätigen, daß Tisler ein ordentlicher Mann war. Seine Kreditauskunft war makellos. Seine Schulden waren gering: ein Auto, ein paar Haushaltsgeräte und eine Hypothek auf ein Haus, die erst drei Jahre alt war. Die Einschätzung seiner beruflichen Leistungen war während seiner ganzen Laufbahn bemerkenswert unauffällig, sogar in seinen ersten paar Jahren bei der CID.

Doch vor achtzehn Monaten schien er als Ermittler für Organisiertes Verbrechen seine Fähigkeiten entdeckt zu haben. Er hatte zwei langwierige und komplexe Operationen vorbereitet, die schließlich zu gemeinsamem Vorgehen mit Bundesbehörden und zur Verhaftung von einem Dutzend oder mehr bedeutender Krimineller führten. Die laufende Ermittlung über den Fall Seldon war eine weitere Operation, die versprach, daß ihm einige dicke Fische ins Netz gehen würden. Bei allen drei Ermittlungen war Burtell der Analytiker.

Graver griff nach der Schachtel, die die Diskettenkopien von Tislers Akten enthielt. Es gab beim OC zehn Ermittler, und jeder von ihnen war für acht bis zehn Ziele verantwortlich. Das war zuviel, als daß Graver es hätte im Kopf behalten können. Er drehte seinen Stuhl dem Computer zu und schob die erste Diskette ein. In den nächsten zweieinhalb Stunden brütete Graver über Tislers erstem großen Erfolg und unterbrach sich nur ab und an, um sich frischen Kaffee zu holen.

Um zwanzig nach zwölf nahm er die erste Diskette wieder aus dem Computer und verließ sein Büro, um auf die Toilette zu gehen. Lara und einige der Stenotypistinnen waren auf dem Weg zum Mittagessen, und er bat sie, ihm bei ihrer Rückkehr einen Hamburger mitzubringen. Er gab ihr Geld, ging auf die Toilette und saß zehn Minuten später wieder an seinem Computer. Er schob die zweite Diskette ein. Die zweite Ermittlung war komplexer als die erste. Als Lara ihm den Hamburger brachte, aß er ihn vor dem Bildschirm sitzend, häufte einen Stoß schmutziger Papierservietten an und füllte sein Büro mit dem starken Aroma von Senf und Zwiebeln.

Um Viertel vor fünf klopfte Lara an seine Tür und kam mit einem Stapel rosafarbener Notizzettel in einer Hand und einem Becher mit Eiswürfeln und einer Flasche Dr. Pepper in der anderen herein. Sie legte die Notizen vor ihm auf den Schreibtisch.

»Die sollten Sie sich besser ansehen, bevor ich nach Hause gehe«, sagte sie und goß das Dr. Pepper in den Pappbecher mit Eis. »Und Chief Westrate hat gerade eben angerufen und gesagt, er würde sie in zehn Minuten noch einmal anrufen.« Sie stellte den geeisten Drink vor ihn hin und richtete sich auf, die leere Flasche in einer Hand, die andere Hand auf die Hüfte gestützt.

»Phantastisch«, sagte Graver und reckte sich; sein Rücken schien sich in der Form seines Schreibtischsessels verfestigt zu haben. Er griff nach dem kalten Getränk. »Das muß Gedankenübertragung gewesen sein.«

»Tja. Kleine Aufmunterung.« Sie beäugte seinen Schreibtisch, der noch immer mit den Abfällen seines Hamburgers übersät war. »Sie waren zu lange hier eingepfercht«, sagte sie und begann, die fettige Papiertüte und die schmutzigen Servietten einzusammeln und in den Papierkorb zu werfen. Sie ging hinüber zu den Fenstern und öffnete eines davon, wobei sie die Hebelwirkung eines raschen Hüftschwungs zu Hilfe nahm. Sie hob die Hand vors Gesicht und wedelte mit den feuerrot lackierten Fingernägeln. »Diese Zwiebeln! Mein Gott!«

Sie drehte sich um und sah ihn an. Er trank sein Dr. Pepper und beobachtete sie.

»Also, was wird geklatscht?« fragte er.

»Vermutlich das, was zu erwarten war«, sagte sie, die Hände wieder mit waagerechten Handflächen in die Hüften gestützt. »Art war so... unextrem, wenn man es so nennen kann.« Sie zögerte eine Sekunde. »Ich bin in sein Büro gegangen, um es auszuräumen, wie Sie gesagt haben. Hab sein Zeug in einem Karton in mein Büro gestellt, um es seiner Frau zu geben. Es waren nicht viele persönliche Sachen.« Zerstreut trat sie von einem hochhackig beschuhten Fuß auf den anderen. »Waren Sie oft in seinem Büro?«

Graver schüttelte den Kopf und beobachtete die kleine Verschiebung ihrer Hüften, während sie die Füße bewegte.

»An der Innenseite seiner Tür – man konnte das nur sehen, wenn die Tür zu war – hing ein Poster. Ein schwarzes Mädchen. Und das war nicht aus dem Playboy. Es war aus irgendeinem Magazin, das gynäkologische Posen abbildet. Ich meine, sie spreizte die Beine.« Pause. »Ich hab es an der Tür gelassen. Ich glaube nicht, daß seine Frau über eine solche ›persönliche Habe‹ erfreut wäre.«

»Danke, daß Sie sich um seine Sachen gekümmert haben«, sagte er. »Dean scheint das Ganze doch etwas schwerer zu nehmen, als man hätte meinen sollen. Ich fand einfach, ich sollte ihn nicht darum bitten.«

»Mir hat es nichts ausgemacht«, sagte sie. »Was ist mit Ihnen? Wie geht's?«

»Fein«, sagte er und schlürfte den kalten Drink.

Sie lächelte, da sie gewußt hatte, daß er das sagen würde, und nickte. »Dann ist es ja gut«, sagte sie. Pause. »Kann ich noch irgendwas für Sie tun?«

Graver mußte den Anfang machen. Lara hatte nicht ein einziges Mal die Linie überschritten – wenn sie auch für Lara etwas weiter gezogen war als für die meisten anderen Leute – während des vergangenen Jahres, seit Dores Affaire in den Klatschspalten aufgetaucht war. Doch sie hatte ihm durchaus jede Gelegenheit gegeben, bei ihr Trost zu finden, falls er das wollte. Und er war stark in Versuchung gewesen. Daß er es nicht getan hatte, hatte nichts mit Professionalität oder der Angst zu tun, Intimität könne eine beneidenswerte Arbeitsbeziehung ruinieren. Er hatte nie daran gezweifelt, daß Lara in der Lage gewesen wäre, beides zu bewältigen. Seiner selbst war er da nicht so sicher.

Er wollte etwas sagen, doch das Telefon läutete.

»Das wird Westrate sein«, sagte sie, und ihr Lächeln verblaßte zu gutmütiger Resignation, als sie auf die Tür zuging. »Ich bin weg. Bis morgen früh.«

»Lara«, sagte er.

Sie blieb stehen und drehte sich um, die Hand auf dem Türknopf.

»Ich weiß es zu schätzen... alles.«

Sie lächelte wieder, diesmal mit der Wärme und Intimität unausgesprochenen Verstehens.

»Spülen Sie den Kaffeebecher aus, bevor Sie nach Hause gehen. Okay?«

»Wird gemacht«, sagte er und nahm den Hörer ab, während sie die Tür öffnete und hinausging.

»Graver.«

Es war Westrate, obwohl er sich nicht mit Namen meldete. »Katz hat mich vor ein paar Minuten angerufen«, sagte er. »Er hatte gerade einen Anruf von Tordella bekommen, der noch im Leichenschauhaus war. Der Coroner sagt auch, es sei Selbstmord gewesen.« Graver konnte die Erleichterung, beinahe Freude, in Westrates Stimme hören. »Keiner sieht irgendeinen Grund, etwas anderes zu vermuten.«

»Haben Sie seine Frau befragt?«

»Ja, am frühen Nachmittag.«

»Wer hat die Befragung durchgeführt?«

»Tordella und Petersen, glaube ich.«

»Nichts?«

»Ich glaube nicht. Ich weiß bloß, daß Katz gesagt hat, sie seien soweit zufrieden und würden es vermutlich morgen in ihrem Bericht als Selbstmord deklarieren. Er wollte mich das nur wissen lassen.«

Graver lehnte sich in seinem Stuhl zurück. Er empfand mehr als Erleichterung; es war beinahe ein Hochgefühl.

»Aber ich will trotzdem einen Bericht von Ihren Leuten«, sagte Westrate. »Wir müssen der CID eine saubere Gesundheitsbescheinigung geben. Seine Frau hat ohnehin Probleme mit ihrer Versicherung. Können es genausogut bestätigen, wenigstens einen Bericht über die Wahrscheinlichkeiten erstellen. Der Bursche bringt sich ja nicht wegen nichts um. Vielleicht gab es da ein Flittchen oder so was ... Ich weiß nicht, irgendwas.«

»Wird eine Weile dauern, Jack. Mehrere Tage, wenn wir nicht wollen, daß es so aussieht, als würden wir es unter den Teppich kehren.«

»Ja, okay, nehmen Sie sich eine Woche«, sagte Westrate. »Lassen Sie mich wissen, wie es läuft.«

Westrate legte auf, und Graver drehte seinen Stuhl der Glaswand zu. Früh am Tag hatten sich die Wolken verzogen, und der harte blaue Himmel stand heiß und leer über der Stadt. Heute kein Gewitter. Auf dem Expressway fuhren die Autos Stoßstange an Stoßstange, eine kriechende Schlange aus glitzerndem Glas und Metall, die die Innenstadt umrundete.

Er sah auf seine Uhr. Es war fünf nach halb sechs, und die Büros waren leer. Er dachte über Westrates Anruf nach. Alle waren erleichtert. Keinem würde wegen dieser Sache der Arsch aufgerissen. Alle waren froh, daß Tisler anscheinend so verzweifelt gewesen war, daß er sich umgebracht hatte. Der Mann hatte sich aus Gründen, von denen keiner von ihnen etwas wußte, das Hirn weggepustet, und bislang schien niemand, ausgenommen Dean Burtell, in der Lage, für seinen Tod mehr als ein Achselzucken aufzubringen.

13

Graver wandte seine Aufmerksamkeit von den Fenstern ab und zog Tislers Zuträgerakten zu sich hin. »Zuträger« war ein Sammelbegriff für Personen, die die CID mit Informationen über kriminelle Aktivitäten versorgten. Sie waren das Brot und die Butter der Ermittlungsarbeit und zerfielen in zwei Kategorien. »Quellen« waren Zuträger ohne kriminelle Verwicklung. Dazu gehörten Polizeibeamte, Bundesagenten, Zeugen und Privatleute, meistens Menschen, die die moralische Verpflichtung verspürten, Informationen oder Verdachtsmomente über kriminelle Aktivitäten mitzuteilen.

Die andere Kategorie waren die »Informanten«, Leute mit kriminellem Hintergrund, Gefängnisinsassen, Leute mit bedingtem Straferlaß oder Bewährung, Personen, die auf Kaution frei waren, Untersuchungshäftlinge oder Verdächtige. Informanten hatten meist ganz andere Motive als die »Quellen«, Informationen weiterzugeben. Oft boten sie einfach Informationen für Geld. Manchmal informierten sie aus Rache, Eifersucht oder dem Wunsch, »Konkurrenten« aus dem Weg zu schaffen oder sich für irgendeine Gunst, die Gesetzeshüter ihnen einmal erwiesen hatten, »erkenntlich« zu zeigen. Die Gründe waren zahllos, oft komplex und gewöhnlich emotional befrachtet.

Die persönliche Identität aller Zuträger war eine streng vertrauliche Information, und ihre dauerhafte Anonymität war eine Angelegenheit von enormer Bedeutung. Jeder Zuträger bekam eine Kontrollnummer, die statt seines Namens in allen Unterlagen verwendet wurde. Graver hatte sich an den Zentralindex gewandt, der nur über ein unabhängiges Rechnersystem zugänglich war, und Tislers Namen eingegeben. Dann rief er seine Zuträgerakte ab, woraufhin eine Kolonne vierstelliger Kontrollnummern erschien. Danach ging er an den Safe mit den vertraulichen Berichten und suchte sich die Zuträgerakten heraus, die diese Kontrollnummern trugen.

Er öffnete die erste Akte mit dem gleichen Gefühl, das Paula und Dean Burtell gehabt haben mußten, als sie die Akten aufschlugen, die Graver ihnen heute morgen gegeben hatten: Wonach, zum Teufel, sollte er bloß suchen?

»Graver?«

Er fuhr zusammen, war aber nicht überrascht, Paulas Stimme zu erkennen.

»Ich dachte, ich wäre die einzige, die noch hier ist«, sagte sie im Türrahmen lehnend, einen Aktenordner in der Hand.

»Kommen Sie rein«, sagte er und lehnte sich in seinem Stuhl zurück. Er war froh, sie zu sehen, froh, mit jemandem reden zu können. »Setzen Sie sich.«

Paula stieß sich vom Türrahmen ab und setzte sich auf einen der Stühle vor Gravers Schreibtisch, schlug die Beine übereinander und schaute aus den Fenstern. Auf der anderen Seite des Bayou ließ der Widerschein der untergehenden Sonne die Wolkenkratzer wie geschmolzene Metallsäulen vor dem kobaltblauen Himmel erglühen.

»Was halten Sie von all dem?« fragte sie, sich ihm zuwendend, hob den Aktenordner in ihrer Hand hoch und ließ ihre Armbänder klirren.

»Es gibt was Neues«, sagte Graver. Er berichtete ihr von Westrates Anruf.

»Kein Scheiß?« Sie runzelte die Stirn.

»Überrascht?«

»Ich weiß nicht. Ich hab bloß . . .« Sie zuckte mit den Schultern. »Na, ich nehme an, das nimmt den Druck weg.«

»Tut es, aber wir müssen in jedem Fall einen Bericht schreiben.« Er rieb sich die Augen, strich sich mit der Hand übers Gesicht und stützte die Ellbogen auf den Schreibtisch. »Was ich denke? Ich habe auf dem Computer Tislers Ermittlungen überprüft. Die meisten liefen ziemlich im Schongang, hatte ich den Eindruck. Außer der Sache, die mit Alan Seldon anfing. Dahinter hatte alles zurückzustehen.«

Paula nickte, und obwohl sie nichts sagte, merkte er, daß sie etwas auf dem Herzen hatte.

»Was ist mit Ihnen?«

Sie schluckte, und ihr Adamsapfel fuhr in ihrem langen Hals auf und ab. Endlich hob sie den Kopf, setzte sich gerade auf und wandte sich ihm etwas entschiedener zu.

»Wissen Sie, vor fünf Jahren, als ich hierher kam, war Tisler ein mittelmäßiger Ermittler«, sagte sie unverblümt und kam sofort zur Sache. »Eigentlich noch weniger als mittelmäßig. Seine Erfolge waren lausig. Aber vor ungefähr achtzehn Monaten wurde das anders. Er hatte zwei lange Ermittlungen nacheinander – Probst und Friel. Erinnern Sie sich daran?«

»Sicher. Das waren gute Operationen.«

»Allerdings«, sagte Paula. »Beide brachten Riesenerfolge, als wir zur Tat schritten. Und jetzt, mit dieser Seldon-Sache, sieht es so aus, als wäre das wieder ein dicker Fisch.« Sie hielt inne und sah Graver unverwandt an. »Ich weiß, ich hätte bloß die fünf offenen Ermittlungen überprüfen sollen, an denen Tisler mit Dean arbeitete, aber ich dachte zufällig an diese beiden anderen Fälle und bin ins Archiv gegangen und habe sie mir geholt. Als ich diese beiden Operationen nachgelesen habe – und die Anfänge der Seldon-Sache –, ist mir immer wieder eine Frage in den Sinn gekommen: Wie, zum Teufel, kam es, daß er auf einmal so gut geworden ist?«

Graver hatte sich zurückgelehnt und die Ellbogen auf die Armlehnen seines Sessels gestützt.

»Ich weiß nicht, ob er auf einmal so gut war«, sagte er. »Probst und Friel waren hervorragende Sammelleistungen, da gibt es keinen Zweifel, aber Tisler hatte noch acht oder zehn andere Ziele, bei denen der Erfolg alles andere als beispielhaft war.«

»Okay, gut, aber in meinen Augen werden Probst und Friel und Seldon dadurch nur um so ... merkwürdiger«, beharrte Paula. »Sie sind vollkommen untypisch.«

Graver beobachtete sie aufmerksam.

»Den ganzen Tag habe ich die Berichte über diese drei Ermittlungen nachgelesen«, fuhr Paula fort. »Sie haben drei interessante Gemeinsamkeiten: einen außerordentlich sauberen und ordentlichen Sammelplan, dicke Ergebnisse, Dean als Analytiker und ... alle Zuträger waren Quellen.«

»Alle?«

»Alle, die wichtig waren«, sagte sie. »Es gab zwischendurch ein paar Informanten, aber sie lieferten nur Nebensächlichkeiten. Denken Sie darüber nach. In unserem Geschäft wären wir ohne Informanten verloren, richtig? Trotz all ihres schädlichen Gepäcks.

Aber was wir wirklich gern haben, sind Quellen. Quellen haben keine Vorstrafen, die Verteidiger anführen können, um den Zeugen zu diskreditieren. Quellen brauchen im Austausch für ihre Zeugenaussage keinen Handel mit der Staatsanwaltschaft zu schließen. Quellen haben keine verkorkste kriminelle Persönlichkeit, auf die man aufpassen und die man hätscheln muß. Sie sind einfach gut informierte, gewissenhafte Bürger, sauber und nach Seife duftend, die eifrig und bereitwillig den Gesetzeshütern mit ihren unschätzbar wertvollen Informationsbröckchen helfen. Richtig?«

Graver nickte.

»Nun, es hat den Anschein, als wäre Tisler bei diesen drei Ermittlungen auf geradezu peinliche Reichtümer gestoßen. Plötzlich hatte er Quellen von purem Sterlingsilber. Diese drei sind die einzigen Ermittlungen in all seinen Jahren bei der CID, bei denen das passiert ist. In der restlichen Zeit mußte er sich mit einer ziemlich schäbigen Reihe von Informanten begnügen.«

Sie schwieg, um das wirken zu lassen, und ihre übergeschlagenen Beine begannen zu wippen. Auch in ihrem Ausdruck veränderte sich etwas, ein leichtes Verziehen der Lippen, eine Spannung in den Augenwinkeln. Sie schien zu zögern, ehe sie ihr nächstes Argument vorbrachte. Aber sie fuhr fort.

»Die anfänglichen Hinweise bei diesen Sachen – bei allen dreien – mögen von Tisler gekommen sein«, sagte Paula und tippte mit dem Zeigefinger auf die Akten auf ihrem Schoß. »Aber von da an arbeitete er eng mit Dean zusammen. Ich wette, daß Dean die Ermittlungen geleitet und den Aufbau der Sammlung von Informationen erarbeitet hat. Und Besom als Tislers Squad-Supervisor hat natürlich all das Schritt für Schritt verfolgt.«

Paula drehte ihren Stuhl zur Seite und zog einen weiteren Stuhl zu sich heran. Sie warf die Schuhe ab und legte die Füße auf die Querstrebe zwischen den Beinen des Stuhls, um ihre Oberschenkel als Schreibunterlage zu benutzen. Sie blätterte die erste Seite ihres Notizblocks auf.

»Zuerst nur ein kurzer Überblick über die beiden Fälle, in denen Tislers Quellen so tolle Arbeit für ihn geleistet haben. Okay?«

Graver nickte und beobachtete sie. Paula war durchaus in der Lage, bei Ermittlungen eine richtige Besessenheit zu entwickeln.

Das war eines der Merkmale, die sie zu einer hervorragenden Analytikerin machten.

»Die Probst-Ermittlung«, sagte sie, in ihre Notizen schauend. »Ray Probst besaß eine Agentur für Zeitarbeit, die darauf spezialisiert war, Personal für Banken und Versicherungsgesellschaften zu stellen. Er benutzte seine Zeitarbeiter als Spione, um Informationen über Personen zu sammeln, die ein beträchtliches persönliches Einkommen hatten. Die Zeitarbeiter benutzten die Computer der Gesellschaften und machten die Häuser solcher Leute und sogar Besitztümer ausfindig, die leicht zu stehlen waren, Schmuck, Kunstwerke, Silber, alles. Nach den Diebstählen wurde das ganze Zeug auf kleinen, entlegenen Flughäfen gelagert und schließlich nach Mexiko oder in den Süden geflogen und dann auf dem schwarzen Markt wieder verkauft.

Zwei Quellen und ein Informant. Was der Informant brachte, war unbedeutend. Die beiden Quellen entschieden den Fall, aber sie brauchten nie als Zeugen auszusagen, weil Tisler und Dean so viele bestätigende Informationen zu den Operationen liefern konnten, daß die Sache auch ohne die Zeugenaussage der Quellen entschieden war. Burtell, der die Sammlung der Informationen gesteuert hat, hat anscheinend intuitiv genau das richtige Vorgehen gewählt, um eine weitere Facette des Falles aufzudecken. Und was noch erstaunlicher ist, Tislers Quellen konnten ihm immer genau das liefern, was nötig war. Sehr sauber. Eine Ermittlung wie aus dem Bilderbuch.«

Paula schlug mit klirrenden Armreifen eine neue Seite ihres Notizblocks auf.

»Die Friel-Ermittlung. Lawrence Friel war im Transportgeschäft für illegale Drogen. Er kaufte nicht und verkaufte nicht, sondern schaffte das Zeug nur von einem Ort zum nächsten. Er benutzte seinen Computer, um in die computerisierten Pläne von Speditionen aus Houston einzudringen, die ins ganze Land fuhren. Seine Leute packten die Drogen in speziell angefertigte magnetische Kisten, die sie dann irgendwo ans Fahrgestell der Lastwagen hängten. Von da an rührten Friels Männer das Zeug nicht mehr an. Sie folgten den Lastwagen in einem anderen Auto, und wenn das Produkt seinen Bestimmungsort erreichte, setzten sie sich mit dem

Empfänger in Verbindung und sahen zu, wie dieser seine Ware auf einem Parkplatz oder in einem Lagerhaus oder bei einer Spedition abholte. Und danach holten sich Friels Leute ihre Bezahlung ab.

Auch diese Operation entwickelte sich schnell, fast, als verfügten Dean und Tisler über eine Blaupause davon. Zwei Quellen, keine Informanten. Wieder mußte keine Quelle als Zeuge auftreten, weil unsere Jungs einen Haufen bestätigender Informationen auftrieben, die das überflüssig machten.«

Sie sah Graver an, während sie wieder eine neue Seite ihres Notizblocks aufschlug. Er erkannte an ihrem Gesichtsausdruck, daß sie sich fragte, ob er begriff, worauf sie hinauswollte. Sie hätte sich keine Sorgen zu machen brauchen. Er begriff es nur zu gut.

»Das bringt uns zu Tislers laufendem Seldon-Fall. Bisher eine Quelle« – sie streckte die Hand aus und legte die beiden Ordner quer auf die anderen auf Gravers Schreibtisch – »noch in der Entwicklung. Tislers Quelle zufolge besitzt Alan Seldon eine Firma, die Chemiemüll beseitigt. Tislers Quelle sagt, sie hätte Beweise dafür, daß Seldon Inspektoren der EPA besticht. Seldon kippt das Zeug auf Ranchland in Südtexas ab, weit draußen, an der Grenze. Der Quelle zufolge gehört die Ranch einem Mann, der Strohmann für eine Gruppe von Drogenhändlern ist, die das Geld für die Ranch zur Verfügung stellen. Die Quelle sagt Tisler, sie könne ihm genau verklickern, wie das alles läuft, müsse aber noch die Namen aller beteiligten Parteien herausfinden, außer dem von Seldon. Aber der Typ ist superempfindlich. Sehr vorsichtig.«

»Großer Gott...«, sagte Graver.

»Warten Sie eine Sekunde«, unterbrach ihn Paula und legte ihren Notizblock auf den Schreibtisch. »Da ist noch mehr, aber bevor Sie irgendwas sagen, muß ich Pipi machen gehen und mir das Gesicht waschen. Ich brauche was zu trinken.« Sie stand auf. »Ich bin in einer Sekunde zurück«, sagte sie und verließ sein Büro.

14

Graver stand auf und trat an die Fenster. Die Sonne, die sich auf den Wolkenkratzern spiegelte, hatte eine dunklere, messinghafte Farbe angenommen; während er noch hinschaute, ging sie mit einem letzten, laserähnlichen Strahlen hinter dem Horizont unter, löschte das Feuer auf den Millionen Quadratfuß von getöntem Glas und verwandelte sie in Palisaden von leblosem Grau.

Er blickte zurück auf die verstreuten Akten auf seinem Schreibtisch. Paula trug ein Szenario vor, das es in sich hatte. Er vermutete, daß sie weniger auf die Toilette gehen als sich vielmehr sammeln mußte. Graver fürchtete, sie habe schlechte Neuigkeiten für ihn und sei sich nicht sicher, wie er das aufnehmen werde. Er selbst wußte es auch nicht genau und versuchte, die warme Übelkeit zu ignorieren, die sich in seinem Bauch zu rühren begann.

»Was denken Sie?« fragte Paula. Sie stand in der Tür und wischte sich mit einem feuchten Papiertuch Gesicht und Hals ab. Sie war barfuß, da sie ihre Schuhe bei ihrem Stuhl hatte liegen lassen.

Graver sah sie an. »Ich bin bereit, den Rest zu hören«, sagte er und setzte sich wieder an seinen Schreibtisch.

Paula warf das zusammengeknüllte Tuch in den Papierkorb und setzte sich hin. Sie hatte ihr Haar gebürstet, und er bemerkte ein paar feuchte Strähnen zu beiden Seiten ihrer Schläfen, als sie wieder den Notizblock zur Hand nahm.

»Okay. Daß alle diese Zuträger Quellen sind, *neue* Quellen, bedeutet, daß es eine Menge Informationen gibt, die wir nicht haben.«

»Keine ›Leistungsnachweise‹«, sagte Graver. Er hatte es schon kommen sehen. »Keine Berichte über Straferlaß oder Bewährung. Da sie aus den Informationen keine Prozeßvorteile herausschlagen wollten, gibt es keine Verträge mit der Staatsanwaltschaft. Und sie haben ihre Informationen nicht verkauft, also gibt es keine Unterlagen – oder zusätzliche Verpflichtungen – darüber. Es bedeutet auch, daß es keine Vorgeschichte ihrer Zuverlässigkeit gibt. Wir wissen nur, daß ihre Information in diesem einen Fall gut war.«

»Genau.« Paula schlug mit dem Handrücken auf ihren Notizblock und schüttelte den Kopf. »Tatsächlich«, sagte sie und verschränkte die Arme im Schoß, »können wir nicht einmal sicher sein, daß irgendeiner außer Tisler selbst diese Quellen jemals getroffen hat. Außer Ihrer Unterschrift, mit der Sie sie abgesegnet haben, waren alle Dokumente über diese Operation von Tisler als kontrollierendem Beamten unterzeichnet und von Besom gegengezeichnet.«

Paula nickte in Richtung der Akten auf Gravers Schreibtisch. »Außerdem deuten diese Identitätsdokumente der Zuträger darauf hin, daß sie vor fünf Monaten, im Januar, nach operationalen Anweisungen auf den neuesten Stand gebracht wurden. Demzufolge haben zwei der fünf Quellen in diesem Jahr die Adresse gewechselt, zwei im letzten Jahr. Eine in jedem der Fälle Probst und Friel jedes Jahr. Nett und sauber. Ausgewogen.«

Paula schüttelte den Kopf, den Blick fest auf Graver gerichtet. »Von wegen. Heute nachmittag habe ich vier Anrufe gemacht. Beim ersten, Bruce Sheck, bekam ich den Anrufbeantworter, der mir sagte, ich hätte die gewählte Nummer erreicht und solle eine Nachricht hinterlassen. Unter der Nummer der zweiten Quelle, Colleen Synar, meldete sich eine Frau. Sie sagte, Synar habe vor Jahren mit ihr und einer anderen Frau zusammengewohnt, aber sie habe seit über zwei Jahren nichts mehr von ihr gehört. Unter den beiden restlichen Nummern habe ich Leute erreicht, die von der in der Akte genannten Person nie gehört hatten. Und beide haben ihre gegenwärtige Telefonnummer schon seit Jahren.«

Sie starrten einander an. Graver versuchte, eine wachsende Angst hinunterzuschlucken.

»In Verbindung mit der Seldon-Ermittlung habe ich niemanden angerufen«, sagte sie. »Ich wollte nicht riskieren, etwas zu verderben.«

»Wer hat die Prüfberichte unterschrieben?« fragte Graver. »Besom?«

Paula nickte nüchtern. »Sie haben's erfaßt.«

Gravers Kopf war leer; es war die Art atemloser Leere, die man im ersten Moment empfindet, wenn man erkennt, daß das Unglaubliche unvermeidlich und im Begriff ist, sich zu ereignen.

»Mein Gott«, sagte er. Paula hatte genau das getan, was ein Analytiker tun sollte. Sie war ein wenig von den Bäumen zurückgetreten und hatte den Wald gesehen. Plötzlich glitt Arthur Tislers Tod aus dem hellen Licht forensischer Gewißheit heraus und wich wieder in die düsteren Randbezirke des Zweifels zurück. Graver richtete sich auf seinem Stuhl auf und stützte die Ellbogen auf den Schreibtisch. »Was noch?«

Sie zuckte mit den Schultern. »Sonst nichts.« Zum ersten Mal wirkte sie ausgelaugt.

»Verdammter Mist«, sagte Graver. Er fühlte sich benommen, vielleicht sogar ein wenig klaustrophobisch.

»Sie haben die Fälle zu mühelos entwickelt«, sagte Paula, und ihre Stimme ließ eine schräge Mischung aus Vorsicht und Überzeugung erkennen. »Zu glatt. Diese Quellen sind nicht sauber, Marcus. Irgendwie. Vielleicht haben sie gelogen. Vielleicht haben sie jemanden erfunden.« Sie schüttelte den Kopf. »Das macht mich fertig.«

»Sie haben nicht gelogen«, sagte Graver. Er war ebenfalls müde und erschüttert. »Alles, was die Quellen geliefert haben, war gut, die Angaben wurden von zweiten, manchmal von dritten Parteien bestätigt. Himmel noch mal, es gab *Verurteilungen*.«

»Aber sie schirmen die Quellen ab. Besom vermutlich. Tisler ganz bestimmt ... und Dean.«

»Herrgott, Paula«, sagte Graver, »ich ...«

Er konnte es nicht glauben und hätte um Haaresbreite laut gerufen, er könne nicht an Burtells Verwicklung in die Sache glauben. Es war leicht, sich Tisler als korrupt vorzustellen. Er war tot, und Graver hatte ohnehin keine persönliche Bindung an ihn. Und Besom war einer der Leute, die er auf der Welt am wenigsten mochte, einer von Westrates Kumpanen, den der Assistant Chief Graver aufgenötigt hatte. Doch diese Art inkriminierender Beweise gegen Burtell zu sehen, machte ihn fassungslos.

Er starrte den Pflasterstein an. Die Implikationen von Paulas Analyse waren nicht wegzuleugnen. Er stand auf und trat an die Fenster. Es gab zu wenig Luft im Zimmer; sein Herz mühte sich ab, doch ohne große Wirkung.

Paula spielte nervös mit ihren Armbändern und schob sie auf dem Handgelenk hin und her. Graver wußte, ihr war klar, was er durchmachte. Gott. Die Welt war nicht stehengeblieben, doch ihr Lauf hatte sich plötzlich und dramatisch verlangsamt.

»Okay«, sagte er, starrte aus dem Fenster, sah aber nichts hinter dem Glas. »Was haben wir also? Sagen wir, sie schützen Quellen. Warum sollten sie das tun? Ich meine, zu welchem Zweck?«

»Vielleicht sind die Quellen nicht legal«, sagte Paula. »Vielleicht sind sie ... Was wäre, wenn es nur *eine* Quelle gibt und diese Sache von außen gelenkt wird, nicht von hier?«

»Das wäre viel verlangt«, sagte Graver. »Es ist ja nicht so, als ob diese drei Operationen viel gemeinsam hätten.«

»Das brauchen sie auch nicht. Der gemeinsame Nenner wäre das Motiv desjenigen draußen, wer immer das sein mag. Es ist unwahrscheinlich, daß wir von dieser Seite des Bildes aus einen Zusammenhang sehen würden.«

Graver wußte, daß sie recht hatte. Sie hatte offensichtlich gründlich nachgedacht, bevor sie damit zu ihm gekommen war. Er sah voraus, wohin ihre Logik sie als nächstes geführt hatte.

»Das ist lange Zeit gelaufen«, sagte er, drehte sich um und ging an seinen Schreibtisch zurück. »Und es ist gut gelaufen. Inzwischen sind alle Falten geglättet. Wir werden kaum irgendwas finden, um diese Ermittlungen in der Dokumentation miteinander in Verbindung zu bringen. Keine ausgefransten Enden.«

Einen Augenblick lang schwiegen beide.

»Wir können Besom oder Dean nicht zur Rede stellen«, sagte Graver endlich und setzte sich wieder hinter seinen Schreibtisch. »Beim ersten Hinweis darauf, daß wir etwas argwöhnen, wird sich die ganze Sache in Luft auflösen.«

»Wann soll Besom von seinem Angelausflug zurückkommen?«

»Übermorgen ... Mittwoch.« Graver verspürte Kopfschmerzen. »Aber er hat noch eine Woche Urlaub. Er wird erst Mittwoch in einer Woche wieder im Büro erwartet.«

»Meinen Sie, daß Dean sich mit ihm in Verbindung setzen kann?«

Graver zuckte mit den Achseln. Er starrte auf den Pflasterstein, zwang sich weiterzumachen, Burtells Bild aus seinem Kopf zu vertreiben, abstrakt an die Logistik von Paulas Entdeckungen zu denken. Die Folgen zeichneten sich in seinem Kopf ab wie Pilze, die aus dem Boden schießen.

»Ich muß Tislers Ermittlung abbrechen«, sagte er.

»Was?«

»Sie so schnell wie möglich abschließen«, sagte er. »Ich brauche die Woche nicht, von der ich Westrate gegenüber gesprochen habe. Casey wird nach der Hintergrundüberprüfung mit leeren Händen dastehen. Da bin ich jetzt sicher. Dean wird nichts ›finden‹. Ich werde die Sache abschließen, eine Unbedenklichkeitserklärung schreiben und alles auf sich beruhen lassen. Westrate will das ohnehin, einen sauberen Abschluß. Den werden wir ihm geben.«

»Und dann?« fragte Paula stirnrunzelnd, unsicher, worauf er hinauswollte.

»Wenn Tisler nicht ermordet wurde«, sagte Graver, »dann hat sein Selbstmord die anderen wahrscheinlich genauso überrascht, wie uns. Sie müssen aus dem Gleichgewicht geraten sein, machen sich vermutlich Sorgen, ob er etwas hinterlassen hat, was die Sache auffliegen läßt. Was immer Tisler dazu getrieben hat, sich umzubringen, könnte auch die anderen unter Druck setzen. Vielleicht klappte etwas nicht mehr, und Tisler konnte sich den Konsequenzen nicht stellen. Sein Selbstmord kann die Lage nur verschlechtert haben. Ich muß vermeiden, sie ängstlich zu machen. Es wäre besser, wenn wir es so aussehen lassen, als glaubten wir an den Selbstmord und wollten ihn so rasch wie möglich unter den Teppich kehren.«

»Was ist mit der Seldon-Ermittlung?«

Graver schüttelte müde den Kopf. »Ich werde Tisler ersetzen müssen. Sie muß weiterlaufen... routinemäßig, als hätten wir keinen Verdacht.«

»Herrgott. Wie werden sie das handhaben? Sie glauben doch nicht, daß die tatsächlich mit einer getürkten ›Quelle‹ weitermachen werden, oder?«

»Nein.« Graver schüttelte nachdenklich den Kopf. »Das werden sie nicht tun. Ich denke... ich denke, wenn ich es Dean übergebe, wird er sagen, die Quelle sei außer Sicht geraten. Verschwunden. Tislers Selbstmord ist als Grund entschieden gut genug dafür, daß eine ›Quelle‹ Angst bekommt und verschwindet. Sie wäre auf der Hut und unsicher, was ›wirklich‹ passiert ist. Das wäre unter den gegebenen Umständen vollkommen logisch.«

Paula sagte nichts und wartete.

Graver hob eine Hand und preßte die Finger unten gegen den Nacken, wo die Muskeln sich im Laufe des Abends immer mehr verkrampft hatten.

»Aber ich brauche mehr, um unseren Verdacht zu erhärten«, sagte er. »Sie werden sich auf Dean als ihre erste Verteidigungslinie verlassen, denjenigen, der weiß, ob etwas nicht stimmt. Mit ihm müssen wir vorsichtig sein.« Die Worte blieben ihm fast im Hals stecken. »Vielleicht läuft diese Sache horizontal, und andere Ermittler und Analytiker sind verwickelt. Vielleicht läuft sie auch vertikal, geht höher nach oben . . .«

Er schüttelte langsam den Kopf. Das war so gottverdammt unglaublich. Und auf einer persönlichen Ebene war es quälend schmerzhaft.

15

Ray Besom war fünfzehn oder zwanzig Minuten gegangen, als er den hölzernen Rumpf des alten Wracks etwa hundert Yards vor ihm über der Düne auftauchen sah. Unbewußt beschleunigte er seine Schritte, und seine Erregung ließ ihn fast das Gewicht der Angelkiste und der Ruten und des Fischeimers vergessen, die er die letzte Dreiviertelmeile getragen hatte, seit das gemietete Skiff ihn abgesetzt hatte. Der Bursche würde um neun Uhr wiederkommen, weit nach Einbruch der Dunkelheit, und ihn nach Port Isabel zurückbringen. Boca Chica war das Ende der Fahnenstange. Weiter nach Süden kam man nicht. Wenn er noch anderthalb Meilen ginge, würde er an den breiten, flachen Sandstrand kommen, wo der Rio Grande in den Golf von Mexiko mündete, und dann, jenseits dieser scheußlichen Hämorrhagie, kam Mexiko. Deshalb war er hier. Von gelegentlichen Wanderern abgesehen war es hier einsam.

Besom sah auf seine Uhr und schaute dann in den Wind, hinaus auf den Golf. Das Wasser war von einem langweiligen, gräulichen Braun mit hin und wieder einer Spur blassem Türkis oder sogar einem noch blasseren Blau in den Kämmen der Brecher. Der Golf von Mexiko war nicht schön, nicht in dem traditionellen Sinn, in dem sich jemand Küstengewässer als schön vorstellt. Aber für ihn besaß diese charakteristische, reizlose Farbe des warmen Golfstroms Schönheit, sogar Exotik, und nichts in seiner Erfahrung war mit dem tangartigen Geruch der salzigen Brise zu vergleichen, die ihm, wenn er sie zur richtigen Zeit frühmorgens oder spätabends einatmete, die rauchige Aura Mexikos mitbrachte.

Er sah erneut auf die Uhr, als er den alten Rumpf des Krabbenfischers erreichte, der vor sieben Jahren an den Strand gespült worden war. Er hatte die Gezeitentabellen studiert, und in einer halben Stunde wollte er im Wasser sein. Die Sonne stand hinter ihm und ging irgendwo in Mexiko unter. Er hatte vor Einbruch der Dunkelheit gute zwei Stunden zum Fischen. Doch zunächst, einfach um den Augenblick zu genießen, stellte er seine Ausrüstung neben dem Bootsrumpf ab und setzte sich in den Sand. Er zog eine Zigarette aus dem Päckchen in seiner Hemdtasche, zündete sie an und lehnte sich an das gebleichte Wrack. Über ihm glitten Möwen durch den Himmel, kreischend, verweilten und stürzten sich herab, um ihn zu betrachten. Wenn dies in alle Ewigkeit dauerte, würde er sich nicht beschweren.

Als er die Zigarette zu Ende geraucht hatte, warf Besom sie weg, griff nach seinen hüfthohen Gummistiefeln und begann, sie anzuziehen. Er stand auf, schnallte sie fest, nahm dann die größere der beiden Angelruten und überprüfte die schimmernde grüne Ambassador-500-Angelrolle. Er öffnete seine Angelkiste und betrachtete die Fächer mit den Ködern. Er hatte sich bereits gegen die Krabbenschwänze in dem Eimer entschieden. Er wählte einen Gold Spoon, montierte ihn und schritt über den Strand ins Wasser.

Er watete hinein, bis es ihm an die Hüften reichte, spreizte leicht die Beine, um einen besseren Stand zu haben, und warf den Köder aus. Es war ein herrliches Vergnügen, machte genausoviel Spaß wie Sex, die Rolle schnurren zu hören, den Köder einen Moment draußen zu lassen und dann langsam einzuholen, das Ziehen an der Schnur zu spüren, während die Brandung sein Becken vorwärts und rückwärts zog und stieß.

Er hatte etwas über eine halbe Stunde geangelt und nur einen Biß gehabt, etwas, das den Haken berührte, damit davonschwamm und ihn dann ausspie, etwas, das mit ihm spielte, seinen Adrenalinpegel steigen und sein Herz hämmern ließ, während seine Phantasie ein Ungeheuer von einem Rotbarsch weit draußen schuf, als er das Mädchen sah.

Sie kam vom Strand her auf ihn zu, aus der Zivilisation. Er sah sie aus dem Augenwinkel, während er den Köder auswarf, und als er auf das Wasser traf und er die Schnur einzuholen begann, schaute er wieder nach ihr. Sie hatte einen Hund bei sich, ausgerechnet, einen Greyhound. Als Junge hatte er in Baffin Bay gelebt und auch einen Greyhound gehabt, und sein bester Freund hatte ebenfalls einen. Sie pflegten mit ihnen heimlich das Gelände der King Ranch zu betreten und in der grenzenlosen, leeren Buschlandschaft, die sich bis Laguna Madre erstreckte, Kojoten und Hasen zu jagen.

Besom konnte ihr Gesicht nicht sehen, aber im weichen Abendlicht konnte er erkennen, daß sie langes schwarzes Haar hatte und, verdammt, fast nackt war. Es war natürlich ein Bikini, aber da, wo er in der Brandung stand, sah er nur Schenkel und Brüste, die sich über den Strand in seine Richtung bewegten. Sie aß etwas. Eigentlich schlenderte sie, das war das Wort dafür, sie schlenderte müßig dahin, und ihre langen Beine waren im Verhältnis zu ihrem Körper genauso lang wie die des Windhunds zu seinem Körper, zwei anmutige Geschöpfe, die am Strand entlanggingen, als sei dies nicht das verlassenste Stück Sand, das man finden konnte.

Nachdem er noch ein paarmal geworfen hatte, war sie in Rufweite, und sie war am Rand des Wassers stehengeblieben und beobachtete ihn, den Kopf ein wenig geneigt; der Hund umsprang sie und lief in das Wasser und wieder heraus wie ein Rennpferd. Sie lächelte ihm zu. Es war ein roter Bikini ... und mehr festes, gebräuntes Fleisch, als er sich je gesehen zu haben erinnerte.

»Glück gehabt?« rief sie über die Brandung hinweg. Der Wind zauste ihr schwarzes Haar, und sie schüttelte den Kopf, schüttelte sich das Haar aus dem Gesicht.

»Nicht gerade verdammt viel«, rief er zurück. Er zögerte, überlegte es sich anders und wandte sich wieder dem Wasser zu. Er warf erneut, so weit er konnte, und begann zu kurbeln. Er versuchte, geduldig zu sein, sich auf die Wirkung des Köders draußen im grauen Wasser zu konzentrieren, doch mehr noch wünschte er sich, sich umzudrehen und wieder das Mädchen anzusehen. Er konnte spüren, daß sie noch da war.

Als er die Schnur eingeholt hatte, drehte er sich um. Das Mädchen war jetzt näher gekommen und ein Stück weit ins Wasser gegangen, um zuzusehen. Er lächelte ihr zu.

»Angeln Sie gern?«

»Ich schaue gern zu«, sagte sie. »Aber sie beißen nicht, was?«

»Noch nicht.«

Sie hatte einen leisen Akzent. Nicht mexikanisch. Etwas anderes. Irgendein süßer kleiner Akzent.

Sie hielt hoch, was sie in der Hand hatte. »Möchten Sie ein paar Orangenschnitze?«

Orangenschnitze? Heilige Mutter Gottes. Besom schaute den Strand entlang. Keine Menschenseele zu sehen. Er gab achselzukkend zu verstehen, er hätte nichts dagegen, nickte, drehte sich im Wasser langsam um und ging auf sie zu. Als er sie erreichte, war sie ein Stückchen zurückgetreten, und Wellen spielten um ihre Fußknöchel.

»Wie lange waren Sie da draußen?« fragte sie, als er sie erreicht hatte.

Er schaute auf seine Uhr. »Vierzig Minuten.«

»Und was angeln Sie?« fragte sie, brach fast die Hälfte von dem ab, was von der Orange übrig war, und reichte sie ihm.

Sie war ein wenig älter als eine College-Schülerin, wie er jetzt aus der Nähe sah. Ihr Haar war dicht und feucht von der salzigen Luft, und sie strahlte etwas windgegerbt Sinnliches aus, das ihn glauben ließ, sie habe den größten Teil des Nachmittags am Strand verbracht. Das Mädchen hatte einen unglaublichen Körper, den er einfach ansehen mußte. Sie strich sich mit dem Handrücken das Haar von den Schultern, und dabei tanzten ihre Brüste träge unter den zwei kleinen Stoffetzen ihres Bikinioberteils.

»Rotbarsche«, hörte er sich sagen, brach den ersten Orangenschnitz ab und schob ihn in den Mund. Die Angelrute hielt er in der linken Armbeuge, und seine Augen fanden das Zipfelchen Lendentuch da, wo ihre ellenlangen Schenkel am Becken zusammentrafen. Der wilde, duftige Zitrusgeschmack füllte seinen Mund, als er in die Frucht biß.

»Rotbarsche«, sagte sie.

Er nickte. »Was machen Sie hier so weit draußen?« fragte er, und es gelang ihm, ihr wieder ins Gesicht zu sehen.

»Beth«, sagte sie, sich ihrem Hund zuwendend. »Manchmal gehen wir den ganzen Weg bis runter zum Rio Grande und Mexiko. Bei diesen Beinen macht ihr das nichts aus. Und mich hält es auch in Form.«

»Kein Scheiß«, sagte er und schob einen zweiten Orangenschnitz in den Mund. Er biß hinein, wieder der Zitrusgeschmack, und sie bewegte eine Hüfte und lächelte ihn an.

»Das gefällt Ihnen.« Sie grinste.

Er schaute auf ihre Brüste, als der zweite Orangenschnitz in seiner Kehle zu Napalm wurde, vaporisiertem Napalm, Napalmspray, das sofort seine Nasenhöhlen füllte, in die Höhlungen hinter seinen Augen trat, seine Sicht färbte. Er sah alles scharlachrot, Bikini, Brüste, Nebel, Lächeln, und als er in die rote Brandung zurückstolperte, wußte er, daß er starb. Seine Luftröhre und seine Lungen und sein Herz waren geschmolzen, schon vom Napalm aufgelöst, und sogar das trübe Wasser des Golfs konnte es nicht beseitigen.

Das letzte, was er merkte, war, daß das Mädchen sich über ihn beugte und versuchte, seinen Mund zu öffnen, doch seine Kiefer hatten sich um seine Zunge verkrampft, und sie konnte nur an seinen Lippen und Wangen ziehen und zerren.

Frustriert richtete sie sich auf und sah eine Minute lang zu, wie er sich in Krämpfen wand, sah zu, wie er genug Wasser einsaugte, um zu ertrinken, obwohl er über das Ertrinken hinaus war. Als er aufhörte, im Wasser zu zucken und um sich zu schlagen, beugte sie sich nieder und bearbeitete erneut seinen Mund. Endlich gelang es ihr, ihn zu öffnen. Sie nahm das Stück Zunge heraus, das er abgebissen hatte, und fischte an den Seiten seines Mundes nach dem Fruchtfleisch der Orange, grub mit den Fingern in sein Zahnfleisch und schüttete mit der Hand Salzwasser in seinen Mund, um sicherzugehen, daß alles herausgewaschen war.

Nach wenigen Augenblicken war sie fertig, und sie richtete sich auf und entfernte sich von ihm. Sie bückte sich und wusch sich im Wasser die Hände, nahm etwas Sand, scheuerte sie damit und tauchte sie wieder ins Wasser. Dann trat sie auf den Strand und beobachtete, wie er in der Brandung rollte, sah zu, wie er schließlich mit dem Gesicht nach unten von jeder Welle schwer an den Strand geworfen wurde. Nach ein oder zwei Minuten schaute sie über den Strand dahin, woher sie gekommen war, und dann rief sie den Greyhound und machte sich auf den Rückweg, schlenderte mit ihren langen, gebräunten Beinen den Strand entlang, das dichte schwarze Haar im Golfwind wehend.

Einige der Möwen blieben bei ihm, wollten ihn nicht verlassen, glitten am Rand des Wassers dahin, vorwärts und rückwärts, eintauchend, im Wind kreischend. Endlich zogen auch sie weiter, und nach einer kleinen Weile waren alle fort, das Mädchen, der Hund und die Möwen.

16

Sie saßen bei heruntergekurbelten Fenstern im Wagen, einem von nur zwei Autos auf dem kleinen, ansonsten leeren Parkplatz, einer Nische, herausgeschnitten aus dem riesigen Memorial Park, der sie umgab wie ein Regenwald. Der Parkplatz war der Endpunkt einer schmalen Gasse, die einen schicken Turm mit Eigentumswohnungen mit Blick auf die grünen Ränder des Buffalo Bayou umrundete. Auf der anderen Seite des Bayou, verdunkelt durch die dichte Wand der subtropischen Vegetation des Parks, zog sich der smaragdgrüne Golfplatz des River Oaks Country Club an den Hängen entlang bis hinauf zum feinsten Wohnviertel der Stadt.

Panos Kalatis stieß einen zarten Faden blauen Zigarrenrauchs aus, der durch das Autofenster in die feuchte Abendluft schwebte. Er saß hinter dem Steuerrad, den Sitz etwas zurückgeschoben, damit er sich ein wenig dem Beifahrer neben sich zuwenden und gleichzeitig mit nur einer leichten Kopfbewegung den anderen Mann auf dem Rücksitz sehen konnte.

»Keiner hatte eine Ahnung davon, nehme ich an«, sagte Kalatis und warf Burtell auf dem Rücksitz einen fragenden Blick zu. »Keine *Information* über die Möglichkeit.«

»Nein, nichts«, sagte Burtell. »Über Selbstmorde hat man gewöhnlich keine Information«, fügte er trocken hinzu. Er wollte noch etwas sagen, aber er beherrschte sich. Es würde die Zeit kommen, um zu sagen, was er zu sagen hatte.

»Sie glauben also, daß er sich selbst umgebracht hat?« fragte Kalatis, noch immer über die Rückenlehne schauend.

»Ja, ich glaube, daß er sich selbst umgebracht hat«, sagte Burtell widerwillig. Es fiel ihm schwer, seine Wut hinunterzuschlucken, seinen Abscheu vor den beiden Männern vor ihm.

Kalatis nickte und sah Burtell mit meditativem Schweigen an.

»Meinen Sie nicht, daß man sich geirrt haben könnte?« fragte Faeber.

»Das bezweifle ich«, sagte Burtell kurz angebunden. Faeber war nicht in seinem Element. Die Fragen, die von ihm kamen, hörten sich dumm an. Er ahmte bloß Kalatis' Rolle nach und hoffte sich bei dem Griechen einzuschmeicheln, indem er selbst unnütze Fragen stellte.

»Aber falls er ermordet worden ist, würden sie das nicht verschweigen, oder?« sagte Kalatis.

»Sie meinen, verheimlichen? Auf keinen Fall. Nicht den Tod eines Polizisten, nicht bei der CID.«

»Ich habe das schon erlebt«, sagte Kalatis.

»Ach, Gott, Panos. Kommen Sie.« Burtell schüttelte den Kopf, ungeduldig bei dem Gedanken.

Kalatis nickte ruhig und blies neuen Rauch in die hereinbrechende Nacht. »Die Frage ist«, sagte er, »welche Auswirkungen das auf uns haben wird.«

»Die Frage ist: Hat er etwas hinterlassen?« sagte Faeber.

Kalatis schaute auf den Rücksitz, und die dunklen Ringe um seine Augen waren sogar im Zwielicht zu erkennen.

»Wenn er in diesem Bereich irgendwas zurückgelassen hat, dann wäre es persönlich«, sagte Burtell. »Seine eigenen kleinen Operationsberichte oder so. In der CID gibt es nichts dergleichen. Im Büro hatten sie jedenfalls nichts in der Art.«

»Wie sicher können Sie da sein?« fragte Faeber.

»Verdammt, es ist mein Job, da sicher zu sein«, sagte Burtell tonlos. Er haßte es, Faeber antworten zu müssen. Faeber war wichtig für Kalatis, kein Zweifel. Seine Datenbanken, seine schäbige Natur, seine Käuflichkeit waren wertvolle Werkzeuge für Kalatis, doch der Mann schien sich einer Nähe zu dem Griechen zu erfreuen, die durch seine Talente nicht gerechtfertigt war. Burtell war frustriert, daß er nicht über das Geschäft dieser Ermittlungen hinausgekommen war. Er hatte gedacht, inzwischen würde ihm das gelungen sein, doch aus irgendwelchen Gründen hatte Kalatis die Tür geschlossen. Vielleicht hatte er bei Burtell größeren Ehrgeiz gespürt als bei Besom oder Tisler; vielleicht war er auf der Hut vor einem klügeren Mann.

Einen Moment lang sagte keiner etwas. Kalatis drehte die Zigarre in seinem Mund, hielt das Mundstück feucht, kostete den Tabak. »Ich würde nicht gern alles verlieren, was wir bisher gewonnen haben«, bemerkte er endlich.

Burtell achtete auf jede Nuance von Kalatis' Stimme. Sein Ton war nicht bedrohlich, hätte aber eine leise Bezichtigung enthalten können; vielleicht war es auch einfach ein altmodisches Vorzeichen eingebildeter Konsequenzen, die Art, die man zwischen den Zeilen wahrnimmt, wenn die Säfte in den Drüsen in Aktion treten und man schon friert, ehe man weiß warum. In diesem Geschäft gab es eine ganze Sprache, ein unsichtbares Lexikon, das nur so begreifbar war, mit den Säften, elliptischen Kommunikationen, die nur in diesen Lücken zwischen dem Augenscheinlichen übermittelt wurden. Man verstand, weil man noch Reste eines primitiven Instinkts in sich hatte, die man weder definieren noch erklären konnte, außer, daß sie mit Überleben zu tun hatten.

»All diese Vorbereitungen, die beträchtliche Investition von Kapital«, fuhr Kalatis fort.

Burtell mußte ihn beruhigen. »Hören Sie, Marcus Graver schreibt einen Bericht, der die Sache abschließen wird. Alle wollen, daß es vorbei ist, und alle wollen, daß man auch deutlich *sieht,* daß es vorbei ist.«

Kalatis hatte durch die Windschutzscheibe in den Park gestarrt, wo die Bäume, die sie umgaben, sich von dunklem Blaugrün zu Rußschwarz färbten und sie dunkler umstanden als der sich verdunkelnde Himmel. Er wandte sich wieder um und schaute auf den Rücksitz.

»Was ist mit Graver? Er ist gut genug, um dahinterzukommen, nicht?«

»Ja, er ist gut genug«, sagte Burtell sachlich. Doch er nahm an, daß Kalatis das bereits wußte.

»Dann müssen wir uns seinetwegen Sorgen machen.«

»Das glaube ich nicht.«

»Sie glauben das nicht?«

»Er ist in einer sehr unangenehmen Situation, Panos«, sagte Burtell müde. »Ich denke, er wird sich dem Morddezernat anschließen. Er wird es beinahe müssen. Wenn er darauf besteht, Verschwörungsgerüchten nachzugehen, wird er bei Westrate auf Widerstand stoßen. Westrate will von solchem Gerede nichts hören. Ganz gleich, wie argwöhnisch Graver sein mag – und ich weiß nicht, ob er es ist, ich sage nur, nehmen wir es an – oder welchen Verdacht er vielleicht hat, er ist die Art von Mann, die sehr gut darin ist, die eigene Realitätswahrnehmung zu prüfen. Das Morddezernat sagt Selbstmord. Das IAD sagt Selbstmord. Er hat keinen greifbaren Beweis, daß Tisler irgendwas Ungewöhnliches getan hat. Welchen Verdacht er auch haben mag, er wird ihn fallen lassen. Er ist Empiriker.«

Kalatis stieß einen Rauchkringel aus und schaute immer noch über die Rückenlehne. »Ein ›Empiriker‹, aha«, sagte er betont gelangweilt.

Burtell bezweifelte, daß der Grieche wußte, was das bedeutete. Zum Teufel mit ihm, sollte er doch rätseln.

»Sind Sie ganz sicher, daß Tisler nicht irgendwie mental zusammengebrochen ist und etwas hinterlassen hat?« fragte Faeber erneut herausfordernd. »Ich meine, der Mann hat sich erschossen, um Gottes willen!«

»Colin, Sie Hurensohn«, sagte Burtell scharf. »Der arme Kerl hat mir gesagt, was Sie getan haben.« Faeber schaute rasch zu Kalatis, der sich abwandte, zweifellos angewidert von Faebers plumper Anbiederei. »Wollten Sie seine Loyalität ›garantieren‹? Wie verdammt stümperhaft können Sie eigentlich sein?«

»Wir mußten das tun«, warf Kalatis ein. Er zog an seinem Krawattenknoten und ruckte mit dem Kopf. Dann öffnete er seinen Hemdkragen. Die Hitze schien mit dem verblassenden Licht drückender geworden zu sein. Burtell hatte schon lange die Jacke ausgezogen und auf den Sitz neben sich gelegt. Faeber hatte nichts gelockert oder abgelegt.

»Sie *dachten,* Sie müßten das tun«, berichtigte Burtell. So leicht wollte er Kalatis nicht davonkommen lassen. »Was immer Sie für einen Grund hatten, an ihm zu zweifeln, es war ein dummer Grund. Jemand hat zu hoch gepokert. Jemand hat nicht gewußt, was er tat. Sie haben ihn gestoßen, und Sie haben ihn verloren. Jetzt haben Sie einen toten Mann am Hals, und Sie wollen, daß ich dafür sorge, daß es nichts bedeutet. Nun, das kann ich nicht.«

»Wir wollen damit nur sagen«, erwiderte Kalatis mit berechneter Geduld, »daß Sie sich dessen sicher sein müssen, was Sie uns erzählen.«

Faeber nickte zustimmend.

Burtell mochte diese Allianz nicht, die er zwischen den beiden Männern vor ihm sah. Er war nicht gern in der Defensive. Etwas vergiftete den Brunnen.

»In der CID... gibt es... nichts«, sagte er betont. »Wenn er außerhalb etwas gehamstert hat, dann kann ich das nicht wissen und bin nicht dafür verantwortlich. Wenn er es getan hat, dann, weil er verzweifelt war, das Gefühl hatte, mit dem Rücken an der Wand zu stehen.« Er ließ das einen Moment in der klebrigen Luft stehen.

»Und was ist jetzt mit Seldon?« fragte Kalatis. Er hielt seine Zigarre in der Hand und schaute auf die glühende Spitze. »Was machen wir nun?«

»Vergessen Sie's«, sagte Burtell. »Es ist erledigt, aus.«

Kalatis wandte Burtell langsam den Kopf zu. »Oh, das glaube ich nicht, mein Freund. Ich habe gerade eben gesagt, daß ich meine Position hier nicht verlieren will.«

»Sie werden die und alles andere verlieren, wenn Sie versuchen, hier Zwang auszuüben«, warnte ihn Burtell. »Graver können wir nicht für dumm verkaufen, Panos. Wir würden nicht sehr lange damit durchkommen.«

»Wie meinen Sie das?« fragte Kalatis leise und lächelnd. »Wir verkaufen ihn seit zwei Jahren für dumm.«

»Nein, wir haben ihn zwei Jahre lang belogen«, erklärte Burtell.

»Das ist ein Unterschied. Tislers Tod macht ihm zu schaffen. Jeder Idiot kann Lügen erzählen, aber man muß schon verdammt schlau sein, wenn man erfolgreich gegen Marcus Gravers Verdacht angehen will.«

»Also ist es vorbei?« Faeber konnte es nicht glauben.

»Seldon, ja«, sagte Burtell. »Für den Moment setzen wir alles aus. Sollen sie sich erst mal alle entspannen. Warten wir, bis Ray aus seinem Urlaub zurückkommt, und dann werden wir sehen, ob wir wieder etwas aufbauen und die Sache wieder in Gang bringen können.«

Kalatis hatte sich abgewandt, um durch die Windschutzscheibe zu schauen. Von ihrem Standort aus konnten sie sehen, wie sich die Spitzen der Wolkenkratzer in der Innenstadt aus der Dunkelheit erhoben und in der Dämmerung zu glitzern begannen.

»Okay«, sagte Kalatis plötzlich mit einem tiefen Seufzer. Er warf seine Zigarre auf den Asphalt des Parkplatzes. »Wir setzen uns mit Besom in Verbindung, wenn er wiederkommt. Wann ist das?«

»Morgen«, sagte Burtell.

»Okay«, fuhr Kalatis fort. »Wir setzen uns mit ihm in Verbindung, hören uns seine Meinung an. Denken ein bißchen über die Sache nach. Überlegen uns die Alternative. Wenn wir die Operation fortsetzen wollen, wie gehen wir dann vor? Sind die Gewinne die Risiken wert? Was machen wir, wenn Graver etwas herausfindet?« Er sah Burtell und dann Faeber an. »Sie wissen, was wir brauchen.« Wieder zum Rücksitz gewandt: »Ich melde mich.«

Das war alles.

Kalatis drehte sich dem Steuerrad zu und drückte die Knöpfe auf seiner Armlehne, mit denen die Fenster bewegt wurden. Während die Scheiben hochglitten, nahm Burtell seine Jacke; er hatte das Gefühl, noch etwas sagen zu müssen, wußte aber nicht genau, was oder warum. Keiner sprach mehr, also öffnete Burtell seine Tür und stieg aus. Er schloß sie wieder, als die Fenster gerade oben waren, und Kalatis ließ den Wagen an und schaltete die Klimaanlage ein.

Burtell zögerte einen Augenblick neben den dunklen Fenstern des Mercedes. Dann drehte er sich um, ging über den kleinen Parkplatz zu seinem Wagen, sperrte ihn auf und warf seine Jacke hinein. Er schaute sich nach dem Mercedes um, der sich nicht bewegte, sondern nur mit laufendem Motor dastand. Seine Klimaanlage summte mit den Zikaden in der heißen Nacht. Er stieg in seinen eigenen Wagen, ließ den Motor an und fühlte sich ein wenig unwohl, als er das Gebläse der Klimaanlage direkt auf seinen Körper richtete. Der verdammte Grieche war einfach unheimlich. Er war so verdammt byzantinisch, daß Intrigen bei ihm aussahen wie eine Partie Halma.

»Was meinen Sie?« fragte Kalatis Faeber, als sie zusahen, wie die Rücklichter von Burtells Wagen durch die ansteigende Gasse fuhren und verschwanden.

Faeber war auf der Hut. »Er schien sich sicher zu sein,daß er die Sache unter Kontrolle hat.«

»Ich glaube, daß er Ausflüchte machte«, sagte Kalatis. »Vielleicht hat er nicht die Nerven, die Sache durchzuziehen.«

»Durchzuziehen?«

»Wenn wir sie nicht abblasen. Wenn wir sie durchziehen.«

Faeber fühlte sich auf einmal, als habe er einen Teil des Gesprächs verpaßt und etwas Entscheidendes nicht mitbekommen. Er war verwirrt und versuchte krampfhaft, sich Klarheit zu verschaffen. Aber er beschloß, nichts mehr zu sagen. Er saß einfach da und fragte sich, was in aller Welt wohl hinter den schwarzen Augen von Panos Kalatis vor sich ging.

17

Auf der Heimfahrt ging Graver immer wieder die verstörenden Hinweise durch, die Paula ihm in den letzten zwei Stunden vorgetragen hatte. Es war nicht zu verkennen, daß sie eine Sicherheitslücke aufgedeckt hatte, die verheerende Folgen haben konnte. Das war die schlimmste Befürchtung eines CID-Chefs, und die schlechte Nachricht wurde noch verschlimmert durch die Tatsache, daß ein guter alter Freund darin verwickelt zu sein schien, wenn er nicht sogar im Mittelpunkt stand.

In Wahrheit hatte Graver das noch immer nicht akzeptiert, obwohl er Paula gegenüber so getan hatte. Es war einfach unglaublich. Er mußte die Sache selbst durchdenken. Wie ein Mathematiker besaß er das Problem und das Theorem, doch die Beweisformel mußte er erst noch konstruieren. Und er würde diese Formel am Werk sehen müssen, Schritt für Schritt, ehe er in der Lage sein würde, Dean Burtell als Verräter zu betrachten.

Der heikle Punkt war die Motivation. Graver kannte Burtell wie einen Bruder, und die Motive, die man meist in Verratsfällen antraf, paßten einfach nicht in die Gleichung. Gier? Dean lebte gern gut, doch seine Neigung zu den Bequemlichkeiten der oberen Mittelklasse artete wohl kaum in Habgier aus. Sexuelle Besessenheit? Graver wußte genug über die menschliche Natur, um sich darüber klar zu sein, daß solche Dinge jahrzehntelang geheimgehalten werden konnten, manchmal sogar lebenslänglich, doch oft, wenn nicht immer, gab es Anzeichen und Hinweise für diese Neigung in anderen Bereichen der Persönlichkeit. Aber nicht bei Dean Burtell. Rache für eingebildetes oder wirkliches Unrecht? Burtell hatte nie ein Wort in dieser Richtung geäußert. Auch Rache verriet sich gewöhnlich früher oder später bei jemandem, der stark genug empfand, um danach zu lechzen. Eine abweichende Ideologie oder Philosophie? Auch kein Faktor.

Doch angenommen, Burtell hätte sich verändert, und eines dieser Elemente wäre eine Besessenheit für ihn geworden, stark genug, um dafür alles und jeden zu verraten? Würde Graver die Veränderung bemerkt haben? Selbst wenn es Burtell gelungen wäre, sein Motiv wirksam zu verbergen, hätte Graver nicht etwas bemerkt, möglicherweise sogar irgendeine weitere Veränderung in seinem Verhalten? Hätte ihm das entgehen können? Hatte Burtell wie Tisler auf einmal gegen seinen Charakter gehandelt, ohne daß irgend jemand auch nur den winzigsten Hinweis darauf mitbekam, daß etwas nicht in Ordnung war – bei beiden?

Er hielt bei einem Fischrestaurant am Shepherd, und die Empfangsdame führte ihn zu einem kleinen Zweiertisch am Fenster. Graver hatte in seinem ganzen Leben nicht an so vielen Zweiertischen gegessen wie in den letzten sechs Monaten. Es war eine konstante und ironische Erinnerung daran, daß Essen wie Sex eine Aktivität war, die man im Idealfall paarweise vollzog.

Nachdem er eine Portion fritierter Shrimps und eine Flasche

Pacifico-Bier bestellt hatte, nahm er sein Taschennotizbuch heraus und schrieb sich ein paar Punkte auf, die Paula erwähnt hatte und über die er noch einmal nachdenken wollte. Notizen zu machen war eine alte Angewohnheit, die schwer zu durchbrechen war, und in Gesellschaft alter Gewohnheiten konnte er seine Gedanken viel besser sammeln.

Als sein Essen kam, legte er das Notizbuch weg und bestellte ein zweites Pacifico. Während er aß, ließ er seine Blicke zu den anderen Gästen wandern und stellte sich die Beziehungen der Leute an allen Tischen vor. Das war eine seiner Lieblingszerstreuungen, doch jetzt mußte er sich bewußt dazu zwingen, um seine Gedanken von Burtell abzulenken. Ganz erfolgreich war er nicht. Als er fertig gegessen hatte, bestellte er keinen Kaffee, sondern winkte dem Kellner, ihm die Rechnung zu bringen, bezahlte sie und ging.

Als er zu seinem Wagen hinausging, fühlte er, wie der Piepser an seinem Gürtel vibrierte. Er schaute hinunter nach der Nummer, drehte sich dann um und kehrte in das Restaurant zurück. Es gab nur ein Münztelefon im Vorraum vor den Toiletten, und das war von einem jungen Mann in den Zwanzigern besetzt, einem gezierten, postmodernen Flaneur. Er trug sein schwarzes Haar als Pferdeschwanz und war in einen modischen, sackartigen bräunlichen Anzug und ein bis oben zugeknöpftes schwarzes Hemd ohne Krawatte gekleidet. Als er sah, daß Graver wartete, wandte er ihm den Rücken zu und redete weiter. Er sagte der Person am anderen Ende, er und ein Freund würden nach dem Dinner in ein paar Clubs gehen, und warum wolle sie sie nicht um halb elf bei Tociono's treffen? Oh. Warum? Na, erzähl ihm irgendwas. Erzähl ihm, daß du eine Freundin hast, die krank ist, alles vollgekotzt hat, und daß du nach ihr sehen mußt. Was? Na, dann sag ihm...

Graver nahm seine Marke heraus, klappte sie auf, griff dem Mann über die Schulter und hielt sie ihm vor die Nase.

»Geben Sie mir fünf Minuten«, sagte er. Der junge Mann zuckte zusammen und drehte sich langsam um; seine Augen schauten überrascht und alarmiert. »Sagen Sie ihr, Sie rufen in fünf Minuten wieder an. Dann hat sie Zeit, sich etwas auszudenken.«

Der junge Mann tat wie geheißen, drückte die Gabel dann mit einer Hand nieder und reichte Graver den Hörer. »Herrgott«, sagte er mit spöttischem Respekt, da sein Machismo erforderte, diese Niederlage irgendwie abschätzig zu kommentieren.

»Danke«, sagte Graver.

Neuman meldete sich beim ersten Läuten.

»Alles in Ordnung?« fragte Graver.

»Ja, klar ... ich muß Sie nur fünf Minuten sehen.«

»Wo sind Sie?«

»Ich esse gerade einen Hamburger in einer Imbißstube namens Sid's in der Nähe von Montrose.«

»Ich weiß, wo das ist. Ich bin nicht weit entfernt. Ich bin in zehn Minuten da.«

Als Graver den Imbiß erreichte, saß Neuman davor in seinem Wagen, den er seitlich unter einer alten Akazie geparkt hatte. Graver parkte neben ihm, und Neuman stieg aus.

»Der Laden war zu klein, um drinnen zu reden«, erklärte Neuman durch Gravers Fenster.

Graver stieg ebenfalls aus, und beide lehnten an ihren Autos. Obwohl die Nacht klar war, war die Luft feucht und schwer von der Süße des Geißblatts, das in dichten, mit weißen Blüten übersäten Büschen an einem Bretterzaun wuchs, der hinter der Imbißstube verschwand.

»Was haben Sie auf dem Herzen?« fragte Graver.

Neuman hielt seine Autoschlüssel in der Hand und ließ sie leicht schwingen, als wolle er sich den Anfang erleichtern.

»Tja, also zuerst habe ich Tisler überprüft«, sagte er. »Gründlich. Bin verdeckten Einkommensmöglichkeiten nachgegangen, Immobilien – er hat ein kleines Mietshaus in Sharpstown. Schon seit ein paar Jahren. Minimale Anzahlung, fünfzehnjährige Hypothek, und er tilgt in monatlichen Raten. Ich habe Geschäftsverbindungen, Sparkonten, alle Bankmöglichkeiten untersucht. Nichts. Spielzeug: Auto- und Bootszulassung. Nichts. Ich hab all das auch unter Peggys Namen überprüft. Und unter Arts mittlerem Namen, Sydney. Und unter ihrem Mädchennamen, Mays. Nichts. Wenn er zusätzliche Einkünfte hatte, dann ist er sehr schlau damit verfahren. Ich weiß nicht, wie weit ich Ihrer Meinung nach noch gehen soll. Als nächstes Hintergrundüberprüfungen? Oder was sonst?«

Graver wollte etwas antworten, aber Neuman sprach weiter.

»Aber das ist nicht der Grund, warum ich mit Ihnen reden wollte.«

Graver wartete.

»Ich hoffe, das ist nicht aus der Schule geplaudert... oder... unpassend.« Neuman verschob sein Gewicht von einem Bein auf das andere. Er hatte sein Jackett und seine Krawatte im Wagen gelassen, und sein Hemd war zerknittert, wie Hemden es nach einem langen Tag auf Stühlen vor Computern sind, an denen man Dateien überprüft, aufsteht und sich hinsetzt, aufsteht und sich hinsetzt. »Tja, das, äh, ich denke, das fällt in die Kategorie ›damals-schien-es-merkwürdig-aber...‹, was es auch wert sein mag.«

Neumans Nervosität erinnerte auf unangenehme Weise an Paulas Verhalten vor ein paar Stunden. Graver spürte die Kälte einer unguten Vorahnung.

»Ich glaube, es könnte... Unregelmäßigkeiten... in der Art geben, wie Art und Dean ihre Ermittlungen betrieben haben«, sagte er.

Gravers Magen krampfte sich zusammen. Er konnte sich nicht einmal vorstellen, was er gleich hören würde, doch in diesem Moment akzeptierte er die Tatsache, die bis dahin nur eine Vermutung gewesen war: Er war in etwas verwickelt, das einen Aufruhr auslösen würde. Da war er so sicher, als schaue er aus fünf Jahren weiter in der Zukunft darauf zurück.

»Ich habe die Seldon-Unterlagen nicht gelesen«, fuhr Neuman fort, »aber ich würde es gern tun. Dean hat mir geholfen, die Darley-Ermittlung zu entwickeln, diese Sache mit der Schutzgelderpressung. In den letzten Monaten ist es schnell gelaufen, sehr schnell, und Dean hat mich angetrieben, noch schneller zu machen, ein breites Spektrum an Informationen zu sammeln, los, los, los... Ich habe den verdammten Ball von einer Seite des Platzes auf die andere gejagt und konnte kaum Schritt halten. Aber gleichzeitig war Arts Seldon-Operation in einer wirklich heißen Phase, und manchmal gaben Art und ich uns die Klinke von Deans Bürotür in die Hand. Unterlagen gingen hin und her, Sachen kamen hoch, die nicht warten konnten. Vermutlich sind wir ein bißchen schlampig geworden, haben uns gegenseitig Notizen mit Rohdaten, Berichtsentwürfe und solches Zeug auf die Schreibtische gelegt, ohne sie von Hand zu Hand zu übergeben ... wir waren nicht sehr vorsichtig, jedenfalls nicht vorsichtig genug.«

Neuman schluckte. Er schüttelte die Schlüssel.

»Ungefähr vor einem Monat, nein, vor drei Wochen, habe ich in der Mittagspause durchgearbeitet, um einen Bericht fertigzustellen, weil ich mich um halb zwei mit einem Informanten treffen mußte. Dean hatte meine Akte über diesen speziellen Informanten und schrieb Anmerkungen für mich, Sachen, nach denen ich Ausschau halten oder die ich beschaffen sollte, wenn ich konnte. Tatsächlich traf ich an diesem Tag zwei Informanten, und Dean sagte, er würde die Zuträgerakten über beide zusammen mit seinen Notizen für mich auf seinem Schreibtisch hinterlassen. Er mußte eilig weg und seine Frau zum Lunch treffen.

Als ich fertig war, lief ich über den Gang in sein Büro. Sein Schreibtisch war ein Chaos. Ich schnappte mir die beiden Akten und nahm sie mit zurück in mein Büro. Ich schlug die erste auf, las seine Anmerkungen, schlug die zweite auf. Die Unterlagen waren durcheinander. Die neuesten Berichte hätten obenauf sein müssen, Deans Notizen ganz oben. Statt dessen war alles durcheinander. Ich blätterte die getippten Berichte durch und fand Deans handschriftliche Notizen ganz hinten. Aber als ich anfing, sie zu lesen, ergaben sie keinen Sinn. Ich erkannte gar nichts. Tatsächlich waren es keine Notizen vor einem Interview, sondern ein Bericht *nach* einem Kontaktinterview mit einem Zuträger. Ich brauchte nicht länger als eine Sekunde, um zu merken, daß das, was ich da hatte, ein Dokument über den Seldon-Fall war.«

»Dann war es Arts Handschrift und nicht Deans?«

»Nein, es war Deans Handschrift.«

»Was? Sind Sie sicher?«

»Absolut. Ich sehe sie jeden Tag.«

»War der getippte Bericht mit in der Akte?«

»Nein«, sagte Neuman. »War er nicht.« Seine Stimme war gepreßt, und er mußte sich sogar räuspern, was Graver regelrecht traurig machte. »Es war so. In die obere rechte Ecke der ersten Seite hatte Dean das Datum geschrieben, unterstrichen und umkringelt. Das war an ... einem Donnerstag. Der Bericht war auf Freitag datiert – der *folgenden* Woche ...«

»Sind Sie sicher?« fragte Graver noch einmal. Er mußte einfach. Es war schwer zu glauben, daß Neuman sich nicht irrte. Sein Herz pochte.

»Oh, ja. Ich hatte einen Kalender zur Hand, und ich habe nachgesehen. Ich habe weitergelesen. Es gab Hinweise auf Ereignisse, die am Dienstag und Mittwoch der kommenden Woche passiert ›waren‹ – ich habe auch diese Daten überprüft. Das ganze Ding war in der Vergangenheitsform geschrieben, als seien diese Ereignisse schon geschehen.«

»Unglaublich«, sagte Graver.

»Tja.« Neuman nickte und sah ihn an. »Ziemlicher Hammer.«

»Und was haben Sie dann gemacht?«

»Ich, äh, ich hab' mir rasch die anderen Unterlagen in der Akte angesehen. Es war tatsächlich meine Akte. Mein CI. Dieses Ding war einfach zufällig da hineingeraten.«

Neuman klapperte mit seinen Schlüsseln. Graver merkte, daß es ihm weh tat, das erzählen zu müssen.

»Ich nahm die Akte und lief zurück in Deans Büro«, fuhr Neuman fort, nachdem er tief eingeatmet hatte. »Ich ging den Stapel von Papieren und Akten dort durch, hab versucht, nichts durcheinanderzubringen. Auf gut Glück nahm ich eine von ganz unten, und tatsächlich fand ich eine weitere Akte über Zuträgerkontakte. Die Kontrollnummer dieses Zuträgers unterschied sich in zwei Stellen von der in meiner Akte. Eine Verwechslung. Es war eine Akte über den Seldon-Fall. Ich fand Deans handschriftliche Notizen an mich über meinen CI in dem Ordner, ganz oben, wo ich sie auch erwartet hatte. Ich vertauschte die handschriftlichen Seiten aus den beiden Ordnern, so daß jede im richtigen war, legte den Seldon-Ordner wieder ganz unten in den Stapel, wo ich ihn gefunden hatte, und machte, daß ich schnellstens rauskam.«

»Und hinterher?« fragte Graver. »Hat Dean jemals Ihnen gegenüber angedeutet, daß er den Verdacht hatte, jemand könne an seinen Ordnern gewesen sein?«

»Nein. Es war ganz einfach Glück, daß ich erkannte, was passiert war, und daß ich unten im Stapel tatsächlich die Akte über die Seldon-Zuträger fand. Ich denke, das erklärt auch, wieso Dean seine Notizen überhaupt verwechselt hat.«

Graver starrte an Neuman vorbei auf die Imbißstube. Sie bestand nur aus dem Allernötigsten, hauptsächlich einer Theke mit Hockern und ein paar Tischen an den Fenstern zur Straße. Drinnen wischte eine Kellnerin die Theke ab. Gerade hörte sie kurz damit auf, um eine Haarnadel festzustecken, und machte sich dann wieder an die Arbeit. Die einzige weitere Person im Lokal war ein alter Mann mit Knollennase, der an einem Fenstertisch saß und eine Zeitung in der Hand hielt. Aber er las nicht darin. Er starrte aus dem Fenster und träumte, die Augen in die Nacht gerichtet.

Graver wandte sich wieder Neuman zu. »Sie hatten viel Zeit, darüber nachzudenken«, sagte er. »Was halten Sie davon?«

Neuman schüttelte schnell den Kopf. »Ich weiß nicht. Ich verstehe es nicht. Ich weiß nicht, wie Dean seine anderen Fälle bearbeitet, welche Tricks er anwendet, um sie voranzubringen. Ich muß noch eine Menge lernen.« Er hielt inne. »Aber ... äh ... ich kann nicht ... ich konnte kein Szenario zusammenkriegen, das erklären würde, was er gemacht hat. Ich weiß nicht, was er gemacht hat.«

»Doch«, sagte Graver. »Sie wissen es.«

Neuman war verlegen und etwas nervös. Wieder klirrten die Schlüssel. Graver starrte ihn an.

»Sieht so aus, als hätte er einen Kontaktbericht getürkt«, sagte Neuman.

»Ja« – Graver nickte – »so sieht es aus.«

Casey Neuman sagte nichts, und während sie da am Rande des Lichtscheins aus den Fenstern der Imbißstube standen, wurde Graver klar, daß er auch nichts mehr sagen würde.

»Okay, Casey«, sagte Graver. Er wußte genau, was er machen würde. »Hier werden Sie in mehr als einer Beziehung nasse Füße kriegen.«

18

Graver saß in seinem Wagen und sah zu, wie Neumans Rücklichter inmitten all der anderen Lichter der City verschwanden. Diese Enthüllungen, die Dean Burtell belasteten, setzten ihm schwer zu. Aber er wäre ein Narr gewesen, wenn er angefangen hätte, nach unschuldigen Erklärungen Ausschau zu halten. Er würde sie nicht finden.

Statt wegzufahren, stieg er aus dem Wagen und ging zu dem Münztelefon neben der Eingangstür der Imbißstube. Er nahm einen Zettel aus seiner Brieftasche und wählte die darauf notierte Nummer.

»Hallo?«

Es war die Frauenstimme, die er letzte Nacht gehört hatte, als er in seinem Wohnzimmer den Hörer abgenommen hatte.

»Ich möchte bitte mit Victor sprechen.«

»Mit wem?«

»Ist dort Camey?«

Pause.

»Ja.«

»Victor sagte mir, Sie würden vielleicht an den Apparat kommen. Hier spricht Graver. Ich muß Victor sprechen.«

»Oh. Er ist nicht da.«

»Würden Sie ihm etwas ausrichten?«

»Okay.«

»Sagen Sie ihm, ich muß ihn sprechen, sobald es geht. Er hat mehrere Nummern von mir. Sagen Sie ihm, er soll sie durchprobieren, bis er mich erreicht. In einer halben Stunde bin ich unter meiner Privatnummer zu erreichen.«

»Okay.«

Aus irgendeinem Grund hatte er das Gefühl, daß sie das volle Gewicht seiner Nachricht nicht begriff.

»Verstehen Sie?« fragte er.

»Ja, natürlich, ich verstehe.«

»Vielen Dank«, sagte er.

Er ging wieder zu seinem Wagen zurück, stieg ein und schloß die Tür. Burtell mit den Augen eines Ermittlers zu beobachten, würde schmerzhaft sein. Himmel. Sein Beruf war auf dem Studium der Täuschung aufgebaut, er hatte sie aus allen Winkeln gesehen, sie mit Teleskop und Mikroskop untersucht, sie seziert, über sie gelesen, über sie geschrieben, über sie nachgedacht, sie beobachtet, sie belauscht, sie erlebt, sie selbst begangen, und doch schien er kein bißchen weniger immun dagegen als am Anfang.

Doch keiner war jemals immun dagegen. Wenn man überhaupt irgendeinen Seelenfrieden haben wollte, wenn man sein Leben nicht allein und in menschenfeindlicher Wut verbringen wollte, dann mußte man Leuten vertrauen. Man mußte ihnen die Freiheit einräumen, Judas zu sein. Und es nützte einem überhaupt nichts, in philosophischer Entrüstung zu schwelgen, denn wenn man das tat – und wenn man sich selbst gegenüber ehrlich war –, dann stellte man fest, daß man am Schluß seine Philosophie aufgab und zu Kreuze kroch. Täuschung war ein zu handliches menschliches Werkzeug, um es nicht früher oder später selbst zu gebrauchen.

Die Sache war die – wie alles andere hatte auch Täuschung ihre Dimensionen. Es gab große Täuschungen und kleine, es gab triviale und tödliche, es gab die, die eine kleine Weile schmerzten, und die, die vernichteten. Heute nacht, allein vor einer fast leeren Imbißstube sitzend, war Graver nicht mehr sicher, ob der Unterschied zwischen diesen Dimensionen tatsächlich so groß war. Ihm kam es so vor, als ob Männer und Frauen, wenn sie entschlossen waren, diese älteste satanische Geschicklichkeit zu benutzen, dabei unausgesprochen akzeptierten, daß sie unterwegs auch ein kleines Stückchen von sich selbst opferten. Vielleicht war es am Anfang nur ein Bluterguß, etwas, das man leicht aushalten konnte, ohne großen Schaden zu nehmen, kaum bemerkbar. Doch er ging nie wieder weg, und jede Täuschung addierte sich dazu und machte ihn schlimmer, bis er riesig und faulig war und sie von innen auffraß. Wieviel Fäulnis kann ein Mensch ertragen, fragte er sich, ehe die Fäulnis anfängt, das zu sein, was ihn definiert?

Er fuhr sich mit den Fingern durchs Haar, ließ seinen Wagen an und verließ den Parkplatz der Imbißstube.

19

Eine halbe Stunde später fuhr Graver vor seinem Haus vor. Als er es durch die Windschutzscheibe betrachtete, dachte er, im Dunkeln sehe es besonders trostlos aus. Er ließ für sich selbst nie Licht brennen, selbst wenn er wußte, daß er lange arbeiten würde, und er hatte sich im Eisenwarenladen nie eine dieser kleinen Zeitschaltuhren gekauft, obwohl er sich das seit Monaten vorgenommen hatte. Er dachte einfach nicht daran, außer in Momenten wie diesem, wenn er im Haus gern ein Licht gesehen hätte, selbst wenn es eines war, das er selbst eingeschaltet hatte.

Die Scheinwerfer seines Wagens leuchteten über den Rasen, als er in die Ascheneinfahrt einbog, die breit genug für zwei Fahrzeuge war und bis zur Garage und dem geziegelten Hof auf der Rückseite des Hauses führte. In dem Augenblick, in dem sie die geschlossenen Garagentüren trafen, beschienen sie auch die verchromte Stoßstange eines Autos, das um das Haus herum in den Hof gefahren war.

Graver schaltete die Scheinwerfer aus und hielt an. Neuman oder Paula hätten vor dem Haus geparkt. Langsam ließ er den Wagen weiter durch die Einfahrt rollen, bis er direkt neben der Seitenwand des Hauses stand. Wenn jemand im Haus war und ihn noch nicht gesehen hatte, würde er bei einem Blick aus den vorderen Fenstern seinen Wagen nicht ausmachen können.

Er stellte den Motor ab, öffnete die Wagentür, trat auf die Ascheneinfahrt und ließ die Tür leise einschnappen. Er atmete tief die Dunkelheit ein, die schwer war von den Düften des falschen Jasmins und der Akaziensträucher, die an der Steinwand auf der anderen Seite des Autos blühten, und griff nach seiner SIG-Sauer in ihrem Halfter an seiner Taille. Das hatte er seit einem Dutzend Jahren nicht mehr getan, außer, wenn er sich auf dem Schießstand qualifizieren mußte.

Er hielt die Waffe an der Seite und schlich die Einfahrt entlang, bis er die rückwärtige Ecke des Hauses erreicht hatte und der kleine Mercedes ganz zu sehen war. Er merkte sich die Zulassungsnummer. Still stand er da und spähte in den nächtlichen Hinterhof; er hoffte, daß seine Augen sich schnell an Dunkelheit und Schatten gewöhnen würden. Der Pool. Die Palmettos. Das schmiedeeiserne Mobiliar des Patios. Die dicken Stämme der Eichen. Er roch Zigarettenrauch. Zurück zum Pool.

Großer Gott.

Sein Herz tat einen Satz, als er erkannte, daß jemand auf einem der Eisenstühle im Patio neben dem Pool saß. Es war ein Mann, der zu ihm herüberstarrte. Graver nahm an, daß der Mann seine Scheinwerfer gesehen hatte, als er in die Einfahrt einbog, obwohl er nicht wußte, ob er ihn an der Hausecke schon sehen konnte.

»Graver? Bist du das da drüben? Ich habe deine Scheinwerfer gesehen.«

Es war Victor Last. Graver war gleichzeitig erleichtert und wütend. Er hatte sein Privatleben immer abgeschirmt, ganz besonders vor Informanten. Es war schlecht fürs Geschäft, sie überhaupt etwas über die eigene Persönlichkeit wissen zu lassen. Vielleicht hatte Graver Last in dieser Hinsicht ein bißchen anders behandelt, doch trotzdem war es unpassend, einfach so zu erscheinen. Vielleicht sah Last selbst das jetzt anders, da Graver nun allein lebte.

Er blickte noch einmal prüfend in den Patio, beurteilte seine Chancen, noch jemanden zu erspähen, der vielleicht dort war, aber pessimistisch. Er steckte die SIG-Sauer wieder in ihr Halfter, trat um die Hausecke und ging über den Hof auf den Pool zu.

»Was, zum Teufel, machst du hier, Last?« fragte Graver und versuchte, seine Stimme zu beherrschen.

»Ich hörte durch Camey nach fünf Minuten von deinem Anruf«, sagte Last. »Sie sagte, du würdest in einer halben Stunde nach Hause kommen und wolltest mich so bald wie möglich sehen. Da dachte ich, ich könnte Zeit sparen.«

Last sagte das vollkommen natürlich, als habe er nicht die leiseste Ahnung, daß Graver vielleicht etwas gegen seinen Besuch bei seinem Haus haben könne.

Graver setzte sich Last gegenüber auf einen der schmiedeeisernen Stühle am Tisch. Die Nacht war nicht bewölkt, so daß die Lichter der City nicht von den Wolken zurückgeworfen wurden und ihm ermöglichten, Lasts Gesicht zu sehen. Das gefiel ihm nicht. Seine Stimme konnte Last viel besser verstellen als seinen

Gesichtsausdruck. Soweit Graver das erkennen konnte, war er in etwa genauso gekleidet wie in der vorigen Nacht. Graver legte die Unterarme auf den schmiedeeisernen Tisch. Das Wasser im Pool war unbewegt und still, nur die Oberfläche fing ab und an einen Lichtschein ein wie eine fest gespannte Plane aus klarem Zellophan.

»Ich wollte mehr über das hören, worauf du letzte Nacht angespielt hast«, sagte Graver.

»Ach?« Lasts Kopf bewegte sich nicht. Er war auf der Hut. »Ich verstehe.«

»Zieh keine voreiligen Schlüsse«, sagte Graver. »Hast du erwartet, daß ich das auf sich beruhen lassen würde?«

»Nein, ich hab' das Gegenteil gehofft«, sagte Last, und seine Stimme klang, als grinse er.

»Was brauchst du, Victor?«

»Im Augenblick bin ich ein bißchen klamm«, sagte er und stützte einen Ellbogen auf die Tischkante, die Zigarette in der Luft. »Ich würde unsere frühere Beziehung gern wiederaufnehmen.«

»Dasselbe wie früher?«

»Na ja ... nicht ganz. Tatsächlich bin ich sehr klamm.«

»Wieviel?«

»Das Doppelte.«

Graver betrachtete Lasts Silhouette. Seine Stimme hatte sehr fest geklungen. Er war seiner selbst sicher.

»Victor, das könnte ich dir nicht einmal geben, wenn du Beweise dafür hättest, daß der Bürgermeister ein Pädophiler ist. Das ist keine Frage von Verhandlungen. Es geht darum, daß die da oben kein Geld haben. Wir haben es einfach nicht. Damals, als wir zusammengearbeitet haben, warst du die höchstbezahlte Person bei uns. Es geht einfach nicht.«

»Komm schon, Graver«, sagte Last leicht spöttisch. »Das ist acht Jahre her. Das Doppelte ist nicht wirklich das *Doppelte,* um Himmels willen. Lebenshaltungskosten. Inflation. Die verfluchte Wirtschaft, all das. Selbst wenn du mir denselben Satz bezahlen würdest, wäre es mehr.«

»Das kann ich nicht.«

Schweigen. Last zog an seiner Zigarette.

»Ich kann dir zwanzig Prozent mehr geben«, sagte Graver. »Damit wärst du wieder an der Spitze.«

»Ich bin geschmeichelt«, sagte Last trocken.

»Das ist alles, was ich tun kann. Tut mir leid.« Pause. »Aber ich werde nicht mal das zahlen, wenn deine Information nicht gut ist.«

»Okay, fein. Wann kannst du mich bezahlen?«

»Laß mich deine Geschichte hören.«

»Gut«, sagte Last. Er ließ seine Zigarette auf die Fliesen unter dem Tisch fallen und drückte sie mit dem Schuh aus. Er legte die Arme auf die Armlehnen seines Stuhls und entspannte sich. Als er zu sprechen begann, war seine Stimme weich, leise und ohne Hast.

»Ich hab' dir gestern nacht erzählt, daß ich zu einer Party im Haus dieses Typen hier in Houston gegangen bin –«

»Wie hieß er?« unterbrach ihn Graver.

»Dazu komme ich noch«, erwiderte Last, ohne sich stören zu lassen. »Dieser Mann und seine Frau haben ein sehr seltsames Haus. Häßlich eigentlich. Modern. Alles auf einer Ebene, karges Design, Glasräume um eine Reihe von Atriumhöfen herum. Wie aus Elementen zusammengesetzt, wenn du dir das vorstellen kannst. Eigenartig. Es waren eine Menge Leute da, aber es war keine wilde Sache. So eine Party zum Reden. Eine kleine Combo, die leise spielte, und die Leute standen mit ihren Drinks in der Gegend herum. Yuppies. New-Age-Typen. Und die allgegenwärtigen *Geschäfts*typen.

Irgendwann im Laufe des Abends ging die Frau, die mich begleitet hat, zur Toilette. Als sie zurückkam, war sie völlig aus dem Häuschen. Anscheinend war das Klo irgendwie von außen zu sehen, von einem äußeren Hof aus. Tatsächlich befand sich die Toilette ganz offen im Schlafzimmer – die Dusche auch –, nur durch die dichten Pflanzen rings um das Schlafzimmer abgeschirmt. Keine Abgeschiedenheit in dem Raum selbst, so daß man vor all den anderen Damen pinkeln mußte, die vielleicht hereinkamen, um sich zu frisieren oder zu schminken, was immer. Sie traute der Dichte der Blätter auf der anderen Seite der Glaswände natürlich nicht. Sie sagte, um die Ecke sei noch ein Schlafzimmer gewesen, und eine Frau, die sie in diesem ersten Schlafzimmer traf, sagte, das sei ähnlich angelegt. Meine Freundin fragte diese Frau, ob sie früher schon in dem Haus gewesen sei, und sie sagte, ja, das sei sie. Und meine Freundin fragte nach Voyeuren. Die Dame lachte und sagte, nein, es sei nicht so, wie es aussehe. Niemand könne hereinschauen wegen der Gartenmauern und so. Das sei durch die architektonische Anlage so beabsichtigt. Sie solle das Gefühl vermitteln, *au naturel* zu leben.

Ich beschloß, mir das mal anzusehen. Das Haus war irgendwie so aufgebaut wie Bienenwaben, Zimmer und Atriumhöfe, die ineinander übergingen. Wenn man in einem dieser Glasräume war, konnte man durch einen dieser Atriumhöfe in den nächten Glasraum sehen. Die einzelnen Elemente waren durch gläserne und verspiegelte Gänge verbunden.

Wie auch immer, nach einer Weile ging ich nach draußen, um eine Zigarette zu rauchen. Alle anderen waren natürlich drinnen, süchtig nach der Klimaanlage, und wollten sich nicht der Feuchtigkeit aussetzen. Ich wußte nicht, ob da draußen nicht vielleicht jemand war, also ging ich sehr lässig hinaus und zündete mir sofort eine Zigarette an, um eine Erklärung dafür zu haben, daß ich da draußen war.

Natürlich stellte sich heraus, daß der Sichtschutz, von dem diese Frau gesprochen hatte, gar nicht vorhanden war, nicht innerhalb der Gartenmauern jedenfalls. Man brauchte nur das Haus zu betreten und dann in den Garten zu gehen. Jedes dieser exzentrischen Schlafzimmer war tatsächlich von seinem eigenen Hof mit hohen Mauern umgeben, bepflanzt mit Palmen und dergleichen. Aber jeder Hof hatte auf der Außenseite der Mauer auch einen kleinen, unauffälligen Sims ungefähr in Schienbeinhöhe. Und wenn man auf diesen Sims stieg, konnte man über die Mauer schauen und alles im Inneren des Hauses sehen.«

Last zündete sich die nächste Zigarette an. Er rauchte einen Augenblick.

»Das Haus hatte etwa die Form eines Hexagons oder Oktagons oder so, weißt du, rund, aber mit geraden Wänden. Ich stand außerhalb des Lichtscheins auf dem mit Büschen bewachsenen Rasen. Kam an das erste Schlafzimmer. Stieg auf den Sims und schaute hinüber. Natürlich, es war zum Lachen, saß da eine Frau auf dem Topf, das Kleid hochgezogen, und schaute mich, wie ich fand, ziemlich herausfordernd durch die Glaswand an. Sie konnte mich natürlich nicht sehen, selbst wenn ich die Hände gehoben und ihr zugewinkt hätte. Ich glaube, die Glaswände waren irgendwie beschichtet, um sie von innen undurchsichtiger zu machen. Ich beobachtete, wie sie fertig wurde, sich abwischte, aufstand und die Spülung der Toilette bediente.

Ich sah noch eine Weile zu, zwei weiteren Frauen. Es war ziemlich faszinierend, fand ich, wie verschieden sie sich dabei benahmen. Ich rauchte meine Zigarette zu Ende und beschloß, zu dem anderen Schlafzimmer hinüberzugehen. Ich passierte das nächste Atrium, ein weiteres Gästezimmer, und dann wollte ich eben um die nächste Ecke biegen, als ich unmittelbar vor mir, gerade um die Ecke, Stimmen hörte. Ich blieb stehen, hielt den Atem an und lauschte. Ja, tatsächlich. Die Stimmen von zwei Männern. Ich schlich mich zu der Ecke, neben der zum Glück ein Mispelbaum stand. Dahinter versteckte ich mich und spähte um die Ecke. Zwei Männer standen auf dem Sims am Fuß der Gartenmauer um das nächste Schlafzimmer. Sie beobachteten die Frauen, die da anscheinend waren, aber sie taten es eher beiläufig. Sie hatten ihre Gläser auf die Mauer gestellt, lehnten mit den Ellbogen darauf, rauchten und unterhielten sich.«

Last hielt inne, um an seiner Zigarette zu ziehen. Er schien darüber nachzudenken, wie er fortfahren sollte. Vielleicht, dachte Graver, genoß er auch die Geschichte.

»Tja, was jetzt kommt, ist merkwürdig, das weiß ich«, sagte er, »aber ich habe gehört, wie der eine Mann sagte, das könne doch nicht wahr sein, ungläubig, wenn du verstehst, was ich meine. Der zweite Mann sagte, nein, es sei wirklich wahr. Es hätte eine gewisse Zeit gedauert, das zu arrangieren, aber schließlich hätten sie es geschafft. Er sagte, ihr ›Zugang‹ zu vertraulichen Informationen und entsprechenden ›Vorgängen‹ sei solide und mehrfach erprobt. Der erste Mann wollte wissen, wie lange das schon so ginge. ›Eine Weile‹, war alles, was der zweite Mann antwortete. Sie schwiegen eine Zeitlang, tranken von ihren Drinks und beobachteten jemanden auf dem Klo. Der zweite Mann trat von dem Sims herunter, machte sich eine Zigarette an und stieg wieder hinauf.

Der zweite Mann sagte, soweit er das verstanden habe, hätte der erste Mann Schwierigkeiten mit einem gewissen Konkurrenten. Er fragte, was es ihm wert wäre, diesen Kerl loszuwerden. Der erste Mann sagte, sein Umsatz würde um dreißig Prozent steigen. Der zweite Mann fragte, ob er daran interessiert wäre, ihn zu beseitigen. Und ob, meinte der erste.«

Last lachte. Er zog an seiner Zigarette.

»Der zweite Mann sagte, darüber müßten sie reden. Der erste sagte, seines Wissens täte sein Konkurrent aber nichts Illegales. Darauf sagte der zweite Mann, das mache nichts, das könne man schon arrangieren.« Last überlegte kurz. »Dann leerten sie ihre Gläser, beobachteten ein paar Minuten lang schweigend jemanden auf dem Klo, und dann sagte der zweite Mann, sie sollten besser wieder ins Haus gehen, ehe sie vermißt würden. Das war alles. Ich machte mich davon.«

Last führte die Hand wieder an den Mund, und die Spitze seiner Zigarette glühte auf und erlosch wieder.

»Von Polizei war da aber nicht die Rede«, sagte Graver. »Vertrauliche Informationen hat heutzutage jeder. Handel, Industrie.«

»Aber als der zweite Mann den ersten fragte, ob er seinen Konkurrenten aus dem Weg schaffen wollte, sagte der erste, dieser Konkurrent mache nichts ›Illegales‹. Warum hätte er das erwähnen sollen, wenn es sich nicht um Polizisten gehandelt hätte? Wer sonst würde ›Illegalität‹ als Druckmittel benutzen, um eine Firma zu erledigen?«

Graver schüttelte den Kopf. Er war nicht ganz überzeugt. Das war nicht das, was er zu hören erwartet hatte. Es war zu vage.

»Hast du diese beiden Typen sehen können?«

»So ungefähr. Im Profil jedenfalls.«

»Und der Besitzer des Hauses war keiner davon?«

»Nein.«

»Wem gehörte das Haus?«

Last bewegte sich auf seinem Stuhl. »Wie soll dir das helfen?«

»Weiß ich nicht. Aber wenn ich es nicht weiß, kann es mir bestimmt nicht helfen.«

»Möchtest du, daß ich die Namen dieser beiden Typen herausfinde? Das kann ich machen.«

»Wo liegt das Problem?«

»Dieser Mann sammelt amerikanische ›Eingeborenenkunst‹. Ich versuche, ihn für präkolumbianisches Zeug zu interessieren. Das könnte für mich sehr gut sein. Ich bin im Augenblick das Neueste in seinem Leben, Graver. Ein paar von deinen klumpfüßigen Jungs fangen an, herumzuschnüffeln und Fragen zu stellen, und dieser Typ übelegt sich, wieso ihm auf einmal nachspioniert wird. Er sagt sich: Victor Last taucht auf, und jetzt stellen Leute Fragen.« Last nahm noch einen Zug aus der Zigarette, warf sie auf den Boden und trat sie aus. »Das brauche ich dir doch nicht zu erklären, Graver.«

»Nein, brauchst du nicht. Und ich brauche dir nicht zu erklären, daß das, was du mir gerade erzählt hast, interessant ist. Ich finde es einigermaßen amüsant, daß Männer vor Toiletten stehen und Frauen beim Urinieren beobachten, aber sonst ist da entschieden nicht viel dran, Victor.«

Graver konnte über den Tisch hinweg erkennen, daß Last grinste.

»Na ja, kommt vermutlich drauf an, wonach du suchst, nicht?« sagte Last. Er rutschte auf seinem Stuhl herum und schlug die Beine übereinander. »Du willst Namen.«

»Natürlich. Und ich will wissen, ob die vertraulichen Informationen dieses ›zweiten Mannes‹ sich im Police Department oder bei der fleischverarbeitenden Industrie des amerikanischen Südwestens befinden.«

Last schnalzte über Gravers Sarkasmus mit der Zunge und starrte über den Tisch. »Komm schon, Graver«, sagte er leise, »sag's mir. Hab' ich da was getroffen oder nicht?«

Gravers Reaktion kam auf der Stelle und überraschte ihn selbst.

»Okay, Victor. Die Wahrheit ist, nein, du hast nichts getroffen. Falls du eine Lücke in der CID-Sicherheit entdeckt hast, so ist mir das neu. Aber falls du *wirklich* was entdeckt hast, dann will ich verdammt noch mal mehr darüber wissen. Ich bin bloß nicht überzeugt, daß du was entdeckt hast, das ist alles.«

Last nickte ein paar Augenblicke lang. »Okay, Graver«, sagte er schließlich, schob seinen Stuhl zurück und stand auf. »Ich werde sehen, was ich tun kann.«

Er ging auf seinen Wagen zu, und Graver folgte ihm ein paar Schritte durch den Patio. Als Last den Mercedes erreichte, ging er auf die Fahrerseite, legte die Hand auf den Türgriff und schaute über das Dach des Wagens hinweg. »Ich melde mich«, sagte er.

»Gut«, sagte Graver, und Last öffnete die Tür des Mercedes. »Aber, Victor«, fügte Graver hinzu, »komm nie wieder hierher.«

Last grinste ihn über das Autodach hinweg an, stieg ein und schloß die Tür. Graver sah zu, wie Last zurücksetzte und davonfuhr.

DIENSTAG
Der dritte Tag

20

Zu vieles passierte; Schlaf war eine seltene Annehmlichkeit geworden, und Graver besaß nicht mehr den Seelenfrieden, ihn zu erlangen. Nach Lasts Weggang blieben ihm nur noch ein paar Stunden, um sich zwischen den Laken zu wälzen und den Versuch zu unternehmen, seine Gedanken abzustellen. Als endlich der Wecker läutete, war er sowohl erschöpft als auch dankbar und wälzte sich aus dem Bett. Sein Kopf schmerzte. Er duschte, zog sich an und verließ das Haus, ohne auch nur einen Gedanken daran zu verschwenden, sich selbst ein Frühstück zu machen. Statt dessen hielt er auf dem Weg in die Stadt bei einem Café und setzte sich an einen Fenstertisch, wo er mehrere Tassen starken schwarzen Kaffee zu seinen Eiern mit Speck trank und zusah, wie die Stadt allmählich zu einem klaren, heißen Tag erwachte.

Weil er sofort aufgestanden war und sich nicht die Zeit genommen hatte, ein Frühstück zu machen, war er fast eine Stunde vor Lara im Büro. Das war gut, er brauchte Zeit, um sich zu sammeln. Nachdem er die Kaffeemaschine in Gang gesetzt hatte, ging er in Laras Büro und hinterließ auf ihrem Schreibtisch einen Zettel, sie solle Paula, Neuman und Burtell für neun Uhr in sein Büro bestellen. Er bat sie auch, ihn nicht zu stören. Dann goß er sich eine Tasse Kaffee ein, ging in sein Büro und schloß die Tür.

Er hatte über vieles nachzudenken, und beim Frühstück hatte er einige Entscheidungen getroffen. Die erste bestand darin, daß er beschloß, den Bericht für Westrate bis zum Abend fertigzustellen.

Er schaltete seinen Computer ein und gab die Autonummer ein, die er an Lasts Mercedes gesehen hatte. Der Wagen gehörte einer Camilla Reeder, die in einer Eigentumswohnanlage ganz im Westen von Houston wohnte. Ms. Reeder war einunddreißig Jahre alt und gab als Beruf Vertreterin für Laurel-Kosmetik an. Sie hatte keine Vorstrafen. Last schien mit einer Frau ohne Vorgeschichte bekannt zu sein – zumindest hatte es diesen Anschein –, und das war für ihn eine Verbesserung.

Dann steuerte Graver seine Computerermittlungen in eine andere Richtung. Er gab Lasts Namen in das NCIC ein, um einen Bericht über Lasts neueste Aktivitäten zu erhalten. Er hatte seine Laufbahn seit fast einem Jahrzehnt nicht verfolgt, zumindest nicht im Detail. Danach tippte er ein kurzes Untersuchungsdokument ein, um es an die höheren Erkennungsdienste zu schicken. Er wollte über alle Stationen von Victor Lasts Karriere unterrichtet werden. Es war Zeit, sich anzuschauen, ob Last wieder seinen alten Gewohnheiten verfallen war.

Er ging seine Notizen noch einmal durch und ergänzte sie, als er Paulas Stimme draußen im Gang hörte, gefolgt von Laras Lachen. Die Tür öffnete sich, und sie kamen nacheinander herein, Paula, Burtell und Neuman, alle mit Notizbüchern und Aktenordnern und einem Getränk. Alle sagten guten Morgen, rückten sich Stühle zurecht und setzten sich.

Graver, der die Verlegenheit zu verbergen suchte, die Burtells Anwesenheit in ihm auslöste, gab sich geschäftig. Er wußte, daß Paula und Neuman beobachten würden, wie er sich hielt.

»Erstens«, sagte er, »gestern am späten Nachmittag hat Jack Westrate angerufen und mir gesagt, daß Morddezernat und IAD sich darauf geeinigt haben, Tislers Tod als Selbstmord zu bezeichnen. Nichts Finsteres daran.«

Casey Neuman trank aus der Limonadendose, die er mitgebracht hatte, und Paula starrte Graver kommentarlos an. Burtell wandte sich ab und schaute aus den Fenstern. Die Aktenordner mit den fünf Ermittlungen Tislers lagen auf seinem Schoß, darauf hatte er einen Becher Kaffee gestellt. Graver konnte nicht genau einschätzen, wie er diese Nachricht aufnahm. Er wollte sich nicht dabei aufhalten und war froh, daß Burtell sie ohne Kommentar hinnahm.

»Das ist natürlich ein großer Durchbruch für uns«, fuhr er fort. »Ich weiß nicht, ob ihr etwas gefunden habt, aber bei dieser Regelung sprechen die Annahmen zu unseren Gunsten. Trotzdem muß ich eine Zusammenfassung aufstellen, ein Dokument, das für die Akten einen Schlußstrich zieht. Also kommen wir zur Sache. Habt ihr in Tislers Unterlagen irgend etwas gefunden, das zu Fragen Anlaß gibt?« Er wandte sich gleich an Burtell. »Dean, was ist damit? Haben Sie irgend etwas Bemerkenswertes in den Unterlagen gefunden, die Sie geprüft haben?«

Burtell wandte den Blick von den Fenstern ab und schüttelte den Kopf. Er schaute auf die Akten in seinem Schoß hinunter.

»Nein, hier habe ich nichts gesehen«, sagte er. »Nichts, was auch nur im entferntesten merkwürdig wäre. Art hatte sie routinemäßig auf den neuesten Stand gebracht, aber in keiner davon hat sich in über einem Jahr irgend etwas Bedeutsames verändert. In keiner Hinsicht beachtenswert.«

Graver wartete einen Augenblick und betrachtete Burtell, der sich seit dem Vortag beträchtlich erholt hatte. Anscheinend hatte er ausgeschlafen und seine Gefühle unter Kontrolle gebracht, obwohl er so gedämpft war, wie der Anlaß es erforderte. Doch Graver beobachtete ihn, weil er nach etwas anderem suchte, vielleicht einer unnatürlichen Sorglosigkeit, einer Spur von Betroffenheit in seinem Benehmen, wie gering auch immer.

»Okay«, sagte Graver. Er wandte sich an Paula.

»Nein, bei mir auch nichts«, sagte sie. »Aber für den Bericht möchte ich festhalten, daß ich nur einen Tag Zeit hatte, diese Unterlagen durchzusehen. Ich kann nicht sagen, daß das eine gründliche Untersuchung darstellt. Die Zeit reichte nur für eine ... kursorische Durchsicht. Aber bei dieser kursorischen Durchsicht habe ich nichts gefunden, was auf irgend etwas Problematisches bei der Sammlung der Informationen schließen ließe.«

Burtell fixierte irgendeinen vagen Punkt auf Gravers Schreibtischkante und schlürfte seinen Kaffee.

»Meinen Sie, daß Sie mehr Zeit brauchen? Ist es das?« fragte Graver. Das mußte er fragen. Paula hatte praktisch gesagt, sie habe nicht genug Zeit gehabt.

»Ich weiß nicht, ob das jetzt gerechtfertigt wäre angesichts der

Entscheidung des Morddezernats«, sagte Paula. »Ich will bloß nicht, daß in dem Bericht steht, ich hätte hier eine gründliche Überprüfung durchgeführt.«

»Okay, wird vermerkt«, sagte Graver.

»Casey?«

Neuman wiederholte im wesentlichen, was er Graver am Vorabend über seine Suche nach Tislers Unterlagen gesagt hatte, allerdings detaillierter. Wie Paula sagte er, da sei noch sehr viel zu tun, doch eine vorläufige Durchsicht der Berichte unter dem Gesichtspunkt, daß Tisler vielleicht finanzielle Schwierigkeiten hatte, hätte nichts ergeben, was ihn veranlassen könnte, der Sache weiter nachzugehen.

Graver nickte und tippte mit dem Radiergummiende seines Bleistifts auf den Pflasterstein. Einen Augenblick lang sagte niemand etwas. Neuman studierte wieder die Oberseite seiner Getränkedose, Paula sah Graver noch immer unverwandt an, und Burtell hatte seinen Kaffeebecher angehoben und strich ein Papier in einem seiner Ordner glatt.

»Okay. Wenn niemand etwas hinzufügen möchte, dann werde ich eine Zusammenfassung des Inhalts schreiben, daß wir bei unserer Überprüfung nichts Verdächtiges gefunden haben und daß die Auffassung des Morddezernats, Tisler sei an einer selbst zugefügten Schußwunde gestorben, in unsere Akten aufgenommen wird. Ende der Untersuchung.«

Er sah wieder Burtell an. »Dean, würden Sie weiter mit Peggy Tisler in Verbindung bleiben? Lara wird sich im Detail erkundigen, wann der Leichnam an die Familie freigegeben wird. Sie können mit ihr sprechen, wenn Sie gleich gehen. Sie wird auch dafür sorgen, daß die notwendigen Papiere über die Selbstmordentscheidung zusammengestellt werden. Tislers Versicherung wird die haben wollen. Und da sind noch ein paar andere Dinge ... Vereinbarungen für einen Gedenkgottesdienst ... was immer.«

Burtell nickte. »Okay, natürlich, mache ich gern.«

»So, schauen wir mal, das nächste, was ich aus dem Weg haben möchte, ist die Entscheidung darüber, wie wir mit der Seldon-Ermittlung am besten weiter verfahren.«

Burtells Augen vollführten eine rasche Bewegung.

»Für mich sah es so aus, als wäre da etwas im Gange, und zwar ziemlich flott«, sagte Graver.

»Tja, nun« – Burtell richtete sich auf seinem Stuhl auf und versuchte, seine Überraschung zu überspielen – »schon. Aber Art... in dieser Sache war seine Quelle das Herzstück der Ermittlung. Tatsächlich war der Bursche alles, was wir hatten.«

»Okay, um so mehr Grund, gleich wieder an die Arbeit zu gehen. Sind Sie der alternierende Kontrollbeamte?«

Burtell nickte, aber das wirkte zögernd. Graver wurde nicht recht schlau daraus.

»Gut«, sagte Graver. »Ich möchte, daß Casey mit Ihnen zusammenarbeitet. Ich weiß, daß wir das normalerweise nicht machen, aber unter den gegebenen Umständen ist es mir lieber, daß Sie den Fall nicht allein weiterführen.« Graver stand Burtell zu nahe. Er hatte keine Ahnung, wie er dies aufnahm, ob die unglaubliche Spannung, unter der er stand, ihm anzumerken war. »So, wie es aussieht, besteht die Möglichkeit, daß etwas dabei herauskommt, und ich denke, Sie sollten im Team daran weiterarbeiten. Glauben Sie, daß der Bursche mitmacht?«

Burtell warf unwillkürlich einen Blick auf Neuman und sah dann wieder Graver an. Er bewegte sich auf seinem Stuhl. »Gott, ja, ich weiß nicht, Marcus. Er ist jetzt schon paranoid, und Art mußte ihn förmlich drängen und schieben. Wenn er erfährt, daß Art tot ist... ich weiß nicht. Ich weiß einfach nicht, wie wir das schaffen sollen.«

Graver sah Burtell an und zögerte, als überlege er, auf was genau Burtell wohl hinauswolle.

Burtell setzte eine möglichst gleichmütige Miene auf und fuhr fort:

»Dieser Typ... konnte nicht recht glauben, daß wir seine Identität vertraulich behandeln würden. Ich weiß, das ist eine routinemäßige Sorge, aber... er ist keine routinemäßige Quelle.«

Einen Augenblick herrschte Schweigen.

»Was meinen Sie?« fragte Graver, war aber nicht sicher, ob sein Ton das vermittelte, was er ausdrücken wollte.

Burtell sah alle nacheinander an. Hatte Graver unabsichtlich irgend etwas verraten? Paula und Neuman erwiderten Burtells

Blicke. Dann veränderte sich alles, und Graver kam es so vor, als erkenne Burtell in diesem Augenblick, daß es keine Möglichkeit gab, sich herauszuwinden. Graver konnte es kommen sehen. Wie er vorhergesagt hatte, war Burtell im Begriff, den Stöpsel herauszuziehen.

»Darüber müssen wir reden, Marcus«, sagte Burtell. Plötzlich war sein Ton spröde und klinisch. »Nur wir beide.«

Neuman und Paula brauchten keine Aufforderung. Sie standen einfach auf und verließen das Büro.

21

Als die Tür sich hinter ihnen schloß, stand Burtell auf und stellte seine Akten und seinen Kaffeebecher auf Gravers Schreibtisch ab. Obwohl er versuchte, gefaßt zu erscheinen, etwas, was ihm normalerweise leichtfiel, war seine Erregung offensichtlich, dicht unter der Oberfläche. Er trat an die Fenster und schaute hinaus auf die Stadt, die an diesem klaren Morgen hart und hell war, und sammelte seine Gedanken.

»So gesund war dieser verdammte Fall gar nicht«, begann er, lehnte eine Schulter an die Glaswand und schob eine Hand in die Tasche. »Sie haben selbst gesehen, daß in dem Ordner nicht viele Unterlagen sind. Nicht viele bestätigte Informationen.« Er schaute wieder nach draußen in Richtung auf die östliche Skyline und kniff die Augen zusammen. »Art hat sich nur dreimal mit diesem Mann getroffen.«

Graver schaute in den geöffneten Ordner auf seinem Schreibtisch. »Nieson.«

Burtell nickte und gab sich keine Mühe, seinen Abscheu zu verbergen.

»Richtig, Parnell Nieson. Bei jedem Treffen trug Nieson eine Perücke, eine teure. Nach dem ersten Treffen dachte Art, es sei eine Perücke, war aber nicht sicher. Nach dem zweiten Treffen war er dann sicher. Nieson ... hatte immer einen ein paar Tage alten Bart, obwohl Art sagte, das verberge nicht die Tatsache, daß er offensichtlich ein leitender Mann sei, teure Kleidung, *manikürte* Fingernägel, die obligatorische Rolex, das ganze Zeug. Art sah ihn nie mit einem Fahrzeug. Der Mann kam immer nach Tisler zu den Treffen und ging immer als erster.«

»Was?« Graver hakte nach. Das war ein unübliches Verfahren. *»Jedesmal?«*

»Ich weiß, ich weiß.« Burtell nickte beschwichtigend. »Ich hab ihm deswegen Vorwürfe gemacht. Ich hab ihm gesagt, er sei verrückt, den Mann die Modalitäten der Treffen bestimmen zu lassen, und er verstoße gegen die Grundregeln im Umgang mit Zuträgern. Aber Art roch etwas Großes, und er meinte, ein Kompromiß bei den Modalitäten der Treffen sei unbedeutend im Vergleich zu dem, was er von dem Typen bekommen könne.«

Burtell trat an Gravers Schreibtisch und nahm seinen Kaffeebecher auf. Er trank zögernd und ging dann wieder ans Fenster. Graver nutzte die Pause nicht aus, um etwas zu sagen. Er wollte den Druck nicht lindern, den Burtell empfand, oder ihm einen zusätzlichen Moment gewähren, um seine Gedanken zu sammeln. Er ließ das Schweigen auf Burtells Schultern lasten.

Mit der freien Hand noch immer in der Hosentasche, neigte Burtell nachdenklich den Kopf und fuhr fort:

»Nieson sagte Art von Anfang an, er hasse Seldon. Er wußte so viel, daß Art nach einem legitimen Motiv Ausschau halten würde, und gab ihm ein ›ehrliches‹. Sie waren Konkurrenten in derselben Branche, und Seldon hatte ihm einmal übel mitgespielt, in einer ganz großen Sache. Nieson wollte es ihm heimzahlen.« Er nickte in Richtung auf den Ordner, der offen vor Graver lag. »Aus den Kontaktberichten können Sie ersehen, daß er Art eine Menge Informationen über Seldons Geschäfte gab, detaillierte Informationen, von denen er wußte, daß Art sie nachprüfen konnte. Er wußte, wovon er redete. Aber er nannte nie andere Namen als den von Seldon, gab nie geographische Informationen, von denen aus Art hätte weiterarbeiten können – die Ranch beispielsweise –, erwähnte nie Beziehungen, aus denen wir hätten Schlüsse ziehen können, niemals ... tja, Scheiße, er gab uns nie etwas, was wir hätten zurückverfolgen können. Wenn wir bei dieser Sache irgendwo ankommen wollten, dann mußte er uns hinbringen.«

Graver blätterte ein paar Seiten in dem vor ihm liegenden Ordner um.

»Was ist mit der Information über den Identitätsbericht des Zuträgers? Was haben Sie gefunden, als Sie die überprüft haben?«

Burtell nickte, da er gewußt hatte, daß diese Frage kommen würde. Er hatte sich eindeutig nicht darauf gefreut.

»Ja, ich habe sie überprüft.« Pause. »Nichts hat sich als zutreffend erwiesen.«

»Seit wann wissen Sie das?« Graver bemühte sich, gleichmütig zu klingen. Er wollte kalt wirken, nicht aufgebracht, als sei er von Erregung zu etwas Ernsterem übergegangen.

»Nach dem ersten Treffen überprüften wir alles, was er uns über Seldon persönlich gesagt hatte«, antwortete Burtell. »Nach dem zweiten Treffen überprüften wir alles, was er Art über Seldons Geschäft gesagt hatte. Alles erwies sich als zutreffend. Das sah gut aus, wir sahen beide das Potential dieser Beziehungen angesichts der enormen Unkosten der chemischen Industrie hier in Houston. Das Drogengeschäft spricht für sich selbst. Es erwies sich als zutreffend. Es war solide. Ich muß zugeben, wir waren beide ganz aufgeregt über diese Sache.«

Burtell war gut. Er stellte sich in eine Reihe mit Tisler und hoffte, den Anschein zu vermeiden, als schiebe er alle Schuld bei der Ermittlung auf einen Toten, der sich nicht wehren konnte. Er legte gerade genug *mea culpa* in seine Erklärung, um Tisler nicht zum alleinigen Sündenbock zu machen. Er atmete einmal tief ein und aus. Es schmerzte Graver, ihn in dieser Rolle zu sehen. Burtell machte es so gut, gerade mit dem richtigen Maß an Unsicherheit, um es so aussehen zu lassen, als verteidige er sich – oder gestehe ein Fehlurteil ein.

»Drittes Treffen«, fuhr Burtell fort. »Er gibt uns Informationen über die Akteure auf der Drogenseite der Sache. Wir überprüfen es durch DEA, es ist gut. Aber er gibt uns nicht allzuviel, nicht genug, als daß wir aus eigenem Antrieb irgend etwas hätten in Gang setzen können. Er behielt noch immer den Schlüssel zu den Beziehungen für sich. Endlich sagte er Art wenigstens seinen Namen und zeigte ihm einen Ausweis. Das war vor zwei Wochen. Als Art zurückkam und den Bericht schrieb, nahm ich ihn mir gleich vor. Es gibt tatsächlich einen Parnell Nieson, der leitender Angestellter bei Rochin and Leeds Chemicals ist. Aber Tislers Quelle war nicht Parnell Nieson. Ich fand im neuesten Jahresbericht von Rochin and Leeds ein Bild von Nieson. Ich hab' es Tisler gezeigt. Er war es nicht.«

»Hat Tisler die Quelle damit konfrontiert?«

»Ja, vier Tage später. Der Kerl hat bloß gelacht. Er sagte, wir hätten viel schneller gearbeitet, als er erwartet hätte.«

»Was passierte dann?«

»Art redete endlich Klartext. Er sagte dem Mann, wir könnten nicht mit ihm arbeiten. Sagte, er sei nicht zuverlässig, und wir könnten nicht mit ihm verhandeln, weil wir eine verläßliche Beziehung bräuchten, um eine anständige Ermittlung zusammenzukriegen. Art ließ es darauf ankommen und ging einfach weg, was ziemlich kühn war, wenn man bedenkt, wie scharf er auf die Sache war. Aber er rechnete damit, daß dieser Mann genauso scharf darauf war.«

»Und wann war das?«

Burtell rechnete. »Vor zehn Tagen, denke ich.«

»Das war ein viertes Treffen. Warum steht über dieses Treffen nichts in der Akte? Darüber gibt es keinen Kontaktbericht.«

Die Frage war unaufrichtig. Graver wußte genau, was passierte, oder er hätte es gewußt, wenn irgend etwas davon tatsächlich passiert wäre. Im Gegensatz zu den geschriebenen Regeln umfaßte die Arbeitsbeziehung zwischen Analytikern und Ermittlern häufig die gegenseitige Übereinkunft, die Regeln locker zu nehmen. Das war besonders wahrscheinlich, wenn eine neue Ermittlung entwikkelt wurde und ein Ermittler und/oder der Analytiker einen widerstrebenden Zuträger länger bearbeiten wollten, als ein vorsichtiger Vorgesetzter ihnen geraten hätte. Es war ein Katz-und-Maus-Spiel, das zu spielen alle gewöhnt waren. Um sich mehr Zeit zu erkaufen, einigten sie sich darauf, so zu tun, als hätte das letzte Treffen nie stattgefunden. Zumindest war dies das Szenario, das Burtell anbot. Trotz wachsenden Widerwillens gegen Burtells ausgemachte Lügen war Graver fasziniert. Burtell war unglaublich. Wenn er in der Tat all das fabrizierte, um die nicht existierende Ermittlung zu verheimlichen – und Graver war sicher, daß er genau das tat –, dann erfand er sogar einen Subtext, den Graver entdecken sollte, da er wußte, daß Graver als alter Hase wissen würde, wie diese Dinge »wirklich« abliefen. Es war eine Täuschung in einer Täuschung innerhalb einer Manipulation. Das volle Ausmaß der Raffinesse von Burtells Betrug wurde Graver allmählich bewußt, und zum ersten Mal hatte er das Gefühl, daß sich etwas Unheimliches in die Gleichung einschlich.

»Wir dachten, wir könnten es hinkriegen«, fuhr Burtell fort. »Art wollte keinen weiteren Tagesbericht schreiben, in dem gestanden hätte, daß er wieder mit leeren Händen zurückgekommen war. Und ich war einverstanden.« Er schaute auf seinen Kaffee und beschloß, nichts mehr davon zu trinken. Er war vermutlich kalt. »Art wartete eine Woche, und tatsächlich hat der Mann ihn angerufen. Er war bereit, es zu tun. Alles. Er hat geschworen. Sie sollten sich am Samstag abend treffen.«

»Wissen Sie, ob sie es getan haben?«

Burtell schüttelte den Kopf. »Nein, das weiß ich nicht.«

»Großer Gott, Dean«, sagte Graver und ließ jetzt Enttäuschung in seiner Stimme mitklingen statt Ungeduld oder Wut. »Und Tisler war der einzige, der wußte, wie er aussah?« Das war der zentrale Punkt des ganzen Spiels; das sollte Burtells »Erklärung« sein.

Burtell sah ihn an. »Das stimmt.«

Selbst hierbei spielte Burtell seine Rolle perfekt. Seine Augen trafen Gravers Blick, als gestehe er einen Fehler ein wie ein Mann. Er würde mutig die Medizin schlucken, zugeben, daß er sich die Ermittlung aus der Hand hatte nehmen lassen. Graver fühlte sich wie in einer Theatergruppe. Seine nächste Frage war darauf berechnet festzustellen, ob Burtell das durchhalten konnte.

»Hat Ray gewußt, daß Sie diese Sache antrieben?«

Hier erfolgte ein leichter Ruck in Burtells bislang allzu glattem Verhalten. Jetzt mußte er sich rasch ein paar harte Fragen stellen. Sollte er Besom in die Täuschung einbeziehen? Sollte er die Zahl der Darsteller vergrößern? Burtells Antwort zeigte, wie gut er auf dem Drahtseil balancieren konnte.

»Nein, das hat er nicht gewußt. Art und ich behielten es für uns.«

Graver streckte die Hand aus und drehte nachdenklich an dem Pflasterstein.

»Hat Art Ihnen jemals den Eindruck vermittelt, daß Nieson irgendwas ... Unheilverkündendes an sich hatte? Glauben Sie, daß es auch nur den geringsten Grund für den Verdacht gibt, daß er Art getötet hat?«

»Nein, ehrlich nicht«, sagte Burtell. »Ich habe mir das immer wieder überlegt, Marcus, glauben Sie nicht, das hätte ich nicht getan. Aber ... ich kann es einfach nicht sehen.«

»Okay«, sagte Graver und schlug den Aktenordner zu. »Ich muß darüber nachdenken.« Er setzte sich wieder auf seinen Stuhl und schaute Burtell an. »Sie hätten sich nicht mit leeren Händen erwischen lassen sollen – ich meine, mit *vollständig* leeren Händen.«

Eigentlich wollte er etwas ganz anderes sagen, doch das zumindest wurde von ihm erwartet. Und er saß da und starrte den Mann an, der wie ein jüngerer Bruder für ihn war, und hätte um Haaresbreite jede Verstellung aufgegeben und der Scharade ein Ende gemacht. Er wollte Burtell bei den Schultern packen und schütteln und ihn fragen, was in Gottes Namen er da machte. Wie konnte er das tun, was er tat? Was, zum Teufel, war mit ihm los?

Burtell nickte ihm zu, die Augen verlegen zur Seite gerichtet, während er so tat, als schlucke er den Vorwurf. »Ja, ich weiß«, sagte er. »Ich hab's vermasselt.«

Graver überkamen plötzlich verwirrende Gefühle. Er war wütend über Burtells Vorstellung, wie er da vor ihm stand, makellos in Lügen gekleidet, die er so gut trug, daß er unbefangen und redegewandt wirkte und – wären da nicht Paulas und Neumans Entdeckungen gewesen – glaubhaft. Er war wütend, daß Burtell mehr als zwei Jahre lang den Meßdiener gespielt und gleichzeitig eine Art Deckoperation durchgeführt hatte, die Graver noch immer nicht verstand. Er war von sich selbst abgestoßen, weil er es hatte geschehen lassen. Und er fürchtete, daß die Dimensionen dieses Spiels noch unbekannt waren. Er war verwirrt und sogar ein bißchen ärgerlich, weil er noch immer nicht wußte, wie er damit umgehen sollte. Und der Verrat traf ihn empfindlich.

»Ich melde mich wieder bei Ihnen«, konnte er so sagen, daß es wie eine Entlassung klang, ohne den Aufruhr zu verraten, den er innerlich empfand. Burtell nickte, und einen Moment lang glaubte

Graver ihn zögern zu sehen. Aber er konnte sich nicht mehr gestatten, sich auf irgend etwas zu verlassen, was er in Burtells Verhalten sah. Es war, als wäre Dean Burtell da vor seiner Nase gestorben.

Burtell beugte sich nieder, nahm seine Akten von seinem Stuhl und ging auf die Tür zu. Doch dann blieb er stehen und drehte sich um. Er schaute Graver an und kam ein paar Schritte auf seinen Schreibtisch zu.

»Äh, Marcus, haben Sie ... haben Sie daran gedacht, daß ich für einen Urlaub eingetragen war?«

Graver sah ihn ausdruckslos an. »Tut mir leid«, sagte er. »Das hatte ich vergessen.«

»Haben Sie etwas dagegen, daß ich ihn jetzt nehme? Unter den Umständen ... ich ... offen gesagt, ich könnte ihn gebrauchen.«

Graver schüttelte den Kopf. »Nein, natürlich nicht. Ich sehe keinen Grund, warum Sie hier noch herumhängen sollten.« Er schob die Papiere auf seinem Schreibtisch beiseite und schaute in den Kalender. »Das sind zwei Wochen. Von morgen an«, sagte er.

Burtell nickte. »Danke, ich weiß das zu schätzen.« Er schien erneut zu zögern, drehte sich dann aber abrupt um und verließ das Büro.

Graver lehnte sich in seinem Stuhl zurück und starrte auf die geschlossene Tür. »Großer Gott«, sagte er.

22

Graver öffnete seine Schreibtischschublade und nahm seine Autoschlüssel heraus. Er mußte mit Paula und Neuman reden, aber er mußte auch noch etwas anderes tun, und zwar jetzt gleich. Nachdem er seinen Schreibtisch, den Aktenschrank und den Safe abgeschlossen hatte, verließ er sein Büro und sagte Lara, er müsse für ein paar Stunden fort und werde vermutlich erst nach dem Lunch zurück sein.

Sie sah ihn an, und als ihre Augen sich trafen, erkannte er an ihrem Ausdruck gleich, daß etwas in seinem Gesicht ihre Aufmerksamkeit erregte. Er drehte sich um und verließ ihr Büro, ohne ihr zu sagen, wo er zu erreichen war. Das tat er sonst nie. Er spürte ihre Blicke im Rücken, bis er aus der Tür war.

Vier oder fünf Blocks vom Büro entfernt hielt er neben einem Münzfernsprecher und führte ein kurzes Telefongespräch. Er brauchte länger, als er gedacht hatte, um zu Arnette zu kommen. Sie wohnte in einem Haus aus dem Zweiten Weltkrieg, das hinten auf einen der Bayous der Stadt hinausging. Als Arnette vor acht Jahren von der Bundesregierung ihre Abfindung für fünfundzwanzigjährigen Dienst bekommen hatte, hatte sie lange gesucht, ehe sie genau die Lage fand, die sie wollte, eine bescheidene bis ärmliche Gegend, drei Häuser in einer Reihe. Sie brauchte jeden Pfennig ihrer Ersparnisse, aber sie kaufte alle drei und machte dann aus den Gärten der drei Grundstücke etwas, das einem tropischen Treibhaus glich; die Außenmauern der beiden äußeren Häuser waren von dicken Wänden aus schlankem, asiatischem Bambus eingefaßt. Obwohl die Häuser von vorne so wirkten, als hätte jedes einen anderen Besitzer, bildeten Arnettes drei Grundstücke einen einzigen gemeinsamen Garten; die inneren Zäune waren entfernt worden, und so war ein großer, baumbestandener Rasen entstanden, der von der Straße aus nicht zu sehen war und alle drei Häuser verband. Außer dem leicht zugewachsenen Aussehen unterschied nichts Arnettes Häuser von den anderen in der Gegend, da sie alle zu einer sorglosen Begrünung neigten.

Innerhalb der Einfassung von Arnettes Bambusmauer jedoch befand sich ein gut verstecktes Sicherheitssystem, das alle drei Grundstücke umfaßte. Das war ausgefeilte Technologie.

Graver parkte vor dem mittleren Haus, das Arnettes Wohnhaus war, und sticg aus dcm Wagcn. Er wußtc, das Sichcrhcitsschloß im vorderen Hoftor würde schon für ihn geöffnet sein, und so zögerte er nicht, einzutreten und in den Vorgarten zu gehen. Die gewundene Straße, die über ein Dutzend oder mehr Blocks den Kurven des Bayou folgte, war von hohen Pekannußbäumen, Eichen und Zypressen beschattet, in denen anscheinend alle Vogelarten wohnten, die in einer subtropischen Küstenregion zu Hause waren, und ihr Zwitschern und Singen erfüllte die stille Vormittagsluft. Als Graver zwischen den Platanen, Palmettos und großblättrigen

Grünpflanzen über den kurzen Ziegelweg ging, dachte er, wie nahe Arnette ihrem Ziel gekommen war, »ein Stückchen Vietnam« zu schaffen, was ihr Wunsch gewesen war.

Er öffnete die Fliegentür zu dem langen Raum, der über die ganze Vorderseite des Hauses verlief, und in diesem Augenblick öffnete sich auch die Haustür.

»Baby!« sagte Arnette leise und lächelte ihn an, und Graver trat durch die Vordertür, um eine drahtige kleine Frau mit großen braunen Augen zu umarmen, die noch keine sechzig war. Arnette hatte ihr dichtes, graumeliertes Haar zurückfrisiert – obwohl es störrisch war und einzelne Strähnen sich immer lösten – und zu einem einzelnen Zopf geflochten, den sie gewöhnlich in der etwas scheuen Manier einer viel jüngeren Frau über der linken Schulter trug. Sie war schlank und hatte das Gesicht einer Zigeunerin mit einer starken, schmalen Nase und weißen Zähnen. Wie immer, wenn sie zu Hause war, trug sie eine hochgeschlossene vietnamesische Seidenbluse und ebensolche Hosen, heute in hellem Safrangelb.

»Ich traute meinen Ohren nicht«, sagte sie und hielt Gravers Arm umfaßt, als sie den Wohnraum des Hauses betraten. »Es ist fast ein Jahr her, Mister. Wo, zum Teufel, bist du gewesen?«

»Durch die Verliese der Bürokratie gewandert«, sagte Graver. »Verirrt im Tal der Finsternis.«

Sie lachte wissend, während sie in einen großen Raum traten, der ebenso exzentrisch wirkte wie Arnette selbst. Von den drei Häusern in der Reihe war nur ihres komplett renoviert worden, und sein dominierendes Merkmal war das, was man gleich sah, ein geräumiges Wohnzimmer mit schweren Teakholzsäulen, die da die Decken trugen, wo sich vorher Wände befunden hatte. Das Licht war von einer ungewöhnlichen Weichheit, als läge der Raum in ständiger Dämmerung. Ergänzt wurde diese Beleuchtung durch Tischlampen, die zwischen bequemen Sesseln und Sofas und kleinen Beistelltischen mit Büchern standen. Die Möbel und die Wände waren mit Stoffen und Kunstgegenständen dekoriert, die Arnette in ihren Arbeitsjahren in Südostasien und Lateinamerika gesammelt hatte.

Arnette lächelte noch immer, als sie Graver einen Platz anbot und sich dann auf eines der Sofas setzte. Über ihrem Kopf an der Wand hinter ihr hingen eine böse aussehende Sammlung von Klingen mit hölzernen Griffen, ein gänsenackiges *chuan* und ein kleineres *siput* und etliche *maks* mit Hakenspitzen. Es handelte sich dabei aber nicht um Waffen, sondern um landwirtschaftliche Geräte, wie sie von den reisanbauenden Montagnards des Jeh-Stammes im schlammigen Dak-Poko-Tal benutzt wurden, wo Arnette als jüngere Frau während der ersten Jahre des Vietnamkrieges mehrere Lebensspannen zugebracht hatte.

Ringsumher standen hier und da wie in einem Museum Glaskästen mit präkolumbianischen mexikanischen Statuetten im Remojadesstil aus Vera Cruz, lebensgroßen Steinmasken im klassischen Teotihuacanstil und Keramiken jeder Art. Gewebe aus dem guatemaltekischen Hochland hingen an anderen Wänden, *huipiles* und *cortes* und *cintas* in den leuchtenden, brillanten Farben der indianischen Phantasie. Es gab Schwarzweißfotos in schmalen schwarzen Rahmen, Arnette auf einer Brücke in Wien, Arnette und Mona in einem Restaurant in Buenos Aires und an einem Kaffeetisch in Montevideo, drei nicht identifizierte Menschen auf der vorderen Veranda einer von Eschen umstandenen Hütte, ein Hund mit drei Beinen und einer Schleife um den Hals irgendwo in Lateinamerika.

Arnette zog ein Bein unter sich und lehnte sich auf dem Sofa zurück, während sie ihn anlächelte.

»Gott, Baby, es ist wirklich gut, dich zu sehen«, sagte sie. »Ich habe Mona gesagt, daß du kommst. Sie kommt nachher auch, wenn dir das recht ist.«

»Natürlich, ich würde sie gern sehen«, sagte Graver. Mona Isaza war Arnettes Gefährtin. Sie hatten sich kennengelernt, als Arnette Anfang der siebziger Jahre ein Jahr in Mexico City gelebt hatte, und waren seither immer zusammen. Sie lebte in einem der Nebenhäuser.

»Wie ist es dir denn so ergangen?« fragte Arnette, noch immer lächelnd. Sie schien seinen Besuch zu genießen.

»Viel zu tun«, sagte er und beließ es dabei. Normalerweise hätte er sie über alles auf den neuesten Stand gebracht, aber er war sicher, daß sie von seiner kürzlich erfolgten Scheidung wußte, und sah keinen Grund, das Thema anzuschneiden. Doch wenn er die Zwillinge erwähnte, würde es peinlich sein, das Thema Dore nicht anzuschneiden, und so beschloß er, über keinen von ihnen etwas zu sagen. »Wie jedermann.«

Sie sah ihn einen Augenblick schweigend an, und ihr Lächeln wurde weicher. Sie merkte, daß er nicht in Besuchsstimmung war.

»Du hast etwas auf dem Herzen.«

»Ich brauche Hilfe.«

»Gut.«

»Inoffiziell.«

»Oh.«

»Nicht für mich persönlich, es ist für das Department, aber ich bin der einzige, der davon wissen wird.«

»Oh. Du hast interne Probleme.«

»Ich denke, es ist schlimm.«

»Mein Gott.«

»Ich brauche von dir einen Vierundzwanzig-Stunden-Job über Dean Burtell und seine Frau.«

Arnette reckte den Kopf vor, die Augen weit aufgerissen. »Burtell? Verdammt!«

Graver brauchte den größten Teil einer Stunde, um ihr zu erzählen, was in den letzten beiden Tagen geschehen war. Während er sprach, stand sie auf, zündete ein Räucherstäbchen an und stellte es auf, und der Duft stieg in die Dämmerung zwischen ihnen. Die Vögel draußen zwitscherten schrill.

»Die Sache ist die«, sagte Graver nach einer Weile. »Ich habe beschlossen, das im Augenblick keinem mitzuteilen. Ich möchte damit nicht zu jemandem im Department gehen, nicht einmal zum IAD. Und nach draußen – Staatsanwaltschaft oder FBI – will ich erst gehen, wenn ich mehr über das weiß, was ich hier habe.«

Arnette saß da, ein Bein hochgezogen wie zuvor, und der Raum füllte sich mit dem Rauch von Sandelholz. Es war ein verschwörerischer Duft, und Graver fragte sich, ob er Arnette auf Ränke und Geheimnisse einstimmte, wie ein Mantra eine meditative Disziplin in Erinnerung rief. Er fürchtete, sie werde etwas über Burtell sagen, aber dazu war sie zu klug, und zu Gravers Erleichterung kam sie gleich zur Sache.

»Angst, daß sie dich kaltstellen könnten?«

»Ich denke, diese Möglichkeit besteht durchaus.«

Sie dachte eine Minute nach. »Tut mir leid, wenn ich mich anhöre wie ein... Söldner, aber wenn dies ein ›inoffizieller‹ Auftrag ist, wie werde ich dann bezahlt? Das wird eine Menge Leute erfordern – fünf bis sieben für Dean, vier oder fünf für Ginette – mindestens. Er war schon lange nicht mehr auf der Straße, aber ich wette, er erkennt ein Beschattungsteam, wenn er eines sieht. Wir können da nicht pfuschen.«

»Ich habe einen kleinen stillen Fonds«, sagte Graver. »Der kann mir mehrere Wochen erkaufen, wenn das nötig ist.«

Graver hatte Arnette Kepner vor mehr als einem Jahrzehnt kennengelernt, als er am Consortium for the Study of Intelligence der Georgetown University einen Vortrag hielt. Nach dem Vortrag war sie unter den Leuten, die zum Podium kamen, um noch ein paar Fragen zu stellen und einen Moment zu reden. Aber sie verweilte, bis sie die letzte war, und lud ihn dann zum Essen ein. Der Abend erwies sich als faszinierend und war der Beginn einer Freundschaft.

Er erfuhr von ihr, daß sie fast fünfundzwanzig Jahre bei der Regierung verbracht hatte, in den verschiedensten Geheimdiensten, auf Reisen an die heißen Orte rund um den Globus, zuerst beim Geheimdienst der Armee, dann im Laufe ihrer Karriere bei »verschiedenen anderen« Diensten. Sie sagte, sie wolle ihren Abschied nehmen und dächte, Houston sei dafür ein guter Ort. Sie sprachen ganz allgemein über die Stadt, und sie erzählte ihm genug von ihrem Leben, um ihn begreifen zu lassen, daß sie eine sehr ungewöhnliche Frau war.

Achtzehn Monate später erhielt er einen Anruf von ihr, sie sei in der Stadt, habe sich ein Haus gekauft, und warum er sie nicht besuchen käme. Als er das tat, entdeckte er ihr aus drei Grundstükken bestehendes Heim und erfuhr, daß sie sich nur von der Bundesregierung zurückgezogen hatte, nicht aus dem Geschäft. Sie war bereits sechs Monate in Houston und hatte so viel zu tun, wie sie nur bewältigen konnte, nur durch Mundpropaganda, freiberufliche Sonderoperationen für praktisch jede Dienststelle, von der sie früher Gehalt bezogen hatte.

Das Zeitalter des Personalcomputers hatte eine ungeheure Veränderung im Geschäft der privaten Ermittlungs- und Aufklärungsagenturen mit sich gebracht. Jetzt konnte jeder, der sich ein Modem leisten konnte, in die voyeuristische Welt des »databanking« eindringen, wo ein unterirdisches Netzwerk von Informationsverkäufern, als Superbureaus bekannt, eine endlose Anzahl von Kategorien aller nur denkbaren Tatsachen über die meisten US-Bürger zusammengetragen hatte. Jedesmal, wenn ein Individuum einen Informationsbogen ausfüllte, ob es sich um einen Rabatt bei seinem lokalen Lebensmittelhändler bewarb oder einen »vertraulichen« Medizinbogen in der Praxis seines Arztes ausfüllte, es lieferte Daten, die aller Wahrscheinlichkeit nach schließlich von einem Informationsverkäufer erworben werden würden. Bankunterlagen, medizinische Unterlagen, Versicherungsunterlagen, persönliche Daten, Kreditberichte, alles war zum Abschuß freigegeben im Informationsgeschäft, wo praktisch nichts gesetzlich geschützt war. Und tatsächlich würde jeder, der Informationen sammelte – einschließlich Ärzten, Bankiers und Kreditgebern –, sie schließlich verkaufen. Tatsache war, daß in den heutigen Vereinigten Staaten das Individuum keine Möglichkeit hatte, Informationen über sich selbst zu kontrollieren. Für einen Preis war jedermanns Privatsphäre käuflich.

Dieser fortgesetzte Boom an Informationen war ein Segen für das blühende private Ermittlungsgeschäft gewesen, so daß es praktisch von jedermann betrieben wurde. Jetzt konnte jeder eine Spur verfolgen, eine vermißte Person suchen, den Hintergrund eines Stellenbewerbers überprüfen, Vorstrafen herausfinden, eine alte Freundin aufspüren, sich über den finanziellen Status und die Kreditlage eines Konkurrenten informieren, jedermanns Adresse, Telefonnummer, Bankkonto und medizinische Vorgeschichte herausfinden. Die Daten waren so leicht zu erhalten, als brauche man sie nur vom Bürgersteig aufzuheben.

Einige private Agenturen hatten sich auf bestimmten Gebieten von Datensammlung und -analyse so spezialisiert, daß Gesetzeshüter auf jeder Ebene – bis hinauf zur CIA – sich dieser spezialisierten Informationsverkäufer und privaten Agenturen bedienten, wann immer sie ihnen auf irgendeinem Tätigkeitsgebiet voraus waren.

Sie taten das nicht gerne, und sie machten es auch nicht öffentlich. Aber sie taten es.

Heute mehr als zu jeder anderen Zeit in der Weltgeschichte war »private« Information in Gefahr, zu einem nur nominellen Konzept zu werden. Das Informationsgeschäft, legal und illegal, regierungsamtlich und privat, kommerziell und politisch, persönlich und öffentlich, legitim und im Untergrund, befand sich in einer Ära explosiven Wachstums. Und wie bei allen Geschäften in der Boomphase herrschte auch hier Mißbrauch. Leider hatte die amerikanische Öffentlichkeit keine Ahnung, was mit ihr passierte.

Aber es gab ein paar unabhängige – private – Aufklärungsoperationen wie die von Arnette Kepner, deren Arbeit nichts mit den im Rampenlicht stehenden großen Firmen zu tun hatte. Ihre Erfahrung stammte aus der Welt der internationalen Geheimdienste, nicht aus bloßen Ermittlungen, und in ihrem Beruf war Auffälligkeit der Todeskuß, Anonymität dagegen das Kennzeichen einer gut durchdachten Operation. Sie arbeitete nicht für Firmen oder Regierungen, sondern für andere Aufklärungsdienste, und ihre Computer, die die meisten Räume in einem der benachbarten Häuser einnahmen, waren vollgepackt mit ausgefallenen Daten über Aufklärungsnetzwerke und Tausende von individuellen Agenten, Beamten und Mitarbeitern, von denen die traditionellen privaten und Firmenagenturen nichts wußten.

Arnette starrte ihn durch den dünnen Rauchschleier des Räucherstäbchens hindurch an, ihr widerspenstiges graues Haar bildete eine lebhafte Aura um ihr Gesicht.

»Okay«, sagte sie. Sie beugte sich vor und nahm eine Zigarette aus dem ockerfarbenen Päckchen einer ausländischen Marke, das vor ihr auf dem Kaffeetisch lag. Sie zündete sie an und blies den Rauch in die Mittagsluft, wo er sich mit dem Weihrauch verband. Sie lehnte sich zurück, faltete einen Arm über der Taille und stützte die Hand mit der Zigarette auf ihr Knie. »Was willst du?«

»Einen Bericht über ihre Bewegungen und Fotos von jedem, mit dem sie reden. Ich möchte täglich unterrichtet werden.«

»So etwas kann dauern, Marcus. Zwei Wochen sind nichts.«

Graver nickte. »Ja, ich weiß. Aber ich habe keine andere Wahl.«

Sie sah ihn ernst an. »Okay, schauen wir mal, was herauskommt. Wie ist seine Adresse?«

Graver gab sie ihr und auch die Büroadresse von Ginette. Sie nickte nachdenklich, schrieb sich aber nichts auf.

»Morgen tritt Dean einen zweiwöchigen Urlaub an«, sagte Graver. »Ich glaube, seine Frau muß noch eine Woche arbeiten, aber in der zweiten Woche haben sie dann gemeinsam frei.«

»Ich werde jetzt gleich jemanden hinschicken«, sagte sie, »der die Stellung hält, bis ich am späteren Abend ein Team zusammenstellen kann. Hast du irgendwelchen Grund zu der Annahme, daß er sich aus dem Staub machen wird?«

»Nein. Ich denke, für diese Art von Panik ist es noch zu früh. Er wird versuchen, es auszusitzen. Er weiß, daß Westrate – und alle anderen – diese Sache erledigt sehen wollen. Er wird abwarten.«

»Okay, bis heute abend habe ich das ohnehin zusammen.« Sie zog an ihrer Zigarette und betrachtete ihn dann mit nüchterner Miene. »Ich weiß, daß dir das schwer zu schaffen macht«, sagte sie. »Tut mir so leid, daß das passiert.«

Zu seiner Überraschung war Graver plötzlich erleichtert, daß sie das einfach so ausgesprochen hatte. Er fühlte sich wie in einer Zwangsjacke und geriet abwechselnd in Panik und Verzweiflung über seinen Zustand.

Er schüttelte den Kopf. »Es wird schon noch einsickern, da bin ich sicher«, sagte er. »Aber im Augenblick kommt es mir nicht sehr real vor... Ich verstehe es einfach nicht..., warum, zum Teufel, er in dieser Situation ist. Es ist absolut... sinnlos.«

Arnette nickte. »Da wirst du viel Mut brauchen, Baby. Es wird dir zusetzen. Es wird dich zerreißen. Das mußt du wissen.«

Er antwortete nicht gleich. »Ich will bloß wissen, warum er es tut«, sagte er.

»Und du denkst, daß du es dann ›verstehst‹? Du glaubst doch nicht wirklich, daß es so einfach sein wird, oder?«

Graver zuckte mit den Achseln. Er wußte nicht einmal, ob das, was er gerade gesagt hatte, so einfach war. Wenn es vielleicht eine Sache gab, die er wußte, dann, daß nichts, was ihm im letzten Jahr passiert war, »so einfach« war, am wenigsten das, was gerade jetzt geschah.

»Weißt du«, sagte Arnette, und eine Art Lächeln machte ihr Gesicht weicher, »ich bin schon so lange in dem Geschäft ... Die meisten Menschen bei dieser Arbeit, wenn man sie gut genug kennenlernt, haben irgendein Element von Schamlosigkeit an sich, auf der einen oder anderen Ebene. Sogar die Bürokraten, die sich die Hände eigentlich nicht mit dem wirklichen Blut und dem wirklichen Dreck des Geschäfts schmutzig machen.« Sie kniff nachdenklich die Augen zusammen. »Es hat etwas mit Geheimnissen zu tun, wie mir scheint, mit dem *Handel* mit Geheimnissen. Weißt du, das ist, wie wenn man mit der Macht des Heiligen Geistes handelt. Das sollte kein Mensch tun. Aber ein Mensch hat Neigungen ... in diese Richtung, ich meine, zu ›Unreinlichkeit‹, wie die alten Hebräer zu sagen pflegten. Ein Mensch hat Neigungen, und so rutscht er in ein Geschäft hinein, das den Anschein von Achtbarkeit hat, ihm aber alle möglichen stellvertretenden Unsauberkeiten erlaubt – im Namen von etwas Höherem, Reinerem. Sehr gewöhnliche Männer und Frauen kommen zu dieser Arbeit. Das ist fast ein Stereotyp des Berufs. Der gewöhnliche, alltägliche Bursche, das ›unsichtbare‹ Arbeitstier, das sich Jahre später, längst in Rente, als ›berühmter Spion‹ entpuppt.« Sie brach ab. »Aber wenn du ihn wirklich sezierst, psychologisch meine ich, diesen banalen alten Mann, dann ist er alles andere als gutartig. Seine Perversität ist nur besser versteckt.«

Sie rauchte noch einen Moment weiter, und Graver wartete; er wußte, daß all das ein Prolog war; er beobachtete sie und war sich plötzlich und seltsam der extremen Natur seines Berufes bewußt; wie schnell konnten einen logische Schritte, einer nach dem anderen, an so unerhörte Orte bringen.

»Bis auf dich, Marcus«, fuhr sie fort. »Ich kenne dich jetzt schon eine ganze Weile, länger als viele. In dir habe ich nie irgendeine Perversität gespürt. Und ich kann dir sagen, Lieber, ich halte Ausschau danach. Oh, ich halte bei jedem Ausschau danach, mit dem ich irgend etwas zu tun habe.«

Ihr Lächeln war jetzt sehr schwach, fast nicht mehr da. Draußen schien die Welt nur von Vögeln bevölkert zu sein.

»Es könnte sein«, sagte er, »daß du nie jemanden getroffen hast, der so ein geschickter Betrüger ist.«

Arnette betrachtete ihn, der Rauch kringelte sich aus der Zigarette neben ihrem zigeunerhaften Gesicht.

»Tja, das könnte sein«, sagte sie nachdenklich. Dann, lauter und in anderem Ton: »Wie auch immer, das sieht nach einer unangenehmen Geschichte aus, Baby. Ich hoffe, du bist dazu bereit.«

23

Auf dem Rückweg ins Büro hielt Graver bei einem kleinen Steaklokal, in dem Geschäftsleute aßen und an dem die letzten zwanzig Jahre still und leise vorbeigegangen waren.

Er saß allein an einem Ecktisch und überdachte noch einmal sein Gespräch mit Arnette. Er erinnerte sich an ihren Gesichtsausdruck, als er ihr gesagt hatte, er wolle Dean und Ginette Burtell überwachen lassen. Für einen Augenblick hatte es so ausgesehen, als zweifelte sie an *seiner* Loyalität statt an der Burtells. Was, in aller Welt, fiel ihm bloß ein, Burtell beschatten zu lassen? So erging es allen, Dean Burtell war über jeden Vorwurf erhaben, seine Integrität war eine bekannte Größe, so solide, daß man einfach nicht darüber nachdachte. Er war die Art Mann, die man gern neben sich stehen hat, wenn eines Tages alle Welt sich plötzlich gegen einen verschworen zu haben scheint. Dann wollte man Dean um sich haben, weil man wußte, es würde keine Vorwürfe, jede Menge Verständnis und die Versicherung geben, er werde bis zum Ende an deiner Seite bleiben. Graver wußte, daß die Leute so von ihm dachten. Er selbst dachte genauso von ihm.

Es war fast halb zwei, als er ins Büro zurückkam. Er blieb bei Laras Tür stehen und streckte den Kopf ins Zimmer.

»Haben Sie eine Minute Zeit?«

»Natürlich«, sagte sie. Sie nahm einen Stenoblock und einen Stift und folgte ihm in sein Büro. Er schloß die Tür hinter ihnen, und sie trat an seinen Schreibtisch. Ihm fiel auf, daß sie sich nach dem Lunch frischgemacht, ihr Haar gebürstet, frischen Lippenstift aufgelegt und an ihrem Kleid herumgezupft hatte, bis es so frisch aussah wie bei ihrer Ankunft am Morgen.

»Setzen Sie sich«, sagte er, und er ging um sie herum und setzte sich ihr gegenüber auf einen der Stühle vor seinem Schreibtisch. Sie hielt ihren Stenoblock und ihren Stift mit den scharlachroten Fingernägeln auf ihrem Schoß fest. Ihr Ausdruck war erwartungsvoll, aber nicht ängstlich. Sie hatte bereits gespürt, daß dies keine Routinebesprechung werden würde.

»Lara, ich brauche Ihre Hilfe bei etwas, das ... aus dem Rahmen fällt«, sagte Graver.

Ihr Ausdruck veränderte sich nicht, doch ein leiser vertikaler Schatten, die Spur eines verwirrten Stirnrunzelns, erschien zwischen ihren dunklen Augenbrauen.

Er schlug die Beine übereinander und versuchte, entspannter zu wirken, als er sich fühlte, obwohl er vermutete, daß seine Bestürzung Lara nicht entgangen war. Wie immer gab es Dinge zwischen ihnen, über die keiner von ihnen jemals sprach. Es war eines der eigenartigen Merkmale ihrer Beziehung, daß vieles von dem, was sie füreinander empfanden, ob es Verliebtheit oder einfach freundschaftliche Zuneigung war, niemals ausgesprochen wurde. Das war natürlich Gravers Entscheidung, oder, wie er in letzter Zeit häufiger dachte, sein Fehler.

»Ich möchte Sie um einen Gefallen bitten, Lara, etwas, das über ihre beruflichen Pflichten hinausgeht«, sagte er. »Es ist etwas, worum man einen Freund bitten würde, einen nahen Freund ... jemanden, dem man vertraut ... ganz gleich, was geschieht.«

Der Schatten auf ihrem Gesicht verflog bei diesen Worten, aber die Unsicherheit blieb.

»Ist es persönlich oder dienstlich?« fragte sie.

»Beides«, sagte er. »Und das ist das Problem.«

Er sah, wie sie steif wurde. »Geht es um eine Frau?« Es lag eine unverkennbare Spannung in dieser Frage.

»Nein«, sagte er, »nichts in der Art.«

Als er sie ansah, wurde ihm klar, wie sehr er sich auf sie verließ, wie sehr er sich wünschte, sich auf sie zu verlassen, um dem Sturm der kommenden Ereignisse standzuhalten. Er fühlte sich wie ein Arzt, der durch ein Mikroskop auf die Zellen seiner eigenen kürzlich entdeckten Krankheit schaut. Es bestand die Gefahr, irrational zu werden. Es bestand die Tendenz, die vagen, sich windenden Schatten in ihrer eigenen Dickflüssigkeit als etwas anderes zu sehen, als sie waren, sie als Manifestation des Bösen, des Todes, des Jüngsten Gerichts zu sehen. Graver wünschte sich, daß jemand – Lara – da war, wenn seine Ängste mythische Ausmaße annahmen, wenn seine Zweifel deutlicher und klüger wurden als seine Überzeugungen und er Gefahr lief, an eine Lüge zu glauben.

Vielleicht hatte sie etwas von seiner Angst in seinen Augen oder seinem Verhalten gesehen oder sie seiner Stimme angemerkt. Was immer es war, ihr Gesicht wurde weicher, als sie einander ansahen, und sie nickte.

Himmel, wenn er überhaupt bei Verstand war, dann würde er diese Frau nicht aus den Augen lassen. Ohne weitere Erklärung begann Graver am Anfang und erzählte ihr alles. Alles. Mehr, als er Neuman oder Paula sagen würde. Mehr, als er Arnette sagen würde. Er sprach mit ihr, als sei sie der einzige andere Mensch in seinem Leben, ließ sie die Angst und die Zweifel sehen, fand keine Entschuldigungen für seine Verwirrung und den Schmerz, den er über all den Verrat empfand.

Als er schließlich fertig war, saß sie still da und sah ihn an. Sie hatte keinen Muskel gerührt. Dann blickte sie in ihren Schoß, auf ihre Hände.

»Das ist schwer zu glauben«, sagte sie bedächtig und nachdenklich. »Sie müssen ja...«

»In einem Schockzustand sein«, sagte Graver.

Sie blickte auf. »Ja, das kann ich mir vorstellen.« Dann, zögernd: »Das mit Dean tut mir leid. Sehr leid. Ich kann sehen... Ich weiß, wie sehr Sie das verletzt.«

Graver rutschte unbehaglich auf seinem Stuhl herum.

»Sie verstehen... die Risiken werden real sein«, sagte er. »Das ist inoffiziell. Sie werden Ihren Job riskieren. Es gibt keine Leitlinien, keine Operationsvorschriften dafür. Ich werde einfach das tun, was meiner Ansicht nach getan werden muß. Das ist eine Frage der Beurteilung; meiner Beurteilung. Ich möchte Sie darüber nicht im unklaren lassen.«

»Nein, ich verstehe das«, sagte sie. »Es ist bloß so... so unerwartet, ein bißchen atemberaubend.« Sie versuchte zu lächeln, konnte es aber nicht. »Es ist einfach so... ich weiß nicht, seltsam, denke ich, wenn man diese Leute kennt.«

Eine Hand glitt an den Saum ihres Rocks, und sie zog ihn herunter, damit er ihr nicht höher über die Schenkel rutschte.

»Ich entschuldige mich dafür, daß ich Sie in diese Lage bringe, Lara. Für mich ist es auch unangenehm. Es fällt mir nicht leicht. Und, wirklich, ich hätte volles Verständnis dafür, wenn Sie meinen, daß Sie es nicht tun können.«

Das letzte klang unaufrichtig für ihn, abgedroschen und künstlich, und das tat ihm leid. Aber er war verzweifelt genug, es trotzdem zu sagen.

Wieder schwieg sie. Er war von sich selbst überrascht, weil er nicht ausmachen konnte, was sie vielleicht empfand. Er war sicher gewesen, ihre Reaktion an ihrem Verhalten, ihrem Gesicht ablesen zu können, aber er hatte sich geirrt. Er sah nichts. Er fühlte sich wie ein Spieler, der darauf wartet, daß der Würfel zu rollen aufhört. Doch tief in seinem Inneren glaubte er nicht, daß sie sich weigern würde, ihm zu helfen.

»Ich werde es machen«, sagte sie schließlich und blickte auf. »Aber Sie haben recht, das ist genausosehr ein persönlicher Gefallen wie ein dienstlicher. Er ist beides... und doch auch wieder nicht.«

Graver wartete.

»Tatsächlich verlangen Sie jetzt etwas von Lara Casares, nicht von Ihrer Sekretärin«, sagte sie. »Und ich werde es gerne tun, nicht als Ihre Sekretärin, sondern als Lara.« Sie hob eine Augenbraue leicht an und wollte wissen, ob er sie verstand.

Graver nickte.

»Ich vertraue Ihnen«, sagte sie. »Vollkommen. Aber ich bin nicht blöd. Ich weiß genug von diesem Geschäft, um mir inzwischen darüber klar zu sein, daß Sie manchmal lügen müssen – die Wahrheit zurückhalten müssen –, wie immer Sie selber das auch nennen wollen.« Ihre schwarzen Augen sahen ihn über die kurze Entfernung zwischen ihnen hinweg noch immer an. »Ich habe nur eine Bitte: Lügen Sie mich niemals an. Lügen Sie Ihre Sekretärin an, wenn Sie müssen. Ich bin nicht so naiv, mir einzubilden, daß ich das von Ihnen verlangen kann. Aber belügen Sie mich nie... als

Lara.« Sie schwieg erneut. »Und wenn Sie den Unterschied zwischen den beiden nicht verstehen, tja, dann denke ich, daß es an der Zeit ist, daß ich das von Ihnen weiß.«

Sie sah ihn an, fast traurig, wie er dachte, und plötzlich erkannte er, daß es da eine Geschichte gab, hinter dieser Bitte, eine Geschichte, die viel damit zu tun hatte, wer sie war, und die er in all den Jahren überhaupt nicht gesehen hatte. Entweder war Lara selbst eine Meisterin der Geheimnisse, oder er war schändlich einfältig gewesen, zu sehr mit sich selbst beschäftigt, um eine Verwundbarkeit zu entdecken, wo er sie nicht erwartet hatte.

»Das ist wichtig für mich«, sagte sie. »Verstehen Sie das? Keine Lügen... zwischen Ihnen... und mir.«

Graver nickte. »Ich verstehe«, sagte er. »Einverstanden.«

»Ich glaube Ihnen«, sagte sie. »Ich werde tun, was ich kann, um Ihnen zu helfen.«

Graver war unendlich erleichtert und gleichzeitig bekümmert. In einem realen Sinne hatte er sie mit seiner vagen Annäherung bereits belogen. Oder, wenn er sie nicht direkt belogen hatte, so war er doch auch nicht ganz aufrichtig gewesen. Und sie durchschaute das durchaus. Trotzdem hatte sie eingewilligt, unter entschieden bizarren Umständen mit ihm zusammenzuarbeiten. Sie hatte eingewilligt, aber sie hatte ihn auch gewarnt. Liebenswürdig.

24

Er rief sie einzeln in sein Büro. Paula zuerst, weil sie noch nichts von seinem Gespräch mit Neuman am Vorabend wußte. Als Graver ihr von Neumans Entdeckung berichtete, war sie ungewöhnlich still. Sie willigte sofort ein, mit Graver ohne Zustimmung von oben an dem zu arbeiten, was sie zu tun im Begriff waren. Graver fühlte sich ein wenig unbehaglich, daß sie so bereitwillig einverstanden war, mit ihm unkartiertes Land zu betreten. Andererseits war es Paulas charakteristische Weigerung, angesichts ihres bedrohlichen Unterfangens zurückzuzucken, die sie für das empfahl, was sie vorhatten.

Nach Paula rief er Casey Neuman herein.

»An diesem Punkt sind nur drei von uns über diese Sache informiert«, sagte Graver. »Da ich nicht weiß, wo, zum Teufel, das hinläuft, muß es dabei bleiben.«

Sie saßen zu zweit wieder in Gravers Büro, und es war später Nachmittag. Alle waren nach Hause gegangen. Neuman saß fast seitlich auf dem Stuhl mit dem geraden Rücken vor Gravers Schreibtisch, ein Bein in Kniehöhe über das andere geschlagen, den rechten Arm über die Stuhllehne gehängt. Während Graver sprach, schaute Neuman auf ein Stück Papier nieder, das er als Lesezeichen benutzt hatte und nun faltete und entfaltete, während er zuhörte.

»Was sie jetzt bedenken müssen«, fuhr Graver fort, »bevor Sie auch nur einwilligen mitzumachen, ist, daß so eine Sache immer auch nach hinten losgehen kann. Irgendwann unterwegs, nächsten Monat, nächstes Jahr, wenn wir das Ding erfolgreich hinkriegen, könnten wir für die Anklage aussagen. Fein. Andererseits kann uns die Sache auch ins Gesicht explodieren. Sagen wir, wir haben das Leck entdeckt, aber wir haben die Untersuchung verpfuscht, oder wir handeln uns eine Anklage ein, weil wir eine Verbrechensermittlung geführt haben, ohne von einer höheren Stelle dazu autorisiert worden zu sein.«

Neuman hörte noch immer mit gesenktem Kopf zu, und Graver begann sich zu fragen, ob er sich richtig verhielt und ihn nicht vielleicht sogar überredete, die Sache fallenzulassen. Es spielte keine Rolle. Er wollte Neuman nicht in etwas verwickeln, das er nicht bis zum Ende durchdacht hatte.

»Die Sache ist die«, sagte Graver mit Nachdruck. »Sie müssen sich vorstellen, daß Sie sich vor einem Gericht, in den Zeitungen, im Fernsehen werden verteidigen müssen. Stellen Sie sich bloß vor, daß das irgendwie in die Medien kommt und Ihre Aktionen in Frage gestellt werden ... öffentlich. Daran müssen Sie denken, und daran – falls Sie sich entscheiden, dabei zu bleiben – müssen Sie morgen und übermorgen und jeden Tag denken, bis es vorbei ist. Ich sage Ihnen gleich jetzt, wenn Sie nicht mit sich selbst leben können, nachdem Sie etwas getan haben, das ich von Ihnen verlangt habe, dann sollten Sie besser den Mut haben, mir jetzt einen Korb zu geben.«

Graver hatte sich auf seinen Schreibtisch gelehnt, direkt an Neuman gewandt, und auf einem Stapel Papier immer wieder seinen Pflasterstein gedreht. Jetzt hob er ihn auf und klopfte damit auf das Holz des Schreibtischs. Neuman blickte auf, und Graver sah keine Anzeichen von Beklommenheit, keine Unsicherheit, keine Angst des Unerfahrenen. Er wußte nicht, ob das tröstlich war oder nicht.

»Ich begreife die Regeln«, sagte Neuman. »Und ich begreife auch, daß Sie denken, ich sei dazu fähig, sonst hätten Sie mich ausgeschlossen, und wir würden dieses Gespräch nicht führen.«

»Das ist richtig.«

»Dann bin ich bereit zu arbeiten.«

Graver sah ihn an und legte den Pflasterstein weg. Großer Gott. »Okay.« Er nahm das Telefon und drückte eine Nummer. »Paula«, sagte er, »bringen Sie die Akten herein.«

Als Graver auf dem Rückweg von Arnette Kepner gewesen war, hatte er mit der Logistik des Unternehmens gerungen, das vor ihm lag. Er wollte die Untersuchung so klein und begrenzt wie möglich halten. Da Burtell jetzt für zwei Wochen nicht im Büro sein würde, würde es für Graver relativ leicht sein, sich mit Neuman und Paula über ihren Fortschritt zu verständigen. Er würde den anderen Analytikern, mit denen Neuman an anderen Ermittlungen arbeitete, sagen, er ziehe ihn für zwei Wochen ab. Die routinemäßige Unterteilung einer Intelligence Division erleichterte wenigstens einige der verdeckten Manöver, die dazu nötig sein würden. CID-Beamte waren auf allen Ebenen daran gewöhnt, keine Erklärungen zu erhalten. Das gehörte zum Geschäft.

Graver hatte bereits mit Matt Rostov darüber gesprochen, Paula abzuziehen, und obwohl Graver am nächsten Morgen seinen Bericht über Tisler abliefern würde, würden alle annehmen, daß es da noch lose Enden zu verknüpfen gab. Und Ray Besom war noch immer außerhalb der Stadt. Diese Arrangements würden es Neuman und Paula erlauben, isoliert von den anderen zu arbeiten, und er würde sie im Laufe des Tages regelmäßig sehen können, ohne daß das besonders auffiel.

Das erste, was er tun würde, war die Fertigstellung des Berichts für Westrate. Wenn es andere in der CID gab, die in die Sache mit

Burtell und Besom und Tisler verwickelt waren, dann würden sie sich an die Tatsache halten können, daß der Fall tatsächlich abgeschlossen war.

Jetzt, während sie frischen Kaffee schlürften, den Neuman auf der anderen Seite des Ganges gemacht hatte, bevor sie anfingen, erklärte er, wie er Burtell behandeln würde.

»Ich habe jemanden von außerhalb zur Überwachung angestellt«, sagte er unverblümt. Sowohl Paula als auch Neuman zeigten sich schockiert. »Ich hatte keine Möglichkeit, irgendwelche Gesetzeshüter aus dieser Stadt zu benutzen. Burtell ist schon zu lange dabei, kennt zu viele Leute. Außerdem, wenn ich das inoffiziell halten will ... ich konnte kein Leck riskieren.«

»Diese Leute«, sagte Paula, »sind sie von einer anderen Behörde?«

»Nein.«

»Ein *privater* Ermittler?«

»Nein«, sagte Graver fest. Er würde nichts erklären, und er wollte keine Fragen dazu. Er sprach sofort weiter. »Sobald wir von ihnen etwas bekommen, von der Überwachung, werden wir das so schnell wie möglich verfolgen. Inzwischen haben wir eine Menge zu tun.«

Er öffnete einen Ordner, in dem er seit Sonntag abend, seit Westrates Besuch, Notizen abgeheftet hatte.

»Zuerst«, sagte er, »*müssen* wir den Status der Quellen bestimmen, die in Tislers Zuträgerakten für die Ermittlungen Probst und Friel stehen. Haben Tisler und/oder Dean einfach die Namen wirklicher Menschen gestohlen, oder kennen diese Leute Probst und Friel tatsächlich? Paula, Sie haben bereits festgestellt, daß die meisten dieser Leute nicht auffindbar sind. Bruce Sheck kennen wir nicht. Colleen Synar, vielleicht. Gehen wir dem auf den Grund, was da läuft. Aber seien Sie gottverdammt vorsichtig. Wir arbeiten hier gegen unsere eigenen Leute. Sie kennen alle Tricks; sie können alle Zeichen lesen. Und sie erwarten uns.«

»Wenn wir sie finden, möchten Sie dann, daß wir weitermachen und mit ihnen telefonieren?« fragte Paula.

Graver zögerte. »Nein. Warten Sie damit noch. Sorgen Sie einfach dafür, daß wir wissen, wo wir sie finden können.«

»Was ist mit der Seldon-Sache?« fragte Neuman. Das hatte Graver erwartet. Schließlich wußte niemand, was an diesem Morgen mit Burtell passiert war, nachdem sie Gravers Büro verlassen hatten. Er schilderte ihnen Burtells Bericht über das Geschehene.

»Großer Gott, Marcus.« Paula wirkte ungläubig. »Ich glaube das nicht. Hat er erwartet, daß Sie das schlucken würden?«

»Ich weiß nicht. Vielleicht. Hoffentlich.«

»Hurensohn.« Paula schüttelte den Kopf. »Das ist ungeheuerlich. Das bedeutet, daß die Ermittlung bloß heiße Luft ist.« Ihre Augen waren groß, als sie Graver anschaute. »Besom. Was ist mit Besom? Was machen wir mit ihm? Wir sollten zumindest sein Büro durchsuchen. Und Deans auch, um Himmels willen.«

Neuman schüttelte den Kopf. »Nein, das wäre ein Fehler. Sie werden keine greifbaren Beweise in ihren Büros haben, Paula. Und sie würden es mit Sicherheit merken, wenn wir sie durchsuchten. Wir würden uns bloß verraten.«

»Hören Sie, als er zum Fischen wegfuhr, wußte er nicht, daß Tisler sich umbringen würde«, sagte Paula, an Graver gewandt. »Wie Sie sagten, sie machen das schon so lange, daß sie Routine darin haben. Aber vielleicht sind sie auch selbstgefällig und ein bißchen sorglos geworden. Denken Sie an Deans Irrtum mit Ihren Ordnern, Marcus.«

»Ja, das weiß ich, Paula, aber ich denke, er muß in der verbliebenen Zeit an diesen Entwürfen gearbeitet haben. Ja, er hat sie dagelassen ... sogar in den falschen Ordnern, aber er wollte ja nur für eine Stunde weg. Ja, er war nachlässig, vielleicht sogar selbstgefällig. Aber er würde nicht so etwas machen und es dann über Nacht oder für zwei Wochen liegenlassen, solange er in Urlaub ist. Vor allem jetzt nach dem, was passiert ist. Ich denke, Casey hat recht. Es wäre das Risiko nicht wert.«

Graver schlug eine andere Seite seines Ordners auf.

»Casey, Sie sagten, Tisler hätte ein Mietshaus besessen.«

»Richtig. In Sharpstown.«

»Haben Sie es überprüft? Haben Sie gesehen, ob es dort Mieter gibt?«

»Nein.«

Graver wandte sich seinem Computer zu. »Wie ist die Adresse?«
»Leiter sechs-dreiundzwanzig.«
Graver rief den Straßenindex des Stadtplans auf.
»Lewis O. Feldberg, 555-2133.«
Er rief den Namensindex auf. »Vier Feldbergs«, sagte er. »Lewis O. in 623 Leiter ... ist pensioniert.«
Graver bediente ein paar weitere Tasten und rief die Berichte des Wasserwerks auf. »Der alte Mann verbraucht verdammt wenig Wasser und Strom. Minimale Rechnungsbeträge. Und offenbar ist er kurz nach dem Kauf durch Tisler in das Haus eingezogen. Feldberg fing schon ein paar Wochen später an, die Rechnungen der Stadtwerke zu bezahlen.«
Er tippte weiter. »Mr. Feldberg hat nie einen Strafzettel bekommen.«
»Das ist schwer zu glauben«, sagte Paula.
Graver bediente noch weitere Tasten.
»Mr. Feldberg ließ sich zum letzten Mal 1956 in die Wählerlisten eintragen«, sagte er.
»*Das* ist schwer zu glauben«, wiederholte Paula. »Rufen Sie das Sterberegister auf.«
Graver machte einige weitere Eingaben und wartete, bis der Bildschirm zu flackern aufhörte. Dann las er die Information. »Lewis O. Feldberg. Himmel, er ist am 3. August 1958 in Fort Worth gestorben.«

25

Es dämmerte schon fast, und die Straßenlaternen brannten bereits, als Graver die Adresse von Tislers Mietshaus in einer heruntergekommenen Gegend bei Beechnut innerhalb des Southwest Freeway fand. Das Viertel sah aus, als sei es Ende der fünfziger Jahre erbaut worden und hätte seinen Abstieg fünfzehn Jahre später begonnen – mehrere Straßen mit kleinen Häusern im Ranchstil mit flachen Kiesel- und Asphaltdächern und dünner Ziegelverkleidung. Er fuhr einmal sehr langsam an dem Haus vorbei.

Es unterschied sich in nichts von den anderen, eine Tatsache, die Graver nicht überraschte. Tisler hätte nichts besessen, das sich unterschied. Im Vordergarten stand ein alter Maulbeerbaum, der so nahe an dem kurzen, geraden Bürgersteig wuchs, daß die Wurzeln den Asphalt gesprengt hatten. Graver war froh zu sehen, daß zu beiden Seiten des Vordergartens eine schäbige Ligusterhecke die Grundstücksgrenzen markierte.

Graver wendete am Ende der Straße und kam gerade rechtzeitig zu dem Haus zurück, um hinter einem der Fenster der Straße Licht angehen zu sehen. Er war einen Augenblick verblüfft, erriet aber schnell, was geschehen war, und bog in die Einfahrt. Er stellte sich direkt vor die Garagentür, die zur Straße gewandt war.

Ehe er ausstieg, bückte er sich und nahm eine Brechstange vom Boden vor dem Beifahrersitz. Er hatte sie nur ein paar Minuten zuvor in der Eisenwarenabteilung eines Discountmarktes am Freeway gekauft. Rasch schloß er die Autotür, ging um die Seite der Garage herum und entdeckte zu seiner Erleichterung, daß die Hecke auch den Garten hinter dem Haus einfaßte. Auf der Rückseite der Garage erreichte er eine Tür in dem Kettenzaun, der den Garten umgab. Er hob den Riegel des Tors an und trat ein. Selbst im Dämmerlicht konnte er erkennen, daß der Rasen dringend gemäht werden mußte und daß er, da er dunkle Klumpen und Büschel mit kahlen Stellen hier und da aufwies, wohl größtenteils aus Unkraut bestand.

Er trat auf einen ungedeckten »Patio« aus Beton an der Rückseite des Hauses und ging zur Tür. Eine Aluminiumsturmtür befand sich vor einer soliden Holztür dahinter. Graver nahm einen kleinen Leuchtstift aus der Tasche und leuchtete den Türrahmen ab. Er glaubte nicht, daß Tisler so weit gegangen war, sich die Unkosten einer Alarmanlage zu leisten, aber wenn doch, dann wäre sie bei einem Haus wie diesem schwer zu verbergen gewesen. Zufrieden, daß keine da war, steckte er den Leuchtstift in den Mund und richtete einen kleinen Strahl auf den Rand der Aluminiumtür, wo er das dünne Ende der Brechstange ansetzte und die Tür aufbrach. Er hielt sie mit dem Rücken offen und tat dasselbe mit der Holztür, was schwieriger hätte sein sollen, es aber nicht war, wenn auch geräuschvoller, weshalb er vorsichtiger arbeiten mußte.

Als er die Tür aufstieß, fand er sich in einer kahlen Küche wieder und bemerkte sofort den abgestandenen Geruch, den ein Haus annahm, wenn es lange unbewohnt war. Es gab keine Tische oder Stühle, und in den Schränken befand sich nichts außer einer Kaffeemaschine: Die Kanne war sauber und stand in ihrem Halter. Ein Küchenhandtuch lag daneben gefaltet, und darauf stand ein umgedrehter Kaffeebecher. Die Küche war von dem angrenzenden Eßzimmer durch eine kleine Bar abgetrennt, und durch das Eßzimmer hindurch sah Graver den sanften Schein der Lampe, die vorhin angegangen war. Er legte die Brechstange auf den Küchentresen und ging durch das Eßzimmer, das ebenfalls leer war bis auf ein paar Pappkartons, die in einer Ecke standen. Er ging weiter in den Wohnraum. Hier standen ein paar Möbelstücke herum, ein altes Sofa, ein paar Sessel, die brennende Lampe auf einem Beistelltisch neben einem der Sessel und ein Kaffeetisch, auf dem in der Mitte sorgfältig ein Haufen Zeitschriften gestapelt war. Graver ging hin und nahm eine der Zeitschriften zur Hand. Es waren lauter alte Ausgaben von *Newsweek*. Er ging um den Kaffeetisch herum und suchte den Wandstecker der Lampe. Wie er vermutet hatte, fand er auch den elektrischen Timer, der die Lampe in unregelmäßigen Abständen automatisch einschaltete.

Im Haus war es heiß und muffig, doch Graver erinnerte sich, am Ende des Hauses gegenüber der Garage eine Fensterlüftung gesehen zu haben. Er betrat den Gang, der vom Wohnzimmer abging, und kam sofort in ein Badezimmer. Er griff im Dunkeln um die Ecke, fand den Lichtschalter und machte Licht. Wieder war der Raum leer bis auf ein Handtuch auf der Handtuchstange neben dem Waschbecken und ein Stück Seife, das abgenutzt, aber von der Hitze im Haus rissig war. Ein Paket Papiertücher stand aufgerissen neben dem Waschbecken. Es gab eine halbleere Rolle Toilettenpapier an dem Halter neben der Toilette. Das Medizinschränkchen war leer.

Graver ließ das Licht brennen und ging zur offenen Tür zu seiner Rechten, einem Schlafzimmer. Leer. Es gab noch eine weitere Tür am Ende des Ganges zu seiner Linken. Sie war geschlossen. Das mußte der Raum sein, wo er im Fenster die Schlitze der Klimaanlage gesehen hatte. Er ging zu der Tür, öffnete sie und schaltete das Licht ein.

In der Mitte des unmöblierten Raumes, dessen Jalousetten dicht geschlossen waren, stand ein nicht sehr stabil aussehendes Gestell aus dünnem Metall und Preßholz in L-Form, überladen mit einem ziemlich umfangreichen Computersystem und einem Laserdrukker. Graver ging hin und betrachtete die Bücher in dem einzigen Regal über dem Monitor. Es handelte sich nur um Handbücher für die Hardware und Software. Er schaute sich das System an. Er war, was Computer betraf, zwar nicht total ahnungslos, aber doch weit davon entfernt, sich an ein fremdes System setzen zu können und herauszufinden, wie es arbeitete. Er wußte, er würde schon Glück haben, wenn er auch nur das Menü aufrufen konnte.

Dennoch konnte er vom bloßen Sehen sagen, daß es sich um ein ziemlich großes System handelte – das konnte er am CPU erkennen – und daß es eine Festplatte, zwei Diskettenlaufwerke und einen Schlitz für ein Sicherungsband hatte. Graver zog den Stuhl unter dem Schreibtisch hervor und setzte sich. Er sah das Regal durch und fand die beiden Bänder, die Tisler zur Datensicherung benutzt hatte, zusammen mit einem Spiralblock, auf dem die verschiedenen Bänder und Daten notiert waren. Tislers letzte Sicherung war am Tag vor seinem Tod angefertigt worden. Graver schaltete den Computer ein und wartete, daß der Bildschirm hell wurde. Als er bereit war, begann er auf der Tastatur zu tippen. Nach fünfzehn Minuten hatte er alles Naheliegende versucht und trotzdem keinen Zugang gefunden. Allmählich beschlich ihn das unbehagliche Gefühl, daß er sein Glück nicht allzusehr auf die Probe stellen solle.

In der Hoffnung, daß Tisler nicht mit den Sicherungsprozeduren herumgespielt hatte, hackte er ein paar Minuten auf der Tastatur herum, fand die Parameter und kopierte sie, da er wußte, daß er sie brauchen würde, um die Sicherungskopien auf einem anderen System zu knacken. Er überprüfte noch einmal seine Notizen, weil er plötzlich Angst bekam, er könne einige der Buchstaben auf den Zugangswegen verändern. Als er zufrieden war, nahm er das ältere der beiden Bänder und benutzte es, um eine weitere Sicherung der Festplatte anzulegen.

Während er wartete, ging er alle Bücher auf dem Regal durch und fand nichts. Inzwischen dachte Graver, er kenne Tisler gut genug, um zu wissen, daß alles Bedeutsame auf dem Band sein, aber durch ein labyrinthisches Kryptosystem gut geschützt sein würde. Die losen Enden – und es gab immer lose Enden – schienen alle sauber in eine ungesehene Ecke dessen geräumt worden zu sein, was einmal Arthur Tislers Verstand gewesen war.

Als die Sicherung beendet war, ließ Graver das Band zurücklaufen, steckte beide Bänder in die Tasche und schaltete den Computer aus. Die beiden Bänder würden ihm alles geben, was am Tag vor Tislers Tod in den Computerdateien gewesen und was jetzt darin war. Wenn es zwischen den beiden irgendwelche Diskrepanzen gab, würde Graver wissen, daß noch jemand außer Tisler Zugang zu dem Computer hatte. Falls nicht, konnte er nicht sicher sein. Die Frage war, ob er jetzt die Festplatte löschen sollte, um zu verhindern, daß sich irgend jemand Zugang verschaffte. Er beschloß zu warten, bis er wußte, ob die beiden Bänder gut waren. Er warf einen letzten Blick auf den Computer, nicht ganz sicher, ob er nicht einen Fehler machte, einfach so wegzugehen, schaltete die Lichter aus und ging aus dem Zimmer.

Er verließ das Haus auf demselben Wege, auf dem er gekommen war, und vergewisserte sich, daß beide Hintertüren fest geschlossen waren, obwohl die Schlösser zerstört waren. Als er aus der Einfahrt fuhr, ging im Haus ein weiteres Licht an, diesmal in dem leeren Schlafzimmer gegenüber dem Zimmer mit dem Computer. Arthur Tisler war sehr gründlich.

Graver hielt bei einem Lebensmittelladen und rief von einem Münztelefon aus Arnette an.

»Du bist verdammt ungeduldig«, sagte sie, als sie seine Stimme hörte.

»Ich wollte nicht wissen, wie weit ihr seid«, sagte er. »Ich habe etwas für dich.« Er sagte ihr, worum es sich handelte.

»Hast du die Parameter?«

»Ja.«

»Das wird ein bißchen Entschlüsselungsarbeit erfordern«, warnte sie ihn, »und Entschlüsseln, Baby, ist nicht mehr, was es früher war. Heutzutage ist es manchmal einfach unmöglich, dahin zu kommen, wohin man will.«

»Ich bringe sie vorbei.«

»Wir werden da sein«, sagte sie.

26

Burtell fand den Treffpunkt eigenartig, aber er bezahlte seine drei Dollar in der Halle, fragte, wo sich die Ausstellung moderner israelischer Fotografie befinde, und ging die Nordtreppe des Museum of Fine Arts hinauf. Der Dienstag war eigentlich nicht der Tag, an dem das Museum abends geöffnet war, doch in dieser Woche hatte man wegen mehrerer Sonderausstellungen die Öffnungszeiten verlängert. Trotzdem waren nur wenige Besucher da, als Burtell eine weitere Treppe in die größte Halle hinaufging, wo man Stellwände aufgebaut hatte.

Er verschränkte die Arme und begann, die Fotos zu betrachten. Nach weniger als fünf Minuten hatte er einen Gang absolviert, umschritt die Stellwand am Ende und traf Panos Kalatis, der in der einen Hand einen zusammengerollten Katalog trug, die andere in die Hosentasche gesteckt hatte. Er beugte sich leicht vor und studierte ein Foto aus einer Serie, die in einem Kibbuz aufgenommen worden war. Er trug graue Hosen, ein rosa Hemd, dessen oberster Knopf geöffnet war, und einen marineblauen Blazer mit einem goldenen Wappen auf der Brusttasche.

Kalatis betrachtete weiter das Foto, während Burtell sich neben ihn stellte.

»Ich dachte, wir sollten reden, nur wir beide«, sagte Kalatis. »Ohne Faeber.« Er trat dicht vor ein weiteres Foto, ging dann aber schnell zum nächsten. »Sie mögen ihn nicht sonderlich, oder?«

»Nicht besonders«, sagte Burtell.

»Warum das?«

»Er ist ein bißchen zu gefallsüchtig.«

»Aber dafür bezahle ich die Leute – daß sie mir gefallen.«

»Möchten Sie belogen werden?«

»Belügt mich Colin Faeber?« fragte Kalatis, während er von einem Foto zurücktrat, um es besser betrachten zu können. Die Frage schien ihn nicht weiter zu betreffen.

»Er war derjenige, der Ihnen geraten hat, Tisler in die Zange zu nehmen, nicht?« sagte Burtell.

»Vielleicht«, sagte Kalatis.

»Das war ein schlechter Rat.«

»Aber ein schlechter Rat ist noch keine Lüge, oder?«

Kalatis ging um das Ende der Stellwände herum in den nächsten Gang. Er war leer. Sie redeten weiter.

»Ich vermute, Sie wissen eine Menge über Computer«, sagte Burtell.

»Computer? Nein, nicht viel. Deswegen heuere ich Leute wie Faeber an. Die kennen sich an meiner Stelle mit Computern aus.«

»Jemand anzuheuern, der Ihren Computer für Sie bedient, ist genauso, als würden Sie einen Anwalt oder einen Buchhalter anheuern. Bevor Sie ihnen Ihr Geschäft überlassen, sollten Sie sich verdammt sicher sein, daß Sie ihnen vertrauen können.«

»Ich vertraue ihm«, sagte Kalatis. »Ich vertraue allen, die für mich arbeiten.« Er beugte sich ein bißchen zur Seite, um das Bild eines israelischen Mädchens im Badeanzug zu betrachten. Sie lächelte und blinzelte ein wenig im Sonnenlicht.

»Warum?«

Kalatis wandte sich von dem Foto ab und sah Burtell an. »Weil«, sagte er ohne die Spur eines Lächelns, »jeder von ihnen weiß, wenn er mich betrügt, werden ihn vier große Männer festhalten, während einer von diesen blaunasigen Pavianen ihm die Kehle durchbeißt.«

Er drehte sich um und trat zum nächsten Bild. Ein paar Männer kamen um die Ecke und betrachteten die Bilder. Einer von ihnen flüsterte einem anderen auf Hebräisch etwas zu, und Kalatis wandte sich um und schaute nach ihnen. Einen Augenblick lang betrachtete er sie, und dann bewegte er sich zügig zum Ende des Ganges, bog um die Ecke und betrat den nächsten. Burtell folgte ihm.

»Ich bin nicht sicher, ob Colin Faeber sich darüber klar ist«, sagte Burtell.

»Oh, er ist sich darüber klar«, sagte Kalatis. Er hatte seinen Katalog zu einem noch schmaleren Zylinder zusammengerollt. Er berührte damit rasch ein paarmal sein Hosenbein, als sei er nervös, und faßte sich dann wieder. Burtell freute sich, als er das sah.

»Vielleicht hat er es vergessen«, sagte Burtell.

»Worauf, zum Teufel, wollen Sie hinaus?« sagte Kalatis in demselben entspannten Ton, den er vielleicht benutzt hätte, um eine Bemerkung über eines der Fotos zu machen. Er betrachtete weiter die Bilder, aber in seinem Verhalten war jetzt eine leise Spannung sichtbar, ein leichtes Rucken der Schultern.

»Ich bin nicht sicher, ob ich Ihnen das sagen kann«, sagte Burtell, der seiner selbst jetzt sicherer war, weil er den leichten Riß in Kalatis' porzellanener Kühle bemerkt hatte. »Ein paar Tage, bevor er sich erschoß, kam Art zu mir und wollte reden. Er sagte, daß er glaubte, Faeber ließe ihn beobachten. Ich fragte ihn, warum er das glaubte, und er sagte mir, er habe bemerkt, daß er beschattet wurde. Ich fragte ihn, wieso er dachte, das sei Faeber, und er wurde nervös und fing an, Ausflüchte zu machen. Er wollte nur sagen, daß Faeber etwas gegen ihn hätte, aber er wollte nicht erklären wieso. Ich sprach lange mit ihm darüber, aber näher wollte er sich nicht äußern. Dann erzählte er mir, er hätte einen Umschlag mit Fotos bekommen. Er war ganz aufgelöst. Er sagte, Faeber habe ihn mit der schwarzen Frau fotografiert, um sich rückzuversichern.« Burtell sah Kalatis an. »Ich konnte ihn gar nicht beruhigen. Das war am Freitag nachmittag. Ich hörte nichts mehr von ihm, bis Graver am Sonntag abend vorbeikam und mir sagte, daß er sich umgebracht hätte.«

Kalatis starrte auf ein Foto, aber jetzt merkte Burtell, daß er es gar nicht sah. Irgendwo in der Ausstellungshalle lachte eine Frau, und das Lachen hallte von den harten Oberflächen des Museums wider und erstarb dann plötzlich in einer anderen Galerie.

»Glauben Sie das?« fragte Kalatis.

»Ja.«

»Warum sollte sich Faeber Tisler gegenüber ›rückversichern‹ wollen? Hat Tisler versucht, ihn mit etwas zu erpressen? Einer anderen Frau? Faeber vögelt seine Sekretärin. Das weiß jeder. Herrgott, das ist nichts, was man gegen einen Mann benutzen könnte.«

»Ich traue Art mehr zu als das«, sagte Burtell.

Kalatis schnaubte und trat zu einem anderen Foto. Mehrere Leute kamen in den gleichen Gang, und Kalatis ging bis zum Ende der Ausstellungswände, ohne noch irgend etwas zu sagen. Burtell vermutete, daß er sich Zeit nahm, um seine Gedanken zu sammeln. Burtell ging an ihm vorbei und bog um eine andere Ecke. Das Gewirr der Stellwände schien endlos, und Burtell hatte sich nicht gemerkt, wo sie begonnen hatten.

Kalatis kam um die Ecke und betrachtete das erste Foto.

»Die habe ich schon gesehen«, sagte er und wandte sich dem nächsten Gang zu. Er war leer, und wieder folgte ihm Burtell.

»Glauben Sie, daß Sie herausfinden können, wovon Tisler geredet hat?« fragte Kalatis.

»Was die Rückversicherung betrifft?«

»Ja, natürlich«, sagte Kalatis leicht gereizt.

»Vielleicht.«

»Finden Sie's raus«, sagte Kalatis. Er blieb stehen und schaute an der geschwungenen Wand mit den Fotos entlang. »Ich habe genug gesehen«, sagte er. »Das ist deprimierend.«

Die beiden Männer verließen die Haupthalle der Ausstellung, stiegen ins Foyer hinab, dann in die Halle, dann traten sie aus dem Nordeingang des Museums in die Bissonnet Street. Sobald sie draußen waren, blieb Kalatis stehen und zündete sich eine Zigarette an. Ohne etwas zu sagen, überquerten sie die Bissonnet Street, gingen auf dem Bürgersteig nach links und kamen an Leuten vorbei, die in der heißen Juninacht spazierengingen. Kalatis blieb einen Moment stehen, machte dann auf dem Absatz kehrt und ging in die entgegengesetzte Richtung zum Eingang des Cullen Sculpture Garden.

Sie betraten den ummauerten Garten, der angeordnet war wie eine kleine Plaza mit Gehwegen aus Granit, Inseln von smaragdgrünem Rasen, beschnittenen Büschen und gepflegten Bäumen. Die in dieser Umgebung aufgestellten Skulpturen waren von besonderen Lampen weich angestrahlt und schienen isoliert in der grauen Nacht zu stehen.

Kalatis blieb nicht gleich stehen, um diese Werke zu betrachten. Noch im Gehen, allerdings gemächlich, beschrieb er mit der die Zigarette haltenden Hand einen Bogen.

»Ein Haufen modernes Zeug«, sagte er. »Ich habe das Abstrakte nie gemocht. Was, zum Teufel, bedeutet schon abstrakt? Repräsentiert es die Verwirrung des modernen Menschen? Seine zerbrochene Psyche? Scheiße. Die Desorientierung des zwanzigsten Jahrhunderts? Die Entfremdung des modernen Menschen? Herr im Himmel, ich weiß es nicht.«

Burtell war geduldig. Er erinnerte sich daran, daß es Kalatis war, der sich bei ihm gemeldet hatte. Nach ein paar Biegungen des Weges blieb Kalatis plötzlich vor einer einzelnen, isolierten Skulptur stehen, die in warmes Licht gebadet war.

»›Flore Nue‹«, sagte er mit einer Geste zu der Statue, als stelle er Burtell vor. »Aristide Maillol.« Seine Aussprache des Französischen war flüssig, subtil, perfekt. Die nackte Bronzefigur stand in ungekünstelter Einfachheit vor ihnen, die Hände an den Seiten herabhängend, einen Fuß leicht vor den anderen gestellt, das Knie gebeugt.

»Das ist echte Kunst«, sagte Kalatis. »Schauen Sie sie an. Die Form ihrer Schultern. Die Gestaltung ihrer Brüste, ihres Bauches. Die Einfachheit, mit der sie sich mir darbietet.«

Kalatis studierte die Skulptur noch ein paar Augenblicke, wandte sich dann abrupt ab, schleuderte seine Zigarette in die Dunkelheit und begann sehr langsam und mit gesenktem Kopf weiterzugehen.

»Ich mache mir Sorgen über etwas aus dem gestrigen Gespräch, als wir uns mit Faeber getroffen haben«, sagte er mit leiser Stimme. »Der Gedanke an Graver kommt mir ständig in den Sinn. Wenn etwas sich in meinem Kopf derart breit macht, muß ich es beachten. Ich bin nicht damit zufrieden, mein Freund, daß Graver dieses ... Geschäft von Tisler ignorieren wird.«

Er ging ein paar Schritte.

»Das ist eine Sache. Noch eine andere: Ich weiß sehr genau, daß Sie gern ein bißchen mehr an meinem Geschäft, sagen wir, beteiligt sein möchten.«

Burtells Herz tat einen Satz. Wußte dieses Ungeheuer mehr über ihn, als er dachte? Hatte er sich irgendwie verraten?

»Ich bin ein scharfer Beobachter der menschlichen Natur«, sagte Kalatis. »Zu Ihrer Information – ich weiß, daß Faeber ... seine Grenzen hat, aber was würde die Welt ohne solche Leute machen? Denken Sie darüber nach. Seine Intelligenz ist sehr beschränkt, aber ganz ungewöhnlich konzentriert. Er dient einem Zweck, das ist das Wichtigste. Das Zweitwichtigste ist zu erkennen, wann etwas keinem Zweck dient ... und es dann loszuwerden. Wenn etwas nicht nützlich ist, dulden Sie es nicht in Ihrer Nähe. Das ist eine sehr saubere Art zu leben.«

Ein paar weitere Schritte, den zusammengerollten Katalog in der einen Hand, die andere in der Tasche.

»Also«, sagte er, als habe er alles erklärt, »ich möchte sicher sein, daß Graver mir vom Hals bleibt. Sie wollen einen kleinen Anteil an meinem Geschäft, damit Sie dickes Geld verdienen können. Mir ist klar, daß wir uns gegenseitig von Nutzen sein können.«

Kalatis verstummte, als sie an anderen nächtlichen Spaziergängern vorbeikamen, die alle so leise redeten, als sei die Betrachtung von Kunst bei Dunkelheit eine von Haus aus heilige Angelegenheit.

»Was ich vorschlage, ist folgendes«, nahm Kalatis seine Argumentation wieder auf. »In den nächsten fünf Tagen möchte ich sofort erfahren, ob Graver von meiner Existenz weiß. Nach fünf Tagen werden andere Vorkehrungen ins Spiel kommen, und es wird nicht mehr so wichtig sein. Also, wenn Sie das erreichen... werde ich Ihnen ermöglichen, in Rente zu gehen... mit einer großzügigen ›Pension‹.«

Als sie weitergingen, griff Kalatis in die Brusttasche seiner Jacke, nahm ein kleines Heft aus Papier heraus und reichte es Burtell.

»Das ist ein belgisches Bankkonto auf Ihren Namen. Im Augenblick ist nichts darauf. In fünf Tagen, wenn Sie getan haben, was von Ihnen verlangt wird, werden fünfhunderttausend amerikanische Dollar auf diesem Konto sein. Nur drei Menschen auf der Welt werden davon wissen. Ich, der belgische Bankbeamte, bei dem ich das Konto eröffnet habe, und Sie. Nachdem ich die Einzahlung getätigt habe, wird nur ein Mensch auf der Welt Zugriff dazu haben – Sie.«

Burtell war wie betäubt. Er war sich des Gehens gar nicht mehr bewußt, sondern fühlte nur das Gewicht des kleinen Heftes in seiner Hand, so schwer wie dreißig Silberlinge.

»Ich bezweifle, daß das passieren wird«, sagte er.

»Was?«

Burtell erkannte seinen Fehler. »Graver – es ist unwahrscheinlich, daß er mit der Ermittlung so weit kommt.«

»Gut, aber wenn doch, möchte ich das wissen.«

Burtell war noch immer auf der Hut. Er dachte, er habe noch nicht das ganze Bild gesehen. Kalatis wollte noch etwas mehr für seine fünfhunderttausend Dollar.

»Das ist eine Menge Geld für so einen kleinen Gefallen. Bloß ein Anruf«, sagte Burtell.

Sie gingen zusammen ein Stückchen weiter, bis Kalatis sagte:

»Nun, manche Männer finden, daß Verrat keine kleine Sache ist.«

Burtells Gesicht brannte. Es sah Kalatis ähnlich, daß er so grausam war, auf Euphemismen zu verzichten. Er hätte es auf sich beruhen lassen können, aber er wollte, daß Burtell wußte und daran erinnert wurde, was genau er für sein Geld tat. Burtell konnte damit leben, aber er haßte Kalatis dafür, daß er ein Mensch war, der alles Erdenkliche tat, um einen anderen Menschen zu korrumpieren, der ihn für die Anstrengung eines einzigen Augenblicks mit einem Vermögen verlockte, nur um ihm dann, wenn er den Köder genommen hatte, den Kopf zurückzubiegen und ihm in seiner Scham und Erniedrigung einen Spiegel vorzuhalten. Irgend etwas Verderbtes stand im Mittelpunkt von Kalatis' dunklem Leben, etwas, das in den mit ihm verbundenen Menschen das Schlimmste zutage förderte. Art Tisler hatte das entdeckt, mit tragischem Ausgang.

27

Das dichte Blätterdach der Bäume, das die gewundene Straße bedeckte, in der Arnette wohnte, reflektierte Gravers Scheinwerfer, so daß es war, als werde er in einen verschlungenen grünen Tunnel zur Höhle der Sibylle gezogen. Wenn er je einen Totenbeschwörer gebraucht hatte, dann jetzt, jemanden wie Arnette, der Tislers Geist zu einem Interview herbeirief oder, falls das nicht ging, das Nächstbeste, seine früheren Gedanken.

Diesmal kam Mona Isaza an die Tür. Graver hatte sie am Vortag verpaßt, so daß er in dem dämmrigen Raum jetzt sie umarmte wie vorher Arnette, und Mona nannte ihn »Ba-biiie« und küßte ihn auf den Hals. Sie roch wie immer nach Kochen, etwas mit Zwiebeln und dem *masa*-Maismehl, das sie bei fast jeder Mahlzeit verwendete, um frische Tortillas zuzubereiten. Mona war etwa so groß wie

Arnette, allerdings schwerer, obwohl sie in vieler Hinsicht die weiblichere und anmutigere der beiden Frauen war.

»Die Dame erwartet dich nebenan«, sagte Mona lächelnd und vielleicht ein bißchen spöttisch über die gebieterische Art, die Arnette manchmal benutzte, um das Team der für sie arbeitenden Exzentriker zu kontrollieren. Sie schloß die Tür hinter ihnen, und sie und Graver betraten Arnettes dämmriges Wohnzimmer. »Es ist so lange her, seit ich dich zuletzt gesehen habe«, sagte sie leise und ohne Hast. »Tut mir leid, daß ich dich gestern verpaßt habe.«

Graver plauderte mit ihr und folgte ihr durch das Zwielicht eine Hintertür hinaus und wieder in die Dunkelheit. Sie betraten eine andere sichtgeschützte Veranda, und nach ein paar weiteren Worten und einem Kuß verließ Mona ihn. Er trat allein durch die Hintertür des Hauses.

Der große Raum, den er betrat, war eine dramatische Veränderung. Er war hell erleuchtet, und an den Wänden standen ein halbes Dutzend Computer-Workstations. Zwei davon waren von matronenhaften Frauen besetzt, die Datentypistinnen zu sein schienen. Eine dritte Station, ein komplexeres System mit übergroßem Monitor, auf dem wechselnde Farben und sich ständig verändernde Graphiken zu tanzen schienen, wurde von einem jungen Mann mit Pferdeschwanz, General-Custer-Schnurrbart und Kinnbart bedient. Er trug ein schwarzes T-Shirt mit einem leuchtend bunten gestickten Papagei auf dem Rücken, Khakihosen und Tennisschuhe. Sein rechtes Bein wippte hektisch, während er sich in seinem Stuhl zurücklehnte, gelegentlich auf der Tastatur tippte und Kaffee aus einem Styroporbecher trank, durch dessen Rand aus irgendeinem Grund eine verbogene Büroklammer gezogen war wie ein Ohrring. In der Mitte des Raums saß Arnette mit einem blonden Mädchen, das aussah wie eine Collegestudentin, zu jung, um diese Arbeit zu tun, wie Graver dachte, an einem langen Tisch.

»Hallo, Baby«, sagte Arnette und blickte auf, als er hereinkam. Sie und das Collegemädchen, das Kopfhörer mit einem dünnen Drahtmikrophon vor dem Mund trug, brüteten über dem Inhalt eines Stapels von Ringbüchern. Ab und an wandte das Collegemädchen den Kopf zur Seite und sprach *sotto voce* etwas in das Mikrophon, das mit einem großen Sender an einem Ende des

Tisches verbunden war. Mit der linken Hand berührte sie leicht diese oder jene Skala, ohne hinzuschauen, fast ohne zu denken, als sei das eine alte Gewohnheit, und stellte scharf, was immer in ihren Kopf eindrang. Der Raum war von dem weißen Rauschen elektronischer Geräte erfüllt.

»Hast du die Bänder?« fragte Arnette, schob sich einen Stift hinters Ohr und streckte die Hand aus.

Graver nahm sie aus seiner Jackentasche und gab sie ihr zusammen mit dem Zettel mit den Parametern.

Arnette betrachtete die Notierungen der Parameter und reichte dann alles dem Mädchen.

»Hol Corkie«, sagte sie. Das Mädchen drückte auf einen Knopf am Schaltbrett des Empfängers und murmelte etwas in das kleine Mikro. »Nichts zu berichten«, sagte Arnette zu Graver. »Anscheinend ist Ginette nicht in ihr Büro gegangen. Ihr Wagen war da, als meine Leute gegen vier Uhr zu ihrem Haus kamen. Wir haben in ihrem Büro angerufen. Sie hat sich am Morgen krank gemeldet. Aber Dean ist erst vor einer halben Stunde dort aufgetaucht.«

Graver sah auf seine Uhr.

»Um welche Zeit hat er das Büro verlassen?« fragte Arnette.

»Muß gegen drei oder halb vier gewesen sein.«

»Fünf Stunden untergetaucht, mehr oder weniger«, rechnete Arnette.

Graver verspürte die seine Brust beengende Frustration, den ersten Zug verschenkt zu haben, obwohl er diese paar Stunden nicht als besonders kritisch betrachtet hatte. Er war so schnell vorgegangen, wie es ihm die Vorsicht gestattet hatte. Doch jetzt schien Vorsicht weniger wünschenswert als das Wissen, wo Burtell in diesen fünf Stunden gewesen war.

Eine junge asiatische Frau mit maskulinem Haarschnitt, einem Männerunterhemd und elastischen Spitzenleggings kam aus dem Nebenzimmer und trat hinter die Blonde, die ihr über ihren Kopf hinweg die beiden Bänder nach hinten reichte, ohne sich umzudrehen. Die Asiatin nahm die Bänder, sah Graver an und ging wieder. Sie trug einen einzelnen roten Plastikohrring, groß wie Gravers Daumen und geformt wie ein erigierter Penis, komplett mit baumelndem Skrotum.

»Hast du irgendeine Idee zu diesen Bändern?« fragte Arnette.

»Nein. Könnte seine persönliche Buchhaltung sein, soviel ich weiß.«

»Aber du meinst, daß niemand sonst von dem Computer weiß?«

»Ich weiß es nicht.«

Arnettes Augen ruhten einen Moment auf ihm; dann wandte sie den Kopf der Blonden zu, ohne Graver aus dem Blick zu lassen, und sagte: »Sag Corkie, sie soll die Vollständigkeit dieser Bänder überprüfen.«

Wieder murmelte das Mädchen etwas in das Mikrophon.

»Und wenn ich du wäre, Marcus, würde ich ihn abhören. Du solltest uns ihn abhören lassen. Du hast nicht so sehr viel Zeit.«

Es war natürlich klar, daß sie keine Erlaubnis für einen Lauschangriff hatten, aber solche Formalitäten wurden nie berücksichtigt, wenn man sich in Arnette Kepners Welt bewegte. Sie hatte auch Zugang zu Technologie, die um mehrere Klassen besser war als das, was die CID sich aus der knapp bemessenen städtischen Kasse leisten konnte, und das verringerte entschieden das Risiko der Entdeckung. An die Information herankommen, lautete der Name des Spiels. Sich nicht erwischen lassen, war der zweite Name. Dazwischen lag eine Menge Einfallsreichtum.

Graver stand da, sah, wie sie auf seine Antwort wartete, und spürte, wie ihm der Schweiß ausbrach. Er wußte, wenn er nicht ausdrücklich gegenteilige Anweisungen gab, würden keine Bänder von der Abhörung Burtells angefertigt; man würde nur lauschen, und das war ein Mittel, durch das er womöglich einen Vorteil gegenüber dem Zielobjekt erlangen konnte, einen kleinen Vorsprung im Wettbewerb. Und er wußte auch, daß den Leuten auf dieser Ebene der Konkurrenz nicht der Schweiß ausbrach bei der Entscheidung, die er zu treffen hatte. Trotzdem spürte er den Schweiß.

Die Blonde neben Arnettes Ellbogen beugte sich zu ihr und sagte ein paar Worte.

»Okay, du hast gute Kopien auf den Bändern, Marcus«, sagte Arnette. Sie starrte ihn an. »Was ist? Willst du, daß wir ihn abhören?«

Er nickte. »Nur zu«, sagte er.

28

Graver dachte auf dem ganzen Rückweg zu Tislers Mietshaus darüber nach. Wußte er wirklich genug, um das zu rechtfertigen, was er jetzt tat, nämlich bei seiner eigenen Ermittlung alle eingefahrenen Bahnen zu verlassen? Er dachte an Westrates unmäßigen Ehrgeiz, dachte daran, wer beteiligt war und wer *vielleicht* beteiligt war, und bejahte die Frage. Was er jedoch im Sinn behalten mußte, war, daß es letzten Endes nicht Westrate war, vor dem er sich am Schluß zu verantworten haben würde. Die Implikationen waren hier sogar größer als Westrates Ambitionen. Und wenn die Verschwörung nicht weiter ging als bis zu den drei Männern, die er bisher identifiziert hatte – je weniger Leute an der Ermittlung beteiligt waren, desto größer war die wenn auch geringe Chance, daß die Polizei die Sache gänzlich unter der Decke halten könnte.

Solange Graver also keinen besser informierten Blickwinkel hatte, würde er das, was er wußte, nur den wenigen Leuten mitteilen, denen er vertraute. Eine seiner größten Befürchtungen war, daß diese Untersuchung, wenn sie von Personen auf der Befehlsebene entdeckt wurde, aus politischen Gründen abgeblasen werden würde. Er hatte nur zu oft erlebt, wie das passierte.

Die Rückkehr in Tislers Haus kam ihm viel unheimlicher vor als sein erster Besuch. Beim ersten Mal war er weniger ängstlich als neugierig gewesen. Er hatte erwartet, *irgend etwas* zu finden, obwohl er keine Ahnung hatte, was. Jetzt jedoch fürchtete er, *jemanden* zu treffen.

Doch die Angst war grundlos; er betrat das Haus wieder mühelos durch die Hintertür, ging in das Schlafzimmer am anderen Ende des Hauses, schaltete rasch den Computer ein und löschte den Inhalt der Festplatte. Er hoffte bei Gott, daß Arnettes Leute nicht das einzige vermasseln würden, was von Tislers merkwürdigem Versteck übrig war.

Gerade, als er durch die Küche wieder zur Hintertür ging, spürte er, wie der Piepser an seiner Taille vibrierte. Er drückte auf den Knopf, um ihn auszuschalten, schaute aber erst auf die Nummer des Anrufers, als er wieder in seinem Auto saß und sich von Tislers Haus entfernte. Im Fahren hielt er den Piepser dicht an das

Armaturenbrett und erkannte Westrates Büronummer. Er parkte bei einer Autowaschanlage und rief zurück.

Westrate meldete sich beim ersten Läuten.

»Großer Gott«, sagte er, als er Gravers Stimme hörte. »Wo, zum Teufel, sind Sie?« Graver sagte es ihm. »Am besten kommen Sie in mein Büro. Es ist etwas passiert.«

Mehr wußte Graver für die nächsten zwanzig Minuten nicht. So lange nämlich dauerte es, auf dem Southwest Freeway in die Stadt zu fahren, vor dem Verwaltungsgebäude zu parken und in den dritten Stock zu gehen, wo er den stämmigen Assistant Chief allein in seinem Büro fand. Doch vor ihm waren andere dagewesen. Zwei Styroporbecher mit den Resten von Kaffee standen auf der vorderen Kante von Westrates Schreibtisch, und Zigarettenkippen lagen neben einer von Westrates halb aufgerauchten Zigarren im Aschenbecher.

Westrate saß in einem unglaublich zerknitterten weißen Hemd hinter seinem Schreibtisch, die Krawatte gelöst, die Ärmel aufgekrempelt, und strich mit einer dicken Hand gelegentlich über die schütteren Haarsträhnen auf seinem runden Kopf. Er stand nicht auf, als Graver hereinkam, und bot ihm auch keinen Stuhl an. Das Zimmer stank nach Rauch, und Westrates Schreibtisch war das reinste Chaos.

»Ray Besom ist tot«, sagte Westrate und schaute finster unter seinen dichten Augenbrauen hervor. Er sagte es, als habe Graver eine Antwort darauf, die Westrate auf der Stelle zu hören verlangte.

Graver hatte den plötzlichen, irrationalen Gedanken, er habe sich irgend etwas zuschulden kommen lassen, irgend etwas falsch berechnet, und infolgedessen sei Besom tot. Burtell fiel ihm ein, Burtell und die fünf fehlenden Stunden.

»Was ist passiert?« Er war außer Atem.

»Herzanfall, während er angelte. Sie fanden ihn an den Strand gespült, die Gummistiefel noch an den Füßen.«

»Herzanfall?«

»Ja, ein gottverdammter Herzanfall!«

»Ist er in Brownsville?«

»Ja.«

»Wer sind ›sie‹?«

»Die Polizei von Brownsville«, sagte Westrate müde. Er neigte den runden Kopf und stützte ihn in die dicken Hände, die Ellbogen auf dem Tisch, die kahl werdende Stelle seines kurzen Haars auf Graver gerichtet. »Setzen Sie sich.«

Graver setzte sich auf einen der Stühle vor Westrates Schreibtisch. Westrate ließ die Hände fallen, sah zu Graver auf und bemerkte die beiden Kaffeebecher. »Scheiße, geben Sie mir die.« Er stand auf, faßte die beiden Becher mit einer Hand und verschüttete etwas von dem Kaffee, als er sie in den Papierkorb neben seinem Schreibtisch warf.

»Er hat gestern an dieser Stelle gefischt, die sie Boca Chica nennen, in der Nähe von Port Isabel«, begann Westrate. »Er fährt jedes Jahr hin. Irgendein alter Sack hat ihn mit dem Boot hingefahren. Mit dem Auto ist das nicht zu erreichen. Es war gegen fünf gestern nachmittag. Besoms Frau zufolge war es sein letzter Abend dort. Er wollte am nächsten Morgen früh aufstehen und nach Hause fahren. Wie auch immer, dieser Alte sollte ihn gestern abend wieder abholen, um neun Uhr. Der alte Sack kommt also um neun, aber kein Besom. Er wartet eine Stunde. Er wartet eineinhalb Stunden. Er sagt, dann wäre er mit seinem Boot in die Richtung getuckert, in die Besom gehen wollte, und habe mit seinem Scheinwerfer den Strand abgeleuchtet. Kein Besom. Er fährt zurück nach Port Isabel, macht sein Boot fest, geht in eine Bar und trinkt was und macht sich Sorgen. Sagt ein paar Freunden, was passiert ist. Sie sagen, Scheiße, wenn der Kerl hätte abgeholt werden wollen, dann wäre er aufgetaucht.«

Westrate ließ den Kopf gegen die hohe Rückenlehne seines Stuhls fallen.

»All das habe ich von der Polizei in Brownsville«, sagte er. »Der alte Sack geht nach Hause und legt sich ins *Bett,* um Himmels willen. Er hat viel getrunken und wacht erst um zehn Uhr am nächsten Morgen auf. Also heute morgen. Besom geht ihm nicht aus seinem schwachen alten Schädel. Er steigt in sein Boot und fährt wieder da raus, tuckert erneut am Strand entlang, und schließlich findet er eine Angelausrüstung neben einem gestrandeten alten Krabbenfangboot. Aber keinen Besom. Er fährt zurück und ruft die Polizei von Brownsville an, weil diese Stelle, Boca

Chica, zum Bezirk von Brownsville gehört. Sie schicken einen Suchtrupp los. Das dauert den größten Teil des Nachmittags, aber schließlich finden sie Besom weit unten an den Strand gespült, voll bekleidet, die Gummistiefel noch an den Füßen. Er war ein bißchen angeknabbert. Die Fische waren an ihm dran. Aber nicht viel. So lange hatte er da nicht gelegen.«

»Hatte er seinen Ausweis bei sich?«

»Nein, keinen Ausweis, aber der alte Mann erinnerte sich, daß Besom gesagt hatte, er sei aus Houston und wohne in einem ›Motel‹ in Brownsville. Sie fangen an, das zu überprüfen, rufen die Motels an. In der Zwischenzeit macht der Leichenbeschauer von Brownsville eine Autopsie. Herzversagen, ertrunken. Schließlich finden sie das Motel, fahren hin, entnehmen seinen Sachen, daß er bei der Houstoner Polizei ist, und rufen uns an.«

Westrate saß jetzt zurückgelehnt auf seinem Stuhl, die Arme erhoben, die dicken, behaarten Hände um die hohe Rückenlehne seines Stuhls geklammert. Er starrte Graver an, die lange Oberlippe herausfordernd geschürzt.

»Was wissen Sie über den Leichenbeschauer von Brownsville?« fragte Graver. »Ist er zuverlässig?«

»Scheiße, woher soll ich das wissen?«

»Hatte Besom schon früher Probleme mit seinem Herz?«

»Gott, das hoffe ich.«

»Was ist mit dem IAD?«

Westrate nickte. »Ich habe vor kurzem mit Katz gesprochen. Pio Tordella und sein Partner – und Bricker und Peterson – fahren heute abend dorthin, in diesem Augenblick.«

»Wer weiß davon?«

»*Alle.* Die Polizei von Brownsville wußte nicht, worum es sich handelte. Gottverdammte Provinzheinis. Als die lokalen Nachrichten es bringen wollten, haben sie zugestimmt. Sie haben die ganze Sache *gefilmt.* Besoms Frau weiß es schon, aber wir haben die Nachrichtenleute trotzdem dazu gebracht, seine Identität nicht bekanntzugeben, solange die Familie nicht benachrichtigt ist. Morgen abend kommt es allerdings in den Nachrichten.«

Er starrte Graver noch immer fast anklagend an, als erwarte er, Graver werde das Geschehene rechtfertigen.

»Er muß noch einmal autopsiert werden, wenn er wieder hier ist«, sagte Graver.

»Ja, das will Katz auch.« Westrates Gesicht hatte beim Erzählen der Geschichte nichts von seiner Anspannung verloren. Er sah noch immer aus, als werde er gleich explodieren. »Haben Sie schon den Abschlußbericht über Tisler geschrieben?«

»Ich mache ihn heute abend fertig.« Graver entnahm Westrates Gesichtsausdruck, daß jemand schon angedeutet hatte, da sei etwas faul. »Die zweite Autopsie ist entscheidend.«

Westrate sah ihn noch immer an, ließ die Arme fallen und legte sie auf den Schreibtisch. Seine Stirn glänzte fettig. Er wirkte, als habe er lange geschwitzt.

»Hören Sie«, sagte er grimmig. »Es ist mir egal, was die Autopsie ergibt, aber mir kommt es so vor, als könnte das kein verdammter Zufall mehr sein.«

Graver war derselben Meinung, aber er sagte es nicht. Er konnte seine Aufmerksamkeit kaum auf das konzentrieren, was Westrate sagte. Er mußte zu Arnette Kepner. Wenn Dean Burtell das hören würde, würde er etwas tun. Was immer da passierte, es sah nicht gut aus für Burtell.

»Sie glauben nicht, daß es ein Herzanfall war«, sagte Graver, in zwei Richtungen gleichzeitig denkend.

Westrates Augen weiteten sich leicht, als er den Kopf neigte und Graver wieder unter seinen buschigen Augenbrauen hervor anstarrte.

»Herzanfall!« Seine Stimme war eine Mischung aus Wut und Verachtung. Er schaute über seine verschränkten Hände, zwei fleischige Fäuste, die sich so fest umklammerten, daß Graver sich vorstellte, sie würden plötzlich platzen und über den ganzen Schreibtisch spritzen wie Tomaten. »Es ist mir egal, ob wir einen lebenden, atmenden Zeugen für Tislers Selbstmord finden und der Kerl auf die Bibel schwört, daß Tisler sich selbst erschossen hat. Es ist mir egal, ob wir einen Zeugen finden, der sah, wie Ray Besom geangelt hat, sich plötzlich keuchend an die Brust faßte und in das gottverdammte Wasser fiel. Es ist mir egal, ob wir WISSEN, daß die beiden genau auf diese Weise gestorben sind... es sieht... *bei Gott*... es sieht *VERDÄCHTIG* aus!«

Bei diesen letzten Worten schüttelte Westrate dramatisch betonend den Kopf und spie das »Verdächtig« förmlich aus. Sein Gesicht war so rosa wie eine Pistazienschale, und Graver konnte sehen, daß unter dem schütteren Haar sogar sein Schädel rot geworden war.

Westrates schauspielerische Fähigkeiten waren an Graver verschwendet. Er konnte nur an Burtell und daran denken, wie entscheidend es war, ihm jetzt dicht auf den Fersen zu bleiben. Er wünschte bei Gott, er hätte schon bei seinem ersten Gespräch mit Arnette einen Lauschangriff verlangt. Kepners Leute hätten jede Menge Zeit gehabt. Graver sah auf seine Uhr. Er mußte aus Westrates Büro heraus.

»Was erwarten Sie von mir, Jack?« fragte er.

Westrate antwortete nicht sofort.

»Was denken Sie über all das?« fragte er endlich. Seine Stimme war ganz untypisch ruhig, und zum ersten Mal überhaupt sah Graver einen Ausdruck auf seinem Gesicht, der eine wenn auch noch so kleine Verwundbarkeit verriet.

Graver wappnete sich. Er merkte, daß Westrate mit seiner Weisheit am Ende war, und er nahm an, daß der Assistant Chief anfing, sich die Schatten eines Komplotts gegen ihn, gegen seine Karriere vorzustellen, sie sogar zu sehen. Er wollte Graver sagen hören, daß hier etwas nicht stimmte.

»Ich glaube, daß Tisler sich selbst umgebracht hat«, sagte Graver. »Und ich bezweifle, daß wir je herausfinden werden, warum. Und solange keine neue Autopsie etwas anderes ergibt, werde ich annehmen, daß Besom einen Herzanfall hatte.«

Westrates Gesicht wurde lang. »Ist das alles?«

»Das ist das, was ich glaube.«

»Daß diese beiden Todesfälle genau das sind, wonach sie aussehen?«

»Solange ich keinerlei Beweise für etwas anderes habe, muß ich davon ausgehen.«

»Aber die bloße Tatsache, daß sie so kurz nacheinander gestorben sind... die macht Sie nicht argwöhnisch?«

»Doch, das schon...«, sagte Graver.

Westrates Augenbrauen hoben sich erwartungsvoll.

»... aber ich denke, wir müssen vorsichtig sein, Jack. Ich glaube, wir müssen unserem Verdacht gegenüber argwöhnisch sein. Es wäre verdammt zu leicht, etwas in diese Ereignisse hineinzulesen, das die Fakten nicht unterstützen.« Er sah Westrate an. »Haben Sie je von ›Ockhams Rasiermesser‹ gehört?«

Westrate starrte ihn an.

»William von Ockham war ein englischer Philosoph aus dem vierzehnten Jahrhundert, der eine Art Vernunftprinzip aufgestellt hat, welche Richtung die Untersuchung der Wahrheit einer Situation nehmen sollte. Eine moderne Wiedergabe wäre vielleicht: ›Eine Erklärung der Tatsachen sollte nicht komplizierter sein als notwendig.‹ Oder: ›Aus widerstreitenden Hypothesen wähle die einfachste aus.‹«

Westrates Ausdruck verriet grollende Ungeduld.

»Ich habe eine Menge Daten, die mir sagen, daß Tisler Selbstmord beging«, erklärte Graver. »Die einfachste Erklärung ist, daß er es getan hat. Ich habe eine Menge Daten, die mir sagen, daß Ray Besom einen Herzanfall hatte. Die einfachste Erklärung, die mit den Tatsachen übereinstimmt, ist, daß es so war. Solange wir also keine anderen Tatsachen haben, Tatsachen, die *nicht* mit der Erklärung übereinstimmen, muß das Gewicht meiner Vermutungen auf die einfachste Erklärung fallen.«

»Machen Sie mal halblang, Graver«, sagte Westrate barsch, während seine Nüstern sich vor Gereiztheit über Gravers professorale Anekdote blähten. »Ich habe hier vier Abteilungen zu leiten.«

Graver kam das aus dem Zusammenhang gerissen vor. Er war nicht sicher, was Westrate meinte, aber es war klar, daß er über diese Sache ins Schwitzen geriet. Wenn er den Verdacht hatte, daß irgend etwas in der CID ganz und gar nicht stimmte, würde er das todsicher jetzt nicht sagen. Dazu war er zu gerissen. Wenn er eine solche Überzeugung äußerte und sich dann herausstellte, daß Besom tatsächlich einem Herzanfall erlegen war, dann würde Westrate schließlich wie ein Verschwörungstheoretiker und Panikmacher dastehen – einer meiner Männer bringt sich um, ein anderer hat einen Herzanfall, folglich ist die CID von Spionen und Intriganten durchsetzt. Nein, das würde Westrate bei keinem riskieren, bei Graver schon gar nicht. Aber er glaubte es.

Wieder vibrierte der Piepser an Gravers Gürtel. Ohne hinzuschauen stellte er ihn ab.

»Möchten Sie, daß ich irgend etwas tue?«

»Nein«, sagte Westrate und stand rasch auf.

»Weiß Hertig davon?«

»Verdammt, ja, jetzt schon. Ich habe ihn angerufen.«

»Wie hat er reagiert?«

»Was meinen Sie – er konnte es verdammt noch mal nicht glauben. Will ein paar Antworten ... genau wie wir übrigen auch«, sagte er betont. Er wartete einen Augenblick. »Es ist nur eine Frage von Stunden, bis die Medien es spitzkriegen. Die CID wird allerhand Publicity bekommen. Sie werden euch als Spione, als Geheimpolizei, als alles mögliche bezeichnen, was diesen liberalen Scheißern so einfällt.« Er beugte den Kopf vor. »Irgendwelche Vorschläge?«

»Ja«, gab Graver zurück. »Sie regeln das. Geben Sie der Sache jede Wendung, die Sie wollen.«

Westrate blieb stehen und starrte Graver an. Es gelang ihm, seine Zunge zu bezähmen, und er kam hinter seinem Schreibtisch hervor. Er fummelte in dem Durcheinander herum und fand eine Kiste Zigarren, öffnete sie, nahm eine Zigarre heraus. Er rammte sie sich in den Mund, ohne sie anzuzünden, stand da, schaute Graver an, die Zigarre im Mund, die Hände tief in die Taschen seiner zerknitterten Hosen gestemmt.

»Drücken wir es so aus, Graver«, sagte er um die Zigarre herum. »Wenn an diesem ›zufälligen Zusammentreffen‹ etwas dran ist, falls etwas dran ist, und Sie kommen erst dahinter, wenn es verdammt zu spät ist ...« Er nahm die Zigarre aus dem Mund und sagte ruhig: »Dann fahre ich ihnen so tief in den Arsch, daß Sie für den Rest Ihres Lebens durch die Nase scheißen müssen.«

»Sonst noch was?« fragte Graver, während er aufstand.

Westrate steckte die Zigarre wieder in den Mund und setzte sich auf seinen Stuhl. »Nein«, sagte er und fing an, in dem Chaos auf seinem Schreibtisch herumzusuchen.

Graver ging hinaus in das Halbdunkel des Empfangsraumes und blieb neben einer Tischlampe kurz stehen, um auf seinen Piepser zu schauen. Es war Paulas Nummer. Sie war noch im Büro.

Er nahm den Aufzug hinunter in die Halle und ging geradewegs zu den Münzfernsprechern. Er rief Kepner an und sagte ihr, was passiert war. Mehr brauchte er ihr nicht zu sagen. Nachdem er aufgelegt hatte, ging er erneut durch die Halle, durch die Hintertür hinaus und durch eine gedeckte Einfahrt, die in einer Richtung zum Fahrzeugdepot, in die andere zu dem geduckten, vom Smog verrußten Gebäude führte, in dem die CID die südöstliche Ecke des zweiten Stocks einnahm.

29

Graver starrte in die Dunkelheit vor ihm, während er über die bröckelnde Asphalteinfahrt um die Hinterseite des Grundstücks herumging. Er war über die Nachricht von Ray Besoms Tod erschüttert gewesen, obwohl Westrate das nicht gemerkt hatte, so sehr war er von seiner eigenen außerordentlichen Vorstellung in Anspruch genommen. Es war schwer zu glauben, daß Besom einen Herzanfall erlitten hatte, besonders im Lichte dessen, was Graver über Tislers und Besoms Verwicklungen wußte. Nein, er glaubte nicht an einen Herzanfall. Aber das war Instinkt. Sein Verstand erinnerte ihn daran, daß es, falls die Besom/Tisler/Burtell-Verschwörung – was immer das war – auseinanderfiel, logischerweise darauf hinauslaufen würde, daß die Angst vor Konsequenzen den Teilnehmern schwer zusetzen würde. Waren Herzversagen und Streß nicht unbestreitbar miteinander verknüpft? Was zum Teufel sollte er also denken? Die triste Tatsache war, daß er noch immer nicht viel über irgend etwas wußte.

Er hielt in der spartanischen Vorhalle unter den CID-Büros an und rief Paula von einem der Telefone aus an. »Ich bin unten«, sagte er. »Würden Sie für mich das Sicherheitssystem ausschalten?«

Sie traf ihn, als er sich gerade der Glaskabine der Empfangssekretärin näherte, und reaktivierte das Sicherheitssystem, nachdem er sie passiert hatte.

»Waren Sie auf dem Weg hierher, als ich angerufen habe?« fragte sie.

»So ungefähr«, sagte er, ging an ihr vorbei und schlug sofort den Weg in sein Büro ein.

Sie folgte ihm, stand in der Tür und wartete, während er sich hinter seinen Schreibtisch setzte und sich ein paar Notizen machte.

»Was ist los?« fragte sie.

Er blickte zu ihr auf und sah, daß sie barfuß war. Ihr Haar hatte sie zu einem Knoten verschlungen, der sich aber aus Mangel an genügend Haarnadeln halb aufgelöst hatte. »Waren Sie die ganze Zeit hier?«

»Ja, ich und Casey. Ich glaube, wir haben vielleicht etwas.«

»Gut. Holen Sie ihn her. Gibt es hier irgendwo Kaffee?«

»Ja, wir haben vor ungefähr einer halben Stunde eine frische Kanne gemacht.« Sie starrte ihn mit einem verwirrten Stirnrunzeln an. Sie wußte, daß etwas nicht stimmte.

Sie trat hinaus in den Flur und rief Neuman aus ihrem Büro am anderen Ende des Gangs, während Graver in die Kaffeeküche ging und sich einen halben Becher von dem starken, markenlosen Kaffee der Division eingoß. Als er zurückkam, zog er seine Jacke aus, hängte sie an den Ständer in der Ecke und setzte sich dann hinter seinen Schreibtisch. Als Paula und Neuman hereinkamen, war er gerade bei seinem ersten Schluck Kaffee. Paula setzte sich, aber Neuman blieb stehen, die Arme verschränkt, einen Notizblock unter den Arm geklemmt, und reckte und wand sich. Er hatte lange genug gesessen.

»Habt ihr beiden irgendwas gegessen?« Die Klimaanlage schien nicht gut zu funktionieren, und Graver lockerte seine Krawatte.

»Wir haben Sandwiches geholt«, sagte Paula.

Graver nickte. »Also, bevor wir anfangen, es gibt zwei neue Aspekte. Erstens, als ich in Tislers Mietshaus war, habe ich ein Computersystem gefunden. Anscheinend wohnt dort keiner, aber es sah so aus, als hätte Tisler recht viel Zeit in diesem Haus verbracht. Es war ein ziemlich großer Computer. Ich bin nicht reingekommen, aber ich habe es geschafft, die Festplatte zu kopieren.«

»Mein Gott.« Paula sah aus, als hätte sie gerade einen weiteren Hinweis auf den Aufenthaltsort des Heiligen Grals bekommen. »Und wo ist die Kopie?« Neuman trat einen Schritt vor.

»Ich habe jemanden, der daran arbeitet.«

Paula war ungläubig. Sie wollte etwas sagen, aber Graver kam ihr rasch zuvor.

»Und eine schlechte Nachricht«, sagte er. »Ray Besom ist in der Nähe von Port Isabel tot aufgefunden worden.«

Paula keuchte, als hätte man sie in den Magen geboxt, und Neuman nahm die Arme auseinander und ging hinter ihr vorbei an die Fenster.

»Heilige Scheiße.« Neuman schaute nach draußen, drehte sich dann um und kam an seinen vorherigen Standort zurück.

»Herzanfall«, erklärte Graver schnell, »der Autopsie zufolge. Anscheinend starb er beim Brandungsangeln.«

»O Gott, Marcus«, sagte Paula und legte sich die flache Hand auf die Stirn. Ihre Armbänder klirrten. »Das glaube ich nicht.« Sie ließ die Hand fallen und schüttelte langsam den Kopf. »Das kann ich nicht glauben.«

Graver sah sie an.

»Wir wissen zuviel ... zu verdammt viel, um das zu schlucken«, sagte sie. »Was geht hier vor?«

»Es wird eine weitere Autopsie geben«, sagte Graver. »Hier.«

Paula schüttelte noch immer den Kopf. »Es spielt keine Rolle, selbst wenn der Leichenbeschauer von Harris County sagt, daß es ein Herzinfarkt war ...«

»Moment mal«, unterbrach Neuman. Er ging zwischen den Fenstern und der Tür hin und her, und seine Augen wechselten von Paula zu Graver. »Die Sache ist doch die: *Falls* Besom irgendwie umgebracht wurde – wie auch immer –, dann sollte das wie ein natürlicher Tod aussehen, nicht? *Wenn* wir das glauben, wenn es stimmt, dann ist das ... dann ist das entschieden eine hochbrisante Situation.«

»Was ist mit Dean?« fragte Paula rasch. »Vielleicht ist er in Gefahr.«

»Vielleicht aber auch nicht« – Graver schüttelte den Kopf –, »und das wäre noch erschreckender.« Jetzt hatte er die Bestätigung, daß er nicht überreagiert hatte, indem er zu Arnette Kepner ging. Er überlegte einen Moment und sagte dann: »Ich muß ihn anrufen.«

»Was?« Paula begriff nicht. »Wozu in aller Welt?«

»Das ist das, was ich normalerweise tun würde«, sagte Graver. »Wenn ich all das andere nicht wüßte, würde ich ihn anrufen, um ihn über Besom zu informieren.«

»Ich hoffe, Sie haben gute Leute auf ihn angesetzt«, sagte Paula. »Wenn Dean das hört, wird er ausflippen, wird er irgendwas tun.«

»Es sei denn, er wüßte es schon«, sagte Neuman.

Graver nahm einen Stift von seinem Schreibtisch und klopfte damit ein paarmal auf den Pflasterstein.

»Was immer das ist, es fällt auseinander«, sagte er. »Vielleicht kommen wir gerade noch rechtzeitig, um es durch die Hintertür verschwinden zu sehen.«

»Marcus, vielleicht sollten wir einfach lospreschen und Dean zur Rede stellen«, sagte Paula.

Graver rieb sich mit den Händen das Gesicht. »Unser einziger *Hebel* ist, daß sie nicht wissen, daß wir hinter ihnen her sind. Das ist nicht viel, aber das können wir unmöglich aufgeben.«

»Gott«, sagte Neuman, »können Sie sich vorstellen, was hier auf dem Spiel stehen muß, daß sie es riskiert haben, Besom vierundzwanzig Stunden nach Tislers Tod umzulegen? Sie müssen wissen, ganz gleich, wie viele Beweise für einen natürlichen Tod sprechen, daß das einer Menge Leuten verdächtig vorkommen wird.«

»Wie stehen die Chancen, daß Tisler ebenfalls umgebracht wurde?« fragte Paula.

Es dauerte einen Moment, bis Graver aufschaute. »Gut, glaube ich jetzt«, sagte er. »Verdammt gut.« Er sah sie an. »Weswegen haben Sie mich angerufen?«

»Oh«, sagte sie, als sie sich erinnerte, und schaute auf den Notizblock auf ihrem Schoß. Sie befeuchtete ihre Lippen. Alle waren aus ihren Gedanken gerissen worden. »Wir haben gewisse Fortschritte gemacht. Äh, im Fall Friel ist anscheinend die ganze Quellendokumentation getürkt. *Alle* dort aufgelisteten Zuträger fallen in dieselbe Kategorie wie Tislers Mieter Lewis Feldberg. Sie kamen aus den Sterberegistern. Es ist ein totaler Beschiß.«

»Was ist mit den Probst-Quellen?«

»Echte Personen ... glauben wir. Bruce Sheck – er ist der Typ, der angeblich Probsts gestohlene Güter nach Mexiko und Mittelamerika geflogen hat. Erinnern Sie sich, gestern habe ich nur den Anrufbeantworter erreicht, als ich seine Nummer anrief. Wir haben angefangen, ihn zu überprüfen. Im wesentlichen ist alles, was in den Identifikationsberichten über die Zuträger steht, zutreffend. Sein Foto entspricht dem seiner Meldeakte. So weit es geht. Er ist nicht in den Computern, keine Decknamen. Er lebt in Nassau Bay in einem Haus, das auf seinen Namen eingetragen ist, keine Hypothek. Seine Strom- und Wasserrechnungen bezahlt er per Geldanweisung, Herr im Himmel, es gibt also keine Bank, bei der man etwas nachprüfen könnte. Keine Eintragung in ein Wählerverzeichnis. Keine Heiratsurkunde in Harris County. Besitzt einen 1993er Honda, voll bezahlt. Wir haben uns bei der FAA erkundigt. Er hat eine Pilotenlizenz und besitzt ein Flugzeug – voll bezahlt –, das in Houston Gulf Airport im Hangar steht, nicht weit von seinem Wohnort. Der Bursche lebt ein sehr unbeschwertes Leben.«

»Was ist mit Synar?«

»Absolut gar nichts. Wieder nirgends in den Computern, alles wie bei Sheck... keine Verkehrsvergehen, kein Eintrag im Wählerverzeichnis, all das«, sagte Paula. »Ich habe ihre frühere Mitbewohnerin noch einmal angerufen. Sie sagte, Colleen sei nicht aus Houston, glaubte, daß sie aus Los Angeles kam. Sie erinnerte sich, daß Colleen eine Kusine in New York erwähnt hat, die auch eine Synar war. Aber weder in Los Angeles noch in New York gibt es Telefonnummern auf den Namen Synar.«

»Wissen Sie was?« sagte Neuman, trat zu Paula und nahm die Liste mit den Identitäten der Zuträger von Paulas Schoß. »Ich habe gedacht, daß das ein falscher Name ist.« Er hielt den Bogen hoch und wies auf das kleine Foto von Colleen Synar in der rechten unteren Ecke. »Das ist nicht Colleen Synar. Auf keinen Fall. Aber ich sage Ihnen, was Sie tun werden. Sie fahren jetzt gleich zu dieser Adresse und reden mit der Frau, die sagte, sie wäre ihre Mitbewohnerin gewesen... wie hieß sie noch?«

»Valerie... Heath«, sagte Paula, in ihre Notizen schauend.

»Ja, Sie reden mit Valerie Heath, und ich wette hundert Dollar darauf, daß Sie mit ›Colleen Synar‹ sprechen werden. Ich weiß nicht, woher sie diesen Namen haben – Synar –, aber diese Frau hat ins Blaue hinein geredet, als sie Sie auf ihre ›Fährte‹ setzte. Sie hat die zwei größten Städte des Landes genannt. Das fiel ihr gerade so ein. Vermutlich dachte sie, wenn überhaupt, dann müßte es in diesen Städten Synars geben, und bis wir sie alle überprüft hätten, hätte sie allerhand Zeit gewonnen.«

Paula starrte ihn an.

»Tatsächlich«, sagte Neuman, »sollten wir sie gleich jetzt per Computer überprüfen. Ich habe so eine Ahnung, daß ihre Daten so ähnlich wie die von Sheck aussehen werden – nur die nackten Knochen.«

»Ich glaube, das sollten Sie wirklich tun«, sagte Graver zu Paula. »Wenn er recht hat, wenn sie diesen Namen nur aus diesem einen Grund benutzt haben, dann ist er Teil eines Frühwarnsystems, und sie wissen schon, daß wir hinter ihnen her sind. Wenn sie so fein abgestimmt sind, wie wir denken, dann werden sie wissen, daß wir ein loses Ende gefunden haben und daran ziehen. Ich weiß nicht, ob wir es hätten besser machen können, aber jetzt ist es zu spät, an diese Sache noch heranzugehen wie an eine Hintergrundüberprüfung dieser beiden. Wir müssen direkt auf die los. Also schauen Sie jetzt gleich unter Heath im Computer nach.«

»Casey«, sagte er, stand auf und ging an den Safe. »Ich möchte, daß Sie in den Technikraum hinuntergehen und drei Funkgeräte mit sicheren Frequenzen besorgen.« Er öffnete den Safe, nahm einen Schlüssel heraus und reichte ihn Neuman.

»Nach der Computerüberprüfung fahren Sie beide hinaus zu Heath' Wohnung und reden mit ihr.«

Paula schaute auf ihre Uhr. »Es ist fast halb elf.«

»Wie lange brauchen Sie, um hinzufahren, dreißig Minuten?«

Neuman nickte. »Wenn wir uns beeilen.«

»Dann beeilt euch«, sagte Graver. »Vergeßt nicht: Bis auf Dean sind sie und Sheck leider die einzigen beiden Leute, von denen wir wissen, daß sie uns *vielleicht* Zugang zu dem größeren Bild verschaffen könnten – falls es ein größeres Bild gibt. Bleibt mit mir in Verbindung. Ich will mich nicht fragen müssen, wo ihr seid oder was ihr macht.«

Sie verließen sein Büro, ohne ein Wort zu sagen, und Graver ging an seinen Schreibtisch zurück und setzte sich hin. Er starrte auf den

Pflasterstein. Großer Gott. Das Gefühl, das ihn jetzt am schwersten niederdrückte, war das Gefühl der Dringlichkeit.

Nach ein paar Minuten kamen Neuman und Paula wieder in sein Büro und gaben Graver einen von drei Handapparaten. Paulas erste Computersichtung hatte genau das ergeben, was Neuman vorhergesagt hatte. Nichts. Valerie Heath schien in ebenso dünner Verbindung mit der Gesellschaft zu leben wie Bruce Sheck.

Sie koordinierten die Funkfrequenzen, und Graver folgte ihnen zur Außentür, schaltete das Sicherheitssystem hinter ihnen wieder ein und kehrte dann in sein Büro zurück. Er setzte sich an seinen Schreibtisch und aktivierte seinen eigenen Computer. Mit ein paar Tastendrucken rief er seinen internen Bericht über Tislers Tod auf. Tatsächlich war er bereits damit fertig, aber er wollte ihn noch ein paarmal sorgfältig lesen, ehe er am nächsten Morgen Westrate zum Abzeichnen vorgelegt wurde. Als er zufrieden war, druckte er das fertige Dokument aus, steckte es in einen amtlichen Umschlag, stempelte es als vertraulich ab und schob es in die verschlossene Verteilerschublade, damit es gleich morgen früh persönlich an Westrate überbracht wurde.

Er kehrte zu seinem Schreibtisch zurück, griff sich das Telefon und wählte Burtells Nummer. Graver wartete, während das Telefon zweimal, dreimal, viermal läutete, und hoffte nervös, er werde in der Lage sein, aus Burtells Reaktion auf die Nachricht irgendwelche Informationen zu entnehmen. Nach dem fünften Läuten meldete sich Ginette Burtell.

»Ginny, hier ist Graver«, sagte er.

»Oh, hallo«, sagte sie, und aus irgendeinem Grund war er überrascht über die Lebhaftigkeit ihrer Stimme. Ehe er noch etwas sagen konnte, kam sie ihm zuvor: »Oh, wenn Sie Dean sprechen wollen, fürchte ich, haben Sie ihn gerade verpaßt.«

»Tja, ich müßte ihn sprechen.«

»Tut mir leid, aber er ist erst vor vier oder fünf Minuten gegangen.«

»Sie wissen nicht zufällig, wo ich ihn erreichen könnte, oder?«

»Nein, ich weiß nicht mal, wo er hingegangen ist.«

Das überraschte Graver. Wie oft kam das vor? Sie mußte seine Überraschung gespürt haben.

»Äh, er bekam einen Anruf … und … und sagte, er müsse noch einmal weg.«

Graver wartete.

»Ich, äh, ich frage ihn nicht immer, wo er hingeht«, sagte sie.

»Haben Sie eine Ahnung, wann er zurückkommt?«

»Nein, ich … wirklich … tja, er hat gesagt, ›für ein paar Stunden‹, glaube ich.«

Er wollte sie fragen, ob sie wisse, wer angerufen hatte, aber wenn Burtell sie danach fragte, wollte er nicht, daß er von seiner Frage erfuhr.

Am anderen Ende der Leitung zögerte sie. »Äh, kann ich … kann ich ihm etwas ausrichten, daß er Sie anrufen soll oder so?«

»Natürlich, seien Sie so nett, ihn zu bitten, daß er mich anruft, wenn er nach Hause kommt. Sagen Sie ihm, er soll sich melden, egal wie spät es ist.«

»Oh … okay, Marcus. Natürlich, ich werd's ihm ausrichten.«

»Hören Sie, Ginny«, sagte Graver. »Ich weiß es zu schätzen, daß Sie und Dean zu Peggy Tisler gegangen sind. Ich weiß, daß es nicht leicht war. Ich bin Ihnen zu Dank verpflichtet.«

»Das hätten wir in jedem Fall getan«, sagte sie. »Sie tat mir so leid.«

Sie sprachen noch ein paar Augenblicke, und dann wünschte Graver ihr gute Nacht und legte auf. Zum vierten oder fünften Mal in dieser Nacht hoffte er, daß Arnettes Leute an ihren Plätzen und vorbereitet waren. Er widerstand der Versuchung, sie anzurufen. Er wußte, der merkwürdige kleine Kontrollraum, in dem er früher an diesem Abend gewesen war, würde jetzt vor Aktivität summen. Ihr Objekt war unterwegs.

Müde begann er, seinen Schreibtisch aufzuräumen, und entdeckte unter dem Papierkram ein Päckchen mit Faxberichten, die Lara zusammengeheftet und mit einem Zettel versehen hatte. »Die sind nacheinander hereingekommen (beachten Sie die eingekringelten Zeiten), und zwar zwischen fünf Uhr und sechs Uhr fünfzehn.« Er mußte das Päckchen mehrmals beiseite geschoben haben, als er Tislers Bericht zusammenstellte. Lara hatte sogar einen roten, durchsichtigen »Achtung«-Aufkleber auf den Stapel geheftet.

Er nahm das Päckchen und lehnte sich in seinem Stuhl zurück. Die Berichte waren Antworten auf seine Erkundigungen nach Victor Last von heute morgen.

30

Sie hatten ihn in dem Moment, in dem er das Haus verließ. Vier Autos, zwei nur mit Fahrern, zwei mit Fahrern und jeweils einem Beifahrer. Drei der Wagen waren japanische Modelle, der vierte ein amerikanisches. Jedes Auto war von heller Farbe, keines neu, keines älter als fünf Jahre. Die Wagen wurden von Arnette Kepners eigener heterogener Mischung von Spezialisten gesteuert, die sich bei ihrer Kommunikation über Funk nur mit den Vornamen identifizierten.

Connie war eine zweiundvierzigjährige Frau, eine frühere Polizistin der Abteilung für Sexualverbrechen des Chicago Police Department. Vor drei Jahren war sie nach Houston gezogen, als der Arbeitgeber ihres Mannes, eine Ingenieursfirma, diesen in das Hauptquartier des Konzerns versetzte. Sie war Mutter von zwei Kindern im High-School-Alter, hatte tiefrotes Haar, einen irischen Sinn für Humor und eine handfeste Einstellung zu den Jobs, die sie für Arnette erledigte.

Murray war siebenundfünfzig und seit vier Jahren von der Army pensioniert, wo er seine gesamte Laufbahn in zahlreichen Abteilungen des Geheimdienstes verbracht hatte. Er war untersetzt, aber noch inmmer muskulös und athletisch, und bevorzugte Tennisschuhe, Jeans und weiße T-Shirts mit aufgekrempelten Ärmeln, die seine Gewichtheberarme sehen ließen. Er wurde allmählich kahl, hatte auffallend blaugrüne Augen und einen sauber gestutzten, ergrauenden Schnurrbart. Wenn sie Jobs zu erledigen hatten, war er der Gruppenleiter.

Remberto war ein zweiunddreißigjähriger Bolivianer, der vor acht Jahren in die Vereinigten Staaten gekommen war, und zwar als Mitglied eines kleinen, ausgesuchten Kontingents von bolivianischen Polizeioffizieren, die von der DEA zu einem speziellen

Aufklärungstraining für Drogenfahnder nach Virginia geholt worden waren. Remberto lernte rasch Englisch, verbrachte drei Jahre als Undercover-Agent in La Paz und in den Dschungeln des Beniflußtales, von wo aus er über Funk Informationen über die ständig den Standort wechselnden Kokaplantagen lieferte, die die Kartelle in Kolumbien belieferten. Er heiratete die Tochter eines DEA-Agenten und studierte nun Jura an der Houstoner Universität.

Li war eine achtundzwanzigjährige Amerikanerin asiatischer Herkunft, deren Mutter Arnette während eines ihrer Aufenthalte in Vietnam kennengelernt hatte. Lis Mutter wurde 1971 getötet, was Arnette erst 1978 erfuhr, als sie versuchte, die Familie in den chaotischen Monaten nach dem Abzug der Amerikaner zu finden. Als sie Li schließlich in einem katholischen Waisenhaus aufspürte, mühte sie sich eineinhalb Jahre lang ab, um sie zu adoptieren, und holte sie dann in die Vereinigten Staaten. Li wurde größtenteils in Public Schools in Virginia ausgebildet und strebte nun einen Master's Degree in Kunstgeschichte an der Rice University an.

Die beiden Frauen wurden von Beifahrern begleitet, Boyd, einem Fotografen, der mit Li fuhr, und Cheryl, einer Tonspezialistin, die bei Connie im Wagen saß. Murray war über die Zielperson informiert worden, aber die anderen wußten nichts über sie, außer, daß der Mann gründlich mit Beschattungstechniken vertraut war, was ihnen klarmachte, daß sie sehr umsichtig sein mußten und bei mangelnder Wachsamkeit wahrscheinlich entdeckt werden würden.

Burtell verließ den Komplex von Eigenheimen, passierte das Eingangstor und wandte sich auf der Woodway nach Osten, einer gewundenen, baumbestandenen Straße, die schließlich den West Loop unterquerte und im Memorial Park in den Memorial Drive überging. Murray verließ einen Parkplatz vor einem anderen Wohngebäude, ließ ein paar Wagen zwischen sich und Burtell passieren und fädelte sich dann in den Verkehr ein. Die drei anderen, Connie, Remberto und Li, kamen aus verschiedenen, einen Block entfernten Straßen und reihten sich ebenfalls in den Strom der Autos ein. Murray war sofort am Funkgerät.

Murray: »Okay, Connie, fahr voraus und setz dich vor ihn. Wenn er den Loop ansteuert, bleiben wir bei ihm. Du kehrst dann um, wenn du kannst. Wenn er den ganzen Weg in die Innenstadt nimmt, verdrückst du dich bei der ersten Gelegenheit nach dem Übergang in die Memorial.«

Connie: »Okay, wir sind unterwegs.«

Sie scherte aus und überholte Murray und dann Burtell, setzte sich vor der nächsten Ampel vor ihn und richtete ihre Geschwindigkeit so ein, daß sie die Kreuzung nicht ohne ihn bei Grün passierte. Als die Ampel umsprang, starteten sie beide zur nächsten, die sie bei Grün erwischten, fuhren unter dem Loop durch und blieben auf der Woodway, auf der sie in den sechzig Hektar großen Memorial Park einfuhren, dessen dichtstehende Weihrauchkiefern die Lichter der Stadt verdunkelten. Plötzlich trat Burtell auf die Bremse, bog von der Woodway ab, ehe sie in den Memorial Drive überging, und schlug die Richtung zum Houston Arboratus und Nature Center ein.

Murray: »Remberto, Li, fahrt nicht da rein. Das ist eine Falle. Es ist eine Sackgasse. Da drin wird er keinen treffen, nicht so früh im Spiel. Er versucht, uns loszuwerden. Achtet alle auf Gegenbeschatter – die werden sehen, wer in Panik gerät. Remberto, bieg an der Picnic Lane vorne ab und schau, daß du ihn wieder erwischst, wenn er in die Memorial einbiegt, nachdem er wieder rauskommt. Connie, Li und ich verteilen uns über Memorial, North Post Oak und die Zugangsstraße. Wir schnappen ihn uns, wenn er wieder herauskommt und in Richtung Westen fährt.«

Eine Minute lang herrschte Funkstille, während alle taten, was vereinbart war. Connie war am weitesten entfernt, kam zurück und begann ihre erste Runde zu drehen, als die anderen auftauchten. Es war noch früh in der Nacht und der Strom der Scheinwerfer nicht allzu dicht.

Eine Viertelstunde lang kam Burtell nicht wieder heraus. Als er erschien, war es Li, die ihn erwischte.

Li: »Ich hab' ihn wieder, Murray. Er kommt mir auf der Woodway entgegen.«

Murray: »Fahr weiter. Ich übernehme ihn, wenn er auf den Loop fährt. Remberto, schließ dich an. Connie, bieg ab und warte auf ihn. Wenn er auf der Woodway in westlicher Richtung zurückfährt, läßt du mich wissen, wer ihn als erster erwischt.«

Erneute Funkstille, während das verstreute Beschattungsteam sich neu ordnete, um sich Burtells Manövern anzupassen. Binnen Sekunden hatte dieser sich anders entschieden.

Murray: »Okay, ich hab' ihn. Er ist auf der nördlichen Zufahrtsstraße. Wir fahren auf den Loop.«

Alle anderen folgten, jeder in seinem eigenen Tempo, aus drei verschiedenen Richtungen.

Murray: »Wir fahren zum Autobahnkreuz. Nach Osten in... Hurensohn! Nach Westen! Nach Westen! Ich hab' ihn verloren. Ich hab' ihn verlooren... Er ist... dieser Hurensohn!«

Remberto: »Ist okay, Murray. Ich hab' ihn. Kein Problem.« Die Stimme des Kolumbianers war ruhig und gelassen. »Wir sind auf der I-10 Richtung Westen. Sagt mir Bescheid, wenn ihr wieder hinter mir seid, falls er wieder auf die Zufahrtsstraßen ausweicht.«

Li: »Ich bin fünf Wagen hinter dir, Rem.«

Connie: »Ich bin drei Wagen hinter Li.«

Remberto: »Er bremst... Nein, nein... Er fährt weiter. Er geht auf die linke Spur. Oh, Mann, jetzt wird er schneller.«

Connie: »Ich bin auf der linken Spur, Rem, aber ich bin zu weit hinten, um ihn zu erkennen.«

Remberto: »Er ist hinter einem RV, man sieht abwechselnd rotes und orangenes Licht... jetzt bremst er... jetzt wieder.«

Connie: »Okay... ich sehe ihn.«

Remberto: »Li, bleib rechts. Ich hab' so das Gefühl, als wollte er nach rechts ausbrechen und die nächste Ausfahrt nehmen... Da fährt er... Da fährt er! Gessner! Gessner!«

Li: »Ich hab' ihn. Ausfahrt Gessner.«

Remberto fuhr auf dem Expressway weiter, an der Ausfahrt vorbei.

Murray: »Remberto, bleib auf dem Expressway. Er könnte bei der nächsten Einfahrt wiederkommen. Connie, halt mit dem Verkehr Schritt, ich hole dich ein. Li, was macht er? Komm schon! Komm schon, Mädel, was macht er?«

Li. »Wir passieren die Ampel Gessner... er biegt nicht ab... Die Ampel hält mich auf... Ich muß warten, ich muß warten... Da fährt er wieder rauf... er fährt wieder auf die I-10 rauf... Scheiße! Er macht die Fliege.«

Connie: »Ich hab' ihn.« Wie Rembertos Stimme klang auch ihre entspannt und gelassen. »Er kommt hinter dir wieder rauf, Remberto.«

Remberto: »Er bleibt auf der rechten Spur... Meine Güte... Er wird mir hinten reinfahren!«

Murray: »Paß auf! Er wird das Autobahnkreuz nehmen... Er wird...«

Im letztmöglichen Augenblick bevor Burtell hinten auf Rembertos Wagen aufgefahren wäre, erreichten sie die Ausfahrt des Autobahnkreuzes, und Burtell brauste nach rechts davon in die ansteigende Kurve, nahm den Sam Houston Tollway und fuhr in südliche Richtung. Für Connie war es zum Abbiegen zu spät, aber Murray und Li konnten ihm im Verkehrsstrom leicht folgen. Es war eine gute Idee von Burtell gewesen, genau im richtigen Augenblick, ein sehr gelungenes Manöver. Remberto und Connie würden an der nächsten Ausfahrt vorbeifahren müssen, um nicht zu scharf zu bremsen und sich damit einer möglichen Gegenbeschattung zu verraten. Sie würden bis zur übernächsten Ausfahrt weiterfahren, Autos zwischen sich lassen, sich von einer Ampel trennen lassen und dann auf der nächsten Zugangsstraße umkehren, wieder in Richtung Autobahnkreuz fahren und sich hinter den anderen erneut in den Verkehr auf dem Tollway einreihen müssen.

Von da an spielte Burtell ein anderes Spiel. Der Tollway war breit, lang und gerade, und Burtell versuchte, sich vom übrigen Verkehr abzusetzen. Das war die Taktik, die Murray am unangenehmsten fand. Der Verkehr war hier weniger dicht und verteilte sich auf dem soeben erst fertiggestellten Tollway. Burtell verlangsamte die Fahrt und wartete, bis ihn eine Gruppe von Wagen überholte; eine ziemlich weite Strecke lang war er einigermaßen isoliert. Er rollte dahin, hielt sich vor einer der in regelmäßigen Abständen erscheinenden Ausfahrten plötzlich ganz rechts und fuhr auf die Standspur. Jeder, der dicht hinter ihm war, hätte weiterfahren müssen, und von diesem Punkt aus konnte Burtell leicht die beiden nächsten Ausfahrten übersehen und jeden Wagen identifizieren, der eine davon nahm. Und den würde er sich merken.

Murray: »Er ist gleich hinter Richmond auf die Standspur gefahren. Er steigt aus und öffnet seine Motorhaube. Li, wir fahren weiter. Remberto? Connie?«

Connie: »Ich nehme die Ausfahrt Rodgerdale.« Das war die Ausfahrt eine Meile vor Burtell. Er würde niemals sehen, wie sie herunterfuhren.

Remberto: »Ich bin eine Meile hinter ihr und fahre in Briar Forest raus.«

Connie: »Bin in Rodgerdale rausgefahren und komme in Richtung Richmond. Ich kann ihn da sehen, mit geöffneter Motorhaube... Er schaut den Tollway hinunter in Richtung auf Li und Murray. Remberto, fahr auf eine der Straßen hier in der Nachbarschaft. Er ist genau an einer Ausfahrt. Ich steuere eine Tankstelle an.«

Eine Zeitlang herrschte Funkstille, während Burtell weiter den Tollway entlangschaute und die beiden nächsten Ausfahrten beobachtete. Endlich klappte er die Motorhaube zu.

Connie: »Okay, er ist zufrieden, er hat die Motorhaube zugemacht; er setzt sich wieder in Bewegung. Remberto, er nimmt die Ausfahrt direkt vor mir. Er fährt unter dem Tollway her und will zurück... Okay, er dreht... Nein, warte, er hat geblinkt, aber er dreht nicht. Er bleibt auf dem Parkway... den ganzen Weg.«

Burtell war gut in dem, was er tat. Er hielt seine gesamten vier Verfolger in Atem, obwohl keiner von ihnen hätte sagen können, ob er sie überhaupt entdeckt hatte. Allem Anschein nach wußte er nicht, daß sie da waren. Trotzdem ging das Spiel weiter, durch den Süden der Stadt, durch Wohnviertel und über Expressways, über ein, zwei, drei, vier, fünf große Autobahnkreuze, die sie nach Westen und dann nach Norden und dann plötzlich mitten in die Innenstadt führten, dann wieder in einem anderen Winkel auf die I-10 und unglaublicherweise erneut auf den Sam Houston Tollway. Dort fuhr er zu aller Erstaunen plötzlich wieder bei der gleichen Überführung wie zuvor an den Straßenrand und öffnete erneut die Motorhaube seines Wagens.

Diesmal waren es Connie und Li, die an ihm vorbei mußten, und Murray und Remberto diejenigen, die die Ausfahrt vor ihm nahmen. Als Burtell zum zweiten Mal wieder in seinen Wagen stieg, nahm er die nächste Ausfahrt, kehrte unter dem Tollway um und fuhr auf der Richmond in Richtung Stadt.

Murray: »Also, Kinder, jetzt tut sich was. Da liegt was in der Luft. Connie, Li, wo seid ihr?«

Connie: »Wir sind in Bellaire vom Tollway runter und fahren Richtung Southwest Freeway. Haltet uns auf dem laufenden, wir werden euch kreuzen, sobald wir können.«

Die Fahrt auf der Richmond entlang verlief ohne Fluchtmanöver von seiten Burtells. Er war ein musterhafter Fahrer, hielt genau die vorgeschriebene Höchstgeschwindigkeit ein und fuhr nie noch bei Gelb über eine Ampel. Aber das war täuschend gefährlich. Jetzt waren sie nur noch zwei Fahrzeuge, und sie konnten ihm nicht lange auf den Fersen bleiben. Remberto überholte ihn.

Murray: »Wir sind vor und hinter ihm, Connie. Wo seid ihr?«

Li: »Wir sind auf der Southwest. Wo ist eure nächste Abzweigung?«

Murray: »Die kommt in Ann Arbor. Aber er zuckelt nur so dahin.«

Li: »Wenn wir Glück haben, sehen wir euch in Chimney Rock.«

Und genau das geschah auch. Sobald sie sich trafen, bog Murray ab, aber Remberto behielt die Führung. Weitere fünf Minuten lang änderte sich nichts. Der Musterfahrer Burtell blieb in dem immer spärlicher werdenden Verkehrsstrom. Dann:

Connie: »Er biegt links in die Sage ein.«

Connie, die hinter ihm war, und Remberto, der sich vor ihm befand, fuhren weiter geradeaus. Li reihte sich hinter ihm ein, blieb aber weit zurück, weil die Straße fast verlassen war. Nur ein paar Blocks vor ihnen lag der Galleriakomplex, etwas weiter rechts der Transco Tower mit zugehörigem Brunnen und Park. Burtell bog rechts in die Hidalgo ein und fuhr auf die Straßenseite gegenüber dem Transcobrunnen. Li und Murray fuhren beide an ihm vorbei, bis sie außer Sicht waren, dann wendete Murray und fuhr in die Sage. Er bog gleichfalls in die Hildago ein, aber an Burtell vorbei in die Post Oak und dann in die Bercher, wo er parkte.

Murray: »Verdammt, er geht zum Brunnen.« Er sah auf seine Uhr. Burtells Ausweichmanöver hatten eine Marathonfahrt von einer Stunde und fünf Minuten erfordert.

Der Transco Tower war das höchste Bürogebäude außerhalb der Innenstadt, ein perfekt symmetrischer Turm aus vierundsechzig Stockwerken, gekrönt von einer rotierenden Signalleuchte, die jeden Abend von der Dämmerung bis Mitternacht brannte und so stark war, daß man sie noch aus zwanzig Meilen Entfernung sehen konnte. Auf der Südseite des Turms befand sich ein langer, einer Mall ähnlicher Park mit einer tief gelegenen Rasenfläche mit begrasten Abhängen. Am Ende der Rasenfläche befand sich der Transcobrunnen, eine mehrere Stockwerke hohe und vier Meter dicke Mauer aus Granit, die halbkreisförmig dem Turm gegenüberstand. Von der Krone der Mauer strömte Wasser über die nackten, halbkreisförmigen Granitblöcke in ein Becken am Boden, das von Stufen umgeben war.

Ein paar Fuß entfernt vom Brunnen stand eine weitere Mauer zwischen Brunnen und Rasen, eine Art neoklassizistischer Fassade mit drei Rundbögen, durch die man vom Rasen aus den unteren Teil des angestrahlten Brunnes sehen konnte. Abends waren der erleuchtete Brunnen und die abfallenden Hänge am Rand der tiefer gelegenen Rasenfläche ein beliebter Aufenthaltsort für Bummler, Frisbeespieler und Familien, die ihre Kinder an den langen, begrünten Abhängen spielen ließen, welche von den gekräuselten Reflexen vom Brunnen her schwach erleuchtet waren.

Als Burtell aus seinem Wagen gestiegen war und begonnen hatte, lässig in Richtung des Brunnens und des Menschengewimmels auf der Mall und um den Brunnen herum zu schlendern, hatten Murrays Fahrer an strategischen Stellen auf entgegengesetzten Seiten des Brunnenkomplexes geparkt und beobachteten, wie Burtell sich langsam auf die Menge zubewegte.

Murray: »Alle bleiben auf Posten. Da draußen sind eine Menge Leute, aber nicht genug. Wir bräuchten einen Schwarm von Menschen, um nicht erkannt zu werden. Boyd, Cheryl, wie kommt ihr zurecht?«

Cheryl: »Wenn sie nicht zum Brunnen gehen, denke ich, daß ich sie kriege.«

Boyd: »Bei mir ist soweit alles okay.«

Murray: »Also, dann zieht los und macht eure Aufnahmen.«

Burtell schlenderte zu dem Gehweg, der um den tiefer gelegenen

Rasen herum führte, und ging darauf entlang, und zwar von der Westseite des Wasserfalles aus. Im Gehen nahm er etwas aus seiner Jackentasche und begann zu essen.

Murray: »Was, zum Teufel, ist das?«

Boyd: »Sieht aus wie Erdnüsse.«

Murray: »Erdnüsse?«

Boyd: »Nein. Sonnenblumenkerne.«

Murray: »Mann, Scheiße, was *ist* es denn nun?«

Boyd: »Sonnenblumenkerne. Er knackt die Schalen auf und spuckt sie aus.«

Murray: »Donnerwetter, du hast aber eine Superkamera.«

Boyd: »Ja, allerdings.«

Burtell ging um den ganzen Rasen herum, blieb ab und zu stehen, um die Kinder zu beobachten, die die Grashänge hinunterrollten, schaute zum Turmlicht auf, aß Sonnenblumenkerne, blieb stehen und schaute über den Rasen hinweg zum Brunnen. Um ihn herum wimmelte es von Menschen, eine Frisbeescheibe segelte gefährlich nahe vorbei. Er sprach mit niemandem. Er war vollkommen entspannt.

Murray: »Sieht irgend jemand was?«

Keiner antwortete. Burtell war fast auf der Ostseite des Brunnens angekommen, als sich ihm ein Mann im Anzug anschloß. Zusammen gingen sie die Stufen zur inneren Kurve des Brunnenvorhangs hinauf.

Murray (aufgeregt): »Wo, zum Teufel, kommt der her?«

Cheryl: »Gottverdammt ... ich wußte es, ich wußte, daß sie das tun würden.«

Murray: »Boyd!«

Boyd: »Ich fotografiere ... ich fotografiere.«

Cheryl: »Ich kann das aufnehmen, Murray, aber das Wasser wird alles vermasseln. Ich kann das gottverdammte Wasser nicht aus den Geräuschen herausfiltern ... Es wird nicht klappen.«

Murray: »Kriegst du überhaupt *irgendwas?*«

Cheryl: »Fetzen ... hier und da ... Oh, warte. Sie sind hinter den ... weißt du, den Säulen ... Ich kann den Ton nur aufnehmen, wenn sie im Freien sind, unter den Bögen. Sie gehen zwischen den Bögen hin und her.«

Murray: »Boyd!«

Boyd: »Dasselbe bei mir. Ich fotografiere sie, aber sie bewegen sich immer wieder außer Sicht.«

Murray: »Wie sieht er aus?«

Boyd: »Der Typ ist *alt*.«

Murray: »Alt?«

Boyd: »Gott, er muß fünfzig sein, Ende Fünfzig.«

Murray: »Du Scheißgrünschnabel.«

Murray konnte die anderen lachen hören.

Burtell und sein Begleiter gingen während der ganzen Zeit am Brunnen auf und ab. Nach Murrays Uhr dauerte das Treffen zweiunddreißig Minuten. Sie schlenderten zweiunddreißig Minuten innerhalb des dunstigen Halbkreises des Wasservorhangs hin und her. Während dieser Zeit fluchte Cheryl gelegentlich, und Boyd sagte jedesmal, wenn sie unter einen der romanischen Bögen traten: »Hab sie... hab sie... hab sie.«

Plötzlich, ohne daß irgendwelche Anzeichen darauf hingedeutet hätten, daß sie ihr Gespräch beendet hatten, trennten sie sich, und beide verließen den Brunnen auf entgegengesetzten Seiten.

Li: »Murray, der Typ geht den Hügel hinunter zu einem Auto fünfzig Yards vor mir. Soll ich ihm folgen?«

Murray: »Das war nicht ausgemacht, Kleine. Aber ich sag' dir was. Fahr los und fahr auf den Parkplatz von diesem komischen Restaurant in der Westheimer. Schau dir seine Zulassungsnummer an. Okay, Leute. Los, auf geht's.«

Innerhalb von drei Minuten koordinierten sie erneut ihre Bewegungen.

Li: »Murray, tut mir leid, ich weiß nicht, ich glaube, ich hab' ihn irgendwie verpaßt.«

Murray: »Kann gut sein.«

31

Paula saß auf dem Beifahrersitz und benutzte eine Taschenlampe, um Valerie Heath' Adresse auf der Karte von Key zu suchen, während Neuman fuhr. Es sah aus, als wohnten Heath und Sheck beide in der gleichen Gegend am äußersten südöstlichen Rand von Houston, ein vorstädtisches Gebiet aus mehreren eingemeindeten Städten, das um das Johnson Space Center der NASA und die Ufer des Clear Lake herum entstanden war, der durch einen engen Kanal mit Galveston Bay und dem Golf von Mexiko verbunden war. In den letzten Jahren war Clear Lake zu einem Sport- und Freizeitgebiet für Houstoner geworden, die aus der City zu den zahlreichen Yachtclubs, Werften und Restaurants fuhren.

Valerie Heath wohnte auf einer Halbinsel gegenüber den beiden größeren Yachtclubs, nicht weit von dem Kanal entfernt, der in die Bucht von Galveston führte. Die Halbinsel war von Kanälen durchzogen, die zu beiden Seiten von Häusern umgeben waren, jedes mit einer eigenen Anlegestelle. Die Straßen vor den Häusern führten direkt aufs Festland.

Sie fanden die Straße, in der Heath wohnte, und Neuman fuhr im Schrittempo, während sie auf die Hausnummern schauten, die sauber an den Eingängen befestigt waren.

»Himmel«, sagte Neuman, während sie langsam an den makellosen Rasenflächen, den Magnolien, Palmen und Oleanderbüschen vorbeifuhren. »Das ist kein Viertel, von dem man erwartet, daß hart arbeitende Sekretärinnen es sich leisten können.«

»Ach, wirklich?« sagte Paula. »Woher wissen Sie das?«

»Nein, nicht *das* hier«, beharrte Neuman.

»Da ist es«, sagte Paula und beugte sich seitwärts, um auf ein Haus auf Neumans Straßenseite zu zeigen. »Miami Vice«, sagte sie. Es war eine moderne weiße Stuckangelegenheit mit Ziegeldach und einer gepflasterten, kreisförmigen Einfahrt. Palmen standen davor, und eine Sprinkleranlage verbreitete einen sprühenden Schimmer über dem Rasen. In mehreren Räumen des Hauses waren die Fenster erleuchtet.

Neuman fuhr ans Ende des Blocks, wendete, kam zurück und parkte vor dem Nebenhaus.

»Schauen Sie sich das an«, sagte Neuman. »In den letzten zehn Tagen müssen zehn Zentimeter Regen gefallen sein. Sie haben dieses verdammte Sprinklersystem auf Automatik geschaltet und einfach vergessen.« Er stellte den Motor ab. »Sie fuhr einen was?«

»Einen Dodge-Kombi.«

»Tja, das da in der Einfahrt ist kein Dodge-Kombi«, sagte Neuman. Die schwarze Corvette glänzte in dem Dunst, der durch das grüne Licht schwebte. »Und da ist keine Garage. Wenn sie bei diesem Haus parken wollen, dann müssen sie hier parken.«

»Vielleicht gehört die Corvette der Mitbewohnerin.«

Neuman beugte sich zur Seite, öffnete das Handschuhfach und kramte darin herum. »Wie wär's mit ein bißchen Licht?«

Paula schaltete die Taschenlampe ein. »Was machen Sie?«

»Ich habe da ein paar Ausweise und solches Zeug«, sagte Neuman, in einem Durcheinander aus Karten und Umschlägen, Vitaminfläschchen und Taschenlampenbatterien kramend, bis er etwas in einem glatten Lederetui fand. Er steckte es in die Tasche. Er lockerte seine Krawatte und griff nach dem Sportjackett, das zwischen ihnen lag. »Kommen Sie.«

Sie stiegen aus und gingen zu Heath' Einfahrt; sie drängten sich hinter der Corvette vorbei, um dem Sprinkler auszuweichen.

»Das Ding ist funkelnagelneu«, sagte Neuman. Er beugte sich nieder und betrachtete das kleine Händlerschild unten links an dem Wagen. »In El Paso gekauft.«

Sie umrundeten das Auto und kamen in den Vorgarten. Die Nachtluft, die aus der Galveston Bay weniger als dreihundert Yards hinter ihnen kam, war schwül. Irgendwo in dem Kanal hinter dem Haus brummte ein Innenbordmotor auf, und sie konnten Leute hören, die einander etwas zuriefen, freundliche Stimmen, das Lachen einer Frau. Neuman drückte auf den Klingelknopf und schaute rasch in den Briefkasten, der leer war.

»Es ist verdammt zu spät«, wandte Paula schnell ein.

Die Frau, die an die Tür kam, sah aus wie Anfang Vierzig. Sie hatte kurzes, dunkles Haar, das im Nacken irgendwie ausgefranst war, und trug einen Frottee-Anzug in Blaßblau. Sie war barfuß und hielt einen Spatel in einer Hand.

»Valerie Heath?« fragte Neuman.

»Ja.« Die Frau sah Neuman erwartungsvoll an und musterte dann mit einem raschen Auf und Ab ihrer Augen Paula.

Neuman hielt den Ausweis hoch, den er aus dem Handschuhfach genommen hatte. »Ich bin Raymond Shiffler, und das ist meine Assistentin Gail Aldridge. Wir gehören der American Universal Life Insurance Group an –«

»Sie machen wohl Witze«, unterbrach ihn Heath. »Ihr Leute müßt wirklich verzweifelt sein.«

Sie wollte die Tür schließen, doch Neumans Hand hielt sie auf, und er sagte: »Miss Aldridge ist die Frau, die Sie heute wegen Colleen Synar angerufen hat.«

Die Tür stand still, das Gesicht der Frau entspannte sich, und ihre Augen kehrten zu Paula zurück. Sie öffnete den Mund, sagte aber nichts.

Neuman wartete nicht. »Miss Heath, ich werde es Ihnen gleich erklären«, sagte er schnell. »Wir sind Kundenbesucher der American Universal. Ms. Synars Vater ist vor fünf Wochen gestorben. Er hatte bei uns eine Police über dreißigtausend Dollar, und Miss Synar war als Begünstigte genannt. Jetzt müssen wir sie innerhalb der nächsten vierzig Tage oder so finden, sonst kann sie keinen Anspruch auf das Geld mehr erheben. Wir sind durch unsere Statuten verpflichtet, alle Anstrengungen zu unternehmen, um die Begünstigten zu finden, aber ehrlich gesagt sind wir Ms. Synar nicht näher gekommen als bis zu Ihnen.«

Der Mund der Frau war leicht geöffnet, und sie schien zu überlegen, was sie tun sollte. Aus dem Haus kam der Geruch von Bratfett.

»Rieche ich, daß da etwas anbrennt?« fragte Neuman.

»Oh, Scheiße.« Die Frau drehte sich um und lief zurück ins Haus. Sie ließ die Tür offen.

Neuman sah Paula an. »Sie ist todsicher nicht die Frau auf dem Foto von Synars Zuträgerakte.« Er wandte sich wieder der Tür zu und rief ins Haus.

»Können wir hereinkommen, Miss Heath. Vielen Dank...« Er sah wieder Paula an und forderte sie mit einer Kopfbewegung auf, ihm zu folgen. »Ich weiß das wirklich zu schätzen«, sagte er mit lauter Stimme, damit sie merkte, daß er hereinkam, obwohl er darauf rechnete, daß sie zu beschäftigt war, um Einwände zu machen. »Es wird Sie nur eine Minute Ihrer Zeit kosten. Wir sind aus dem Büro von Baltimore, Miss Aldridge und ich, aber wir haben kreuz und quer im Land nach Ms. Synar gesucht –«

»Verdammt, warten Sie eine Minute...«, sagte die Frau. Sie stand am Herd und hob hektisch hoch, was immer sie gerade gekocht haben mochte. Der Herd befand sich hinter einer Bar, die auf ein Wohnzimmer am Ende eines breiten Eingangsflurs hinausging, durch den sie eben gekommen waren. Im helleren Licht der Küche konnte Neuman sehen, daß Valerie Heath' Haar von einem unnatürlichen Blauschwarz war, und obwohl er noch immer annahm, sie sei Anfang Vierzig, konnte er jetzt erkennen, daß diese vierzig Jahre ziemlich hart gewesen sein mußten.

Rasch taxierte Neuman den Inhalt des Hauses. Es sah nicht so aus, als werde es regelmäßig bewohnt. Nur wenige Bilder hingen an den Wänden, undefinierbare Seestücke, und es gab nur ein Minimum an Möbeln. Die Bar, hinter der Valerie Heath versuchte, ihr Essen zu retten, war nackt, ohne persönliche Gegenstände wie ein paar Muscheln oder Keramiknippes oder Fotos von Leuten oder Haustieren. Das Haus sah aus wie ein Ort, den sich mehrere Besitzer wochenweise teilen, und niemand lebte je lange genug hier, um wirklich ein Heim daraus zu machen.

Mit viel Geklapper und Getöse brachte Valerie Heath endlich den Herd unter Kontrolle, und dann kam sie um die Theke herum in die Mitte des Raums, wo Neuman und Paula standen. Rauch füllte die Küche, und sie ging hinüber zu einer Glaswand und öffnete doppelte Schiebetüren, hinter denen ein steingepflasterter Patio und der Kanal lagen. Auf der anderen Seite des schmalen Kanals sah man eine Menge Bananenpflanzen und Palmentröge und die schimmernden Lichter anderer Häuser. Ein Kabinenkreuzer war unmittelbar gegenüber festgemacht.

»Jetzt hören Sie mir mal zu«, sagte Heath, wandte sich von den Türen ab und pflanzte sich vor ihnen auf, die Hände in die Hüften gestemmt. Ihr Frotteeanzug hatte bessere Tage gesehen. Er war ausgeleiert, und das elastische Oberteil, das viel zu oft über ihre hängenden, sommersprossigen Brüste gezerrt worden war, verriet jedes Speckröllchen ihres Körpers. »Ich weiß verdammt überhaupt nichts über... Colleen Synar«, platzte sie heraus, und eine Hand fuhr kurz in ihr mattschwarzes Haar, ehe sie sie wieder auf die Hüfte stützte. »Ich habe ihr« – sie nickte in Paulas Richtung – »alles gesagt, was ich über Ihre... Synar weiß.«

»Miss Heath« – Neuman verdrehte den Kopf und reckte den Hals, als sei er steif –, »wenn Sie uns nur fünf Minuten geben könnten...« Er ließ die Schultern fallen. »Wir arbeiten Tag und Nacht an dieser Sache; ich meine, deswegen kommen wir so spät. Wir stehen unter dem Fallbeil eines Termins. Wenn wir nicht alles tun würden, was in unserem Kräften steht, dann könnte das schlecht aussehen, wissen Sie, als ob American Universal nicht *versuchen* würde, die Begünstigte zu finden, damit wir den Betrag nicht auszahlen müssen.«

Valerie Heath stand vor ihnen und betrachtete sie. Sie war verärgert und versuchte nicht, das zu verbergen, aber Neuman wußte, daß sie auch neugierig sein mußte. Sauer und neugierig.

»Fünf Minuten«, sagte sie bissig.

»Ich weiß das zu schätzen, Miss Heath«, sagte Neuman schnell, während er Paula um einen mit Zeitschriften und Zeitungen bedeckten Kaffeetisch zu einem Sofa an der Wand gegenüber der Küche führte. »Wirklich, wirklich.« Sie setzten sich.

Valerie Heath beugte sich vor und nahm eine Schachtel Zigaretten vom Kaffeetisch; sie zündete die Zigarette mit einem kleinen Sportwagen an. Wenn man auf den Kofferraum drückte, flog die Motorhaube auf, und man sah Zünder und Flamme.

Sie drehte sich um und nahm einen Stuhl von einem Tisch aus Chrom und Glas neben der Bar. Die Shorts ihres Anzugs waren auf der Sitzfläche leicht angeschmutzt, alte Flecken, die sich nicht mehr herauswaschen ließen, und die schlaffen Beine der verbeulten Shorts zeigten zuviel davon, wie sie an diesen Stellen gebaut war, mehr, als sie jemanden sehen lassen wollte. Aber im Augenblick lag ihr nichts ferner als dieser Gedanke. Sie setzte sich ihnen auf der anderen Seite des Kaffeetischs gegenüber; sie war nicht nur sauer und neugierig, sie war nervös. Sie zog an der Zigarette und hielt sie dann in der rechten Hand, den Ellbogen auf den anderen Arm gestützt, der quer über ihrem Magen lag. Neuman bemerkte, daß ihre Fingernägel kurz und der mattrote Lack abgeblättert war.

»Wie lange hat Miss Synar mit ihnen zusammengewohnt?« fragte Neuman rasch, gleich zur Sache kommend und sehr bemüht, ihrem offensichtlichen Wunsch zu entsprechen, sie so schnell wie möglich loszuwerden.

»Zwei Jahre.«

»Genau?«

»Was?« Sie starrte ihn an.

»Genau zwei Jahre?«

»Ja«, sagte sie säuerlich, falls er es wagen sollte, diese Tatsache anzuzweifeln. »Genau.«

»Miss Aldridge hat sich in Los Angeles und New York erkundigt«, sagte Neuman. »Dort gibt es keine Synars.«

Valerie Heath sah Paula an und zuckte mit den Schultern. Nicht ihr Problem.

»Wo hat sie gearbeitet, als sie bei Ihnen wohnte?« Neuman hatte sein Notizbuch herausgezogen und tat so, als mache er sich Notizen.

»Wissen Sie nicht, wo sie gearbeitet hat?«

»In unseren Antragsformularen«, sagte Neuman mit einem tiefen Seufzer, der ungeduldige Müdigkeit darüber ausdrücken sollte, daß er ihr Erklärungen geben und sie in Schwung bringen mußte, »werden unsere Policeninhaber aufgefordert, Name, Adresse, Arbeitsplatz, Geburtsdatum und Sozialversicherungsnummer des Begünstigten aufzulisten. Nun, da diese Police vor beinahe acht Jahren ausgestellt und niemals auf den neuesten Stand gebracht wurde – die Leute bringen sie nie auf den neuesten Stand, sie sollten, aber sie tun es nicht –, war alles darin hinfällig bis auf ihr Geburtsdatum und ihre Sozialversicherungsnummer. Okay? Also mußten wir bei Null anfangen. In den letzten paar Wochen sind wir bis hier gekommen, bis hierher zu Ihnen. Und Sie sagen, Sie hätten sie seit fast zwei Jahren nicht mehr gesehen. Wenn Sie wüßten, wo sie damals gearbeitet hat, würden wir da vielleicht jemanden finden, der ihr nahestand und möglicherweise mehr darüber weiß, wo sie sein könnte, oder der eventuell sogar noch mit ihr in Verbindung steht.«

Valerie Heath betrachtete ihn. Sie hatte ein Bein über das andere geschlagen und wippte vorsichtig damit; die Zellulitis hatte Grübchen in die Unterseiten ihrer erschlafften Schenkel gegraben. Wenn Neuman richtig riet, dann war sie im Augenblick äußerst verwirrt, und er glaubte nicht, daß es ihr gelingen würde, sich in dem Puzzle zurechtzufinden.

»Und sie sind ihrer Spur bis hier nachgegangen«, sagte sie steif, steckte die Zigarette achtlos in den Mund und zog daran.

Neuman nickte gemächlich.

Sie sah ihn an, und ihre Augen waren ausdruckslos vor Zorn.

»Sie sagten Miss Aldridge, damals hätte noch eine andere Frau mit ihnen gelebt«, sagte Neuman. »Ist sie noch bei Ihnen?«

»Nein.«

»Wo ist sie?«

»Sie ist umgezogen.«

»Oh. Nun gut, wissen Sie, wohin sie gezogen ist? Vielleicht weiß sie, wohin Miss Synar gegangen ist, als sie hier auszog.«

»Ich weiß nicht,wo sie ist.«

Neuman nickte. »Wie hieß sie?«

Diese letzte Frage schien Valerie Heath auf den Siedepunkt zu bringen.

»Verdammt, hören Sie mal, ich hab nicht die geringste Ahnung, wer Sie sind«, sagte sie. »Sie kommen hier einfach rein...« Frustriert schüttelte sie den Kopf. »Zeigen Sie mir noch mal diesen Ausweis.«

»Aber natürlich«, sagte Neuman, und er nahm ihn erneut aus der Tasche, stand auf und beugte sich über den Kaffeetisch, um ihn ihr zu geben. Diesmal las sie die Karte wirklich, was sie natürlich nicht getan hatte, als Neuman sie ihr zum ersten Mal gezeigt hatte. Während sie den Ausweis beäugte, stieß Neuman Paula mit dem Knie an und tippte auf die Postadresse auf einer der Zeitschriften, die mit dem Rücken nach oben auf dem Kaffeetisch lag.

Nachdem sie den Ausweis einen Augenblick studiert hatte, hielt Valerie Heath ihm Neuman hin, stand aber nicht auf. Neuman erhob sich erneut und nahm ihn wieder an sich.

»Ich werde Sie überprüfen, Mister«, drohte Valerie Heath, und ihre Lippen zitterten vor Erregung. »Morgen rufe ich an... Ich werde Sie überprüfen, Mister. Und Fragen beantworte ich keine mehr.«

»Miss Heath«, sagte Neuman langsam. »Bitte, ich kann Ihnen versichern...«

Valerie Heath sprang auf die Füße und verlor dabei beinahe das knappe Oberteil ihres Anzugs, das sie schnell an den Seiten wieder hochzog.

»Verdammt, raus hier«, sagte sie. Sie zitterte, ihre Augen blitzten wütend, ihr Zorn verriet etwas mehr als Feindseligkeit.

Neuman und Paula standen auf, und Neuman wollte noch etwas sagen, aber Valerie Heath war schneller.

»Raus hier!« Sie wies mit einem ledrigen Arm auf die Vordertür, und eine Spur von Zigarettenasche folgte ihrer Bewegung.

»Schauen Sie, ich entschuldige mich, falls ich Sie gekränkt habe« – Neuman hielt das Muster auf dem ganzen Weg zur Tür aufrecht –, »aber ich mußte diese Fragen stellen. Ich meine, das gehört einfach zu meinem Job. Wir müssen das tun, wenn wir helfen wollen...«

Sie waren draußen, und Valerie Heath schlug die Tür hinter ihnen zu.

Sie gingen durch den Sprühnebel des Sprinklers, der noch immer zischte, auf der Einfahrt zurück.

»Was hatten Sie für einen Eindruck?« fragte Neuman, als sie in den Wagen stiegen.

»Tja, zunächst war es ein totaler Reinfall. Sie hat uns nicht ein Fitzelchen Information gegeben, das wir nicht bereits gekannt hätten.«

»Ja, aber welchen Eindruck hatten sie von ihrer Reaktion auf diese ganze Sache mit Colleen Synar?«

Paula dachte eine Sekunde nach. »Erschrocken. Ja, Sie schien regelrecht Angst zu haben. Und sie war durcheinander.«

»Ja, das dachte ich auch«, sagte Neuman und ließ den Wagen an. »Und mir fiel auf, daß sie nicht drohte, die Polizei zu holen, wenn wir nicht verschwinden würden.« Er schaltete die Scheinwerfer ein und fuhr am Haus vorbei. Als er die Kreuzung erreichte, wo die Straße auf das Festland führte, wendete er und fuhr zurück.

»Was soll denn das?« sagte Paula. »Sie wollen doch nicht wieder...«

»Warten Sie bloß eine Sekunde«, sagte er zu ihr. Er schaltete die Scheinwerfer aus, ehe er das Haus wieder erreichte, glitt vorbei und wendete am Ende der Straße. Er fuhr an den Rinnstein und parkte hinter einem von mehreren anderen Wagen zwischen seinem und dem von Valerie Heath. Er stellte den Motor ab.

»Ich glaube, wir haben wirklich an ihrem Käfig gerüttelt«, sagte Neuman. »Haben Sie den Namen auf dem Adreßzettel der Zeitschrift gesehen?«

»Irene Whaley.«

Neuman nahm das Funkgerät und gab das Nummernschild der Corvette an die Zentrale durch. Paula kurbelte ihr Fenster herunter und fächelte sich mit dem Oberteil ihres Kleides Luft zu. Die Nacht war schwül geworden, und die stehende Luft brachte gelegentlich Wellen von starken Hafengerüchen mit sich. Als die Antwort wegen der Autonummer kam, lauschten sie beide. Sie gehörte einer Frances Rupp, gleiche Adresse.

Paula sah Neuman an. »Was, zum Teufel, geht da vor sich?«

Neuman schüttelte den Kopf, während er das Haus beobachtete. »Ich weiß nicht.« Und dann: »Okay, auf geht's.«

Valerie Heath kam eilig durch den Vorgarten gelaufen. Sie trug noch immer ihren alles andere als wundervollen Anzug, rauchte noch immer wütend, und sie trug eine Tasche mit Schultergurt. Sie hörten das Tschilpen der Alarmanlage des Autos, als sie sie mittels des Knopfes an ihrem Schlüsselbund ausschaltete, und binnen weniger Sekunden war sie im Wagen und verließ die Einfahrt.

»Folgen wir ihr?« fragte Paula.

Sie sahen zu, wie ihre Rücklichter kleiner und kleiner wurden.

»Sie sollten los, Casey, sie ist ...«

»Ich werde ihr nicht folgen«, sagte Neuman, nahm seine Krawatte ab, zog die Jacke aus und warf beides auf den Rücksitz. Er krempelte seine Hemdsärmel auf. »Ich gehe auf die Rückseite des Hauses und hole mir ihren Müll. Warten Sie an der linken vorderen Hausecke auf mich. Wenn Sie mich sehen, biegen Sie in die Einfahrt ein.«

32

Sie verließen den Gulf Freeway, als sie die Vororte rund um Clear Lake weit hinter sich gelassen hatten und Houston noch immer nicht mehr war als ein Lichtschimmer am nächtlichen Horizont. Neuman fuhr die Zubringerstraße entlang, bis er eine unbefestigte Straße erreichte, die zu nichts weiterem zu führen schien als zu meilenweiter, flacher Dunkelheit an der flachen Küstenebene. Er bog ab, fuhr ungefähr hundert Meter weit, bis die ungleichmäßigen Spurrillen leicht abfielen und hohe Federbüsche und Gräser sie vor dem Highway versteckten.

»Okay«, sagte Neuman und schaltete den Motor ab. »Wenn Sie die Taschenlampe halten, mache ich die Dreckarbeit.«

Sie stiegen aus dem Wagen, und Neuman öffnete den Kofferraum und holte zwei große Plastiktüten mit Müll heraus, die er an den Wegrand stellte. Er nahm ein Paar Chirurgenhandschuhe aus einer Schachtel, die er im Kofferraum aufbewahrte, zog sie an und ging hinüber zu den Plastiktüten.

»Wenn sich das nicht auszahlt, bin ich sauer«, sagte er. Er bückte sich und riß die erste Tüte auf. Er begann, sie in eine der sandigen Fahrrillen des Weges zu tragen, und trat zurück, als er den Inhalt ausschüttete. Die heißen, feuchten Tage hatten alles, was sich in den Müllsäcken befand, gedünstet, und der Gestank war entsetzlich. Paula hielt sich die Nase zu und stellte sich rasch auf die windabgewandte Seite des Abfalls. Neuman trat einen oder zwei Schritte in das hohe Gras, fand einen Stock, stocherte damit den Müll auseinander und machte sich an die Arbeit.

Durch das Gras wehte eine leichte Brise von der Küste her, doch sie war warm und klebrig und reichte nicht aus, um den Gestank dessen davonzutragen, was Neuman mit seinem Stock durchwühlte. Und sie genügte auch nicht, um die Unmengen von Moskitos zu vertreiben, die sie rasch gefunden hatten. Der Frühlingsregen hatte diesen Insekten ausreichend Tümpel, Pfützen und Schlammlöcher geliefert, um sich pestartig zu vermehren, und binnen Minuten schwärmten sie umher wie dichter Nebel. Paula schlug wütend nach ihnen, fluchte und zappelte herum, während Neuman sich durch den Müll arbeitete. Nach zehn Minuten blickte er auf.

»Paula, wenn Sie die verdammte Taschenlampe nicht ruhig halten, kann ich das hier nicht tun«, sagte er mit leicht erhobener Stimme.

»Wir müssen uns einfach etwas anderes ausdenken. Das hier wird *nicht* funktionieren.« Sie wand sich. »Die fressen mich *auf!*«

»Schön«, sagte Neuman und wandte sich wieder der Durchsuchung des Mülls zu. Mit seinem Stock drehte er Papierfetzen um. Hin und wieder nahm er etwas Zerknittertes auf und faltete es auseinander, oder er trennte klebrige Dinge oder löste durchweichte Papiere von Büchsen oder Wachskartons. Wenn etwas darauf gedruckt war, hob er es auf und sah es sich an; wenn er etwas nicht identifizieren konnte, schaute er es sich ebenfalls näher an. Da er seine Hände nicht benutzen wollte, um die Insekten zu vertreiben, zog er alle paar Augenblicke den Kopf ein und wischte die Moskitos auf seinem Gesicht mit den Hemdsärmeln weg. Weder er noch Paula sprachen. Sie wollten es nur so schnell wie möglich hinter sich bringen.

Es kam ihnen wie eine Stunde vor, aber es dauerte nur etwas über zwanzig Minuten seit dem Aussteigen, bis Neuman sagte: »Das war's.« Paula hielt die Lampe, während Neuman hastig seinen Fund aus dem verstreuten Müll zu dem geöffneten Kofferraum des Wagens trug, wo er ihn in eine Plastiktüte für Beweismittel steckte. Er schälte sich aus den Gummihandschuhen und warf sie zu Boden, nahm ein neues Paar, schlug den Deckel des Kofferraums zu, und beide rannten zu den Türen des Wagens, stiegen ein und schlossen sie.

»Das war ein Fang«, sagte Neuman begeistert. »Ich glaube, da ist was bei rausgekommen, etwas Gutes.«

»Herrgott, hoffentlich.« Paula fuhr sich mit den Fingern durch das Haar. Sie nahm die Gummihandschuhe und zog sie an. »Lassen Sie mich die Tüte sehen«, sagte sie.

Neuman reichte sie ihr, und Paula öffnete das Handschuhfach, schaltete die Taschenlampe wieder ein und legte sie auf die geöffnete Klappe. Neuman nahm sein Notizbuch und griff nach einem Kugelschreiber in seiner Hemdtasche.

Vorsichtig zog Paula den ersten Gegenstand aus der Tüte, beugte sich vor und hielt ihn in den Lichtstrahl der Taschenlampe.

»Okay, wir fangen mit den größten Stücken an, den Umschlägen.

Es sind drei. Einer von Gulfstream National Bank and Trust. Sieht aus, als seien Kontoauszüge dringewesen. So einer mit einem kleinen Fenster drin, so daß wir nicht wissen, wer der Empfänger war. Der zweite von Secure Maintenance Services, aber der ist nicht mit der Post gekommen. Mit Filzschreiber steht ›Doris W.‹ auf dem Umschlag. Vielleicht hat sie darin etwas nach Hause gebracht.«

»Sollte dann nicht ihr Name auf dem Umschlag stehen? Glauben Sie, daß sie dort arbeitet?«

»Im Büro vielleicht, Casey«, sagte sie, ließ die Hand in den Schoß fallen und richtete sich auf. »Ich zerfließe. Da wir wegen der verdammten Moskitos die Fenster nicht öffnen können, können wir nicht wenigstens die Klimaanlage einschalten?«

Neuman ließ den Wagen an, stellte die Klimaanlage auf volle Leistung und griff wieder nach seinem Stift.

Paula fuhr fort: »Drittens: von Excell Executive Secretarial Services, auf der Außenseite steht mit Bleistift ›Olivia M.‹ geschrieben.«

»Gleiche Handschrift?«

»Sieht nicht so aus.«

Neuman nickte und schrieb.

»Okay«, fuhr Paula fort. »Quittungen.« Sie schlug einen Moskito auf ihrem Arm. »Ein paar von den kleinen Biestern sind in diesem Wagen.« Sie kratzte sich heftig an dem Stich. »Eins: von Total Detailing, einer Autowaschanlage drüben am Bay Area Boulevard.«

»Die Corvette muß ja in Form bleiben«, sagte Neuman.

»Ja. Zwei: diese ist von – oh, das wird Ihnen gefallen, Casey – Victoria's Secret in der Baybrook Mall.«

»Toll. Was hat sie gekauft?« fragte Neuman, noch immer schreibend.

»Vier Spitzen-BHs und passende Panties in Champagner und gerösteten Mandeln...«

»Was?«

»Champagner und geröstete Mandeln. Das sind die Farben.«

»Wow, nicht rot und schwarz?« Er zerquetschte einen Moskito auf seinem Notizblock.

»Und einiges andere Zeug...«, sagte Paula, legte die Quittung beiseite und nahm den nächsten Zettel. »Das ist ein... eine Quittung für Rasenpflege. Das nächste ist ein...«

Sie gingen den Rest der Papierfetzen durch, unter anderem Quittungen einer Apotheke, einer Wäscherei, eines Schnapsladens und eines Lebensmittelgeschäfts und mehrere Zettel mit Gekritzel darauf, darunter drei verschiedene Telefonnummern und der Name »Don C.«, der so dekorativ verschnörkelt war – vielleicht während eines Telefongesprächs –, daß man ihn schwer entziffern konnte.

»Das war alles«, sagte Paula und schob den letzten Zettel wieder in die Plastiktüte. Sie kratzte sich am Arm. »Verdammt, verschwinden wir von hier.«

»Wir sollten besser Graver anrufen.«

»Das mache ich unterwegs. Los, fahren wir.«

»Wollen Sie zuerst bei Sheck vorbeifahren?«

»Was!« Paula sah mit Hilfe der Taschenlampe auf ihre Armbanduhr. »Wollen Sie...? Es ist nach ein Uhr, um Gottes willen. Kommt nicht in Frage. Ich bin erschöpft, wirklich, wirklich müde.«

»Ja, aber ich würde gern wissen, ob die reizende Ms. Heath dorthin gefahren ist. Es ist gleich da drüben«, sagte er und zeigte Richtung Highway. »Nassau Bay...«

»Ich weiß, wo es ist, Casey...«

»Okay, okay.« Neuman erschlug einen Moskito in der Nähe seines Ohrs, legte den Rückwärtsgang ein und wandte sich um, den rechten Arm über die Rückenlehne gelegt.

»Warten Sie. Was ist mit dem Müll?« fragte Paula.

Neuman sah sie verblüfft an. »Ich recycle zu Hause – Zeitungen, grünes Glas, weißes Glas, Büchsen. Ich kaufe Plastik nur, wenn ich muß. Ich bin mit einem Mädchen zusammen, das zum Einkaufen im Supermarkt seine eigene Stofftasche mitnimmt. Mein Gewissen ist rein.«

Er drehte sich wieder um, ließ den Motor aufheulen und setzte über Valerie Heath' Müll zurück. Er wurde erst wieder langsamer, als er die Zufahrtsstraße erreicht hatte, wo er wendete und mit röhrendem Motor auf den Asphalt glitt.

»Kurbeln Sie die Fenster runter«, sagte er, an seinem eigenen

Fenstergriff drehend, so schnell er konnte. »Wir werden die kleinen Scheißer rauspusten.«

Und das taten sie auch auf dem ganzen Rückweg in die Stadt.

»Also, wir haben das Treffen mitbekommen«, sagte Arnette.

Graver war beim ersten Läuten ans Telefon gegangen. Er hatte soeben über Funk mit Paula gesprochen, erfahren, was sie getan hatten, und daß sie auf dem Rückweg waren. Aber sie kamen nicht ins Büro zurück. Neuman würde Paula bei ihrem Auto auf dem Parkplatz absetzen. Sie würden sich früh am nächsten Morgen zusammensetzen.

»Was ist passiert?« fragte er.

»Er traf sich mit einer Person, einem Mann von Ende Fünfzig bis Anfang Sechzig. Ich bin relativ sicher, daß wir gute Fotos haben, aber ich fürchte, mit den Tonaufnahmen ist das so eine Sache...«

»Warum? Was ist los?«

»Sie trafen sich im Transco-Tower-Park und gingen schnurstracks zum Brunnen. Stellten sich direkt an das Auffangbecken des Wasserfalls und hatten eine nette Unterhaltung von zweiunddreißig Minuten.«

»Ich krieg' 'nen Affen.«

»Tja. Keine Dummköpfe. Nicht nur das, Burtell hat meine Leute wie verrückt durch die Stadt kurven lassen. Der Mann verfügt entschieden über eine gute Technik.«

»Das überrascht mich nicht weiter. Wo ist er jetzt?«

»Sieht so aus, als wollte er nach Hause. Sie sind noch unterwegs, aber danach sieht es aus.«

»Konntet ihr die Mikros bei ihm zu Hause anbringen?«

»Ja, aber erst, nachdem er zu seinem Treffen gefahren war. Ich mußte eine Menge Leute einsetzen. Die Logistik war nicht einfach.«

»Okay, gut. Ich weiß das zu schätzen.«

»Das mit Besom ist ganz schön merkwürdig«, sagte sie. »Bist du sicher, daß sie eine zweite Autopsie machen werden?«

»Das hat man mir gesagt.«

»Was denkst du?«

»Verdammt, was soll ich schon denken? Als purer Zufall sind die beiden Todesfälle schwer zu schlucken, aber jedesmal, wenn ich über die Alternativen nachdenke... tja, was dabei herauskommt, ist genauso unerhört.«

Arnette schwieg einen Moment und sagte dann: »Marcus, hör mir zu. Verstehen zu wollen, was die bösen Buben dieser Welt tun, ist, als schaue man sich die Sterne an. Bis man ihr Licht sieht, ist schon alles vorbei, Vergangenheit, und sie sind schon lange zu etwas anderem übergegangen. Alles, was dir bleibt, ist der Beweis für das, was sie vor einer Million Jahren getan haben. Du kannst nicht warten, bis du alle Fakten hast, ehe du anfängst, Dinge auszutüfteln, Baby. Du mußt deine Phantasie gebrauchen, wenn du dir über die Physik der Schändlichkeit klarwerden willst.« Wieder schwieg sie kurz. »Glaub mir, alles, was du dir nur ausdenken kannst, wie unerhört auch immer, passiert bereits. Die Sache ist bloß die, daß die meisten Leute das noch lange nicht kapieren werden. Und genau darauf zählen diese Bastarde.«

Jetzt war es an Graver, den Mund zu halten, und als er endlich sprach, fiel ihm nichts anderes ein als: »Wann kann ich die Bilder sehen?«

»Möchtest du morgen früh vorbeikommen?«

»Um welche Zeit?«

»Halb acht?«

»Ich werde da sein.«

33

»Kann keine besonders große Versicherungsgesellschaft sein«, sagte sie und warf ihre vierte Zigarette ins Wasser. Sie saßen auf dem Deck einer der Werften, die Beine über dem Wasser hängend, und schauten über die Bucht auf einen der Yachthäfen, die Lichterschnüre, die über die Masten der Segelboote drapiert waren, die leicht anders gefärbten Lampen auf den Docks des Hafens. »Ich habe die Auskunft angerufen, und sie war nicht eingetragen. Kann keine *große* Gesellschaft sein.«

Sie griff nach dem Päckchen neben ihr und nahm eine weitere Zigarette heraus.

»Hier, gib mir eins von den verdammten Dingern«, sagte er. Er haßte es, sie so zu sehen. Es bedeutete lediglich mehr Schwierigkeiten für ihn, jedesmal.

»Ich glaube, sie waren Polizisten«, sagte sie und blies Rauch in die weiche Brise.

»Bloß, weil es um Synar ging?«

»›Bloß‹?« Sie drehte sich um und sah ihn an. Er trug nur Jeans, kein Hemd, keine Schuhe. Sie hatte den Auftragsdienst angerufen, den sie benutzten, und er hatte sie gleich zurückgerufen. Sie nahm an, daß sie ihn aus dem Bett geholt hatte. Lieber hätte sie ihn sich *ins* Bett geholt. Sie vermutete, daß er einfach in seine Jeans geschlüpft und so gekommen war. »Als sie den Namen zum ersten Mal erwähnte, habe ich mich kaum daran erinnert. Dann schließlich doch.«

»Bist du sicher, daß du ihnen nichts gesagt hast?«

»Kein verdammtes bißchen.«

Er rauchte die Zigarette, auf die Kante des Piers gestützt, und ließ die Füße baumeln. Er konnte das Brummen der großen Schiffe draußen in der Bucht hören. Gott, wie gern er diese Schiffe hörte.

»Wenn sie Polizisten waren, dann verstehe ich nicht, warum sie nach Synar suchen«, sagte er. Der Probst-Fall war seit über einem Jahr abgeschlossen. Was war da im Gange?

»Was, wenn es wirklich eine Colleen Synar *gibt?*«

»Nein«, sagte Don. Faebers Leute hätten sich darum kümmern sollen. Jetzt fragte er sich, ob sie es getan hatten. Der schmierige Grieche würde davon unterrichtet werden müssen.

Don kratzte sich mit dem Daumen in den Haaren auf seinem Bauch. Sie sah ihn an. Don war immer ruhig. Er war so ein Macho. Einige Typen machten auf macho, trugen das wie ein Parfum, legten es an, bevor sie ausgingen, und wuschen es hinterher unter der Dusche ab. Aber Don C. machte nie auf etwas. Er *war* ein Macho und schien es nie auch nur zu bemerken, was auf Frauen wie sie wie Katzenminze wirkte. Er war einer der Männer, die in jeder Situation immer wußten, was zu tun war. Es machte sie feucht, bloß neben ihm zu sitzen.

»Na ja«, sagte er, »reg dich nicht zu sehr darüber auf. Wenn sie wiederkommen – was ich nicht glaube –, aber wenn sie wiederkommen, bleib einfach bei deiner Geschichte. Dagegen können sie nichts tun, du kannst nicht in Schwierigkeiten kommen, solange du nicht mehr erfindest, als du ihnen schon gesagt hast. Bleib einfach bei deiner Geschichte.«

Das war untertrieben, aber sie brauchte sich in dieser Situation nicht über all die Was-wäre-Wenns aufzuregen.

Heath wußte nichts über die Vereinbarungen mit dem Police Department oder über diese ganze Operation, sie wußte nicht einmal, daß sie existierte. Alles, was er ihr damals gesagt hatte, war, wenn jemals jemand nach Colleen Synar fragen sollte, solle sie ihm genau das sagen, was sie anscheinend auch gesagt hatte. Andererseits war entschieden worden, daß sie *seinen* wirklichen Namen benutzen würden. Der Grieche hatte ihm gesagt, er sei hundertprozentig gedeckt, falls sie in irgendeinem unvorhergesehenen Fall beweisen mußten, daß sie eine wirkliche Person hatten, um die Information mit Fleisch und Blut zu untermauern; dann sollte er diesem Zweck dienen. Darin war er gut, er konnte damit umgehen. Natürlich bekam er einen Bonus dafür, daß sie für dieses »entfernte Risiko« seinen Namen verwendeten. Eine einmalige, dicke Belohnung. Jetzt sah es so aus, als sei diese unvorhergesehene Eventualität geschehen. Er würde wirklich ernsthaft darüber nachdenken müssen. Es war Zeit, mit dem verdammten Griechen zu reden. Wenn er nicht wußte, was da lief, dann sollte er besser seinen fetten Arsch in Bewegung setzen und es herausfinden. Wenn er wußte, was vorging, dann wollte der alte Don C. wissen, warum er nicht gewarnt worden war.

»Ich bin nicht dafür verantwortlich, daß es sie nicht gibt«, sagte Heath.

»Nein, zum Teufel, nein«, sagte Don mitfühlend. »Sag ihnen einfach, sie sollten sich verpissen.« Er warf das, was von der Zigarette übrig war, zwischen seinen nackten Füßen ins Wasser.

Sie schwieg eine Weile, und das Wasser schwappte träge gegen die Pfosten unter ihnen.

»Ich sag' dir was«, sagte sie und warf jetzt ihre eigene Zigarette ins Wasser, »lange Zeit habe ich bloß das Geld genommen und nicht darüber nachgedacht. Ich meine, es ist nicht, als würden wir hier mit Drogen handeln. Ich sollte nicht hochgehen. Und das Geld war so verdammt gut, weißt du, unglaublich. Aber ich weiß nicht, das jetzt...«

»Warum, was ist los?«

Es gefiel ihm nicht sonderlich, wie das klang. Sie hatten etwas über zwei Jahre zusammengearbeitet, und alles war bestens gewesen. Er hatte nie zugelassen, daß sie mehr erfuhr als seinen offensichtlich falschen Kontaktnamen. Sie wußte nicht, wo er wohnte, nicht einmal, welchen Wagen er fuhr. Sie war immer in der Lage gewesen, alles zu bekommen, was er verlangt hatte. Sie war helle genug, den Sicherheitsvorkehrungen zu folgen, die er ihr beigebracht hatte, und sogar helle genug, ihr eigenes kleines Netz auszuweiten – die Pyramidenidee des Anschaffens hatte sie rasch begriffen –, aber sie war nicht um das kleine Bißchen schlauer, das es brauchte, um ihm Schwierigkeiten zu machen, um allzu neugierig zu sein. Vielleicht lag es auch bloß daran, daß sie zu passiv war. Sie war ziemlich leicht einzuschüchtern.

»Rückblickend«, sagte sie, »wenn ich es noch einmal machen müßte und du mich bitten würdest, diese Synar-Sache zu decken, würde ich es nicht tun.«

Manchmal hört sie sich an wie ein Schulmädchen, dachte er.

»Ich denke, daraus kann ich dir keinen Vorwurf machen«, sagte er.

»Wirklich?«

Sie schien überrascht darüber, daß er anscheinend verstand. Er schaute auf das Wasser nieder, auf seine weißen Füße im Zwielicht, auf das Wasser, das sich unter ihnen bewegte, vor und zurück, vor und zurück um die Pfosten herum. Er mochte den Geruch von Piers, die Art, wie sie nach all den vielen Jahren rochen, die sie im Salzwasser standen, die Leute Fische auf sie hatten plumpsen lassen, Köder auf ihnen zurechtgeschnitten und Bier auf ihnen verschüttet hatten, die Sonne das alles gebraten und getrocknet hatte, und immer das Salzwasser. Diesen Geruch, genau diesen Geruch roch man sonst nirgends auf der Welt, nur auf Piers. Er hatte bemerkt, daß alle Piers in all den Ländern, in denen er gewesen war, gleich rochen.

»Ich kann einfach nicht anders, ich muß mich dauernd fragen, was sie damit tun«, sagte sie.

»Was?«

»Mit dem Zeug, das wir ihnen besorgen.«

Er hatte gemeint: Was hast du gesagt? denn er hatte vor sich hin geträumt und ihr nicht richtig zugehört. Aber er kam selbst drauf.

»Oh.« Er richtete sich auf und atmete tief ein. »Ich sage dir, wenn ich du wäre, würde ich diese Frage nicht stellen.«

Sie wartete eine Sekunde. »Aber ich würd's gern wissen.«

»Also, ich möchte es nicht wissen«, log er. »Ich gebe es einfach weiter, nehme das Geld und halte den Mund. Ich will ein bißchen deutlicher werden. Bei den Leuten, an die ich es weitergebe, willst du gar nicht, daß sie wissen, daß du dir diese Frage stellst.«

»Ich vermute, daß es um großes Geld geht«, sagte sie. »Kleinen Leuten wie uns geben sie sicher keine Prozente bei einer Operation wie dieser, also wenn ich verdiene, was ich verdiene ... und wenn du annimmst, daß es mehr Leute wie uns gibt ...« Sie schüttelte den Kopf. »Ich meine ... Gott.«

Er ließ das einen Moment bei ihr einsickern.

»Worüber du nachdenken mußt, Val, ist, wo du wärst, wenn diese Sache nicht gekommen wäre.«

»Was meinst du?«

»Ich meine, daß du darüber nachdenken mußt, was, zum Teufel, aus dir wird, wenn diese Quelle vertrocknet.«

»Warum muß ich darüber nachdenken?«

»Weil du dich dauernd fragst, was sie mit den Informationen tun, die du ihnen gibst«, sagte er, »und du verflucht schnell aus diesem Geschäft raus sein könntest.«

Das war ernüchternd für sie, nicht nur, weil die Aussicht, auf die er anspielte, in der Tat unangenehm war, wie sie zugeben mußte, sondern auch, weil es eine kaum verhüllte Drohung war. Wenn sie in den zwei Jahren, in denen sie dies tat, etwas gelernt hatte, dann, daß jemand bei der Planung der Struktur der »Organisation« einen tollen Job geleistet hatte. Sie bezahlte ihre Leute immer bar, und sie selbst wurde auch immer bar bezahlt, obwohl es sich um beträchtliche Summen handelte. Sie kannte von niemandem bei der ganzen Operation die wirkliche Identität, ausgenommen die Leute unter ihr, die sie selbst rekrutiert hatte. Aber aus kleinen Schnipselchen hier und da bei ihren Gesprächen mit Don in den zwei Jahren hatte sie entnommen, daß es vielleicht ein halbes Dutzend Leute gab, mit denen Don im Geschäft war, und daß es vielleicht ein halbes Dutzend Leute wie Don gab, mit denen der Mann über ihm im Geschäft war. Sie konnte sich nicht einmal vorstellen, wie weit das ging.

»Die Sache ist die«, sagte Don und unterbrach damit ihre Gedanken, »keiner ist unentbehrlich. Sie besorgen sich einfach jemand anderen. Wir tun unsere Arbeit, machen die Lieferungen, nehmen das Geld, und dann gewöhnen wir uns an das Geld. Wenn wir irgendwelche Schwierigkeiten machen, trocknet alles aus, weil sie verdammt keine Schwierigkeiten gebrauchen können. Kein Don C. mehr. Die Nummer, die du anrufst? Sie verschwindet, sie existiert einfach nicht mehr.« Aus dem Augenwinkel sah er, daß sie ihn wieder anschaute. »Sie brauchen es nur zu sagen, und es passiert.«

»Ach, Don, ich hab' mich ja nur gewundert«, sagte sie rechtfertigend. »He, mir ist alles egal außer dem, was ich tue. Es ist mir ganz egal ... alles, außer es einfach zu tun. Meinen Job erledigen, das ist alles, was ich will.«

»Gut«, sagte er. »Es ist das dickste Geld, das du je verdient hast, und wenn das versiegt, verdienst du nie wieder so viel, nicht mal, wenn du Dope verkaufst.« Er ließ die Beine heftiger schwingen und gab ihr damit gewissermaßen eine Veränderung der Gangart oder des Themas zu verstehen. »Wie gefällt dir deine neue Corvette?«

»Woher weißt du, daß ich ein neues Auto habe?«

»Ich hab' dich darin herkommen sehen, Schätzchen«, sagte er grinsend.

»Oh, ja«, antwortete sie, irgendwie nicht ganz überzeugt. »Es ist toll.« Sie versuchte, heiterer zu wirken, ihn tatsächlich wissen zu lassen, daß sie an das andere nicht mehr dachte. »Es riecht so verdammt neu. Am liebsten hätte ich jedesmal, wenn dieser Geruch verschwindet, ein neues Auto.«

»Ach geh, du kannst diesen Geruch in einer kleinen Sprühdose bei der Autowaschanlage kaufen«, sagte er.

»Tja, das habe ich schon probiert. Es ist nicht das Wahre.«

»Wie fährt er sich?«

»Hast du nie eine Corvette gefahren?«

»Nein.« Er sah sie an, grinsend.

»Tja, dann hast du was verpaßt, Donny. Es ist besser als Sex.« Pause. »Also, jedenfalls genausogut.« Pause. »Fast.«

Er lachte und fuhr sich mit der Hand durchs Haar; die Muskeln seines nackten Arms wölbten sich dabei, und sie lachte ebenfalls. Sie wünschte sich, er würde sich zu ihr beugen und ihr einfach das Oberteil ihres Anzugs abstreifen, es einfach herunterziehen und seinen Mund auf sie drücken, und dann würde sie sich zurücklehnen, und er könnte sie gleich hier auf dem verdammten Dock haben. Sie fand, daß es keinen lebenden Mann gab, der so sexy war wie Don C.

Daran dachte sie, als er sagte: »Okay, wir verschwinden besser von hier.«

Sie brauchte eine Sekunde, um von ihrer sexuellen Phantasievorstellung wieder runterzukommen.

»Ja, vermutlich«, sagte sie.

»Du sollst in ein paar Tagen etwas für mich haben, richtig?«

»Stimmt«, sagte sie und stützte sich mit einer Hand ab, während sie aufstand. Er stand ebenfalls auf und rammte die Hände in die Taschen seiner engen Jeans, während sie in ihrer Handtasche nach den Schlüsseln für die Corvette suchte. Sie ging immer als erste. »Ich rufe dich an.«

»Mach dir keine Sorgen«, beruhigte er sie. »Ich glaube nicht, daß die noch einmal zu dir kommen. Ich würde sogar eine kleine Wette riskieren.«

»Behalt dein Geld lieber«, sagte sie und fand die Schlüssel. Sie war ziemlich ernüchtert, weil er ihre Phantasie so abrupt unterbrochen hatte. »Bis demnächst.«

Sie wandte sich um und ging über den langen Pier zurück. Als sie das Licht erreichte, wo der Pier an Land führte, drehte sie sich nach ihm um. Er war noch da, und obwohl sie ihn nicht genau erkennen konnte in der Dunkelheit, sah sie, daß er ihr nicht mehr nachschaute. Tatsächlich glaubte sie, ihn vom Ende des Piers ins Wasser pinkeln zu sehen.

34

Bis Paula und Neuman sich gemeldet hatten – auf ihren Anruf folgte gleich der von Arnette –, hatte Graver mehrmals die CID-Berichte über Victor Last sowie die Verbrechensanalysen gelesen, die detaillierte Vorkommnisse schilderten, welche den Beschreibungen von Lasts bekannten Operationen entsprachen. Es war eine lehrreiche Übung. Er packte ein paar Sachen in seine Aktenmappe, griff nach seiner Jacke, aktivierte das Sicherheitssystem, schaltete die Lichter aus und zog die Tür hinter sich zu.

Während er mit dem ächzenden Aufzug nach unten fuhr, dachte er daran, wie Besoms Tod plötzlich der Ermittlung eine neue Dimension gegeben hatte. Keiner von ihnen, weder Neuman noch Paula noch er selbst, konnten sich jetzt mehr etwas anderes als das Schlimmste vorstellen. Noch immer fühlte es sich an, als durchlebe er einen bösen Traum, wenn er an Burtells Rolle dachte. Das schwerste war jetzt die Entscheidung, ob Dean in Gefahr war oder ob er die Gefahr *darstellte.* Der Gedanke daran fraß an Graver wie ein Magengeschwür.

Seine Bestürzung war einer der Hauptgründe, warum er ein detailliertes Tagebuch über die Entwicklungen und seine Gründe für seine Entscheidungen und Handlungen führte. Er hoffte, präzise Aufzeichnungen würden ihm irgendwie helfen, die Ereignisse zu klären.

Dieses Tagebuch blieb im Computer in einer geschützten Datei, während er zu Hause eine ausgedruckte Kopie aufbewahrte. Ursprünglich hatte er daran gedacht, diese Kopie jederzeit bei sich zu tragen, ein Impuls, der das emotionale Äquivalent der Fötalposition war. Später setzte sich eine gesündere Ansicht durch, und er beschloß, die zweite Kopie zu Hause aufzubewahren. Falls die Ermittlung zunehmend instabil würde, würde er eine dritte Kopie in seinen Safe bei der Bank legen. Das war ein verzweifelter Versuch, seinen Arsch zu decken, und selbst dabei hatte er keine Ahnung, wie weit so etwas bei einer Untersuchung standhalten würde, falls es letztlich dazu kam.

Draußen war die Nacht warm und feucht, und der Geruch von klebrigem Unkraut und Schlamm aus dem Bayou war durchsetzt mit dem durchdringenden Geruch des ölfleckigen Asphalts, der selbst zu dieser späten Stunde noch eine unangenehme Fieberhitze ausstrahlte. Er blieb stehen und schaute über den Bayou auf die Stadt, auf die hohen urbanen Sierras verstreuter Lichter. Er erinnerte sich an Arnettes Bemerkung, der Versuch, den »bösen Buben dieser Welt« zuvorzukommen, sei wie ein Blick auf die Sterne. Wenn man ihr Licht erst sah, war schon alles vorbei. Man mußte seine Phantasie gebrauchen, hatte sie gesagt, um mit der Physik der Schändlichkeit klarzukommen.

Der Piepser an seinem Gürtel vibrierte. Er schob den Schoß seiner Jacke zurück und schaute auf die Nummer hinunter. Er erkannte sie nicht. Doch weniger als ein Dutzend Leute hatten seine neue Nummer, und mit jedem davon würde er reden wollen. Ohne zu zögern machte er kehrt und ging zurück ins Gebäude und zu dem Münztelefon in der Halle. Er stellte seine Aktentasche auf den Boden, warf einen Vierteldollar in den Schlitz und wählte die Nummer. Es läutete nur einmal, bis sich jemand meldete.

»Hier ist Graver.«

»Graver. Gut.« Victor Last klang so kontrolliert wie immer, aber seine Stimme hatte einen Unterton von Eifer. »Ich habe etwas für dich. Ich glaube, das wird dir gefallen. Kannst du mich jetzt treffen, im La Cita?«

»Nicht dort«, sagte Graver. »Wo bist du?«

»Ich bin ziemlich im Norden der Stadt«, sagte Last vage.

»Okay. Es gibt ein kleines italienisches Restaurant namens La Facezia gleich bei der Montrose. Weißt du, wo Renard ist?«

»Ja.«

»Okay, es ist ganz nahe bei dieser Kreuzung, Cerano.«

»Ich werd's finden«, sagte Last und legte auf.

Graver drückte den Hebel des Telefons, warf eine weitere Münze ein und wählte eine andere Nummer. Als Lara sich beim dritten Läuten meldete, war ihre Stimme schlaftrunken.

»Lara, hier ist Graver.«

Pause.

»Ja . . . hallo.«

»Tut mir leid, daß ich Sie aufwecken mußte, aber ich brauche für ein Weilchen Ihre Hilfe.«

»Jetzt?«

»Ja, leider.«

»Ja, okay, natürlich.« Sie war noch immer etwas benommen vom Schlaf. »Äh ... ich brauche ein paar Minuten, um mich anzuziehen«, sagte sie und klang jetzt wacher. »Was ziehe ich an?«

»Irgendwas. Ich treffe mich mit jemandem in einem kleinen Restaurant. Ich möchte bloß, daß Sie uns von der anderen Straßenseite aus beobachten.«

»Oh.«

»Keine große Sache. Ich brauche bloß ein zweites Paar Augen.«

Sie zögerte, als zweifelte sie an der Wahrhaftigkeit dieser Behauptung. »Okay, wo sind Sie?«

»Im Büro.«

»Gut. Ich werde fertig sein, wenn Sie herkommen.«

»Oh, Lara, bringen Sie eine ziemlich geräumige Schultertasche mit.«

Er kam gut voran, da der Verkehr um diese Nachtstunde spärlich war, und als er fünfzehn Minuten später bei ihrem Apartment vorfuhr, erwartete sie ihn an dem kleinen Tor, das aus dem Garten führte, den ihr Apartment mit drei anderen teilte. Sie trug ein ärmelloses Sommerkleid von dunkler Farbe, vielleicht schokoladenbraun, und ihr dichtes Haar war glatt gekämmt, lose zurückfrisiert und am Hinterkopf mit einer Spange zusammengefaßt. Sie trug eine Schultertasche, die sie mit einer Hand festhielt, als sie nach unten griff, um die Autotür zu öffnen.

»Sie sind schnell«, sagte Graver, während sie einstieg und die Tür schloß.

»Gott, ja«, sagte sie, »nachdem ich endlich wach war ... Ich weiß nicht, warum ich so lange gebraucht habe, um einen klaren Kopf zu bekommen. Tut mir leid.«

Ein Hauch von Duft – kein Parfum, etwas Weicheres, so, wie in seiner Vorstellung ihr Körper, ihre Haut riechen mußte – war mit ihr in den Wagen gekommen, und als Graver wieder anfuhr, setzte sie sich auf ihrem Sitz zurecht, legte ihre Tasche zwischen sie und wandte sich ein wenig in seine Richtung, die Beine leicht anwinkelnd. Sie einfach nur neben sich sitzen zu haben, milderte Gravers Erschöpfung ein wenig.

»Waren Sie die ganze Zeit im Büro?« fragte sie. Ihre Stimme klang besorgt, als spüre sie, daß etwas Wichtiges passiert war, seit sie ihn am Nachmittag gesehen hatte.

»Die meiste Zeit«, sagte Graver.

»Okay. Was ist passiert?«

Chronologisch berichtete er von den Ereignissen, die geschehen waren, seit er sie am späten Nachmittag gesehen hatte. Er erzählte ihr von den Ergebnissen seines Treffens mit Neuman und Paula, über das Feldberg-Haus und seinen Inhalt, über Paulas und Neumans Besuch bei Valerie Heath, über Burtells Beschattung und die Fotos, die Arnettes Leute von seinem Treffen mit dem unidentifizierten Mann gemacht hatten. Das einzige, was er aus der Reihenfolge ausschloß, war Besoms Tod, und als er ihr davon berichtete, war ihre Reaktion ähnlich wie die von Paula: ein schockiertes Keuchen und sofortiger Verdacht.

Sie hatte ihn angesehen, aber bei dieser Mitteilung drehte sie sich weg und schaute durch die Windschutzscheibe, sah die Nacht vorüberziehen und war ein paar Augenblicke mit ihren eigenen Gedanken beschäftigt.

»Das wird von Stunde zu Stunde unheimlicher«, sagte sie endlich, noch immer aus dem Fenster schauend. Sie hatte die Arme unter den Brüsten gekreuzt. »Sie glauben natürlich nicht an die Sache mit dem Herzanfall, oder?«

»Ich glaube nicht, daß die Autopsie die ganze Geschichte erzählt.«

»Gott, nein, sicher nicht. Halten Sie es noch immer für richtig, die Sache unter Verschluß zu halten? Nur unter uns vieren und Arnette?«

»Das ist so ungefähr das einzige, wo ich mir sicher bin«, sagte Graver. »Das mache ich richtig, wenn schon sonst nichts.«

»Ich nehme an, Westrate sitzt Ihnen im Nacken?«

»Er ist ganz aus dem Häuschen. Er weiß, daß es schlecht aussehen wird, aber ich versichere ihm dauernd, daß nichts zum Vorschein kommt. Er riecht etwas, und er ist argwöhnisch, aber er weiß nicht, was er dagegen tun soll, außer, mir zu drohen.«

Graver wechselte die Spur. Er hatte in seinen Rückspiegel gesehen, aber nichts entdeckt, was ihm verdächtig erschienen wäre. Und wenn es da jemanden gegeben hätte, so hätte er ihn in diesem spärlichen Verkehr ausgemacht.

»Sie glauben also, daß Besom umgebracht wurde.«

»Ja, das glaube ich«, sagte er.

»Das ist beängstigend«, sagte Lara. »Wirklich beängstigend.«

»Das erschreckende ist, nicht zu wissen, was, zum Teufel, dahintersteckt. Den Grund nicht zu kennen. Wenn ich wüßte, warum, dann würde vielleicht einiges andere einen Sinn ergeben. Ein Motiv wäre wenigstens ein Hinweis darauf, wie die vielleicht denken.«

»›Die‹?«

»Wer, zur Hölle, ›die‹ auch sein mögen.«

Sie fuhren unter dem Southwest Freeway durch. Graver achtete auf alles, die Seitenstraßen, die Parkplätze von Restaurants, Tankstellen, versuchte aber, Lara das nicht merken zu lassen. Plötzlich sah er in allem Verdächtiges.

»Was soll ich für Sie tun?« fragte sie und bewegte sich auf ihrem Sitz. »Wollen Sie, daß ich während dieses Treffens im Auto sitze?«

»Nein, nicht im Auto«, sagte er und richtete seine Gedanken wieder auf den Augenblick. »Ich muß einen Mann namens Victor Last treffen. Vor Jahren, als ich noch Ermittler war, war Last einer meiner Informanten. Er war eine gute Quelle, produktiv, aber ich habe ihn seit acht Jahren nicht mehr gesehen oder von ihm gehört. Letzten Sonntag spät in der Nacht, nachdem die Tortur mit Tisler vorbei war, hat Last mich angerufen. Manchmal tun Informanten das, nach Jahren. Seit seinem Anruf habe ich mich zweimal mit ihm getroffen. Sonntag nacht in einer Kneipe, und gestern nacht erschien er dann vor meinem Haus.«

»Bei Ihrem Haus? Gott. Sie wußten nicht, daß er kommen würde?«

Graver schüttelte den Kopf. »Nein. Und er ist ein intelligenter Mann; er weiß es besser. Die Tatsache, daß er trotzdem kam, macht mir Sorgen. Das hätte er in der Vergangenheit niemals getan. Last behauptet, er sei ›zufällig‹ auf eine Information über ein Sicherheitsleck irgendwo bei der Polizei gestoßen. Meint, es könnte in der CID gewesen sein. Aber in den Details blieb er vage. Ich glaube, daß er mir jetzt etwas mehr Informationen geben will.«

»Aber Sie trauen ihm jetzt nicht sonderlich«, sagte Lara.

»Richtig. Obwohl ich es vielleicht sollte. Ich kann bloß schwer glauben, daß er zufällig zur richtigen Zeit am richtigen Ort ist.«

Sie fuhren auf der Montrose südlich. Nur ein paar Wagen waren auf der Straße, und obwohl kein Regen drohte, war die Feuchtigkeit hoch genug, um die Straßenlaternen mit schwachen, dunstigen Höfen zu versehen.

»Was soll ich also tun?« fragte Lara.

»Ich treffe diesen Mann in einem kleinen Restaurant namens La Facezia.«

»Im Museumsbezirk? Ja, das kenne ich.«

»Alles, was ich wissen will, ist, ob uns jemand beobachtet. Normalerweise wäre das eine heikle Sache. Ich meine, ein Gegenbeschattungsjob. Aber es gibt da eine eigenartige Kreuzung, die uns einen gewissen Vorteil verschafft. Drei Straßen treffen zusammen, grob in Form eines ›K‹, und bilden drei Ecken. Das La Facezia liegt an der unteren Ecke. Direkt gegenüber vom Restaurant, an der dritten Ecke, steht ein altes Ziegelgebäude, ein Apartmenthaus. Zwei Geschosse. Kein Sicherheitssystem – die Haustür ist immer offen.«

Er nahm die rechte Hand vom Steuer und griff nach einem Fernglas, das zwischen ihnen neben ihrer Tasche gelegen hatte. Er reichte es ihr.

»Ich denke, das paßt in Ihre Tasche«, sagte er. »Es ist ein Nachtsichtgerät. Alles wird dadurch grünlich aussehen, aber Sie werden sich daran gewöhnen.«

Sie nahm das Glas, hielt es ans Fenster und schaute hinaus.

»Ich setze sie ungefähr einen Block vom Restaurant entfernt ab. Ich werde Sie von der Straße her beobachten und mich vergewissern, daß Sie sicher zu dem Gebäude gelangen. Ich möchte, daß Sie die Treppe hinaufgehen. Im ersten Stock, gegenüber vom Treppenabsatz, gibt es ein Fenster, das auf die Kreuzung hinausgeht. Sie werden klare Sicht auf den Eingang des Restaurants und die Tische auf dem Bürgersteig haben. Sie sollten auch alle drei Straßen ein ganzes Stück weit überblicken können.«

»Wonach halte ich Ausschau?« fragte sie und steckte das Glas in ihre Tasche.

»Ob irgend jemand herumhängt, vielleicht in Autos. Machen Sie sich Notizen – haben Sie einen Stenoblock? – über die Autos, die Sie sehen, die Zulassungsnummern, wenn Sie können. Beobachten Sie einfach.«

»Und wenn jemand aus einem der Apartments herauskommt und wissen will, was ich da mache?«

»Dann zeigen Sie einfach Ihren CID-Ausweis. Erzählen Sie irgendeinen Quatsch über ›Sicherheit‹ und ›Verbrechensaufklärung‹.«

Sie war still. Er sah sie an, als er an der Kreuzung Main und Mecom Fountains den Fuß vom Gas nahm.

»Ist das für Sie okay?« fragte er.

»Ja, ich bin dabei«, sagte sie, atmete tief ein und sah ihn an.

»Aber...?«

»Kein ›Aber‹... Es ist bloß... na ja«, sagte sie und zog in unterdrückter Überraschung die Augenbrauen hoch, »daß ich das tue, das ist wirklich auf der Kippe, nicht? Ich meine, es klingt so, als würden Sie auf dem letzten Loch pfeifen, nicht?«

»Das ist richtig«, sagte Graver und bog in die dicht von Bäumen bestandene Cerano Street ein. »Genauso ist es.«

35

Graver ging seit Jahren ins La Facezia, seit die Tochter des Besitzers ihm Informationen über eine Schutzgelderpressung bei orientalischen Restaurants geliefert hatte, von denen die Eltern ihres Freundes ein paar besaßen. Das Restaurant lag in einem alten Steinhaus an einer Ecke, an der sich drei ruhige, baumbestandene Straßen trafen.

Das Restaurant hatte drei Fassaden, die auf die Kreuzung hinausgingen, und auf dem Bürgersteig unter den Bäumen standen kleine Bistrotische, wo Wein und Kaffee serviert wurden. Es war ein Familienrestaurant. Es gab keine Musik, nur das leise Murmeln von Gesprächen und das Klirren von Besteck und Gläsern. Die Schickeria ging anderswohin, in Lokale, die mehr »Atmosphäre«

besaßen. Graver betrachtete es als Paradies, und seit Dore ihn verlassen hatte, hatte er sich angewöhnt, hier bisweilen zweimal in der Woche zu Abend zu essen, wenn er nicht allein sein wollte. Er pflegte sich ein Buch mitzubringen, sich an einen Tisch in der Nähe der Türen zum Bürgersteig niederzulassen und sich zu einem zwei Stunden dauernden Dinner niederzulassen.

Jetzt jedoch nahm er einen Tisch auf dem Bürgersteig gleich an einer der mit wildem Wein bewachsenen Mauern. Das würde ihnen eine gewisse Abgeschiedenheit verschaffen, obwohl nur wenige weitere Tische besetzt waren. Er bestellte bei einer der Nichten des Besitzers, die bedienten, einen Kaffee und lehnte sich zurück.

Er brauchte nicht lange zu warten. Zehn Minuten später kam Last um die Ecke geschlendert, trat unter das Laub und setzte sich zu Graver an den Tisch. Er fuhr sich mit den Fingern durch das lange Haar und lächelte.

»Du überraschst mich immer, Graver«, sagte Last, sah sich um und nickte anerkennend. »Das ist ein echter Fund, wirklich ein sehr nettes Lokal.« Er schaute Graver an. »Ich wette, daß ist dein Stammlokal, oder?«

»Ich komme manchmal her«, sagte Graver. Das Mädchen erschien und nahm Lasts Bestellung entgegen. »Was hast du für mich, Victor?«

Last lehnte sich auf seinem Stuhl zurück und nahm eine Schachtel Zigaretten heraus. Als er sich eine anzündete, schaute er sich unauffällig die Tische auf dem Bürgersteig und dann durch die nahen Fenstertüren das Innere des leeren Speiselokals an. Er trug ein teuer aussehendes Sportjackett aus Leinen mit kleinen braunen und beigen Karos und ein solides, nußbraunes Seidenhemd, das am Hals zugeknöpft war.

»Nun, die Sache erwies sich als nicht so, äh, einfach, wie ich gedacht hatte«, sagte Last mit gedämpfter Stimme. »Aber ich habe einen Namen für dich. Deinen ›Maulwurf‹, gewissermaßen.« Er hielt inne, als das Mädchen seinen Wein brachte, dankte ihr, sah zu, wie sie an einen anderen Tisch ging, betrachtete anerkennend ihre Hüften und nahm sich vielleicht sogar absichtlich Zeit, um Gravers Neugier anzuheizen. Er wandte sich an Graver. »Arthur Tisler.« Er hob sein Weinglas, grinste und nahm einen langen Schluck.

Graver konnte sich kaum beherrschen. Gottverdammt!

»Kannst du mir mehr sagen?«

»Nicht viel«, antwortete Last, an seiner Zigarette ziehend. »Ich hab' bloß gehört, daß er Informationen aus euren CID-Berichten verkauft.«

Graver war nahezu außer sich. Victor Last saß ihm gegenüber und erzählte ihm, daß Arthur Tisler Informationen verkaufte. In den letzten vierundzwanzig Stunden hatte er sich damit herumgequält, und trotz aller Fortschritte, die sie gemacht hatten, war das Sicherheitsleck noch immer eine Sache von Mutmaßungen. Das einzige, was sie sicher wußten, war, daß Tisler, Burtell und Besom getürkte Gespräche mit Zuträgern anfertigten. Den Rest mußten sie erraten. Und nun hatte Last ihn ihm in den Schoß gelegt. Und wenn man Last glauben konnte, kam das aus einer völlig unabhängigen Quelle.

Doch Last hatte diese erstaunliche Information auf sehr entspannte Weise geliefert, und Graver hatte den Verdacht, daß Last das volle Ausmaß dessen, was er soeben gesagt hatte, gar nicht begriff. Die Information könnte ihm zugespielt worden sein. Graver glaubte nicht, daß Last diese Art flüchtiger Neuigkeit so gelassen an ihn weitergegeben hätte, wenn er gewußt hätte, was dahintersteckte.

»Wo hast du den Namen her, Victor?«

Gravers Stimme mußte etwas verraten haben. Last warf ihm einen Blick zu, betrachtete Graver mit neuem Interesse, als suche er eine Erklärung für das, was ihn alarmiert hatte, was auch immer es sein mochte.

»Was ist los?« fragte Last.

»Arthur Tisler ist tot«, sagte Graver.

»W-was?«

»Hast du das nicht gewußt?« Graver hatte keine Ahnung, warum er diese Frage stellte.

»Teufel, nein, das habe ich nicht gewußt.« Last runzelte die Stirn. Er *hatte* es nicht gewußt. »Tot? Wann? Vor einem Jahr oder gestern oder was?«

Graver zögerte. Es hatte in der Zeitung gestanden. Es würde nichts ausmachen.

»Er hat sich Sonntag nacht umgebracht.«

Last zog überrascht die Schultern hoch. Er betrachtete Graver, hob langsam sein Glas an den Mund und schlürfte den Wein, um sein Unbehagen zu verbergen. Über den Rand hinweg sah er Graver weiter an.

»Sich selbst umgebracht«, sagte er.

»Richtig.«

»Hatte er Dreck am Stecken?«

»Ich dachte das nicht. Aber jetzt sagst du mir das Gegenteil.«

Graver konnte sehen, wie Last nachdachte. Er würde nicht lockerlassen.

»Vielleicht hat er sich deshalb umgebracht.«

»Könnte sein. Welche Art von Informationen?«

»Was?«

»Welche Art von Informationen hat er verkauft?«

Last dachte wieder nach. Er richtete sich auf seinem Stuhl auf und beugte sich über den kleinen Tisch nach vorn.

»Hast du nichts davon gewußt?« fragte er.

»Du scheinst überrascht.« Graver empfand das Gespräch als sehr heikel. »Hast du gedacht, du würdest mir etwas sagen, was ich schon wußte? Hast du gedacht, das würde hilfreich sein?«

»Ich dachte, es wäre vielleicht eine *Bestätigung.*« Darin war Last tatsächlich ein alter Hase. Er kannte alle Rollen. Und anscheinend hatte er Graver neulich am Abend nicht geglaubt, als Graver gesagt hatte, es gebe kein Leck in der Sicherheit der CID. »Ich glaube nicht, daß ich verstehe, was hier läuft«, sagte er.

Er fühlte sich entschieden unbehaglich. Was Graver nur recht war. Er fühlte sich selbst verdammt unbehaglich.

»Also, ist das alles?« fragte Graver. »Tisler hat CID-Informationen verkauft, und das war's?«

Last stützte die Ellbogen auf den Tisch und lächelte verlegen.

»Das ist unangenehm, nicht«, sagte er. Seine Stimme war leise und beruhigend.

»Nicht für mich«, log Graver.

»Nun ja, ich bin überhaupt nicht sicher ... ich meine, ich dachte, du wüßtest das schon.«

»Das hast du gesagt, Victor.«

»Ja.« Last schaute weg, die rechte Hand um den Stiel des Weinglases gelegt, das er auf dem Tisch drehte; das unbehagliche Lächeln gab seinem Profil einen rätselhaften Ausdruck. »Okay, da ist noch jemand, auch in der CID.«

Graver wartete. Das würde aufschlußreich sein.

Last schaute Graver wieder an. »Ein Bursche namens Besom.«

Graver hatte es sich gedacht. Drei Männer waren darin verwikkelt, soweit Graver wußte, und Last hatte die beiden einzigen genannt, die tot waren. Last gab ihm nichts, das irgendwohin geführt hätte. Die Frage war, ob ihm das bewußt war. Last schaute ihn intensiv an, da er selbst hoffte, aus Gravers Reaktion etwas entnehmen zu können.

Graver trank von seinem Kaffee, stellte die Tasse ab und schaute Last an.

»Bevor ich darauf reagiere«, sagte Graver, »möchte ich, daß du mir jetzt sagst, ob du noch irgendwelche anderen Namen hast. Wirf sie mir nicht häppchenweise hin, Victor. Dies ist eine interne Sache. Ich bin nicht geneigt, mit dir auf internen Angelegenheiten herumzureiten, die die Sicherheit meiner Abteilung betreffen.«

Pause. Last starrte in Gravers Augen und stellte rasche geistige Berechnungen an, die Graver nur ahnen konnte.

»Nein. Keine anderen Namen«, sagte er. Er zwinkerte Graver beinahe zu, verwirrt, vielleicht ein bißchen ängstlich. Graver hatte das Gefühl, daß Last nicht wußte, in was er da hineingeraten war, und sich fragte, ob er einen großen Fehler begangen hatte.

»Okay«, sagte Graver. »Der Mann, auf den du anspielst, ist Ray Besom. Er ist der Supervisor der Abteilung für Organisiertes Verbrechen. Er war in Urlaub, zum Fischen in der Nähe der Grenze, bei Port Isabel. Heute gegen Mittag wurde er tot aufgefunden.«

»Heiliger Strohsack...« Last schluckte; sein Gesicht war angespannt. Es drückte keine Selbstsicherheit aus, kein leichtes Lächeln mit der Nebenbedeutung, mit seinem Wissen den sich entwickelnden Ereignissen einen Schritt voraus zu sein. Graver vermutete, daß ihm nun zu dämmern begann, daß er möglicherweise benutzt wurde aus Gründen, die man ihm vorenthielt und die ihn großer Gefahr aussetzen konnten.

»Gott, und ihr Leute habt keinen Verdacht geschöpft?«

»Das habe ich nicht gesagt. Ich habe nur gesagt, wir wußten nicht, daß wir ein Sicherheitsleck hatten.« Graver gab Last einen Moment Zeit, seine Alternativen noch einmal durchzugehen. Er sah zu, wie Last noch einen Schluck Wein nahm. »Ich habe hier nicht viel Spielraum zum Manövrieren, Victor.«

Last sah sich nach den anderen Tischen um. Es war nicht so, als hätte er Sorge, belauscht zu werden, sondern eher eine Geste der Rastlosigkeit. Wieder betrachtete er die Hüften der Kellnerin und sah zu, wie sie einigen Mädchen Kaffee servierte, die gerade an dem der Straße nächsten Tisch Platz genommen hatten. Als sie außer Sicht war, schaute er in sein Glas. Er ließ den Wein kreisen.

»Der Typ, den ich in Vera Cruz traf«, sagte Last leise, langsam und bedächtig, »und in dessen Haus ich das Gespräch belauschte, ist Colin Faeber. Er besitzt eine Computerfirma namens DataPrint. Ich weiß nicht viel über die Firma, ich meine, was sie macht, trägt Daten für Firmen zusammen, die andere Firmen aufkaufen wollen, oder etwas in der Art. Ich habe mich aber ein bißchen umgehört, weißt du, um zu sehen, ob der Mann bei Kasse ist. Er ist.« Er trank von seinem Wein.

»Aber du kennst nicht die Namen der Männer, deren Gespräch du mitgehört hast?«

»Nein, die kenne ich nicht. Und ich weiß auch nicht, wie ich sie herausfinden soll, ohne sofort Verdacht zu erregen. Ich meine, ich kann Faeber ja nicht einfach unverblümt fragen, oder? Und ich hab' sie nicht gut genug gesehen, um mich hintenherum nach ihnen zu erkundigen. Irgend etwas sagt mir, daß ich ein verdammter Narr wäre, wenn ich das täte.«

»Was ist mit den Namen? Wo hast du Tislers und Besoms Namen her?«

Last nickte. Ihm war klar, daß er das jetzt würde erklären müssen.

»Beide wurden von dem Voyeur erwähnt.« Er sah Graver an und erkannte den Abscheu auf seinem Gesicht. »Ach, Scheiße, du kannst mir wirklich keinen Vorwurf daraus machen, daß ich versucht habe, es in die Länge zu ziehen, oder?«

»Also hat er die CID erwähnt?«

»Nein. Als er die Namen erwähnte, habe ich sie mir gemerkt, aber ich wußte nur, wie man sie ausspricht. Tisler. Besom. Das sind keine häufigen Namen. Aber bei einem solchen Gespräch dachte ich natürlich an die Polizei. Also habe ich die Information im Polizeihauptquartier angerufen und sie zu sprechen verlangt – und dann meldete sich eure CID-Sekretärin, und ich habe aufgelegt.«

»Und du hast die Namen bei diesem Gespräch gehört?«

»Allerdings. Aber ich sage dir, ich weiß nicht, wer diese beiden Männer waren. Das war reiner Zufall, sage ich dir.« Er schob sein Weinglas beiseite und beugte sich vor. »Offen gesagt, Graver, es sieht so aus, als sei hier die Kacke am Dampfen. Ich meine, wenn diese beiden Todesfälle nicht das sind, was sie scheinen, dann glaube ich ernstlich, hier total am falschen Platz zu sein. Mit solchen Sachen will ich überhaupt nichts zu tun haben. Das ist entschieden nicht mein Arbeitsgebiet, und du weißt das.«

Graver saß einen Moment ruhig da. Sollte Last doch denken, er könne einfach gehen. Dann sagte er:

»Ich habe ein paar Erkundigungen eingezogen, Victor. Jemand hat Fälschungen von spanischen Landabtretungsdokumenten an private Sammler in Kalifornien verhökert. Eine Kuratorin des Stanford Museum of Meso-American Artifacts berichtet, von einem Händler angesprochen worden zu sein, der etwas anbot, was sie für gestohlene Jade- und Tonskulpturen hielt. Der Kurator des Kimbell Museum berichtet, bei ihm hätte sich ein Händler gemeldet, der Steinmasken anbot, die er für gefälscht hielt.« Graver hielt inne. »Ich habe eine Liste. Und da steht noch nicht alles drin. Es scheint in den letzten sieben Monaten ein vermehrtes Auftreten solcher Dinge gegeben zu haben. Ich habe Alberto Hyder angerufen, der die Abteilung für Kunstdiebstahl der nationalen Polizei in Mexico City leitet. Die würden sehr gern mit dir reden.«

Last lehnte sich auf seinem Stuhl zurück, schlug die Beine übereinander und schob lässig die Hände in die Taschen, während er Graver mit nüchterner Zurückhaltung betrachtete. Als Graver aufhörte zu reden, blieben Lasts nachdenkliche, blasse Augen im Rahmen der Fältchen so still wie Opale.

»Was genau willst du von mir?« fragte Last.

»Nichts?« Graver war skeptisch und schaute in seinen Rückspiegel, als er vom Randstein abfuhr, wo er Lara an der Ecke des Apartmenthauses abgeholt hatte.

»Nichts Verdächtiges, nichts, wie Sie es beschrieben hatten«, sagte sie und nahm das Glas aus ihrer Tasche. »Übrigens, dieses Ding ist unglaublich.«

»Was *haben* Sie denn gesehen?« fragte Graver.

Lara rückte sich auf ihrem Sitz zurecht, schob die langen Riemen der Tasche und des Fernglases aus dem Weg und strich ihr Kleid glatt.

»Zuerst habe ich die Leute an den Tischen auf dem Bürgersteig betrachtet«, sagte sie. »Das waren nicht viele. Zwei Mädchen, zwei Männer. Ein Mann und eine Frau. Ein Mann allein. Ihn hatte ich sofort in Verdacht, aber er saß bloß da, tat nicht viel anderes als auf die Straße zu starren, tatsächlich in meine Richtung. Außerdem war er der erste, der ging, er marschierte einfach unter den Bäumen die Straße hinunter, bis ich ihn nicht mehr sehen konnte.

Nachdem ich eine Liste der Personen gemacht hatte, betrachtete ich die in der Straße geparkten Wagen. Ich schrieb mir die Nummern so vieler Zulassungsschilder auf, wie ich sehen konnte, und machte eine Notiz, wo die Wagen jeweils standen.« Sie zog einen Stenoblock aus der Tasche und schlug ihn auf. »Hab' eine kleine Skizze gezeichnet, wo sie waren. In keinem der Wagen sah ich jemanden sitzen. Etwa nach der Hälfte Ihres Gesprächs standen die beiden Männer auf. Sie gingen auf die Straße, stiegen in eines der Autos und fuhren weg. Die beiden Mädchen gingen unmittelbar vor Ihnen und Last. Sie gingen die Straße hinunter, stiegen in einen etwa einen Block entfernten Wagen und fuhren weg. Keines der anderen Autos bewegte sich; kein neues kam und parkte. Und« – sie zuckte mit den Schultern, schloß den Block und warf ihn auf den Sitz – »der Mann und die Frau sind noch dort.«

»Haben Sie auf der Straße Leute gehen sehen?«

»Sonst habe ich niemanden gesehen«, sagte sie. »Ich habe einfach niemanden gesehen.«

Lara griff in ihre Tasche und nahm ein paar Papiertücher heraus. »Dieses alte Haus«, sagte sie und tupfte ihr Gesicht ab. »In den Apartments gibt es Klimaanlagen; im Flur nicht. Das Fenster, durch das ich schaute, war *offen.*« Sie tupfte sich mit den Tüchern das Gesicht, öffnete dann einen weiteren Knopf ihres Kleides und tupfte sich das Decolleté ab. Sie sagte: »Was ist mit dem Paar, dem Mann und der Frau? Die waren schon da, als Sie kamen, und immer noch da, als Sie weggingen. Hätten sie ausreichend früh Bescheid wissen können, um vor Ihnen dort zu sein?«

»Gute Frage«, sagte Graver. »Von dem Telefonanruf bis zu unserer Ankunft vergingen etwa vierzig Minuten. Natürlich Zeit genug.«

»Haben Sie sie gut sehen können?« fragte Lara. Sie schob die Hand im Nacken unter ihr Haar und hob es hoch.

»Ich glaube, daß ich mich an sie erinnern würde, wenn ich sie wiedersähe«, sagte er.

»Glauben Sie, daß sie ein Beschattungsteam hätten sein können?«

»Wäre möglich.«

»Wenn, dann würde das bedeuten ... daß Last ihnen einen Hinweis gegeben hat.«

»Entweder das, oder ... sagen wir, er ist gänzlich unbeteiligt. Dann müßten sie, damit jemand anderer davon weiß, das Telefon angezapft haben.« Er dachte eine Sekunde nach. »Aber wenn das der Fall war, wo war er dann, als er anrief? Wessen Telefon hat er benutzt, das abzuhören jemand für nötig hielt?«

»Gott«, sagte Lara, »ich glaube all das nicht.« Sie beugte sich vor, verrenkte sich ein wenig und ließ die kühle Luft aus der Klimaanlage in ihren Nacken blasen, das Gesicht Graver zugewandt. Er sah zu, wie sie sich in der Dunkelheit vorbeugte und das weiche, seegrüne Licht des Armaturenbretts ihr Kleid und ihren Körper wie mit Email überzog.

36

»Es ist ganz einfach eine wirtschaftliche Realität«, sagte Panos Kalatis, mit seiner langen kubanischen Zigarre gestikulierend; er sprach langsam, ließ die Stimme aus der Brust widerhallen, und sein leichter Akzent betonte seine Aussprache. »Die besten Anlagen, Dreifach-A-Bonds, Anteilscheine und solche Sachen bringen nur noch halb so viel Ertrag wie in den achtziger Jahren. Der Aktienmarkt? Man müßte verrückt sein. Das ist jetzt ein Weltmarkt. Wer weiß, was mit der Europäischen Gemeinschaft oder Osteuropa passiert oder im Nahen Osten oder Japan oder mit der nächsten politischen Partei, die hier an die Macht kommt? Um mit einiger Beständigkeit am Markt mitzuhalten, muß man doppelt soviel arbeiten wie vor zehn Jahren, und man braucht trotzdem doppelt so lange, um die Profite zu machen, die man in den Achtzigern in der Hälfte der Zeit erwirtschaftet hatte.«

Der Mann, der ihm gegenübersaß, wußte, daß das, was Kalatis sagte, wahr war. Deshalb war er hier. Sie saßen auf der Veranda, vor der Bambusrollos heruntergelassen worden waren, so daß der Gast nur das Innere der langgestreckten Veranda und Teile des Hausinneren sehen konnte. Wie es routinemäßig auch mit allen anderen geschah, war der Gast früher am Abend wie verabredet abgeholt worden. Man hatte ihm die Augen verbunden, und er war mit Kalatis' Flugzeug gestartet. Der Pilot war mehr als eine Stunde lang an der Golfküste entlanggeflogen und danach mit mehreren langsamen, weiten Wendemanövern eine weitere Stunde später nach Houston zurückgekehrt. Ein zweieinhalbstündiger Ablenkungsflug. Dem Gast wurde der Zielort nicht genannt, doch man machte ihn glauben, er befinde sich irgendwo an der Küste Mexikos oder Zentralamerikas. Kalatis' Männer waren instruiert worden, nur Spanisch zu sprechen oder, wenn sie dem Gast etwas zu sagen hatten, Englisch mit einem spanischen Akzent.

Nachdem die Maschine gelandet war, hatte man den Gast über das Dock, die Strandtreppe hinauf und über den Rasen zum Haus geführt, wo seine Augenbinde erst abgenommen wurde, als er auf der Veranda saß. Dann wurde er Kalatis vorgestellt, der bei jedem dieser Treffen den Namen Borman annahm.

Obwohl es zwei Uhr morgens war und sie seit Mitternacht Cuba libre getrunken und geredet hatten, waren beide Männer hellwach. In der ersten Stunde hatte Kalatis über alles mögliche gesprochen, nur nicht über den Zweck ihrer Zusammenkunft.

In der letzten Stunde jedoch hatte Kalatis schließlich angefangen, sich vom Rand her an das Thema heranzuarbeiten. Manchmal hatte er erlebt, wie amerikanische Geschäftsleute bei diesem gemächlichen Ansatz ungeduldig wurden – sie neigten dazu, sich selbst als überaus effizient zu betrachten, und wollten gleich mit »harten Zahlen« und »Mindestangeboten« zur Sache kommen.

Er jedoch bestand darauf, von Anfang an alles auf seineWeise zu tun, und das aus zwei Gründen. Erstens, weil sie auf lange Sicht merken würden, daß er mit allem, was er sagte, recht gehabt hatte. Und zweitens erreichte er, indem er das demonstrierte, von Anfang an eine Stellung als Autoritätsperson. Er war stets höflich; er war stets liebenswürdig. Doch nur, indem er zu seinen Bedingungen Geschäfte machte, konnte er es so aussehen lassen, als habe er das, was im Grunde ein sehr riskantes Unternehmen war, vollkommen unter Kontrolle. Das Gewicht dieser Verantwortung trug Kalatis allein. So verdiente er seinen Lebensunterhalt.

Obwohl der Mann auf Empfehlung von jemand anderem, dem er bereits vertraute, zu Kalatis gekommen war, fühlte Kalatis sich verpflichtet, so viele Facetten des Arrangements zu präsentieren, wie er für klug hielt, und sah die Fragen voraus, die sein Gast würde stellen wollen. Schließlich würde er die Darlegung abrunden, und die tatsächliche Verpflichtung auf das Geschäft würde so abrupt und endgültig sein wie die Harpune, die in die Kiemen eines erschöpften Speerfisches eindrang.

Ungefähr an diesem Punkt waren sie jetzt. Doch noch immer sprach Kalatis, langsam, mit milder Stimme, und ließ seinen Akzent, den er gewöhnlich zu unterdrücken suchte, immer deutlicher werden. Er war der Inbegriff von Stabilität, Selbstsicherheit und Rechtschaffenheit.

»Und wie ich Ihnen schon sagte«, schloß er, »es spielt keine Rolle, wer in Medellin oder in Cali kommt oder geht. Es spielt keine Rolle, ob die Escobars oder Marquez' oder Orejuelas oben oder ob sie alle den *sicarios* oder den Agenten der *Direccion de Policia*

Judicale e Investigacion zum Opfer gefallen sind. Es spielt einfach keine Rolle... das Zeug wird *trotzdem* bewegt. Der Markt ist stabil.

Betrachten Sie es so. Das letzte Jahr war ein schlechtes Jahr für das Geschäft in Kolumbien. Die Beschlagnahmungen von Kokain erreichten Rekordhöhen – fünfundfünfzig Tonnen wurden allein *innerhalb* von Kolumbien abgefangen –, und in den letzten sechs Monaten wurden die drei führenden Kartellbosse verhaftet oder umgebracht. Der Kokainkonsum in den Vereinigten Staaten geht zurück – obwohl das teilweise daran liegt, daß sich mehr Leute dem Heroin zuwenden... und die Heroinverkäufe nehmen explosionsartig zu. Die Auslieferungssituation ist weiterhin verwirrend, da gibt es nicht viel Stabilität. Die amerikanische Drogenbehörde hat es geschafft, wieder eine einflußreichere Rolle zu spielen, genau wie die amerikanische Armee und natürlich die CIA. Klingt unheimlich für die Gewürzbarone, nicht?«

Er schüttelte lächelnd den Kopf, zog an seiner Cohiba und blies das Aroma in die Golfbrise.

»Aber so ist es nicht. Letztes Jahr wurden fast zwölfhundert Tonnen Kokain aus Kolumbien herausgeschafft. Ein sehr gutes Jahr, ein Rekordjahr. Was wird, wenn der Konsum in den USA sinkt? Nun ja, eine Menge Leute glauben, daß er *nicht* sinkt. Aber selbst wenn er sinkt, sinkt er nicht sehr stark, und außerdem haben sich in den letzten fünf Jahren die Expansionspläne der Kartelle ausgezahlt, und ihre Verteilungsrouten haben inzwischen in Europa und Japan festen Fuß gefaßt. Der Rest der Welt wird das werden, was die USA in den sechziger, siebziger und achtziger Jahren waren. Aber glauben Sie nicht, daß die USA damit ins Hintertreffen geraten. Heroin feiert ein Comeback... auf der ganzen Welt. Große Zeit. Der Punkt ist, daß der Handel bestehen bleibt. Wenn es nicht irgendeine Form von Kokain oder Heroin ist, dann werden es die synthetischen Drogen sein. Eine Welt von synthetischen Drogen. Das Ding kann nur größer werden.«

Kalatis hielt inne, um einen Augenblick seine Zigarre zu genießen. Er präsentierte seinem Gast sein starkes Profil, indem er auf den Golf von Mexiko schaute und schweigend an seiner Cohiba zog, während Jael erschien, barfuß und in etwas Duftiges gewandet, das dem Gast ein Profil ganz anderer Art enthüllte, und ihre Drinks durch frische ersetzte.

»So, an diesem Punkt sollte ich die europoäischen Möglichkeiten erwähnen«, sagte Kalatis, als er die Hand ausstreckte, seinen frischen Cuba libre nahm und sich wieder zurücklehnte, den kalten Drink auf die breite Armlehne seines Korbstuhls stellend.

»Es gibt dort jetzt wunderbare Investitionsmöglichkeiten, primär in Heroin und Morphinbase. Die Europäer benehmen sich, als hätten sie gerade die Süßigkeiten entdeckt, und konsumieren drei bis vier Tonnen pro Monat. Der Wert beim Straßenverkauf nähert sich dort jetzt zwei Milliarden Dollar monatlich, und wir erwarten ein enormes Wachstum, wenn die Grenzkontrollen zwischen den Ländern gelockert werden. Der Mohnanbau erfolgt hauptsächlich in Afghanistan und Pakistan. Wie bei der Situation in Südamerika liegen die Chancen für uns im Versand. Der Balkankrieg hat unsere üblichen Überlandrouten unterbrochen, so daß wir jetzt meist Schiffe einsetzen. Schiffe erlauben uns auch, regelmäßig jeweils ein bis drei Tonnen auf einmal zu bewegen. Im Normalfall verlassen unsere Frachter den Hafen von Karachi in Pakistan und übernehmen die Ladung auf See ganz nahe bei der iranisch-pakistanischen Grenze. Die Frachter überqueren das Arabische Meer, fahren hoch zum Roten Meer und dann ins Mittelmeer.«

Eine Pause für einen Schluck Rum und einen Zug an der Cohiba.

»Im Augenblick hören wir uns sehr genau an, was unsere Leute von der Gegenaufklärung uns sagen. Ihren Empfehlungen folgend, entladen wir manchmal in türkischen Häfen, manchmal in griechischen. Zu anderen Zeiten ist es am besten, gleich die Adria hinauf zu den italienischen Häfen zu fahren. Brindisi, Bari, Ancona, Triest. Ein großer Teil unserer Investitionen fließt in die Aufklärung. Das ist ein Geschäft. Keiner will Geld verlieren. Wir planen sorgfältig, sehr sorgfältig. Infolgedessen ist unsere Beschlagnahmungsrate ... gleich null.«

Wieder hielt Kalatis inne. Er wußte, daß sein Gesicht sich im Schatten befand, also nahm er sich Zeit, seinen Gast zu betrachten. Der Mann war hypnotisiert. Kalatis wußte, daß er gern von der Sicherheit, der Aufklärung hinter diesen Operationen hörte. Er machte ihm keinen Vorwurf daraus. Das Drogengeschäft hatte den

Wert von Aufklärung und Gegenaufklärung schon lange erwiesen, und sie hatten sie zu bemerkenswerter Raffinesse entwickelt. Doch Kalatis hatte sein Aufklärungsprogramm weit über die operationale Ebene hinaus entwickelt. Seine Aufklärungskapazitäten waren strategisch. Er war in dieser Hinsicht dem Stand der Dinge weit voraus, und deshalb war sein Strafregister makellos.

»Ihr Hauptanliegen ist natürlich Kolumbien«, fuhr Kalatis mit volltönender Stimme fort. »Es gibt dort eine Art Aristokratie reicher Familien, vier und fünf Generationen alter Familien, die allen Aufruhr und alle Überraschungen überstanden haben, die diese exotische Gesellschaft bereithielt. Kriege. Rebellionen. Terroristen. Besatzung. Staatsstreiche. Und endlich Demokratie und Kapitalismus. Alles. Sie sind als *›los hombres de siempre‹* bekannt. ›Die Männer von immer‹. Das sind die Männer, die dafür verantwortlich sind, daß Kolumbien als einziges lateinamerikanisches Land jedes Jahr prompt seine Schulden bezahlt. Sie sind der Grund dafür, daß das Wirtschaftswachstum glatt mit vier Prozent dahinschnurrt. Sie sind der Grund dafür, daß Kolumbien eine solide, gebildete und wachsende Mittelklasse, die besten Universitäten und die älteste Verfassung Lateinamerikas besitzt – die übrigens soeben revidiert wurde und ein Vorbild für progressive Politik ist.«

Kalatis gestikulierte träge mit seiner Zigarre. »Die Sache ist die: Trotz allem, was dort passiert, läuft das Geschäft noch immer, und es läuft gut. Das hat einen Grund. *›Los hombres de siempre.‹*

Jetzt, da der Drogenhandel über mehrere Jahrzehnte seine Stabilität bewiesen hat, jetzt, da er leicht zig Milliarden Dollar pro Jahr erreicht, ohne zu schwanken oder signifikant von gesetzlichen Maßnahmen oder den Wechselfällen der Ökonomie beeinträchtigt zu werden, jetzt haben diese vorsichtigen Männer sich allmählich ins Bild geschoben. Escobar, Ochoa, Gache, Männer dieser Art waren die Raufbolde, die Pioniere, die Cowboys. Sie waren weder gebildet noch kultiviert. Sie waren unberechenbar. Sie hatten die Mentalität von Straßenkämpfern, obwohl sie mit Milliarden jonglierten. Sie waren notwendig, natürlich, jede Grenze muß ihre Pioniere haben, aber die ›Drogenkultur‹ ist nicht länger ein neues Phänomen, nicht länger eine Grenze. Sie ist jetzt eine etablierte Lebensweise, überall auf der Welt, und wie es immer geschieht, wenn etwas Neues zu einem etablierten Teil der Gesellschaft wird, wird die Fackel von den Pionieren an die Siedler weitergegeben, die Leute aus Handel und Politik. Veränderung ist unvermeidlich, und die Zeit für eine reifere Perspektive in diesem Geschäft war schon lange fällig ... und jetzt ist sie da.«

Er schlürfte den Rum. Er zog ein paarmal an der Cohiba. Er ließ Duft und Aroma von beidem verschmelzen.

»Ich arbeite seit vier Jahren mit diesen Leuten. Nie auch nur ein einziges Problem. Sie sind Geschäftsleute, und sie wissen, daß Chaos Geld kostet. Ordnung und Effizienz bringen Geld ein. Und sie wissen, daß Publicity etwas für Filmstars und Narren ist, nicht für Geschäftsleute. In nicht allzu ferner Zeit – sie sind bedächtige Männer, fast orientalisch in ihrer Auffassung von Zeit – werden sie die Kartelle sein. Jeder, der das südliche Gewürz will ... wird es von den *hombres de siempre* kaufen müssen.«

»Dann ist es also abgemacht«, sagte Kalatis leise. Sie waren nur zu zweit auf der Veranda, und sie hatten ihre letzten Cuba libre geleert. Beide lehnten mit den Ellbogen auf dem Korbtisch zwischen ihnen, und sie sprachen leise, gelassen und in fast gleichgültigem Ton. »Fünf Millionen.«

»Bar.«

»Oh, ja. Natürlich.« Er nickte nachdenklich. »Sie haben sie aus Fälligkeiten von ...«

»Allem, Schatzanweisungen, Dreifach-A-Bonds, Anleihen ... Aktien. Das ist flexibel, der Betrag aus den Aktien, meine ich.«

»Aber Sie werden die fünf Millionen haben? Ich muß den genauen Betrag wissen.«

»Ja. Glatte fünf.«

»Von mindestens vier oder fünf verschiedenen Banken. In mehreren verschiedenen Staaten. Das ist wichtig.«

»Es ist arrangiert worden.«

»Heute in zwei Tagen.«

Der Mann nickte und schluckte. Kalatis wußte, wie er sich fühlte. Er kannte diese Typen. Männer, die es zu eilig hatten, die zu sehr in die Art verliebt waren, wie es in den achtziger Jahren geklappt hatte, als daß sie hätten warten können, bis sich die neunziger Jahre auszahlten. Er verdiente ein Vermögen an der Ungeduld von Männern wie diesem. Dennoch wurde selbst den wirklichen Piraten unter ihnen der Mund trocken, wenn sie fünf Millionen in bar aus der Hand gaben. Keine Sicherheiten, keine Verträge, keine Handschläge. Aber Kalatis hatte noch nie einen von ihnen im Stich gelassen, und deshalb kamen sie weiterhin, dieser hier zum ersten Mal.

»Und dies ist Teil eines ›Mutual Fund‹«, sagte der Gast, der von Kalatis noch einmal beruhigt werden wollte.

»Aber ja.« Kalatis nickte bereitwillig. »Das ist ein Paket – lauter Investoren aus Houston. Zweiunddreißig Millionen Dollar. Ihr Freund, der mich Ihnen empfohlen hat, ist mit acht Millionen dabei. Aber das wissen Sie. Es gibt zwei andere. Ihr Anteil ist der kleinste. Alle anderen haben schon früher bei mir investiert. Sie verstehen, daß ich ihre Namen nicht nennen kann. Viele unserer Investoren kennen einander, weil sie sich gegenseitig empfohlen haben. Aber manche möchten anonym bleiben. Sie sind der einzige Neuankömmling bei diesem speziellen Programm.«

Der Gast nickte.

»Gut. Okay«, sagte Kalatis. »Jetzt zu meinem Teil: Ich garantierte Ihnen eine Rückzahlung von dreihundert Prozent. In sechzig Tagen werden Sie einen Anruf erhalten, und man wird Ihnen sagen, wo und wann Sie meinen Vertreter in Luxemburg treffen werden. Sie werden dort ein Konto auf Ihren Namen über fünfzehn Millionen amerikanische Dollar eröffnen. Mein Vertreter wird die Dokumente liefern und die Einlage bei der Bank legitimieren. Das verlangen sie jetzt. Die Dinge sind in dieser Hinsicht ein bißchen schwieriger geworden, aber das ist nur eine Frage von Papierkram. Formalitäten.«

Kalatis' kalte Zigarre lag in dem Aschenbecher zwischen ihnen, und die Eiswürfel – alles, was von ihren Cuba libre übrig war – waren zu kleinen Wasserpfützen auf dem Boden der Gläser geworden.

»Irgendwelche Fragen?«

»Holen Sie mich wieder ab?«

»Einer meiner Leute, ja.«

»Am gleichen Ort?«

Kalatis nickte.

»Okay. Ich bin zufrieden.«

Kalatis stand auf. »Ich auch.«

Der andere Mann erhob sich ebenfalls, und plötzlich erschien einer von Kalatis' Wachleuten am Rand der Veranda.

»Er wird Sie in die Staaten zurückbringen«, sagte Kalatis. »Es wird ein Vergnügen sein, mit Ihnen Geschäfte zu machen.«

»Sir«, sagte der Wachmann, trat vor und berührte den Arm des Geschäftsmannes. Dieser wollte Kalatis die Hand geben, doch der Grieche hatte sich abgewandt, um sich eine weitere Cohiba anzuzünden.

»Auf Wiedersehen«, sagte Kalatis durch eine blaue Rauchwolke, »und *bonne chance.*«

Der Geschäftsmann stand still, während ihm erneut die Augen verbunden wurden. Dann wurde er die Stufen hinunter und über den Rasen zu dem Wasserflugzeug geführt, das unten am Dock festgemacht war.

MITTWOCH

Der vierte Tag

37

Da Graver vorhersah, daß ihm das Einschlafen schwerfallen würde, stellte er seinen Wecker so spät ein, daß er gerade noch genug Zeit hatte, um sich zu duschen und zu rasieren und zu Arnette zu fahren. Zum Frühstücken war keine Zeit. Eine halbe Stunde nach dem Aufstehen ging er zur Vordertür des Hauses hinaus. Er vermied die Expressways, nahm die langsameren Stadtstraßen und versuchte, seinen knurrenden Magen zu ignorieren. Er hätte fünf Dollar für eine Tasse Kaffee gegeben, aber er hielt nicht an, um eine zu trinken. Er war ohnehin knapp mit der Zeit. Als er vor Arnettes Haus vorfuhr, war er fünf Minuten zu spät.

Er stieg aus dem Wagen, drückte leise die Tür zu und ging zum vorderen Tor. Mona öffnete ihm die Haustür, lächelnd, barfuß, einen Becher dampfenden Kaffee in der Hand.

»Guter Gott, Mona, ich liebe dich«, sagte Graver, nahm dankbar den Becher und folgte ihr in das ewige Zwielicht von Arnettes Wohnzimmer.

»Ich liebe dich auch, Babieeee.« Mona lachte. »Die Dame erwartet dich nebenan«, sagte sie und fügte dann hinzu: »Hast du etwas gegessen?«

»Ja, danke«, log er und wünschte sich, er hätte die Zeit, sich hinzusetzen und eins von Monas unvergleichlichen Frühstücken zu genießen.

»Okay.« Sie zuckte philosophisch mit den Schultern, als habe Graver sich den Verlust selbst zuzuschreiben.

Er ließ sie in der Küche zurück und ging durch die Seitentür und die Weinlaube hinüber zum Nachbarhaus, das er durch den abgeschirmten Patio betrat.

Der große Raum war leer bis auf eine hart aussehende Frau mit strohigem, rötlichgrauem Haar, die an dem großen Bibliothekstisch neben dem Funkgerät saß. Sie trug dieselben Kopfhörer, die das blonde Mädchen am Abend zuvor getragen hatte, und machte sich Notizen in einem der dicken Ringbücher, die noch immer auf dem Tisch gestapelt waren.

Sie blickte zu ihm auf. »Graver?«

Er nickte.

Sie drückte auf einen Knopf und kehrte zu ihrer Schreibarbeit zurück, wobei sie wie die Blonde gelegentlich die Hand ausstreckte, um die Skalen zu verstellen, ohne hinzuschauen.

Graver ging zur Tür, hinter der sich, wie er wußte, ein Raum befand, der Arnettes Bibliothek beherbergte. Er schaute hinein und sah, daß sie ihr Inventar beträchtlich erweitert hatte; die Abteilung der Publikationen, die aus den siebenundzwanzig Intelligence-Diensten der Bundesregierung und den unzähligen Zweigstellen stammten, war vergrößert worden. Graver wußte, daß die meisten dieser Dokumente der Geheimhaltung unterlagen. Anscheinend hatte Arnette ihre guten Kontakte nicht verloren.

»Guten Morgen«, sagte Arnette, die durch eine weitere Tür in den Hauptraum kam, einen Kaffeebecher und ein großes Kuvert tragend, das sie zum Bibliothekstisch trug. Die Frau mit den Kopfhörern fing an, die Ringbücher beiseite zu räumen. »Hast du ein bißchen Schlaf bekommen?«

»Ein bißchen«, sagte Graver und trat wieder an den Tisch.

Arnette zog die Fotos aus dem großen Umschlag und warf sie auf den Tisch. »Der Fotograf ist letzte Nacht aufgeblieben«, sagte sie. »Schauen wir, ob es sich gelohnt hat.«

Sie setzten sich und begannen, die Fotos durchzusehen. Es waren achtundvierzig.

»Der fleckige Effekt auf einigen von ihnen ist der Sprühnebel des Brunnens«, sagte Arnette, nahm eine Lupe zur Hand und hielt sie über ein Foto, das flach auf dem Tisch lag. Sie drückte ihr Auge an die Lupe. »Sie müssen tropfnaß gewesen sein, als sie mit ihrer Unterredung fertig waren.«

Graver musterte die Fotos ziemlich schnell und legte diejenigen beiseite, auf denen der unbekannte Mann nicht zu sehen war. Diejenigen, auf denen er zu sehen war, untersuchte Graver dann mit Hilfe der Lupe genauer. Der Fotograf hatte gute Arbeit geleistet, indem er das Gesicht des unbekannten Mannes aus mehreren verschiedenen Winkeln sowie direkt frontal aufgenommen hatte. Er schien, wie Arnette gesagt hatte, Ende Fünfzig zu sein. Er trug einen Anzug ohne Krawatte, sein Hemdkragen war geöffnet. Sein Haar war schütter, aber ordentlich gescheitelt und gekämmt. Obwohl es sich um Farbfotos handelte, war es schwer, etwas über seine Hautfarbe oder die Farbe seines Haars auszusagen, weil das vom Wasser des Brunnens reflektierte Licht und der beigegetönte Granit die Farben ein wenig verzerrten. Er hatte eine leicht knollige Nase und, auf einem der Fotos, ein auffallendes Muttermal an der rechten Seite des Kinns. Sicher fiel es ihm schwer, sich darum herum zu rasieren.

»Was meinst du?« sagte Arnette nach einer Weile.

Graver schüttelte den Kopf. »Einfach ein Mann.«

»In einem Raum mit einem halben Dutzend Leuten würde er verschwinden«, sagte Arnette. »Er sieht aus wie ein ›Regierungstyp‹.«

»Das kann ich mir nicht vorstellen«, sagte Graver, noch immer die Fotos betrachtend.

Arnette sagte nichts. Sie trank ihren Kaffee und schaute sich ein Foto an.

»Sie haben ihn nicht kommen sehen?« Graver sah sie an.

»Nein. Er kam einfach über den Rasen und war da. Ging auf dem gleichen Wege. Tatsächlich versuchten wir ihn zu verfolgen, als er ging, aber wir haben ihn glatt verloren. Wir hätten eine bessere Chance gehabt, wenn unsere Leute aus dem Auto gestiegen wären, aber wir entschieden uns dagegen, das zu riskieren.«

Graver betrachtete den Mann auf dem Foto mit einer Frustration, die er kaum verbergen konnte. Das war nichts. Was konnte er damit anfangen? Wohin brachte es ihn? So angestrengt er das Gesicht des Mannes auch betrachtete, es verriet ihm nicht mehr, als er in den ersten paar Minuten gesehen hatte. Es war, als habe man einen Fingerabdruck, aber noch keine landesweite Fingerabdruckkartei. Es gab keine Vergleichsmöglichkeiten. Eine nationale Gesichterkartei gab es nicht.

»Eine Sache ist da«, sagte Arnette. »Wir glauben, daß wir es hier mit einer Gegenüberwachung zu tun haben.«

Graver sah sie an.

»Ja, im Ernst«, sagte sie. Sie drehte sich zur Seite und griff nach den Fotos, die Graver weggelegt hatte. Sie blätterte sie durch, legte sie rasch in einer bestimmten Ordnung aus. »Der Grund, warum hier so viele Aufnahmen von der Menschenmenge sind, ist die Suche nach etwas Derartigem.« Sie nahm einen Stift vom Tisch, um damit auf bestimmte Punkte zu zeigen. »Diese Aufnahmen wurden gemacht, während Dean über die Wiese spazierte. Er beschrieb einen vollen Kreis und aß dabei Sonnenblumenkerne.«

»Sonnenblumenkerne?«

»Ja. Siehst du dieses Paar hier? Sie gehen zusammen, als Dean ankommt.«

Graver beugte sich dichter über das Foto und wappnete sich gegen das Wiedererkennen des Mannes und der Frau aus dem La Facezia. Er konzentrierte sich auf die Frau, auf deren Gesicht Arnette mit dem Stift zeigte. Er starrte sie an. Er erkannte sie nicht wieder. Er konzentrierte sich auf den Mann zu ihrer Linken. Das Gesicht war ihm nicht vertraut.

»Dean geht vom westlichen Ende des Brunnens her über den Grasweg«, fuhr Arnette fort. »Sie treffen ihn in diesem Augenblick, aber sie schauen nach etwas anderem. Sie gehen vorbei, Dean geht weiter in Richtung auf das nördliche Ende des Rasens. Das Paar bleibt auf der Westseite des Brunnens stehen und sieht ein paar Kindern zu, die eine Frisbeescheibe werfen. Dabei haben sie die gesamte Wiese und auch Dean im Blick, der im Kreis geht.«

Arnettes Stift berührte die Gesichter auf einem anderen Foto. Graver beugte sich erneut vor und studierte den Mann und die Frau aus einem anderen Blickwinkel. Er erkannte die Gesichter einfach nicht. Er war erleichtert, aber verwirrt. Hätte er die Chance gehabt zu wetten, daß es dasselbe Paar war wie im La Facezia, dann hätte er es getan.

»Siehst du, sie stehen da vor den Frisbeespielern, aber die Frau schaut nach Dean«, fuhr Arnette fort. »Jetzt sieht sie wieder zur

Westseite des Rasens. Der Mann neben ihr schaut jetzt zum Brunnen. Dean geht um das Nordende herum. Das Paar teilt sich. Sie geht zum Nordende; er bleibt beim Brunnen. Sie gehen im Kreis und beobachten den Ort von beiden Punkten her. Hier tut die Frau so, als beobachte sie ein paar Kinder auf der Wiese. Nun kommt Dean auf die östliche Seite des Rasens, und als er den Brunnen erreicht, stößt der Unbekannte zu ihm, und sie gehen zum Brunnen hoch. Der Mann am Brunnen lungert in ihrer Nähe herum. Er beobachtet das fallende Wasser. Er schaut zu den Bögen, vermutlich durch sie hindurch nach dem Grasweg. Die Frau kommt zu ihm zurück, nachdem sie über die Ostseite gegangen ist.«

Arnette nahm ein paar andere Fotos zur Hand, die sie beiseite gelegt hatte. »Jetzt, hier, da war mein Fotograf wirklich nah dran.« Sie richtete die Spitze des Stifts auf das linke Ohr des Mannes. »Siehst du das? Ich glaube, das ist ein Ohrhörer. Wir sind uns nicht alle darüber einig, aber ich glaube, es ist einer. Das Paar bleibt eine Weile vor der Brunnenfontäne stehen und schaut durch die Bögen zu den Seiten. Nach einer Weile gehen sie wieder auseinander auf verschiedene Seiten der Wiese, wo sie bleiben und sich einfach umschauen wie zuvor, bis Dean und der Unbekannte ihr Gespräch beendet haben und sich trennen.«

Arnette legte das letzte Bild und den Stift hin, nahm einen Schluck Kaffee und schaute Graver an.

»Auf diesen Fotos scheint das Paar kein einziges Mal miteinander zu reden. Sie legen sich nicht ins Gras, setzen sich auf keine Bank, gehen nicht zum Wasserfall, um ihn aus der Nähe zu betrachten, sie lachen nicht darüber – immer gehen die Leute zum Wasser und blicken hoch und lachen aus irgendeinem Grund. Die Perspektive gibt einem ein komisches Gefühl. Aber das wichtigste ist, daß sie nicht auf das schauen, was direkt vor ihnen ist. Niemals. Sie schauen immer woandershin.«

Graver sagte eine Sekunde lang nichts.

»Meinst du, sie hätten euch bemerkt?«

Sie schüttelte den Kopf. »Nein.«

»Was ist mit der Abhöraktion?«

»Sie haben gestern bis spät in die Nacht daran gearbeitet, aber als sie kurz nach zwei gingen, hatten sie nichts entdeckt.«

»Meinst du ›nicht viel‹ oder ›nichts‹?«

»Ich meine null. Gar nichts.«

»Und Tislers Bänder?«

»Nichts. Ich sagte dir schon, daß sie schwer zu knacken sein würden. Das ist eine Straße, die in zwei Richtungen führt. Der Computerchip hat es für uns einfacher gemacht, uns durch Labyrinthe der Verschlüsselung zu manövrieren, aber gleichzeitig hat er es der anderen Seite erleichtert, noch komplexere Chiffren zu entwickeln. Es ist ein ständiger Kampf um die Vorherrschaft. Manchmal sind sie uns voraus, manchmal sind wir ihnen voraus. Es ist ein Glücksspiel.«

Graver trank den Rest seines Kaffees. Er war zu kalt geworden. Er schaute auf die vor ihm verstreuten Bilder. Er sah Burtell, der im Profil vor dem unbekannten Mann unter einem der römischen Bögen stand. Im Hintergrund schimmerte der Wasserfall.

»Er sieht ganz schön ruhig aus, nicht?« sagte er.

»Ja, tatsächlich, das fiel mir auch auf. Sie sagten, gestern abend hätte er vollkommen entspannt gewirkt. Glaubst du, daß er von Besom gewußt hat, als diese Bilder gemacht wurden?«

»Das hoffe ich nicht«, sagte Graver. »Das hoffe ich wirklich nicht.«

Arnette trank ebenfalls von ihrem Kaffee und wartete.

»Westrate war gestern nacht außer sich«, sagte Graver und schob spielerisch die Ecken einiger Fotos zusammen. »Er denkt an Verschwörung, er denkt an Korruption, aber er will nicht der erste sein, der es ausspricht. Ich vermute, so werden sie alle reagieren, die ganze Verwaltung. Des Kaisers neue Kleider werden sehr bewundert werden.«

»Was erwartest du? Himmel, nütz das aus. Mach voran, solange sie alle verwirrt herumtappen. Es muß gemacht werden, und bis sie das erkennen, hast du einen Riesenvorsprung. Du bist ihnen in mehr als einer Hinsicht voraus.«

Graver schob die Fotos weg. »Ich sehe hier nicht viel«, sagte er. »Kriege ich etwas nicht mit?«

»Nein, ich sehe auch nicht viel. Aber die Gegenüberwachung gibt mir zu denken; Dean hat wohl mit Leuten zu tun, die größer sind als lokale Ganoven.«

»Warum?«

Arnette schüttelte entschuldigend den Kopf. »Tut mir leid, Marcus, im Augenblick ist das bloß eine Vermutung. Das Aussehen des älteren Mannes. Die Wahl des Treffpunkts. Die Art, wie sich die Gegenüberwachung bei ihrer Arbeit benahm. Das ist eine sehr heikle Sache.« Sie stellte ihren Kaffee ab und sammelte die verstreuten Fotos ein. »Schau, wir sind weniger als achtzehn Stunden am Werk. Es gibt viel zu tun. Laß uns etwas Luft zum Atmen.«

Graver nickte und stand auf. »Danke, Arnette.«

»Was hast du an deinem Ende erreicht?«

»Wir sind gestern abend auf ein paar Hinweise gestoßen, ein paar Namen. Heute fangen wir an, sie zu überprüfen.«

»Hör mal, wenn die Sache Gestalt annimmt, laß uns helfen«, sagte sie und schob die Fotos in den Umschlag zurück. »Wir werden die Namen von unserer Seite her auch überprüfen.« Sie stand auf. »Es ist zu früh, um deswegen niedergeschlagen zu sein, Baby. Unter Umständen brauchst du hier etwas Geduld. Gewöhn dich dran.«

38

Als Graver ins Büro kam, war es zwanzig Minuten nach neun. Die Empfangssekretärin saß am Telefon, als er an ihr vorbeikam, und als er in den Gang zu seinem Büro einbog, sah er, daß auch Lara gerade telefonierte. Sie zog die Augenbrauen hoch und hob das Kinn, um ihn aufzuhalten, und er betrat ihr Büro, als sie gerade den Hörer auflegte.

»Nancy aus Chief Hertigs Büro hat vor ein paar Minuten angerufen«, sagte sie und schrieb dabei etwas auf. »Er möchte Sie in seinem Büro sehen, sobald Sie kommen. Sie sagte, Sie sollten anrufen, ehe Sie herüberkämen.«

»Himmel.«

»Und Paula möchte mit Ihnen sprechen.«

»Ist das dringend?«

»Sie stand hier, als Nancy anrief. Sie sagte, sie würde sich danach bei Ihnen melden.«

»Okay, gut. Rufen Sie Nancy zurück und sagen Sie ihr, daß ich unterwegs bin.« Er wandte sich ab, um zu gehen, hielt inne und drehte sich Lara zu. »Hören Sie, vielen Dank für gestern nacht«, sagte er.

»War mir ein Vergnügen.« Sie lächelte. »Haben Sie überhaupt geschlafen?«

»Ein bißchen. Und Sie?«

»Ich hab' geschlafen wie ein *Stein*«, sagte sie. »Es war bloß nicht mehr genug von der Nacht übrig.«

Er grinste, nickte und ging hinaus. Er verließ die CID, ohne sein Büro auch nur betreten zu haben.

Als Graver schließlich das Verwaltungsgebäude und Hertigs Büro erreichte, war er nicht überrascht, Hertig nicht allein anzutreffen. Westrate sah aus, als habe er in der Nacht zuvor vielleicht zwei Stunden geschlafen, und dasselbe galt für Ward Lukens. Als Graver hereinkam, drehten sich Westrate und Lukens auf ihren Stühlen vor Hertigs Schreibtisch um, doch keiner von ihnen sagte etwas oder bewegte sich. Es war offensichtlich, daß sie beide kochten, und Graver nahm an, daß seiner Ankunft ein ziemlich hitziges Gespräch vorangegangen war.

»Guten Morgen, Marcus«, sagte Hertig und lächelte gutmütig. Er stand auf, kam um den Schreibtisch herum und streckte die Hand aus. Der Schreibtisch war eine massive Angelegenheit mit einem eindrucksvollen Telefonsystem, das zusammen mit Stapeln von prall gefüllten Aktenordnern, Familienfotos und einer eingerahmten Marke, die, wie Graver vermutete, noch aus Hertigs Zeit als Detective stammten, fast die ganze Platte einnahm.

Sie reichten sich die Hand.

»Setzen Sie sich«, sagte Hertig und wies auf einen Stuhl an der Seite seines Schreibtischs in der Nähe von Westrate. Er war groß und schlaksig, ein gutaussehender Mann mit ergrauendem mittelblonden Haar und blaßblauen Augen, dessen Erscheinung eher an einen Gelehrten als an einen Beamten der Polizeibehörde erinnerte. Er war schon lange dabei und kannte die Art von Rivalität sehr genau, die Männer wie Westrate und Lukens umtrieb.

»Wir reden über Besom«, sagte er, sofort zur Sache kommend, während er an seinen Schreibtisch zurückkehrte und sich hinsetzte. »Eigentlich über Tisler und Besom.«

»Hören Sie, ich hatte heute morgen noch keine Zeit, mich auch nur an meinen Schreibtisch zu setzen«, unterbrach ihn Graver. »Weiß schon irgend jemand in meinem Büro davon?«

Hertig sah Westrate an.

Westrate schüttelte den Kopf.

»Gestern abend spät«, nahm Hertig den Faden wieder auf, »wurde Besoms Leichnam nach Houston zurückgeflogen, und um halb fünf heute morgen wurde eine zweite Autopsie vorgenommen, wie vorgeschlagen.«

»Wer hat die Autopsie gemacht?« unterbrach Graver erneut.

Hertig hielt inne. »Stern.«

Clay Stern war der oberste Leichenbeschauer. Es war also wohl richtig gemacht worden.

»Er bestätigte die Resultate dessen, was der Coroner in Brownsville gefunden hat«, fuhr Hertig fort. »Im wesentlichen eine Herzattacke. Anscheinend, Mrs. Besoms Aussagen und Besoms eigenen medizinischen Akten zufolge, hatte er bislang keine Probleme mit seinem Herz. Wie sich herausstellt, hatte er eine Kondition, die Ärzte als ›Witwenmacher‹ bezeichnen. Es gibt keinerlei Warnzeichen. Keine Symptome und daher kein Verdacht.« Er schnippte mit den Fingern. »Und dann erwischt es einen.«

Hertig nickte zu seiner eigenen Erklärung, und für einen Moment verloren seine blauen Augen ihre Konzentration. Dann streckte er die Hand aus und griff nach einigen Papieren.

»Wir haben alle Ihren Bericht über Arthur Tisler gelesen, und was wir hier haben, sind unterschiedliche Meinungen«, sagte Hertig.

Graver sah Westrate und Lukens an. Beide schauten unverwandt wie Spaniels Hertig an. Graver vermutete, daß sie nach irgendeiner Voreingenommenheit suchten, nach dieser oder jener Seite, so subtil und gering sie auch sein mochte. Ward Lukens war ein paar Jahre älter als Westrate und ungefähr halb so schwer. Er hatte dichtes, drahtiges braunes Haar, trug eine phantasielose Brille mit

Stahlfassung und besaß so wenig Persönlichkeit, daß Graver es schwierig fand, mit ihm zu reden. Er war jedoch ein ehrlicher Mann und nahm es mit Regeln sehr genau, obwohl diese Eigenschaften etwas geschmälert wurden durch seine aufreizende Selbstgerechtigkeit; all das machte ihn zum natürlichen Feind des intrigierenden Westrate. Graver nahm an, daß Hertig sie am liebsten beide erwürgt hätte.

»Über den Bericht?« fragte Graver.

»Nein. Der scheint klar genug. Aber darüber, was jetzt zu tun ist.«

Hertig war Jurist genug, um sehen zu wollen, wohin Graver mit möglichst wenig Anweisung gehen würde. Aber Graver wollte sich auf nichts einlassen, ehe ihm nicht eine spezifische Frage gestellt wurde. Er sah Hertig einfach an und wartete. Hertig wartete. Und dann glaubte Graver, etwas wie Amüsement hinter Hertigs blassen Augen auftauchen zu sehen, doch es verschwand gleich wieder.

»Ward hat das Gefühl, daß zwei Todesfälle, trotz der scheinbar harmlosen Umstände, zuviel für einen Zufall sind«, sagte Hertig mit einer Neigung des Kopfes in Richtung auf Lukens. »Er meint, es müßte eine größere Revision Ihrer Abteilung für Organisiertes Verbrechen geben.« Er ließ Graver nicht aus den Augen. »Was halten Sie davon?«

»Natürlich haben die Todesfälle bei uns auch Bestürzung ausgelöst«, sagte Graver, schaute auf Westrate und dann wieder auf Hertig. »Und Jack hat mir deswegen schon die Hölle heiß gemacht.« Graver wählte den Ausdruck bewußt. Es wäre zu seinem Vorteil, wenn die beiden anderen Männer denken würden, Westrate habe die Todesfälle mit angemessener Skepsis behandelt, obwohl Graver wußte, daß diese Skepsis mehr mit Paranoia als mit einer wirklichen Berücksichtigung der Folgen zu tun hatte, die die Todesfälle möglicherweise für die Integrität ihres Aufklärungssystems hatten.

»Ich glaube nicht, daß die Art von Revision, von der Sie reden, unter diesen Umständen ratsam ist«, fuhr Graver fort, »aus mehreren Gründen. Erstens fehlen Beweise – forensische oder investigative –, die nahelegen, daß hier etwas anderes im Spiel ist als Zufall.« Graver handelte die gleichen Punkte ab wie gestern abend, als er mit Westrate gesprochen hatte. Wenn sie sich entschlossen, eine Revision einzuleiten, so würde diese nur auf Argwohn oder Verdacht basieren, nicht auf Tatsachen oder Beweisen oder unerklärlichen Widersprüchen oder Lücken in der Kette der Abläufe. Oder, aber das ließ Graver nur unausgesprochen durchblicken, es gäbe irgendeinen anderen Grund ... interne Streitigkeiten, Panik, Angst um den eigenen Kragen oder mangelnde Urteilskraft.

»Zweitens, wenn eine Revision durchgeführt wird, so wird sie unweigerlich eine Untergrabung der Moral zur Folge haben. Es wäre unmöglich, eine solche Untersuchung geheimzuhalten, und wenn sie einmal bekannt wird, können wir auf keine Weise vermeiden, daß man etwas anderes dahinter vermutet als eine Hexenjagd, wie immer wir sie nennen.

Drittens ist da die unvermeidliche Frage der Parameter. Wenn unsere interne Überprüfung Tislers wiederholt werden muß, ist das kein solches Problem. Er war für acht Ziele zuständig, die meisten davon inaktiv bis auf halbjährliche Lageberichte. Aber Besom führte die Aufsicht über zehn Ermittler beim Organisierten Verbrechen. Manche haben bis zu zehn Ziele. Das macht weit über hundert Ziele. Wenn Sie über Besoms Rolle im Hinblick auf diese Ermittler und ihre Ziele in Sorge sind, dann können Sie es sich nicht leisten, ein einziges davon ohne gründliche Revision davonkommen zu lassen. Sonst hätte die ganze Sache keinen Zweck. Solche Dinge eignen sich nicht für eine zufällige Auswahl von Stichproben.«

Graver sah alle nacheinander an. »Ich sage nicht, daß wir es nicht machen sollten – obwohl ich persönlich es nicht für gerechtfertigt halte –, aber ich sage, wir sollten besser sicher sein, daß unsere Entscheidung dafür auf gesunden Überlegungen beruht.«

Das war alles. Hertig sah Graver an und nickte nachdenklich. Ohne seine Stellung auf seinem Stuhl zu verändern, drehte er ihn langsam zu den beiden Männern, die vor ihm saßen.

»Jack, ich vermute, Sie schließen sich dem an.«

»Ja, Sir«, sagte Westrate eilfertig, da er spürte, daß der Wind sich zu seinen Gunsten drehte.

Hertig sah Lukens an. »Ward, haben Sie noch etwas hinzuzufügen?«

»Allerdings«, sagte Lukens und sah mit Bedacht Graver und dann wieder Hertig an. »Das klingt alles wunderbar und gut überlegt … und vorbereitet. Aber es widerlegt nicht die Umstände, und ich muß sagen, daß ich dieses Szenario eines zufälligen Zusammentreffens keinem abkaufe.«

Lukens war angespannt und mußte sich sehr anstrengen, seine Stimme zu kontrollieren. Er richtete sich auf seinem Stuhl auf. »Gravers kleiner Vortrag hört sich sehr ordentlich an, aber Sie alle wissen verdammt gut, wenn wir in unserem Geschäft immer auf substantielle Beweise warten würden, um eine Ermittlung einzuleiten, dann könnten wir unser Personal halbieren.«

Lukens wandte sich an Graver. »Und ich bin überrascht, das von Ihnen kommen zu hören, Graver. Das war flinke Beinarbeit, aber ich glaube kein Wort davon, und ich glaube, das tun sie selber auch nicht.«

Er sprach wieder zu Hertig. »Wenn da drüben etwas schiefgelaufen ist, Charlie, dann wird die Welt nicht über uns einstürzen. Ich denke, was wir hier haben, ist ein Leck, und wenn wir das nicht erkennen, dann machen wir uns selbst was vor. Himmel! Selbst wenn ich mich irre, sollten wir die Situation untersuchen, nur, um zu unserer Zufriedenheit zu beweisen, *daß* ich mich irre. Oder lassen Sie uns über PR reden. Das ist der schlimmstmögliche Grund, um etwas zu tun, aber es ist nichtsdestoweniger ein weiterer Grund. Heute abend wird Besoms Tod in den Nachrichten sein, und es ist nur eine Frage der Zeit, bevor Sie feststellen, daß Sie diese beiden Todesfälle den Reportern erklären müssen, die immer hoffen, nebenher eine weitere Geschichte über eine Schweinerei im Polizeihauptquartier aufzuschnappen. Selbstmord? Herzanfall? Uns vertrauen?« Er hielt inne. »Zuallermindest sollten wir ihnen sagen können, daß eine ›routinemäßige Untersuchung‹ im Gange ist.«

Graver krümmte sich innerlich und wartete darauf, daß Westrate explodierte, doch zu seiner großen Überraschung geschah das nicht. Westrate war noch mehr Schlitzohr als Hitzkopf, und er spürte, daß es im Augenblick zu seinem Vorteil war, das Naheliegende nicht zu tun. Aber er mußte etwas sagen, und obwohl sein Gesicht bleigrau war, blieb sein Ton gelassen.

»Routineuntersuchung, Ward? Wie macht man bei einem Herzanfall eine Routineuntersuchung? Wir haben bereits einen Bericht über Tisler. Warum sagen wir denen nicht: ›Tja, Leute, es ist eine komische Sache, aber einer hat sich selbst umgebracht, und der andere ist an einem Herzanfall gestorben. Schlecht gelaufen.‹ Wenn keine Untersuchung stattfindet, geben wir ihnen doch deutlich zu verstehen, daß es eben nichts zu untersuchen gibt. Und nichts zu erklären.«

»Das ist Ihre Interpretation, wie man das ›verstehen‹ würde, Jack«, gab Lukens zurück. »Andere würden es vielleicht so ›verstehen‹, daß wir etwas vertuschen.«

Alle schwiegen für einen Moment. Hertig nickte, aber er schaute auf den Kalender auf seinem Tisch. Graver wußte, er wollte den Medien nicht sagen müssen, daß die Abteilung Organisiertes Verbrechen der Criminal Intelligence Division infolge des Todes zweier ihrer Beamter binnen der letzten achtundvierzig Stunden einer Revision unterzogen wurde. Das wäre, als würde man ein Streichholz an Benzin halten. Er würde die Schlagzeilen praktisch selbst schreiben. Lukens wußte das ebenfalls, aber Graver nahm an, daß er seine Auffassung einer Überprüfung für wert erachtete. Vielleicht würde er Glück haben. Aber er hatte keins.

Hertig beugte sich auf seinem Stuhl vor, stützte die Ellbogen auf den Schreibtisch und sah Lukens an.

»Ward, ich kann nicht einsehen, warum wir all diese Arbeitskraft und Zeit – die Geld ist – in diese Sache investieren sollen«, sagte er. »Ich denke, wir müssen es einfach als Pech bezeichnen, als schlechtes Timing, als verfluchten Zufall. Ich glaube nicht, daß wir das rechtfertigen können. Ich glaube es einfach nicht.«

Damit war der Fall erledigt. Sie wurden entlassen. Westrate war vernünftig genug, einfach aus dem Büro zu gehen, ohne sich hämisch zu geben, obwohl Graver annahm, daß er innerlich triumphierte. Er hielt sich nicht einmal auf, um noch mit Graver zu sprechen, der das Büro als letzter verließ. Jeder von ihnen ging schweigend in sein eigenes Büro zurück.

Graver selbst fühlte sich entschieden frustriert. Er hatte genau entgegen seinem eigenen Gefühl argumentiert, das dem von Lukens sehr viel näher war. Es verbitterte Graver, Westrate so zu

Hilfe gekommen zu sein. Doch wenn er anders argumentiert hätte, wäre die Entscheidung vielleicht anders ausgefallen, und wenn in seiner Abteilung eine Invasion von Ermittlern von Internal Affairs stattgefunden hätte, dann hätte das möglicherweise seine eigene Operation ruiniert. Dennoch war Graver etwas mulmig bei dem, was er soeben getan hatte.

39

Das Treffen bei Charlie Hertig hatte weniger als fünfundvierzig Minuten gedauert, und um Viertel nach zehn war Graver wieder in seinem Büro. Er warf seine Aktenmappe auf den Schreibtisch und zog gerade die Jacke aus, als Lara hinter ihm mit seinem Charlie-Chan-Becher voller Kaffee hereinkam. Sie schloß die Tür hinter sich und stellte den Kaffee mit einer Papierserviette auf seinen Schreibtisch.

«O Gott, phantastisch«, sagte er, setzte sich hinter den Schreibtisch und zog den Becher zu sich heran. »Hertig war heute morgen nicht in der Stimmung, Kaffee anzubieten. Ich wäre fast gestorben.«

»Wie ist es gelaufen?« fragte sie und setzte sich auf einen der Stühle. Sie trug einen geraden Rock aus mattweißem Leinen mit perlweißer Bluse, ihre Fingernägel waren frisch lackiert, und ihr langes Haar war locker hochgesteckt. Er hatte keine Ahnung, wie sie die Zeit fand, die es dauern mußte, um so perfekt auszusehen.

Er berichtete ihr von dem Treffen.

»Das war unangenehm«, sagte sie.

Graver nickte und trank einen Schluck Kaffee. »Sehr. Aber dieses eine Mal wirkt sich die Bürokratie zu unseren Gunsten aus.« Er sah sie an. »Hat sich das mit Besom schon herumgesprochen?«

»Aber überall. Einige von unseren Leuten haben es heute morgen erfahren, während Sie beim Chief waren, als sie Anrufe von Zeitungsreportern bekamen, die danach fragten.«

»Oh, Scheiße.«

»Ich habe die Formulare und die Sachen für seine Familie

zusammengestellt, und ich habe mit der Personalabteilung gesprochen und da den Papierkrieg in Gang gesetzt. Allmählich wird mir das deprimierend vertraut.« Sie betrachtete ihn. »Sind Sie in Ordnung?«

»Was ist los, sehe ich denn nicht so aus?«

»Sie sehen ganz schön müde aus.«

»Ich *bin* ganz schön müde.« Er trank etwas Kaffee. »Ich gebe keine Statements an die Presse heraus, also geben Sie sich gar nicht erst mit ihnen ab, wenn sie anrufen. Verweisen sie alle an Westrates Büro. Darüber werde ich mir keine Gedanken machen.«

Sie sprachen ein paar Minuten über die vergangene Nacht, und dann erzählte er ihr von Arnettes Beschattungsfotos von Burtells Treffen am Brunnen. Er berichtete ihr von dem Mann und der Frau, die eine Gegenbeschattung durchführten, und wie sicher er gewesen sei, es handele sich um das Paar aus dem La Facezia.

»Sind Sie denn *sicher,* daß es nicht dasselbe Paar war?« Sie beugte sich auf ihrem Stuhl leicht nach vorn, fasziniert von seinem Bericht über die Beschattungsoperation gegen Burtell. »Ich meine, was ist, wenn sie sich verkleidet hätten?«

»Ich glaube es einfach nicht. Ich glaube nicht einmal, daß sie der gleiche ›Typ‹ von Leuten waren. Andererseits habe ich im La Facezia vielleicht nicht so auf sie geachtet, wie ich es hätte tun sollen.« Er schüttelte den Kopf. »Ich weiß nicht.«

»Das mit Dean ist so unglaublich. Es tut mir leid, aber ich kann es noch immer kaum ... glauben.«

Graver sah sie an. »Natürlich können Sie das nicht. Darum geht es doch gerade.«

»Aber Sie können es auch nicht.«

Er nickte und konnte spüren, wie der Druck dieser ganzen Quälerei sich auf seinem Gesicht abzeichnete. »Darum geht es doch gerade«, wiederholte er.

»Okay.« Sie nickte und schlug die Augen nieder. »Ich weiß.«

»So, und jetzt sollten Sie vielleicht alle Leute vom Organisierten Verbrechen hier zusammenrufen.«

»Alle?«

»Ja, ich denke schon.«

Binnen fünfzehn Minuten hatten sich die neun restlichen Ermittler in Gravers Büro versammelt, saßen auf den wenigen Stühlen, lehnten an den Wänden, ein paar saßen auf dem Fußboden. Graver kam hinter seinem Schreibtisch hervor und begann, ihnen zu berichten, was geschehen war. Er war sehr direkt und sagte ihnen alles, was er wußte – zumindest das, was Westrate ihm erzählt hatte –, und dann fügte er hinzu, wie bei Tisler würden sie informiert, sobald irgend etwas wegen der Beerdigung bekannt würde.

Er betraute Ted Leuci mit der Aufgabe des amtierenden Überwachers aller Einsätze – ein Job, den nach Gravers Meinung ohnehin er und nicht Besom hätte erhalten sollen – und sagte allen, wenn sie Fragen, Probleme, Vorschläge oder Bitten hätten, sollten sie sich zuerst an Leuci wenden. Er sagte, er wisse, wie eigenartig all diese Umstände seien, aber das Leben sei eben manchmal so, und man müsse es nehmen, wie es komme. Eine dümmliche Feststellung, aber er hatte das Gefühl, etwas zu dem unheimlichen zeitlichen Zusammentreffen äußern zu müssen. Er bat Leuci, noch einen Moment zu bleiben, und entließ die übrigen Mitarbeiter.

Er gab Leuci den Sicherheitscode zu Besoms Zimmer und sagte ihm, er solle hingehen, Besoms persönliche Sachen einsammeln und in eine Lagerkiste packen. Er bat ihn, Besoms Berichte durchzusehen und sich mit dem vertraut zu machen, was getan werden mußte, um die laufenden Angelegenheiten zu regeln. Wenn er irgendwelche Fragen habe oder ihm auch nur das Geringste an Besoms Berichten auffalle, solle er damit zu Graver kommen.

Nachdem Leuci gegangen war, nahm Graver das Telefon und rief Paula. Nach wenigen Minuten kamen sie und Neuman durch Gravers Tür.

»Über Besom wissen alle Bescheid«, sagte Paula und setzte sich gleich vor Gravers Schreibtisch. Ihre leicht geschwollenen Augen verrieten, wie spät es am Vorabend geworden war.

»Ja, ich weiß«, sagte Graver. »Was haben Sie?«

Während Paula ihren allgegenwärtigen Notizblock aufschlug, setzte sich Neuman auf einen anderen Stuhl und verschränkte die Arme, bereit, sich Paulas Zusammenfassung anzuhören. Zumindest mit einem Ohr. Er wirkte nicht ganz bei der Sache.

»Wir haben vierzehn verschiedene Papierfetzen aus Valerie

Heath' Müll«, begann Paula. »Drei Umschläge: einer von Gulfstream National Bank and Trust mit einem Fenster, so daß man nicht weiß, an wen er adressiert war; einer von The Secure Maintenance Services mit dem Namen ›Doris W.‹ auf der Außenseite; einer von Excell Executive Secretarial Services mit dem Namen ›Olivia M.‹ darauf. Wir haben sieben Quittungen verschiedener Herkunft gefunden, Lebensmittel, Autowäsche, Apotheke, solche Sachen. Wir haben drei Zettel von Notizblöcken mit Telefonnummern darauf: eine gehört einem Club für männlichen Striptease namens Phallacy; eine gehört einem Schönheitssalon namens La Riviera, und die dritte ist von einer Bar namens Maggie's in Kemah, nicht allzuweit von der Straße entfernt, wo sie wohnt. Wir haben außerdem einen Zettel mit der gekritzelten Aufschrift ›Don C.‹ darauf.«

Paula blickte auf und spielte nervös mit dem gelben Bleistift in ihrer Hand. »Also. Valerie fuhr eine neue Corvette, nicht den Wagen, mit dem sie auf dem Identitätsbogen für Zuträger vermerkt ist. Der Computer sagt uns, daß die Corvette auf den Namen Frances Rupp unter irgendeiner anderen Adresse zugelassen ist. Neuman hat sich die Plakette des Händlers am Heck angesehen, und wir haben mit dem Mann gesprochen, der Rupp den Wagen verkauft hat. Die Beschreibung paßt auf Valerie Heath. Während wir mit Heath sprachen, hat Neuman auf dem Kaffeetisch eine abonnierte Zeitschrift gesehen, die einen Adreßaufkleber mit dem Namen Irene Whaley hatte. Wir haben Whaley überprüft. Keine Vorstrafen, aber ihr texanischer Führerschein nennt eine andere Adresse, nicht die von Heath.«

»War die Zeitschrift an Heath' Adresse gerichtet?«

»Ja, war sie. Wir haben bei der Bank nachgefragt. Valerie Heath unterhält dort kein Konto. Und es gibt auch keine Konten auf die Namen Irene Whaley oder Frances Rupp.

Wir haben uns mit Secure Maintenance Services in Verbindung gesetzt und gefragt, ob dort jemand arbeitet, der mit Vornamen Doris heißt und dessen Nachname mit einem W beginnt. Nichts. Dasselbe bei Excell Executive Secretarial Services, Vorname Olivia, Nachname mit M. Nichts.«

»Was ist mit der Gulfstream Bank?«

»Haben wir überprüft. Nichts.«

»Haben Sie gefragt, ob Heath oder Rupp oder Whaley bei irgendeiner dieser Stellen gearbeitet hat?«

»Haben wir. Und wir haben auch Bruce Sheck überprüft sowie jeden Don oder Donald, dessen Nachname mit einem C anfängt, Nichts.«

»Ich wette, Heath hat eine Kommodenschublade voll falscher Ausweise«, warf Neuman ein. »Da die Umschläge mit ›Doris‹ und ›Olivia‹ aus ihrem Müll stammen, nehme ich an, daß sie die Empfängerin war.«

»Vielleicht benutzt jemand, der bei ihr wohnt, diese Namen«, sagte Graver.

»Könnte sein«, räumte Neuman ein, »aber wie wahrscheinlich ist das, wenn man bedenkt, daß wir von Heath bereits zwei weitere Identitäten mit falschen Papieren kennen? Und da auf diesen Umschlägen keine Nachnamen standen, nur Initialen, wette ich, daß das die einzigen Namen sind, unter denen die Absender sie kennen. Heath benutzt die Namen als Kontaktnamen.«

»Spionagekram«, sagte Paula.

»Ja, etwas in der Art«, sagte Neuman. »Sie hat bei diesen Geschäften mit Leuten zu tun, die sie nur unter diesen Namen kennen.«

»Diese Umschläge könnten aber auch reiner Zufall sein«, sagte Graver.

Neuman nickte. »Könnten sie, aber ich vermute, jemand, der bei diesen Stellen arbeitet oder Zugang zu ihrem Briefpapier hat, gibt Heath in diesen Umschlägen etwas und schreibt ihren Kontaktnamen darauf.« Neuman nahm die Arme auseinander und beugte sich auf seinem Stuhl vor. »Vermutlich wurden die Umschläge Heath von diesen Leuten nicht persönlich überreicht. Dann bestünde doch keine Notwendigkeit, den Namen draufzuschreiben. Sie wurden irgendwo deponiert.«

»Was ist mit ›Don C.‹?« fragte Paula.

»Vergessen wir nicht, wie wir an diesen Punkt gekommen sind«, sagte Graver und hob warnend die Hand. »›Colleen Synar‹, in Wirklichkeit Heath, und Bruce Sheck wurden bei der Ray-Probst-Ermittlung als Quellen zitiert. Wer immer sie in diesen Zusammenhang gebracht hat – Tisler, Besom, Dean –, hat sie auf gleichen Fuß miteinander gestellt. Tun wir dasselbe. Doris W., Olivia M.: Valerie Heath. Don C.: Bruce Sheck.«

»Partner?« fragte Paula stirnrunzelnd.

»Ach, ich weiß nicht.« Neuman sah Graver mit skeptisch geneigtem Kopf an. »Ich kann mir nicht vorstellen, daß die Frau, mit der Paula und ich gesprochen haben, in irgendeiner Organisation sehr weit oben steht. Eher befinden sie sich auf der gleichen Ebene – einer niedrigen – von etwas Größerem.«

»Ray Probst hatte eine Firma für Zeitarbeit«, fuhr Graver fort. »Er bezahlte seine Leute dafür, daß sie Informationen aus den Akten der Banken und Versicherungsgesellschaften stahlen, bei denen sie arbeiteten. Sie identifizierten Leute, die teure Konsumgüter besaßen, von denen Probst wußte, daß er sie schnell weiterverkaufen konnte. Und woher stammten die Umschläge in Heath' Müll? Von einem Instandhaltungsservice und einem Sekretariatsservice.«

»Sie glauben also, daß Probst eliminiert wurde, weil er eine Konkurrenz war?« fragte Paula.

Graver antwortete nicht. Er starrte in seine eigenen Notizen auf dem Schreibtisch vor ihm und drehte mit einer Hand langsam den Pflasterstein. Dann schüttelte er den Kopf.

»Ich weiß einfach nicht... Es ist so, ich kann nicht sehen, daß diese Art von Operationen genug Geld einbringen würde, die Art von Geld, die meiner Meinung nach nötig wäre, um drei Beamte des CID zu kaufen. Wenn sie ihre Karriere, Gefängnis, alles riskieren... meint ihr nicht, daß dazu mehr Geld erforderlich wäre, als bei solchen Operationen herauszuholen ist? Und wenn wir bei unserer Theorie bleiben, daß Tisler und Besom von einem Profikiller umgebracht wurden...«

»Tja«, Paula nickte und sah Neuman an, »wir haben darüber gesprochen. Deshalb glauben wir, daß wir bisher erst an der Oberfläche dieser Sache gekratzt haben. Und, äh, da ist unsere Phantasie mit uns durchgegangen, und nach einer Weile sind wir gegen eine Wand gelaufen. Wir dachten, wir besprechen es vielleicht besser erst mit Ihnen, um zu sehen, was Sie davon halten.«

»Wie ich schon sagte«, fügte Neuman hinzu, »wir glauben nicht, daß Heath und Sheck die Köpfe hinter all dem sind. Wir sehen sie als untergeordnete Figuren, als Untergebene.«

Graver sah sie an, während er den Pflasterstein drehte. Er glaubte, daß sie auf der richtigen Spur waren.

»Was wir tun müssen«, sagte er, »um etwas sicherer gehen zu können, ist folgendes: Wir müssen eine Liste der Firmen beschaffen, die jede dieser Stellen unter Vertrag hat. Vielleicht wird das, was wir da finden, uns eine Vorstellung von der Richtung geben, in die sie sich bewegen, uns sogar eine Vorstellung von der Dimension, vom Umfang ihrer Ziele vermitteln.«

»Früher oder später«, sagte Neuman vorsichtig – er wollte nicht zu eifrig erscheinen –, »werden wir entweder Heath oder Sheck zur Rede stellen müssen. Ich meine, einfach aus Zeitgründen. Wir haben ja nicht sehr viel Zeit, oder?«

»Was schlagen Sie vor?« Graver wußte, daß Neuman, was den Zeitmangel betraf, recht hatte. Er ließ ihre Aufgabe fast unmöglich erscheinen.

Neuman krempelte die Ärmel seines karierten Hemdes auf. Seine Krawatte war zwar noch geknotet, doch er hatte sie in den Schlitz zwischen den zweiten und dritten Hemdknopf gestopft, damit sie ihm nicht im Weg war.

»Wir könnten Sheck befragen, wie wir mit Heath geredet haben«, sagte er. »Aber wahrscheinlich hat sie schon mit ihm gesprochen, und er wird uns vermutlich erwarten. Dieses Interview wird schwieriger werden, ganz gleich, wie er ist, es sei denn, er hat überhaupt kein Rückgrat.« Er schaute Paula an. »Aber Heath ist verwundbar. Ich denke, wir können sie ohne allzu große Probleme in Panik versetzen. Wir haben das mit all ihren falschen Ausweisen. Ich denke, wir können sie glauben machen, wir wüßten mehr, als wir wirklich wissen, sie in eine Ecke drängen, unter Druck setzen, umdrehen. Ich glaube, das könnte sich auszahlen.«

»Aber damit binden wir uns die Hände, Casey«, sagte Paula zweifelnd. »Wenn wir sie nicht zur Mitarbeit bewegen können und sie weggeht, dann haben wir uns verraten.«

»Ich denke, das haben wir ohnehin«, gab Neuman zu. »Diese Versicherungssache hält nicht stand.« Er sah auf seine Uhr. »Inzwischen weiß sie bereits, daß es diese Gesellschaft nicht gibt.«

Graver starrte auf seine Notizen und drehte weiter an seinem Pflasterstein. Das war eine heikle Angelegenheit. Falls bei der Beschattung und Abhörung von Burtell nichts herauskam, falls das Rätsel um das Paßwort zu Tislers Computerbändern binnen der nächsten vierundzwanzig Stunden nicht zu knacken war, falls die Tonaufnahme von Burtells Treffen heute keine Informationen erbrachte, dann war er ganz für Neumans Plan. Aber Paula hatte auch recht. Wenn der Versuch, Heath umzudrehen, fehlschlug, dann würde das die Pferde scheu machen. Die Ermittlung wäre nicht mehr geheimzuhalten.

»Also, ich möchte folgendes«, sagte Graver schließlich. »So unglaublich das auch scheinen mag, ich habe einen Informanten, und der hat mir letzte Nacht etwas gegeben, was uns möglicherweise genau in die Mitte dieser ganzen Geschichte führt.« Ohne ihnen etwas über Last zu erzählen, berichtete Graver von dem Gespräch, das Last bei der Party in Colin Faebers Haus belauscht hatte.

Paulas Augen weiteten sich erstaunt, und sie sah Neuman an, der über diese neue merkwürdige Wendung nur den Kopf schüttelte. Graver dachte daran, sie noch weiter einzuweihen, ihnen von Last und Arnette zu erzählen, ihnen alle Stücke des Puzzles zu geben. Doch etwas warnte ihn davor. Wie gewöhnlich war er vorsichtig, und dennoch wußte er, daß er ihre Ermittlung möglicherweise behinderte, indem er sich so ihre Analyse des Gesamtumfangs dessen, womit sie es zu tun hatten, entgehen ließ. Dennoch hielt er sich zurück.

»Casey, ich möchte, daß Sie Faeber überprüfen«, sagte Graver. »Vielleicht hat er nichts mit der Unterhaltung zwischen diesen beiden Männern zu tun, ich habe keine Ahnung, aber wir müssen den Versuch machen, es herauszufinden. Ich werde an meinem Informanten dranbleiben. Ich kann das natürlich alles nicht nachprüfen, aber im Augenblick dürfen wir nicht zimperlich sein.«

Graver rieb sich mit den Händen das Gesicht. Sein Nacken wurde allmählich steif. Er konnte spüren, wie die Sehnen sich anspannten und verhärteten. Er schüttelte den Kopf.

»Himmel, wir könnten für diese Sache ein Dutzend Leute gebrauchen. Paula, ich möchte, daß Sie herausfinden, wer mit Gulfstream National Bank and Trust zu tun hat. Angestellte,

Aufsichtsratsmitglieder, solche Sachen. Wenn die Firma einer Holdinggesellschaft gehört, dann besorgen Sie sich beim Ministerium die Gründungsurkunde, lassen Sie sich alles faxen, was sie haben. Wir müssen feststellen, ob da irgendwelche Fäden heraushängen, an denen wir ziehen können.«

Er sah auf seine Uhr. »Bleiben Sie mit mir in Verbindung. Vielleicht habe ich im Laufe des Nachmittags etwas von meinem Ende der Sache.«

40

Graver rief Lara in sein Büro, und während der nächsten Stunde half sie ihm, sich durch den Stapel Papier zu arbeiten, der sich auf seinem Schreibtisch angesammelt hatte. Es war wichtig, daß sein Büro nicht als Engpaß im Papierfluß auffiel. Was immer sonst noch geschah, er wollte nicht, daß es so aussah, als würde Tislers und Besoms Tod eine Unterbrechung der Routine zur Folge haben.

Um fünf nach halb zwei merkte er, daß Lara zu schreiben aufgehört hatte und mit im Schoß gefalteten Händen dasaß und ihn anstarrte. Er blickte auf.

»Ich muß etwas essen«, sagte sie. »Wirklich.«

Er schaute auf die Uhr und lehnte sich in seinem Stuhl zurück. Sein Kopf dröhnte, und er war am Verhungern. »Tut mir leid«, sagte er. »Sie müssen Hunger haben, nicht?«

»Oh, nur ein bißchen«, sagte sie trocken und strich mit den rotlackierten Fingernägeln einer Hand über ihr Decolleté, um ein Haar abzustreifen. »Und Sie haben Kopfschmerzen, stimmt's?«

Er nickte.

»Ja, man sieht es Ihnen an. Ich wette, Sie haben auch nicht gefrühstückt.«

Er nickte wieder.

»Richtig«, sagte sie und schob ihren Stuhl zurück. »Was soll's denn sein? Was möchten Sie essen?«

Er grinste sie an. »Okay. Wenn Sie es holen, bezahle ich. Wie wär's mit ... Las Hermanas?«

»Perfekt«, sagte sie, stand auf und zupfte anmutig an den Seitennähten ihres Rockes, um ihn zu glätten.

Graver griff nach hinten, wo seine Jacke am Garderobenständer hing, und nahm seine Brieftasche heraus. »Ich nehme zwei Rinds-*enchiladas* – *ranchera* – einmal *taco* und einmal *tamale.*«

»*Einmal* tamale?«

»Genau«, sagte er und ließ einen Zwanziger auf den Aktenstapel neben ihrem Kugelschreiber fallen.

»Und Bier«, sagte sie.

»Gute Idee. Wie wär's mit einem RC?«

Sie lächelte und nahm den Geldschein. »Bin in zwanzig Minuten wieder da.«

Graver sah sie aus seinem Büro gehen und beobachtete ihre Hüften, als das Telefon läutete. Sie drehte sich um, er gab ihr durch eine Geste zu verstehen, daß er abheben würde, und sie ging. Er griff nach dem Hörer.

»Graver hier.«

»Ist das deine sichere Leitung?« fragte Arnette.

»Ja, ist sie.«

»Wir haben etwas von den Bandaufnahmen von dem Gespräch am Transco-Brunnen gerettet«, sagte sie. »Was die Zusammenhänge betrifft, ist nicht viel drauf. Aber was zweimal herauskommt, ist ein Name. Marcus, hast du je von einem Mann namens Panos Kalatis gehört?« Sie buchstabierte den Namen.

Graver schrieb ihn nieder, aber er brauchte nicht nachzudenken. »Nein.«

»Okay, ich nämlich schon. Ich denke, du kommst besser her, Baby. Wir müssen reden.«

Graver wurde plötzlich warm und unwohl.

»Bin schon unterwegs«, sagte er. Er stand auf, packte seine Jacke und verließ sein Büro. Lara war schon fort. Er zog seine Jacke an und ging durch die Tür neben der Kabine der Empfangssekretärin. Er bat sie, Lara auszurichten, er werde sie anrufen.

41

13:45 Uhr

Er kaufte sich bei einem schal riechenden kleinen Drive-in nicht weit von der Polizeistation einen Hamburger und aß ihn auf dem Weg zu Arnette. Während er aß, dachte er an die Enchiladas von Las Hermanas und daran, wie wütend Lara sein würde, wenn sie ins Büro zurückkam.

Arnette öffnete ihm die Haustür. Sie war sachlich und geschäftsmäßig. Der Name dieses Mannes taucht zweimal auf, Marcus«, sagte sie, führte ihn durch das Zwielicht und zur Hintertür in die schattige Laube, über die man das Nebenhaus erreichte.

»Panos Kalatis. Das ist griechisch.«

»Ja, der Name ist griechisch«, sagte sie, zupfte ein Blatt von den Weinreben und zerbröselte es im Weitergehen. Der Gesang der Zikaden stieg in der Mittagshitze rhythmisch an. »Beide Male ist es Deans Stimme. Zu Anfang des Gesprächs sagt er sinngemäß, er glaube nicht, daß Kalatis irgend etwas tun würde... und dann, später, gegen Schluß, beendet er einen Satz mit ›Kalatis‹. Das ist alles. Sie haben todsicher gewußt, warum sie da praktisch im Brunnen standen. Wie auch immer, es ist nicht viel, nur der Name. Aber wenn man bedenkt, wer er ist, ist es ein großer Durchbruch.«

Sie kamen auf die abgeschirmte hintere Veranda des anderen Hauses, und Arnette stieß die Fliegentür auf, ohne ihre Schritte zu verlangsamen, und führte ihn in den Computerraum. Wieder liefen die Geräte, und diesmal waren alle besetzt. Doch Arnette hielt sich an dem Tisch, an dem die schmale Blonde wieder an ihrem Gerät Dienst tat, nicht auf, sondern führte Graver in ihre Bibliothek und schloß die Tür. Der Bibliothekstisch war leer bis auf einen Computerbildschirm und eine Tastatur am anderen Ende, einen gläsernen Aschenbecher und einen einzelnen Ordner in der Mitte. Das erhabene Etikett war mit einem grünen Bandcode versehen.

»Ich lasse dich mit dem hier allein«, sagte Arnette und wies mit dem Kinn auf den einsamen Ordner. »Wenn du ihn gelesen hast, geh nach draußen und laß mich durch Quinn benachrichtigen. Dann reden wir.«

»Quinn ist die Blonde am Funkgerät?«

»Richtig.«

Graver nickte, und Arnette verließ die Bibliothek und zog die Tür hinter sich zu. Graver nahm einen Stuhl und setzte sich. An der linken Seite der Akte stand eine Codenummer, eine lange Reihe von Ziffern und Buchstaben. Er legte den Ordner vor sich hin und öffnete ihn. Es war ein dickes, einzeilig geschriebenes Dossier über Yosef Raviv.

Raviv wurde 1936 als Sohn jüdischer Eltern in Athen, Griechenland, geboren. Sein Vater war Schlosser im jüdischen Distrikt, der seine Familie 1943 in Galatas an Bord eines Schiffes schmuggelte und mit ihr in das von den Briten aufgeteilte Palästina floh. Sie ließen sich in Ashdod an der Mittelmeerküste nieder, und Vater Raviv schloß sich dem vorstaatlichen Lehi-Untergrund an, einer radikalen jüdischen Gruppe, die Terroranschläge gegen die Briten und Araber verübte, um die Schaffung eines jüdischen Staates zu beschleunigen. Drei Monate bevor 1948 die jüdische Unabhängigkeit verkündet wurde, kam Vater Raviv um, als eine Bombe, die er baute, zufällig explodierte. Yosef war zwölf Jahre alt.

1953, mit siebzehn Jahren, schrieb sich Raviv an der Hebräischen Universität in Jerusalem ein, wo er in den nächsten sechs Jahren Sprachen studierte. Als er 1959 mit dreiundzwanzig Jahren die Universität verließ, sprach er fließend Französisch, Englisch, Italienisch und Spanisch und konnte sich auf Deutsch, Arabisch und Russisch verständigen.

Nach der Universität trat Raviv seine dreijährige Wehrpflicht in der israelischen Armee an. Am Ende dieser Zeit, 1962, wurde er sofort von Tsomet, der Rekrutierungsstelle des Mossad, angeworben; zu der Zeit begann für die israelische Auslandsaufklärung eine neue Epoche. Meir Amit, der neue Direktor des Mossad, strukturierte den Dienst um und legte Wert auf die Einberufung junger Männer, die sich beim Militär oder an der Universität ausgezeichnet hatten. Insbesondere suchte er Männer, die »Aggressivität, Gerissenheit, Initiative, Eifer für Feindeinsätze und Entschlossenheit« aufwiesen. Nach drei Ausbildungsjahren verließ Raviv das Institut im Jahre 1965 als *katsa* oder Offizier für Sondereinsätze des Mossad.

Raviv wurde sofort nach Marseille geschickt, um einen dortigen Offizier für Sondereinsätze zu ersetzen, dessen arabische Sprachkenntnisse damals in Israel dringend gebraucht wurden. Alle israelischen Geheimdienste, Mossad, Aman und Shin Bet, waren dabei im Begriff, sich auf den Krieg mit den Arabern vorzubereiten, der, wie alle spürten, unvermeidlich war. Raviv war im Juni 1967, als der Sechstagekrieg den Nahen Osten erschütterte, noch in Marseille.

1969 nahm Raviv an einer Mission teil, die schließlich die Form seiner Karriere bestimmen sollte. Nach dem Sechstagekrieg verhängten die Franzosen ein Embargo über Munition, Flugzeuge und Schiffe, die Israel bereits gekauft und bezahlt, Frankreich aber noch nicht geliefert hatte. Besonders dringend benötigten die Israelis fünf Raketenboote, die unter das Embargo fielen, und sie konnten nicht warten, bis die langsamen Räder der Diplomatie sie freibekamen. Raviv erhielt den Befehl, in die Normandie zu reisen, wo die Raketenboote im Hafen von Cherbourg lagen, und mit Hilfe von Agenten die schwachen Punkte der Hafensicherung auszukundschaften, damit Israels Marinespezialisten eine Inbesitznahme planen konnten.

Am Weihnachtsabend drangen israelische Marineoffiziere, die einige Wochen zuvor nach Frankreich eingeflogen und von Raviv und seinen Agenten eingewiesen worden waren, in den Hafen von Cherbourg ein und entführten die fünf Raketenboote über Gibraltar ins Mittelmeer.

Danach sollte Raviv nicht mehr nach Marseille zurückkehren, sondern von der Bildfläche verschwinden. Man wies ihn an, nach London zu gehen, sich einen Job zu suchen und in keiner Weise mit dem Mossad in Verbindung zu treten. Ein Jahr später, im Dezember 1970, nahm man Kontakt mit ihm auf und befahl ihm, nach Paris zu gehen. Dort vergingen weitere drei Monate, bis ein Kommandeur der Mossad aus Tel Aviv zu ihm stieß, der einen Monat mit ihm verbrachte. Er war für eine Sondermission ausgewählt worden, die zum Markenzeichen seiner Karriere werden sollte.

Für den Mossad brach in Frankreich eine geschäftige Zeit an. Die siebziger Jahre sollten das Jahrzehnt der terroristischen revolutionären Gruppen werden, der Baader-Meinhof-Gruppe in Deutschland, der japanischen Roten Armee, der italienischen Roten Brigaden, der baskischen ETA in Spanien, der Action Directe in Frankreich und fünf verschiedener palästinensischer Organisationen. Früher oder später fanden sie alle es erforderlich, Frankreich aufzusuchen und sich für unterschiedliche Zeiträume dort aufzuhalten.

Ravivs Sprachkenntnisse und seine Vorliebe dafür, allein zu arbeiten, galten unter diesen Umständen als unentbehrlich. Er war zu einem »Single« gemacht worden, einem selbst nach den Maßstäben des innovativen Mossad raren *katsa.* Er führte keine Agenten und operierte ausschließlich allein. Seine Existenz war anderen Mossad-Mitarbeitern in aller Welt unbekannt. Obwohl der Mossad drei *kidon*-Einheiten besaß – kleine operative Zellen, die überall auf der Welt Morde und Entführungen begingen –, bestand zu dieser Zeit ein besonderes Bedürfnis nach »verschleierten« Anschlägen, Morden, die wie natürliche Todesfälle wirkten. Die Ziele waren drei Männer und eine Frau in den diplomatischen Corps von vier verschiedenen Botschaften, die bedeutsame heimliche Verbindungen zu terroristischen Organisationen unterhielten. Ein traditioneller Mordanschlag – selbst wenn die Israelis niemals damit in Verbindung gebracht würden – würde einen Aufruhr verursachen und Rückschläge bewirken, die den israelischen Interessen nur schaden konnten.

Raviv brauchte neunzehn Monate, um seine Aufgaben zu erfüllen, einen Zeitraum, den seine Vorgesetzten als ideal ansahen. Seine Anschläge wurden nie entdeckt.

Im Mai 1978 tauchte Raviv in Buenos Aires als Victor Soria auf, ein reicher Katalonier aus Barcelona. Obwohl Argentinien eine lange und offene Geschichte als Nation von Nazisympathisanten hatte, sowohl während des Krieges als auch danach, sorgte in der zweiten Hälfte der siebziger Jahre der Mossad für die Ausbildung der Geheimpolizei des argentinischen Militärs und hatte während verschiedener Stadien von Argentiniens »schmutzigem Krieg« teil an Geheiminformationen über seine Operationen gegen die revolutionäre Bewegung. Er lieferte auch Waffen, und zu Beginn der achtziger Jahre machten israelische Waffenverkäufe siebzehn Prozent des gesamten Waffenimports Argentiniens aus.

Israels Realpolitik hatte jedoch ein Gesicht, das sie nie enthüllte, und sie hatte nicht nur ein öffentliches, sondern auch ein privates Gedächtnis. Obwohl Südamerika als Zufluchtsort für Nazikriegsverbrecher wohlbekannt ist, denken die meisten Leute, wenn ihnen die Männer einfallen, an prominente Deutsche wie Adolf Eichmann, Klaus Barbie und Dr. Josef Mengele. Doch es gab auch andere, Dutzende von namenlosen, niedrigrangigen deutschen Offizieren sowie solche Besatzungsmitarbeiter, die die grauenhaften Anweisungen der Nazis durchführten, kroatische Ustaschi, rumänische Legionäre, ukrainische Nationalisten. Diese Männer wie auch die Nazis flohen nach Südamerika, um der Vergeltung für ihre Verbrechen zu entgehen, und in Argentinien bauten sich mehr von ihnen ein neues Leben auf als in jedem anderen Land.

Von 1978 bis 1981 lebte Victor Soria in Argentinien und arbeitete mit der argentinischen Geheimpolizei zusammen. Doch das war nicht seine einzige Mission. Er lebte allein unter den elf Millionen Menschen von Buenos Aires, aber er unternahm auch ausgedehnte Reisen. Er reiste zu entlegenen Ranches in den zentralen Pampas, südwärts zu den staubigen und kahlen Ölfeldern von Patagonien und nach Norden zu den Sümpfen des Gran Chaco. Manchmal überquerte er den Pilcomayo und betrat General Stroessners Paraguay, zu anderen Gelegenheiten überquerte er den Rio de la Plata nach Montevideo in Uruguay. Kein Geheimdienst außerhalb des Mossad war je in der Lage, die Statistiken über Sorias Arbeit in Argentinien zu erhalten, doch als Raviv 1981 nach Israel zurückkehrte, war er in der Welt der Geheimdienste zu einer Legende geworden.

Anfang 1984 verließ Yosef Raviv den Mossad. Er war fünfzig Jahre alt und hatte ihm neunzehn Jahre lang angehört.

Gegen Ende dieses Jahres kaufte er unter dem Namen Panos Kalatis ein Haus in einem feinen Bezirk von Bogota, Kolumbien. Das Haus war eine große Residenz in spanischem Stil, die hinter einer hohen, mit Stacheldraht bewehrten Mauer lag und mit einem elektronischen Sicherheitssystem ausgestattet war. Sie hatte bei weitem mehr gekostet, als ein pensionierter Offizier des Mossad sich von seiner Rente hätte leisten können.

In den nächsten paar Jahren war alles, was man über Panos

Kalatis wußte, nur durch seine Verbindungen bekannt. Er betrat eine Welt, die weitgehend ein Phänomen der achtziger Jahre war, ein Zeitalter, das der Nachkriegsargwohn der Regierungen ermöglichte, die dreißig Jahre lang eine Generation von Spionen und Agenten ausgebrütet hatten. Diese standen Mitte und Ende der siebziger Jahre nach einem Leben der Täuschung und Verborgenheit vor der Pensionierung. Sie brauchten nicht lange, um zu erkennen, daß ihre Fähigkeiten und Kontakte zu vermarkten waren. Viele von ihnen wurden Privatiers und verkauften ihre Dienste an die Meistbietenden, rechte Juntas der dritten Welt, Waffenhändler, Guerillabewegungen, Diktatoren, Polizeistaaten, Drogenkartelle und sogar ihre eigenen Regierungen, die ihren »inoffiziellen« Status oft praktisch fanden, um sie verleugnen zu können, sollten ihre Aktivitäten je entdeckt werden. Das Geld war phänomenal, und die adrenalintreibenden Operationen waren genauso aufregend wie in den alten Zeiten.

Kalatis zeichnete sich dadurch aus, daß er niemals ein Teamspieler gewesen war, und er wurde auch keiner. Was immer er tat, schien nur ihm bekannt zu sein, und seine Bewegungen konnten nur anhand seiner Helfer in den Vereinigten Staaten und Lateinamerika, der von ihm ausgewählten Ruhesitze, verfolgt werden.

Zwischen 1985 und 1989 wurde Kalatis mit den verschiedensten Männern gesehen, von denen viele in der Welt der Geheimdienste und der Spionage einen zweifelhaften Ruf genossen.

Die Liste war lang und merkwürdig, und sie warf kein direktes Licht auf Kalatis selbst oder das, was er während dieser Jahre tat. Es gab keine Berichte über geschäftliche Verbindungen zu irgendwelchen dieser Leute; man wußte nur, daß er mit ihnen gesehen worden war.

Er hatte keine erkennbaren Einkommensquellen, obwohl er über Konten in unbekannter Höhe in der Schweiz und Luxemburg verfügte.

Unter dem fettgedruckten Untertitel *Unbestätigt* hieß es in der Akte weiter: »Man nimmt an, daß Kalatis um 1989 möglicherweise einen zweiten Wohnsitz in der Gegend von Houston erworben hat. Seit dieser Zeit wird gemunkelt, er unternehme unregelmäßige Reisen zwischen Bogota und Houston in einem privaten Jet, einer

Desault Falcon, die zeitweise auf den Namen seines Piloten registriert war, eines früheren Instrukteurs der israelischen Luftwaffe, von dem man annimmt, daß er seit Mitte der achtziger Jahre für Kalatis arbeitet.«

Diese scheinbar triviale kleine Information war der letzte Eintrag. Das letzte Blatt Papier war ein einzelner Bogen mit dreiundzwanzig Zeilen codierter Hinweise. Und es gab noch eine Klarsichthülle mit drei Fotos. Graver öffnete sie. Das erste war ein Bild von Yosef Raviv während seines ersten Jahres bei den israelischen Streitkräften. Er war in Uniform und trug eine Sonnenbrille. Breitschultrig, mit herausforderndem Lächeln, eine Zigarette im Mundwinkel und eine Uzi im Arm, stand er auf einer Hügelkuppe. Hinter ihm war ein kahles Wüstental zu sehen. Das war 1962, als er sechsundzwanzig war. Er war allein auf dem Bild.

Das nächste Foto trug nur den Stempel »Buenos Aires, 1980«. Raviv saß in einem Straßencafé. Er trug ein Sportjackett und ein offenes Hemd und wieder eine Sonnenbrille. In achtzehn Jahren hatte Raviv die solide Statur eines Mannes in mittlerem Alter entwickelt, wenn er auch noch immer deutlich athletisch wirkte. Er sah hart und fit aus. Der Fotograf hatte ihn im Profil aufgenommen, einen Unterarm auf dem kleinen Kaffeetisch, die andere Hand am Henkel einer Tasse, die er gerade abstellen oder anheben wollte. Er war allein, und neben seinem Ellbogen lag eine zusammengefaltete Zeitung.

Das dritte Foto war ein Farbfoto, allerdings sehr körnig. Gestempelt: »Mexico City, 1982«. Raviv ging neben einer hohen Mauer den Bürgersteig einer Wohnstraße entlang. Über der Mauer war der erste Stock eines Hauses mit rotem Ziegeldach zu sehen. Raviv trug einen hellen tropischen Leinenanzug, leichte Schuhe und eine Sonnenbrille. Hinter ihm hing buschig eine Bougainvillea über die Mauer. Eine Hand – die auf der Mauerseite – hatte er in der Anzugtasche, während die andere eine Zigarette vom Munde führte, an der er offensichtlich gerade gezogen hatte. Ein Rauchwölkchen bildete vor seinem Gesicht einen verschwommenen Fleck. Er war allein und sah direkt in die Kamera, obwohl Graver annahm, daß das Bild aus einem Versteck heraus aufgenommen worden war. Raviv schaute mit dem bedächtigen Argwohn eines

Wolfes, der gerade etwas gespürt hat, das seine Sinne nicht bestätigen, in die Linse des Fotografen.

Graver legte die drei Aufnahmen Seite an Seite nebeneinander und betrachtete sie erneut, langsam, eines nach dem anderen. Dann nahm er sie auf, schob sie wieder in den Umschlag, sammelte die Seiten ein, klopfte sie gerade, legte alles wieder in den Ordner und klappte ihn zu.

42

Als Arnette in die Bibliothek zurückkam, brachte sie zwei Tassen frischen Kaffee mit. Ohne ein Wort zu sagen, stellte sie eine vor Graver hin, ging auf die andere Seite des Tisches, setzte sich und stellte ihre eigene Tasse ab, zusammen mit dem allgegenwärtigen ockerfarbigen Päckchen ausländischer Zigaretten. Ohne Hast nahm sie eine Zigarette aus der Schachtel, zündete sie an und betrachtete das dicke Dossier und dann Graver, während sie den Rauch ausatmete.

»Das entwickelt sich zu einem gottverdammten Alptraum«, sagte Graver und trank einen Schluck Kaffee.

»Ich muß schon sagen ... es ist außergewöhnlich«, sagte Arnette. »Und es ist groß. Wir brauchen nicht so zu tun, als sei es das nicht.«

Graver nickte in Richtung auf das Dossier. »Glaubst du, daß dieser Kerl wieder beim Mossad ist?«

»Das kann man nicht in Erfahrung bringen«, sagte Arnette kopfschüttelnd. »Niemals.« Sie streckte die Hand nach dem Tischende aus und zog den gläsernen Aschenbecher zu sich heran. »Wir müssen uns mit dem Bericht in der Akte begnügen. Sagen wir, er ist nicht dabei. In diesem Falle scheint das tatsächlich zu passen. Wenn kein System hinter ihm steht, ist er sogar noch gefährlicher.« Sie schaute auf den Ordner und schüttelte wieder den Kopf. »Für einen solchen Mann sind andere Menschen – und Organisationen – eine Belastung. Allein wird er nicht viele Spuren hinterlassen. Die meiste Zeit hinterläßt er überhaupt keine.«

Sie starrten einander einen Moment an.

»Du glaubst, daß er Tisler und Besom getötet hat.«

»Ich glaube...« Sie dachte einen Augenblick über die Frage nach. »Ja« – sie begann zu nicken – »ja, ich glaube, von dieser Annahme solltest du ausgehen.«

»Herrgott.« Graver wandte den Blick ab und ließ ihn über die Bücher wandern.

»Sie könnten alles mögliche getan haben, Marcus«, sagte sie. »Diese Ermittlungen, Probst, Friel, die andere über... Seldon... Wenn Dean die Quellen getürkt hat, aber gute Informationen besaß, dann hat ihm jemand – Kalatis – diese Informationen gegeben. Kalatis hatte Insiderwissen, und irgendwie diente es seinen Zwecken, sie zu erledigen. Also gab er Dean die Fälle, und zusammen mit Besom und Tisler ließen sie es so aussehen, als hätten sie die Ermittlungen geführt.«

»Ich sehe nicht, wie Besom da hineinpaßt«, sagte Graver, und ohne auf Arnettes Antwort zu warten, schlug er eine andere Richtung ein. »Sie haben es für Geld getan, für eine Menge Geld.«

»Tja«, sagte Arnette, »ich denke, du hast recht. Die ganze Geschichte dreht sich um Geld.« Mit der Hand, die die Zigarette hielt machte sie eine Geste zu Graver. »Ich sagte, du solltest annehmen, daß Kalatis Tisler und Besom getötet hat... oder dafür verantwortlich war. Du kannst auch annehmen, daß du wahrscheinlich über die äußeren Ränder einer verdammt großen Operation gestolpert bist. Die in diesem Dossier erwähnten Leute sind lauter Geschäftsleute, die Hunderte von Millionen Dollar bewegen... pro Geschäft. Und da laufen vielleicht ein halbes Dutzend Geschäfte. Um diese Millionen zu machen und gleichzeitig selbst im Hintergrund zu bleiben, müssen sie sich auf ein Spinnennetz von Schmalspurganoven verlassen. Und sie tun sich so bereitwillig mit diesen kleinen Typen zusammen wie die Geldbarone oder die Bosse der dritten Welt oder die Junta-Generäle. Sie brauchen sie. Wie alle schlauen Leute wissen sie, daß sie nur mächtig sein können, wenn sie von Schwachen umgeben sind.«

Sie rauchte. Mit ihrem langen, von silbernen Fäden durchzogenen Zopf über einer Schulter ihrer zitronengelben Seidenbluse, ihrem zigeunerhaften Teint und ihrer geraden, scharfgeschnittenen Nase war Arnette Kepner ein Geschöpf, geschaffen von der scheckigen Welt der Geheimhaltung, jeder Art von Geheimhaltung, persönlich und professionell, individuell und regierungsamtlich, offiziell und inoffiziell. Das hatte ihre Physiognomie oder die Aura, die sie umgab, geprägt.

»Mit Kalatis ist es so«, fuhr sie fort. »Weil er ein Einzelgänger ist, gibt es weniger Schichten von Schmalspurgaunern zwischen ihm und der Dreckarbeit. Er ist nahe dran. Gleich um die Ecke.« Ihre Stimme bekam einen berechnenden Ton. »Mein Rat: Versuche, einen von den kleinen Ganoven in die Hände zu bekommen. Bring ihn in ein Zimmer und komm erst wieder heraus, wenn du denjenigen hast, der über ihm steht. Dann schnapp dir diese Person und mach mit ihr dasselbe. Zwei, drei solcher ›Interviews‹, und du bist nahe genug dran, um ihn zu riechen.«

Graver schlürfte den Kaffee, nickte und beobachtete sie. Großer Gott.

»Was ist mit Deans Kontakt am Brunnen? Was in aller Welt glaubst du, daß er da gemacht hat?«

»Marcus, ich habe dir gesagt, daß ich finde, dieser Typ sieht nach Regierung aus, nicht?« Arnette schnippte die Asche ihrer Zigarette in den Aschenbecher. »Wir sind dabei, das zu überprüfen. Ich versuche, mir über Funk Fotos von... relevanten... Leuten von CIA und FBI zu beschaffen.« Sie klang ganz untypisch ausweichend. »Zum Glück ist das ein ziemlich kleines Segment des Geschäfts. Ich sollte ziemlich bald welche bekommen.«

»Ein Segment?«

»Die Regierung weiß nicht, wie man Leute wie Kalatis behandelt. Ein großer Teil der Gemeinde der Geheimdienste überschneidet sich. Er ist ein früherer Geheimdienstoffizier einer ausländischen Macht – das ist CIA. Er handelt vermutlich mit Drogen – das ist DEA. Was immer er tut, er tut es landesweit – das ist FBI. Wer bekommt ihn also? CIA? DEA? FBI? Gewöhnlich fühlen sich alle frei, ihre eigenen Ermittlungswege zu gehen.« Sie drückte ihre Zigarette im Aschenbecher aus. »Und du weißt, wie gut sie zusammenarbeiten.«

»Du glaubst also, daß Dean für eine Regierungsstelle arbeitet?«

»Na ja, nicht ganz.« Arnette senkte behutsam den Blick, und ihre schmalen Finger fielen auf das ockerfarbene Zigarettenpäckchen.

Sie verschob es ein wenig, stellte es auf die Unterseite, auf die Schmalseite. »Die Frage ist, ob Dean weiß, mit wem er es zu tun hat. Was sie gemacht haben, Marcus, geht ganz schön weit. Es ist dreckig. Sich mit den bösen Buben zusammenzutun, ist ... schäbig. Ich weiß nicht, wer da wen zum Narren hält. Ich glaube bloß, daß der Mann ein Schild mit der Aufschrift Regierung auf der Stirn trägt ... Dean hat mit ihm zu tun ... und sie reden über Panos Kalatis.« Sie zuckte mit den Schultern.

»Wie auch immer«, fuhr sie fort, »mit Kalatis im Bild wird diese Sache auch mein Geschäft. Es stellt sich heraus, daß Deans Beziehung zu Kalatis die erste Aktion dieses Typs ist, von der die Geheimdienstnetzwerke in fast einem Jahr Wind bekommen haben. Das ist eine phantastische Gelegenheit für mich, für mein Geschäft. Ich will über ihn alles, was ich kriegen kann. Jetzt sind wir beide an ihm interessiert, und du brauchst nicht die ganze finanzielle Last zu tragen. Und der Typ am Brunnen. Ich will verdammt noch mal auch wissen, wer das ist. Es gibt einige Dinge, die ich tun kann, für die du nicht bezahlen mußt; ich gebe einfach an dich weiter, soviel ich kann.«

Graver nickte.

Sie sah ihn an. »Und ich erwarte von dir, daß du dasselbe tust«, fügte sie hinzu.

Graver nickte wieder. »Klar, natürlich«, sagte er. »Ich weiß das zu schätzen.« Er richtete sich auf seinem Stuhl auf, stützte die Ellbogen auf den Tisch, legte das Gesicht einen Augenblick in die Hände und ließ sie dann wieder fallen.

»Wir könnten da einen großen Fehler machen«, sagte er und sah Arnette dabei an. »Warum sollten wir glauben, daß die Informationen, die hinter Tislers getürkten Ermittlungen stehen, von Kalatis stammen müssen? Was, wenn sie von den Leuten am Brunnen kommen? Was, wenn der Unbekannte die Informationen liefert, nicht Kalatis?«

»Wir denken, daß Kalatis die Anschläge verübt hat.«

»Auf der Basis von dem hier, ja«, sagte Graver und klopfte auf das Dossier. »Aber was ist, wenn wir uns da irren? Dean erwähnt Kalatis, aber wir wissen nicht, in welchem Zusammenhang. Wenn wir seinen Namen nicht gehört hätten, wenn wir nicht wüßten, daß er existiert, würden wir dann nicht annehmen, daß der Bursche am Brunnen hinter all dem steht? Wir müßten es beinahe. Dieses Dossier kann uns auf eine falsche Spur gesetzt haben.«

»Oder auf die richtige«, entgegnete Arnette und schnippte eine weitere Zigarette aus ihrem Päckchen. »Wir könnten von der falschen Annahme ausgehen. Aber okay, sagen wir, es ist nicht die falsche. Dean redet trotzdem mit dem Mann am Brunnen über Kalatis. Fragt er nach Kalatis oder berichtet er über ihn? Wie auch immer« – sie winkte mit der unangezündeten Zigarette zwischen ihren schmalen Fingern –, »Kalatis ist darin verwickelt... irgendwie. So oder so kann ich dir garantieren, daß du es mit ihm zu tun bekommen wirst.«

Sie machte sich die Zigarette an. Graver wußte, Arnette wartete darauf, daß er ihr sagte, was er tun würde. Sie wollte es wissen, und sie wußten beide, daß er es ihr sagen sollte. Sie hatte verdammt viel mehr als er von den Verwüstungen gesehen, die Männer anrichten, die mit derselben Gedankenlosigkeit töten wie pinkeln, und wenn er im Begriff war, etwas zu tun, das tödliche Folgen haben konnte, dann war es besser, darüber Bescheid zu wissen.

»Okay«, sagte er. »Laß dir berichten, was wir haben.« Er erzählte ihr von Neumans und Paulas Interview mit Valerie Heath und den Namen, auf die sie bei der Untersuchung ihres Mülls gestoßen waren. Er berichtete ihr, daß sie diesen Namen jetzt nachgingen. Victor Last erwähnte er nicht. Dann sagte er:

»Wenn ich ins Büro zurückkehre, werde ich Neuman beauftragen, sich Heath zu schnappen. Er möchte das tun... und du rätst ja auch dazu in der Annahme, daß sie auf der untersten Ebene von Kalatis' Organisation steht. Wir werden sehen, ob wir sie dazu bringen können, ein paar Namen auszuspucken. Die Zeit läuft uns davon.«

»Du weißt, daß du sie nicht mehr aus den Augen lassen kannst, wenn du sie erst geschnappt hast«, sagte Arnette.

Graver sah ihrem Gesicht an, daß Arnette begierig war, dies geschehen zu sehen.

»Ja, das weiß ich«, sagte er.

»Das ist ein logistisches Problem. Kommst du damit klar?«

»Ja.« Er hatte keine Ahnung, wie er das anstellen sollte, aber er wußte, daß sie den Job gern übernommen hätte, und er wollte ihn ihr nicht überlassen.

Sie beobachtete ihn einen Augenblick, versuchte, seine Gedanken zu lesen, wie er annahm. Dann sagte sie: »Okay, ich werde diese Namen durch meine Netze laufen lassen.«

Er nickte, und sie rauchte weiter. Sie spielte mit dem Zellophan ihres Zigarettenpäckchens, und Graver stellte sich vor, wenn er jetzt in ihrem Gehirn säße, würde die Explosion der Synapsen sich ganz ähnlich anhören wie das statischem Rauschen gleichende Knistern des Zellophans. Sie arbeitete an etwas.

Der Piepser an Gravers Taille vibrierte.

»Ich muß gehen«, sagte er und schob seinen Stuhl zurück. »Ich nehme an, über Tislers Computer hast du noch nichts.«

Arnette drückte ihre halbgerauchte Zigarette aus. »Nein, nichts. Aber ich habe ein paar Leute darauf angesetzt. Ich hoffe jetzt mehr darauf, daß er eine Menge Informationen gehamstert hat. Es könnte eine Goldmine sein.«

»Und Dean?« Graver stand auf.

»Er war den ganzen Tag zu Hause, und er hat keinerlei Anrufe getätigt. Und jetzt, da ich mehr darüber weiß, was hier läuft, bezweifle ich auch, daß er jemanden anrufen wird. Über diese Art Dinge ist er weit hinaus.« Sie nahm ihr Zigarettenpäckchen. »Aber das erhöht nur die Wahrscheinlichkeit, daß er bald einen weiteren Ausflug unternehmen wird, vielleicht heute nacht. Zumindest wird er ausgehen müssen, um zu telefonieren.« Sie erhob sich ebenfalls. »Was ist dein Eindruck von Ginette? Glaubst du, daß sie etwas weiß? Steckt sie mit drin in der Sache?«

»Weiß ich nicht. Sie scheint ... nicht so erschüttert wie Dean, vielleicht nicht so irritiert.« Er schüttelte den Kopf. »Meine erste Reaktion ist die Annahme, daß sie nichts weiß. Aber ... das ist nur ein Gefühl, ein Eindruck.«

»Also gut«, sagte Arnette. »Machen wir uns beide wieder an die Arbeit. Das kann nicht mehr lange so weitergehen, ohne daß etwas ans Licht kommt.«

43

Als Graver zu seinem Wagen zurückkam, schaute er auf seinen Piepser. Die Rückrufnummer war die von Paula im Büro. Bis er das CID-Gebäude erreicht hatte, war es kurz nach vier. Er blieb vor Laras offener Bürotür stehen.

»Das mit dem Lunch tut mir leid«, sagte er.

Sie hörte auf, auf ihrer Computertastatur zu tippen, und sah ihn an. »Kein Problem.« Sie schüttelte den Kopf. »Ich habe soviel davon gegessen, wie ich konnte.« Sie grinste. »Haben Sie endlich etwas bekommen?«

»Ich habe unterwegs einen sehr schlechten Hamburger gegessen. Hören Sie, würden Sie sich bei mir melden, bevor Sie nachher gehen?«

»Natürlich«, sagte sie, schaute ihn mit dunkeläugiger Neugier an.

»Danke.« Er drehte sich um und ging. Doch er ging nicht in sein Büro, sondern durch den langen Korridor voller Türen. Die Tür zu Besoms Büro stand offen, und Ted Leuci saß auf Besoms Stuhl, einen Karton auf dem Fußboden zwischen seinen Füßen. Er war halb gefüllt mit einem Durcheinander von Nippes. Besom liebte Nippes, etwa Plüschtiere mit Saugnäpfen an den Füßen, eine Blockhütte aus Keramik mit Bleistiftspitzer im Kamin, ein kleines Holzhaus, das plötzlich in ein Dutzend Teile zerfiel, wenn man an dem winzigen Türgriff zog, ein Scherzartikel in Form einer Meßlatte für Fischer mit übertriebener Skala, ein Rennkuckuck aus verlöteten Nieten und Bolzen und Draht. Das Büro war ein Scherzartikelladen.

»Wie läuft es?« fragte Graver.

Leuci lehnte sich auf seinem Stuhl zurück. Er sah sich im Büro um. »Ganz gut«, sagte er und dehnte die Wirbelsäule. »Zuerst habe ich mir den Papierkram vom Hals geschafft, damit der Laden in Bewegung bleibt.« Er schaute in den Karton hinunter. »Und jetzt dieser... Kram.« Er schüttelte den Kopf. »Er hatte mehr Mist als...«

Graver nickte und ging weiter den Gang entlang, vorbei an einigen geschlossenen Türen, bis er die von Paula erreichte, die offen war. Sie saß mit dem Rücken zur Tür, den Drehstuhl nach hinten gelehnt, die Füße auf der niedrigen Fensterbank. Sie schrieb auf den Block, der auf ihren Knien lag.

»Sie haben was für mich?«

Sie drehte sich um. »Ja«, sagte sie, winkte ihm, hereinzukommen, und er trat ein und schloß die Tür hinter sich.

Paula war entschieden in Feierabendstimmung. Der Ausdruck auf ihrem Gesicht spiegelte eine gewisse Irritation. Graver lehnte sich mit einer Schulter an die Tür und steckte die Hände in die Taschen. Der einzige andere Stuhl im Raum war mit Büchern und Ringheftern und Katalogen und Verzeichnissen beladen. Er war zu hoch und schon zu lange bepackt, als daß Paula noch so hätte tun können, als sei er zum Sitzen bestimmt.

Sie stellte einen nackten Fuß auf das Kugellager der Rolle unter ihrem Stuhl und schlug die Beine übereinander.

»Ich habe mich nach der Bank erkundigt«, sagte sie. »Gulfstream National Bank and Trust gehört einer Holdinggesellschaft, Gulfway International Investments. Nach beträchtlichen Mühen ist es mir gelungen, eine gefaxte Kopie von Gulfways jährlichen Lizenzsteuerakten zu ergattern. Außer den Bankangestellten sind fünf Aufsichtsratsmitglieder eingetragen. Zwei leben in einem anderen Staat, in Kalifornien. Ich habe mir die drei örtlichen angesehen. Einer ist leitender Angestellter einer Ölgesellschaft. Wie sich herausstellt, leistet er hohe Spenden an ein Zisterzienserkloster draußen in den Bergen von New Mexico. Eigenartig, aber wahr. Ich habe ihn einstweilen zurückgestellt.

Der zweite Ortsansässige ist der Begründer von Hormann Plastics, einer Firma, die Plastik herstellt, ein Mann namens Gilbert Hormann. Hormanns Geschäft ließ mich aufmerken wegen der Kombination von Chemikalien und Drogen bei der Seldon-Sache.

Und der dritte Ortsansässige . . . ist Colin Faeber.«

»Hurensohn«, sagte Graver. »Haben Sie mit Neuman geredet?«

»Ich hab' ihn angepiepst. Er ist zum Gericht gegangen.«

»Wann haben Sie ihn angepiepst?«

»Gerade eben; vor einer Minute.«

Graver sah auf die Uhr. »Er kann nicht mehr lange bleiben. Sie schließen in ein paar Minuten.« Er sah Paula an. »Was haben Sie über ihn – über Faeber?«

»Nur das Minimum: Privatadresse, Geschäftsadresse. Mehr habe ich nicht gemacht, weil ich wußte, daß Neuman an der Sache dran war, und doppelte Arbeit nützt uns nichts. Also habe ich dieses Zeug über Hormann ausgegraben.«

»Okay, gut. Hören Sie, wenn er anruft, sagen Sie ihm, er soll hierher zurückkommen, und dann kommen Sie beide in mein Büro. Wir müssen einiges planen.«

44

Es war beinahe zwanzig nach fünf, und fast alle waren schon gegangen oder schickten sich an zu gehen. Als er an Laras Büro vorbeikam, räumte sie gerade ihren Schreibtisch auf. Sie sahen einander an, und sie griff nach einem Notizblock und folgte ihm in sein Büro. Sie machte die Tür hinter sich zu.

»Als ich vorhin wegging, bin ich zu Arnette gefahren«, sagte Graver, zog die Jacke aus und hängte sie an den Ständer hinter seinem Schreibtisch. »Sie hatte ein paar neue Informationen auf der Grundlage des Gesprächs zwischen Dean und diesem Mann am Transcobrunnen, das sie mitgeschnitten hatte. Dean steckt ganz tief drin. Tiefer als... ich glauben wollte.« Er berichtete ihr von Panos Kalatis.

Als er fertig war, war er mehrmals in seinem Büro auf und ab gegangen. Er hatte die ganze Zeit seinen Rücken massiert und sich irgendwann die Krawatte gelockert. Endlich setzte er sich wieder hinter seinen Schreibtisch. Da saß er, die Ellbogen aufgestützt, mit den Fingern beider Hände die Muskeln in seinem Nacken knetend.

»Ich vermute, daß mir da... etwas Wichtiges entgeht«, sagte sie, »aber ich sehe das nicht unbedingt so.«

»Was, daß er darin verwickelt ist?«

»Ich nehme an, daß er darin ›verwickelt‹ ist«, sagte sie. »Ich glaube bloß nicht, daß es unbedingt eine... eine kriminelle Verwicklung ist. Ich meine, was ist, wenn dieser Mann beim Brunnen jemand von der Regierung ist, wie Arnette annimmt? Vielleicht arbeitet Dean für ihn... verdeckt... für eine Bundesbehörde.

Wenn das so ist... müßte er das dann nicht vor Ihnen geheimhalten?«

»Sie haben recht«, sagte er. »Das stimmt, und solche Sachen kommen vor. Aber sie sind selten. Selten genug, um hier nicht ernsthaft in Frage zu kommen. Ich würde es gern glauben... aber...«

»Was glauben Sie, Marcus? Was glauben Sie *wirklich,* daß Dean tut?« fragte sie plötzlich. Der Gebrauch seines Vornamens überraschte Graver und veranlaßte ihn, genau hinzuhören. »Haben Sie – Marcus Graver, nicht Captain Graver – aufrichtig ausgeschlossen, daß Sie... vielleicht mit Ihrer Annahme falsch liegen, was da passiert?«

Über den Schreibtisch hinweg starrten sie einander an. Sie blinzelte nicht. Sie machte nicht den Eindruck, als habe sie ihn herausfordern wollen. Sie hatte einfach eine ehrliche Frage gestellt und erwartete, daß er ihr – und sich selbst – eine ehrliche Antwort gab.

»Nein«, sagte er schließlich und lehnte sich in seinem Stuhl zurück. »Das habe ich nicht ausgeschlossen. Und das ist... ein sehr guter Grund, warum ich das hier vermutlich an jemand anderen hätte übergeben sollen.« Er schwieg, aber sie sagte nichts. »Ich habe nicht einmal mir selbst eingestanden, was ich tue. Nein, noch schlucke ich das nicht. Aber wenn es wahr ist«, sagte er, die Augen nachdenklich auf den Pflasterstein gerichtet, »wenn er Dreck am Stecken hat... dann möchte ich derjenige sein, der damit zu tun hat. Ich nehme an, das gehört zur Irrationalität von... von Bindungen, von Freundschaft. Es fühlt sich an, als... als wäre es feige von mir, vielleicht käme es mir sogar grausam vor, wenn ich das jemand anderen machen lassen würde. Wenn es schlecht ausgeht, will ich derjenige sein, der am Drücker sitzt. Ich meine, ganz abgesehen von meinem Job, auf einer persönlichen Ebene, sollte ich der sein, der den Hebel bedient.«

Seine eigene Wortwahl überraschte ihn. Himmel. Für eine Freudsche Fehlleistung war das ganz schön herb.

Sie starrte ihn weiter an, aber mit abwesendem Blick, während sie nachdachte. »Ich weiß nicht, ob ich es so machen könnte, wie Sie es machen«, sagte sie, »aber ich kann verstehen, wieso Sie es tun.«

»Wieso *ich* es tue?«

»Nach dem, was Sie durchgemacht haben... mit Ihrer Frau« – sie sah ihm direkt in die Augen, als wolle sie ihm zu verstehen geben, daß sie den harten Themen nicht mehr ausweichen würde, den persönlichen Themen –, »bin ich eigentlich nicht überrascht, daß Sie dies in einer Weise gelöst sehen wollen, die Ihnen die Kontrolle darüber ermöglicht.«

»Wieso das?« Ihm war klar, daß sie auf etwas Bestimmtes hinauswollte.

»Wenn Sie es jemand anderem übergeben würden, wäre das beinahe, als würde eine weitere Beziehung aufgelöst, ohne daß Sie dabei etwas zu sagen hätten. Ich verstehe, warum Sie an dem hier beteiligt sein wollen, ganz gleich, wie schmerzhaft es für Sie ist.«

Graver war sprachlos über diese Bemerkung. Großer Gott. Ohne es zu wissen, hatte Lara wieder einmal das Thema aufgebracht, das er am meisten fürchtete. Ob es sich um Dore und seine gescheiterte Ehe handelte oder um seine Beziehung zu Dean Burtell und diesem Fall, oder ob es sogar mit seiner Beziehung zu ihr zu tun hatte, das Thema Selbsttäuschung nagte an Graver wie eine Obsession, und er fragte sich, ob Lara begriffen hatte, wie gründlich es ihn beschäftigte.

Jemand klopfte an die Tür, und Paula kam herein, Neuman im Schlepptau.

»Oh.« Sie schaute zwischen Graver und Lara hin und her. »Entschuldigung, ich dachte, alle wären schon weg.«

Graver und Lara sahen sie an. Offensichtlich hatten sie ein Gespräch geführt, das nicht rein dienstlich gewesen war.

»Nein, ist schon gut«, sagte Graver und stand auf. »Kein Problem, kommen Sie rein.«

Lara stand nicht auf, obwohl Paula sie ansah, als erwarte sie das.

»Lara bleibt hier«, erklärte Graver. »Wir haben eine Menge zu besprechen.«

»Oh«, sagte Paula wieder, und Graver sah ihrem Gesicht an, wie ihr Gehirn arbeitete. Sie war vorsichtig und argwöhnisch und zweifelte eindeutig daran, daß das, wozu Graver anscheinend entschlossen war, klug war.

Neuman erkannte die Situation sofort, kam herein und setzte sich neben Lara. Von diesem Augenblick an akzeptierte er sie vorbehaltlos als Mitglied des Teams und wollte das auch zum Ausdruck bringen.

»Okay«, sagte Graver zu Neuman, »was haben Sie herausbekommen?«

Neuman lockerte seine Krawatte, öffnete den obersten Knopf seines karierten Hemdes und nahm ein Notizbuch aus der Jackentasche.

»Colin Faeber ist zum zweiten Mal verheiratet, keine Kinder. Seine erste Frau und eine Tochter leben in Denver, wohin er dicke Unterhaltsschecks schickt. Seine zweite Frau stammt aus einer reichen Familie in New Orleans, wo er das College besuchte. Besitzt ein neues Haus – vor ein paar Jahren gebaut – in der Gegend von Tanglewood. Neunhunderttausend plus Hypothek... bei der Southern Federal. Seine persönlichen Schulden, abgesehen von dem Haus, machen etwa vierhunderttausend aus... ein paar Autos, ein weiterer Wohnsitz auf South Padre, einige Möbel. Seine Firma, DataPrint, ist sieben Jahre alt; er gründete sie mit einem Bankkredit von zweihunderttausend. Dieser Kredit wurde nach ein paar Jahren zurückbezahlt. Zuerst war die Firma eine Art Datenverarbeiter. Er hatte allerhand an Hardware, und wenn eine kleinere Firma eine Verknüpfung von Daten oder ein Aussortieren von Daten benötigte und das für ihre eigene Hardware zu kompliziert war, dann machte Faebers Firma das für sie. Scheint sehr erfolgreich gewesen zu sein.

Vor etwa dreieinhalb Jahren hat Faeber ganz plötzlich enorm expandiert. Neue, stärkere Computer gekauft, unter ungeheurem Kapitaleinsatz. In seinen UCC-Akten erschien ein neuer Pfandrechtsinhaber: Concordia International Investments... ausgerechnet in Buenos Aires.«

»Haben Sie darüber etwas?« unterbrach ihn Graver.

»Warten Sie...« Neuman blätterte mehrere Seiten zurück. »Ich habe mir die Zeit genommen, World Traders Data Reports durchzusehen, aber die Information war so bruchstückhaft, daß ich auf ein jährliches Firmenverzeichnis in vier lateinamerikanischen Ländern zurückgreifen mußte. Argentinien, Brasilien, Mexiko und

Venezuela… hier. CII gehört einer Holdinggesellschaft, Strasser Industries, die weltweit Dutzende von Firmen besitzt.«

»Strasser?« Der Name klang vage vertraut.

»Richtig. Brod Strasser. Ihm gehört die Mehrheit von Strasser Industries.«

»Aber natürlich«, sagte Graver. Er erinnerte sich plötzlich, diesen Namen in der Kalatis-Akte gesehen zu haben. Einer in der Liste von Ravivs seltsamen Freunden; ein südafrikanischer Industrieller, dem ein Haus in Bogota und Kaffeeplantagen in Kolumbiens *Cordillera Oriental* gehörten. Alle sahen ihn an, als Graver Neuman winkte, er solle weitersprechen.

»Tja, viel mehr gibt es nicht. Aber nach den UCC-Unterlagen sieht es für mich so aus, als besäße CII im Augenblick einen größeren Anteil an DataPrint als Faeber selbst. Es hat den Anschein, als hätten sie ihn glatt gekauft, als sie diese riesigen Systeme für ihn finanzierten.«

»Hat sein Geschäft sich verändert? Macht er noch dieselbe Arbeit wie früher?«

»Den Büchern nach ja. Ich hatte keine Zeit mehr, mir selbst weiteren Einblick zu verschaffen, daher weiß ich nicht mehr als das.«

Graver nickte. »Tja, ich bezweifle, daß das so ist.«

Paula, zunehmend ungeduldig, konnte ihre Unruhe nicht bezähmen, und Graver nahm es ihr nicht übel. Inzwischen war allen klar, daß er eine Menge Informationen besaß, die er mit ihnen teilen mußte, wenn die Ermittlung überhaupt noch zügig vorankommen sollte.

»Okay«, sagte er, »und jetzt will ich euch aus meiner Sicht auf den neuesten Stand bringen.«

Während der nächsten Stunde erzählte er ihnen alles, was er wußte, allerdings ohne Arnette oder Victor Last namentlich zu erwähnen. Als er sprach, beobachtete er, wie ihre Gesichter die verschiedensten Empfindungen ausdrückten, von Ungläubigkeit bis Erbitterung, als er zum Ende von Yosef Ravivs Dossier und zu Strassers Namen gekommen war.

Mehrmals während seines Vortrags sah er, wie Paula Lara Seitenblicke zuwarf. Sie konnte noch immer schwer glauben, daß

Graver sie an einer so heiklen Entwicklung beteiligte. Noch überraschter wäre sie gewesen, wenn sie gewußt hätte, wieviel mehr Lara über die Sache wußte als sie selbst, und das galt für sämtliche Operationen der Abteilung.

»Da ist also die Verbindung zu Kalatis/Raviv«, sagte er. »Colin Faeber hängt mit drin, und ich bezweifle, daß Kalatis und Strasser sich für die Art von Geschäften interessieren, die DataPrint den Unterlagen zufolge betreibt.«

Neuman schüttelte langsam den Kopf.

»Also, diese ... Leute ... die Sie auf Burtell angesetzt haben«, sagte Paula. »Die sind ... die haben ganz schöne Mittel in diese Operation investiert.«

Graver nickte. Paula sah ihn nur an. Sie war beträchtlich ernüchtert über das, was sie soeben gehört hatte, wie Leute eben ernüchtert sind, wenn sie erkennen, daß sie das, was sich da draußen im dunkeln abspielt, ganz falsch eingeschätzt haben. Noch einmal schaute sie Lara an, als habe auch Lara jetzt eine deutlich neue Dimension gewonnen.

»Was werden Sie denn jetzt machen?« fragte Neuman. »Was werden wir jetzt machen?«

»Wir bleiben am Ball«, sagte Graver. »Ich bin überzeugt, daß Kalatis der Kern dieser Sache ist. Dean kennt ihn offenbar, kennt ihn gut genug, um mit dem Mann am Brunnen über ihn zu reden. Bei Kalatis' Mossad-Hintergrund wären wir Narren, ihm nicht auf den Fersen zu bleiben, nicht anzunehmen, daß er das Herz dieser Operation ist. Ich denke, daß Dean mit ihm zu tun hat« – Graver schaute flüchtig Lara an –, »aber allmählich habe ich meine Zweifel, *wie* Dean eigentlich genau in die Sache verwickelt sein mag. Von jetzt an möchte ich, daß alles, was wir tun, auf ein Ziel gerichtet ist: Wir müssen uns den Weg zu Kalatis bahnen.«

Neumans Eifer, etwas von dem Gewicht der Schuld von Burtells Schultern zu nehmen, war offensichtlich.

»Sie meinen also, daß Dean ...«

»Ich weiß nicht, *was* geschieht«, schnitt Graver ihm ungeduldig das Wort ab, »aber ich glaube, Casey, daß Sie recht damit hatten, daß wir uns Valerie Heath schnappen sollten. Wir müssen es tun; wir müssen mit ihr reden. Im Augenblick ist sie der einzige Weg, der uns offensteht, wenn wir es versuchen wollen, ohne uns in die Karten schauen zu lassen, ohne Dean zur Rede zu stellen.«

»Also was?« fragte Paula. »Was machen wir mit ihr? Wir können sie nicht festnehmen, und wenn wir sie einmal haben, können wir sie nicht mehr gehen lassen. Das ist zu riskant.«

»Lara wird bei ihr bleiben.«

Paula starrte ihn mit offenem Mund an. »Wo?«

»Bei mir zu Hause.«

»Oh, um Gottes willen, Graver.«

»Ich sehe keinen anderen Weg«, sagte er. »Wir müssen sie im Auge behalten, zu ihrem Schutz und zu unserem.«

»Glauben Sie, daß sie tatsächlich in Gefahr sein wird?« platzte Paula heraus.

»Das muß ich glauben.«

»Und was ist dann mit Lara?«

»Was soll ich denn machen, Paula?« Graver wurde ihrer Fragen müde. Es paßte ihm nicht, daß sie darauf beharrte, sich auf die düstere Seite zu konzentrieren. »Schlagen Sie eine bessere Lösung vor.«

»Wann wollen Sie sie abholen?« warf Neuman ein und stellte damit eine praktischere Frage.

»Jetzt«, sagte Graver. »Ich werde mit Ihnen gehen.« Er griff in die Jackentasche und löste seinen Hausschlüssel von dem Bund mit den Autoschlüsseln. Er reichte ihn Lara.

»Fahren Sie nach Hause und holen Sie sich etwas zum Anziehen«, sagte er. »Etwas Bequemes, für mehrere Tage. Auf dem Weg zu meinem Haus fahren Sie bei einem Supermarkt vorbei.« Er nahm seine Brieftasche heraus und gab ihr alles Geld, das er bei sich hatte. »Meine Speisekammer ist ziemlich leer. Besorgen Sie genug für mehrere Personen und mehrere Tage. Paula, Sie fahren mit ihr. Wenn Sie ankommen, stellen Sie Ihren Wagen in eine der beiden Garagen und schließen die Tür, damit er von der Straße aus nicht zu sehen ist. Wenn Casey und ich mit Heath ankommen, reden wir darüber, was wir als nächstes tun. Vieles hängt davon ab, was wir durch sie erfahren.«

Er stand auf. »Halten Sie Ihr Funkgerät bereit. Wenn meine Beschattungsleute recht haben, wird Burtell heute nacht wieder einen Ausflug unternehmen. Wir müssen jede Minute miteinander in Verbindung bleiben. Okay?«

Alle standen auf. Lara hatte kein Wort gesagt.

45

20:20 Uhr

Ehe er die Stadt verließ, besorgte sich Graver bei einem Richter, auf dessen Schweigen er sich verlassen konnte, einen Durchsuchungsbefehl, und Neuman manövrierte ihren nicht gekennzeichneten Wagen auf den Gulf Freeway und in den schleppenden Verkehrsstrom, der sich jeden Abend mehrere Stunden lang aus der Innenstadt ergoß.

Graver saß ruhig auf dem Beifahrersitz und beobachtete den Verkehr; der Stau schien eine angemessene Metapher für den gegenwärtigen Zustand seines Verstandes zu sein. Immer wieder ging er die ausgefransten Enden der sich entfaltenden Ermittlung durch. Es wäre schwer genug gewesen, diese Art von Operation mit voller Kenntnis der Verwaltung und weiteren Ermittlern zusätzlich zu seinen eigenen Leuten durchzuführen. Doch diese verdeckte Anstrengung mit nur zwei Ermittlern und technischer Unterstützung von außerhalb – wie gut auch immer –, war geradezu eine Einladung für Katastrophen.

Eine halbe Stunde lang brütete er schweigend über diesen Gedanken; dann gab er es auf und wandte sich der Aufgabe zu, die unmittelbar bevorstand. Er nahm den Stadtplan aus dem Handschuhfach und öffnete ihn auf der Seite des Hafenkomplexes, wo Valerie Heath lebte.

»Sie sagten, hinter ihrem Haus gäbe es einen Bootsanlegeplatz?« fragte er Neuman.

»Ja, da ist einer dieser Kanäle. Ein schmaler Zufluß. Zwei Kabinenboote kämen aneinander vorbei, aber es wäre knapp.« Neuman streckte die Hand aus und zeigte auf den Plan. »Ich habe einen Punkt gemacht, wo sie wohnt. Einen blauen Punkt.«

»Ja, okay. Hier ist er.« Graver studierte die Anordnung von Straßen, Docks, Anlegeplätzen und Zuflüssen. Er kannte die Gegend. Die Grundstücke waren nicht billig. »Die Straße vor ihrem Haus ist eine Sackgasse.«

»Ja. Sie wohnt etwa vier, fünf Häuser von der Kehre entfernt.«

»Also haben acht bis zehn Häuser einen guten Blick auf die Front ihres Hauses.«

»Das stimmt.«

»Beschreiben Sie mir das Haus, von innen.«

Während Neuman das tat, hörte Graver zu, stellte ein paar Fragen und wiederholte die Beschreibung, indem er das Haus schilderte, als schaue er von der Kanalseite aus herein. Als er zufrieden war, verstummte er wieder.

Sie nahmen die Ausfahrt 518 vom Freeway herunter und fuhren in Richtung Küste weiter, bis sie die Eingänge zu den Werften und Yachtclubs erreichten. Neuman wurde langsamer, als er in die lange Straße eingebogen war, die auf die Halbinsel führte, wo Heath wohnte. Es war inzwischen später Nachmittag, und die Sonne über Houston hinter ihnen stand niedrig. Die Schatten vor ihnen wurden länger.

»Fahren Sie nur so weit, daß wir sehen können, ob ihr Wagen vor dem Haus geparkt ist«, sagte Graver. »Wenn er da ist, wenden Sie und fahren wieder zurück.«

Neuman nickte und bog in die Straße ein. Sie brauchten nicht weit zu fahren, ehe sie die schwarze Corvette sahen.

»Da ist der Wagen«, sagte Neuman.

»Okay«, sagte Graver. »Das ist perfekt. Wir haben Glück. Ich kenne hier in der Nähe jemanden, der ein Boot hat.«

Neuman sah Graver an, sagte aber nichts, als Graver ihm den Weg wies. Binnen fünfzig Minuten hatten sie ein anderes Haus erreicht, auf dessen Rückseite ein Anlegeplatz für Boote lag. Auf dem Landweg waren sie Meilen von Heath' Haus entfernt, auf dem Wasserweg jedoch nur ein paar Minuten. Die Häuser hier sahen bescheidener aus als die in Heath' Nachbarschaft. Hier gab es mehr Bananenstauden als Palmen, und der ölige Geruch der nahen Werften durchdrang die stille Luft. Die Einfahrten bestanden aus zerkleinerten Muschelschalen statt aus glatten Pflastersteinen.

Graver dirigierte Neuman in eine Einfahrt. Die Garage vor dem Wagen war zu Wohnzwecken umgebaut worden, und die zerbrochenen Muschelschalen endeten blind vor einer Wand. Ein riesiger Außenbordmotor lag quer auf zwei verwitterten Sägeböcken vor dem Auto. Neuman stellte den Motor ab, und Graver stieg aus und ging zur Vordertür, die von einer alten Akazie beschattet wurde Sie blühte so leuchtend, als schmücke sie einen Palastgarten.

Graver klopfte an den Rahmen der Fliegentür und hörte irgendwo im dunklen Inneren des Hauses einen Papagei kreischen. Er hörte Schritte, die sich näherten, innehielten und dann schneller wurden, als sie zur Haustür kamen.

»Gottverdammt«, sagte ein Mann, und Graver trat zurück. Die Tür mit dem Fliegengitter flog auf, und ein stämmiger Mann in den Sechzigern streckte seinen sonnenverbrannten Arm aus, um ihm die Hand zu schütteln.

»Wie geht es dir, Ollie?« sagte Graver.

»Teufel, mir geht's gut«, sagte der Mann und trat aus dem Haus in den Schatten. »Wie geht's *dir*?«

Sein graues Haar war so dünn, daß sein Schädel von der Küstensonne tief gebräunt und fleckig war. Er trug Khakihosen, die bis zur Wadenmitte aufgekrempelt waren, über verblichenen blauen Turnschuhen und ein Jeanshemd, das millionenmal gewaschen worden sein mußte, mit bis zu den Ellbogen aufgekrempelten Ärmeln. Er grinste Graver an und schaute mit seinem frechen Lächeln, das starke, ebenmäßige Zähne enthüllte, zu dem größeren Mann auf.

»Du willst doch was, oder?« Sein Grinsen wurde breiter.

»Tja, ganz recht«, sagte Graver. »Einen kleinen Gefallen.«

Der stämmige Mann sah den Wagen und Neuman an. »Geschäftlich.«

Graver nickte.

»Jetzt gleich.«

»Ich brauche eine Bootsfahrt«, sagte Graver. »Nur ein paar Minuten von hier.«

»Aha.«

»Du mußt uns hinbringen und vielleicht eine Weile warten.

Zwanzig Minuten. So ungefähr. Wir bringen eine Frau mit hierher, und sie fährt dann mit mir weg.«

»Aha.«

»Und dann ... bin ich wieder mal in deiner Schuld.« Graver lächelte.

»Kein Scheiß. So hab' ich's gern.« Er sah Neuman im Wagen an. »Na, kommen Sie schon«, sagte er und gestikulierte mit seinem kräftigen Arm zu Neuman.

Ollie war immer gut für ein Spiel. Er hatte Jahre mit taktischen Operationen zugebracht, ehe er in Pension ging. Wenn er jemandem traute, stellte er nicht viele Fragen, er folgte einfach den Anweisungen. Er wußte, was immer hier passierte, war von Graver schon gründlich durchdacht wurden. Graver hätte ihn nicht herangezogen, wenn es sich nicht um etwas handelte, das Ollies eigener Prüfung standgehalten hätte ... oder das ohne seine Hilfe durchführbar gewesen wäre.

Als Neuman aus dem Wagen stieg, beäugte der Mann ihn, drehte sich dann um und ging um das Haus herum. Neuman und Graver folgten ihm. Sie passierten einen Tunnel aus Oleanderbüschen und wildem Wein und erreichten einen Hintergarten, der nur dreißig oder vierzig Fuß tief war und an einer Anlegestelle im Kanal endete. Am Dock festgemacht lag eine alte Kabinenbarkasse mit Innenbordmotor, klein, aber gut gepflegt, wenn auch spärlich möbliert.

Ollie stieg ohne zu zögern an Bord und begann, Schalter umzulegen und auf Knöpfe zu drücken, während Graver und Neuman in die Kabine kletterten.

»Wo ist es?« fragte er, als die Zündung zu mahlen begann und die Maschine mit cincm Husten ansprang, das zu einem tiefen Dröhnen wurde. Graver sagte es ihm. »Oh, ja.« Er trat aus der Kabine, machte die Leinen los und ging wieder ans Steuer. Ohne weitere Fragen legte er den Rückwärtsgang ein, und die Barkasse glitt langsam vom Dock weg, glitt in eine weiche Drehung, und einen Augenblick später fuhren sie vorwärts und schlugen die Richtung aus dem Kanal zur Bucht ein.

Eine Zeitlang sagte niemand etwas, während die alte Barkasse gemächlich am Ufer entlangglitt, die Eingänge zu anderen Kanälen und Häuser passierte, die mehr und mehr in der Dunkelheit verschwanden. Dann wurde das Boot langsamer, bevor es in einen anderen Kanal einbog und an den Docks einiger Häuser vorbeifuhr.

»Ich glaube, es ist das nächste da vorn«, sagte Ollie mit heiserer Stimme.

»Casey«, sagte Graver und zog Neuman an die Tür der Kabine. »Erkennen Sie es wieder?«

»Ja, er hat recht. Das ist es.«

Ollie grinste schweigend.

»Kannst du die Lichter ausmachen, Ollie?«

Der alte Mann tat es.

»Kannst du ganz am Ende anlegen? Nicht bis zum Haus selbst weiterfahren?«

Der alte Mann nickte und tat, was Graver verlangte. Es war fast völlig dunkel, und seine Aufgabe war gar nicht so einfach. In einem Augenblick spürten sie, wie der Bug das Dock berührte, und der alte Mann stellte den Motor ab. Er trat rasch aus der Kabine, ging vom Schandeck zum Bug und stieg auf das Dock.

»Ich möchte, daß Sie vorne herumgehen«, sagte Graver zu Neuman. »Läuten Sie einfach an der Tür. Wenn sie aufmacht und Sie erkennt, weisen Sie sich aus. Lassen Sie sie sofort wissen, daß Sie Polizeibeamter sind – aber sorgen Sie dafür, daß Sie reinkommen, mit vorgehaltener Waffe, wenn es sein muß. Lassen Sie sich nicht von ihr aussperren. Dann lassen Sie mich hinten rein. Ich werde versuchen, durch die Hintertür ins Haus zu kommen, falls sie unverschlossen ist.«

Niemand sagte mehr etwas, als Graver und Neuman an Land gingen und hinter dem kleinen Rasen ein paar Fuß in die Büsche traten. Im Haus brannte Licht, in der Küche und in einem Raum, der das hintere Schlafzimmer sein mußte. Alles andere war dunkel; etwas von dem weichen Licht aus der Küche fiel auf den steinernen Patio vor der gläsernen Schiebetür.

Neuman ging um das Haus herum und verschwand. Graver schlich sich seitlich zur Hintertür, spähte einen Augenblick in Küche und Eßzimmer und wich dann zurück, um das Ohr an die Wand des Schlafzimmers zu legen, das erleuchtet war. Er konnte

Wasser laufen hören. Badete sie? Würde sie die Türglocke hören? Er ging zur Patiotür und drehte den Knopf. Erstaunt stellte er fest, daß sie nicht verschlossen war. Langsam schob er sie auf, betete, daß es kein Alarmsystem geben möge, und trat ins Haus. Er wartete einen Augenblick und bewegte sich dann durch das Eßzimmer in einen kurzen Gang, von dem er annahm, daß er zu dem erleuchteten Schlafzimmer führte. An der Tür blieb er stehen. Jetzt konnte er die Dusche deutlich hören. Gut. Er eilte durch den Eingangsflur zur Haustür und öffnete sie vor dem verblüfften Neuman.

»Sie badet«, sagte Graver.

»Ist sie allein?«

Graver zuckte mit den Schultern und verschloß die Tür wieder, nachdem Neuman beiseite getreten war. Er überprüfte rasch die anderen Zimmer, um sicherzugehen, daß sie allein waren, und ging dann in den Wohnraum, wo sie noch immer die Dusche hören konnten. Neuman sah Graver an.

»Es gibt keine einfache Methode, das zu machen«, flüsterte Graver. »Wir müssen zu ihr hinein, und zwar am besten, bevor sie aus der Dusche kommt. Wenn wir ihr die Chance geben, greift sie vielleicht nach einer Waffe. Sie schreit vielleicht. Nehmen Sie Ihre Marke in die Hand.«

Graver ging als erster. Das Schlafzimmer war ein Chaos. Das Bett war ungemacht, und das einzige Licht war die Nachttischlampe. Die Tür zum Badezimmer stand offen, und die Dusche schien voll aufgedreht zu sein. Valerie Heath nieste und schneuzte sich dann die Nase. Sie hustete. Der Geruch von Seife und Wasserdampf wehte in den Schlafraum. Eine Schranktür stand offen, und ein Durcheinander von den Bügeln gezogener Kleider war über achtlos auf dem Boden gestapelte Schuhe und Schuhkartons drapiert. Ihre Unterwäsche lag am Fußende des Bettes, wo sie sie ausgezogen hatte, zusammen mit einer kurzen Hose und einem trägerlosen Oberteil. Eine Ausgabe von *Cosmopolitan* lag auf den zerknitterten Laken, auf der Seite aufgeschlagen, die sie gelesen hatte.

»Wir lassen sie aus dem Badezimmer heraus«, flüsterte Graver heiser. »Ich will nicht, daß sie sich da drinnen einschließt. Stellen Sie sich so hinter die Tür, daß sie Sie nicht sehen kann, und wenn sie herauskommt, weise ich mich aus. Lassen Sie sie nicht ins Bad zurück.«

Neuman nickte und ging auf die Wand zu. In diesem Augenblick wurde die Dusche abgestellt. Neuman drückte sich an die Wand neben der Badezimmertür, und Graver stellte sich außer Sicht neben den Schrank.

Beide dachten, sie würde sich etwas Zeit nehmen, um sich abzutrockenen, sich vielleicht die Zähne zu putzen oder das Haar zu fönen, doch zu ihrer Überraschung kam sie geradewegs aus der Dusche ins Schlafzimmer, tropfnaß und ohne Handtuch. Als sie die Tür freigab, trat Graver neben dem Schrank hervor.

»Polizei!« sagte er. »Keine Bewegung.«

In der Minute, in der er sie sah, wußte er, daß es so nicht funktionieren würde. Sie versuchte zu fliehen, nicht zurück ins Badezimmer, sondern in Richtung Schlafzimmertür.

»Polizei!« schrien die beiden Männer.

»Halt«, rief Neuman und packte sie, bevor sie die Tür erreichte. Er warf sie seitlich auf das Bett, wo sie in das Durcheinander der Laken stürzte und zu schreien begann. Neuman war sofort über ihr, rang sie nieder und versuchte, ihr den Mund zuzuhalten; beide rollten auf dem Bett herum. Sie strampelte mit den Beinen und schlug mit den Armen und warf Neuman in ihrer Panik von einer Seite auf die andere, bis sie schließlich auf ihm lag. Graver sprang ebenfalls auf das Bett, und gemeinsam gelang es ihnen, die Frau zwischen sich niederzuhalten, Neuman unter ihr, die Arme um sie geschlungen, um ihre Oberarme festzuhalten, die Fäuste unter ihren schweren Brüsten, ihr Haar im Gesicht.

Sie war Graver zugewandt, der auf ihr hockte und ihr das Knie aufs Brustbein drückte, ein Laken auf ihren Mund preßte und ihr mit der anderen Hand seine Polizeimarke vorhielt. Sie starrte die Marke an, ohne sie richtig zu sehen. Alle drei atmeten schwer.

»Verdammt«, zischte Graver. »Wir sind Polizisten.«

Pause.

Ihre Augen wanderten zwischen ihm und der Marke hin und her.

»Haben Sie das kapiert?« fragte er.

Pause.

»Polizei«, wiederholte er.

Sie nickte hektisch.

»Ich werde Sie jetzt loslassen«, sagte er. »Damit Sie sich anziehen können.« Er schüttelte den Kopf. »Leisten Sie keinen Widerstand, okay?«

Sie nickte, und ihr nasses Haar schwang Neuman ins Gesicht.

Er nahm die Hand von ihrem Mund. »Sagen Sie ›okay‹«, sagte er.

»Okay«, keuchte sie.

Graver löste sich von ihr und zog das Laken über sie, so gut es ging.

»Er wird Sie auch loslassen«, sagte Graver zu ihr. »Versuchen Sie nicht wieder zu fliehen. Okay?«

»Okay«, blubberte sie und griff nach den Laken, während Neuman sich erleichtert unter ihr hervorwand und sich vom Fußende des Bettes rollte.

Die Vorderseite von Neumans Sportjackett und Hosen war dunkel von der Nässe ihres Rückens. Er wischte sich das Gesicht, das durch ihr Haar tropfnaß geworden war. »Fabelhaft«, sagte er, seine Kleider betrachtend, während er sich das Wasser von den Händen schüttelte.

Valerie Heath hüllte sich rasch in die Laken und setzte sich am Kopfende des Bettes auf. Sie starrte die beiden Männer an.

»Haben Sie begriffen, daß wir von der Polizei sind?« wiederholte Graver, am Fußende des Bettes stehend, und hielt ihr wieder die Marke hin.

»Ja ... ja ...«, stotterte sie. Sie sah Neuman an, der sich mit den Fingern durch das wirre Haar fuhr.

»Erinnern Sie sich an mich?« schnaufte Neuman.

»Ja ...«

»Können Sie sich denken, weshalb wir hier sind?« fragte Graver und steckte die Marke wieder in seine Tasche.

Sie schüttelte den Kopf.

»Ich denke doch«, sagte Graver. Er starrte sie an. »Sprechen Sie mit mir«, sagte er, »damit ich weiß, daß Sie mich verstehen.«

»Verdammt, ich verstehe Sie«, sagte sie, »Sie Hurensohn.« Ihr schwarzes Haar klebte an ihrer Stirn, und ohne Make-up war ihr Gesicht so nichtssagend wie ein Blatt Papier.

»Gut«, sagte Graver. »Jetzt hören Sie mir zu. Wir nehmen Sie zu einem Verhör mit aufs Revier.« Später würde er erklären, daß er sie eigentlich nicht aufs Revier gebracht hatte. »Sie haben sich in verfluchte Schwierigkeiten gebracht, Ms. Heath.« Er strich sich mit der Hand die Haare glatt und setzte sich ans Fußende des Bettes.

»Hören Sie«, sagte er und versuchte, ruhig und normal zu klingen, sich nicht nach Polizei anzuhören, »ich will aufrichtig zu Ihnen sein. Ich glaube, daß Ihnen nicht ganz klar ist, worin Sie da verwickelt sind.« Er hielt inne. »Die Leute, für die Sie arbeiten, haben zwei Polizeibeamte getötet. Detectives.« Er sah sie im matten Licht der Lampe an. Alles, was er sehen konnte, war Kampfbereitschaft. »In diesem Augenblick ist auch Ihr Leben keinen Pfifferling wert. Ich werde Ihnen den Grund dafür erklären, wenn wir mehr Zeit haben. Wenn wir beschließen würden, daß wir schließlich doch nicht mit Ihnen reden wollen, wenn wir jetzt gehen und Sie allein lassen würden, würden Sie die Nacht nicht überleben. Selbst wenn Sie in Ihre funkelnagelneue Corvette steigen und wie der Teufel davonbrausen würden ... würden Sie den Sonnenaufgang nicht erleben.« Er ließ sie nicht aus den Augen. »Glauben Sie mir.«

Er sah ihrem Gesicht nichts an.

»Wir bereiten uns darauf vor, die ganze Operation abzuschließen, Valerie«, log er, »aber wir versuchen, so viele Leben zu retten wie möglich. Wir möchten nicht, daß noch jemand umgebracht wird. Wenn Sie uns nicht helfen, dann werden die Leute, für die Sie arbeiten, die Leute an der Spitze, davonkommen. Wir wollen das nicht umsonst. Wir wollen einen Deal mit Ihnen machen. Wir können Ihnen das Leben retten, natürlich. Aber wenn Sie einwilligen, mit uns zusammenzuarbeiten, dann werden wir auch unser Bestes tun, damit Sie nicht ins Gefängnis kommen. Schließlich sind Sie benutzt worden.« Er hielt inne. »Es ist nicht nötig, daß Sie für etwas bestraft werden, das Sie gar nicht richtig begriffen haben. Vor allem, wenn alle anderen Ihnen Dinge in die Schuhe schieben.«

Diesmal sah er, daß sich in ihren Augen etwas regte. Sie beruhigte sich und begann nachzudenken, und Graver hatte das Gefühl, daß das Nachdenken ihr sehr guttat. Vielleicht.

»Jetzt hören Sie zu«, sagte er. »Wir müssen hier verschwinden, so schnell es geht. Wir haben draußen auf dem Kanal ein Boot. Ziehen Sie sich an. Hier sollten wir nicht länger als nötig bleiben.«

»Zeigen Sie mir noch mal die Marke«, sagte sie.

Graver nahm sie wieder aus der Tasche und reichte sie ihr. Sie ergriff sie, beugte sich zum Licht der Lampe und studierte sie sehr genau. Sie strich mit den Fingern über die Oberfläche. Dann gab sie sie ihm zurück. Sie sah Neuman an.

»Ich wußte, daß die gottverdammte Versicherungsgeschichte erlogen war«, sagte sie.

»Ich brauche ein bißchen mehr Übung«, sagte Neuman.

»Kein Scheiß.« Sie entspannte sich ein wenig.

»Warum ziehen Sie sich nicht an?« sagte Graver und stand auf.

»Oh, *ja*«, sagte sie mit übertriebener Betonung und schaute beide Männer an.

»Einer von uns muß Sie im Auge behalten«, sagte Graver. »Sie wissen, daß wir Ihnen nicht den Rücken zudrehen können. Suchen Sie sich einen von uns aus.«

»Ach, machen Sie 'nen Punkt«, sagte sie, schleuderte das nasse Laken zur Seite und erhob sich vom Bett. »Dieser Idiot da hat mich schon überall angefaßt. Was soll ich tun, auf einmal schamhaft werden?« Sie ging nackt an ihre Kommode, öffnete die Schubladen und begann, nach Slip und Büstenhalter zu suchen. Sie beeilte sich nicht, schaute die Männer ein paarmal an und verschaffte ihnen einen guten Blick auf ihren zweifarbigen Körper, da sie unfähig schien, sofort zu finden, was sie haben wollte.

»Nehmen Sie Sachen zum Wechseln mit und packen Sie sie in eine Tasche«, sagte Graver, drehte sich um und ging aus der Schlafzimmertür. Er warf Neuman einen Blick zu; der verdrehte die Augen und wischte sich noch einmal übers Gesicht.

46

Bis Valerie Heath sich angezogen und einige Kleidungsstücke in eine Reisetasche gepackt hatte, verstanden sie und Neuman sich bereits ziemlich gut. Die gleichen Charaktereigenschaften, die ihn befähigten, mühelos mit der ewig kratzbürstigen Paula zu arbeiten, schienen auch Valerie Heath anzusprechen.

Während Neuman seinen Charme verströmte, hatte Graver eine kleine Flugtasche aus einem anderen Schlafzimmer geholt und das Haus durchsucht, wobei er ein umfangreiches Versteck mit falschen Ausweisen und einigen Papieren und Dokumenten entdeckte, die zu lesen er sich nicht die Zeit nahm. Er stopfte einfach alles in die Tasche.

Valerie war nervös bei dem Gedanken, daß Neuman ihre Corvette in die Stadt fuhr, ließ sich aber endlich überzeugen, daß dies nötig sei. Als Neuman von ihrem Haus wegfuhr, stiegen sie und Graver daher in Ollies Boot, das sie nicht sonderlich beeindruckte.

Graver vermied das Thema Handschellen, bis sie bei Ollie angekommen waren, da er dachte, falls sie eine Szene machte, würde dies dort weniger Aufmerksamkeit erregen als in ihrem eigenen Patio und am Dock. Doch er hätte sich keine Sorgen zu machen brauchen. Sie akzeptierte sie, zusammen mit einer Kette um die Taille, mit geringem obligatorischen Murren und nahm bereitwillig auf dem Beifahrersitz Platz.

Auf dem Weg in die Stadt bereitete Graver sie auf ihren unorthodoxen »Gewahrsam« vor. Er sagte, wegen des Todes der beiden Polizeibeamten sei eine verdeckte Sonderermittlungstruppe zusammengestellt worden, die ihm unterstellt sei. Er sagte, es gebe innerhalb der Polizei zwei Fraktionen. Die eine wolle sie möglichst streng für ihre »Rolle« bestrafen, während die andere – er selbst, Neuman und weitere – ihr eine Chance und sich zum Austausch dafür von ihr alle Informationen geben lassen wollten, die sie ihnen liefern könne. Wenn alles vorbei sei, wollten sie sie als Dank für ihre Mitarbeit freilassen. So brauche sie keinen Anwalt zu nehmen, weil man sie nicht anklagen würde, wenn sie einwilligte, ihnen zu helfen. Sonst riskiere sie, den Rest ihres Lebens im Gefängnis zuzubringen.

Graver sprach im Konversationston, während er ihr all das erklärte, als bereite er sie auf einen neuen Job vor. Er beantwortete ihre Fragen, belog sie bereitwillig und mühelos und tat alles, was erforderlich war, damit sie wirklich auspackte, wenn sie anfingen, sie zu verhören. Er konnte an ihren Fragen erkennen, welche Ängste sie hatte, und auf diesen Ängsten spielte er mit der Geschicklichkeit eines Psychoanalytikers.

Als sie den Stadtrand erreichten und er ihr sagte, er müsse ihre Augen verbinden, akzeptierte sie den Vorschlag als erschwerend, aber nicht unbedingt unpolizeimäßig. Als die Augenbinde richtig saß, sprach Graver nicht mehr mit ihr. Als sie zum ersten Mal eine Frage stellte, sagte Graver nur sehr leise: »Psssst.« Kein Wort wurde mehr gesprochen, bis er langsamer wurde und vor seinem Haus parkte. Er war froh zu sehen, daß drinnen Licht brannte und die Garagentür geschlossen war, wie er angeordnet hatte.

Er rief Neuman, der hinter ihm war, über Funk an und sagte ihm, er solle vor ihm in die Einfahrt fahren und die Corvette in der nicht von Lara benutzten Garage abstellen. Danach kurbelte Graver sofort sein Fenster herunter und streckte den Kopf nach draußen, als rede er mit jemandem außerhalb des Wagens.

»Sagen Sie den Leuten hinten, daß wir kommen«, sagte er, kurbelte rasch das Fenster wieder hoch, wartete einen Moment, fuhr durch die Einfahrt auf die Rückseite des Hauses und parkte den Dienstwagen so, daß er von der Straße aus nicht zu sehen war. Er stellte den Motor ab.

»Okay, Valerie. Wir sind da«, sagte er. »Wir bringen Sie jetzt ins Haus.«

Lara kam ihnen an der Hintertür entgegen und trat beiseite, als sie sie geöffnet hatte. Sie trug jetzt Jeans und ein atemberaubendes Top. Paula stand im Eingang zur Küche hinter ihr.

Gerade als alle die Küche betreten hatten, vibrierte der Piepser an Gravers Taille. Er schaute hinunter und erkannte Arnettes Nummer.

»Wartet hier«, sagte er, ging hinaus und ließ die anderen schweigend stehen. Er betrat das Wohnzimmer und rief Arnette an.

»Okay, Baby, dein Mann ist wieder unterwegs«, sagte sie. Graver schaute auf seine Uhr. Es war halb elf. Er konnte im Hintergrund Stimmen über Funk hören.

»Hast du eine Ahnung, wohin er geht?«

»Nichts. Keine Anrufe in oder aus seinem Haus. Er stand einfach auf und ging. Aber es sieht so aus, als durchlaufe er die gleichen Manöver wie letztes Mal. Der Bursche läßt nicht locker.«

»Ich habe gerade Heath geholt«, sagte Graver.

»Wird sie reden?«

»Ich denke schon.«

»Gut. Quetsch sie aus. Laß mich wissen, falls wir etwas davon gebrauchen können. Ich rufe dich wieder an, wenn es bei uns etwas Neues gibt.«

Graver legte auf und blieb einen Augenblick an seinem Schreibtisch stehen. Er drehte sich um und ging in die Küche zurück, wo alle noch so dastanden, wie er sie verlassen hatte.

»Okay«, sagte er und nahm wieder Valerie Heath' Arm. »Wir gehen nach oben.«

Er führte sie vorsichtig hinauf und brachte sie vom Treppenabsatz aus in Natalies Schlafzimmer. Drinnen schaltete er das Licht ein und ließ ihr von Neuman die Augenbinde abnehmen. Die Handschellen nahm er ihr nicht ab. Sie blinzelte ein paarmal und sah sich um.

»Sie kennen Paula«, sagte er. Heath nickte und warf ihr einen raschen, sarkastischen Blick zu, als wolle sie sagen: »Das ist ja ganz was Neues.« »Und dies ist Lara«, sagte Graver. Heath nickte wieder und schaute sie spöttisch an.

»Was ist mit den Handschellen«, sagte sie, die Handgelenke hebend.

»Noch nicht«, sagte Graver. Er war kurz angebunden und bot keinerlei Erklärungen an. »Sind Sie hungrig?«

Sie schüttelte den Kopf und setzte sich ans Fußende des Bettes. »Kann ich eine Zigarette haben?«

»Nicht hier drin«, sagte Graver.

»Kaffee? Kann ich wenigstens eine Tasse *Kaffee* haben?«

»Natürlich«, sagte er. »Würden Sie mir helfen, Paula?«

Unten ging Graver geradewegs in die Küche und setzte die Kaffeemaschine in Gang, während Paula die Reisetasche auf dem Küchentisch ausleerte und anfing, die Dokumente durchzusehen. Als die Kaffeemaschine lief, setzte sich Graver ihr gegenüber. Paula hatte sechs falsche texanische Führerscheine ausgebreitet, alle mit Heath' Bild – auf einigen trug sie blonde Perücken –, doch mit verschiedenen Namen, Geburtsdaten und Identifikationsmerkmalen, darunter auch Führerscheine für Irene Whaley, die Abonnentin der Zeitschrift in Heath' Haus, und Frances Rupp, die die Corvette gekauft hatte. Für jede dieser Führerscheininhaberinnen gab es gekauft hatte. Für jede dieser Führerscheininhaberinnen gab es auch Bankkarten, jede von einer anderen Bank, und auf allen entsprechenden Konten befand sich Geld. Alle Konten zusammen ergaben eine Summe von annähernd dreihunderttausend Dollar.

»Un-glaublich«, sagte Paula.

47

»Ich hab' Don C. vor ungefähr drei Jahren kennengelernt«, sagte sie, die Kaffeetasse in den gefesselten Händen, während sie im Schneidersitz am Fußende des Bettes hockte. Ihre weiße Bluse war weit genug aufgeknöpft, um den langen Spalt zwischen ihren schweren Brüsten zu enthüllen. »In einer Bar. Ich hatte gerade eine schlechte Ehe hinter mir, eine ganz schlechte Ehe, und war deprimiert und pleite. Don begann ein Gespräch mit mir, hörte sich meine Geschichte an und sagte, er könne eine Art Mädchen für alles brauchen, die ihm bei seinen kleinen Sachen half. So nannte er das, seine ›kleinen Sachen‹. Er brauchte mich nicht groß zu überzeugen, soviel steht verdammt fest. Scheiße, ich hab' sofort angebissen.«

Sie schüttelte den Kopf und erinnerte sich. »Die Wahrheit ist, ich hätte auch umsonst für diesen Burschen gearbeitet.« Sie sah Lara an, die ihr gegenüber auf einem Stuhl saß, als denke sie, Lara würde verstehen. »Der Typ ist« – sie nickte und zog eine Augenbraue hoch – »ein Hengst. Ein richtiger Hengst. Nicht so ein Yuppietyp für die *happy hour*, sondern ein Kerl, der Muskeln hat, obwohl er nie in seinem Leben ein Fitneßstudio von innen gesehen hat.« Sie schüttelte den Kopf. »Jedenfalls«, fuhr sie fort und sah sich nach Graver um, der mit einem Tonbandgerät am Kopfende des Bettes saß, »habe ich nichts weiter gemacht, als in Parkhäuser und Einkaufszentren und dergleichen zu gehen und von Leuten Umschläge in Empfang zu nehmen – gewöhnlich Frauen, manchmal aber auch Männer – und ihnen dafür Umschläge mit Bargeld zu geben. Ich wußte, daß es Bargeld war. Don sagte es mir. Und ich wußte, daß es keine Drogen waren ... ich meine, flache Briefumschläge? Außerdem habe ich diejenigen aufgemacht, die nicht gut zugeklebt waren, und nachgesehen. Manchmal waren es Mikrofiches oder Computerausdrucke oder bloß Fotokopien von Dokumenten.«

»Welche Art von Dokumenten?« fragte Neuman. Er machte sich auf einem Stenoblock Notizen.

»Sehr oft waren es Bankauszüge. Manchmal waren es Firmeninformationen, äh, Marktforschung, Produktentwicklung, Verkaufsziffern, Finanzberichte, Rechnungsberichte. Alles mögliche.«

»Haben Sie das Geld immer Personen gegeben?«

»Oh, nein. Meistens nicht. Zuerst schon, weil Don wollte, daß ich mich mit ihnen vertraut mache, aber später nicht mehr. Don gab mir einen Schlüssel und das Geld. Wenn der Schlüssel für den Kofferraum eines Autos in einem Parkhaus war, gab Don mir auch die Zulassungsnummer. Ich suchte den Wagen, machte den Kofferraum auf, hinterlegte das Geld und nahm den Umschlag an mich, der dort war. Manchmal war der Schlüssel auch für ein Schließfach auf dem Flughafen oder ein Postfach bei der Post. Ein paarmal sogar für einen Safe. Der Austausch konnte überall stattfinden. Was immer einem einfallen konnte.«

»Wieviel Geld haben Sie ausbezahlt?« fragte Paula. Sie saß ebenfalls auf einem Stuhl, und zwar neben Lara, und wippte nervös mit dem übergeschlagenen Bein.

»Manchmal Hunderte, manchmal Tausende ... pro Person. Von zweihundert bis zu dreißigtausend Dollar maximal. Aber ich hab' die Umschläge immer von derselben Gruppe von Leuten geholt, denselben fünf oder sechs Personen, so daß sie allerhand Geld machten.

Das war so eine Art Training für mich. Ich habe das vielleicht sechs Monate gemacht, bis Don mir sagte, was er tat und wie. Er sagte, er hätte einen Kunden, der ihm eine Einkaufsliste mit den Informationen gäbe, die er wollte. Dieser Mann lieferte das Geld, um das Zeug zu kaufen. Don fand die Leute, die an die Informationen herankommen konnten, und dann fing er an, sie für sich laufen zu lassen.

Wie auch immer, schließlich reichte Don diese Leute an mich weiter, und ich mache das immer noch. Er gibt mir Informationslisten, und ich gebe sie an die richtigen Leute weiter, kaufe die

Informationen. Es ist so verdammt einfach. Der Geldbetrag, den ich bekomme, schwankt manchmal, weil ich einen Prozentsatz dessen kriege, was meine Quellen bekommen, und was sie bekommen, hängt von der Art von Information ab, die Don von ihnen haben will. Ich kann mich nicht auf einen festen monatlichen Betrag verlassen, aber es ist immer Bargeld, für mich, für die anderen, für alle, und es gibt so verdammt viel davon, daß es keine Rolle spielt. Ich hatte noch nie soviel Geld.«

»Legen Sie alles auf ein Konto?«

»Oh, Teufel, nein. Don hat mir beigebracht, überall Konten zu eröffnen, das Geld zu verteilen, nie mehr als achttausend Dollar auf einmal auf einem Konto einzuzahlen. Das ist seine persönliche Obergrenze, achttausend. Er will nicht, daß die Banken argwöhnisch werden, denken, wir verkauften Drogen, und uns bei den Bullen anzeigen.«

»Hat er Ihnen die gefälschten Führerscheine beschafft?« fragte Graver.

»Ja. Sein Kunde kann uns in dieser Art alles besorgen, was wir haben wollen.«

»Aber Sie haben keine Ahnung, wer der Kunde ist.«

Valerie Heath schüttelte den Kopf. »Nein. Keiner kennt irgend jemand. Ich kenne nicht mal Don, meine Güte. Ich treffe ihn immer da, wo er vorschlägt, und er ist immer vor mir da und läßt mich als erste gehen, so daß ich nicht sehen kann, was er für ein Auto fährt.«

»Haben Sie nie versucht, sich zu verstecken und zu beobachten, was er macht, wenn Sie fort sind?« fragte Paula.

Heath wartete ein oder zwei Augenblicke, ehe sie antwortete. »Ja« – sie nickte – »einmal. Er hat mich erwischt. Da habe ich festgestellt, daß er genau wußte, was ich für ein Auto fuhr. Er weiß eine Menge über mich. Er hat gesagt, wenn er mich je wieder dabei erwischen würde, wäre es vorbei.« Sie trank von ihrem Kaffee. »Ich bekam schon fast neunzigtausend im Jahr. Bar auf die Hand. Ich dachte, mehr über ihn zu wissen, wäre es nicht wert, das zu verlieren. Verflucht, wenn er den Geheimnisvollen spielen will, soll er doch. Ich nehme das Bargeld.«

»Was ist mit den Leuten, bei denen Sie kaufen? Kennen die Sie?«

»Kein bißchen. Ich mache es genau wie Don. Ich benutze bei

jedem einen anderen Vornamen und einen Anfangsbuchstaben für den Nachnamen. Debbie E. Linda M. Was immer. Jeder von denen kennt mich als jemand anderen.«

»In welcher Art Firmen arbeiten Ihre Leute?« fragte Neuman.

»Ich habe Leute in zwei Banken, ein paar Anwaltskanzleien, bei einem Reinigungsdienst und einem Chefsekretärinnenservice. Der Typ von dem Reinigungsdienst verdient das meiste Geld.«

»Wieso das?«

»Weil der Kerl eigentlich gar kein Gebäudereiniger ist. Er ist ein Computerfreak, ein Hacker. Die Firma, für die er arbeitet, hat einen Reinigungsvertrag für eines der größten Gebäude in der Innenstadt. Da sind die Büros von Ölfirmen drin, Kanzleien, Börsenmakler, Immobilienleute, internationale Firmen. Der Mann hat die ganze Nacht Zugang zu all diesen Büros, und das jede Nacht. Don hat für diesen Typ mehr Wunschlisten als für alle anderen.«

»Haben alle Ihre Leute die gleichen Fachkenntnisse?« Neuman machte sich hektisch Notizen und schaute nicht einmal auf, während er die Frage stellte. »Ich meine, arbeiten alle in der gleichen Art von Job?«

»Nein. Das ist das komische«, sagte Heath und schaute wieder Lara an. »Alle sind auf ziemlich niedriger Ebene. Sekretärinnen, Datentypistinnen. Schreibtischtypen. Deshalb funktioniert es. Alle sind in niedrig bezahlten Jobs und brauchen das Geld immer, aber sie haben Zugang zu Berichten. Computern. Sie können aus diesen verdammten Computern herausholen, was immer man haben will. Sie haben diesen ganzen Zugang, aber sie werden miserabel bezahlt. Jeder ist in so einer Lage scharf auf Geld. Es ist leicht, sie zu kaufen. In bar. Das ist die Sache. Ich meine, sie empfinden keine Loyalität gegenüber diesen Firmen. Sie wissen verdammt gut, wenn es eng wird, sind sie die ersten, die fliegen. Wenn diese beschissene wirtschaftliche Lage vielen Leuten etwas beigebracht hat, dann das. Sorg für deinen eigenen Arsch.«

Valerie trank ihre Tasse leer und sah sich in Erwartung der nächsten Frage um.

Graver sagte: »Haben Sie je von einer Firma namens DataPrint gehört?«

Valerie schürzte einen Augenblick die Lippen und schüttelte dann den Kopf. »Nein.«

»Haben Sie je von einem Mann namens Bruce Sheck gehört?«

Wieder dachte sie einen Moment nach und schüttelte den Kopf. »Nein.«

»Worum ging es bei der Sache mit Colleen Synar?« fragte Graver.

»Ach das, großer Gott. Das war gar nichts. Eines Tages sagte Don zu mir, wenn jemand anrufen und nach einer Colleen Synar fragen würde, sollte ich sagen, sie wäre vor langer Zeit umgezogen. Ich sagte, was? Er sagte, jemand würde mich vielleicht ihretwegen anrufen, und ich sollte sagen, sie wäre umgezogen, und mehr wüßte ich nicht. Weiter hat er mir nichts erklärt. Ich war sauer, aber ich habe nichts mehr gesagt. Damals kam das Geld schon dick herein. Ich hatte nie soviel gehabt. Ich wollte es nicht verlieren. Ich hab' mir deswegen lange Sorgen gemacht, hatte jedesmal Angst, wenn das Telefon läutete. Aber als nie jemand anrief... habe ich es vergessen... bis sie anrief«, sagte sie und nickte Paula zu.

»Wenn Sie sich mit Don in Verbindung setzen wollen, wie machen Sie das?« Graver lehnte sich an das Kopfende des Bettes. Er hatte seine Krawatte gelockert.

»Telefonnummer. Ich rufe sie an, hinterlasse eine Nachricht, und er ruft mich zurück. Die Nummer wechselt alle vier oder fünf Wochen.«

»Wie ist die Nummer?« fragte Neuman.

»Vergessen Sie's«, sagte sie. »Ich hab' ihn gestern angerufen, und das Ding ist tot. Und ich hab' nichts von ihm gehört.«

»Glauben Sie, daß Don noch andere Leute wie Sie hat, die von verschiedenen Quellen Informationen kaufen?«

»Ach, sicher hat er die. Er hat es mir gesagt. Jedenfalls so gut wie.«

»Was glauben Sie, wie viele andere Leute es da noch gibt?«

»Keine Ahnung. Er hat bloß gesagt, das wäre eine große Operation. Und er hatte das System ganz gut im Griff.« Sie dachte einen Augenblick nach. »Um Ihnen die Wahrheit zu sagen, manchmal denke ich, daß es auch noch andere Leute wie Don geben könnte. Die für seinen ›Kunden‹ arbeiten, wissen Sie?«

»Haben Sie je von dem Namen Panos Kalatis gehört?« fragte Graver.

Sie schüttelte den Kopf. »Nein, an den würde ich mich wohl erinnern.«

»Haben Sie Don je von einem Griechen reden hören?«

»Griechen?« Sie runzelte die Stirn und schüttelte wieder den Kopf. »Kein Grieche.«

»Wenn wir mit Don reden müßten«, sagte Graver, »wie könnten wir dann mit ihm in Verbindung treten?« Während er diese Frage stellte, nahm er Bruce Shecks Zuträgerakte aus einem Manilaumschlag und hielt ihr sein Bild hin.

»Ich will verdammt sein, wenn ich das wüßte«, sagte sie. »Bloß diese Telefonnummer.« Ihre Augen erblickten das Foto. Sie starrte es an. Langsam veränderte sich ihr Gesichtsausdruck. »Tja, ich will verdammt sein.« Sie begann langsam zu nicken, und ihre Lippen verzogen sich fast zu einem Lächeln. »Das ist er. Das ist der alte Don C. höchstpersönlich.«

48

Graver ging mit aufgekrempelten Hemdsärmeln durch die Küche, nahm Sandwichfleisch und Käse aus dem Kühlschrank, eingelegtes Gemüse und Oliven und Zwiebeln aus der Speisekammer, Brot aus dem Brotkasten, gab Neuman ein Messer und wies ihn an, mit dem Kleinschneiden zu beginnen. Er sprach mit Paula, die am Tisch saß und sich Notizen machte.

»Ich möchte, daß Sie jedes Detail aus ihr herausquetschen«, sagte er gerade. »In welchen Firmen diese Leute waren, was für eine Position sie hatten; welche Daten sie lieferten; von welcher Art Firmen Don Informationen wollte; welche Art von Informationen; die Namen der Firmen, von denen sich dieser Computerhacker Informationen besorgt hat; wer sein Schichtführer war – der Schichtführer wurde wohl auch bezahlt, weil er wissen mußte, daß der Hacker keine Büros putzte. Alles, was euch einfällt und uns später helfen könnte, wenn wir anfangen, alles zusammenzusetzen.«

Er nahm ein zweites Messer aus dem Messerblock auf dem Küchenschrank und fing an, die Zwiebeln in Scheiben zu schneiden.

»Alles in allem war es kein schlechter Fang«, sagte Graver. »Sie hat Sheck für uns an die richtige Stelle gesetzt, und aus diesen Quellen in jeder von den fünf Firmen können wir eine Menge Details herausholen.«

»Sheck wird schwerer in die Hände zu bekommen sein als Valerie«, sagte Neuman und stapelte Brotscheiben auf einen Teller. »Mir scheint, daß er ganz geschickt vorgeht, daß er in solchen Sachen ein alter Hase ist.«

»Da haben Sie wohl recht.« Graver war mit den Zwiebeln fertig und fing an, Tomaten zu schneiden. »Er hat alle Kennzeichen eines Profis. Heath benutzte sogar den Begriff ›Laufenlassen‹ für Shecks Umgang mit seinen Quellen. Das hat sie von ihm. Der Bursche hat einen Geheimdienst-Hintergrund. Und das bringt uns zu Kalatis. Dieser Mann gehört zu Kalatis.«

»Über den Mossad? Für mich hört er sich amerikanisch an.«

»Ich glaube nicht, daß das noch einen Unterschied macht«, sagte Graver. »Für Leute wie diese haben Loyalitäten nichts damit zu tun, wo sie geboren sind oder leben, nichts mit Familie oder Heimat. Ihre Loyalitäten richten sich nicht nach Flaggen. Sie setzen ihr Leben für internationale Währungseinheiten aufs Spiel: Dollar, Deutsche Mark, Pfund, Yen.«

Er legte die Zwiebel- und Tomatenscheiben zusammen mit den Pickles und Oliven auf eine große Platte, ging dann erneut zum Kühlschrank und nahm ein Glas Mayonnaise und ein Glas Senf heraus. »Wollt ihr normalen oder scharfen Senf?«

»Normalen«, sagte Neuman.

»Scharfen«, sagte Paula.

Graver stellte beides auf den Küchentresen.

»Im Kühlschrank sind Bier und Limonade«, sagte er und fing an, ein Sandwich zusammenzustellen, während Paula die verschiedenen Notizbücher und Heath' Sortiment falscher Ausweise vom Tisch räumte. Als Graver das Sandwich fertig hatte, schnitt er es diagonal durch, legte es mit ein paar Oliven auf einen Teller und nahm ein Bier aus dem Kühlschrank. Er öffnete es, stellte den Teller und das Bier mit einer Serviette auf ein Tablett und verließ die Küche.

Sie saßen auf dem Boden am Fußende des Bettes wie zwei Schulmädchen, die Karten zwischen ihnen.

»Gütiger Himmel!« sagte Valerie und strich sich das trockene schwarze Haar aus den Augen. »Guck dir bitte mal unsern Butler an. Haben Sie das selbst gemacht?«

»Ja«, sagte Graver und stellte das Tablett auf den Boden neben Lara.

»Danke«, sagte Lara.

»Haben Sie keine Frau?« fragte Heath. »Sind Sie geschieden oder was?«

»Wollen Sie wirklich nichts?« fragte er sie.

»Tja ... jedenfalls kein Sandwich.« Sie grinste und musterte ihn von oben bis unten.

Graver verließ das Zimmer und sah auf seine Uhr. Arnette hatte vor einer guten Stunde angerufen. Inzwischen sollte etwas geschehen sein. Als er an seinem Schlafzimmer vorbeikam, schaute er durch die offene Tür und blieb stehen. Er trat ein. Sein Bett war gemacht, und Laras cremeweißes Leinenkostüm lag drauf ausgebreitet. Auf der anderen Seite des Bettes stand ein geöffneter Koffer. Er ging hin und schaute in den Koffer. Da waren Slips, ein paar Seidenblusen. Wäsche. Die Körbchen der Büstenhalter ineinandergelegt, die Slips einmal gefaltet. Da war der vertraute Duft von vergehendem Parfum, der in den Koffern von Frauen haftet, selbst, wenn sie leer sind. Er ging zu Dores Kleiderschrank und öffnete die Tür. Drei Kleider hingen darin, isoliert in der Leere, die sogar in der Stille widerhallte. Er schloß die Tür, ging noch einmal zu dem offenen Koffer. Er starrte auf die Wäsche und widerstand der Versuchung, die Hand auszustrecken und die Spitze an den BHs, die glatte Seide zu berühren. Er wandte sich ab und verließ rasch das Zimmer.

Unten saßen Paula und Neuman am Küchentisch, aßen und redeten, und neben Neumans Teller lagen ein Stenoblock und ein Kugelschreiber. Graver ging zum Tresen und begann, sich selbst ein Sandwich zurechtzumachen.

»Okay, fassen wir zusammen«, sagte Neuman, wischte sich mit

einer Serviette den Mund ab und nahm den Stift. Er beugte sich über seine Notizen. »Sheck ist irgendwo weiter oben in der Kette für denjenigen, der die Informationen kauft. Es dürfte ziemlich sicher sein, daß Sheck Dean kennt oder zumindest, daß Dean ihn kennt, weil Shecks Name in der Probst-Akte steht. Kalatis ist nur deshalb im Bild, weil Dean seinen Namen erwähnte, als er sich am Transcobrunnen mit diesem Unbekannten traf.«

»Das ist richtig«, sagte Graver, der sein Sandwich durchschnitt. »Ach, übrigens, der Anruf vorhin war von unseren Beschattungsleuten. Dean ist seit ungefähr einer Stunde unterwegs.«

»Herrgott!« sagte Paula. Sie warf beiden Männern ungläubige Blicke zu. »Herrgott, das ist einfach irre.«

»Und da ist Faeber. Wir bringen ihn über Brod Strasser, der einen bestimmenden Anteil an DataPrint gekauft hat, mit Kalatis in Verbindung; er wurde in der Raviv-Akte auch als Verbindung von Kalatis erwähnt.«

»Bloß der Ordnung halber«, warf Graver ein, »ich glaube, es war kein Zufall, daß es Faebers Haus war, wo mein Informant die Unterhaltung belauscht hat, bei der Tislers und Besoms Namen vorkamen.«

Paula nickte langsam und nachdenklich. »Und ich glaube, es ist auch kein zu großer logischer Sprung, wenn man annimmt, daß Faebers Firma, oder wenigstens jemand in seiner Firma, die Ausbeute aus Bruce Shecks kleiner Datensammlungsoperation kauft.«

Graver öffnete ein Bier für sich, lehnte sich mit gekreuzten Beinen an den Küchentresen und begann, sein Sandwich zu essen. Er sah die beiden anderen an.

»Was auch für Shecks ›Fachkenntnisse‹ spricht«, sagte Neuman. Er sah Graver an. »Und was mich an Ihrem Informanten stutzig macht. Sind Sie … sind Sie einigermaßen sicher …«

»Sie meinen, ob ich sicher bin, daß er kein Spitzel ist?« Er schüttelte den Kopf. »Nein. Sein Timing – daß er gerade jetzt aus dem Nichts auftaucht – ist verdächtig, und sein ›Glück‹ bei Faebers Party strapaziert seine Glaubwürdigkeit.« Graver schüttelte den Kopf. »Nein, mir ist dabei überhaupt nicht wohl. Aber eines paßt nicht dazu, daß er ein Spion sein soll, nämlich, daß er freiwillig

Faebers Namen ins Spiel gebracht hat. Warum sollte er freiwillig *irgend jemandes* Namen nennen? Vor allem den Namen einer Schlüsselfigur.«

»Nehmen wir an, er sagt die Wahrheit«, warf Paula ein. »Wen hat er belauscht? Sheck? Glauben Sie, Bruce Sheck ist die Art Mann, die auf einer schicken Party wie der von Faeber sein würde?«

Natürlich glaubte keiner von ihnen, daß ein »Hengst«, der die Art von Bars besuchte, in denen er Frauen wie Valerie Heath auflesen konnte, auf einer Party der feinen Gesellschaft von Tanglewood sein würde, wie Last sie beschrieben hatte. Sie verstummten. Graver aß sein Sandwich, während Neuman erneut seine Notizen studierte, und Paula starrte auf den Küchenboden. Graver wußte nicht, was sie dachten, aber ihm wurde zunehmend bewußt, daß diese Sache ungeheure Ausmaße annahm. Was in aller Welt hoffte er zu erreichen? Es würde eine riesige Sonderkommission und viel Zeit erfordern, hier richtig zu ermitteln. Er hatte weder die Sonderkommission noch die Zeit. Und noch während er das dachte, war Paula ihm schon voraus.

»Graver«, sagte sie und unterbrach seine Gedanken. Sie hatte sich auf ihrem Stuhl umgedreht und war ihm zugewandt, die bloßen Füße leicht gespreizt auf dem Boden, die Hände im Schoß. Sie drückte den Rock zwischen ihren Schenkeln nach unten. Es war die Haltung einer Collegeschülerin. »Glauben Sie wirklich, daß noch irgend jemand im Department außer Dean in diese Sache verwickelt ist? Ist es das, was Sie festzustellen versuchen, bevor Sie noch jemanden hinzuziehen?«

Er steckte eine Olive in den Mund und biß hinein, schmeckte den Piment und das salzige Öl. Er kaute sie und spülte sie dann mit einem Schluck hinunter.

»Warum?« fragte er.

»Weil Sie genausogut wie ich wissen, daß das . . . unmöglich ist.« Sie sah Neuman an, dann wieder Graver. »Wir werden der Sache nicht gerecht. Diese ganze Heath-und-Sheck-Operation würde eine Menge Leute erfordern. Sie ist riesig. Es könnte fünf oder sechs Shecks geben und dreißig Heath' und mehr als hundert, vielleicht viele hundert Leute, die Informationen stehlen, um sie zu verkaufen. Wenn man darüber nachdenkt, ist es unglaublich. Diese Leute, die Informationen, die sie haben ... das ist unheimlich. Und noch unheimlicher ist die Vorstellung, was sie vielleicht damit machen. Es ist einfach, daß ... daß es eine so große Sache ist, um Himmels willen.«

Graver nickte und kaute den letzten Bissen von seinem Sandwich. Er war nicht sicher, wie er ihr antworten würde, aber er war sich seiner Gefühle sicher.

»Schauen Sie«, sagte er, trank einen Schluck Bier und wischte sich die Hände an einem Stück Küchenkrepp ab, das er als Serviette benutzte. Er stellte die fast leere Bierflasche wieder auf die gekachelte Arbeitsfläche, ging zum Tisch, zog einen Stuhl heraus und setzte sich.

»Sie haben recht. Die Sache ist groß. Sie haben recht, wir können sie absolut nicht bewältigen. Nicht auf lange Sicht. Aber im Augenblick befinden wir uns erst in den Entdeckungsstadien dieses Falls. Ob ich glaube, daß noch jemand aus dem Department darin verwickelt ist? Ich weiß es nicht, aber ich habe wachsende Zweifel, daß Männer wie Kalatis und Strasser und sogar Faeber, was das betrifft, drinstecken würden, wenn es die Art von Operation wäre, die nicht höher nach oben reicht als bis zu Dean Burtell. Ein Analytiker ist nichts für diese Leute. Sie mögen einen Analytiker *brauchen,* sie mögen ihn *benutzen,* aber in was sie da hineinzukommen versuchen, erfordert Kooperation auf einer höheren Ebene. Dean ist da bei all seiner Intelligenz und Fähigkeit nur ein Trittbrett. Ich muß glauben, daß sie auf Höheres aus sind als das, was er liefern kann. Er wird schlicht benutzt.«

Er sah Neuman an und dann wieder Paula.

»Was mache ich also? Ich gehe von der Annahme aus, daß es hier um eine Menge Geld geht, weil die großen Spieler sich nicht mit kleinen Sachen abgeben. Irgendwo direkt vor unserer Nase ist eine große Sache im Gange. Wem von den Spitzenleuten im Polizeihauptquartier vertraue ich das nun an? Wen beziehe ich ein? Sollte ich diese ganze Operation, von der Sie gerade gesprochen haben, dieses enorme Ding, für die Wette riskieren, daß es bei Dean aufhört? Oder für die Wette, daß ich in der Lage sein werde, die richtigen Leute auszusuchen, um es ihnen mitzuteilen?« Er hielt inne. »Ich glaube nicht.«

»Was ist mit dem FBI? Wenn es so groß ist, dann sollten sie diejenigen sein, die das übernehmen. Sie haben die Mittel dazu.«

Graver sah sie an. »Also gut, Paula, hier ist eine ehrliche Antwort darauf. Sie haben recht, in einer wohlgeordneten Welt wäre das die richtige Vorgehensweise.«

Dann erklärte er ihr, was Arnette ihm über die miteinander in Konflikt stehenden Zuständigkeiten von CIA, DEA und FBI bezüglich Kalatis gesagt hatte.

»Wenn ich an diesem Punkt zu ihnen gehe«, sagte er, »könnte ich riskieren, daß dieses Ding vor meiner Nase auseinanderläuft. Über Streitereien, was die Abgrenzungen von Zuständigkeitsbereichen angeht, brauche ich Ihnen ja wohl nichts zu erklären. Ich möchte den Hinweisen nachgehen können, die *wir* ermitteln. Ich will nicht, daß mir etwas weggenommen wird. Ich will keinen neben mir haben und auch nicht von oben herab behandelt werden. Ich will nicht in den Hintergrund gedrückt werden.« Er hielt inne. »Ich vermute, wenn's drauf ankommt, bin ich nicht besser als alle anderen, weil ich meine Zuständigkeit schützen will. Aber Tisler und Besom waren *meine* Leute. Für Dean bin *ich* verantwortlich. Ich möchte sie nicht irgend jemand anderem überlassen.«

Er hielt erneut inne. »Außerdem, nach dem, was hier geschieht, denke ich, haben wir in bezug auf Kalatis ebenso gute Chancen wie irgendein Geheimdienst. Und ich will diesen Bastard mit keinem teilen. Wenn wir ihn in die Finger kriegen, möchte ich nicht mitansehen, daß er uns aufgrund anderer Pläne von Leuten in Washington oder Langley oder Quantico durch die Lappen geht, weil die einen Handel mit ihm abschließen.«

Neuman blickte auf seinen Stenoblock nieder und kritzelte mit dem Stift darauf herum. Paula starrte ihn an, sagte aber nichts. Sie sah ihn einfach gedankenverloren an. Er nahm an, daß sie versuchte, sich über ihren Standpunkt klarzuwerden. Er vermutete, daß sie noch nicht wußte, was sie denken sollte, und solange sie das nicht tat, würde sie nicht drängen.

»Aber«, fuhr Graver fort, »ich glaube ohnehin nicht, daß wir viel Zeit haben werden, uns darüber Sorgen zu machen. Wenn Kalatis irgendein großes Projekt anschiebt, dann werden diese anderen Stellen ohnehin auf seinen Fersen sein. Ich glaube nicht eine

Minute lang, daß wir diese Sache allein durchziehen werden. Wenn Kalatis argwöhnt, daß er im Begriff ist aufzufliegen – und er weiß vermutlich mehr, als uns lieb wäre –, dann wird er das Programm schneller durchziehen. Das Fenster unserer Möglichkeiten ist hier sehr klein und schrumpft ständig.«

»Wie klein?« Neuman blickte auf.

Graver zuckte mit den Schultern und schüttelte den Kopf. »Ich vermute … vielleicht ein paar Tage. Tislers und Besoms Tod stehen morgen früh in der Zeitung. Wenn diese Berichte auf etwas Dunkles hinter den Todesfällen hinweisen, dann wird Kalatis verschwinden wollen. Und dann wird Sheck Heath vermissen. Ich glaube einfach nicht, daß uns viel Zeit bleibt, bis diese Sache sich in etwas verdammt anderes verwandelt als das, was wir jetzt haben.«

49

0:18 Uhr

»Irgendein Zimmer, das auf den Hafen hinausgeht«, sagte der Mann. Er sagte es schnell, nachdem er seine Tasche vor dem Rezeptionstisch abgestellt hatte, ohne den anderen Arm von den Schultern der jungen Frau zu nehmen, die er an sich gedrückt hielt. Der Portier bemerkte, daß der Daumen des Mannes über die Seite des Büstenhalters der Frau unter ihrer Bluse strich. Allerdings glaubte er nicht, daß sie einen trug.

»Hoch oben«, sagte die Frau, sah den Mann an und dann den Portier, und sie lächelte den Portier auf eine Weise an, die dieser als spitzbübisch bezeichnet hätte, wenn er den Ausdruck gekannt hätte. »Ich möchte die Boote sehen, die Lichter auf den Booten.«

»Hoch oben«, sagte der Mann und zwinkerte dem Portier zu. »Wir müssen diese Boote sehen.«

»Hoch oben«, sagte der Portier und schaute auf seinen Computerbildschirm. Der Mann war ein Lateinamerikaner, kein Mexikaner, vielleicht Kolumbianer, ein richtiger Machobrocken, gutaussehend, gut gebaut, Anfang Dreißig. Die Frau war Mitte Zwanzig, schätzte der Portier. Eine rotblonde Amerikanerin mit karamelfarbenem Haar, das von der Sonne gebleicht war, und mit sehr hübschen Titten, auf die dieser Latino nun den Daumen und sogar die ganze Hand legte. Der Portier verlor auf seiner Computertastatur den Faden und mußte sich zusammennehmen, um die richtigen Eingaben zu machen.

»Also, was ist? Haben Sie etwas?« fragte der Macho. »Was haben Sie? Wir sind ziemlich in Eile.«

Kein Scheiß. Der Portier musterte das Mädchen. Sie strahlte ihn an. Herrgott.

»Ja, sicher. Gleich hier. Guter Blick auf den Jachthafen. Sehr hübsche Aussicht. Nicht ganz oben, aber zwei Stockwerke darunter.«

»Phantastisch«, sagte der Macho und nahm endlich den Arm von der Frau, um in seiner Jacke nach der Brieftasche zu greifen. Während der Macho die Formulare ausfüllte, riskierte der Portier einen weiteren Blick auf die Brüste der Frau, vergaß aber, ihr zuerst ins Gesicht zu sehen, und als er das schließlich tat, ertappte sie ihn. Doch sie strahlte ihn bloß wieder an und nahm munter die Schultern zurück, zumindest glaubte er das, und seine Augen streiften wieder ihre Brüste auf dem Weg nach unten auf das Anmeldeformular. Der Portier beneidete den Macho. In seiner Phantasie spielte er eine kleine Nummer mit der Frau durch, während er sie ein letztes Mal betrachtete.

Als der Papierkram erledigt war und der Portier nach einem Gepäckträger läuten wollte, hinderte der Macho ihn daran.

»Wir brauchen keine Hilfe«, sagte er. »Wir haben bloß diese zwei Gepäckstücke.« Und tatsächlich war da noch ein Koffer, der Portier hatte gar nicht gesehen, daß die Frau ihn trug, einer dieser modischen Aluminiumkoffer. »Vielen Dank«, sagte der Macho, und die beiden wandten sich um und gingen durch die Halle zu den Aufzügen.

Nachdem sie im Lift waren, zog Remberto ein Funkgerät aus seinem Gürtel unter der Jacke und sprach hinein.

»Zimmer 1202. Sie will, daß du den anderen Aluminiumkoffer bringst. Geh nicht durch die Tür der Haupthalle. Es gibt noch einen zweiten Eingang von der Hafenseite her und Aufzüge, die von der Eingangshalle aus nicht zu sehen sind.«

Binnen sieben Minuten stand Cheryl vor den deckenhohen Fenstern ihres Zimmers und schaute hinunter auf die Segelboote im Jachthafen. Die Lampen im Raum brannten nicht, und sie bewegten sich im bleichen Schein, der von den Lichtern auf den Docks und den Bootsanlegestellen ins Zimmer fiel.

»Ist das nicht zu weit weg?« fragte Remberto.

»Nein. Perfekt«, sagte Cheryl, während sie sich bückte, ihren Aluminiumkoffer öffnete, ein Stativ herausnahm und zusammensetzte. Remberto holte aus seinem Koffer ein Fernglas und fing an, sich die Reihen festgemachter Boote anzusehen. Als Cheryl gerade das Stativ aufstellte, klopfte jemand an die Tür, und sie ging an das Guckloch und schaute hinaus. »Gut«, sagte sie und öffnete die Tür.

Murray kam mit Cheryls größerem Aluminiumkoffer herein, und hinter ihm war Boyd mit seinen Taschen mit der Fotoausrüstung und seinem eigenen Stativ.

Sie arbeiteten rasch. Murray und Remberto standen mit Ferngläsern zu beiden Seiten des großen Fensters, während Boyd und Cheryl ihre Ausrüstung in der Mitte aufbauten. Binnen zwölf Minuten war alles an seinem Platz. Cheryl saß hinter ihrem Parabolmikrophon, das auf ein Stativ montiert war, Kopfhörer auf den Ohren, den Empfänger im Schoß.

»Okay, Jungs. Irgendwelche Vorschläge?«

»Ja«, sagte Remberto. Er hatte das Fernglas nicht abgesetzt, seit er gekommen war. »Siehst du das erste Dock von links? Bootsstege zu beiden Seiten. Geh zum zweiten Docklicht von dort aus ... eins, zwei, drei ... drittes Boot. Ein kleiner Kabinenkreuzer, blau gestrichen. Da sind Leute drin, mehr als zwei, und reden.«

Cheryl beugte sich vor, richtete das Mikrophon aus, fand das Boot und begann, an den Skalen des Empfängers zu drehen. Alle warteten. Zwei Minuten, drei.

»Ich glaube nicht, daß sie es sind«, sagte sie. »Sie reden, äh, über Bürointrigen. Lou hat eine größere Gehaltserhöhung bekommen als dieser andere Bursche, und der ist sauer, weil er bei dem ›Fleming-Deal‹ den größten Teil von Lous Arbeit geleistet hat, und Lou hat niemand was davon erzählt, nur ihm selbst ...«

»Okay«, sagte Remberto. »Viertes Dock auf der anderen Seite. Zwischen dem Hauptgang und dem Dock, erstes Boot vor der ersten Lampe.«

Der *trial-and-error*-Prozeß war frustrierend, aber alle waren daran gewöhnt und blieben ruhig und konzentriert. Sie fanden ihre Objekte im vierten Boot.

»Ich hab' sie«, sagte Cheryl und klopfte mit einer Hand auf ihren Kopfhörer. Mit der anderen Hand schaltete sie das Bandgerät ein.

50

»Ich habe lange für diesen Hurensohn gearbeitet«, sagte der Mann, »und ich sage Ihnen, da läuft was schief. Ich meine, wirklich schief, nicht nur so ein bißchen daneben.«

»Wie viele Nummern haben Sie?« Burtells Stimme war sofort zu erkennen.

»Drei. *Drei* Kontaktnummern. Immer dasselbe System. Die erste ist Routine. Die zweite ist vor jedermann sicher. Die dritte ist die ›Mach bloß, daß du aus Dodge rauskommst‹-Nummer, wenn es Zeit ist, sich zu verdrücken, alles im Stich zu lassen und seinen Arsch zu retten. Ich kann ihn unter keiner der Nummern erreichen, und er hat mich verdammt noch mal unter keiner meiner Nummern angerufen. Das ist verflucht ungewöhnlich.«

»Vielleicht hat er Sie abgesägt, traut Ihnen nicht mehr.«

»Den Teufel hat er! Wir haben mit dieser Methode in Buenos Aires angefangen, so alt ist sie schon. Ich habe immer das Straßengeschäft für ihn erledigt, und er ist von mir abhängig, damit ich ihm sage, wann die Leute, mit denen er mich arbeiten läßt, zu stinken anfangen. Dafür ist die zweite Nummer. Nur für ihn und mich.«

Sie saßen im Boot, den Kabinentisch zwischen sich, darauf zwei Flaschen Bier und eine fast leere Flasche Wild Turkey. Die Kabinentür war in der stillen, feuchten Nacht geöffnet. Draußen tönte das träge Geräusch eines Innenbordmotors im Leerlauf über das Wasser.

Burtell sah Sheck an. Er ging auf die Vierzig zu und hatte den größten Teil seines erwachsenen Lebens in einem moralischen Ödland verbracht. Er verdiente seinen Lebensunterhalt, indem er lässig und ohne Zögern Taten verübte, die in jeder Gesellschaft der Welt mit lebenslänglichem Gefängnis oder dem Tod bestraft wurden. Und im Augenblick ähnelte er mehr als allem anderen einer wachsamen Hyäne mit gesträubten Nackenhaaren und leicht geöffnetem Mund, als schnüffele er in der Luft nach einer Bestätigung seines Argwohns.

»Sie wissen über Tisler Bescheid«, sagte Burtell.

»Ja, sicher, das habe ich gehört.«

»Wissen Sie auch von Besom?«

»Was ist mit ihm?«

»Er ist auch tot.«

Bruce Sheck wollte von seinem Bier trinken und hielt mitten im Schluck inne. Er senkte die Flasche und stellte sie geräuschlos auf den Tisch.

»Tot.«

»Hatte beim Brandungsangeln einen Herzanfall.« Burtell beobachtete ihn genau.

»Herzanfall.« Shecks Gesicht blieb unbewegt, spiegelte aber einen Denkprozeß wider, der den gesprochenen Worten weit voraus war. »Wann war das?«

»Er starb irgendwann am Montag, nachmittags oder abends. Sie fanden ihn gestern und haben seinen Leichnam letzte Nacht nach Houston gebracht.«

»Wann haben Sie zuletzt mit Kalatis gesprochen?«

»Am gleichen Abend, an dem Besom starb, obwohl das da keiner von uns wußte«, log Burtell. Sheck, vor allem ein betrunkener Sheck, brauchte nichts von dem Treffen im Kunstmuseum gestern abend zu wissen. »Faeber war auch da. Sie wollten wissen, ob Tislers Tod eine Ermittlung ausgelöst hatte, eine Hexenjagd innerhalb des Departments. Sie wollten wissen, ob sie fürchten müßten, daß Art etwas Belastendes hinterlassen hat.«

»Und, müssen sie?«

»Ich weiß nicht«, sagte Burtell. »Aber ich weiß, daß sie ihn nicht hätten erpressen sollen. Sie haben sich verrechnet.«

»Tja, der Kerl hatte wirklich 'ne Vorliebe für schwarze Ärsche, das kann man sagen. Ich hab' die verdammten Fotos gesehen.«

»Vierundzwanzig Stunden, nachdem sie ihm die Bilder gezeigt haben, hat er sich erschossen«, sagte Burtell betont.

Sheck zuckte mit den Achseln, lächelte ein wenig und schüttelte den Kopf.

»Weswegen haben Sie mich gerufen?« fragte Burtell.

Sheck hatte sich an die gepolsterte Rückenlehne der Kabinenbank gelehnt, den Rücken einem Bullauge zugewandt, ein Bein hochgezogen, so daß er einen Arm auf das gebeugte Knie stützen konnte; sein nackter Fuß ruhte auf dem Kissen. Er musterte Burtell mit geneigtem Kopf, als versuche er, einen Makel in seinem Charakter zu erkennen.

»Ich weiß nicht, wie Ihre ganze Geschichte lautet, Burtell«, sagte Sheck. Er lächelte jetzt nicht mehr. Er schien mit dem lässigen Gehabe eines Schlägers irgendeine Art von Konfrontation anzusteuern.

Burtells Herz raste, und ihm brach der Schweiß aus. Absichtlich trank er in diesem Augenblick nicht von seinem Bier. Sheck würde diesen kleinen Trick durchschauen. Burtell sah ihn nur an. Wenn Sheck etwas im Sinn hatte, würde er damit herausrücken müssen. Burtell hatte nicht die Absicht, Bruce Sheck irgend etwas leichter zu machen.

»Sind Sie mit dem Geld zufrieden, das Sie für diese Operation bekommen?« sagte Sheck.

»Warum fragen Sie?«

»Sind Sie's?«

»Warum fragen Sie?«

Sheck grinste, aber es war kein ganz natürliches Grinsen. Spannung und Risiko lagen dahinter, ein Zittern im Winkel seiner Oberlippe, das er nicht kontrollieren konnte. Dem Mann war einiger Streß anzumerken, und das machte Burtell mehr Sorgen als alles, was bis zu diesem Moment geschehen war.

Shecks Grinsen verblaßte, und er stellte seinen Fuß auf das Deck, legte die Unterarme auf den Tisch und beugte sich ein wenig zu Burtell vor. Das Grinsen verschwand vollständig. Jetzt zog er grimmig die Mundwinkel herunter.

»Ich denke, etwas wird mit dieser Operation passieren«, sagte er. »Ich denke, daß mein Arsch in Gefahr ist, und Ihrer auch.« Er hielt inne, um zu sehen, wie Burtell auf eine solche Offenbarung reagierte. »Der einzige Grund, warum wir dieses Gespräch führen, ist meine Annahme, daß Kalatis sich auf eine große Veränderung seiner Vorgehensweise vorbereitet, und ich denke, er ist dabei, mich abzusägen. Und nicht nur mich. Er bereitet sich darauf vor, verdammt viel von seiner Vergangenheit auszuwischen, eine neue Ära zu beginnen.«

Sheck starrte Burtell an, und Burtell konnte die Mischung aus Bier und Wild Turkey riechen, mit der Sheck anscheinend den ganzen Abend seine Nerven gestärkt hatte, lange vor Burtells Ankunft.

»Die Art, wie das aufgebaut ist, Burtell, ist genial«, begann Sheck. »Es ist ein System, bei dem das Wissen aus tausend Quellen nur in eine Richtung fließt, und zwar durch ein Nervensystem, das immer weniger komplex wird, je näher es der Spitze kommt. Weniger komplex, das ist das brillante daran. Wenn Valerie Heath und alle anderen wie sie abgesägt würden, wüßten die Leute, die ihr Informationen bringen, nicht, was sie tun sollen. Die Frau, die einen Vornamen und einen Anfangsbuchstaben hat, die ihnen Geld für Fotokopien gibt, würde einfach nie mehr anrufen. Sie würden nicht wissen, wie sie sich mit ihr in Verbindung setzen sollen. Die Geldquelle wäre versiegt. An einem Tag haben sie noch Kontakt, am nächsten nicht mehr. Es ist vorbei, für immer vorbei.«

Sheck hob eine Hand und imitierte eine platzende Seifenblase.

»Und da bin ich. Wenn mir etwas zustoßen würde, dann bleiben die Valerie Heath' ohne einen Gedanken in ihren dummen kleinen Köpfen zurück. Es ist vorbei. Sie wissen nicht einmal genug, um eine Frage zu stellen. Wen sollen sie fragen? An einem Tag haben sie Kontakt, am nächsten nicht. Wenn keiner sie mehr anruft, Scheiße, dann ist dieser Teil ihres Lebens vorbei. Für immer.«

Sheck nahm die Flasche Wild Turkey und trank einen Schluck daraus. Burtell zwang sich, geduldig zu sein. Es war frustrierend, wie Sheck sich wiederholte. Burtell erinnerte sich daran, daß er

Shecks zäher Neugier viel zu verdanken hatte. Es war Sheck, der Kalatis' Plan zur Beendigung aller Pläne entdeckt hatte, einen raffinierten Plan, der eine Vielfalt von Intrigen auf eine einzige einfache Gleichung und letztlich auf einen einzigen Mann reduzierte. Einen reichen Mann.

Sheck wischte sich den Mund ab und sprach mit rauher, heiserer Stimme so leise weiter, daß seine Worte in der toten Luft der Kabine erstarben, sobald sie seinen Mund verlassen hatten.

»Die Sache ist so: Kalatis braucht nur vier oder fünf Leute zu beseitigen – ich weiß nicht genau, wie viele, aber nur ein paar –, und das ganze große, komplexe System, das mehrere hundert Leute umfaßt, ist erledigt« – er schnippte mit den Fingern – »einfach so. Fertig. Und Sie könnten es für Liebe oder Geld nicht mehr zusammensetzen. Sehr sauber. Sie könnten es todsicher nicht bis zu Kalatis zurückverfolgen.

Dieses System ist hier in Houston jetzt fast vier Jahre gelaufen. Kalatis und Faeber haben in ihren Computern mehr Scheiße über Schlüsselfiguren in dieser Stadt, in diesem Staat, als das ganze verdammte FBI und die CIA zusammen. Sie wissen, wo das ganze Geld ist. Sie wissen, wo die Skandale sind. Sie wissen, wo die Zukunft ist. Und sie sind an diesen Punkt gelangt, indem sie dieses riesige Nervensystem, das ihnen gehört, gemolken haben.«

Obwohl Sheck innehielt und seinen manchmal leicht unscharfen Blick träge auf Burtell ruhen ließ, sagte Burtell nichts. Sheck hatte das Treffen verlangt, und der Whiskey und das Bier beflügelten seine normalerweise zurückhaltende Persönlichkeit. Burtell konnte nichts Besseres tun als der Chemie ihren Lauf zu lassen.

»Ich werde Ihnen sagen, was ich gelernt habe, Burtell«, fuhr Sheck fort, als habe er einen schwierigen Gedankengang durch den Alkoholdunst vollzogen. »Ich habe gelernt, daß eine Operation eine bestimmte Lebensspanne hat. Kalatis weiß das... wie Gott. Der Hurensohn sieht den Anfang und das Ende, und er kontrolliert beides. Aber wenn Sie ein Typ sind wie ich, nur ein Bauer in diesem Schachspiel, wenn Sie Ihre Augen und Ohren offenhalten und lernen, die Zeichen zu lesen, dann fangen sie an, bestimmte kleine Verschiebungen und Veränderungen zu bemerken, Signale, daß bald irgendeine Scheiße passieren wird. Sie kommen dahin, wo Sie sozusagen den Rhythmus der Jahreszeiten vorhersagen können. Wissen, wann es Regen oder Frost geben wird oder der Saft in den Bäumen steigt.«

Sheck trank sein Bier aus und stellte die leere Flasche sehr sorgfältig an die Seite des Tisches, wo sie ihm nicht im Weg war. Er beugte sich dichter zu Burtell, die Unterarme auf den Tisch gelegt, und seine rauhe Stimme wurde noch leiser.

»Also, lassen Sie sich sagen, Dean Burtell, der Saft steigt. Die Sache wird heiß. Die Jahreszeit ist fast gekommen.«

Er hielt inne. Draußen schlug ein Taljenreep mit hohlem Klang gegen den Aluminiummast eines der Segelboote, und ein Dock ächzte, als das Wasser der Bucht sich durch die Gezeiten verschob.

»Geben Sie mir etwas, das ich glauben kann, Sheck«, sagte Burtell nach einer Pause. »Aufgrund Ihrer Gefühle kann ich mir kein Urteil bilden.«

Sheck wandte den Blick nicht von Burtell und nickte langsam.

»Ich fliege nicht mehr so oft für Kalatis wie früher«, sagte er und lehnte sich zurück, »aber es ist noch immer verdammt regelmäßig. Daher kenne ich seine beiden anderen Piloten recht gut. Kalatis liebt es, Leute in getrennte Fächer zu stecken. Er glaubt, das sei das Vitamin C der Geheimdienstarbeit... verhindert Infektionen, Störungen im System. Also sollen wir nicht miteinander reden. Aber ich bin länger als jeder andere mit diesem schmierigen Griechen zusammen, und als die Jungs an Bord kamen, haben sie entdeckt, daß die Arbeit für ihn so verdammt merkwürdig war, daß sie herumgeschnüffelt und mich nach Sachen gefragt haben. Sie sagten, dies und das sei passiert. Was ich glaube, was das zu bedeuten habe? Ich war offen zu ihnen. Gab ihnen ein paar Hinweise über die enge Zusammenarbeit mit dem Kerl, weil sie sich mitten im ›Hauptquartier‹ befanden. Fliegen war alles, was sie taten. Ich war noch an Operationen beteiligt, dem Griechen nicht täglich so nahe. Ich konnte nicht sehen, wer kam und ging. Aber sie sahen nichts anderes als die Leute, die kamen und gingen, nur wußten sie nichts von dem, was im Hintergrund passierte, bei den Operationen. So können wir Piloten – und unter Piloten gibt es eine

Kameradschaft, die die Leute nicht verstehen – ganz gut beurteilen, wie Kalatis' Geschäfte laufen. Ich meine, was das ›Gesamtbild‹ betrifft.«

Sheck streckte den Rücken, zog den Nacken ein und rülpste. Er schüttelte den Kopf, als müsse er nach einem harten Schlag wieder zu sich kommen.

»Okay«, sagte er, bereit, fortzufahren. »Seit mehr als zwei Jahren, zweieinhalb Jahren jetzt, hat Kalatis in Kolumbien eine Exportoperation, die sich Hermes Exports nennt – und operativ vollkommen von dem getrennt ist, was ich mache... eine ganz andere Abteilung – und die Blumen und Kaffee in die USA verschifft. Kolumbien ist nach Holland der zweitgrößte Exporteur von Blumen in die USA. Und Kaffee, Sie wissen Bescheid über Kaffee. Aber es ist das Blumengeschäft, das das Herzstück der Hermes-Geschichte bildet. Es ist eine erstklassige Operation, die Blumenimporteure hier lieben ihre Produkte, weil sie alle in eine Styroporisolierung verpackt sind. Die Ladungen treffen in tadellosem Zustand ein. Diese Isolierung wird in einem Chemiewerk in Bogota hergestellt, das Strasser gehört. Die Chemikalien für die Fabrik werden von einer anderen Strasser-Firma namens Hormann Plastics hier in Houston nach Kolumbien transportiert. Nun, um Plastik in einigermaßen großen Mengen herzustellen – und Hormanns Operation ist riesig –, müssen Sie Zugang zu großen Mengen Schwefelsäure und essigsaurem Anhydrid haben. Beide werden benutzt, um Zelluloseacetat herzustellen, ein Zeug, das man braucht, um Plastik- und Schaumisolierungen zu machen.

Aber« – Sheck hob einen muskulösen Unterarm und reckte den Zeigefinger in die Luft –, »wie Sie wohl wissen... Schwefelsäure wird auch bei der Herstellung von Kokain verwendet... und essigsaures Anhydrid benutzt man zur Herstellung von Heroin.«

Er grinste und schüttelte bewundernd den Kopf. So erregt er auch war, so sehr er auch um sein eigenes Leben zu fürchten behauptete, er mußte dennoch die Genialität dessen bewundern, was er zu beschreiben im Begriff war.

»Kalatis und sein Kumpel Strasser besorgen sich nicht nur die Chemikalien zur Herstellung von Kokain und Heroin – und diese Chemikalien stehen auf der heißen Liste von DEA und Zoll, also müssen sie ein paar ziemlich hohe Tiere bezahlen, weil die Bundesbehörden dieses Zeug mit dem Mikroskop beobachten. Sie machen nicht nur das, sie haben auch – oder vielmehr, ihre Chemiker haben – eine idiotensichere Methode entdeckt, Kokain zu ›rekonstruieren‹. Diese verdammten Blumen werden in eine formgepreßte Kokain›isolierung‹ verpackt, die mit einer Art Hydrofluorkarbon oder solchem Scheiß behandelt ist, um den Geruch zu überdecken, damit die Drogenhunde sie nicht riechen. Sie verschiffen seit fast drei Jahren in Kokain verpackte Blumen, und kein verdammter Zollhund hat je auch nur geblinzelt. Nicht einmal. Nein, Scheiße. Nein.«

Sheck unterdrückte einen weiteren Rülpser, und ein säuerlicher Ausdruck machte sich auf seinem Gesicht breit. »Dieser Scheißgrieche hat dieses sehr erfolgreiche System, das für ungeheuren Bargeldzufluß sorgte, dazu benutzt, Investoren aus Houston und Texas in ein noch größeres – ein globales – Drogengeschäft zu locken. Sie werfen ihre Angel nach legitimen Geschäftsleuten aus, die so scheißgierig sind, daß sie es nicht ertragen können, wenn ihr Geld weniger Zinsen bringt als das Lösegeld von Piraten. Diese Männer haben Kalatis ihr Geld – ihr Bargeld – gegeben, der prompt dafür gesorgt hat, daß es sich verdreifacht. Es ist wie ein Schneeballsystem ... sie gewinnen jedesmal ... sie fangen an, ihm zu vertrauen ... sie setzen immer größere Summen ein. Jetzt ist so dickes Geld da, daß sie jede gewünschte Menge Kokain und Heroin kaufen können ... überall auf der Welt. Sie bewegen ganze Handelsschiffe voller Stoff – aus Afghanistan, aus dem Goldenen Dreieck, aus Peru ... überall.«

Die Kombination aus Whiskey und Bier verlangte ihren Tribut von Sheck, doch noch in seinem zunehmenden Rausch hatte er soeben eine Lücke in Burtells Puzzle ausgefüllt. Burtell wußte, es waren so riesige Geldsummen zusammengekommen, daß Kalatis meinte, es sei an der Zeit, seinen letzten Plan in die Tat umzusetzen, das große Finale, aber er war nicht sicher, ob der ganze Bargeldzufluß von Informationskäufern stammte. Jetzt wußte er, daß es nicht so war, und obwohl er die ganze Zeit den Verdacht gehabt hatte, daß Drogen im Spiel waren, hatte er es bis jetzt nie beweisen oder aus Sheck herausholen können. Sheck hatte ihm den Anfang und das Ende gegeben – und jetzt auch die Mitte, den Teil, der die treibende Kraft hinter Kalatis' Einmannstrategie zum Erreichen des finanziellen Nirwana war.

Sheck wollte wieder nach dem Wild Turkey greifen, doch seine Hand hatte sich gerade erst um den Flaschenhals gelegt, als er erstarrte. Er sah Burtell an. Er schnüffelte ein wenig. Dann schnüffelte er wieder, tiefer, lauter. Sein Gesicht erbleichte.

»Was ist das für ein Scheiß...?«

Remberto und Murray schauten durch ihre starken Ferngläser in die erleuchteten Kabinenfenster, als die Explosion die Luft in einen flüssigen Feuernebel verwandelte, der in einem Umkreis von dreißig Metern alles in Brand setzte; das Boot, das sie beobachtet hatten, war das Zentrum.

Reflexhaft schrien alle im Hotelzimmer Anwesenden auf. Remberto und Murray fingen sich sofort wieder und hoben und senkten abwechselnd ihre Ferngläser, unfähig, mit ihnen oder ohne sie alles zu sehen, was sie sehen wollten.

Boyds Kamera auf dem Stativ klickte, während er schnell eine andere Art von Kamera herausholte und sich an die Arbeit machte.

Cheryl riß sich den Kopfhörer von den Ohren und starrte aus dem verdunkelten Hotelzimmer in den aufsteigenden orangeroten Feuerball, der das Schweigen und das Erstaunen auf ihrem Gesicht beleuchtete.

Sie konnte ihn noch immer schnüffeln hören. »Was ist das für ein Scheiß...«, hörte sie ihn sagen.

51

Graver saß in bestürztem Schweigen an seinem Schreibtisch, den Hörer in der Hand, als Arnette ihm erklärte, was passiert war. Paula und Neuman beobachteten ihn vom Sofa und einem der Sessel aus. Sie hatten die Küche aufgeräumt und waren ins Wohnzimmer umgezogen, wo sie ihre Diskussion darüber fortsetzten, was als nächstes geschehen sollte. Als das Telefon läutete, hatte Graver damit gerechnet, daß es Arnette war, aber mit dem, was sie zu sagen hatte, hatte er nicht gerechnet.

»Ja, okay«, sagte er. Dann mußte er sich räuspern. »Ich komme so bald wie möglich hin.« Er legte den Hörer auf. »Gott ... verdammt.«

Paula und Neuman tauschten Blicke.

»Das war ... die Beschattung. Sie sind Dean hinaus nach Clear Lake gefolgt, zu dem Jachthafen am South Shore Harbor. Er ging zu den Booten hinunter. Das Team nahm sich dort ein Hotelzimmer ... die Tonspezialistin, der Fotograf ... die Tonspezialistin fand ihn schließlich in der Kabine eines der Segelboote im Hafen. Er redete mit Bruce Sheck.«

»Ich will verdammt sein«, sagte Neuman.

Graver konnte Paulas Blick spüren, der auf ihn fixiert war. Sie wußte instinktiv, daß dies nicht der Schock war, auf den Graver reagierte.

Graver sah auf seine Uhr. »Vor etwas weniger als fünfzehn Minuten ... ist das Boot in die Luft geflogen.«

Schweigen.

»Das Beschattungsteam sagte ... es wäre eine höllische Explosion gewesen. Vielleicht ein halbes Dutzend andere Boote sind mit hochgegangen ... und noch einmal so viele brennen. Sie sagten ... sie wären überrascht, wenn genug übrig wäre, um einen von ihnen zu identifizieren.«

Paula und Neuman waren geschockt und sagten nichts. Graver konnte ihre rasenden Pulse beinahe fühlen, die Beklemmung in ihrer Brust. Der lähmende Schock stand förmlich im Raum. Graver dachte an Ginette Burtell. Sie würde die ganze Nacht aufbleiben und auf Dean warten, und am Morgen würde sie außer sich sein. Die Chancen standen gut, daß sie Graver anrufen würde. Oder vielleicht hatte Dean ihr etwas gesagt, das sie veranlassen würde, sich zuerst anderswohin zu wenden. Schließlich hatte Dean Gravers Anruf niemals beantwortet. Vielleicht wußte sie mehr, als Graver vermutete. Das konnte er nicht in Erfahrung bringen, aber wenigstens konnte er annehmen, daß sie damit nicht gerechnet hatte.

»Das macht einen ganz krank«, sagte Paula zittrig. »Es ist außer Kontrolle ... außer jeder Kontrolle.«

»Was ist mit dem Beschattungsteam?« fragte Neuman. Sie

sprachen leise, fast flüsternd. »Haben sie irgend etwas auf Band, etwas von ihrem Gespräch?«

Graver nickte. Er wollte nicht mit ihnen sprechen. Er wollte anderswo sein.

»Sieht so aus«, gelang es ihm schließlich zu sagen. »Ich... ich weiß nicht, was. Nur, daß es etwas zu belauschen gab. Mein Kontakt war noch in Verbindung mit dem Beschattungsteam im Hotelzimmer. Sie packten hektisch ihre Sachen zusammen und versuchten, sich davonzumachen.« Er schüttelte den Kopf. »Großer Gott.«

»Woher wußten sie, daß es Sheck war?« fragte Neuman.

»Dean hat seinen Namen benutzt.«

Paula schaute zu Graver auf. »Wir hatten keine Ahnung, daß Sheck ein Boot hatte, oder? Ein Flugzeug. Ein Auto. Aber kein Boot.«

Graver schüttelte den Kopf.

»Vielleicht hat es Dean gehört«, sagte Neuman.

»Das haben wir vermutlich nie überprüft«, sagte Paula. »Was machen Sie wegen Ginette?«

»Nichts«, sagte Graver. Es war vermutlich das schwerste einzelne Wort, das er je hatte aussprechen müssen.

Paula sah ihn stirnrunzelnd, beinahe vorwurfsvoll an.

»Wir wissen nichts«, beharrte Graver. »Das dürfen wir nicht vergessen. Deans Tod wird uns – wenn überhaupt – von der Gerichtsmedizin mitgeteilt werden. Es bleibt Ginette überlassen, ihn als vermißt zu melden. Dann werden wir uns damit befassen.« Er schüttelte den Kopf. »Wir haben verdammt großes Glück gehabt, daß das Beschattungsteam ihn rechtzeitig gefunden hat und daß Dean bei diesem Geschäft nicht so tüchtig war wie sie. Wir haben Glück, daß wir den Bericht haben.«

Paula starrte Graver bestürzt an. »Wie verrückt kann das noch werden?«

Es war eine rhetorische Frage, aber Graver hatte sich dasselbe gefragt. Steif stand er auf, seinem müden Rücken Tribut zollend, und steckte die Hände in die Taschen. Er ging zur Tür der Eingangsdiele und betrachtete den weichen Schimmer gedämpften Lichts auf dem gebohnerten Hartholzboden. Es war unmöglich, nicht mehr an die Explosion zu denken, an ihre eigentliche Chemie... die Wucht, die Hitze, die sofortige, tornadoartige Zerstörungskraft. Er hatte schon gefilmte Explosionen, Morde gesehen. Das Ziel reagiert niemals, weil der Feuersturm schneller entsteht, als menschliche Reflexe reagieren können. Für eine Millisekunde kann man das Ziel unbeweglich in der Feuersbrunst sitzen sehen, brennend wie die buddhistischen Mönche, die sich in den sechziger Jahren aus Protest gegen den Vietnamkrieg selbst verbrannten. Eine aufgerichtete menschliche Fackel, die in diesem Augenblick merkt, daß sie in Höllenflammen steht, aber zu verblüfft ist, um zu reagieren. Dann die Wucht der Explosion, und im nächsten Augenblick verschwindet sie in einem wabernden Nebel. Der Rest war ein Geheimnis, wie immer es sein mochte, zu sterben.

Graver war zu betäubt, um auch nur aufzuschluchzen, obwohl er es in seiner Kehle spürte, einen weichen, erstickenden Kloß aus Trauer und Wut und Bestürzung. Er fühlte sich benommen, aber er blieb ganz still stehen, atmete tief ein, kämpfte um Beherrschung, entschlossen, sich nicht unterkriegen zu lassen... von nichts. Verdammt, von gar nichts.

Er drehte sich um.

»Okay«, sagte er, nahm die Hände aus den Taschen und wischte sich damit über das Gesicht. Er wartete einen Augenblick. »Folgendes müssen wir tun.« Er schluckte. »Dies wird in keiner Weise die CID beeinträchtigen, einige Tage lang nicht, nicht, bevor... bevor das forensische Team der Bombenabteilung eine Chance hatte, seine Arbeit zu tun. Und vielleicht nicht einmal dann.« Er ging ein paar Schritte in das Wohnzimmer hinhein. »Zuerst wird Ginette ihn als vermißt melden. Wenn das passiert, ist die CID damit befaßt. Ich glaube, nicht einmal Jack Westrate wird in der Lage sein, das Verschwinden eines weiteren CID-Beamten unter den Teppich zu kehren.« Er verschränkte die Arme und tat nachdenklich mit gesenktem Kopf noch ein paar Schritte. »Dann wird die Hölle losbrechen. Wenn die Zeitungen etwas über Tisler und Besom bringen wollten, wird es durch diese Explosion von den Titelseiten verdrängt werden. Man kann nicht vorhersehen, ob die Reporter, die die anderen Geschichten bearbeitet haben, hier irgendwelche Zusammenhänge herstellen werden. Noch einmal, sie werden nicht wissen, wer auf dem Boot war. Vermutlich brauchen sie einen Tag, um auch nur festzustellen, welcher Liegeplatz das Zentrum der Explosion war. Also... haben wir ein bißchen Zeit.«

Er sah auf seine Uhr. Er spürte, wie seine Gesichtszüge vor Erschöpfung erschlafften. Scheinbar mußten alle Drüsen seines Körpers genügend Saft produzieren, um ihn auch nur aufrecht zu halten.

»Was mich betrifft... es gibt jetzt nur einen Grund für all das... wir müssen alles... auf Panos Kalatis konzentrieren.«

Graver mußte sich ernstlich bemühen, eine fast hysterische Frustration darüber zu beherrschen, daß er so total im Hintertreffen war. Er konnte kaum seine Trauer über Burtells Tod und seine Wut auf Kalatis' stille, anonyme Verwegenheit bezähmen. Er zwang sich unter beträchtlicher Anspannung seiner Nerven, kontrolliert, methodisch und logisch zu bleiben.

»Paula«, fuhr er fort, »ich möchte, daß Sie Valerie Heath weiter verhören, wie wir es besprochen haben. Noch heute nacht, sobald wir hier fertig sind. Vorher sagen Sie ihr, was passiert ist. Sagen Sie ihr, daß Sheck gerade zusammen mit einem weiteren CID-Beamten durch eine Bombe getötet worden ist... nein, reden Sie nur von einem weiteren Mann. Wenn Sie fertig sind, verbinden Sie ihr wieder die Augen – ich will auf keinen Fall, daß sie weiß, wo sie gewesen ist –, und Sie und Lara nehmen ihren und noch einen Wagen und fahren sie irgendwohin – ein Parkhaus oder so – und lassen sie frei. Geben Sie ihr ihre Schlüssel und sagen sie ihr, sie solle bloß machen, daß sie aus dem Staat herauskommt. Dann kommen Sie beide hierher zurück und warten.«

Er ging ein paar Schritte weiter in den Raum und wandte sich an Neuman.

»Sheck wohnt in Nassau Bay?« fragte er.

Neuman nickte. »Ja, gleich am See, gegenüber dem South Shore Harbor.«

»Sie müssen hinfahren, Casey, und den Laden auseinandernehmen. Nehmen Sie einen Müllsack mit und füllen Sie ihn mit allem, was auch nur entfernt von Interesse für uns ist.« Er zögerte. »Da draußen wird eine Menge los sein. Schaulustige werden in ihren

Gärten stehen und die Aufregung auf der anderen Seite des Wassers beobachten. Das ist gut für Sie. Aber seien Sie vorsichtig. Kalatis' Leute werden sicherstellen wollen, daß er nichts hinterlassen hat. Vielleicht sind sie schon dort gewesen. Oder sie treffen vor Ihnen ein und sind noch da. Wenn nicht, könnten Sie sie überraschen. Passen Sie bloß auf Ihren Arsch auf. Okay? Aber nehmen Sie den Laden auseinander. Schrauben Sie die Gitter der Klimaanlage und die Steckdosen auf. Solchen Scheiß. Und rufen Sie jede halbe Stunde an ... über den sicheren Funkapparat. Und ziehen Sie Gummihandschuhe an.«

Neuman nickte eifrig. Er war voller Spannung, bereit, es zu tun.

»Ich werde mich mit den Beschattungsleuten treffen und mir anhören, was sie mitbekommen haben. Wenn ich fertig bin, komme ich gleich wieder her.« Er schaute beide an. »Benutzen Sie mein Telefon nicht und gehen Sie auch nicht an den Apparat, wenn er läutet. Ich lasse den Anrufbeantworter an. Es ist wichtig«, sagte er, »daß wir in Verbindung bleiben. Aber benutzt die Handapparate.«

52

Victor Last lag auf dem Rücken und starrte an die Decke, die rechte Hand mit einem Champagnerglas vom Bettrand hängend. Er war nackt. Die Laken waren aus Seide und hatten die Farbe blasser Teerosen. In seiner linken Hand hielt er eine von Rayner Faebers sehr üppigen, sehr weichen Brüsten. Sie lag mit dem blonden Kopf in seine Achsel geschmiegt, und als er nach unten schaute, konnte er ihre andere Brust mit ihrer pfirsichfarbenen Aureole sehen, ihren so weißen und fast rundlichen Körper, ihre gespreizten Beine – sie liebte es, die Beine zu spreizen – mit der staubfarbenen Scham dazwischen. Sie roch nach einer Sorte Badeöl, die sie, wie sie sagte, nur in diesem einen kleinen Laden in der Rue du Bourg-Tibourg kaufen konnte. Es duftete nach... Heidekraut. Er mochte das Zeug, was er ihr einmal gesagt hatte, und so gab sie immer einen Spritzer davon in ihr Badewasser, wenn sie wußte, daß sie zusammen sein würden.

Er schaute nach links durch eine der Glaswände des Schlafzimmers und durch einen Innenhof, durch eine weitere Glaswand und ins Wohnzimmer. Dahinter lagen eine weitere Glaswand und ein weiterer Innenhof... alles in das diffuse Licht einer nächtlichen Stadt getaucht, als seien sie in Atlantis, schauten durch Häuser aus Wasser, in denen sich das Licht in so bleichen und anämischen Wellen brach, daß es fast farblos wirkte.

In der ersten Nacht, in der sie zusammen gewesen waren, in Vera Cruz – Colin hatte sie wie üblich allein gelassen, um eine »Geschäftsreise« nach Mexico City zu unternehmen –, hatten sie es am Strand miteinander getrieben. Irgendwann während dieses außergewöhnlichen Vorfalls hatte er das erstaunliche Gefühl gehabt, daß sie unter ihm verschwand, so sehr hatte ihr Fleisch dem Wasser und dem Mond geähnelt.

»Victor«, sagte sie, wandte sich ein wenig zu ihm um, so daß ihre Brust ihm aus der Hand glitt, und fuhr mit der Zunge seitlich an seiner Brust entlang. Wieder wanderte sein Blick durch die verschiedenen Glaswände, durch Licht und Wasser und Licht und Wasser.

Plötzlich setzte sie sich auf, das Gesicht im Mittelpunkt seines Blickfeldes. Sie trug kein Make-up – sie waren schon eine Weile dabei, hatten zwischendurch im Pool geschwommen und es dann wieder gemacht –, und so war ihr Gesicht nur ein Schemen, obwohl er ihren wundervollen Mund und ihre Augen erkennen konnte, deren äußere Winkel nach oben gezogen waren.

»Wenn du alles auf der Welt haben könntest«, sagte sie, »was würdest du dir dann wünschen?«

»Colins ganzes Geld«, sagte er ohne Zögern.

Rayners Lippen verzogen sich zu einem Lächeln, und sie war ihm nahe genug, daß er den leisen Atemstoß spüren konnte, mit dem sie einmal kurz und lautlos auflachte. Ihre Hand spielte zwischen seinen Beinen.

»Sein ganzes Geld«, sagte sie, beugte sich über ihn, und das Gewicht ihrer hängenden Brüste ruhte auf seiner Brust. »Und wie gedenkst du dieses Ziel zu erreichen?«

»Ich bin nicht ganz sicher«, sagte er, und er war auch nicht ganz sicher, was, zum Teufel, sie mit dieser Frage meinte. Er drehte den

Kopf, trank den Rest seines Champagners und stellte das Glas auf die jadegrüne Marmorplatte des kleinen Tisches neben dem Bett. Er griff nach ihren Brüsten und küßte ihre Stirn. »Was das Geld betrifft, bin ich nicht ganz sicher, aber ich habe eine tolle Zeit mit seiner Frau.«

Ein paar Minuten lang berührten und küßten sie sich so aggressiv, daß es beinahe zu hitzigeren Aktionen gekommen wäre, doch Last konnte es vermeiden, ohne sie merken zu lassen, daß er fand, es sei an der Zeit, sich genau dem Thema zuzuwenden, das sie soeben aufgebracht hatte.

»Verfluchter Champagner«, sagte er und berührte ein letztes Mal mit der Zunge eine pfirsichfarbene Brustwarze, ehe er sich herumrollte und an der Bettkante aufsetzte. »Ich brauche einen Kaffee oder so. Sonst kann ich nicht mal den verdammten Wagen fahren.«

»Warum bleibst du nicht über Nacht?« schlug sie vor, auf einen Ellbogen gestützt, das Gesicht in seinem Rücken.

»Nein, kann ich nicht«, sagte er, schüttelte den Kopf und fuhr sich mit den Fingern durchs Haar. »In irgendeiner dieser Nächte werden wir noch im Bett erschossen. Ein sehr schlechtes Ende einer sehr guten Sache.«

Einen Augenblick lang sagte sie nichts, und er wartete, den Kopf in die Hände gestützt, die Augen zur Seite gerichtet, als sei er ein Jäger, der mit angehaltenem Atem auf das Knacken eines einzelnen Zweigs lauschte, das die nahende Beute verriet.

»Ich möchte mich endlich von ihm scheiden lassen«, sagte sie. »Das hier macht mich verrückt.«

»Das wäre dumm, Liebes«, sagte Last. »Noch ist es nicht an der Zeit. Er würde es erfahren. Er würde mich erschießen lassen.«

»Er weiß nichts. Vermutet nicht mal etwas.« Sie legte eine Hand auf seinen Rücken, knetete und massierte mit zwei Fingern seine Wirbelsäule. »Es ist Jahre her, seit er von mir nicht mehr bemerkt, als ob ich da bin oder nicht da bin.«

»Der Mann ist im Informationsgeschäft, Rayner. Er weiß. Tatsächlich habe ich schon halb gedacht, wir hätten unser Glück bereits zu weit getrieben. In den letzten paar Wochen kommt mir manches nicht richtig vor.«

Ihre Hand auf seinem Rücken hielt inne. »Was meinst du damit?«

»Ich weiß es nicht ... genau«, sagte er, seine Worte sorgfältig wählend. »Etwas ist mit ihm los. Ich kann das fühlen.«

Sie ließ ihre Hand fallen und setzte sich im Bett auf. »Dreh dich um«, sagte sie. »Laß uns reden.«

Last drehte sich um und setzte sich so hin, daß er sich an das Kopfende des Bettes lehnen konnte. Rayner setzte sich neben ihn und wandte ihm das Gesicht zu. Ihr erdbeerblondes Haar war zerzaust.

»Weißt du noch, wie du mich mal gefragt hast, warum ich nie verletzt oder traurig oder bitter über die Art wirke, wie Colin mich behandelt?«

»Ja.«

»Ich hab' dir irgendeine flapsige Antwort gegeben.«

Er nickte.

»Die Wahrheit ist, daß ich, als wir uns in Vera Cruz trafen, dieses ›Verletzungsstadium‹ unserer sogenannten Ehe schon hinter mir hatte. Es war vorbei, lange vorbei. Ich hätte auf seine erste Frau hören sollen. Sie kam tatsächlich einmal zu mir, bevor ich ihn heiratete. Eine nette Frau. Ich mochte sie, und das hätte mir Warnung genug sein sollen.« Sie sah Last an. »Das hat etwas zu bedeuten«, sagte sie, »aber ich bin nicht sicher, ob du es verstehen würdest. Wie auch immer, als sich alles, wovor sie mich gewarnt hatte, nach und nach bewahrheitete, sah ich die Schrift an der Wand.«

Sie fuhr sich mit den Fingern einer Hand durchs Haar. »Ich bin nicht durch und durch schlecht«, sagte sie dann, »aber ich bin auch kein Einfaltspinsel. Wir waren ein paar Jahre verheiratet, dieses Haus war neu, und sein Geschäft hatte gerade einen riesigen Sprung nach vorn getan. Plötzlich war es eine ungeheure Sache. Das war, weil sich Brod Strasser und noch ein anderer Mann eingekauft hatten.«

»Wer war der andere Mann?«

»Ein Grieche – ein komischer Typ, wenn du mich fragst – namens Panos Kalatis.«

»Hat Colin dir das alles erzählt?«

»Gott, nein.« Aber sie sagte nicht, woher sie es wußte. »Tatsächlich gehört diesen Leuten jetzt die Mehrheit der Firma, oder vielmehr gehört sie Strasser, durch eine seiner Holdinggesellschaften. Der arme Colin ist, was alle praktischen Zwecke betrifft, bloß ein Angestellter. Ein hochbezahlter Laufbursche, nicht mehr sein eigener Herr. Der Mann ist schlau, Colin, meine ich. Ich sage nicht, daß er nicht schlau ist. Es ist bloß ... ich hatte nicht viel Respekt vor der Entscheidung, die er getroffen hat.

Nachdem er sich einmal verkauft hatte, im übertragenen und im wörtlichen Sinn, dachte ich bei mir: Okay, wo genau stehe ich eigentlich? Ich bin mit einem Mann verheiratet, dem ich gleichgültig bin und der mich behandelt wie ein ausgedientes Haushaltsgerät. Damit könnte ich wohl für eine Weile leben, wenn etwas dabei herausspringt. Ich meine, wenn ungewöhnlich viel dabei herausspringt.«

»Aber das tat es nicht.«

»Nein, nicht auf lange Sicht, das fand ich nicht. Colin verdient dieses märchenhafte Gehalt, aber er hat nichts zu melden. Märchenhafte Gehälter sind toll, solange man seine Stellung behält. Aber Leute wie Strasser und Kalatis *besitzen* den ganzen Laden. Und wenn Colin ihnen nicht mehr nützlich ist, dann werden sie ihn wegwerfen wie etwas, womit sie sich den Hintern abgewischt haben. Er ist nur einen Hauch davon entfernt, alles zu verlieren ... wann immer es denen paßt. Und wo stünde ich dann?«

Sie streckte den Arm aus, nahm eines der teerosenfarbenen Kissen und hielt es in ihrem Schoß, umschlang es mit den Armen. Sie betrachtete ihn einen Augenblick, ehe sie fortfuhr.

»Also habe ich mich entschlossen, aus dieser ... Beziehung etwas herauszuholen. Ich dachte, gut, wenn sie Informationen kaufen können, dann kann ich das auch. Ich habe einen erstklassigen privaten Ermittler angeheuert. Er hat auf Film und Tonband Colins Affaire mit seiner Sekretärin dokumentiert. In flagranti, wie man so sagt. Ziemlich erotisches Filmmaterial, wenn man vergessen konnte, wer sie waren. Dann habe ich mich mit der Sekretärin in Verbindung gesetzt und sie eines Nachmittags hierher eingeladen, als Colin nicht in der Stadt war.

Wir saßen dort drüben im Wohnzimmer«, sagte sie und schaute

durch die Glaswände, »und ich habe ihr die Videos gezeigt. Sie war bestürzt und erschrocken. Schämte sich. Ich habe die Bänder weiterlaufen lassen, bis sie einfach den Kopf senkte und sie nicht mehr sehen wollte. Das war grausam von mir und hat mich, offen gesagt, selbst überrascht. Inzwischen dachte ich, emotional läge mir nichts mehr an dem Mann, aber ich habe festgestellt, daß ich aus dieser perversen Demütigung der Frau eine gewisse ungehörige Befriedigung bezog. Aber schließlich hörte ich auf.

Letztendlich gab ich ihr wirklich nicht die Schuld. Die Frau ist intelligent, eine hervorragende Chefsekretärin. Sie wußte, daß es ihr nichts einbrachte, mit dem Chef zu schlafen, aber andererseits schadete es auch nicht, wenn es um die Verteilung von Gratifikationen ging, und er machte ihr dauernd all diese Geschenke. Ich weiß, was Chefsekretärinnen machen. Ich war selbst eine. Ich weiß, wie das ist. Eine gute führt praktisch die Firma, aber das wird ihr nie zum Verdienst angerechnet, und verglichen mit einigen der männlichen leitenden Angestellten – die verdammt viel weniger tun als sie – ist ihr Gehalt schäbig. Sie weiß alles über das Privatleben des Chefs – diese Frau wußte, daß Colin und ich seit zwei Jahren nicht mehr miteinander schliefen. Sie weiß alles über das Geschäft. Seine Stärken und seine Schwächen. Sie weiß, wo die Firma die Leichen im Keller hat. Sie weiß, wer was zu sagen hat und wer nicht. Aber das wichtigste ist: Sie hat Zugang.«

Rayner schaute auf ihre Hände. Sie machte etwas mit ihren Fingern, genauer, mit ihren Fingernägeln, schaute sie an, als könne sie sehen, was sie tat, obwohl Last bezweifelte, daß das in dem bleichen, wäßrigen Licht möglich war. Dann blickte sie auf und sprach weiter.

»Sie schluchzte, war verzweifelt. Ich merkte, daß sie sich einbildete, alles verloren zu haben. Ich begann, mit ihr zu reden. Ich sagte ihr, daß sie sich entspannen soll. Meine Ehe war vorbei, und sie war schlicht die nächste in der Reihe. Das war okay, wirklich. Ich gab zu, daß ich wütend war, aber nicht, weil ich den Mann liebte. Ich war bloß wütend, weil er mich benutzt hat. Und ich sagte, eigentlich sollte sie auch wütend sein, weil sie ebenfalls benutzt wurde. Ich sagte, ich würde mit den Videos nichts unternehmen. Ich sagte, bei einer häßlichen Scheidungsschlacht würde keine von uns kriegen, was sie verdiente. Und dann sagte ich, es wäre für uns beide besser, die Köpfe zusammenzustecken und uns zu überlegen, wie wir aus all dem ein kleines bißchen Sicherheit für uns herausschlagen könnten. Ich sagte ihr, keine von uns hätte irgendwelchen Schutz, irgendwelche Sicherheiten für die Zukunft. Wir könnten morgen beide mit leeren Händen auf der Straße stehen. Mit ganz leeren Händen. Und das könne sehr leicht passieren.« Sie wartete einen Augenblick. »Ich habe ihr einen Vorschlag gemacht.«

Während Rayner sprach, saß Last mit dem Rücken an die Wand gelehnt und spürte, wie sich langsam die Haare in seinem Nacken sträubten. Inmitten des wäßrigen Lichts von Rayners eigenartiger Welt lauschte er der Geschichte, wie zwei Frauen, in aller Öffentlichkeit und doch unsichtbar, genug Informationen zusammengetragen hatten – über DataPrint ... und damit verbundene Firmen namens Concordia Investments und Hormann Plastics und Hermes Exports und Strasser Industries –, um beide auf der Stelle umgebracht zu werden. Als sie endlich zum Ende kam, saßen sie schweigend zwischen Seide und Glas und dem Duft von Heidekraut, und zum ersten Mal in seinem Leben wußte Last nicht, ob er vor Jubel oder vor Entsetzen schreien sollte. Er hatte soeben entweder die Goldmine unter all seinen Abenteuern entdeckt oder sein eigenes Todesurteil gehört. Er konnte nicht darauf wetten, welches von beiden es war. Der Umfang der Sache verzerrte die Chancen.

»Jesus ... Maria ... und Josef«, sagte er.

Sie sah ihn an, als erwarte sie seine Einschätzung. Sie wollte wissen, was er dachte.

»Rayner.« Er schluckte. »Hör mir zu.« Ihm war, als habe er Watte im Mund. »Diese Sache könnte dich umbringen ... ich meine, ich kann nicht glauben, daß du so weit gegangen bist. Hast du eine Vorstellung davon, wie ... wie exponiert, wie verwundbar ihr seid? Alle beide.«

»Erst in den letzten paar Monaten«, sagte sie. »Seit wir anfingen, den Teil mit den Drogen zusammenzusetzen. Das hat uns zu Tode erschreckt.«

Last schaute sie an. Er konnte die Furcht in ihr jetzt spüren, aber gleichzeitig wußte er nicht, wieso er sie vorher nicht gespürt hatte. Wen genau hatte er eigentlich in all diesen Monaten getäuscht. Sie oder sich selbst?

»Wie lange macht ihr das schon?« fragte er.

»Neun Monate. Wir mußten es langsam angehen«, sagte sie mit unbeabsichtigter Untertreibung. »Wir wollten es nicht vermasseln. Du weißt schon, nach und nach, prüfen und nochmals prüfen, einen Schritt tun, lauschen. Einen weiteren Schritt tun, wieder lauschen.«

Er wartete einen Augenblick, da er nicht zu eifrig erscheinen wollte.

»Habt ihr Beweise?«

»Natürlich. Darum dreht sich doch alles, oder?«

»Aber ...« Und dann dämmerte es ihm. »Sie – die Sekretärin – hat ihre Affäre mit Colin fortgesetzt?«

Rayner nickte. »Das mußte sie. Ich glaube nicht, daß es anders funktioniert hätte. Jedesmal, wenn er sie benutzte, benutzte sie gleichzeitig ihn.« Sie lächelte. »So eine Art poetischer Gerechtigkeit ...«

»Und sie schläft noch immer mit ihm?«

»Das hoffe ich doch!«

Sie sah ihn an, ihr Gesicht im Dämmerlicht keinen Meter von seinem entfernt. In dem Augenblick, in dem sie zu sprechen begann, wußte er, was sie sagen würde.

»Wir sind so weit gegangen, wie wir konnten«, sagte sie, »ohne eine gewisse Hilfe.« Er konnte fast sehen, wie sie den Atem anhielt und hoffte, sich nicht in ihm geirrt zu haben. »Willst du mitmachen?«

53

Neuman konnte den Schein des Feuers in der Marina von South Shore Harbor schon sehen, ehe er von der NASA Road 1 in das Neubaugebiet Swan Lagoon in der Nassau Bay abbog. Auf dem Highway verlangsamten Autos ihre Fahrt, weil die Insassen sich über das orangefarbene Licht wunderten, das die Unterseite der landeinwärts treibenden Wolken färbte, und als er in die Wohnstraße einbog, die ihn zu Shecks Haus führen würde, standen Leute in ihren Vorgärten und schauten nach dem Feuer.

Shecks Haus war ein moderner, ebenerdiger Bungalow an einer gewundenen Straße, die von Palmen und grünen Rasenflächen gesäumt war und sich in der Preisklasse nicht wesentlich von Valerie Heath' Haus unterschied. Neuman parkte in der Einfahrt, wo er den Wagen so gut wie möglich hinter Oleanderbüschen verbarg, und stieg aus, kaum bemerkt von den Menschengrüppchen auf der anderen Seite, die vor ihren Häusern standen und in seine Richtung schauten. Die Rückseite von Shecks Haus lag unmittelbar am Wasser und dem Jachthafen auf der anderen Seite der Lagune fast genau gegenüber.

Er ging nicht zur vorderen Haustür, sondern schlenderte lässig zur Seite des Hauses, fand einen hölzernen Gartenzaun mit einem Tor und ging in den hinteren Garten. Von hier aus sah das Feuer im Jachthafen wie ein Flammenmeer aus, widergespiegelt sowohl von den Wolken als auch von der Wasseroberfläche in der Bucht; der Brandherd selbst war der hellste Punkt zwischen den beiden Illuminationen. Die ganze Marina schien zu brennen.

Er warf einen Blick auf die Rückseite des Hauses, um sich zu vergewissern, daß er nicht das Nächstliegende übersah – ein Licht, jemanden, der an einem Fenster oder einer Tür stand –, und bewegte sich an den dichten Hecken entlang, die beide Seiten des Gartens von den Nachbarn abschirmten. Bei einem Pier am Rand des Wassers blieb er stehen und schaute hinüber. Er konnte Sirenen und Megaphone und das Jaulen von Notarztwagen hören; die Kakophonie hing in der feuchten, stillen Luft, als finde das ganze Durcheinander in einem Amphitheater statt. Einen Augenblick fragte er sich, wie es für Burtell gewesen sein mochte, durch die Explosion ins nächste Leben befördert zu werden.

Er schaute auf das Feuer, das so nahe war, daß er tatsächlich die Flammen erkennen konnte, die von dem Benzin und Öl der Boote genährt wurden. Es war das erste Mal, daß einer seiner Freunde gewaltsam ums Leben gekommen war, und er war überrascht über die Zusammenhanglosigkeit eines solchen Geschehnisses. Irgendwie erschien es ihm gleichzeitig unwirklich und doch so real, daß es ihm Übelkeit verursachte.

Er wandte sich um und ging zurück zum Haus, wobei er sich in der Dunkelheit der Hecken hielt. Auf der Rückseite des Hauses gab es verschiedene Türen. Die erste schien in die Garage zu führen. Daneben gläserne Schiebetüren zu dem breiten Patio und zum Wasser hin, wie es bei den meisten Häusern mit dieser Aussicht üblich war. Dahinter befand sich eine Art Hof, der auf drei Seiten von weiteren dichten Hecken umgeben war und eine andere Tür hatte. Es sah aus, als könne das ein Außeneingang zu einem separaten Zimmer oder Apartment sein.

Neuman zog die Latexhandschuhe aus seiner Jackentasche, streifte sie über und benutzte seine Dietriche, um die Tür zu öffnen, von der er annahm, daß sie in die Garage führte. Er hatte recht. Er zog die Tür hinter sich zu, versperrte sie wieder, nahm eine kleine Stablampe aus seiner Tasche und leuchtete damit in der Garage umher, die bis auf ein Motorrad leer war. Er ging hin und befühlte den Motor. Er war kalt. Da er sonst nichts von unmittelbarem Interesse fand, ging er zu einer kleinen Werkbank an einer der Wände, wählte verschiedene Schraubenzieher aus und steckte sie in die Jackentasche. Eine weitere Tür neben der, durch die er gekommen war, führte in einen Wasch- und Haushaltsraum, wo er stehenblieb, um in den Schränken nach Plastikmüllsäcken zu suchen. Er fand sie, nahm einen aus der Packung und ging dann durch eine dritte Tür in die Küche.

Bruce Shecks Haus wirkte etwas bewohnter als das von Valerie Heath, wenn es auch die Achtlosigkeit und die einseitigen Gewohnheiten eines Junggesellenlebens widerspiegelte. Das Wohnzimmer auf der Vorderseite des Hauses, das zur Straße hinausging, wurde praktisch ignoriert und war nur mit einem Minimum an Möbeln ausgestattet. Es gab drei Schlafzimmer. Zwei davon waren wie der Wohnraum, nur mit dem Nötigsten versehen, aber ansonsten völlig unberührt. Doch die Kombination aus Eßzimmer und Küche schien der Ort zu sein, wo er all seine Zeit verbracht hatte. Dort stand der Fernseher, und es lagen ein paar Nacktmagazine herum. Auf dem Fußboden lag, als sei er gerade herausgestiegen, ein Trainingsanzug; in einer Ecke in der Nähe der Patiotüren standen einige

Angelruten, ein Paar alter Tennisschuhe und eine kleine Kühlbox. Auf dem Küchentisch lagen etliche Luftkarten, die als erste in Neumans Plastiktüte wanderten.

Die Küche war besser ausgestattet, als Neuman erwartet hatte. Sheck war kein Gourmet gewesen. Im Kühlschrank gab es reichlich Tiefkühl-Fertigmenüs, einen satten Vorrat an Bier, eine halbe Wassermelone, Orangensaft, Milch und die verschiedensten Zutaten für Sandwiches.

Neuman ging in Shecks Schlafzimmer. Die Kleider in seinem Schrank waren Jeans und legere Hemden, ein paar Sportjacketts und nur drei Anzughosen. In der Ecke des Schrankes fand er ein teures Jagdgewehr und Munition, zwei außerordentlich kostspielige italienische Schrotflinten und vier oder fünf Schachteln passender Munition sowie zwei abgenutzte Jagdtaschen und ein altes Geweih, an der Basis mit einem kurzen Stück Kordel umwickelt, auf einem Paar Jagdstiefeln. Er untersuchte den Schrank genau auf verborgene Türen und Fächer in den Wänden oder unter dem Teppich.

Er fand nirgends im Haus einen Platz, der so aussah, als könne Sheck dort »Papierkram« aufbewahrt haben, und keinerlei Anzeichen wiesen darauf hin, daß jemand vor ihm dagewesen war.

Neuman ging in das Eßzimmer zurück, schloß die Patiotüren auf und trat hinaus in den kleinen Hof mit seiner weiteren Tür. Wieder benutzte er seine Dietriche, um sie zu öffnen. Der Raum dahinter sah aus, als sei er einmal als provisorisches Büro benutzt worden, wirkte aber nun weitgehend unbewohnt. Es gab einen alten metallenen Büroschreibtisch wie die bei der CID, ein kleines Sofa und ein paar Stühle. Auf einem Kaffeetisch vor dem Sofa lagen alte Zeitschriften, *Texas Monthly, Commando, Aviator* und *Sports Illustrated.*

Obwohl der Raum so wirkte, als werde er selten benutzt, kam es Neuman am wahrscheinlichsten vor, daß Sheck hier vielleicht Codeblätter oder Chiffrierzubehör aufbewahrt hatte. Er nahm also die Schraubenzieher aus der Tasche und machte sich daran, alles auseinanderzunehmen, was sich zerlegen ließ. Zuerst ging er in das kleine Bad, bearbeitete eine Wand nach der anderen und wandte sich dann dem größeren Raum zu, wo er methodisch sämtliche Wände untersuchte. Luftschächte für die Klimaanlage, Wandverkleidungen um Steckdosen und Schalter, Lampenfüße. Die Beine von Sofa und Kaffeetisch. Die Reißverschlüsse der Sofapolster; der Volant, der das Untergestell des Sofas verdeckte. Der Schreibtisch war eine Sache für sich. Nach einer halben Stunde hatte er nichts gefunden und stand vor der entmutigenden Aufgabe, das größere Haus auf dieselbe Weise durchforsten zu müssen.

Er hinterließ den Raum in Unordnung, verschloß die Tür hinter sich und ging durch die Patiotür zurück ins Haus. Als er im Eßzimmer neben der Küche stand, beschloß er, einige der attraktiveren Stellen auszuscheiden, die er normalerweise durchsucht hätte. Wenn er etwas von unersetzlichem Wert hätte verstecken wollen, etwas, von dem eines Tages vielleicht sein Leben abhängen könnte, dann würde er sichergehen wollen, daß das Objekt nicht den Unwägbarkeiten des Zufalls anheimfallen würde, von denen die nächstliegende natürlich einfacher Diebstahl war. Er würde also nichts benutzen, das gestohlen werden könnte. Stereoanlage, Fernsehgerät, Haushaltsgeräte, das Motorrad, Werkzeug, Möbel. Er würde damit anfangen, seine Suche auf die Struktur des Hauses selbst zu beschränken. Und er würde in dem Raum anfangen, der normalerweise als der privateste galt. Er begann in Shecks Schlafzimmer. Alles wurde zerlegt wie in dem Raum hinter dem Patio, aber er fand nichts.

Das war enttäuschend, aber nicht ganz unerwartet. Wenn Sheck die Art von Profi war, für die sie ihn hielten, würde er nichts Bedeutsames im Haus herumliegen lassen.

Neuman ging in die beiden anderen Schlafzimmer und durchsuchte auch sie. Er nahm sogar den Thermostat im Flur auseinander.

Als er das zweite Schlafzimmer verließ, blieb er stehen. Die Duschen. Er hatte in keine der Duschen geschaut. Die Duschköpfe. Nicht in Shecks Schlafzimmer, weil die regelmäßig benutzt wurde, aber die beiden anderen wurden, wie es aussah, selten bis nie benutzt. Er ging in das Schlafzimmer zurück, das er gerade verlassen hatte, und sah sich die Duschkabine an. Der Duschkopf war groß und dick, groß genug, um eine Dose mit 35-mm-Film oder etwas von ähnlichem Umfang darin unterzubringen. Er schraubte ihn auf. Nichts. Er ging in das zweite Schlafzimmer. Der gleiche Duschkopf. Nichts. Er stand da, den Duschkopf in der Hand.

Himmel. Die Dusche wurde nie benutzt. Er schaute auf seine Füße nieder ... auf den Abfluß. Er legte den Duschkopf weg, nahm den Phillips-Schraubenzieher aus der Tasche und löste die beiden Schrauben aus dem verchromten Gitter über dem Abfluß. Nichts. Er ließ alles liegen, ging zurück in das zweite Schlafzimmer, trat in die Dusche und sah sich den Abfluß an. Er ließ sich auf die Knie nieder und betrachtete das Chromgitter auf dem Abfluß. In einem der kleinen runden Löcher schien eine Art Fussel zu kleben. Er sah sie sich genauer an und hielt seine Stiftlampe dicht darüber. Es war kein Fussel.

Sein Blutdruck stieg auf der Stelle, während er mit dem Schraubenzieher arbeitete und die beiden Phillips-Schrauben löste. Vorsichtig hob er das Gitter an und spürte den Zug, ein ganz leises Ziehen wie einen Biß an einer Angel. Er hob das Gitter ab und sah die Kordel, die eigentlich keine Kordel war, sondern ein Stück durchsichtiger Angelschnur, durch eines der Löcher des Abflußsiebes gezogen. Der Knoten der farblosen Schnur war fast nicht zu sehen. Er nahm die Stiftlampe in den Mund, hob das Sieb vorsichtig mit einer Hand hoch und griff mit der anderen nach der Schnur. Sie war nur etwa drei Zoll lang und durch die Öse einer verschraubten, etwa fünf Zoll langen wasserdichten Plastikröhre gezogen, wie sie etwa von Campern benutzt wurde, um Streichhölzer vor Feuchtigkeit zu schützen.

Neumans Herz klopfte wie wild. Er konnte nicht an sein Glück glauben. Er konnte nicht glauben, daß er daran *gedacht* hatte, an diesen gottverdammten Abfluß. Er hielt den Behälter vor sein Gesicht und betrachtete ihn im Licht der Stiftlampe. Er war armeegrün, und zwischen dem Schraubdeckel und dem eigentlichen Behälter befand sich eine dicke Gummidichtung. Genau die Art von wetterfester Ausrüstung, die bei einem Mann wie Sheck zu erwarten war. Er schüttelte den Behälter ein wenig und hörte nichts. Er brannte darauf, ihn zu öffnen, fürchtete aber, er könne vielleicht Filme enthalten und müsse in einer Dunkelkammer aufgemacht werden; seine Angst, den so schwer errungenen Beweis zu vernichten, ließ ihn jeden Gedanken an die Befriedigung seiner glühenden Neugier vergessen.

Er steckte den Behälter – mitsamt der Schnur und dem Abflußsieb – in die Tasche, verließ das Schlafzimmer und ging durch den Flur zu Küche und Eßzimmer. Die Glastüren, die auf den Rasen hinausblickten, boten einen perfekten Blick auf den brennenden Jachthafen auf der anderen Seeseite. Ihm wurde ein saures, hohles Gefühl im Magen bewußt, als er daran dachte, daß Sheck am Vorabend vielleicht da gestanden hatte, wo er jetzt stand, und sich das Lichtermeer angeschaut hatte, in dem die Werft jede Nacht erstrahlte, Lichterketten an Pfählen entlang der Docks, Lichter an und über den Masten der Segelboote und an den Kabinen der Kreuzer. Lichter, die sich durch den Widerschein auf der Wasseroberfläche verdoppelten.

54

01:25 Uhr

Graver saß mit Cheryl und Arnette an Arnettes Bibliothekstisch, während Cheryl das Band zum dritten Mal zurückspulte.

»Willst du es noch einmal hören?« fragte Arnette.

Graver schüttelte den Kopf. Er würde wohl kaum etwas von dem vergessen, was er von Dean Burtells letztem Gespräch gehört hatte. Die Aufnahme war unheimlich, zuerst undeutlich, bis Cheryl Reichweite und Frequenz richtig eingestellt hatte, und dann bemerkenswert klar.

Burtell zuzuhören war, als höre er einem Bruder zu. Graver hatte keinen Bruder, aber er stellte sich vor, Burtell könne einer gewesen sein, und zu wissen, daß ihn jedes Wort, das er sprach, einem unmittelbar bevorstehenden, gewaltsamen Tod näherbrachte, war eine schmerzhafte Erfahrung. Sie waren so arglos. Sicher, Sheck sagte, er glaubte, daß sie in Gefahr seien, doch es handelte sich eindeutig um eine Gefahr, der er sich gewachsen fühlte, und keiner von ihnen hatte gedacht, daß sie in diesem Augenblick in Gefahr waren. Und außerdem war die ganze Unterhaltung fast ein Monolog von Sheck. Es hatte den Anschein, als habe er einige Zeit getrunken und sei dadurch redselig geworden. Burtell sprach auf dem Band sehr wenig, und wenn er etwas sagte, war es kurz, ein Hinweis, wie Graver fand, daß er entweder angespannt oder wütend gewesen war oder sich sogar unbehaglich fühlte und auf der Hut blieb. Doch tatsächlich waren die wenigen Worte, die er sagte, um so schmerzhafter zu hören, eben weil es so wenige waren. Graver ertappte sich dabei, daß er sich dem Tonbandgerät auf dem Tisch entgegenbeugte und hoffte, Burtell etwas, irgend etwas, ausführlich sagen zu hören.

Graver sah Cheryl an. »Danke«, sagte er.

Arnette machte eine kleine Handbewegung, und Cheryl schaltete den Recorder aus, stand auf und verließ den Raum.

»Sich das anhören zu müssen, war schlimm«, sagte Arnette und griff nach ihren Zigaretten, die vor ihr auf dem Tisch lagen. »Tut mir leid, daß du es tun mußtest. Tut mir leid, daß es passiert ist, Baby.«

Gravers Magen war ein einziger Knoten aus Übelkeit und Wut. Er konnte es kaum glauben... alles. Es war unerhört, sogar grotesk. Die Ereignisse der letzten zwei Tage schienen Beweise dafür zu sein, daß sich alles Gesunde und Vernünftige auflöste.

»Das war ein verdammt starkes Stück von Kalatis«, sagte sie. »Ich denke, es signalisiert eine wesentliche Veränderung im Spiel.«

»Du bist überzeugt, daß es Kalatis war.«

Arnette ließ ihr Feuerzeug aufflammen und sah Graver über die Flamme hinweg an.

»Denk darüber nach, Baby«, sagte sie. »Oder weißt du etwas, das du mir nicht gesagt hast?«

Graver schüttelte den Kopf. »Nein, ich weiß so verdammt wenig, und wenn ich etwas wüßte, wäre es nicht viel.«

»Himmel, Sheck hat praktisch seinen eigenen Tod erzählt. Er zeigte förmlich mit dem Finger auf Kalatis, als er in die Luft flog.«

»Was ist mit dem Mann am Brunnen?«

Arnette sah aus, als scheue sie davor zurück, ihm weitere schlechte Neuigkeiten mitzuteilen.

»Die Bilder sind hier durch die Computer gelaufen, seit ich dir sagte, ich würde mich umschauen. Aber er ist nirgends drin«, sagte sie. »Ich weiß nicht, wer, zum Teufel, er ist. Aber das bedeutet nicht, daß er nicht bei der Regierung ist. Es bedeutet bloß, daß meine

Quelle vielleicht nicht so gut ist, wie sie früher war, oder daß der Mann mit dem nächsten Schub kommt, der einläuft.«

»Oder, daß er *nicht* bei der Regierung ist.«

»Okay«, räumte sie ein.

»Ich verstehe nur nicht, warum Kalatis ausgerechnet eine Bombe benutzt hat«, sagte Graver. »Schließlich hatte er sich alle Mühe gegeben, die Mordanschläge auf Tisler und Besom auf die eine oder andere Weise zu tarnen.« Er neigte den Kopf in Richtung Recorder. »Dean hat offenbar gedacht, Tisler hätte sich wegen der Fotos selbst umgebracht.«

»Dean hat sich eben geirrt«, sagte Arnette kalt. »Daran habe ich keinen Zweifel. Tislers Tod mag euch Leute überrascht haben, aber ich kann dir versichern, Panos Kalatis hat er nicht überrascht. Was wir hier sehen, ist ein methodisches Verbrennen von Brücken, eine Beseitigung von Verbindlichkeiten. Kalatis distanziert sich von den kleinen Leuten, die bei dieser Operation die Dreckarbeit für ihn gemacht haben. Ich denke, damit hatte Sheck recht.«

»Und meinst du auch, daß er recht hatte mit seiner Annahme, Kalatis bringe hier irgend etwas auf den Gipfelpunkt?«

Arnette klopfte ihre Zigarette am Rand des gläsernen Aschenbechers ab.

»Sieht so aus«, sagte sie. Sie las seine Gedanken und schüttelte den Kopf. »Vergiß es. Was wirst du tun? Mit dem, was du hast, zu den Bundesbehörden gehen? Du hast nicht einmal genug... ich meine, wirkliche Beweise... um zu bewirken, daß sie ihn hindern, das Land zu verlassen. Und wenn du irgendeinen Dummkopf finden würdest, der das für dich veranlaßt, dann würden Kalatis' Anwälte es zerpflücken, und binnen vierundzwanzig Stunden wäre er endgültig verschwunden.«

Sie stand auf und verschränkte die Arme, die Zigarette in einer Hand, ging einmal im Raum hin und her, blieb ihm gegenüber wieder stehen und sah ihn an.

»Weißt du, was hier passiert ist, Baby?« fragte sie. »Du bist auf das Ende einer abscheulichen Operation gestoßen. Vielleicht erfährst du nie, was passiert ist. Nie. Du hast zwei korrupte Cops verloren und, dem mußt du dich stellen, vielleicht sogar drei. Wenn mehr dahinter steckt, stehen die Chancen gut, daß du es nie erfährst. Die bösen Buben waren so weit über deinem Kopf organisiert, daß du nur einen kurzen Blick auf die Hölle erhascht hast, bevor sie das Tor zuschlugen. Und dabei kannst du noch von Glück sagen.«

Das war eine brutale Einschätzung, und sie war vermutlich zutreffend. Graver nahm an, daß sie gute Gründe dafür hatte, sie ihm so unverblümt mitzuteilen.

»Doch in einer Sache war dein Instinkt richtig«, sagte sie. »Jemand anderer ist noch nicht aus dem Schatten getreten. Ich nehme auch an, daß Tisler, Besom und Dean diesen Jemand hätten identifizieren können, und er, wer immer er ist, hat von ihrem Tod genauso profitiert wie Kalatis. Vielleicht ist er jetzt in Sicherheit. Es sei denn, du stößt auf etwas.«

Sie gestikulierte mit ihrer Zigarette in seine Richtung.

»Du kannst zweierlei tun. Halte die Sache unter der Decke, solange du kannst, und mach auf eigene Faust weiter. Oder schreib einen verdammt ausführlichen Bericht vom Umfang einer Doktorarbeit über alles, was in den letzten drei Tagen passiert ist, seitdem man Arthur Tisler tot aufgefunden hat.« Sie hielt inne. »Du hast doch ein persönliches Tagebuch geführt.«

Graver nickte.

»Okay, gut. Schreib es genauso, wie es gewesen ist, schildere in allen Einzelheiten, was du getan hast und warum – natürlich, ohne mich zu erwähnen –, und gibt ihnen alles in chronologischer Reihenfolge. Übergehe Westrate und gib es Hertig. Laß ihn für dich entscheiden. Das ist sein gottverdammter Job.«

Sie starrte ihn an, eine kleine, drahtige Frau mit dunklem Teint und finsterer Vergangenheit, die in zu jungen Jahren hatte lernen müssen, harte Entscheidungen zu treffen; nicht die geringste davon war, bei einem Beruf zu bleiben, der von Haus aus harte Entscheidungen von ihr verlangte. Und danach hatte sie zu spät entdeckt, daß es eine ganz andere Sache war, mit solchen Entscheidungen zu leben, als sie zu treffen.

»Wir haben die Gulfstream Bank ein bißchen überprüft«, sagte sie in Gravers Schweigen hinein. »Hast du gewußt, daß die Bank erst sechs Jahre alt ist? Ich würde vermuten, daß Kalatis vor vielleicht sieben Jahren eine Art Marktstudie von Städten in den

Südstaaten durchgeführt hat. Ich weiß nicht, welche Kriterien er gehabt haben mag, aber Houston schien den Anforderungen zu genügen, was immer er vorhatte. Das ist langfristige Planung. Wenn man darüber nachdenkt, dann hat dieses ›Projekt‹ fast zehn Jahre von Kalatis' Leben in Anspruch genommen. Das gibt dir eine Ahnung von dem Geldbetrag, der hier auf dem Spiel steht. Er muß kolossal sein.«

Sie schüttelte den Kopf, sah Graver an und musterte ihn, obwohl ihre Gedanken wanderten.

»Weißt du, dieses Geschäft macht mir mehr und mehr angst und bange. Für Typen wie Kalatis und Strasser gibt es keine Grenzen, einfach keine verdammten Grenzen. Sie sind wie eine Regierung von Verbrechern, die über ein Vermögen verfügt, aber kein physisches Territorium hat, keine Wählerschaft außer ihren Opfern, keinen Daseinszweck außer Gier.« Sie hielt inne. »Man fragt sich dabei, ob das die Zukunft ist... immer größerer Appetit und räuberische Habsucht.« Sie lächelte zynisch. »Aber ich vergesse meine Geschichte, nicht? Den ganzen Weg zurück bis zu König Menes dem Kämpfer.«

»Hermes Exports«, sagte Graver, als habe er ihr nicht zugehört.

»Ja, denen schauen wir auch auf die Finger. Sieht so aus, als verkauften sie an verdammt viele Importeure. Wahrscheinlich versorgen sie die ganze Nation mit Kokain.«

»Du glaubst, daß sie alles hier ›rekonstruieren‹ und es dann außer Landes bringen?«

»Warum sollten sie? Wenn sie das Zeug sicher transportieren können, warum soll es dann nicht so weiterlaufen?«

»Dann kann die Verarbeitung so schwierig nicht sein.«

»Ich vermute, daß Strassers Chemiker geübte Leute haben... überall im Land. Außerdem erfordert das Drogengeschäft, erfordert die Arbeit mit diesem Scheißzeug kein großes Gehirn. Du könntest beinahe einen Orang-Utan dazu abrichten. Hygiene und Präzision sind nicht gerade die Markenzeichen eines guten Drogenverarbeiters.«

Graver warf einen Blick auf den Stenoblock. Er wollte sie bitten, eine Computerüberprüfung von Victor Last vorzunehmen, um zu sehen, ob ihre Datenbanken etwas hatten, das er über seine eigenen Quellen nicht bekommen konnte, aber etwas hielt ihn zurück.

»Man hat dir den Boden unter den Füßen weggezogen, nicht?« sagte Arnette, die ihn musterte. »Sheck wäre dein nächster Schritt gewesen. Falls er fehlgeschlagen wäre, hättest du dich an Dean halten können. Das wäre zwar kühn gewesen, aber die einzige Möglichkeit, die du hattest, wenn du auf einer heißen Spur bleiben wolltest.« Sie zog an ihrer Zigarette und betrachtete ihn. »Jetzt ist die Aussicht auf eine lange, schwierige Ermittlung alles, was du hast. Keine zischende Zündschnur mehr, die man bis zur Quelle zurückverfolgen könnte. Du mußt ein Bruchstück nach dem anderen zusammensetzen, in erprobter Geheimdienstmanier.«

»Ich weiß, daß das nicht mein Revier ist«, sagte er, »und nicht einmal meine Spielklasse, was das betrifft, aber im Augenblick kann ich an nichts anderes denken als an Kalatis. Gegenwärtig ist er das einzige, woran mir liegt, und mit einer ›langen, schwierigen Ermittlung‹ werde ich ihn nicht kriegen.«

Er sah einen Ausdruck von nüchterner Angst in Arnettes Augen.

»Was, zum Teufel, meinst du damit?« fragte sie.

»Ich meine bloß, daß diesmal Geduld und lange Sicht für mich keinerlei Anziehungskraft besitzen. Ich bin ja nicht verrückt. Ich weiß, wie die Chancen stehen, daß Kalatis mit dieser Sache durchkommt. Ich lebe jeden Tag mit diesen Chancen, genau wie du. Nur kann ich das diesmal nicht philosophisch sehen. Tut mir leid. Die größere Ermittlung ist sekundär.« Er schwieg, und sie starrten einander an. »Arnette, ich will diesen Hurensohn so dringend haben, daß ich nichts anderes mehr will.«

Sie blinzelte nicht einmal. Sie stand hinter ihrem Stuhl, die schmalen Finger umklammerten die Lehne.

»Du solltest deinen Kopf besser aufbehalten«, sagte sie ruhig. Ihr Gesicht hatte sich verhärtet, und sie schaute ihn mit einem Ausdruck an, den er nicht recht deuten konnte. Nachdenklich klopfte er mit der Seite des Daumens auf die Tischplatte.

»Aber man hat mir nicht den Boden unter den Füßen weggezogen, Arnette. Es gibt einen direkten Weg zu Kalatis ... über Colin Faeber.«

»Wenn du den hochnimmst, dann verringert sich die Zeit, die du haben wirst, um Kalatis zu finden, auf Stunden, nicht Tage«, warnte sie ihn. »In der Minute, in der er hochgenommen wird ...« Sie schnippte einmal mit den Fingern.

»Wenn es aussieht, als würde ich Kalatis verlieren, würde ich nicht zögern, es zu tun.«

»Das ist riskant.«

»Es ist verzweifelt.«

Nach einer Pause fragte sie: »Was glaubst du, wieviel Zeit du hast?«

Graver schaute auf den Stenoblock und schob ihn ein paarmal auf dem Tisch hin und her.

»Vermutlich hatte ich zu Hause schon einen Anruf von Westrate«, sagte er. »Oder von Ben Olmstead, meinem Sergeanten in unserer Houstoner Terrorsonderkommission. Außer Olmstead habe ich noch drei Männer, die mit dem FBI zusammenarbeiten. Sie arbeiten im Federal Building, nicht mal in unseren Büros. Sie werden mich sofort über alles informieren, also werde ich wissen, was sie über South Shore Harbor herausgefunden haben, sobald es soweit ist. Irgendwann, denke ich, wird Ginette Dean als vermißt melden. Sie werden am Ende vermuten, daß Dean eine der Leichen gewesen sein könnte, aber sie werden es nicht beweisen können. Doch wegen seines Verschwindens und des Todes von Tisler und Besom wird irgend jemand – vermutlich Ward Lukens – auf eine Untersuchung drängen. Und die wird er bekommen. Dann werde ich mit dem herausrücken müssen, was ich weiß.«

»Also ... haben wir ...«

»Ein paar Tage, würde ich annehmen ... vielleicht. Ich denke, es hängt davon ab, wie schnell Ginette die Nerven verliert.«

Das Funkgerät, das neben Gravers Ellbogen auf dem Tisch gelegen hatte, läutete zum ersten Mal. Er nahm es zur Hand und meldete sich.

»Neuman hier. Ich bin auf der Rückfahrt auf dem Gulf Freeway. Ich habe etwas von Sheck.«

»Was ist das?« Graver richtete sich auf seinem Stuhl auf, und Arnette erstarrte, die Augen auf ihn gerichtet. Graver betätigte den Schalter am Gerät, damit Arnette mithören konnte.

»Ich bin nicht sicher«, sagte Neuman. »Ich habe ein paar

Fliegerkarten, aber auch einen Behälter, ein wasserdichtes Ding, das militärisch aussieht und etwas über zehn Zentimeter lang ist. Es war mit einem Stück Angelschnur im Abfluß einer der Duschen befestigt.«

»Großer Gott, ja«, zischte Arnette, beugte sich plötzlich vor und legte beide Hände flach auf den Tisch.

Die Muskeln in Gravers Nacken zogen sich immer mehr zusammen.

»Ich hab's nicht aufgemacht«, sagte Neuman. »Hatte Angst, es könnte unentwickeltes Filmmaterial enthalten.«

»Er soll es *hierher* bringen«, sagte Arnette und klopfte wiederholt mit dem Zeigefinger auf die Tischplatte.

Graver sah sie an.

»Wenn du sagst, es ist okay ... dann ist es okay«, sagte sie.

Graver nickte.

»Gib ihm die Adresse«, sagte sie.

»Neuman ...«

»Ja?«

»Hören Sie zu, ich werde Ihnen eine Adresse geben. Ich möchte, daß Sie den Behälter in die Rauer Street 4645 bringen.«

Neuman wiederholte die Adresse.

»Richtig. Das ist ein Wohnhaus. Jemand wird sie an der Vorgartentür erwarten.«

»Geben Sie mir zwanzig Minuten.«

Graver schaltete das Gerät ab.

»Im *Abfluß* einer *Dusche*.« Arnette grinste bewundernd. »Dein Bursche ist ziemlich gut.«

Plötzlich schöpfte Graver wieder Hoffnung. Sein Adrenalin war in den letzten paar Tagen so beansprucht worden – es überraschte ihn, daß seine Drüsen überhaupt noch etwas produzieren konnten.

»Jeder hat irgendeine Sicherheit für schlechte Zeiten«, sagte er, an Sheck denkend.

»Das ist das Geschäft, in dem wir tätig sind, Baby«, sagte Arnette befriedigt. »Spione sind so berechenbar wie alle anderen. Sie denken bloß anders. Wenn du einmal weißt, *wie* sie denken, hast du gute Chancen zu erraten, *was* sie denken.« Sie ging zurück an das andere Ende des Tisches, klopfte mit dem Knöchel auf die hölzerne Platte und wandte sich wieder Graver zu. »Vielleicht wird Kalatis Grund haben, die Bombe im Jachthafen zu bereuen«, sagte sie.

»Ich werde alles tun, was ich kann, um dafür zu sorgen«, sagte Graver.

Die Tatsache, daß sie sich auf zwei völlig verschiedene Angelegenheiten bezogen, war jedem von ihnen klar.

55

Er hatte vier Maschinen gleichzeitig in der Luft. Zwei flogen an der Golfküste auf und ab, jede mit einem Kunden mit verbundenen Augen an Bord, der dachte, er sei entweder nach Mexiko oder zu einer der vielen Westindischen Inseln unterwegs. Jeder Kunde, die vier, die er während der letzten beiden Tage eingeflogen hatte und die vier, die er während der nächsten beiden Tage einfliegen würde, dachte, er sei auf dem Weg zu einem anderen Bestimmungsort. Alle jedoch glaubten, sie hätten die Vereinigten Staaten verlassen. Im Augenblick wurde ein Klient »zurück in die Staaten« geflogen, während ein anderer jeden Moment eintreffen sollte. Ein drittes Flugzeug war von einem Punkt zwanzig Meilen draußen im Golf aufgestiegen, wo zwanzig Millionen Dollar in bar aus einem Kabinenkreuzer in die Maschine geladen worden waren. Diese Maschine war nach Grand Cayman unterwegs. Ein viertes Flugzeug war ebenfalls vor der Küste beladen worden, wenn auch an einem anderen Punkt als das dritte. Es enthielt achtundzwanzig Millionen Dollar und flog nach Panama City. Dieses Geld war in den Händen fähiger Buchhalter – sowie großzügig bezahlter Sicherheitsleute – und würde binnen fünfzehn Tagen auf sichere, legitime Konten überall in der westlichen Hemisphärc verteilt sein.

Kalatis stand auf der Veranda seines Hauses über dem Strand. Er rauchte eine frische Cohiba und trug dunkle Hosen und ein loses, lachsfarbenes Hemd aus leichter Seide. Er hörte das ferne, helle Dröhnen der nächsten Maschine und schaute auf seine Uhr. Genau zur richtigen Zeit. Er dachte an Jael. Auch sie würde ihr Geschäft bald abschließen. Gegen drei oder vier Uhr würden sie beide mit ihrer nächtlichen Arbeit fertig sein, und sie würden in ein Bett mit frischen weißen ägyptischen Baumwollaken schlüpfen und dort bis Mittag bleiben. Inzwischen gab es Männer, die er dafür bezahlte, daß sie regelmäßige Arbeitsstunden einhielten, und Kalatis' größte Operation würde weiterhin ihrem Finale entgegengehen wie ein unermüdlicher, immer schneller werdender Stein, der einen Bergabhang hinunterrollt.

Er sah zu, wie das Flugzeug aus dem Nachthimmel sank und seine blinkenden Lichter sich dem Wasser des Golfs näherten, bis es eine scharfe Kurve flog und plötzlich zwei weiße Wasserfontänen hochschossen, als die Pontons das Wasser berührten und durchschnitten und die Motoren leiser wurden, während die Maschine das Dock ansteuerte.

Kalatis warf einen anerkennenden Blick auf den Tisch auf der Veranda, zog den Bauch ein und fuhr mit der flachen Hand den Hosenbund entlang, um zu prüfen, ob auch kein Hemdzipfel herausschaute. Dieser Klient war sehr viel unterhaltender als die übrigen. Eine passende Art, seinen Abend zu beschließen. Er wandte sich wieder dem Dock zu und wartete auf die vielsagenden Geräusche, mit denen die Flugzeugmotoren verstummten und die Maschine die letzten paar Meter zum Dock glitt, dann die Laute des Festmachens, schließlich die Schritte auf dem Dock, als seine Männer den Klienten mit verbundenen Augen nach oben, über den Rasen und bis an die Stufen der Veranda führten, wo sie ihm die Augenbinde abnahmen.

»Guten Abend, Ms. Donata«, sagte Kalatis mit seinem liebenswürdigsten Akzent. »Ich bin entzückt, Sie wiederzusehen.«

Ms. Patricia Donata war sechsunddreißig Jahre alt; sie hatte einen juristischen Grad aus Stanford und war amtlich zugelassene Wirtschaftsprüferin. Ihr Beruf war anscheinend der einer ... Beraterin. Sie hatte kleine Brüste, aber sehr lange Beine, von denen sie viel sehen ließ. Außerdem hatte sie kaltes Wasser in den Adern. Kalatis fand, daß sie eine scharfsinnige und mehr als fähige Repräsentantin ihrer Klienten war.

Sie saßen auf der Veranda, und wie üblich saß die Repräsentantin so, daß sie mehr von den großen Innenräumen des Hauses sah als von der Küstenlinie. Kalatis überließ nichts dem Zufall. Sie nahmen Drinks. Kalatis legte seine Zigarre fort. Eine Viertelstunde machten sie Konversation, keine Geschäfte, während Kalatis sich wieder dem Vergnügen vertraut machte, Ms. Donata zu beobachten. Sie war ein wenig nervös, dachte er, hatte sich aber trotzdem sehr gut in der Gewalt. Er fand sie überaus sexy und versuchte nicht, ihr Gespräch zu beschleunigen.

Endlich sagte er: »Nun, ich weiß, daß Sie mehrere Tage in Houston waren. Ich möchte mich entschuldigen, weil ich Ihnen Unbequemlichkeiten zugemutet habe, aber da diese Transaktion beträchtlich größer ist als die, die wir bisher arrangiert haben, waren zusätzliche Vorkehrungen von allen Seiten notwendig. Ich mußte mit vielen Leuten wie Ihnen sprechen, und das mußte innerhalb kurzer Zeit geschehen.« Er lächelte sie an. »Ist alles zu Ihrer Zufriedenheit gehandhabt worden?«

Sie setzte ihren Drink auf dem Tisch vor sich ab und verschränkte die Hände im Schoß. »Ich muß sagen«, antwortete sie auf ihre schlichte und vertrauliche kalifornische Art, »Sie haben es toll gemacht, Panos. Die Logistik war erstklassig geregelt. Es hat die Nervosität einiger meiner Kunden gelindert, als Sie Leute ausschickten, um mit deren eigenen Sicherheitsgruppen zusammenzuarbeiten. Ich reise normalerweise nicht mit zweiunddreißig Millionen in bar herum. Allen gefiel die Art und Weise, wie Ihre Leute das in Houston gehandhabt haben.«

»Das freut mich zu hören«, sagte er. »Und es hat mich auch gefreut, daß es Ihnen gelungen ist, die Befürchtungen einiger Mitglieder Ihres Konsortiums zu zerstreuen.«

»Wenn Sie mit acht verschiedenen Persönlichkeiten zusammenarbeiten, Geschäftsleuten mit starken Egos, dann brauchen Sie Geduld und Durchblick – und müssen eine Menge Scheiße wegstecken –, um sie dazu zu bringen, sich auf irgend etwas zu einigen«, sagte sie und machte sich damit selbst ein nettes, indirektes Kompliment.

Ja, dachte Kalatis, aber sie haben sich schließlich darauf verständigt, das Bargeld auszuspucken, nicht? Letzten Endes holte die Gier und nicht Ms. Donatas Geduld und Durchblick das Beste aus ihnen heraus. Biete einem Mann dreihundert Prozent Rendite auf seine Investition, und er folgt dir keuchend bis in die Hölle. Er sah sie mit einem Ausdruck mitfühlenden Verständnisses an.

»Diese Art von Investition macht jeden... vorsichtiger«, sagte er. »Aber Sie müssen Ihre Klienten daran erinnern, daß wir diesmal in großem Maßstab kaufen. Metrische Tonnen. Deshalb ist ihre Wartezeit kürzer. Sie können ihre Konten in sechzig Tagen überprüfen.« Er lächelte. »Ich denke, sie werden zufrieden sein.«

»Hat es mit allen Ihren Konsortien so geklappt, wie Sie es vorgesehen hatten?« fragte sie.

Das war eine etwas indiskrete Frage, aber Kalatis schrieb das ihrer Persönlichkeit zu. Sie war, kurz gesagt, ein Luder.

»Genau wie vorgesehen, wie ich zu meiner Freude sagen kann.« Er hielt eine Hand hoch und zählte sie an den Fingern ab, beim Daumen beginnend. »Chicago, Atlanta, Seattle, Miami, Washington, D. C., und« – er hob den Zeigefinger der anderen Hand – »New York. Alles wie geplant. Keine Überraschungen. Ich habe den größten Teil eines Jahres gebraucht, um das zu arrangieren, damit jeder, der sich beteiligen wollte, das mit größtmöglicher Sicherheit tun konnte.«

»Kommt der gesamte Stoff aus der gleichen Region in Afghanistan?«

Ms. Donata war eine neugierige Frau, aber er dachte auch, daß sie ihre Rolle wohl befriedigend finden mußte und es ihr abenteuerlich erschien, Worte wie »Stoff« zu benutzen. Nun, sie sollte zufrieden sein. Sie hatte schon zweimal eine Gruppe von Geschäftsleuten zusammengestellt und ihm deren Millionen anvertraut. Dies war nun das dritte Mal. Sie war eine sehr kluge Frau, die Arrangements für dieses Unternehmen waren komplex gewesen – weil Kalatis es so eingerichtet hatte –, aber sie hatte die Verhandlungen geschickt und kreativ geführt. Wirklich eine bewundernswerte Leistung für eine so junge Frau.

Doch in sechzig Tagen würde Miss Donatas Leben zur Hölle werden. Alles, was sie jetzt sah, alles, was sie mittels der Schattenwege von Panos Kalatis geplant und erreicht hatte, würde über Nacht verschwinden, und sie würde ruiniert sein.

Daher machte es ihm nichts aus, jetzt ihr Bedürfnis nach Unterhaltung zu befriedigen. Es war, als spiele man Backgammon mit einer Frau, die erwartete, am Morgen einen Prinzen zu heiraten, während sie sich in Wirklichkeit ahnungslos die letzten Stunden vor ihrer Hinrichtung vertrieb. Es hatte einen besonderen Reiz, sich mit einer Frau zu unterhalten, deren Ruin unmittelbar bevorstand, ohne daß sie es wußte. Es gab ihr eine Aura von Zerbrechlichkeit, die er sehr genoß. Ja, Ms. Donata war in der Tat eine kluge Frau gewesen, aber sie hätte noch ein bißchen klüger sein sollen.

Er erzählte ihr aalglatte Lügen über Mudschaheddin und Mohn, über Packkolonnen aus den Bergen von Badakhschan und Hazarajat, über Deh Khavak und Kamdesch und Asmar, und nach einer Weile wandte sich das Gespräch harmloseren Themen zu, als ein Hausmädchen – Kalatis hatte sich gedacht, unter den gegebenen Umständen sei eine Frau für diesen Job geeigneter – kleine Sandwiches servierte und ihre Drinks nachfüllte. Unter ihnen auf dem Dock hörte man das Scharren von Füßen und gelegentlich ein dumpfes, hohles Poltern, wenn jemand gegen einen Schiffskörper oder Ponton stieß, während die letzten zwölf Millionen ihrer zweiunddreißig Millionen Dollar Bargeld vom Flugzeug auf den Kreuzer verladen wurden. Die anderen zwanzig Millionen Dollar waren im Verlauf der letzten paar Tage in kleineren Partien übergeben worden.

Kalatis unterdrückte eine verfrühte Euphorie. Er war sehr nahe daran, ein Projekt abzuschließen, das neun Jahre gedauert hatte. Sicher, er hatte *dieses* spezielle Unternehmen erst in den letzten zwanzig Monaten geplant – als er sah, wie unglaublich versessen amerikanische Geschäftsleute darauf waren, alle rechtlichen Bedenken über Bord zu werfen –, aber es war aus dem größeren Bild hervorgegangen, eine Übung, auf die er bereits als auf seine amerikanischen Jahre zurückblickte. Mein Gott, das Geld, von dem diese Männer sich zu trennen bereit waren, um mit einem kalkulierten Spiel das zu verdreifachen, was sie bereits besaßen, erstaunte und entzückte ihn. Doch anderswo drehten sich noch die Zahnräder, alles war so synchronisiert, daß es gleichzeitig zu Ende ging, und solange so viele verschiedene Ereignisse noch ausstanden, gestattete er seinen Gedanken nicht, beim süßen Potential seiner Belohnungen zu verweilen.

Er wandte sich wieder der unmittelbaren Aufgabe zu, als Ms. Donata begann, eine Anekdote über Vail zu erzählen. Und unten auf den Docks waren Millionen Dollar von der Westküste im Begriff, von der Südküste aus zu Orten aufzubrechen, die weit entfernt und niemandem bekannt waren... außer Kalatis.

56

Gilbert Hormann verdrängte Panos Kalatis aus seinen Gedanken. Das fiel ihm mit jedem Augenblick, der verging, leichter.

Er hatte lange im Büro gearbeitet, was häufig vorkam, vor allem, wenn ein Transport nach Kolumbien bevorstand. Die Tür zu seinem benachbarten privaten Apartment stand offen; eine halbe Stunde zuvor war er dort gewesen, um sich einen Drink einzuschenken. Sein privates Telefon in seinem Apartment läutete, und er ging hin und nahm den Hörer ab in der Erwartung, seine Frau werde ihn fragen, wie spät es noch werden würde.

Es war Kalatis. Der Grieche sagte, er sei in Eile. Er sagte, er habe soeben die Dokumente erhalten, die für die Fracht nach Kolumbien erforderlich waren – gefälschte Ladelisten und andere Formulare, die von Regierungsstellen abgesegnet werden mußten, damit man größere Mengen Schwefelsäure und essigsaures Anhydrid exportieren konnte. Kalatis wollte Gilbert die Dokumente noch heute nacht zukommen lassen. Er werde jemanden damit vorbeischikken, um sie abzugeben. Gilbert wußte, es hatte keinen Sinn zu sagen, er sei schon im Aufbruch.

Er legte den Hörer auf und schaute auf seine Uhr. Kalatis hatte gesagt, die Dokumente würden in einer halben Stunde da sein. Großartig. Gilbert hatte ohnehin in ein paar Minuten Schluß machen wollen, und der Anruf hatte seine Konzentration gestört. Er schaltete das Licht in seinem Büro aus und ging hinüber in sein Apartment. Dort gab es eine kleine Küche, eine gut ausgestattete Bar, einen Sitzbereich mit mehreren Sofas und Sesseln für Gäste. Überall standen Pflanzen herum. Der Wohnraum enthielt einen riesigen Fernseher und hatte Ausblick auf die ganze Galleria unten und rechts auf die schimmernde Skyline der Innenstadt. Nebenan gab es ein großes Schlafzimmer mit angrenzendem feudalen Bad mit Whirlpool und dem gleichen Blick wie dem aus dem Wohnzimmer.

Gilbert machte sich noch einen Drink zurecht, schleuderte die Schuhe von den Füßen – seine Krawatte hatte er schon lange abgelegt – und ließ sich vor dem Fernseher nieder. Er drückte auf die Tasten der Fernbedienung, bis er den Playboy-Kanal erreichte. Vierzig Minuten vergingen rasch, geschmiert von einigen weiteren Drinks, und als das Sicherheitstelefon läutete, drückte er rasch die Zahlen, um Kalatis' Boten in den Aufzug zu lassen. Sendungen von Kalatis waren keine Seltenheit, und seine Emissäre verfügten über Routine im Umgang damit.

Nach fünf Minuten ertönte der Summer vor dem Empfangsbereich des Hauptbüros, und Gilbert stand auf und ging durch das Büro, den Drink in der Hand. Er machte sich nicht die Mühe, die Schuhe anzuziehen. Als er den Empfangsraum betrat, hätte er beinahe sein Glas fallen lassen. Draußen vor der Glaswand stand Kalatis' Botin, Jael.

Gilbert blieb stehen. Sie trug ein einfaches, tief burgunderrotes Cocktailkleid, das ihr wie Wasser von den Schultern floß. Gilbert war wie betäubt. Sie hielt einen großen Briefumschlag an die Scheibe, eine Geste, die ihn zu plötzlicher Geschäftigkeit veranlaßte. Er trat an den Schreibtisch der Empfangssekretärin und drückte auf den Öffner der Glastür.

»Entschuldigen Sie vielmals«, sagte Jael lächelnd und streckte ihm den Umschlag hin. »Hat Panos Sie angerufen?«

Gilbert nickte töricht. Er konnte ihre gottverdammten *Brustwarzen* sehen.

»Tut mir schrecklich leid, daß es so spät ist. Sie kennen Panos«, sagte sie mit zerknirschtem Stirnrunzeln und einem kleinen Achselzucken. Gilbert hätte fünfzig Dollar dafür gegeben, dieses Achselzucken noch einmal zu sehen. »Alles ist so … hektisch dort … so geschäftig. Er geht auf eine Geschäftsreise … alle hatten zu tun. Außer mir konnte keiner kommen.«

Außer ihr konnte keiner kommen. Gilbert liebte ihre Wortwahl … und ihren Akzent. Er wußte nicht, was zum Teufel es für ein Akzent war, und es war ihm gleichgültig. Er hatte immer gefunden, daß sie eine der bestaussehenden Frauen war, die er je zu Gesicht bekommen hatte. Panos' Frau, irgendwelches nahöstliches Blut, nahm er an, aber auch das spielte keine Rolle. Sie war einfach unglaublich. Schlank und jung und drall und dunkel, Augen wie eine gottverdammte Katze.

Sie schaute auf sein Glas und lächelte. Er griff nach dem Umschlag, und als er ihn anfaßte, hatte er den *Eindruck,* sie halte ihn irgendwie fest.

»Was trinken Sie da?« fragte sie.

»Oh, äh, Scotch. Whisky.«

Sie nickte, noch immer lächelnd, als habe sie ihn bei etwas ... Ungezogenem ertappt.

»Äh« – er machte eine vage Geste – »möchten ... Sie« – noch eine vage Geste, vielleicht mit dem Glas in ihre Richtung – »etwas?«

Sie zog die Augenbrauen hoch. »Zu trinken mit Ihnen?«

In diesem Augenblick verschwand Panos Kalatis endgültig aus Gilberts Gedanken. Die Würze des gegenwärtigen Moments war überwältigend. Er griff nach der Tür, denn er bemerkte plötzlich, daß sie sie offen gehalten hatte, und zwar mit ihrer ... Hüfte.

»Ich habe es nicht eilig zurückzukehren«, sagte sie und strich an ihm vorbei. »Da geht es so geschäftig zu, und außerdem, sie werden ohnehin alle fort sein, wenn ich wiederkomme.«

»Sind Sie allein gekommen?« fragte er mit angemessener Besorgnis in der Stimme, während sie durch sein Büro und in sein Apartment gingen.

»O ja«, sagte sie, sah sich um und konzentrierte sich auf die Aussicht aus den Wohnzimmerfenstern.

»Was möchten Sie trinken?« fragte er, warf den Umschlag auf einen Stuhl und ging geradewegs an die Bar.

»Cuba libre«, sagte sie, vor den Fenstern stehend.

Cuba libre. Verdammt, so sah sie auch aus, wie Cuba libre. Er schaffte es, einen zu mixen, dazu einen weiteren Scotch für sich, obwohl er ein bißchen benebelt war, und er war nicht sicher, ob er ihn so gut gemacht hatte, wie er ihn hätte machen können. Er verschüttete ein wenig aus beiden Gläsern auf seine Hände, als er zu ihr hinüberging, und war dann einen Augenblick verwirrt, sie steif auf dem Sofa vor dem Fernseher sitzen zu sehen, mit geradem Rücken, die Hände im Schoß, die Brüste burgunderrot tropfend, wo sie zuschaute, wie ein Mann eine Frau vögelte, anscheinend bei Gewitter auf einem Motorrad.

»Was ist das?« sagte er töricht, während er auf Strümpfen mit den nassen Gläsern in den Händen dastand.

»Sie machen etwas Liebe«, sagte sie gleichmütig. Sie sprach es wie »Liiiiebe« aus.

Sie hätte auch sagen können, morgen werde es heiter bis leicht bewölkt sein, aber dann lächelte sie ihn auf eine Weise an, die diese alternative Möglichkeit völlig ausschloß.

Nicht ein einziges Mal während der nächsten halben Stunde stellte Gilbert Hormann noch eine Frage. Nicht ihr. Nicht sich selbst. Nicht dem Schicksal oder dem Glück. Nicht Gott. Er fragte keinmal, warum er sich mit dieser unvergleichlichen Hetäre Jael nackt auf dem Sofa befand. Er fragte keinmal, wieso er ihre Brust im Mund hatte oder fühlte, was er zwischen ihren Beinen spürte. Er fragte sich keinmal, warum er das unglaubliche Glück hatte, mit ihr im Whirlpool zu sitzen, Scotch zu trinken und sich über sie herzumachen, während die Lichter der Stadt sich am weiten, schwarzen Firmament drehten und drehten. Er stellte überhaupt keine Fragen, bis ihm bewußt wurde, daß er den Mund geöffnet hatte, weil sie ihn darum gebeten hatte, und daß er sie über ihren glänzenden Brüsten eine Pipette halten sah ... eine Pipette ... über seinem geöffneten Mund.

Aber da war es zu spät.

Sein Herz blieb stehen. Während er ausatmete, preßte etwas Unsichtbares das bißchen Luft heraus, das noch verblieben war, und hielt seine Brust und seine Lungen in einem quälend schmerzhaften Vakuum. Er konnte spüren, wie sein Gesicht scharlach- und dann purpurrot wurde, er konnte spüren, wie die Arterien in seinem Herzen dünnwandig wurden, durchlässig, sich auflösten, den Muskel mit Blut überfluteten. Hilflos sah er zu, wie Jael ihre Hand zurückzog, die Pipette noch in den Fingern, zögernd; ein klarer Tropfen hing noch an der Spitze der Pipette. Er konnte ihn sehen, ganz am Ende des Glasröhrchens, und ihre Brüste luden ihn selbst in diesem entsetzlichen Augenblick noch ein, als er dachte, Gott, ich bin hinüber, luden ihn ein, noch einen einzigen Mundvoll zu nehmen.

Sie stieg sehr vorsichtig aus dem Whirlpool auf ein Handtuch, das sie vorher bereitgelegt hatte. Er hatte es nicht gemerkt. Sie kniete neben der Wanne, schaltete die Pumpe aus und ließ das Wasser ablaufen. Während die Wanne sich leerte, trocknete sie sich ab und beobachtete, wie das Wasser verschwand und Gilbert Hormann auf dem Wannenboden zurückließ wie einen großen, haarlosen Bären.

Sorgfältig faltete sie das feuchte Handtuch zu einem präzisen Rechteck, legte es auf die Stufe zum Whirlpool, kniete sich darauf und nahm die Dusche aus der Halterung an der Seite der Wanne. Sie begann, den Leichnam und das Innere der Wanne abzuspritzen. Dann stieg sie zu ihm in die Wanne und drehte ihn um, wusch ihn gründlich ab und spülte die Wanne aus, um sicherzugehen, daß kein Kopf- oder Schamhaar von ihr zurückblieb. Sie öffnete seinen Mund und spülte ihn aus. Dann nahm sie Shampoo vom Regal über der Wanne, wusch sein Haar und duschte ihn noch einmal sehr gründlich ab, wozu sie ihn erneut umdrehen mußte.

Als sie zufrieden war, füllte sie die Wanne wieder und setzte die Pumpe in Gang. Der Körper schwamm ungelenk in dem wirbelnden Wasser und bewegte sich mit der Strömung. Sie wischte die Stufen zum Whirlpool mit dem Handtuch ab, auf dem sie gekniet hatte, und warf es dann in eine Plastikmülltüte, die sie in der Küche fand.

Bevor sie sich anzog, ging sie ins Wohnzimmer und holte ihr Glas, wusch es ab und stellte es in den Barschrank zurück. Dann nahm sie ein Geschirrtuch aus der Küche und wischte alle Tischplatten rund um das Sofa ab, damit nicht zu viele feuchte Ringe für ein einziges Glas zurückblieben. Sie nahm Hormanns Kleider, die verstreut herumlagen, und drapierte sie mit durchdachter Achtlosigkeit über einen Stuhl im Badezimmer, stellte seine Schuhe davor, als habe er sie dort abgestreift, und legte seine Socken darauf. Als alles zu ihrer Zufriedenheit arrangiert war, ging sie ins Wohnzimmer zurück, hob ihr Kleid vom Boden auf und zog es sich über den Kopf. Sie nahm eine der Zeitschriften von einem Kaffeetisch – eine Ausgabe von *Newsweek* –, trug sie ins Badezimmer und warf sie in die Wanne. Sie holte auch das Glas, aus dem Hormann getrunken hatte, und legte es neben die Wanne, wo es rollend einen Kreis beschrieb.

All das war vermutlich nicht nötig. Panos hatte die medizinischen Berichte über den Mann gründlich überprüft. Chronisch erhöhter Blutdruck. Sie hatten genau die richtigen Chemikalien verwendet. Trotzdem tat sie jedesmal gern alles. Das war eine gute Angewohnheit.

Sie nahm den Umschlag, den sie mitgebracht hatte, ergriff die Plastiktüte mit ihrem Handtuch und verließ das Apartment. Die Lampen ließ sie brennen. Sie schaltete die Lichter in seinem Büro aus, ging durch den Empfangsraum, öffnete mit dem Summer die Tür und verschwand durch den Gang in Richtung Aufzug.

57

Sie drängten sich in die Dunkelkammer, Graver, Arnette, Neuman, der noch immer zu verarbeiten versuchte, was ihm in den drei unauffälligen kleinen Häusern in der Rauer Street offenbart worden war, und Boyd, der den Behälter in der Hand hatte. In dem kühlen, grünlichen Licht sahen alle bleich und verschwörerisch aus, konzentriert auf das Objekt in Boyds Händen.

»Sie glauben doch nicht, daß das eine Art Bombe ist, oder?« murmelte Boyd nur halb scherzhaft, als er den Deckel des Behälters aufzuschrauben begann. Keiner sagte etwas.

»Ich will nur wissen, ob es ein Film ist«, sagte Graver. »Dann lasse ich Sie in Ruhe.«

Der Deckel hatte ein langes Gewinde, wie bei derartigen wasserdichten Behältern üblich, und als er endlich abgeschraubt war, drehte Boyd den Behälter über seiner Handfläche um, und eine eng zusammengerollte, glänzende schwarze Spule fiel in seine Hand.

»Es ist Film«, sagte er. »Schon entwickelt.« Er entrollte ihn zwischen seinen Händen, eine hoch in der Luft, die andere unterhalb der Taille. »Mikrofilm.«

»Okay, das genügt mir«, sagte Graver. »Wie lange werden Sie brauchen, um etwas herauszuholen?«

»Das erste Blatt – Mikrofiche – kann ich Ihnen in etwa zwanzig Minuten geben.«

Sie verließen die Dunkelkammer, wo Boyd mit seiner Magie zurückblieb, und gingen um die Ecke in den Hauptcomputerraum. Alle Geräte waren besetzt, und man hörte das Klappen der Tastaturen. Quinn saß an ihrem Funkgerät, schrieb in ein Notizbuch und sprach mit professioneller Langeweile in ihr stiftgroßes Mikrophon. Neuman nahm all das rasch in sich auf, versuchte, nicht zu glotzen, wollte aber natürlich soviel wie möglich sehen. Arnette lächelte und blieb stehen.

»Das ist Quinn«, sagte sie zu Neuman, unterbrach das Mädchen aber nicht, um Neuman vorzustellen. »Im Augenblick nimmt sie die Berichte von South Shore Harbor entgegen. Wir haben Korrespondenten, genau wie eine Zeitung. Wenn eine große Sache wie diese passiert, halten sie uns auf Trab. Wir vermerken sowohl die Qualität als auch den Umfang der Informationen jedes Korrespondenten. Das zahlt sich manchmal auf eine Weise aus, die man nicht erwarten würde.«

Langsam und im Uhrzeigersinn ging sie durch den Raum.

»Diese beiden Frauen arbeiten an Tislers Computerdaten. Das ist noch immer ein weiter Weg«, sagte sie und schaute dabei Graver an, »aber sie haben ein paar Türen geöffnet, gewisse Fortschritte erzielt. Der Mann da drüben versucht, den Mann zu identifizieren, der sich mit Burtell am Transcobrunnen getroffen hat. Wir haben ihn noch nicht gefunden, aber so bringen wir unsere Unterlagen über diese Leute auf den neuesten Stand, daher ist es eigentlich eine nützliche Übung für uns. Es ist eine Weile her, seit ich meine Fotokartei aktualisiert habe, und es ist teuer, also tut man es nicht ohne guten Grund.«

Sie zeigte auf das Mädchen am nächsten Gerät. »Dani«, sagte sie, »geht Hinweisen über Brod Strasser nach. Ihr Jungs seid über einige der verschwiegensten Typen in der Branche gestolpert. Nehmen wir Kalatis. Wir *glauben,* daß er um 1989 ein Haus in der Gegend von Houston gekauft hat. Wir *glauben,* daß er seither ungefähr die Hälfte seiner Zeit dort verbracht hat, aber wir können es nicht verifizieren. Er besitzt ein Privatflugzeug, eine Desault Falcon. Wir wissen, daß sie auf den Namen seines Piloten läuft, eines früheren Ausbilders der israelischen Luftwaffe. Wir wissen, wann er in diesem Ding Kolumbien verläßt... aber das ist alles, was wir wissen. Einmal, 1989, haben wir es am Hobby-Airport ausgemacht. Da blieb es drei Tage. Jetzt *weiß* ich, daß der Bursche damit hierher zurückgekommen ist, aber das können wir nicht beweisen. Wir glauben, daß er einen Flugverkehrskontrolleur besticht, in Honduras – Tegucigalpa. Er fliegt bei diesem engen kleinen Golf von Fonseca in das Land ein, überquert Honduras und kommt über die Bay Islands als jemand anderer heraus. Um sicher zu sein, benutzt er dann eine private Landebahn irgendwo um Houston herum statt einen der Flughäfen. Aber wir können es nicht beweisen.«

Sie verstummte, ohne über die letzten drei oder vier Computerplätze weitere Erklärungen abzugeben.

»Und es geht immer weiter«, sagte sie. »Wir sind immer hinter etwas her.«

Sie ging auf die Bibliothek zu, und Graver und Neuman folgten ihr. Als sie eintraten, summte Gravers Funktelefon, das er auf dem Tisch hatte liegen lassen. Er nahm das Gerät. Es war Paula.

»Graver, mit Heath ist alles gut gelaufen. Sie ist weg. Aber als wir zu Ihrem Haus zurückkamen, fuhr gerade Ginette Burtell vor. Sie ist hysterisch. Sie dachte, Sie wären zu Hause. Sie sagt, sie glaube, daß Dean tot ist. Sie ist wirklich ganz aufgelöst. Lara ist bei ihr.«

Graver sank das Herz.

»Warum denkst sie, er sei tot?«

»Diese Explosion. Lokale Fernsehstationen haben ihr Programm unterbrochen und die Nachricht gesendet. Sie sagt, daß Dean in South Shore Harbor einen Liegeplatz für ein Boot hatte.«

»Großer Gott!«

»Ich denke, Sie sollten besser herkommen. Sie sagt, sie hätte Ihnen etwas mitzuteilen. Anscheinend hatte Dean in den letzten paar Tagen Angst. Sie sagt, er habe ihr für den Fall seines Todes eine Botschaft für Sie gegeben. Ich glaube, sie hat auch Angst. Ich weiß nicht... da scheint mehr dahinterzustecken. Am besten kommen Sie wohl her.«

»Okay, ich komme gleich.«

»Haben Sie von Neuman gehört?« Paulas Stimme klang leicht besorgt.

»Er ist bei mir. Er hat bei Sheck etwas gefunden. Ich berichte Ihnen, wenn ich komme.«

58

Als Graver nach Hause kam, saß Ginette Burtell ruhig mit Lara auf dem Sofa im Wohnzimmer. Beide waren einander zugewandt, und ihre Knie berührten sich leicht, während sie sprachen. Es war die Art von ehrlicher Anteilnahme, die Ginette im Augenblick brauchte, und Lara hatte sie offensichtlich beruhigen können.

Als Graver hereinkam, stand Ginette sofort auf. »Marcus«, sagte sie. »Gott sei Dank.« Sie trug kein Make-up, um die Tatsache zu verbergen, daß ihre Augen rot und geschwollen waren, und ihr modischer Rock und ihre Bluse waren zerknittert, als habe sie sie zu lange getragen und kein Interesse an ihrem Zustand.

»Wir müssen reden«, sagte sie schnell, und beim letzten Wort brach ihre Stimme. Ihr Gesicht verzerrte sich, als Graver zu ihr hinüberkam und ihre Hände nahm, die ein Taschentuch umklammerten.

»Okay, Ginny, ist okay«, sagte er und zog sie neben sich wieder auf das Sofa, während Lara aufstand und hinausgehen wollte. »Ginny«, sagte Graver, »Sie haben doch nichts dagegen, daß Lara bleibt, oder?«

Sie schüttelte den Kopf und vergrub ihr Gesicht in dem Papiertaschentuch. Dann nahm sie ein neues aus der Schachtel auf dem Sofa. Graver sah Lara an.

»Ginny, ich weiß, daß Sie etwas zu sagen haben, was Sie für wichtig halten«, sagte Graver. »Ich möchte nichts verpassen. Das alles ist sehr kompliziert. Ich werde Paula ebenfalls bitten, wieder hereinzukommen. Wir brauchen hier alle Hilfe, die wir kriegen können, und Paula... arbeitet natürlich mit Dean« – beinahe hätte er »hat gearbeitet« gesagt – »und muß das hören.«

Sie nickte wieder, und Graver schaute erneut Lara an, die Paula aus der Küche holen ging, wo Graver sie vor ein paar Augenblicken angetroffen hatte. Sie hatte eine Tasse Kaffee getrunken und sehr unbehaglich ausgesehen. Graver war nur einen Moment stehengeblieben, um mit ihr zu sprechen, nachdem er durch die Hintertür hereingekommen war. Sie hatte ihm rasch ausgerichtet, was sie ihm zu sagen hatte, und ihm einen Zettel mit den Anrufen für ihn gegeben: Westrate und Olmstead, wie Graver vermutet hatte, beide mehrere Male – Graver hatte absichtlich seinen Piepser abgestellt, als er vorhin das Haus verlassen hatte –, und Victor Last.

»Möchten Sie etwas trinken?« fragte Graver. Er saß ihr zugewandt auf dem Sofa.

»Nein, ich ... nein«, sagte sie, schneuzte sich die Nase und nahm alle Kraft zusammen, um sich zu beherrschen. »Es tut mir leid.«

»Das braucht es nicht«, sagte Graver. »Wenn Sie einfach versuchen würden, an alles zu denken ... jedes Detail, dann hilft uns das, der Sache auf den Grund zu kommen.«

»Gott, ich weiß nicht, wo ich anfangen soll«, sagte sie. »Ich habe die Nachrichten gesehen ... South Shore Harbor. Wir haben da draußen ein Segelboot liegen, und ich glaube ... ich glaube, dahin ist Dean gegangen, als er heute abend das Haus verlassen hat.«

»Wieso glauben Sie das?«

»Weil er sich mit jemandem treffen wollte. In so einem Fall ... hat er manchmal das Boot benutzt.«

»Woher wissen Sie das?«

»Er hat es einmal erwähnt, einen Hinweis. Etwas, was er nicht aufgeräumt hatte, als wir einmal zum Segeln aufs Boot kamen, und er sagte, er hätte vergessen, sich nach dem letzten Treffen darum zu kümmern. Ich sah ihn zusammenzucken, gewissermaßen, verstehen Sie? Ich nahm an, es hätte etwas mit seiner Arbeit zu tun, deshalb habe ich weiter nichts gesagt. Ich habe versucht, ihm keine Fragen zu stellen. Das ist immer schwer, wenn man versucht, all die ... unerklärlichen Dinge zu ignorieren.«

»Aber da draußen gibt es eine Menge Boote, Ginny«, sagte Graver. »Warum meinen Sie, daß Dean auf dem Boot war, das in die Luft geflogen ist?«

»War er das denn?« Sie sah ihn an, sichtlich im Begriff, sich zu wappnen. Es war eine tapfere Frage, und sie verriet, daß sie glaubte, Graver kenne die Wahrheit bereits.

»Ich weiß nichts über das, was da draußen passiert ist«, sagte Graver. »Das Department hat deswegen einen Haufen Anrufe bekommen, aber ich bezweifle, daß ich vor morgen sehr viel mehr erfahren werde. Soweit ich höre, herrscht da draußen das Chaos.«

»Das Boot lag an Liegeplatz neunundvierzig«, sagte sie und versteifte sich.

»Ginny, derartige Einzelheiten kennen wir noch nicht. Ich bin selbst ziemlich neugierig darauf, und wenn ich etwas herausfinde, werde ich es Sie sofort wissen lassen.«

Er hielt inne, und sie starrte ihn weiter an. Er dachte, sie könne vielleicht durch ihn hindurchsehen, aber er fuhr fort.

»Dean war offiziell in Urlaub, Ginny«, sagte er. »Er würde sich doch nicht im Urlaub mit jemandem treffen, oder?«

Sie saß da und starrte auf das Papiertuch, das sie knetete. »Ich, äh, ich sagte zu Paula, daß ... Himmel« – sie blickte auf und zu den Fenstern, und in ihren Augen standen Tränen – »daß Dean ... daß Dean noch etwas laufen hatte ... neben der Arbeit ... ich meine, der Arbeit bei der CID ... etwas anderes ...«

»Hat er Ihnen das gesagt?«

Sie schüttelte den Kopf.

»Nein, natürlich nicht«, sagte sie. »Das hätte er nicht getan.« Sie atmete tief ein. »Äh, vor etwa einem Jahr ... oder etwas weniger ... fing er an, abends wieder auszugehen. Ich hatte mich daran gewöhnt, als er Ermittler war, aber das war Jahre her. Seit er Analytiker war, kam das ziemlich selten vor. Aber dann war es so, daß er mindestens einen Abend weggehen mußte, fast jede Woche. Schließlich hab' ich ihn danach gefragt, ich sagte, wieso mußt du eigentlich dauernd weg? Das brauchst du doch nicht.« Sie senkte den Blick. »Ich dachte ... ich dachte, er träfe sich mit einer anderen Frau. Ich bin explodiert. Er setzte sich mit mir hin und erklärte, da sei eine besondere Ermittlung im Gange, und jeder müsse Überstunden machen. Es sei ein großes Projekt, ein langes Projekt, und es werde eine Weile so weitergehen. Danach war er ... war er in dem Punkt sehr einfühlsam, versuchte nie, es zu verbergen oder geheimnisvoll zu tun. Aber er erinnerte mich daran, daß ich, wenn ich jemals mit einem von Ihnen reden würde, wissen Sie, wenn ich ihn im Büro besuchte, niemals erwähnen dürfte, daß er noch so spät gearbeitet hat, daß es nicht gut aussehen würde, wenn es den Anschein hätte, er rede zu Hause über seine Arbeit.«

Ginette hob eine Hand und strich sich über die Stirn, schob eine Strähne ihres kurzen schwarzen Haars beiseite. Sie seufzte schwer, erschöpft von der Spannung, die ihre ganze Kraft aufzehrte.

»Vor ungefähr vier oder fünf Monaten fing Dean an, sich zu verändern. Er wirkte ... gestreßt. Er wurde irgendwie mürrisch, reizbar. Das hatte ich schon erlebt, als er noch Ermittler war, wenn etwas, woran er arbeitete, nicht richtig lief. Und damals pflegte er nach einer Weile darüber zu reden, wenn ich darauf bestand. Aber diesmal« – sie schüttelte den Kopf – »diesmal wurde er einfach wütend, wenn ich ihn auszuhorchen versuchte. Er machte mir unmißverständlich klar, daß wir darüber nicht reden könnten.

Dann fing er an, abends öfter auszugehen. Manchmal hat er Art getroffen, glaube ich. Manchmal kam Art bei uns vorbei, oder er rief an und kam, und dann standen sie draußen in der Einfahrt und redeten. Also wußte ich, daß es dienstlich war, daß es nicht um eine andere Frau ging. Aber es fraß ihn auf. Er konnte nicht schlafen. Ich wachte nachts auf, und er lag nicht im Bett. Ich fand ihn dann im Garten sitzend oder im Wohnzimmer. Oder ich wachte plötzlich auf, und er lag einfach da und starrte an die Decke ... oder ... oder er starrte mich an.«

Sie schluckte, und obwohl sie nicht schluchzte, rannen Tränen aus ihren Augen, so daß sie ein weiteres Papiertuch benutzen mußte.

»Am Sonntag abend, als Sie vorbeikamen und ihm von Art erzählten – Gott, es ist, als wäre das einen Monat her –, war es schrecklich. Nachdem Sie gegangen waren, kam Dean und erzählte es mir. Er sagte, wir müßten zu Peggy rübergehen und ihr die schlechte Nachricht beibringen. Dann ging er ins Badezimmer und machte die Tür zu. Nach ein paar Minuten hörte ich, daß er sich übergab. Er blieb lange da drin. Ich zog mich um, und er war immer noch im Bad. Er... erbrach sich, bis nichts mehr übrig war... Ich... ich konnte ihn da drinnen hören, wissen Sie, er hustete und hustete.«

Sie begann wieder zu weinen und bedeckte ihr Gesicht mit dem Papiertuch. Lara stand rasch auf, kam zum Sofa und setzte sich neben sie, legte einen Arm um sie. Sie nahm Ginette das nasse Tuch aus der Hand, gab ihr trockene, umarmte sie und sagte leise etwas zu ihr.

Graver saß hilflos da, und das Bild von Burtell, der sich übergab, ging ihm nicht aus dem Kopf. Paula saß mit Stift und Notizblock neben Gravers Schreibtisch und starrte Ginette mit angespanntem Gesicht an. Graver sah, daß sie kein Wort niedergeschrieben hatte.

»Wir gingen also rüber und blieben Sonntag nacht bei Peggy«, fuhr Ginette fort. »Wir gaben ihr ein Beruhigungsmittel, und endlich, gegen drei Uhr morgens, ging sie schlafen. Weder Dean noch ich schliefen eine Minute. Als Peggys Verwandte gegen halb sechs am nächsten Morgen aus Corpus Christi ankamen, gingen wir nach Hause. Wir badeten, räumten auf und gingen zur Arbeit. Aber die Nacht am Montag war entsetzlich. Dean konnte überhaupt nicht schlafen. Am Dienstag morgen brachte der Schlafmangel mich um, und ich meldete mich krank. Dean stand auf und ging zur Arbeit wie üblich. Ich schlief den ganzen Tag über und stand spätnachmittags auf. Dean hatte auf dem Küchentisch einen Zettel hinterlassen, er sei zeitig aus dem Büro weggegangen, Sie hätten ihn seinen Urlaub antreten lassen, wissen Sie, und er würde später wieder nach Hause kommen.

Als er an dem Abend gegen neun Uhr zurückkam, sah er schrecklich aus. Er hatte ein Sicherungsband für einen Computer bei sich, und er sagte, er würde mir später davon erzählen. Wir aßen zu Abend, und dann, gegen Viertel nach zehn, sagte er, er müsse zu einem Treffen und käme in ein paar Stunden zurück. Als er gerade gegangen war, riefen Sie an. Ich war so froh, von Ihnen zu hören... ich... ich hätte Ihnen fast gesagt, daß ich mir ernstlich Sorgen um ihn machte, aber ich hab's mir anders überlegt. Ich dachte, na ja, da hat er diese große Ermittlung, und dann Arts Selbstmord. Es ist einfach eine schreckliche Zeit für ihn. Ich wollte keine Panik machen. Dean hätte nicht gewollt, daß ich mich bei

Ihnen darüber beklage, unter welchem Streß er steht. Also habe ich Ihnen nichts davon gesagt. In dieser Nacht kam er spät nach Hause... Gott, das war gestern nacht... und ging mit schlimmen Kopfschmerzen gleich zu Bett.

Heute morgen ging ich zur Arbeit und ließ ihn schlafen. Später sagte er mir, er hätte den ganzen Tag geschlafen. Als ich heute nachmittag nach Hause kam, nahmen wir ein paar Drinks zusammen, und er begann zu reden.«

Ginette schluckte. »Entschuldigung«, sagte sie. »Ich könnte doch ein Glas Wasser brauchen.«

Paula stand auf, ging in die Küche und brachte ihr eines. Ginette nahm mehrere Schlucke und hielt das Glas dann im Schoß, als sie weitersprach.

»Er begann zu reden«, sagte sie. »Er sagte, er sei in eine Ermittlung verwickelt, von der... von der... Sie nichts wüßten. Er sagte, vor sechs oder acht Monaten sei ihm der Verdacht gekommen, daß jemand CID-Material verkaufte. Er sagte, nachdem er es einen Monat oder so beobachtet habe, sei er sicher gewesen, daß es der Fall war, und er zog Art hinzu, weil er ihm vertraute und weil er Hilfe brauchte. Aber er sagte, er hätte Sie nicht einbezogen, weil... er sagte, wissen Sie, er sagte, daß er nicht wüßte, wie hoch hinauf das reichte...«

»Er war nicht sicher, ob ich darin verwickelt war oder nicht«, sagte Graver.

Sie nickte unsicher und zuckte mit den Schultern. »Vermutlich.«

»Er hatte recht, das zu tun, Ginny«, sagte Graver. »Er hat das Richtige getan. Er glaubte also, daß Leute über ihm in die Sache verwickelt wären?«

»Er sagte, er hätte Beweise, daß Ray Besom Ermittlungsergebnisse verkauft.«

»Beweise?«

»Ja. Er sagte, er und Art hätten ein separates Computersystem in einem Mietshaus installiert, das Art gehört, und sie hätten alles darin gespeichert, was sie wußten. Er sagte, gestern nach dem Büro wäre er in Arts Mietshaus gewesen und hätte alles, was im Computer war, auf das Sicherungsband übertragen, das er mit nach Hause gebracht hatte. Er sagte, danach hätte er alles verwürfelt, was im Computer war, mit spezieller Software für diesen Zweck.«

»Warum hat er es nicht einfach gelöscht, nachdem er es kopiert hatte?« fragte Graver.

Sie schüttelte den Kopf. »Ich weiß nicht. Das hat er nicht gesagt.«

»Okay«, sagte Graver. »Fahren Sie fort.«

»Er sagte, in Kürze müßte er zu einem weiteren Treffen gehen. Er sagte, er sei jetzt einigermaßen sicher, daß Sie nicht in diese Sache verwickelt sind, und wenn ihm etwas zustoßen sollte, sollte ich Ihnen das Sicherungsband geben.«

Sie trank noch etwas Wasser. Es zerriß Graver das Herz, sie das durchmachen zu sehen und daran festhalten zu müssen, bis sie ihm alles gesagt hatte, was sie konnte. Er fühlte sich grausam und, aus irgendeinem unerfindlichen Grund, heuchlerisch.

»Ich konnte einfach nicht glauben, daß er das gesagt hatte. Ich wurde verrückt. Er hat mir versprochen ... mir *versprochen,* daß ich mir keine Sorgen machen müßte. Er sagte, er erzähle mir das nur ... nun ja, es sei genau dasselbe wie bei einer Lebensversicherung. Keiner rechnet damit, daß er bei einem Autounfall zu Tode kommt, aber man sorgt trotzdem vor. Ich habe ihm das nicht abgekauft«, sagte sie kopfschüttelnd. »Wir haben noch eine ganze Weile geredet. Aber schließlich mußte er gehen. Er hat gesagt, es würde nicht spät werden. Das war gegen halb elf.«

Sie begann, schwer zu atmen, um ihre Tränen zurückzuhalten. »Und dann habe ich ferngesehen ... und sie haben das Programm unterbrochen ...«

»Ginette«, sagte Graver, der verhindern wollte, daß sie wieder zu weinen begann, »Ginette, haben Sie das Band?«

Aber sie schluchzte bereits. Dennoch gelang es ihr, auf ihre Tasche zu zeigen. Graver nahm sie auf, griff hinein, tastete umher, fand das Band und hielt es hoch.

»Ist es das, Ginny?«

Sie nickte schluchzend.

Graver tätschelte ihr Bein, stand auf und ging hinüber zum Telefon auf seinem Schreibtisch. Er wählte Arnettes Nummer. Als sie sich meldete, erklärte er rasch, was er hatte. Sie konnte es nicht glauben.

»Du *hast* das Band?« fragte sie.

»Ich halte es in der Hand.«

»Kannst du es gleich herbringen?«

»Ich kann nicht kommen. Ich habe einen Anrufbeantworter voller Anrufe, die nicht mehr warten können. Wenn es dir recht ist, werde ich Paula schicken.«

»Schick sie her.«

»Was ist mit den Mikrofiches?«

»Wir haben die ersten paar Seiten. Bislang ist es ein detaillierter Bericht darüber, wie Faebers Sammelsystem aufgebaut ist. Große Sache, Baby. Sie kaufen Informationen, die du nicht glauben würdest. Wir haben Namen, Daten, Orte, Codes. Das ist Kalatis' Werk. Es ist perfekt durchorganisiert, in einzelnen Zellen. Überall Sicherungen eingebaut. So, wie es aussieht, sind Colin Faebers Computer voll mit einigen saftigen Sachen. Und sie enthalten auch CID-Informationen. Es ist eine massive Operation.«

»Ich schicke sie zu dir«, sagte Graver.

59

Graver sprach noch ein paar Minuten mit Ginette Burtell, tröstete sie und versuchte, etwas zu sagen, das sie ablenken würde. Er versicherte ihr erneut, er werde alles tun, um Dean zu finden, und sie solle nicht automatisch mit dem Schlimmsten rechnen. Er wiederholte sein Versprechen, sie zu benachrichtigen, sobald er etwas Definitives wüßte. Nach einer Weile brachte Lara sie nach oben in Natalies Schlafzimmer.

Graver fühlte sich miserabel, weil er Ginette hatte anlügen müssen, setzte sich an seinen Schreibtisch und rief Ben Olmstead an. Er versuchte es unter verschiedenen Nummern, seinem Piepser, einem Funktelefon, bis er ihn schließlich im Jachthaften von South Shore Harbor erreichte. Olmstead zufolge hatte die Wucht der ursprünglichen Explosion fast ein Dutzend Boote zerstört und ebenso viele in Brand gesetzt. Unglücklicherweise war der Explosionsbereich an einem der Docks, die eine Bootstankstelle hatten, und die Vorratstanks für Benzin waren in Brand geraten. Einer der Tanks war voll, also brannte er nur. Doch der andere war fast leer gewesen und sofort explodiert, was die Auswirkung der ursprünglichen Explosion noch verstärkte.

»Können Sie irgend etwas über die Stelle sagen, von der die Explosion ausging?« fragte Graver.

»Nein, aber wir bekommen vom Management der Marina jetzt eine Liste mit den Mietern der Liegeplätze, und wir sollten die Plätze, die in Frage kommen, ziemlich bald auf ein Dutzend oder so einengen können.«

»Was ist mit Bekenneranrufen?« Graver konnte die Verwirrung im Hintergrund hören, Sirenen, schreiende Männer, das Röhren der Maschinen, die Wasser pumpten.

»Oh, ja, sie kommen herein. Vielleicht fünf bisher, aber keine von den Gruppen, die uns ernstlich Sorgen machen.«

»Sind alle da draußen?«

»Darauf können Sie wetten. Die Spezialisten für Bombenattentate. Die Leute aus Houston, die für Brandstiftung zuständig sind. ATD. DEA. Sie werden es nicht glauben, DEA hatte auf der anderen Seite der Marina eine Überwachung laufen. Als das hier hochging, sind sie ausgeflippt. Jetzt sind sie total durcheinander und denken, ihr Informant hätte sie geleimt.« Er hielt inne. »Hat Westrate Sie angerufen?«

»Ja, ich muß ihn zurückrufen«, sagte Graver, »aber ich wollte zuerst mit Ihnen reden. Sie wissen noch nicht mal, ob die Explosion durch eine Bombe erfolgte, nicht? Oder ob es ein Unfall war? Vielleicht ein Leck in einem Gastank, einer Butangasflasche in einer der Kabinen?«

»Nein, das wissen wir nicht. Und die Bombenexperten können keine richtigen Vermutungen anstellen, weil auf die eine Explosion fast unmittelbar die nächste folgte, die des Benzintanks. Manche Zeugen sagen, es seien zwei Explosionen gewesen, kurz hintereinander, andere sagen, nur eine. Und es brennt wie die Hölle, so daß wir noch mindestens zwölf oder fünfzehn Stunden nicht an den Brandherd herankommen, würde ich sagen.«

»Okay, Ben. Danke, ich weiß das zu schätzen. Rufen Sie mich an, falls sich was Neues ergibt.«

»Wird gemacht.«

Dann rief Graver Westrate an.

»Wo, zum Teufel, sind Sie gewesen?« brüllte Westrate.

»Ich habe gerade mit Olmstead gesprochen«, sagte Graver, die Frage ignorierend. »Sie sind so weit gekommen da draußen, wie zu erwarten war.«

»Was soll das heißen?«

»Sie haben alles getan, was sie tun können, solange das Feuer noch brennt und sie nicht herankommen können, um es näher zu untersuchen.«

»Glauben Sie, daß es ein Terroranschlag war? Irgendeine Drogensache?«

»Sie haben keine Ahnung.« Graver berichtete ihm von der DEA-Operation auf der anderen Seite des Jachthafens.

»Dann könnte das deren Ding gewesen sein«, sagte Westrate. »Aber diese Hurensöhne würden uns ja nichts sagen, oder? Wir müssen gutes Geld und Zeit darauf verschwenden, um das zu duplizieren, was sie bereits wissen, und dann werden sie sagen: ›Oh, diese Information hätten wir Ihnen auch geben können.‹«

Graver wollte sich derartige Dinge, Westrates liebsten Zeitvertreib, nicht anhören.

»Ich muß Schluß machen, Jack.«

»Hören Sie, halten Sie mich auf dem laufenden. Scheiße, es ist spät. Warten Sie einfach und melden Sie sich am Vormittag bei mir... es sei denn, daß etwas Spektakuläres passiert.«

»Okay, Jack.«

Graver legte auf und lehnte sich in seinem Stuhl zurück. Er war schlaff vor Erschöpfung. Der Tag hatte gegen sieben Uhr begonnen, als er noch vor dem Büro zu Arnette ging und die Beschattungsfotos durchsah, die Boyd von Burtells Treffen mit dem Unbekannten am Transcobrunnen in der Nacht zuvor aufgenommen hatte... also vor etwas mehr als vierundzwanzig Stunden. Er mußte sich unbedingt daran machen, sein Tagebuch auf den neuesten Stand zu bringen, aber der bloße Gedanke daran erschien ihm jetzt unmöglich.

Was er wirklich wollte, war ein Glas Wein, einen reichen, fruchtigen Merlot, der fast eine eigenständige Mahlzeit sein würde, aber er wußte, wenn er davon trank, würde sein Energiepegel auf Null sinken.

Das Telefon läutete. Erschrocken nahm er den Hörer ab, fast ehe das Läuten aufhörte.

»Graver.«

»Hier ist Victor. Hör mir zu.« Die Stimme klang eilig und gehetzt. »Ich habe bloß einen Moment. Wir müssen uns am Vormittag treffen, am späten Vormittag. Du wirst nicht glauben, was ich für dich habe, mein Freund.«

»Gib mir einen Hinweis, Victor«, sagte Graver.

»Ich werde dir Faebers Arsch liefern.«

»Wann sollen wir uns treffen?«

»Zehn Uhr. Früher kann ich nicht kommmen.«

»Wohin kommen?«

»Ach, dieses italienische Lokal von dir. Guter Kaffee.«

Die Leitung war tot.

Scheiße! Graver vergrub das Gesicht in den Händen, die Ellbogen auf die Schreibtischplatte gestützt. Er brauchte ernstlich Zeit zum Nachdenken. Das ging zu schnell, alles, und er mochte das Gefühl von … Übereilung nicht.

»Graver?«

Er drehte sich um und sah Lara in der Tür stehen.

»Sie schläft. Warum nehmen Sie sich nicht die Zeit für ein Glas Wein?«

60

Sie saßen Seite an Seite auf dem Sofa, die Köpfe an die Rückenpolster gelehnt, ohne Schuhe, die Füße auf den Hocker mit dem Gobelinbild eines toskanischen Hügels gelegt.

»Das habe ich gebraucht«, sagte er. »Danke, daß Sie daran gedacht haben.«

»Um die Wahrheit zu sagen«, antwortete sie, »habe ich das

vermutlich genauso für mich getan wie für Sie. Ich bin völlig ausgelaugt. Das war schwer, diese ganze Tortur, aber die letzten paar Stunden mit Ginny waren so ... schmerzhaft. Sie tut mir so schrecklich leid, aber ich kann wirklich nichts tun.« Lara trank aus ihrem Glas. »Es ist wirklich eine Qual für sie.«

»Sie sind gut auf sie eingegangen«, sagte Graver. »Ich bin Ihnen dankbar dafür, wie Sie das gemacht haben. Sie hatte die Aufmerksamkeit und den Trost nötig.«

»Tja, und wie fühlen Sie sich jetzt?« fragte sie.

»Geht schon«, sagte er ausweichend. »Im Augenblick viel besser als ... seit langem.«

Sie bewegte einen nackten Fuß hinüber zu seinen gekreuzten Füßen und rieb die Zehen an seinem bestrumpften Spann. Es war die Art von kleiner Geste, die im richtigen Augenblick sehr viel bedeuten kann. Eine Weile sprach keiner von ihnen. Graver hätte sie wegen dieser wenigen Augenblicke küssen können, selbst wenn sie sich als nicht sehr dauerhaft erweisen sollten. Er war dankbar für diese kurze gemeinsame Ruhe, für ihre schweigende Gesellschaft, für den geteilten Merlot und, selbst wenn ihre Gedanken Meilen voneinander entfernt waren, für ihre Bereitschaft, still bei ihm zu sitzen ohne das Gefühl, etwas sagen zu müssen.

»Was halten Sie von all dem?« fragte er und drehte den Kopf, um sie anzusehen.

Sie antwortete nicht sofort, und er sah ihr Propfil, eingerahmt von dem üppigen kastanienbraunen Haar, das sie achtlos zurückgebunden hatte; ihre Augen fixierten nachdenklich etwas auf der anderen Seite des Zimmers.

»Ich denke ..., daß das ein ziemlich grausames Geschäft ist«, sagte sie. Sie schaute ihn an. »Ich finde, es ist kompliziert, es macht süchtig, und es ist grausam.«

»Süchtig?«

»Ja«, sagte sie. »Ich habe das selbst erst gemerkt, als all das passierte. Da gibt es dieses Wettrennen darum, Geheimnisse Schicht um Schicht aufzudecken. Man weiß nicht, wohin es einen führt, aber man mag die Reise. Es ist herausfordernd. Dann gibt es das Risiko. Wie Spielen. Man muß etwas riskieren, einen Einsatz, um das Spiel spielen zu können. Und es ist voyeuristisch. Man guckt sich die Leute von der Rückseite eines Spiegels her an. Oder durch Ritzen in den Wänden.«

»Diesen Teil der Sache mögen Sie nicht. Das Spionieren.«

»Ach, das ist erfrischend«, sagte sie.

»Was?«

»Es beim Namen nennen, statt ›Sammelbemühung‹ oder ›strategische Aufklärung‹ oder sonst ein Vermeidungswort zu benutzen.«

Sie trank einen Schluck von ihrem Merlot, und er beobachtete sie, konzentrierte sich auf die Form ihrer Lippen am Rand des Glases.

»Es hat etwas ... vielleicht hat es etwas an sich, das ein bißchen heuchlerisch ist. Oder so ähnlich. Ich weiß nicht recht, wie ich darüber reden soll«, sagte sie.

Plötzlich wirkte sie verlegen. Das sah Graver bei ihr zum ersten Mal. Sie schaute auf ihr Glas nieder.

»Es ist kein einfaches Geschäft«, sagte er, da er nicht wollte, daß sie sich unbehaglich fühlte. Das war nicht die Absicht hinter seiner Frage gewesen.

»Es hat mir nicht gefallen, daß Sie Ginny Burtell belogen haben«, sagte sie auf einmal. »Das war ... ich weiß nicht ... sehr schwer mit anzusehen.«

»Es war auch schwer, es zu tun«, sagte er.

Sie wandte sich ihm zu. »Wirklich?«

Er spürte, daß er errötete.

»Es gefiel mir einfach nicht, das zu sehen«, fuhr sie fort. »Es gefiel mir nicht, sehen zu müssen ... wie leicht es Ihnen fiel.«

Einen Augenblick lang konnte er nicht schlucken. Was sie gerade geäußert hatte, leise, fast freundlich, war eine Anklage, und er war nur um so peinlicher berührt, weil es ihm vielleicht *wirklich* leicht gefallen war – oder zumindest nicht so schwer, wie es hätte sein sollen.

Er spürte, wie erwartungsvoll sie neben ihm saß, wie sie darauf wartete, daß er etwas sagte, daß er Dinge erklärte, die er selbst nicht verstand.

Das unbehagliche Schweigen wurde vom erneuten Läuten des Telefons unterbrochen. Graver stand auf, ging zu seinem Schreibtisch und hob den Hörer ab.

»Graver, ich habe einen Vorschlag.« Es war Arnette. »Paula ist gerade gekommen. Wir lassen dieses Ding durch die Computer laufen und schauen, was dabei herauskommt, aber was immer es ist, wir wollen nicht mehr Zeit als nötig vergeuden, sobald hier die Informationen zu sprudeln anfangen. Ich habe gerade mit Mona gesprochen, und deine Leute waren einverstanden; sie bleiben heute nacht hier. Meine Leute arbeiten in Schichten, aber deine rund um die Uhr, und sie brauchen ein bißchen Schlaf, sonst klappen sie mir zusammen. Wir werden also arbeiten, so lange wir können, dann drei oder vier Stunden schlafen, und am Vormittag weitermachen. Okay?«

»Wie du meinst, Arnette. Ich weiß das zu schätzen. Ich werde sie vormittags im Büro entschuldigen. Ich muß ins Büro, wahrscheinlich früh, also laß mich so zeitig wie möglich wissen, was ihr gefunden habt. Und richte Mona meinen Dank aus.«

»Gute Nacht, Baby.«

Graver legte den Hörer auf und rieb sich mit Daumen und Mittelfinger einer Hand die Schläfen. Er trank von seinem Wein und dachte nach.

»Okay«, sagte er. »Paula und Neuman bleiben über Nacht bei Arnette, und sie kommen heute früh nicht ins Büro. Ich möchte, daß Sie hier sind, wenn Ginette aufwacht, weil wir mit ihr ein kleines Problem haben. Ich werde mit ihr reden und ihr klarmachen müssen, daß wir diese Sache verschwiegen behandeln. Ich weiß nichts über ihre Familie. Wir müssen herausfinden, wer ihr am nächsten steht, und dafür sorgen, daß jemand kommt, wenn die Bestätigung eintrifft, daß Deans Boot der Schauplatz der Explosion war.«

Er ging zurück zum Sofa, setzte sich auf die Kante und wandte sich Lara zu.

»Paula und Neuman kann ich decken«, fügte er hinzu, »aber Sie sollten sich am Vormittag wohl besser krank melden.«

Lara nickte. Graver setzte sich wieder bequem auf das Sofa. In ihrem Glas war noch ein Rest Wein übrig. Seine Gedanken kehrten sofort zu Last zurück. Für eine Weile hatte Lara ihn die wenigen, aber vielversprechenden Worte von vor ein paar Minuten vergessen lassen. Konnte Last wirklich auf etwas Bedeutsames gestoßen sein? Er wollte ihm »Faebers Arsch liefern«? Wie sollte Graver das glauben?

»Gott weiß, wie das ausgehen wird«, sagte er kopfschüttelnd. »Ich weiß nicht, wie lange wir diese Ad-hoc-Sonderkommission noch aufrechterhalten können.«

»Glauben Sie, daß jemand auf höherer Ebene *tatsächlich* in diese Sache verwickelt ist?«

»Das kann ich unmöglich sagen.« Er trank von seinem Merlot. »Manchmal denke ich, es muß so sein. Manchmal denke ich, daß die ganze Sache ein Ausblenden auf dem Bildschirm war, eine Verirrung.« Er schaute auf seine Hand, die den Wein hielt, der fast so dickflüssig und dunkel war wie Blut. »Und dann wieder weiß ich verdammt genau, daß das nicht stimmt. Diese Leute sind nicht wegen nichts gestorben. Sie starben, weil jemand einen Prozeß in Gang gesetzt hat, einen komplexen Prozeß, der ihren Tod erforderlich machte.«

»Und... wo stehen wir in diesem ›Prozeß‹? Wie viele Leute werden noch sterben müssen?«

»Verdammt, wenn ich das wüßte! Aber ich glaube, Arnette hatte recht damit, daß wir bloß das Schwanzende der Sache sehen. Was immer geschieht, geschieht schnell, und wir können uns glücklich schätzen, wenn wir bloß einen Hauch von dem mitkriegen, um was es sich dabei dreht. Wenn es sich weiter so beschleunigt wie bisher, dann wird es plötzlich und bald vorbei sein. Zu bald.«

»Was bedeutet das?«

»Wenn sich nicht sofort etwas ergibt, werde ich Kalatis verlieren. Gott weiß, wie nahe – oder fern – wir ihm sind. Er läßt all die Dinge um uns herum passieren. Wenn ich Faeber nicht in die Hände bekomme... dann habe ich wirklich nicht viel Hoffnung, jemals Kalatis' Gesicht zu sehen.«

Sie blieben noch eine Weile sitzen, tranken ihren Wein aus und gingen die unglaublichen Ereignisse durch, die binnen vier Tagen Ray Besom, Arthur Tisler und Dean Burtell das Leben gekostet hatten. Lara fiel es schwer, diese Ungeheuerlichkeit zu begreifen, und obwohl Graver so tat, als nehme er sie so philosophisch und professionell hin wie möglich, fand auch er sie bestürzend. Paula hatte recht, solche Dinge passierten einem nur einmal.

Lara leerte ihr Glas.

»Das war gut«, sagte sie. »Hören Sie, ich weiß, daß mein ganzes Zeug auf Ihrem Bett liegt«, sagte sie und wollte aufstehen. »Ich werde nach oben gehen und es wegräumen, damit Sie ein bißchen schlafen können.«

»Nein, machen Sie sich darüber keine Gedanken«, sagte er. »Bleiben Sie und schlafen Sie dort. Ich nehme Nathans Zimmer am Ende des Flurs . . .«

Sie sahen einander einen Augenblick an.

»Ich vermute, es hat jetzt den Punkt der Lächerlichkeit erreicht, nicht?« sagte er.

Sie lächelte, ein sanftes Lächeln, das ihn daran erinnerte, was für ein Narr er gewesen war und welches Glück er hatte, daß das, was sie zu tun im Begriff waren, noch immer im Bereich des Möglichen lag.

Für den Rest der Nacht suchte er bei ihr Zuflucht. Er nahm nicht an, daß sie sich je hätte träumen lassen, daß dieses Wort angemessen wäre, aber genau das war sie für ihn während dieser wenigen Stunden, ein Asyl vor der Last des stillen Unglücks, das er empfand. Alles, was er von ihr berühren und riechen und schmekken konnte, war Trost für ihn. Und als die Leidenschaft wich und Schweigen und Stille gelassen zu ihnen zurückkehrten, als sie zum ersten Mal ruhig beieinander lagen, als ob sie eine alte, vertraute Intimität zurückgewonnen hätten, blieb er wach, hoffnungsvoll, und genoß die Gesellschaft ihres Trostes.

DONNERSTAG
Der fünfte Tag

61

Graver war gerade erst eingeschlafen, als er sanft wachgerüttelt wurde.

»Es ist Viertel nach sechs«, sagte Lara.

Er lag auf der Seite, mit dem Rücken zu ihr, und einen Augenblick lang dachte er, er könne sich nicht rühren. Erschöpfung lag auf ihm wie eine bleierne Decke. Er spürte, daß sie ihn wieder rüttelte.

»Marcus, es ist Viertel nach sechs.«

Der Klang seines Vornamens und die Bewegung des Bettes, als sie aufstand, brachten ihn an die Oberfläche, und mit ungeheurer Anstrengung rollte er sich herum. Sie wandte ihm den Rücken zu, und er sah, wie sie ihren Morgenrock öffnete, abstreifte und über die Tür des Schrankes hängte, in dem sich ihre Kleider befanden. Über eine nackte Schulter hinweg sah sie ihn an; das dichte, lose Haar fiel über ihren nackten Rücken.

»Ich gehe duschen«, sagte sie. »Bist du wach?«

»Ja«, sagte er, »danke.«

Er beobachtete, wie ihre Hüften und ihre langen Beine durch die Lamellentüren im Bad verschwanden. Das war ein Anblick, den er lange nicht mehr gehabt hatte, und es kam ihm fast so vor, als passiere es jemand anderem.

Er stand auf, zog seine Hose an und ging barfuß und ohne Hemd nach unten, um Kaffee zu machen. Als er die Küchentür erreichte, konnte er es riechen. Lara hatte die Kaffeemaschine in Gang gesetzt, ehe sie ihn weckte, und der Kaffee war schon beinahe durchgelaufen.

Er goß für jeden von ihnen eine Tasse ein und trug die Tassen nach oben. Sie war noch unter der Dusche. Er ging ins Bad und stellte die Tasse neben die Duschkabine, wobei er stehenblieb, um sie durch die Glastür zu betrachten. Sie hatte die Arme gehoben, die Augen geschlossen und die Hände in ihrem schamponierten Haar vergraben. Sie beugte sich zurück, um den Kopf aus dem Strahl der Dusche zu halten. Ihm fiel auf, daß sie nur ein Handtuch auf die kleine Bank neben der Duschtür gelegt hatte, und er trat an den Wandschrank und nahm ein zweites heraus. Dore hatte immer zwei benutzt, eines, um ihr Haar darin einzuwickeln, eines, um sich abzutrocknen. Er legte das zusätzliche Handtuch auf die Bank und ging dann zu seinem Waschbecken. Er drehte den Wasserhahn auf und fing an, sich zu rasieren.

Während der nächsten halben Stunde erledigten sie das Baden und Ankleiden mit einer kooperativen Natürlichkeit, die eher wie das Wiederaufnehmen alter Gewohnheiten wirkte als wie eine neue Erfahrung. Für Graver war es eine sehr heilsame Aktivität, als sei in seinem Leben etwas in Ordnung gekommen, das lange Zeit falsch gewesen war.

Sie trug nur BH und Slip und stand nach vorn gebeugt, um ihr Haar zu trocknen, als er mit dem Anziehen fertig war und ihr, als er im Spiegel ihrem Blick begegnete, mit einer Geste sagte, er gehe nach unten. Er schloß die Haustür auf, trat nach draußen und nahm die Zeitung vom Rasen des Vorgartens. Die Küstenwolken verzogen sich bereits, und der Tag versprach klar und heiß zu werden. Auf dem Rückweg ins Haus faltete er die Zeitung auseinander und sah, daß die Explosion im Jachthafen eine dicke Schlagzeile bekommen hatte.

Er setzte sich mit einer frischen Tasse Kaffee an den Tisch und las den Artikel. Viel stand nicht darin, Interviews mit Leuten, die im Hotel und bei der Werft arbeiteten, mit Leuten, denen die Boote gehörten, die zerstört worden waren, mit dem Chef der Feuerwehr, der nicht darüber spekulieren wollte, ob es sich um eine Bombe oder ein Leck in einem Gasbehälter handelte, mit mehreren Personen, die im Hotel wohnten und die Szene aus der Vogelperspektive beobachtet hatten. Eine Menge Fotos. In einem Kasten eine Story über die Geschichte des Jachthafens und über die geschätzte Höhe des entstandenen Sachschadens.

Das Telefon am Ende des Küchentresens läutete, und er stand auf und nahm den Hörer ab.

»Hier spricht Olmstead, Captain. Ich habe ein paar interessante Informationen für Sie.«

»Okay, schießen Sie los.«

»Zunächst einmal, vor etwa einer Stunde hatten sie das Feuer endlich gelöscht. Das gab uns die Chance, ein bißchen näher heranzukommen und die Position der Liegeplätze abzuschätzen. In der Nähe des Explosionszentrums, oder verdammt dicht daran, ist ein Liegeplatz, der von einem Burschen namens Max Tiborman gemietet war. Auf den Mietpapieren gibt er als Adresse Lake Charles, Louisiana, an. Aber die Telefongesellschaft von Lake Charles hat keine Eintragung für einen Tiborman. Wir baten die örtliche Polizei, hinzufahren und die Adresse zu überprüfen, die in den Papieren steht. Wie sich herausstellt, ist es eine Firma, die Bootsanhänger vermietet. Wir überprüfen also die Registriernummer des Bootes, und wir stellen fest, daß das Boot auf den Namen von Mrs. Ginette Sommer eingetragen ist.«

Olmstead hielt inne. »Also, Captain, ich weiß nicht, vielleicht liege ich total falsch, aber ich weiß zufällig, daß Dean Burtells Frau Ginette heißt, und ich weiß, daß ihr Mädchenname Sommer ist. Ich weiß das, weil ich einen guten Freund mit dem gleichen Nachnamen hatte, wie sich einmal bei einer Weihnachtsparty der Abteilung herausstellte, und wir haben darüber geredet...«

Er verstummte, da er losgeworden war, worum es ihm ging.

»Gottverdammt«, sagte Graver. »Welche Nummer hat der Liegeplatz?«

»Neunundvierzig.«

»Scheiße. Weiß sonst noch jemand davon?« Graver meinte sonst noch jemand vom HTTF oder FBI. Olmstead wußte das.

»Nein. Ich meine, das ist ein bißchen ungewöhnlich, und ich habe den Mund gehalten, als das Fax von der Registratur einlief. Ich dachte, vielleicht sei von Ihrer Seite etwas im Gange, eine verdeckte Ermittlung oder so. Dachte, ich sage besser Ihnen Bescheid.«

Gravers Gedanken rasten. Er konnte Burtells Verwicklung nicht so schnell an die Oberfläche kommen lassen. In diesem Augenblick und an diesem Punkt mußte sie vertuscht werden.

»Ja, Ben, wir haben da draußen etwas laufen«, sagte Graver. »Es ist heikel, sehr heikel. Verdammter Zufall. Lassen Sie mich mit den Beteiligten reden und sehen, ob wir uns auf eine Art einigen können, diese Sache zu behandeln, wen wir zuziehen und auf welcher Ebene. Dean ist im Urlaub, also kann es eine Weile dauern, bis ich ihn erreiche, aber ich versuche es sofort. Sie haben es richtig gemacht, Ben. Wenn jetzt alles aufgedeckt würde, wäre unsere Operation ruiniert und eine Menge Zeit und Geld und Arbeit verloren. Die Sache ist schon lange in der Mache. Behalten Sie es für sich, und ich melde mich wieder bei Ihnen.«

»Ja, okay.«

»Ist da draußen irgend jemand verletzt worden?«

»Gott, das wissen wir nicht. Das Feuer ist erst seit einer Stunde gelöscht, wie ich schon sagte, und alles ist noch heiß wie die Hölle. Die Abteilungen für Brandstiftung und für Bombenanschläge fangen erst an, sich einen Weg durch die Trümmer zu bahnen. Die Docks sind einsturzgefährdet. Es wird langsam vorangehen.«

»Okay, Ben, danke. Ich gehe in einer halben Stunde ins Büro. Lassen Sie mich wissen, wenn sich noch etwas ergibt.«

»Wird gemacht. Bis später.«

Graver hängte ein und schaute auf. Lara stand in der Küchentür und beobachtete ihn. Vermutlich hatte sie alles gehört, auch daß er zu glauben vorgab, Burtell sei noch am Leben.

»Sie haben bereits herausbekommen, wem das Boot gehört«, sagte Graver und ging zum Tisch hinüber, um seine Tasse zu holen und nachzufüllen.

Lara trat ebenfalls an den Schrank und goß sich Kaffee ein.

»Danke für den Kaffee«, sagte sie.

»Aber bitte.«

Beide lehnten mit dem Rücken am Schrank.

»Sie … haben nichts gefunden?« fragte sie.

»Du meinst, Leichen, oder was davon übrig ist? Nein.«

»Was geschieht jetzt?«

»Ich bitte dich höchst ungern darum, Lara, aber jemand wird sich um Ginette kümmern müssen, bis sich das Durcheinander lichtet.« Er zögerte. »Ich meine, wir müssen dafür sorgen, daß sie sich nicht mit weiteren Leuten des Police Department in Verbindung setzt. Sie denkt, alle würden mit äußerster Energie herauszufinden versuchen, ob Dean noch lebt oder nicht, und dabei weiß dort niemand, daß er überhaupt ›vermißt‹ wird.«

»Was ist mit ihrer Familie?«

»Wenn ich ins Büro komme, werde ich mir Deans Personalakte ansehen und mich über ihre Familie informieren. Ich werde sie anrufen und jemanden bitten, so bald wie möglich zu kommen.«

Lara trank ihren Kaffee, und Graver wartete darauf, daß sie etwas sagte.

»Möchtest du, daß wir hierbleiben?«

»Warum? Was meinst du?«

»Praktische Dinge. Sie hat nichts anzuziehen bei sich. Sie wird etwas brauchen.«

»Herrgott.« Sein erster Gedanke galt ihrer Sicherheit. Würde Kalatis Ginette Burtell als Risiko betrachten? Hinsichtlich Besoms Frau und Peggy Tisler hatte Graver allerdings keine derartigen Befürchtungen. Er konnte es sich nicht erlauben, die Perspektive zu verlieren. »Okay. Aber bleibt nicht lange dort, Lara. Mir wäre wohler, wenn sie hier ist.«

Das Telefon läutete wieder, und Graver hob den Hörer ab. Es war Neuman, der aus Arnettes Computerraum anrief.

»Ich dachte, ich versuche Sie zu erreichen, ehe Sie ins Büro gehen, und berichte Ihnen das Neueste«, sagte er. »Wir haben Tonnen von Material von Shecks Mikrofiches. Sheck hat die Operation von den Graswurzeln bis an die Spitze beschrieben. Geht sehr ins Detail. Vielleicht sollten wir einige von diesen Leuten im Verkehr lassen und sehen, ob wir sie vielleicht umdrehen können. Darüber müssen wir reden. Wie auch immer – über Faeber haben wir genug, um ihn hochzunehmen.«

»Ist irgend etwas über jemanden von unseren Leuten dabei?«

»Ja. Sieht aus, als hätte es mit Besom angefangen, vor ein paar Jahren. Er verkaufte Ermittlungsinformationen an Faeber. Faeber wollte mehr. Besom schaffte das nicht allein und zog Tisler hinzu. Das Geld war einfach zu verlockend. Besom machte im ersten Jahr mehrere hunderttausend. Tisler über hundert. Gerade lese ich über die Art von CID-Informationen, die Faeber verlangte. Bisher ist Dean noch nicht auf der Bildfläche erschienen.«

»Und was ist mit Deans Band?«

»Paula arbeitet jetzt gerade daran. Dean hatte gewisse Verschlüsselungen vorgenommen, um es zu schützen, sogar auf der Kopie, aber das war nur elementares Zeug, und Arnettes Leute haben es heute früh geknackt. Daher arbeitet Paula erst seit etwa einer Stunde an den Dateien.«

»Was ist mit Kalatis?«

»Über ihn gab es noch nichts.«

Sie redeten noch ein paar Minuten, und dann legte Graver auf. Während er telefoniert hatte, hatte Lara eine Scheibe Toast in den Toaster gesteckt, die sie jetzt aß. Sie saß mit ihrem Kaffee seitlich am Tisch und hörte Gravers Anteil am Gespräch, während sie ihn beobachtete.

»Sie machen gewisse Fortschritte«, sagte er. »Ich weiß nicht ... werdet ihr beide hier zurechtkommen?«

»Mach dir um uns keine Sorgen«, sagte sie. »Wir werden schon zurechtkommen.«

Graver nahm einen letzten Schluck Kaffee, und sie sahen sich an. Ein Lächeln ließ Laras Gesicht langsam weich werden und tat kund, was die Nacht für sie und für eine beiderseitige Intimität bedeutet hatte, die sie sich lange versagt hatten. In diesem Augenblick erkannte Graver, was Lara die ganze Zeit gewußt hatte, daß sie ihn nämlich in manchen Dingen verteufelt viel besser verstand als er sich selbst.

62

Im Büro behielt Graver die Uhr im Auge, während er sich daran machte, etwas Ordnung in einen Tag zu bringen, der mit der Gewißheit von Unordnung begonnen hatte. Es war ein schlechter Zeitpunkt für Laras Abwesenheit. Als erstes bat er eine der Datentypistinnen, Laras Platz einzunehmen. Sie war natürlich hoffnungslos überfordert, aber wenigstens konnte sie Nachrichten entgegennehmen und die Flut der Anrufe notieren.

Dann besprach er sich mit den Supervisoren seiner Abteilung, um sicherzustellen, daß sie sich bewegten. Die Ermittler und Analytiker vom Organisierten Verbrechen überprüften Informanten, die vielleicht gewisse Kenntnisse über den Gebrauch von Sprengstoff hatten, und gingen auch ihre wichtigsten laufenden Ermittlungen durch, die sich um rivalisierende kriminelle Organisationen drehten. Die Abteilung Forschung und Analyse saß bereits an den Computern und ermittelte Namen von Individuen und Gruppen, von denen bekannt war, daß sie Sprengstoffe benutzt hatten. Die Anti-Terror-Abteilung überprüfte ihre möglichen Kandidaten in extremistischen Gruppen beider Flügel, bei Pro-Lebens- und Pro-Abtreibungs-Aktivisten, rassistischen Gruppen, radikalen religiösen Gruppen und Personen in den Akten über öffentliche Ruhestörung.

Graver fiel es schwer, sich auf das zu konzentrieren, was er tat. Er wußte, die Chancen, bei dieser hektischen Aktivität auf einen echten Hinweis zu stoßen, waren gering. Es war ein merkwürdiges Gefühl, einen Sturm von Tatendrang zu beobachten, den er für vollkommen überflüssig hielt, und die Verwendung von Arbeitskraft und Finanzmitteln für Untersuchungen zu autorisieren, bei denen unmöglich etwas herauskommen konnte.

Nach der Besprechung mit seinem letzten Supervisor rief Graver seinen Kollegen von der Intelligence beim FBI im Federal Building auf der anderen Seite des Bayou an, um sich nach dessen Fortschritten zu erkundigen. Zum Glück koordinierte das FBI die meisten Anrufe von anderen Aufklärungs- und Polizeidienststellen, die automatisch wußten, daß das FBI den Großteil der Ermittlungen an sich ziehen würde. Bisher war nichts aufgetaucht, und beim FBI schätzte man die Situation in South Shore Harbor in etwa so ein, wie Olmstead sie beschrieben hatte.

Als nächster kam Westrate an die Reihe. Graver rief ihn an und unterrichtete ihn über die Ereignisse des Morgens und die Räder, die in Bewegung gesetzt worden waren. Er sagte Westrate, er werde ihn weiter informieren, und bisher wüßten sie noch nicht einmal, ob es sich um einen Unfall oder eine Bombe gehandelt hatte. Westrate, der sein berufliches Image nie aus den Augen verlor, wurde nervös, weil er der Mann im Hintergrund einer Titelgeschichte war. Jedermann wußte, daß die CID eine Ahnung von den möglichen Straftätern haben *sollte* und daß früher oder später – wahrscheinlich früher – die Medien mit Fragen in dieser Richtung zu ihm kommen würden. Wie Westrate ihm mitteilte, war die Story in allen drei Frühnachrichtenprogrammen gebracht worden, und die Spekulationen häuften sich.

Um halb zehn ging Graver Burtells Personalakte durch und fand die Informationen über Ginette. Sie war aus Seattle und hatte als Person, die in einem Notfall zu benachrichtigen sei, ihre Schwester angegeben. Er rief die Schwester an, erklärte, wer er war, und sagte ihr, Dean sei an einem Unfall beteiligt gewesen, und es bestehe die Möglichkeit, daß er umgekommen sei. Er sagte ihr, Ginette wisse das noch nicht, sie wisse auch nichts von seinem Anruf, aber sie werde innerhalb der nächsten vierundzwanzig Stunden möglicherweise jemanden brauchen. Die Schwester versicherte ihm, sie werde den nächsten verfügbaren Flug buchen.

Da seine Zeit immer knapper wurde, wollte Graver gerade sein Büro verlassen, um sich mit Victor Last zu treffen, als sein Funktelefon läutete. Er nahm es von der Schreibtischkante.

»Graver, hier ist Paula. Wir haben versucht, Sie über die sichere Leitung zu erreichen, aber da war dauernd besetzt. Können Sie uns über diese Leitung zurückrufen? Arnette und ich möchten zusammen mit Ihnen sprechen.«

Graver wählte Arnettes Nummer.

»Okay, hier eine kurze Zusammenfassung dessen, was wir bisher aus Deans Band herausgeholt haben«, sagte Paula. »Es sieht so aus, als hätten Besom und Tisler sechs Monate lang CID-Berichte an Faebers DataPrint verkauft, ehe Dean Verdacht schöpfte, daß etwas im Gange war. Etwa um die Zeit, als er das herausfand, wurde er von einem Mann namens Geis angesprochen. Kein Vorname. Geis ist CIA.«

»Quatsch!« sagte Graver sofort. »Ist es das, was Dean auf diesem Band hat? Ist das seine Antwort auf den Mann am Transcobrunnen?«

Paula zögerte, überrascht über seinen Zornesausbruch. »Ja, aber warten Sie einen Moment. Lassen Sie mich fortfahren.«

Graver schwieg. Er war sich heftiger, in ihm widerstreitender Gefühle bewußt. Was, zum Teufel, hatte Burtell getan? War er zurückgegangen und hatte seinen eigenen Bericht umgeschrieben, um sich zu decken? Graver schämte sich für ihn. Das schmeckte nach eigennütziger Schadensbegrenzung, und zu sehen, wie Burtell versuchte, seine eigene Schuld unter den Teppich zu kehren, indem er den Bericht über seine Unaufrichtigkeit revidierte, war doppelt enttäuschend.

»Burtell wurde von diesem Mann kontaktiert, der ihm sagte, was Besom und Tisler machten, und ihm von der Verbindung zwischen Faeber und Kalatis erzählte. Dann gab er Dean im wesentlichen die gleichen Daten über Raviv/Kalatis, die Arnette hier auch hat. In seinem Bericht stehen fast identische Informationen. Also ist Geis vielleicht *wirklich* CIA.«

»Warum sollte man das glauben?« unterbrach Graver sie hitzig. »Arnette, bist du am Apparat?«

»Ja.«

»Warum sollte man das glauben, Arnette? Wenn du die Information hast, warum kann sie dann nicht jemand außerhalb der Dienste auch haben? Meinst du nicht, daß man da ein bißchen skeptisch sein sollte?«

»Warum läßt du sie nicht fortfahren, Marcus?« sagte Arnette. Sie war kühl, ihre Stimme klang gleichmütig und ruhig.

»Scheiße.« Er war wütend. »Also weiter.« Er fühlte sich, als werde er an der Nase herumgeführt, und allmählich wurde er es leid. Er war ungeduldig und beinahe zu aufgebracht, um stillzusitzen.

»Dean zufolge«, begann Paula erneut, »hat Geis ihm gesagt, daß er glaubt, Kalatis setze durch seine Drogenschmuggelgeschäfte mit Brod Strasser irgendeine enorme Operation in Gang. Er skizziert dieselben Drogenoperationen, über die wir von Sheks Mikrofiches wissen. Dieselben Tarnfirmen, dieselben Operationsmethoden. Alles.«

»Seine Details sind da exakt, Marcus«, warf Arnette ein. »Du hast zwar recht, andere private Ermittlungsfirmen könnten haben, was ich habe, aber ich kenne niemanden… *niemanden*… mit meinen Verbindungen. Deswegen war ich so aufgeregt, als ich auf Kalatis stieß.« Sie fügte nachdrücklich hinzu: »Den haben nur die Großen, Baby. Wir müssen diesen Geis ernst nehmen.«

Graver sagte nichts. Arnette hatte die ganze Zeit behauptet, der Mann am Transcobrunnen sehe nach »Regierung« aus. Jetzt bestätigten Deans Aufzeichnungen ihre Behauptung. Er konnte ihr keinen Vorwurf daraus machen, daß sie ihnen glauben wollte. Paula fuhr fort.

»Geis wollte, daß Dean sich als Spitzel einschleicht und ihnen hilft herauszufinden, was Kalatis vorhatte. Geis fühlte sich verdammt unbehaglich, weil er nicht wußte, was Kalatis außer dem Drogengeschäft sonst noch machte. Also sagte er Dean, was dieser wissen muß. Dean ›entdeckt‹ Besoms und Tislers Informationsverkäufe und verlangt, daß er beteiligt wird. Sonst würde er sie hochgehen lassen. Und mit Geis' Hilfe und Anleitung aus dem Hintergrund ist er bald mitten drin in der Operation.«

»Und läßt sich genauso bezahlen wie die anderen«, fügte Graver zynisch an.

»Anscheinend«, sagte Paula. »Er macht kein Hehl daraus. Das steht alles hier. Sie machten eine Menge Geld. Kalatis hat großzügig bezahlt.«

»Und die Seldon-Ermittlung?«

»Genau, was wir dachten, eine weitere getürkte Operation. Kalatis wollte Seldon aus dem Weg haben. Dean sagt nie ausdrücklich, warum, nur daß Seldon das nächste Ziel war.«

»Ist das alles? Was hat Dean für Geis herausgefunden?«

»Nicht viel. Es dauerte Monate, bis Dean Kalatis überhaupt zu Gesicht bekam, aber als das passierte, schien er Kalatis etwas besser zu gefallen als Besom oder Tisler. Es dauerte nicht lange, bis Dean den größten Teil des Informationsaustauschs zwischen den CID-Leuten und Kalatis/Faeber übernahm. Kalatis kam auf die Idee mit den getürkten Ermittlungen als Methode, Konkurrenten zu eliminieren, und beauftragte Dean mit der Operation. Probst ist das erste Ziel. Es läuft prachtvoll. Kalatis ist erfreut. Friel ist der nächste. Dann Seldon.

Aber Kalatis war vorsichtig. Besom und Tisler wußten nie etwas, sie kannten nur ihre eigenen kleinen Operationsgebiete. Sie wußten beispielsweise nichts von Shecks Netzwerk oder von seiner Hintertürverbindung zu Kalatis. Sie hatten nie eine Ahnung von der Größe der Organisation.

Dean war jedoch in Maßen aggressiv«, fügte sie hinzu. »Er ließ Kalatis wissen, daß er ehrgeizig war und aktiver und stärker beteiligt werden wollte. Er trug Ideen vor. Er schlug Operationen vor, die ihre Datensammlung auf andere Aufklärungsstellen ausdehnen konnten. Geis versorgte Dean mit Informationen, um seine Glaubwürdigkeit Kalatis gegenüber zu fördern, und half ihm, einige reizvolle Projekte vorzutragen in der Hoffnung, Kalatis würde sich schließlich auf Dean verlassen und ihn tiefer in die Organisation hineinziehen.«

»Was Dean allerdings nicht wußte«, warf Arnette ein, »war, daß Kalatis keine neuen Ideen mehr akzeptierte. Was immer Kalatis nach Geis' Ansicht vorhatte, was immer sein ›Coup‹ war, er stand kurz vor dem Abschluß. Wenn Dean ein Jahr früher oder zwei Jahre früher gekommen wäre, dann hätte Kalatis einen Platz für ihn gefunden. Aber er wollte so spät keine neuen, intelligenten Leute in sein Spiel mehr aufnehmen. Er war bereits beim Abbau. Dean hatte keine Chance.«

»Aber«, sagte Paula, »Kalatis hat ihn mit Sheck zusammengebracht. So ist Sheck in die Probst-Operation hineingekommen.«

»Kommen wir auf den ›Coup‹ zurück«, sagte Graver. »Was ist das für eine Geschichte?«

»Es ist faszinierend, aber nicht sehr informativ«, sagte Arnette. »Sheck, der über seine Pilotenfreunde Erkundigungen einzog, dachte, daß Kalatis und Strasser sich darauf vorbereiten, ihren Investoren einen letzten, riesigen Kauf anzubieten. Sie werden alle aufgefordert, mehr Geld einzusetzen als jemals zuvor, und man verspricht ihnen natürlich auch entsprechend größere Profite. Aber Sheck sagt voraus, daß Kalatis und Strasser sich damit davonmachen – einfach mit den Millionen verschwinden.«

»Also ist er der gleichen Meinung wie Geis.«

»Anscheinend. Er weist auch darauf hin, daß Kalatis und Strasser, bis es dazu kommt, ihre Operation hier so weit demontiert haben, daß sie unauffindbar sind. Und ich muß sagen, als alte Geheimdiensthasen wissen sie, wie man Spuren verwischt. Vermutlich können sie es durchziehen.«

»Und Dean hat Geis von all dem berichtet?«

»Das hat er.«

»Also gut. Was ist mit Geis?«

»Das ist die große Enttäuschung«, sagte Paula. »Dean gibt Details an, wie er mit Geis in Verbindung tritt und wie sie sich treffen, wie Geis ihn kontaktiert. Wir haben Telefonnummern. Wir haben tote Briefkästen. Wir haben die Beschreibung von Serienkontakten. Dean hat uns alles gegeben. Unglücklicherweise hat Geis Dean aber auch etliche Male im Jachthafen getroffen. Wir haben die Kontaktprozeduren, nach denen sie sich richteten, wenn sie das wollten. Es wäre eine perfekte Gelegenheit gewesen, den Burschen zu stellen. Wäre gewesen, aber nun nicht mehr.«

»Geis müssen die Haare zu Berge gestanden haben, als er die Nachricht von der Explosion las«, warf Arnette ein. »Keine der Kontaktinformationen, die Dean uns gab, ist jetzt noch zu etwas nütze. Tatsächlich bezweifle ich, daß wir je wieder ewas von Mr. Geis hören werden. In praktischer Hinsicht hat Kalatis, als er Dean umbrachte, auch Geis getötet.«

Graver schwieg einen Moment. Er mußte zugeben, das klang gut. Wenn er Burtell verurteilte, verurteilte er möglicherweise den falschen Mann. Trotzdem war er wütend. Wie konnte Burtell so bereitwillig Geis gegenüber loyal sein, einem Mann, den er nie gekannt hatte, und gleichzeitig Graver, dem er so viele Jahre nahegestanden hatte, sein Vertrauen vorenthalten?

»Das paßt alles zu gut«, hörte er sich sagen. Er schluckte schwer, um den Kloß in seiner Kehle loszuwerden. »Ich verstehe nicht«, sagte er und versuchte, knapp und konzentriert zu sprechen, »warum Dean uns all das überläßt. Warum spuckt er plötzlich und in letzter Minute alles aus, was er weiß – über Kalatis und Faeber und besonders über Geis? Warum bleibt er nicht der CIA gegenüber loyal?«

Zum ersten Mal wußte Arnette keine Antwort.

»Alle losen Enden finden ihren richtigen Platz«, fuhr Graver fort, »aber ein bißchen zu spät, nicht? Wir haben in Rekordzeit eine Fülle von Informationen entdeckt, aber Geis hat sich in Luft aufgelöst, und wir sind Kalatis keinen einzigen Schritt näher.«

»Das ist richtig«, sagte Arnette scharf. »Schau, Marcus, ich weiß nicht, wie ich deine Fragen über Dean beantworten soll, aber ich weiß, daß er uns hier auf einige sehr ernsthafte Operationen aufmerksam gemacht hat. Ja, alle großen Spieler verschwinden in den Büschen. Darauf sind sie trainiert. Das ist ihr Job. Wenn sie die losen Enden nicht verknüpfen würden, *wären* sie nicht in dem Geschäft. Aber Tatsache ist, daß Dean uns verdammt viel mehr gegeben hat, als wir ohne ihn hätten. So spät in der Partie werde ich nicht anfangen, mich über seine Moral zu beschweren. Wir sind noch nicht fertig hier; wir brauchen noch immer eine Menge Antworten. Ich werde Dean nicht vorwerfen, daß er mir nicht *alles* erklärt hat. Welche Rolle er bei dieser Sache gespielt hat, findest du vielleicht nie heraus. Oder du findest es heraus, und es gefällt dir möglicherweise nicht. Aber macht das wirklich irgendeinen gottverdammten Unterschied bei dem, was wir jetzt tun?«

Einen Augenblick lang war die Leitung tot, niemand sprach. Dann sagte Graver: »Okay, Arnette, du hast recht.« Er holte tief Luft. »Aber im Moment habe ich noch immer nur ein einziges Ziel … und nur noch eine Chance, es zu erreichen. Paula, können Sie den Aufzeichnungen sonst noch etwas entnehmen?«

»Oh, natürlich«, sagte Paula. »Da sind Millionen Details, Sachen, an denen wir Monate arbeiten können. Was die Verbindungen betrifft, ist das eine Goldgrube.«

»Arnette«, sagte Graver, »du hast kein Interesse am operativen Ende dieser Sache, das weiß ich. Aber wenn ich Kalatis zu fassen bekomme, kann ich dann auf die Unterstützung deiner Leute rechnen? Bevor du antwortest, solltest du besser wissen, daß dabei kein Cent zu holen ist.«

»Ich habe dir schon gesagt, daß ich bereits an der Sache verdiene, Baby«, sagte Arnette. »Du kannst meine Leute jederzeit haben. Ich habe in diesem Spiel die Nase ziemlich weit vorn.«

»Okay«, sagte Graver. »Vielleicht brauchen wir noch eine Weile. Ich melde mich in ein paar Stunden wieder bei dir.«

63

Als Graver das La Facezia erreichte, war er beinahe zwanzig Minuten zu spät. Er parkte einen halben Block entfernt, schloß den Wagen ab und ging auf dem Bürgersteig im Schatten der Catalpabäume entlang, ein willkommener Schutz vor der Sonne des späten Vormittags. Die Temperatur war bereits auf etwa dreißig Grad gestiegen und würde sicher nicht vor fünfunddreißig haltmachen. Wie Graver vermutet hatte, war Last nicht unter den Kaffeetrinkern auf dem Bürgersteig. Er ging durch eines der Eisentore unter dem Schutz des Laubes in den Speisesaal, in dem es kühl war wie in einer Höhle.

Er blieb einen Moment stehen, damit seine Augen sich nach dem Sonnenglanz der Straße an das Zwielicht gewöhnen konnten. Es gab ein paar Essensgäste, und er konnte gemurmelte Unterhaltungen und das Klirren von Geschirr hören. Eine der Kellnerinnen eilte auf dem Weg nach draußen mit einem Tablett mit Kaffee und Croissants an ihm vorbei. »Nehmen Sie Platz, wo Sie möchten«, sagte sie im Vorübergehen. Gleich darauf hörte er Lasts entspanntes, weiches Englisch.

»Gleich hier, Marcus.«

Graver wandte sich nach rechts und sah Last schattenhaft an einem der besseren Tische neben einem Fenster mit dicker steinerner Fensterbank sitzen. Vor dem Fenster war ein Eisengitter angebracht, das wiederum von Efeu bewachsen war; so entstand eine intime Nische, getrennt von den Außentischen wie durch das Flechtwerk eines Beichtstuhls. Graver trat an den Tisch und setzte sich.

»Das ist ja ganz untypisch«, bemerkt Last. »So spät.«

»Es ging nicht anders«, sagte Graver. »Hast du die Zeitungen gesehen?«

»Oh, ja. Ich hab's mir gedacht.«

Eine der Kellnerinnen kam, und Graver bestellte Kaffee.

»Okay«, sagte Graver. »Laß hören.« Er war nicht in Stimmung für Scherze, und er wollte, daß Last das merkte. Last nickte.

»Bei allem, was ich dir schon erzählt habe«, sagte Last, »habe ich etwas ausgelassen... etwas ziemlich Zentrales.«

»Ach, wirklich?« Graver konnte sich einen sarkastischen Unterton nicht verkneifen.

»Was ich dir nicht gesagt habe, war, daß ich fast von Anfang an Mrs. Faeber gebumst habe.«

Graver sah ihn an. »Okay.«

»Sie ist eine einsame Frau, Marcus. Ich wußte es seit dem Augenblick, als ich sie kennenlernte.« Last hielt inne, um seinen Kaffee zu trinken, während die Kellnerin Gravers brachte. »Ich sah dort eine gute Gelegenheit... so oder so. Sie hatten Geld; ich hatte... Artefakte. Sicher würde irgend etwas gehen, dachte ich. Aber Rayner – Mrs. Faeber – war, ist eine sexuell aggressive Frau, und ›Colin‹ hat anscheinend soviel sexuelle Neugier wie ein leeres Blatt Papier. Als sie nach unserer ersten Begegnung Mexiko verließen, hatten Rayner und ich schon... Kontakt hergestellt, sozusagen.« Er hielt inne, um sich eine Zigarette anzuzünden. »Diese Frau, Graver, ich sage dir, sie ist unersättlich. So etwas habe ich noch nie erlebt. Weißt du, daß –«

»Victor, ich will das nicht hören. Du weißt, was ich hören will.«

Last schwieg und sah Graver über den Tisch hinweg an. Gravers Augen hatten sich jetzt an das dämmrige Licht gewöhnt, und er blickte in Lasts hübsches Gesicht mit seinen vielen Falten, Kriegsnarben aus seinen Begegnungen mit der Flasche und schlaflosen Nächten in Bordellen, von der Angst eines Lebens in Gaunerei und Täuschung und der Sicherheit, daß nie etwas sicher war. Er lächelte sanft, ein Lächeln, das jungenhaft und abgeklärt zugleich war. Er sah aus wie ein Mann, der kurz vor dem endgültigen Eingeständnis, den größten Teil seines Lebens für nichts vergeudet zu haben, noch einmal eine Chance erblickte – eine gute diesmal – und im Begriff war, alles, was er noch hatte, in die Waagschale zu werfen.

»Marcus, ich war gestern nacht mit Rayner zusammen. Sie hat mir eine unglaubliche Geschichte erzählt. Ich glaube, da steckt ein enormes Potential drin.«

»Du hast gesagt, du könntest mir ›Faebers Arsch liefern‹.«

»Mehr als das. Ich glaube... wenn wir ein bißchen nachdenken... können wir Kalatis in die Hand bekommen.«

64

Panos Kalatis lehnte sich an die Tür seines Schlafzimmers und schaute über die Veranda durch die weiße Hitze des Sonnenlichts auf das trübe Wasser des Golfs von Mexiko. Er trug nur seine Pyjamahosen, war barfuß und ohne Hemd, und seine gebräunte, massive Brust war herausfordernd gereckt. Er rauchte seine erste Zigarre des Tages, und er machte sich Sorgen.

Hinter ihm lag Jael quer auf dem Bett, nußbraun und nackt, und streckte ihre langen Glieder in der warmen spätmorgendlichen Brise, die durch die Verandatüren vom Golf hereinwehte. Gelegentlich durchbrach der Schrei einer Möwe die Stille, in der ansonsten nur das Schwappen des Wassers am Strand und das Rascheln der Palmwedel im Wind zu hören waren.

Kalatis war in Sorge, weil sein oberster Sicherheitsoffizier ihn um elf Uhr hatte wecken lassen, da er es für unklug hielt, ihn noch eine weitere Stunde über die Explosion in der South Shore Marina in Unkenntnis zu lassen. Obwohl er alle Verbindungen zu Sheck und Burtell abgebrochen hatte, hatten seine Männer sie seit der Nachricht von der Explosion heute morgen wiederherzustellen versucht und keinen Erfolg gehabt. Kalatis hatte Stoff zum Nachdenken.

»Panos«, sagte Jael hinter ihm, die Stimme noch kehlig vom Schlaf. »Panos.«

Er drehte sich ein wenig um und blickte über die Schulter. Sie war ein absolutes Wunder. Er kannte keine erhebendere sexuelle Erfahrung, als mit einer Frau zu schlafen, die jemanden in fünf verschiedenen Sprachen zu töten vermochte. Einer Frau wie dieser. Er konnte von dieser Frau nicht genug bekommen; er war fähig, sie über lange Zeiträume hinweg so zu beobachten, wie ein Tiertrainer eine preisgekrönte Katze beobachten mag, einfach um des reinen Vergnügens willen, sich an der unvergleichlichen Geschmeidigkeit der Bewegungen zu erfreuen. Ihre Schönheit war so makellos und machtvoll, daß sie die Gefahr, die sie darstellte, zunichte machte oder vielmehr verwandelte, so daß die Gewalt, zu der sie fähig war, nicht mehr furchterregend, sondern bewunderns-, wenn nicht sogar begehrenswert war.

Und er mochte die Art, wie sie »Panos« sagte.

Trotzdem kehrte er ihr den Rücken zu und blinzelte in die blendende Helligkeit des Golfs. Colin Faeber hatte versucht, sich mit ihm in Verbindung zu setzen. Zweifellos hatte er auch von der Explosion gehört und war in Panik. Kalatis beschloß, daß es, was Faeber betraf, die beste Vorgehensweise sei, ihn nie wieder zu sehen oder zu sprechen. Obwohl Faeber einer der wenigen Menschen war, die Kalatis' Strandhaus betreten hatten, ohne daß man ihnen zuvor vorgespiegelt hatte, sie würden außer Landes gebracht, war er doch immer nur nachts gekommen und wußte nicht, wo das Haus tatsächlich lag. Aber er wußte, daß Kalatis nicht in Mexiko war; er wußte, daß Kalatis nur eine Flugstunde entfernt wohnte. Nein, Kalatis wollte Faeber nicht wiedersehen – nie mehr.

Die Explosion im Hafen hatte eine sehr knapp geplante Reihe von Geschehnissen gestört und möglicherweise den Rest von Programm ruiniert. Möglicherweise. Jetzt mußte er entscheiden, ob er vielleicht alles retten konnte oder seine Verluste begrenzen sollte. Das würde bedeuten, auf nahezu vierzig Millionen Dollar zu verzichten, und diese Art von Geld war ein beträchtliches Risiko wert.

Aber es *gab* ein beträchtliches Risiko. Nicht das kleinste war die Fortsetzung seines Plans, ohne zu wissen, wer für die Explosion verantwortlich war. War es ein Unfall? Burtell und Sheck waren mit ziemlicher Sicherheit bei diesem Feuer umgekommen, da sie sich gewöhnlich auf Burtells Boot trafen. Wenn sie umgekommen waren, um welche Art von zufälligem Zusammentreffen handelte es sich dann? Nein, es war kein Zufall, er war sicher. Kalatis hatte zu viele Intrigen geplant und war ihnen entkommen, um an Zufälle zu glauben. Eine solche Koinzidenz kam so selten vor, daß er sie als beinahe apokryphes Konzept betrachtete. Wie das Einhorn war sie eine Idee von Narren und Romantikern. Als Erklärung für etwas so Konkretes wie eine Explosion war sie ein Wahn.

Er hatte nur noch so wenig Zeit – er begann seinen letzten Einsammeltag –, daß es kaum der Mühe wert war, irgendwelche ernsthaften Ermittlungen anzustellen. Bei Tageslicht am nächsten Morgen würde Panos Kalatis vom Antlitz der Erde verschwunden sein.

Natürlich bestand die Möglichkeit, daß Sheck oder sogar Burtell Feinde hatte, von denen Kalatis nichts wußte. Die Explosion hatte nicht unbedingt mit ihm oder mit ihrer Beziehung zu ihm zu tun. Es gab keine Möglichkeit festzustellen, wen Sheck vielleicht geärgert hatte und aus welchen Gründen. Es konnte sein, daß diese Sache überhaupt nichts mit Kalatis zu tun hatte.

Doch Kalatis war nicht all diese Jahre am Leben geblieben, indem er sich mit »Möglichkeiten« und »Eventualitäten« abgab. Er war am Leben geblieben, weil er beim kleinsten Hinweis auf etwas Widersprüchliches oder Unerklärliches verschwunden war. Er wartete nicht auf Erklärungen. Sie kamen am Ende immer, aber wenn sie kamen, war Kalatis irgendwo, wo er sie sich in Sicherheit anhören konnte. Ein Mann ohne sechsten Sinn war ein toter Mann.

So wandten sich seine Gedanken Graver zu. Kalatis wußte sehr wohl von Gravers Freundschaft mit Burtell, aber er hatte schon früher gesehen, wie großes Geld Freundschaften zerstört – es war beinahe die Regel –, und er hatte einen solchen Bruch mit voller Absicht angestrebt – zu seinen eigenen Gunsten –, als er Burtell den Pensionsfonds von fünfhunderttausend Dollar angeboten hatte. Das war am Dienstag abend gewesen. Jetzt war Donnerstag morgen, und er hatte kein Wort von Burtell gehört. Er hätte darauf gewettet, daß dieses Schweigen eine gute Nachricht war. Burtell, so schien ihm, war nicht weniger korrupt als all die anderen Leute, für deren Loyalität er an jedem Tag der Woche bezahlte. Er glaubte, eine gute Investition getätigt zu haben.

Doch nach Burtells Tod galten alle Wetten nicht mehr. Er kannte Graver gut genug, um zu wissen, was er zu erwarten hatte. Wenn Graver nicht bereits wußte, daß Kalatis mit einem seiner Männer in Verbindung stand, dann würde er es bald genug herausfinden. Es war Zeit, mit den Berechnungen aufzuhören und zu Taten zu schreiten.

Er stand in der Tür, dachte über diese Dinge nach und zuckte nur kurz zusammen, als zwei nackte Arme sich um seine Brust schlangen. Er spürte Jaels Brüste an seinem Rücken und ihr Becken an seinen Gesäßbacken.

»Was sind deine Gedanken?« fragte sie in ihrem etwas unorthodoxen Englisch.

Kalatis antwortete nicht sofort. Er war immer höflich zu ihr, sogar freundlich, sogar duldsam, aber er war niemals zärtlich. Er betrachtete sie wirklich wie eine Katze. Man fütterte und pflegte sie gut. Man konnte sie streicheln und reiben, ihr kleine Vergnügungen verschaffen, aber man durfte nie ihr Freund werden.

Also ignorierte er sie, weil er in diesem Augenblick nicht belästigt werden wollte. Er rauchte und schüttelte sie gereizt ab. Sie wich zurück, und in der Stille hinter sich hörte er das leise Ächzen der Matratze, als sie sich wieder auf das Bett und die kühlen ägyptischen Baumwollaken legte. Er mußte denken, nicht an sie, sondern an sich selbst. Er mußte sichergehen, daß er das Richtige tat, auf die richtigen Leute verzichtete, das richtige Timing in Gang brachte.

Er überdachte seine Pläne, und es gab nichts, was er bereute. Nun, vielleicht, daß er das Haus in Bogota verlassen hatte. Und daß er für immer die dunklen Lenden von Kolumbiens bemerkenswerten Frauen verlassen hatte. Das würde er wirklich bereuen. Doch an den Rest verschwendete er keinen zweiten Gedanken. Er hatte es oft genug getan, um beinahe damit vertraut zu sein. Tatsächlich waren all diese spartanischen Abschiede im Laufe der Jahre – wenn er sich ein volles Leben aufgebaut hatte und dann eines Tages wegen eines Telefonanrufs oder einer Nachricht von drei Worten, unter seiner Tür durchgeschoben, oder einer Notiz in der Klatschspalte der Zeitung die Tür hinter sich zuzog und fortging in ein anderes Leben, während der Wecker, den er hinterließ, noch für den nächsten Morgen gestellt war –, all diese spartanischen Abschiede, wenn er ein Leben mit nichts als den Kleidern verließ, die er auf dem Leib trug, waren wie Kostümproben für dieses Finale, bei dem er soviel von der Welt mit sich nahm, wie es ihm nur möglich war. Sein neues Leben würde sein letztes Leben sein. Er hatte nicht die Absicht, je wieder zu verschwinden, und er wollte auch nicht ohne alles ganz von vorn beginnen, wie er es zuvor jedesmal getan hatte. Bei diesem letzten Mal würde er Millionen haben, über den ganzen Globus verteilt in einem Dutzend Verstekken, die von Codes und Verschlüsselungen und verdeckten Konten geschützt waren. Der Plan war fein ausgearbeitet und umfangreich, und Dutzende von Leuten waren nötig, um ihn zum Abschluß zu bringen, aber am Ende würde nur er selbst da sein, der allein durch eine Tür in ein neues Leben ging. Zum letzten Mal.

65

Colin Faeber legte in seinem Büro den Telefonhörer auf und war sich sofort einer klammen Feuchtigkeit um seinen Mund herum bewußt. Er wußte, daß sich auf seiner Oberlippe Schweißperlen bildeten. Die Frau hatte gesagt, Gilbert Hormann sei in der Suite neben seinem Büro irgendwann während der Nacht an einem Herzanfall gestorben. Seine Privatsekretärin hatte seine Leiche selbst gefunden, als sie an diesem Morgen in sein Büro kam. Es täte ihr leid, sagte sie, aber sie könne nicht mehr sprechen. Jetzt herrsche dort zu große Verwirrung. Sie hatten gerade den Leichnam abgeholt. Alle waren sehr bestürzt. Es war tragisch, so tragisch.

Faeber saß unbeweglich in seinem Sessel und zählte nach: Tisler, Selbstmord. Besom, Herzanfall. Burtell, vermutlich bei der Explosion. Sheck konnte er nicht finden. Vielleicht mit Burtell in der Explosion, denn das war ihr bevorzugter Treffpunkt. Hormann, Herzanfall.

Und nun konnte er Kalatis über die codierte Leitung nicht erreichen. War ihm auch etwas zugestoßen? Was, zum Teufel, war da los? Ging etwas vor sich, das er sehen sollte, etwas auf der Hand Liegendes, das er rückblickend nur zu deutlich sehen und sich dabei fragen würde, wieso er es nicht entdeckt hatte? Aber da er es nicht »sehen« konnte, was sollte er tun? Sollte er den extremen Schritt tun, Strasser zu kontaktieren? Der Gedanke kam ihm nur flüchtig, denn wenn Faeber von Kalatis eingeschüchtert wurde, so wurde er von Brod Strasser geradezu versteinert; er hatte ihn in den dreieinhalb Jahren, seit er die kontrollierenden Anteile an DataPrint gekauft hatte, nur viermal gesehen.

Er wußte nicht, was er tun sollte. Es gab keinen Alternativplan für solche Dinge, alle tot, niemand, mit dem man Kontakt aufnehmen konnte. Was, zum Teufel, ging da vor? Ging diese Sache dem

Ende entgegen? War er in Gefahr? Himmel! Wieso sollte er eigentlich denken, er sei *nicht* in Gefahr? Warum *sollte* er nicht in Gefahr sein?

Er wollte zur Tür seines Büros gehen, zögerte, drehte sich wieder um und stellte sich an das Fenster hinter seinem Schreibtisch. Vom westlichen Rand der Innenstadt aus schaute er westwärts über grüne Baumkronen hinweg zu den Satellitengeschäftszentren, deren Bürotürme aus dem Teppich dichten Laubes herausragten wie futuristische Städte auf einem von Dschungel bedeckten Planeten. Obwohl er unzählige Male an diesen Fenstern gestanden und bei dieser Aussicht seinen Tagträumen nachgehangen hatte, kam sie ihm jetzt fremd vor, als sei er in einer ihm nicht vertrauten Welt erwacht. Er spürte nur unverkennbare Angst.

Er wandte sich wieder vom Fenster ab, ging zur Tür und öffnete sie.

»Connie«, sagte er. Mehr brauchte er nicht zu sagen. Sie tippte vor ihrem Computerbildschirm und hörte sofort, aber ohne Hast auf, und binnen ein oder zwei Augenblicken war sie in seinem Büro. »Mach die Tür zu«, sagte er.

Sie sah ihn an, als er sich auf halbem Weg zu seinem Schreibtisch umdrehte.

»Was ist los?« fragte sie.

Colin Faeber war, wie so viele Geschäftsleute in aller Welt, wenn nicht verliebt in seine Sekretärin, so doch mittels seiner Drüsen ernsthaft von ihr besessen. Und Connie hatte ihm, wie so viele Sekretärinnen in aller Welt, gestattet, in dieser Besessenheit zu schwelgen. Doch was Ehefrauen und Frauen überhaupt anging, hatte Faeber nicht viel Erfahrung aufzuweisen. Sein Verständnis für Frauen im allgemeinen war sehr begrenzt. Er machte sich nie die Mühe, das zu analysieren, und daher erreichte sein Begriff vom anderen Geschlecht kaum das Niveau eines Teenagers.

Doch es war gerade dieses mangelnde Verständnis für Frauen, das Faeber verwundbar machte. Bei Connie hatte er mehr nachsichtige Geduld gefunden, als ihm zuvor vergönnt gewesen war. Er hatte nie nach dem Grund dafür gefragt, aber er hatte es erkannt, und als Folge hatte er angefangen, sich bei ihr auszusprechen. Sie hatte zugehört, Mitgefühl gezeigt, sich besorgt und interessiert gegeben. Tatsächlich schien sie nicht nur an ihm interessiert, sondern auch an der geschickten Art, wie er seine Geschäfte handhabte.

Tatsächlich schien sie, je mehr er mit ihr über seine Geschäfte sprach, desto mehr von ihm eingenommen. Es war beinahe, als empfände sie seine Arbeit als Aphrodisiakum. Manchmal kam es sogar ihm so vor, als rede er endlos vor sich hin, aber Connie war immer bereit, sogar begierig, ihm zuzuhören. Sie stellte Fragen, die beantworten zu können ihm schmeichelte.

Es dauerte nicht allzulange, bis er ihr als besondere Demonstration seiner Schläue offenbarte, was er den »wirklichen« Zweck des Geschäfts nannte: den Verkauf »gewisser« Informationen an nicht genannte Personen. Er berichtete ihr von der »Intel«-Abteilung, die nur ein halbes Dutzend Datentypisten, einen einzigen Koordinator und eine Sekretärin beschäftigte. Die Arbeit dieser Abteilung wurde in der Buchhaltung versteckt, und die Einnahmen durch ihre Dienste waren inoffiziell – und viermal so hoch wie die legitimen Einnahmen. Und sämtlich in bar.

Er erzählte ihr von Intrigen, von den Zellen bezahlter Informanten in Geschäften und Bürohäusern überall in der Stadt, von kleinen Angestellten, die mehr als bereitwillig die Computer ihrer Arbeitgeber anzapften und lebenswichtige Informationen entnahmen. Dazu war nur Geld erforderlich. Niemand hatte je genug davon. Man konnte sich damit alles auf der Welt kaufen, und für den richtigen Betrag konnte jeder dazu überredet werden, etwas zu tun.

Sie sagte, sie glaube ihm das mit der »Intel«-Abteilung nicht. Also gingen sie eines Nachts in einem Nebel von Wodka-Tonics, nachdem sie ihn durch einen Striptease um den Verstand gebracht hatte, in der Unterwäsche aus seinem Büro, nahmen die Flasche Wodka mit – und ihre Handtasche, da sie lachend darauf bestand, sie brauche sie für »hinterher« – durch geisterhafte Gänge mit fluoreszierendem Licht bis zu einer Tür, wo sie zusah, wie er seinen Code in die Sicherheitstastatur über dem Türknauf eintippte. Und er führte sie hinein. Sie war erstaunt. Und dankbar, also ließ sie ihn haben, was er wollte. Während dieser ungebührlichen Beschäftigung wiederholte sie im Kopf immer wieder den Sicherheitscode, um ihn nicht zu vergessen. Hinterher schlief er auf dem kratzigen Synthetikteppich inmitten des weißen Rauschens der summenden Computer und des Geruchs von erhitztem Plastik ein.

Rasch schrieb sie sich den Sicherheitscode für die Tür auf und machte sich dann mit der Mikrokamera ans Werk, die sie mit zahlreichen Filmrollen in ihrer Handtasche mitgebracht hatte. Fast eineinhalb Stunden später klappte sie die Kamera wieder zusammen, steckte sie in die Tasche zurück und begann mit der anstrengenden Arbeit, ihn aufzuwecken und ins Büro zurückzubringen.

Nach dieser Nacht hatte Colin Faeber keine Geheimnisse mehr, obwohl er das nicht wußte.

Als er jetzt anfing, ihr seine Ängste zu erklären, mußte sie sich daher daran erinnern, ihn von Zeit zu Zeit zu unterbrechen und um Erklärungen zu bitten, sich hier und da ein oder zwei Punkte erläutern zu lassen. Als er endlich fertig war und noch immer in seinem Büro auf und ab ging, hatte Connie, die so viel zu wissen glaubte, mehr gehört, als sie zu hoffen gewagt hatte. Sie hatte schon Dinge getan, von denen sie nicht im Traum gedacht hatte, daß sie sie tun würde oder tun könnte, kühn gemacht durch die Aussicht auf enorme Geldsummen, von denen Rayner behauptete, sie könnten sie sich mit ihren Informationen verschaffen. Aber jetzt, wenn sie ihn richtig verstand, hatte Faeber Angst, *getötet* zu werden. Das war eindeutig ein ganz anderes Spiel.

»Ich weiß einfach nicht, was ich tun soll«, sagte er.

»Hast du denn *keine* Ahnung, was da vor sich geht?« fragte sie.

»Nein. Kalatis, ich weiß nicht, dieser Kerl könnte zu allem fähig sein.«

»Ich dachte, du hättest Angst, daß er... getötet worden ist.« Sie konnte es nicht glauben, daß sie ein solches Gespräch führte.

»Ich weiß nicht, vielleicht, oder vielleicht... antwortet er einfach nicht.«

»Was bedeuten würde...?« Sie wünschte bei Gott, er würde aufhören, auf und ab zu gehen. Er war eine verdammte Karikatur, eine Comicfigur, die »nervös« ist.

»Ich weiß nicht.«

Connie hätte am liebsten geschrien. In den letzten drei Minuten hatte er viermal »Ich weiß nicht« gesagt. Sie sah ihn an. Der Mann fiel auseinander. Er war bleich, und Schweiß stand auf seiner Oberlippe. Seine Angst war ansteckend, doch selbst in ihrer eigenen wachsenden Angst hatte sie die klare, rationale Erkenntnis, daß sie seine Panik als Gelegenheit benutzen konnte, sich einen Vorteil zu verschaffen. Trotz ihrer Besorgnis entschloß sie sich, ruhig zu erscheinen, ruhig zu *sein*. Sie entschloß sich, ein gefaßtes und überlegtes Verhalten an den Tag zu legen. Sie würde ein stabiler Punkt sein, an den er sich klammern konnte. Es war eine Chance, die zu verpassen sie sich kaum leisten konnte.

»Schau«, sagte sie, ohne zu wissen, was sie als nächstes sagen würde, »niemand weiß, wo ich wohne, oder? Ich meine, niemand von diesen Leuten.«

Er starrte sie von der anderen Seite des Zimmers her an. Er schüttelte den Kopf.

»Okay, dann geh in meine Wohnung und bleib dort. Ich werde versuchen, mir eine Vorstellung davon zu verschaffen, was vor sich geht.«

»Wie willst du das machen?«

»Gib mir deine Kontaktnummern.«

Er starrte sie an, aber sie konnte ihn denken sehen. Welche Alternative hatte er? Er dachte eindeutig, daß einiges im argen lag. Aber mißdeutete er die Situation? Wenn, dann wäre es ein Fehler, diese Nummern zu verraten. Kalatis würde ihn erwürgen lassen. Aber wenn er die Lage richtig deutete, wenn sein Argwohn berechtigt war und man ihn am ausgestreckten Arm verhungern lassen wollte... oder wenn er umgebracht werden sollte... dann hatte er nichts zu verlieren, könnte vielleicht sogar sein Leben retten. Aber was konnte sie schon herausfinden...?

»Was willst du damit machen?« fragte er.

»Du sagtest, du bekämst keine Antwort von Burtell oder Sheck. Du sagtest, daß du glaubst, sie seien in die Explosion im Jachthafen verwickelt. Was ist, wenn du dich irrst? Was ist, wenn sie sich auch verstecken oder noch nicht wissen, daß etwas schiefgegangen ist?«

Faeber stand still und versuchte, seine Lippen mit der Zunge zu befeuchten. Es klappte nicht. Sein Mund war wie Sand.

»Dann müßte ich sie selbst anrufen«, sagte er.

»Du denkst nicht folgerichtig«, sagte sie. »Du mußt von der Bildfläche verschwinden. Dich still verhalten. Warten.« Sie konnte nicht glauben, daß sie so etwas sagte. Es kam ihr nicht sehr real vor, einem emotional gelähmten Colin Faeber zu helfen, einem Mörder zu entkommen.

Faebers trockene Zunge kam wieder ein Stückchen aus seinem Mund und zog sich erneut zurück. Er ging hinüber zum Garderobenschrank, öffnete die Tür und nahm sein Jackett heraus, das dort hing. Er nahm die Brieftasche aus der Innentasche, zog eine kleine Plastikkarte heraus und gab sie ihr.

»Da sind die Instruktionen drauf«, sagte er. »Es ist eine Zahlenreihe, und man stellt unterschiedliche Berechnungen damit an, je nach Datum und der Person, die man anzurufen versucht. Es ist alles erklärt. Es ist so ähnlich wie einer dieser ewigen Kalender.«

Sie nahm ihm die Karte ab.

»Bleib einfach in meiner Wohnung«, sagte sie. »Ich werde mich bloß ein bißchen umschauen.«

Er nickte, wirkte aber besorgt. Mit dem Jackett in der Hand verließ er das Büro.

Connie sah zu, wie er ging. Durch die offene Tür sah sie ihn ihr Büro durchqueren und den Empfangsraum betreten. Sie hörte die Empfangssekretärin mit ihm sprechen, aber er gab keine Antwort. Sie hörte das leise Klappen der Tür, als er sie aufstieß und in den Gang hinaustrat.

Sie ging an seinen Schreibtisch, nahm den Telefonhörer ab und rief Rayner Faeber an.

66

Sie kamen überein, die beiden Frauen in der Parkgarage des Stouffer Hotels in Greenway Plaza zu treffen. Das war Rayners Idee. Graver war es egal, wo sie sich trafen, und er dachte, daß er Glück gehabt hatte, weil sie Lasts Piepser genau in dem Augenblick angerufen hatte, als die beiden Männer gerade das La Facezia verlassen und sich trennen wollten.

Als sie sich der oberen Rampe auf der Ebene näherten, auf der sie sich verabredet hatten, erblickte Last ihren Wagen.

»Da sind sie«, sagte er. »Der BMW.«

Eine große, mitternachtsblaue BMW-Limousine mit getönten Scheiben wartete auf einem der Parkplätze an der Außenseite der Garage, den Kühler vor der niedrigen Trennwand, so daß die Insassen von ihrer schattigen Zuflucht aus einen guten Blick nach Nordwesten in Richtung Galleria und Transco Tower hatten. Die Mittagssonne briet die Stadt, schickte wabernde Hitzewellen über die Baumkronen und glitzerte hier und da, von Glas und Chrom reflektiert.

Graver fuhr an dieselbe Wand, parkte aber einige Plätze entfernt. Sie gingen hinüber zu dem BMW. Last winkte ihm, hinten auf der Beifahrerseite einzusteigen, während er um den Wagen herum zur Fahrerseite ging. Graver wartete, bis Last als erster die Tür geöffnet hatte, und tat es ihm dann gleich.

Als sie die Türen schlossen, fand Graver sich sehr nahe bei zwei attraktiven Frauen wieder, die sich auf ihren Sitzen halb herumgedreht hatten und ihn mit ihren fachmännisch geschminkten Gesichtern intensiv ansahen. Der BMW surrte leise, und die Klimaanlage gab flüsternd einen sanften Strom kühler Luft von sich. Graver war dankbar dafür. Das gepolsterte Wageninnere war eine kühle, stille Welt, die nach Geheimnissen, fragwürdigen Absichten und teurem Parfum duftete.

»Rayner«, sagte Last und wies auf die erdbeerblonde Frau vor ihm. »Und Connie«, sagte er, die Frau vor Graver bezeichnend. »Das ist der Mann, von dem ich euch erzählt habe«, sagte er zu den Frauen.

Beide nickten und sagten hallo. Rayner sah Graver an, als halte sie ihn für einen profesionellen Killer, eine Einschätzung, die sie verdammt interessant zu finden schien. Sie war in der Tat eine hübsche Frau, und Graver konnte sehen, wieso Last keine Schwierigkeiten hatte, die Dinge aus ihrer Sicht zu betrachten. Sie trug an einer Hand eine Kollektion von Diamanten und an der anderen einen Smaragdcabochon. Sie wollte dauernd lächeln, aber es gelang ihr nicht recht.

Connie war erheblich geschäftsmäßiger. Sie war Anfang Dreißig, modisch dünn und hatte helles, schulterlanges Haar. Sie trug ein schwarzweißes Geschäftskostüm mit Weste, und ihre haselnußbraunen Augen bohrten sich in Gravers, als wolle sie unbedingt sehen, was sie von ihm zu halten hatte, ehe er auch nur den Mund aufmachte und sich selbst zu erkennen gab.

»Sie sagten, Sie hätten ein paar Telefonnummern von Faeber«, sagte Last und sah dabei Connie an.

Sie zögerte, den Blick noch immer Graver zugewandt.

»Warten Sie einen Moment«, sagte Graver. »Ich denke, ich sollte zuerst ein paar Dinge klarstellen, damit wir unsere Situation besser verstehen.« Er schaute zwischen den beiden Frauen hin und her. »Victor hat mir gesagt, daß Sie vielleicht den Kontakt zu einem Mann namens Panos Kalatis herstellen können, und zwar über Colin Faeber. Ich habe geschäftlich mit Kalatis zu tun. Aus verschiedenen Gründen habe ich den Kontakt zu ihm verloren. Ich weiß nichts über Ihre geschäftlichen Absichten, und alles, was Sie über meine wissen, ist, daß ich Zugang zu Kalatis möchte – und mehr brauchen Sie nicht zu wissen. Aber abgesehen davon bin ich hier, um zu sehen, ob es einen Weg gibt, wie wir uns vielleicht gegenseitig helfen können.«

Als er mit dieser kurzen Feststellung fertig war, sahen beide Frauen ihn aufmerksam mit großen Augen an. Sie schwiegen.

»Ich habe ihm von den Telefonnummern erzählt«, sagte Last.

»Wissen Sie von den Todesfällen?« fragte Connie abrupt. Sie hatte keinen Blick von Graver gewandt.

»Von welchen?«

Er meinte, sie zusammenzucken zu sehen.

»Ein Mann namens Tisler.« Sie wartete, aber Graver reagierte nicht. »Ein Mann namens Burtell.« Sie wartete. Graver sagte nichts. »Und Besom und Sheck und Gilbert Hormann.«

Beim letzten Namen brach ihre Stimme, und nun zuckte Graver zusammen. Großer Gott.

»Ja«, sagte er. »Ich weiß davon. Woher wissen Sie davon?«

»Colin hat mir heute morgen davon erzählt«, sagte sie unsicher. »Ich wußte von all dem nichts.« Sie warf Last und Rayner kurze Blicke zu. »Keiner hat mir davon etwas erzählt.«

»Wo ist Faeber?«

»Ich dachte, Sie wären nur an Kalatis interessiert«, sagte sie.

»Ich dachte, es ginge darum, daß wir tun wollen, was wir können, um uns gegenseitig zu helfen«, antwortete Graver. »Faeber könnte mir helfen, zu Kalatis zu kommen.«

»Nicht mehr«, sagte Connie. In den nächsten paar Minuten erklärte sie, was am Vormittag geschehen war, erwähnte aber nicht, daß sie Faeber in ihre Wohnung geschickt hatte.

»Wenn Faeber diese Nummern anrief«, sagte Graver, als sie fertig war, »wie ging er dann vor?«

»Er rief die Nummer an und hinterließ eine Nachricht. Sie riefen ihn dann zurück.«

»Dann ist es fast sicher, daß wir die Nummern nicht zurückverfolgen können«, sagte er. »Vermutlich benutzen sie eine digitale Clearingbox. Irgendwo in einem gemieteten Apartment. Da es verschiedene Nummern für verschiedene Tage gibt, gibt es wahrscheinlich mehrere Orte, mehrere Boxen. Die Rückrufe werden ebenfalls durch die Clearingboxen laufen und die Signale verwürfelt, so daß die Spur bei der Box aufhört. Alles, was wir am Ende der Spur finden werden, ist ein unmöbliertes Apartment mit einem kleinen schwarzen Kasten auf dem Fußboden.« Er schwieg einen Moment. »Mit wem bringen die Nummern ihn in Kontakt?«

Sie schaute auf die Karte nieder, die sie im Schoß gehalten hatte, und las die Namen vor. »Panos. Dean. Rick, Bruce, Ray. Eddie.«

»Rick und Eddie? Wissen Sie etwas über die beiden?«

Sie schüttelte den Kopf. »Ich weiß bloß, daß sie Piloten sind.«

»Sie *wissen*, daß sie Piloten sind?«

»Ja. Sie gehören zu den Leuten, die Colin abholen und ihn zu Kalatis bringen. Das hat er mir gesagt.«

»Okay. Warten Sie eine Minute.« Graver stieg aus dem BMW und ging zu seinem Wagen. Er setzte sich auf den Vordersitz, nahm sein Funktelefon und rief Arnette an. Dann ging er zu dem BMW zurück, das Funktelefon in der Hand.

»Was war das?« sagte Connie, sobald er die Tür geschlossen hatte. Sie schien die einzige zu sein, die redete.

»Sie sagten, Faeber wurde zu Kalatis geflogen?« fragte Graver, ihre Frage ignorierend.

»Das hat Colin gesagt. Kalatis läßt ihn einfliegen, wenn er mit ihm reden will.«

»Erinnern Sie sich, ob Faeber jemals gesagt hat, wie lange der Flug dauerte?«

Sie sah Rayner an, als wolle sie sehen, ob Einwände dagegen bestanden, daß sie weitersprach. Sie erhielt keine Antwort. Sie wandte sich wieder Graver zu. »Ja, ich erinnere mich tatsächlich«, sagte sie. »Einmal hat er mir erzählt, wie sie immer dafür sorgen, daß er nicht sehen kann, wohin sie fliegen, oder hören kann, wie der Pilot dem Tower seine Navigationskoordinaten gibt. Er sagte, die Flüge dauerten ungefähr eine Stunde.«

»Hat er gesagt, mit welcher Art Flugzeug er dorthin gebracht wurde?«

»Nein, er versteht nichts von Flugzeugen.« Sie zögerte, dachte eine Sekunde nach. »Aber er hat gesagt, daß sie immer auf dem Wasser landen, also nehme ich an, daß es sich um eines von diesen Wasserflugzeugen handelt. Sie fuhren zu einem Pier und gingen dann zum Haus hinauf.«

»Zu was für einer Art von Haus?«

»Er sagte, es sei ... einfach dieses große, weiße Haus. Palmen auf der Vorderseite. Eine Terrasse ... eine, äh, eine Veranda, hat er gesagt.«

»Und Kalatis war dort?«

»Ja, auf der Veranda. Colin sagt, er sei nie im Inneren des Hauses gewesen.«

»War sonst noch jemand da?«

»Er sagte, daß immer Männer am Pier warteten, um das Flugzeug festzumachen. Die Piloten standen herum und redeten mit diesen Leuten, während Colin zum Haus hinaufging.«

»Das ist alles? Sonst war dort niemand?«

»Nun, doch. Da war noch jemand. Colin sagte, etwa die halbe Zeit wäre diese Frau dagewesen. Er sagte, sie sei vielleicht Ende Zwanzig, eine Ausländerin, er meinte, aus dem Nahen Osten. Er sagte, mehrmals wäre sie im Haus gewesen ... nackt oder mit sehr wenig an ... und während sie auf der Veranda saßen, konnte er sie durch die Fenster deutlich sehen. Manchmal brachte sie ihnen Drinks auf die Veranda.«

»Ihren Namen kannte er nicht?«

»Kalatis redete nie mit ihr. Winkte ihr nur, damit sie das tat, was er wollte. Drinks bringen. Drinks abräumen. Was immer.«

Eine weitere Pause entstand, während Graver versuchte, sein Gehirn in die richtige Richtung zu drängen, Möglichkeiten auszuloten, Gelegenheiten, die ihm bei kleinstmöglichem Zeitaufwand den größten Vorteil verschaffen würden.

»Äh, hören Sie«, meldete Rayner sich zum ersten Mal und warf dabei Last einen ungeduldigen Blick zu, »was genau können Sie eigentlich für uns tun?«

Graver wandte sich ihr zu. »Was möchten Sie denn, daß ich tue?«

Rayner starrte ihn an. Sie war eindeutig unsicher, ob und wie sie ihm ihren Plan beschreiben sollte. Sie schien mit der Frage beschäftigt, wie sie zum Thema kommen sollte, ohne zur Sache zu kommen. Sie sagte: »Wir möchten die Informationen, die wir uns beschafft haben, dazu benutzen, Faeber und Kalatis davon zu überzeugen, daß wir eine gewisse Sicherheit für unseren Ruhestand brauchen.«

»Wir?«

»Connie und ich«, sagte sie, mit dem Kopf in Richtung der anderen Frau nickend. »Für Ehefrauen und Sekretärinnen gibt es keine vergoldeten Fallschirme. Es wäre ... nur fair, wenn wir eine gewisse finanzielle Rückendeckung hätten.«

»Sie meinen Erpressung.«

»Ich meine«, sagte sie und sah Last an, »daß Victor mich glauben gemacht hat, Sie wüßten etwas über diese Dinge und könnten uns helfen ... uns informieren, wie wir uns vor ... vor juristischen Komplikationen schützen können, wenn wir diese Sache angehen. Das meine ich.«

Sie war ein wenig gereizt.

»Tja, das, was sie vorschlagen, könnte jetzt ein bißchen schwierig sein«, sagte Graver.

Rayner sah ihn stirnrunzelnd an. Last wand sich auf seinem Sitz.

»Was meinen Sie mit ›jetzt‹?« fragte Rayner.

»So, wie Connie die Begegnung mit Ihrem Mann heute vormittag beschrieben hat«, sagte Graver, »hört es sich für mich an, als dächte er, daß sein Kartenhaus im Zusammenbruch ist. Und er meint, man hätte ihn zurückgelassen, damit er unter den Trümmern begraben wird. Es sieht so aus, als würden Kalatis und Strasser die Operation abschließen. Sie verbrennen ihre Brücken – Tisler, Besom, Burtell, Hormann, Sheck. Und wenn Kalatis Ihren Mann nicht vorher umbringt, wird er vermutlich den Rest seines Lebens im Gefängnis zubringen. Sobald die Polizei all diese Todesfälle miteinander in Verbindung bringt, wird es nicht mehr lange dauern, bis sie DataPrint und sein ›Intel-Projekt‹ zumacht.« Er hielt inne, noch immer auf Rayner konzentriert. »Ich fürchte, Ihre Idee kommt einfach ein bißchen zu spät«, schloß er.

»Großer Gott.« Connie lehnte sich gegen die Tür.

Keiner bewegte sich oder sprach in dem kühlen, parfümierten Fahrgastraum. Graver beobachtete Connie. Etwas hatte sie härter getroffen als die beiden anderen. Sie war besorgt und starrte hinaus in das blendende Mittagslicht. Rayners Gedanken jedoch rasten, und sie brauchte nicht lange, um auf das Nächstliegende zu stoßen. Last jedoch war ihr voraus, und er versuchte sie am Reden zu hindern, bevor sie den Mund aufmachte.

»Das wär's dann also«, sagte Last. »Wir sollten diesen Mann besser mit seinen Geschäften weitermachen lassen.«

»Verdammt, warte doch eine Minute«, sagte Rayner zu Last. »Es gibt ja noch einen Plan B, und ich denke, er« – sie nickte in Gravers Richtung – »könnte uns vielleicht dabei helfen.«

»Ich glaube, wir sollten ihn im Moment nicht mit irgendeinem Plan B behelligen«, sagte Last, um sie zum Schweigen zu bringen. »Er war einverstanden, uns zu helfen, falls er kann, aber es ist klar, daß er es nicht kann. Zu irgend etwas sonst ist er nicht verpflichtet.«

Graver wandte sich an Last. »Das werde ich dir überlassen«, sagte er. Dann schaute er Connie an. »Möchten Sie mir sagen, wo er ist? Vermutlich könnte ich weitere Informationen von ihm bekommen, die sich als nützlich erweisen könnten. Das würde Sie aus der Verantwortung entlassen. Sie hätten es nicht auf dem Gewissen, wenn ... wenn ihm etwas zustoßen würde.«

»Er ist in meiner Wohnung«, sagte Connie, und sie gab ihm die Adresse.

»Colin?« Rayner drehte den Kopf ruckartig der Sekretärin zu.

»Weiß Kalatis, wo Sie wohnen?« fragte Graver.

Connie schüttelte den Kopf. »Deshalb hab' ich ihn ja hingeschickt.« Sie sah aus, als wäre ihr übel.

»Gehen Sie nicht dorthin zurück«, sagte Graver zu ihr. »Nicht tagsüber, nicht heute abend.« Ihre Augen weiteten sich. »Ich werde Sie anrufen, wenn es sicher ist«, sagte er. »Bleiben Sie heute nacht in einem Hotel oder bei einer Freundin. Gehen Sie morgen wie üblich zur Arbeit, und wenn es okay ist, hinterlasse ich bei Ihnen im Büro eine Nachricht. Ich werde es nicht ausdrücklich erwähnen, aber Sie werden verstehen.«

Sie nickte.

»Tauch nicht unter«, sagte Graver zu Last. »Ich werde dich erreichen müssen.«

Last nickte. Graver öffnete die Tür des BMW und stieg aus. Er ging zu seinem Wagen, stieg ein, ließ den Motor an und setzte zurück. Er tippte Arnettes Nummer in das Funktelefon, fuhr die Rampe hinunter und schaute in den Rückspiegel. Der mitternachtsblaue BMW hatte sich nicht bewegt.

67

»Nein, ich will ihn nicht hochnehmen«, sagte Graver. Er war auf dem Rückweg zum Department und hatte Arnette soeben Faebers Aufenthaltsort durchgegeben. »Ich weiß bereits, daß seine Verbindungslinien zu Kalatis gekappt sind, so daß er mir in dieser Hinsicht nichts nützen würde.«

»Aber...«

»Aber ich vermute, daß sie versuchen werden, ihn zu töten. Und ich kenne keinen, der einen direkteren Kontakt zu Kalatis haben könnte als der Mann, der für ihn Leute umbringt. Kalatis würde so etwas persönlich anordnen. Das hat er schon oft gemacht.«

»Du glaubst also, daß sie wissen, wo Faeber ist?«

»Wenn nicht, werden Sie's bald genug feststellen.«

»Und du willst, daß wir den Mann schnappen, wenn er auf Faeber losgehen will.«

»Wenn du das kannst. Wenn du Leute hast, die das tun können.«

Arnette an ihrem Ende der Leitung schwieg einen Augenblick.

»Ja«, sagte sie schließlich. »Ich habe Leute, die das tun können.«

Graver sagte nichts weiter. Das war eine schwere Entscheidung für Arnette. Obwohl einige ihrer Leute eine Menge Erfahrung mit solchen Operationen hatten, hatte sie sich immer davon ferngehalten, was beruflich vorsichtig und juristisch absolut unabdingbar war. Jetzt überschritt auch sie die Linie. Diese ganze Operation war eine Übung darin, die Linie zu überschreiten.

»Ich werde sie losschicken, sobald wir dieses Gespräch beendet haben«, sagte Arnette.

Graver war erleichtert, äußerte sich aber nicht dazu. Statt dessen fragte er: »Hast du Glück mit den Vornamen dieser Piloten gehabt?«

»Neuman sucht sie unter Shecks Aufzeichnungen«, sagte Arnette. »Und Paula macht dasselbe mit Burtells Dokument. Wir müßten in ein paar Minuten etwas finden – oder auch nicht.«

»Wenn ihr einen Nachnamen und eine Adresse findet, soll Neuman mich anrufen«, sagte Graver. »Ich will, daß er sie hochnimmt, aber ich möchte vorher mit ihm reden.«

»Wird gemacht. Und was läuft ›offiziell‹?«

»Ich habe nichts gehört. Ich glaube nicht, daß Hormanns Tod irgendwelche Wellen schlagen wird. Er kommt in keiner Akte vor, also wird niemand seinen ›Herzanfall‹ bemerken. Kalatis ist wirklich gut mit seinen getarnten Mordanschlägen. Ich denke immer noch, daß die ganze Sache unbemerkt bleiben wird, bis sie Deans Leichnam identifizieren. Das erstaunliche ist, daß FBI und DEA wegen dieser Bombensache ganz aufgescheucht sind und trotzdem nicht auf Kalatis kommen. Ich kann kaum glauben, daß der Bursche völlig von der Bildfläche verschwunden sein soll. Man fragt sich, wer da noch unterwegs ist, von dem wir keine Ahnung haben.«

»Wenn ich du wäre, würde ich mir darüber nicht lange den Kopf zerbrechen«, sagte Arnette. »Übrigens, ich mag deine Leute. *Sehr* gut. Mein Kompliment.«

»Also, ich muß mir diese Sache vom Hals schaffen«, sagte er. »Ich warte auf Neuigkeiten von dir.«

Als er ins Büro zurückkam, ging er seine Nachrichten durch, die sämtlich warten konnten, und wollte gerade seine Ersatzsekretärin hereinrufen, als sein Funktelefon läutete. Er nahm sofort ab und war überrascht, Laras Stimme zu hören.

»Marcus, Ginette und ich sind gerade in ihrem Haus gewesen, um ein paar Kleider zu holen ... das Haus ist durchwühlt worden.«

»Großer Gott – bist du sicher, daß keiner mehr da ist?«

»Ja, ich habe nachgesehen. Ginette ist wirklich ganz außer sich ...«

»Lara, packt ein paar Klamotten von ihr ein, und dann macht, daß ihr wegkommt. Hör zu, ich habe ihre Schwester in Seattle angerufen. Sie ist unterwegs. Okay?«

»Ja, alles bestens. Sie holt jetzt ihre Sachen. Nachdem wir uns vergewissert haben, daß keiner mehr hier ist, hab' ich ihr gesagt, sie soll ihr Zeug einpacken. Aber was ist, wenn uns jemand folgt? Sollte ich mir darüber Gedanken machen? Ich meine, ich wüßte nicht, was ich in einem solchen Fall tun sollte.«

»Fahrt direkt zu meinem Haus zurück«, sagte Graver. »Ich schicke gleich einen Streifenwagen zu Ginettes Haus, der euch bis zu meinem Haus folgen wird. Die Polizisten werden mit euch ins Haus gehen und nachsehen, ob alles in Ordnung ist. Wenn du auch nur die leiseste Besorgnis wegen irgend etwas hast, ruf mich an.«

»Okay«, sagte sie.

»Bist du in Ordnung?«

»Ja, mir geht's gut. Das hier ist bloß ein bißchen unheimlich, weiter nichts.«

»Lara, ich rufe jetzt gleich den Lieutenant an, der für die Streifenwagen verantwortlich ist. Willst du dranbleiben?«

»Nein, mach nur. Wirklich, uns geht es gut. Ich melde mich später bei dir.«

Er legte auf und rief den Lieutenant an, der für den Streifendienst zuständig war. Er erklärte kurz, was er wollte, ohne irgendwelche Hintergrundinformationen preiszugeben. Einer der Vorteile einer leitenden Stellung bei der CID bestand darin, daß man nicht ständig Erklärungen abgeben mußte.

Gerade hatte er den Telefonhörer aufgelegt, als das Funktelefon erneut läutete.

»Captain, hier ist Casey. Ich denke, daß wir möglicherweise die beiden Piloten haben. Wir haben sie in Shecks Aufzeichnungen gefunden. Er erwähnt ein paar Piloten nur mit ihren Nachnamen, Ledet und Redden. Wir haben die FAA-Unterlagen durchgecheckt und einen Richard D. Ledet und einen Edward E. Redden gefunden. Ledet lebt in Atlanta, hat da ein Flugzeug auf einem kleinen Flughafen stehen. Ledet wohnt in Seabrock, ein paar Meilen von Sheck entfernt. Er hat im Gulf Airport, wo auch Sheck seine Maschine hatte, eine kleine Beechcraft stehen.

Außerdem hat sich herausgestellt, daß Arnette sowohl Ledet als auch Redden in ihren Akten hat. Sie waren in den achtziger Jahren in Mittelamerika Vertragspiloten für die Aufklärung der Armee und die CIA, die meiste Zeit außerhalb von Tegucigalpa in Honduras stationiert, aber sie haben regelmäßige Vergnügungstouren bis runter nach Kolumbien unternommen. Sie haben keinen militärischen Hintergrund, sind nur ein paar alte Kumpel, die im College der Flugfimmel gepackt hatte; sie bekamen ihre Fluglizenzen und wollten nichts als fliegen, und seither haben sie weiter nichts gemacht, sie sind nur geflogen, für jedermann, jederzeit, überallhin – für gutes Geld. Die meiste Zeit fliegen sie zusammen. Sie sind beide Singles und Ende Dreißig.«

»Hat Arnette Fotos?«

»Ja, hat sie, natürlich.«

»Okay, Casey, fahren wir raus. Fragen Sie Arnette, ob Sie einen Ausdruck aus ihren Dateien haben können. Wenn nicht, dann lesen Sie sie, bevor Sie gehen, und merken Sie sich, soviel Sie können. Ich fahre hier in zehn Minuten ab und treffe Sie in ... Kommen Sie über den South Loop?«

»Ja, das ist am nächsten.«

»Okay, hören Sie zu. Nach dem Autobahnkreuz zum Gulf Freeway halten Sie Ausschau nach der Ausfahrt Broadway. Fahren Sie in Richtung Broadway South. Etwa einen Block vom Freeway entfernt gibt es ein Postamt. Ich werde auf dem Parkplatz auf Sie warten.«

Graver griff nach seiner Jacke, sagte seiner stellvertretenden Sekretärin, er werde für ein paar Stunden fort sein, und vermied es, den langen Korridor entlangzublicken, als er durch den Empfangsbereich ging. Er wollte niemandem begegnen.

Er nahm an, daß Arnette Neuman keinen Ausdruck geben würde. Neuman würde also zehn oder fünfzehn Minuten festsitzen, um die Dateien zu lesen, was Graver Zeit gab, sich unterwegs ein Sandwich zu kaufen. Er hielt bei einem Grillstand in der östlichen Innenstadt, kaufte ein Sandwich mit Rindfleisch und einer Extraportion Zwiebeln, einen Spieß mit eingelegtem saurem Gemüse in Dill und eine Flasche RC. Dann benutzte er die Auffahrt zum Gulf Freeway und fuhr in südlicher Richtung weiter.

Graver wartete fast fünfzehn Minuten lang auf dem Parkplatz des Postamts – reichlich Zeit, um den Rest des Sandwichs zu verzehren und die Flasche RC leerzutrinken –, ehe er Neuman kommen sah. Graver stieg aus seinem Wagen, schloß ihn ab und lockerte gerade seine Krawatte, als Neuman vorfuhr.

»Haben Sie die Datei?« fragte Graver und schloß die Tür von Neumans Wagen.

»Nein, keine Datei.« Neuman grinste, weil ihm klar wurde, daß Graver die ganze Zeit gewußt hatte, daß er sie wohl nicht bekommen würde. Er steuerte aus dem Parkplatz auf die Zufahrtsstraße und fädelte sich in den Verkehr auf dem Freeway ein.

»Redden ist aus Sweetwater, Texas«, begann Neuman. »Der Vater war dort Direktor einer High-School. Ging am Texas Tech aufs College, studierte Ingenieurwesen und brach sein Studium ab, als er fliegen gelernt hatte. Eine Zeitlang flog er Maschinen, die Felder besprühten, einige Jahre lang, dann bekam er einen Job bei einem Charterservice, der Leute über den Grand Canyon flog. Nach einigen weiteren Jahren ging er zum National Forest Service in Kalifornien und flog dort bei den sommerlichen Bränden Löschflugzeuge. Ein paar Jahre lang. Danach tauchte er im Rio Grande Valley auf, Mission, Pharr, diese Gegend. Keine erkennbare Anstellung, aber erkennbares Geld, also fing die DEA an, ein Auge auf ihn zu haben. Einmal erwischten sie ihn nachts in Ojinaga gegenüber von Presidio mit einer Ladung Mexican Brown. Das Außenministerium ließ verlauten, sie bräuchten ein paar Piloten, und Redden wurde überredet, sich an irgendwelchen verdeckten Aktionen in Honduras und Nicaragua zu beteiligen. Das machte er, als er eine Ladung Waffen auf einem kleinen privaten Flugplatz außerhalb von Villavicencio in Kolumbien ablieferte. Danach scheint er sich von der CIA gelöst und ›unabhängig‹ gearbeitet zu haben, vermutlich mit Kalatis. Seine Biographie bricht an der Stelle ab. Nur ist er an den verschiedensten Orten in Mittelamerika gesichtet worden.«

»Aber es gibt keinen Haftbefehl für ihn?«

»Nein.«

»Himmel. Kalatis. Der Kerl hat einen so irre langen Arm, daß man es kaum glauben kann.«

»Ich glaube eine Menge von dem nicht, was ich in den letzten vierundzwanzig Stunden gesehen habe«, sagte Neuman. »Ich glaube auch Arnette nicht. Dieses Haus ist wie eine Einrichtung der Regierung . . .«

»Was ist mit Ledet?«

»Mit Ledet habe ich mich nicht lange aufgehalten, weil er in Atlanta ist.«

»Wissen Sie noch irgendwas über ihn?«

»Er ist aus Louisiana, aus Baton Rouge. Ging zur LSU. Traf Redden anscheinend, als sie beide Drogen über die Grenze flogen. Ich glaube nicht, daß er von der DEA hochgenommen wurde; er erschien bloß kurz nach Redden in Tegucigalpa. Vermutlich seinetwegen. Danach verläuft die Geschichte von beiden im allgemeinen parallel. Ich denke, sie sind recht gute Kumpel.«

Graver schaute über das flache Küstenland, als sie die Stadt verließen. Die Sonne brannte erbarmungslos.

»Ledet aus Red Stick«, sagte er. Er spürte, wie die Sonne das Fenster an seiner Seite aufheizte wie ein Laserstrahl und seine Schulter traf. Die Klimaanlage im Wagen lief auf Höchsttouren, und er starrte auf den flachen Küstenstreifen.

68

Eddie Redden wohnte auf einem teuren Grundstück. Sein Haus lag am Strand und wurde durch einen dichten Hain aus rosafarbenen und roten Oleanderbüschen und kirschroter Bougainvillea von der Straße abgeschirmt. Wenn man in die Einfahrt einbog, sah man einen großen, flachen Bungalow mit leicht geneigtem Dach und Jalousien in jamaikanischem Stil aus gebleichtem Zypressenholz. Eine breite Veranda, von Palmen flankiert, zog sich an der Rückseite des Hauses entlang, wo jenseits eines dichten, smaragdgrünen Rasens, den irgend jemand mähte und düngte und wässerte, die Galveston Bay glitzerte. Am Wasser war ein kleines blaues Skiff vertäut, das in der südlichen Brise tanzte.

Die halbrunde Einfahrt vor dem Haus war durch ein Tor mit einem Weinspalier verschlossen, vor dem ein schwarzes Alfa-Romeo-Kabriolett stand. Neuman parkte hinter dem Alfa und stellte den Motor ab. Beide Männer stiegen aus und gingen zur Veranda und in den Schatten der Vordertür.

Neuman drückte auf den Klingelknopf. Zunächst rührte sich nichts. Im Haus war kein Laut zu hören. Neuman läutete erneut, und irgendwo im Inneren des Hauses sagte eine höfliche, leicht ungeduldige Frauenstimme: »Ich komme schon.« Sie hörten sie nicht an die Tür kommen, weil sie, wie beide sofort bemerkten, barfuß war. Plötzlich stand sie hinter der Fliegentür und zog ein weißes Baumwollkleid um sich zusammen, das sie sich gerade übergeworfen hatte. Sie schob eine mattbraune Haarsträhne hinter ein Ohr und sah Neuman mit schräggelegtem Kopf leicht zwinkernd von unten her an.

»Ja, bitte?«

»Hallo«, sagte Neuman. »Ist Eddie da?«

»Wer will das wissen?«

»Joe... Dearden.«

»Jay Deer-den...?« Sie sagte das vor sich hin, als sei es der lächerlichste Name, den sie je gehört hatte.

»Ja, Jay«, sagte Neuman.

»Tja, also...«, sagte sie, senkte den Blick und wußte anscheinend nicht, wie sie in ihrer Verwirrung auf seine Fragen antworten sollte. Sie sah nicht sonderlich intelligent aus, hatte scharfe Züge und ein von der Sonne gegerbtes Gesicht mit zahlreichen Sommersprossen.

»Er hat mich erwartet«, sagte Neuman.

»Er *hat*?« Wieder zwinkerte sie zu ihm empor. Sie drehte sich um und schaute in die Dunkelheit des Hauses. Neuman streckte die

Hand aus und prüfte schnell, aber unauffällig, ob die Fliegentür verschlossen war. Sie war offen. Die Frau drehte sich wieder zu ihm um. »Tja, Scheiße, er ist nicht hier«, sagte sie.

»Wer ist da?« sagte aus dem Inneren des Hauses eine näher kommende Männerstimme.

»Es ist für Eddie... Jay Deer-den?« sagte sie und betonte so erneut, wie eigenartig ihr der Name vorkam.

Wie sie stand auch der Mann plötzlich vor ihnen, schaute stirnrunzelnd in die Helligkeit der Veranda; er war hinter dem Mädchen, von ihr teilweise verdeckt, und trug nur eine Joggingshorts mit dem Wort »Athletic« auf der Vorderseite des rechten Hosenbeins.

Neuman erkannte ihn sofort.

Besser hätten sie es nicht treffen können.

»Hey, Rick«, sagte Neuman im Lange-nicht-gesehen-Ton, den Vornamen benutzend, damit Graver wußte, daß sie es mit Richard Ledet zu tun hatten. Dann drückte er die Fliegentür auf.

Ledet stieß das Mädchen mit beiden flachen Händen in die Taille; ihr Kopf flog zurück, und sie prallte gegen Neuman, der sie ebenso heftig auf die Seite stieß und zum Schlag gegen Ledet ausholte. Doch der barfüßige Pilot hatte auf dem hölzernen Fußboden den besseren Halt und war Neuman drei Schritte voraus, als er durch die Küche in Richtung Hintertür rannte. Zum Glück war die Fliegentür in der Küche verriegelt, und als Ledet sie mit einem Stoß seiner Arme öffnen wollte, fuhr er damit durch das Gitter. Die Mittelleiste der Tür traf ihn in den Magen, und obwohl er mit dem Oberkörper durch den Draht krachte, konnte Neuman ihn noch packen. Die beiden Männer stürzten polternd und mit lautem Ächzen zu Boden.

Ledet hatte kaum den Boden berührt, als Graver schon über ihm war. Er rammte ihm den Lauf seiner SIG-Sauer gegen die Schläfe.

Ledet erstarrte.

Neuman war sofort wieder auf den Füßen. Er rannte in den Vorraum zurück, wo das Mädchen gerade aufstand. Sie begann zu schreien, und er preßte ihr eine Hand über den Mund.

Plötzlich herrschte Stille.

»Ist sonst noch jemand hier?« fuhr Graver Ledet an.

Der Pilot zögerte und sagte dann: »Nein.«

Graver drückte den Lauf seiner SIG-Sauer fester an Ledets Schläfe.

»Bei Gott, ich schwöre«, sagte Ledet.

»Legen Sie die Hände auf den Rücken.« Graver drückte sein Knie in Ledets nackten Rücken und legte ihm Handschellen an. Dann stand er auf. »Okay, hoch mit Ihnen«, sagte er, aber er half dem Piloten nicht, der einen Moment brauchte, um sich auf die Knie zu erheben, was ihm wegen der auf dem Rücken gefesselten Hände schwerfiel. Als er stand, gingen sie in den Wohnraum zurück.

»Falls Sie schreien, wenn ich meine Hand wegnehme, schlage ich Sie k. o.«, sagte Neuman zu dem Mädchen. Sie nickte, und er fesselte ihr die Hände ebenfalls mit Handschellen auf dem Rücken und drückte sie dann auf das Sofa.

Auf einer Seite des Wohnzimmers standen ein stabiler Rattantisch und dazu passende Stühle. Auf dem Tisch lag ein Kartenspiel neben einigen leeren Bierflaschen. Graver zog einen der Stühle heraus, drehte ihn um und sagte Ledet, er solle sich setzen. Mit einem weiteren Paar Handschellen fesselte Graver Ledets Fußknöchel an ein Tischbein. Zumindest würde ihn das am Aufspringen hindern.

»Passen Sie auf sie auf«, sagte er zu Neuman und ging durch das Haus, drei Schlafzimmer, drei Bäder, Küche, Eßzimmer, breite Flure, alle Fenster der Brise aus der Bucht geöffnet. Als er ins Wohnzimmer zurückkam, saßen alle noch so da, wie er sie verlassen hatte.

Graver zog einen weiteren Stuhl vom Tisch und setzte sich in einiger Entfernung von Ledet hin. Der Pilot hatte etwa seine Größe, war gut gebaut, durchtrainiert und muskulös. Sein Haar war schwarz, der Bart ein paar Tage alt, die Nase gerade und schmal, der ohnehin dunkle Teint sonnengebräunt. Er trug einen sauber gestutzten, dichten Schnurrbart. Graver musterte ihn eine Minute lang. Ledet erwiderte seinen Blick, ohne auszuweichen, aber nicht kämpferisch. Er versuchte, sich über die Situation klarzuwerden.

»Wo ist Eddie?« fragte Graver.

»Was soll das alles?« fragte Ledet. »Wer sind Sie?«

»Wir wollen mit Eddie reden«, sagte Graver. Er schlug die Beine übereinander, verschränkte die Arme im Schoß und beugte sich ein wenig vor, die SIG-Sauer noch in der Hand.

»Der ist unterwegs.«

»Wo?«

»Mexiko, ein Charterjob.«

»Was fliegt er?«

»Seine kleine Twin-Beech.«

»Das wissen Sie sicher?«

»Ja, klar.«

»Tja, wir sind am Hangar vorbeigefahren«, sagte Graver. »Die Beechcraft steht noch da.«

Ledet schluckte. »Na, mir hat er gesagt, er würde sie nehmen.«

»Hat er Ihnen gesagt, wohin er fliegt?«

»Sie meinen, wohin in Mexiko? Nein, bloß ein Charterauftrag, hat er gesagt.«

»Wann kommt er zurück?«

Ledet schluckte wieder. »Er sollte heute zurückkommen.«

»Sollte?«

»Ja. Ich hab' nichts von ihm gehört.«

»Wir haben uns im Büro des Gulf Airport erkundigt. Die Beechcraft ist seit drei Tagen nicht mehr geflogen worden.«

Ledet zuckte ratlos mit den Schultern.

Graver sah das Mädchen an. »Ist das seine Freundin, mit der Sie im Bett waren?«

Ledet runzelte die Stirn. »Eddies Freundin? Verflucht, nein.«

»Wer ist sie?« fragte Graver, als sei das Mädchen nicht da.

»Was, Sie meinen, wie sie heißt?«

»Das wäre gut zu wissen, ja.«

»Alice.«

»Bloß Alice?«

Ledet sah sie an. »Äh ... Alice ...«

»Gifford«, sagte das Mädchen.

»Ah, ja«, sagte Ledet, sich erinnernd. »Wir haben uns gestern abend erst kennengelernt. Ich wußte nicht mehr ...«

Graver nickte. Er dachte einen Augenblick nach. »Wann haben Sie Atlanta verlassen?«

In Ledets Miene flackerte erneut Mißtrauen auf, als er merkte, daß dieser Mann wußte, wo er wohnte.

»Gestern«, sagte er und musterte Graver vorsichtig.

Graver hatte diesen Blick schon häufiger gesehen, und es war nicht der Ausdruck, den er zu erblicken gehofft hatte.

»Eigentlich ist alles ganz einfach und folgerichtig«, sagte Graver in der Hoffnung, Ledets Argwohn in eine andere Richtung zu lenken. »Meine Codelinien zu Panos Kalatis sind tot. Ich weiß nicht, wieso, aber sie sind es. Ich versuche, mich mit ihm in Verbindung zu setzen. Für mich ist das von äußerster Wichtigkeit. Für uns beide. Ich möchte Ihre Codelinie benutzen, um ihn zu erreichen.«

Ledets Mund erschlaffte, und er schluckte wieder und wirkte jetzt wie ein Mann auf dem elektrischen Stuhl. Die Worte schienen ihm zu fehlen, als befinde er sich plötzlich in einem Minenfeld. Angesichts der Arbeit, die Ledet während der letzten zehn Jahre getan hatte, nahm Graver an, daß er einige der unausgesprochenen Spielregeln kannte. In den letzten paar Augenblicken mußte ihm klargeworden sein, daß diese beiden Männer bei ihm eingedrungen waren, ohne sich die Mühe zu machen, ihre Gesichter zu verbergen. Das konnte nur zweierlei bedeuten. Sie konnten von der Polizei sein – diesen Argwohn wollte Graver für den Augenblick zerstreuen –, sie konnten aber auch vom anderen Ende des Spektrums sein, und es war möglich, daß es ihnen gleichgültig war, wenn Ledet und Alice ihre Gesichter sahen, weil sie keine Zeugen zurücklassen würden, wenn sie gingen. Letztere Möglichkeit ging Ledet sichtlich durch den Kopf.

Doch es fiel ihm schwer, eine Antwort zu formulieren. Normalerweise hätte er routinemäßig gefragt, wer denn dieser Kalatis überhaupt sei, aber wenn der Mann einen Telefoncode hatte … oder auch nur *wußte,* daß Telefoncodes existierten, dann würde diese Masche nicht funktionieren. Er mußte sich etwas anderes ausdenken.

»Da haben Sie Pech gehabt«, sagte Ledet. »Einfach Pech.«

»Ach?«

Ledet nickte. »Eddie ist der einzige, der ihn hat. So haben wir es immer gehalten. Nur Eddie.«

»Und was ist, wenn Sie zu Hause sind?«

Ledet schüttelte den Kopf. »Wenn es Arbeit gibt, ruft Eddie mich an. Ich rede nie mit dem Typ. Mit Kalatis, meine ich. Das macht Eddie.«

»Und wenn er Sie anruft, kommen Sie und machen den Job?«

»Richtig. So läuft das.«

»Dann müssen Sie mit Arbeit rechnen«, sagte Graver und winkte Ledet mit der SIG-Sauer. »Weil Sie nämlich hier sind.«

Ledet starrte Graver an und nickte widerstrebend.

»Und was ist es diesmal?«

Ledet schüttelte den Kopf. »Weiß ich nicht. Eddie ruft mich an, sagt, Rick, wir haben zu tun, und ich fliege her. Ich weiß nicht, welche Arbeit wir zu tun haben, bis ich herkomme und er es mir sagt.«

»Aber jetzt wissen Sie es nicht.«

»Nein, ich weiß es nicht, weil ich Eddie noch nicht gesehen habe.«

»Er war nicht hier, als Sie gestern ankamen.«

»Stimmt, er war nicht hier.«

Das glaubte Graver nicht. »Aber Sie wissen, daß er auf einem Charterflug nach Mexiko ist.«

»Ja, richtig.«

»Aber mit der Beechcraft haben Sie sich geirrt.«

»Tja, vermutlich. Ich meine, ich weiß nur, was Eddie mir sagt. Wenn er mir sagt, daß er die Beechcraft nimmt, dann denke ich, daß er sie wirklich nimmt. Was soll ich sagen? Ich kann nichts dafür, wenn er es sich anders überlegt oder ... oder die Pläne sich ändern.«

Graver nickte nachdenklich. Er stand auf und sah Ledet und dann Neuman und Alice an. Alice war wie versteinert.

»Stecken Sie ihr was in den Mund«, ordnete Graver an, und Neuman griff nach unten, packte den Saum des Kleides, in das Alice sich gehüllt hatte, und stopfte ihn ihr in den Mund. Dabei entblößte er ihre Beine und ihren Schoß, den das dunklere Haar über ihrem Schamdreieck betonte.

Graver wandte sich wieder Ledet zu.

»Uns stehen alle Möglichkeiten offen ... bis auf sie«, sagte

Graver. »Wir werden sie benutzen. Was immer mit ihr passiert, wird zwischen Ihnen und mir entschieden.« Er wartete einen Augenblick. Schweigen. Das war ein spontaner Einfall gewesen, und er hatte plötzlich das Gefühl, einen schrecklichen taktischen Fehler begangen zu haben. »Ich weiß, daß Sie Colin Faeber mehrmals zu Kalatis' Haus geflogen haben. Ich muß da hin.«

Ledet sagte nichts. Er saß einfach da. In diesem Augenblick wußte Graver, daß er es vermasselt hatte. Wenn er nicht bereit war, einen von ihnen oder beide zu erschießen, hätte er niemals so tun dürfen, als sei er kein Polizist. Wenn er Ledets Welt angehört hätte, dann hätte er mit Ledet bereits begonnen, und Ledet merkte das jetzt. Er wußte, daß das Mädchen nicht erschossen werden würde. Graver war wütend auf sich selbst. Er hatte sich wie ein blutiger Anfänger angestellt, und das hatte ihn den kleinen Vorteil gekostet, den er besessen hatte.

Ledet grinste ihn jetzt beinahe an. Er wußte, daß er es mit irgendeiner Art von Gesetzeshüter zu tun hatte. Graver kannte ein paar Männer, die nicht gezögert hätten, dieses Grinsen aus Ledets Gesicht zu prügeln, ihm einige Zweifel einzuflößen, aber so war Graver nie vorgegangen. Er hatte das einfach nicht in sich.

Das Mädchen weinte jetzt, ihr Körper wurde von Schluchzen geschüttelt. Ihr Mund war geknebelt, ihre Augenbrauen verzerrt, Angsttränen strömten über ihr Gesicht. Graver kam sich vor wie ein Schuft. Sie war die einzige, die hier gelitten hatte, und er haßte sich dafür, daß er sie vor ein vermeintliches Exekutionskommando stellte. Das war unnötig grausam, und er hätte es nicht tun dürfen.

Ledet schaute zu ihr hinüber, und dann sah er wieder Graver an. Er wußte eindeutig, daß Graver Polizist war. Doch Alice wußte es nicht. Zwischen einzelnen Schluchzern versuchte sie zu reden, stieß erstickte Schreie aus, ein schrilles, ersticktes Flehen.

Graver sah sie an und gab Neuman zu verstehen, den Knebel zu entfernen.

»Ich weiß, ich weiß«, stieß sie hervor, hustend, unter Tränen und mit laufender Nase. »Bringt mich nicht um. Mein Gott, ich weiß, ich weiß ... ich ...« Sie rang nach Atem und hustete.

Graver gab Neuman das Zeichen, ihr die Handschellen abzunehmen. Dann sah er Ledet an, der Alice jetzt mit besorgtem Stirnrunzeln beobachtete.

»Was ist?« fragte Graver. »Was wissen Sie?«

Alice wischte sich tränennasse Haarsträhnen aus dem Gesicht und hustete erneut.

»Ich weiß das ... mit den Flügen«, sagte sie, nachdem sie endlich ihre Stimme wiedergefunden hatte. »Ich hatte mal ein Verhältnis mit einem Piloten ...« Mitten im Satz hielt sie inne und schaute Ledet an, der begierig darauf wartete, was sie auf Lager hatte. »Du *Drecksack*«, kreischte sie und spuckte nach ihm; der Speichel traf ihn am Hals und rann über seine nackte Brust.

»Nur die Ruhe«, sagte Neuman, der hinter ihr stand, packte ihre Schultern und drückte sie auf das Sofa zurück.

Alice schaute Ledet so wild an, daß Graver glaubte, sie hätte ihn erschossen, wenn sie seine Waffe in die Hand hätte bekommen können. Was sie betraf, so hatte Ledet soeben zu erkennen gegeben, daß er sie lieber erschießen lassen würde, als diesem Mann zu sagen, was er wissen wollte. Vielleicht würde sich das schließlich doch zu Gravers Vorteil auswirken.

»Also, was ist?« fragte Graver. »Sie sollten mir besser sagen, was Sie wissen.«

»Alice! Du dumme Nutte!« krächzte Ledet.

»Ich weiß, wo seine verdammten Luftkarten sind, bei Gott«, verkündete sie triumphierend. »Sie wollen wissen, wohin dieser Hurensohn fliegt – schauen Sie sich doch seine Karten an! Ich hab' sie heute morgen gefunden, als er schlief.« Sie sah Ledet an. »Als du heute nacht den Koks holen gingst, habe ich mir das Zimmer von diesem anderen Typen angesehen. Du warst so im Tran, daß du Scheiße nicht von Shinola unterscheiden konntest. Ich stand einfach splitternackt in der Tür und hab' dich beobachtet. Ganz genau. Ich hab' gesehen, wie du den Koks rausgeholt hast, ein paar Kanonen« – an dieser Stelle sah sie Graver an – »alles. Auch die Pornovideos.«

»Verdammt, die Typen sind *Bullen!*« schrie Ledet. »Keiner will dich erschießen, verflucht! Dämliche Nutte! Verdammt!«

Sie sah stirnrunzelnd Graver, dann Ledet, dann wieder Graver an. »Stimmt das?«

»So ungefähr«, sagte Graver. Er ging zu ihr hinüber und baute sich vor ihr auf. »Ich will Ihnen was sagen. Wenn das, was Sie sagen, wahr ist, kommt dieser Mann ins Gefängnis, und er wird erst wieder frei sein, wenn er alt genug ist, um sich seine Rente abzuholen... wenn überhaupt. Wenn Sie sich auf seine Seite schlagen, werden Sie mit ihm eingebuchtet.«

»Was wollen Sie damit sagen, eingebuchtet? Ich habe weiter nichts getan, als etwas von dem Koks zu schnupfen, den dieses Arschloch hatte, und mit ihm zu ficken. Was meinen Sie mit ›eingebuchtet‹?«

»Wenn Sie etwas über kriminelle Aktivitäten wissen und es verschweigen, sind Sie mitschuldig«, sagte Graver unbestimmt.

Sie sah Ledet an. »Ich wußte in dem Moment, in dem du diese Bar betreten hast, daß du ein Arschloch bist, Mister. Wäre der beste Tag in meinem Leben gewesen, wenn ich den Laden schnurstracks verlassen hätte.«

Sie wischte sich erneut die Nase, stand vom Sofa auf, zupfte am Saum ihres Hängekleides und ging an Ledet vorbei. Dabei warf sie ihm einen tödlichen Blick zu.

Die Karten, das Kokain und die Waffen befanden sich sämtlich in der Truhe unter der Fensterbank dessen, was Reddens Schlafzimmer gewesen sein mußte.

Es gab etwa ein halbes Kilo Kokain in einer durchsichtigen Plastikschachtel, drei Uzis, eine SIG-Sauer wie die von Graver, ein paar Smith & Wessons M13 und einen Colt Delta. Die Munition war jeweils säuberlich in Holzkistchen ohne Deckel verstaut. Es gab auch, wie Alice gesagt hatte, einen Stapel mit harten Pornovideos – und einen Beutel.

Graver nahm den Beutel und öffnete die Lederriemen. Er enthielt säuberlich gefaltete Navigationskarten. Auf der Oberseite befand sich ein rotes, gestempeltes Dreieck mit einer freien Stelle für ein Datum. Der mit Kugelschreiber eingetragene Termin war der nächste Tag.

69

Connies Eigentumswohnung befand sich in einer kurzen, stillen Straße nicht weit von der Greenway Plaza entfernt, einem der acht »Geschäftszentren« der Stadt.

Es war kein großer Komplex, nur fünf Einheiten, um einen fünfeckigen Hof herum gelegen, der von hohen, rostfarbenen Ziegelmauern mit Schlingpflanzen und englischem Efeu eingeschlossen war, um den Straßenlärm fernzuhalten. Es gab nur einen einzigen Eingang an der Spitze des Fünfecks, eine einspurige Einfahrt, die um ein Mittelbeet mit dekorativen Grünpflanzen herumführte, dominiert von einer riesigen Akazie mit rosa schimmernden Blüten. Jede Wohnung hatte eine Garage, die man von der zentralen Einfahrt aus erreichte, wenn die Garagen auch so gelegen waren, daß sie von der runden Einfahrt selbst nicht einzusehen waren.

In vieler Hinsicht war die Anlage leicht zu überwachen. Von der Vorderseite her ein einziger Eingang. Von der Rückseite keiner. Andererseits handelte es sich um eine höllische Herausforderung, weil der Architekt sich größte Mühe gegeben hatte, jeden Hauseingang vor den Nachbarn abzuschirmen, da Intimität zu den hochgepriesenen »Annehmlichkeiten« dieses speziellen Häuserkomplexes gehörte. Der Eingang von der Garage zur Vordertür lag innerhalb der Garage, so daß man sich in Sicherheit befand, wenn man erst mittels Fernbedienung das Garagentor hinter sich geschlossen hatte. Der öffentliche Zutritt zu den Haustüren erfolgte über einen ummauerten Hof mit schmiedeeisernem Tor und elektronischem Schloß, das sich nur mit dem Schlüssel des Bewohners oder aus dem Inneren des Hauses öffnen ließ.

Das Problem war der Standort. Eine Überwachung aus dem Auto war nicht möglich. Sie brauchten Zugang zu einer der anderen Wohnungen, am besten einer benachbarten. Mit Hilfe von Arnettes computerisiertem Plan rief Dani, während Arnette ihr über die Schulter sah, jede der benachbarten Einheiten an. Gleich die erste meldete sich, und Dani fragte nach einem fiktiven Namen und entschuldigte sich dann, sie habe die falsche Nummer gewählt. Bei der zweiten Wohnung meldete sich ein Anrufbeantworter, der sie aufforderte, eine Nachricht zu hinterlassen. Dani gab den Namen des Bewohners in den Computer ein, um festzustellen, welchem Beruf er nachging. Es handelte sich um Lawrence Micheson, Vertreter für Tectronics Aluminium Fabrications. Dani rief den Arbeitgeber an und fragte nach Mr. Micheson. Man verwies sie an seine Sekretärin, die sagte, er sei geschäftlich in Phoenix und werde erst am Samstag zurückkehren. Ob sie etwas ausrichten könne? Nein, vielen Dank. Dani tippte sich in eines der Kreditbüros ein und erfuhr, daß Mr. Micheson nicht verheiratet war. Die Chancen standen also gut, daß die Wohnung leer war.

Man beschloß, daß Remberto hineingehen würde. Murray würde außerhalb des Komplexes in einer Seitenstraße bleiben, von der aus man ungehindert den Eingang sehen konnte, und ihn wissen lassen, wenn sich jemand dem Tor näherte.

Der Nachmittag war still und glühend heiß; als Remberto den Komplex betrat, klebte ihm das Hemd bereits am Leib. Das war eben so in Houston, wenn man sich bewegte, hatte man das Gefühl, Bolivien nie verlassen zu haben. Die Hitze und die Feuchtigkeit waren genau wie die Arbeit in den Dschungeln am Fluß Beni. Doch natürlich hatte es im Flußtal des Beni niemals Klimaanlagen gegeben.

Die Zeit reichte nicht aus, um festzustellen, ob es ein Alarmsystem gab, und selbst wenn sie gewußt hätten, daß eines bestand, wäre nicht genügend Zeit gewesen, die elektronische Ausrüstung zu seiner Manipulation herbeizuschaffen oder sich mit ihrem Kontaktmann bei der Sicherheitsfirma in Verbindung zu setzen, die es installiert hatte.

Also doch wieder der Dschungel. Remberto würde einen Platz außerhalb von Michesons Garten finden müssen, von dem aus er Connies Eingangstür überwachen konnte, ohne daß Faeber ihn von innen her zu sehen vermochte. Es drehte sich einfach darum festzustellen, welcher Aussichtspunkt ihren Zwecken am besten diente.

Diesen Aussichtspunkt zu finden, erwies sich als einfacher, als er erwartet hatte, wenn seine Benutzung auch eine mühsame Sache sein würde. Die Ziegelmauer, die Connies Vorgarten von Micheson trennte, war etwa fünfundzwanzig Zentimeter breit. Sie war so angelegt, daß einige Ziegelsteine weiter herausstanden als andere und man die Mauer daher relativ leicht besteigen konnte. Die Garagen der beiden Wohnungen, deren Rückwände aneinanderstießen, hatten eine gemeinsame Mauer, während die Mauer der Garagen vor den Eingängen die vordere Mauer des Hofes bildete. Gleich innerhalb von Connies Vorgarten, in der Ecke zwischen der Garagenwand und der Mauer, die die beiden Wohnungen trennte, wuchs eine gesunde, struppige mexikanische Fächerpalme, deren grüne Wedel gerade über die Krone der Mauer reichten.

Remberto benutzte die vorstehenden Ziegelsteine, um die Mauer zu ersteigen, und fand oben eine Stelle, an der er sitzen konnte, den Rücken an die Garagenwand unter dem Dachfirst gelehnt. Die Palmwedel verdeckten ihn völlig, so daß er vom Garten und aus Connies vorderen Fenstern nicht zu sehen war. Er rief Murray an.

»Okay«, sagte er. »Ich bin an Ort und Stelle, auf der Mauer vor ihrem vorderen Garten.«

»Kein Scheiß?«

»Nein, wirklich. Hör zu, hier ist alles ruhig. Wenn jemand kommt, mußt du mich einfach zweimal anklingeln.«

»Wird gemacht.«

Remberto ließ sich nieder und richtete sich auf eine Wartezeit ein. Ihm war vollkommen klar, daß er Stunden dort sitzen würde, er rechnete sogar damit. Er rechnete auch damit, es unbequem zu haben. Und so war es. Beide Höfe waren üppig begrünt, was bedeutete, daß die Feuchtigkeit dort besonders stark war. Der Dampf stieg aus den Gartenhöfen auf, und Kolonien von Stechmücken bewegten sich wie Wolken von Palmen zu Oleanderbüschen, Azaleen und schließlich zu Remberto, dessen schweißdurchtränkte Kleider sie anzogen wie Nektar die Bienen. Das war in Ordnung. Remberto hatte auch früher schon mit Mücken gelebt. Schweiß rann ihm aus dem Haar in den Nacken, hinter die Ohren, über die Stirn und in die Augen. Auch das war in Ordnung. Er hatte früher schon mit Schweiß gelebt.

Doch die Ziegelmauer war eine andere Sache. Rembertos Hinterteil war breiter als fünfundzwanzig Zentimeter, und nach einer Stunde dachte er, seine Wirbelsäule werde steif. Nach eineinhalb Stunden begann er sich zu sorgen, wie er weitermachen sollte. Er würde das keine fünf oder sechs Stunden lang aushalten können. Statt seine Beine und Füße zusammen vor sich zu halten, drehte er sich und setzte sich rittlings auf die Mauer. Das war eine große Erleichterung – für etwa acht Minuten. Dann begannen die Kanten der Ziegelsteine in die Innenseiten seiner Oberschenkel zu schneiden, und er spürte, daß sich zwischen seinem Steißbein und den Ziegeln überhaupt kein Fleisch befand.

Dann summte sein Funktelefon zweimal.

Remberto erstarrte und lauschte aufmerksam. Das Signal bedeutete lediglich, daß ein Wagen in das Grundstück einfuhr. Er konnte jede Wohnung ansteuern. Remberto versuchte, sein Ziel festzustellen. Binnen einer Minute hörte er das leise Brummen eines Motors im Leerlauf in der Einfahrt zu Michesons Garage zu seiner Linken. Nach einem Moment verstummte das Geräusch.

Es dauerte einen kurzen Augenblick, ehe er hörte, daß die Autotür geöffnet wurde. Eine Freundin? Die Putzfrau? Micheson, der heimlich früher zurückkehrte, ohne es seinem Arbeitgeber zu sagen? Er wußte, daß Murray den Wagen von Anfang an gesehen hatte und beobachten würde, wo er schließlich anhielt; außerdem hatte er sicherlich bereits das Kennzeichen durchgegeben, um den Besitzer zu identifizieren.

Von Michesons Seite des Innenhofs aus war Remberto leichter zu entdecken. Tatsächlich war er praktisch voll sichtbar. Sein Herz raste, während er im Kopf rasch seine wenigen Möglichkeiten durchging. Dann hörte er plötzlich, daß die Autotür geschlossen wurde ... leise ... mit einem einzigen Klicken, als werde die Tür nur leicht zugedrückt, damit sie nicht aufschwang, aber auch nicht ganz geschlossen war. Er erstarrte. Das war nicht das richtige Geräusch.

Er hörte Schritte, die die betonierte Einfahrt verließen, doch sie wurden leiser statt lauter, also näherte die Person sich offenbar nicht Michesons Tor. Dann hörte er, daß sie wieder lauter wurden – aber sie erklangen vor Connies Tor. Als sie anhielten, erkannte er, daß es die Schritte einer Frau waren, einer Frau, die Schuhe mit hohen Absätzen trug.

Sie hatte einen Schlüssel zum Tor und öffnete es. Connie? Rayner Faeber, die beschlossen hatte, mit ihrem Mann zu verhandeln? Doch Graver hatte Arnette gesagt, er habe die beiden Frauen davor gewarnt, sich Connies Wohnung zu nähern. Hatte eine von ihnen seine Anweisungen einfach ignoriert?

Rembertos Stellungswechsel war ein Fehler gewesen. Er konnte die Nerven in seinen Lenden prickeln fühlen, was bedeutete, daß die Kanten der Ziegelsteine in die Muskeln seiner Oberschenkel schnitten. Doch er konnte sich nicht bewegen. Nicht jetzt.

Die Frau kam in Sicht: Anfang Vierzig, rötlichgraues Haar, ein wenig stämmig, aber elegant in ein Geschäftskostüm gekleidet. Attraktiv. Sie erinnerte Remberto an eine Immobilienmaklerin, die in den besseren Stadtvierteln tätig war. Sie hatte etwas Geschäftsmäßiges und Praktisches an sich – vielleicht die Art, wie selbstsicher sie ihre Schultertasche trug – und bewegte sich schnell.

Sie ging geradewegs zur Vordertür, ohne nach links oder rechts zu schauen, und benutzte wieder einen Schlüssel, um die Wohnung aufzusperren. Obwohl sie das ohne Zögern tat, tat sie es doch vorsichtig und geräuschlos. Sobald sie die Tür geschlossen hatte, drückte Remberto auf die Sprechtaste seines Funkgeräts.

»Murray! Murray, was hat das zubedeuten? Wer ist das?«

Als Murray sprach, zuckte Remberto zusammen, denn die Stimme kam von hinten links durch Michesons schmiedeeisernes Tor.

»Berto!« Murray keuchte heftig; seine muskulösen Arme, nackt unter den kurzen Ärmeln seines T-Shirts, umklammerten das Tor, während er seine Stirn an die Gitterstäbe preßte, um die Garagenecke herum Remberto sehen zu können. »Die Nummernschilder sind *gestohlen!*«

Remberto schwang sein linkes Bein über die Mauer. Es gab nicht genug Platz, um hinter der Palme herunterzuspringen – er mußte versteckt bleiben, bis er den Boden erreicht hatte –, also drehte er sich mit dem Gesicht zur Mauer und ließ sich mit den Armen in den engen Raum zwischen dem Stamm der Palme und der Mauerecke herunter. Dann bewegte er sich rasch, wenn auch steif an der Mauer entlang und kam am Tor heraus.

Murray war bereits dort; er war hinten um die Garage herumgelaufen und reichte Remberto durch das Tor seinen Colt, packte die

Mauer mit beiden Armen, zog sich hoch und schwang sich hinüber, bis er neben Remberto im Gartenhof stand.

»Was ist da los? Was ist das für eine Geschichte?« fragte Remberto, trat von einem Bein auf das andere und versuchte, das Prickeln wegzumassieren.

»Scheiße, wir wissen es nicht. Die Computer sagen, daß die Nummernschilder gestohlen sind, mehr wissen wir nicht.«

Remberto bewegte sich bereits zur Vordertür, mehr aus Instinkt als aus Überlegung. Wie er vermutete, hatte sie die Tür unversperrt gelassen, ein schlechtes Zeichen, und er stieß sie auf, während er seine eigene Waffe aus dem Hosenbund zog.

Gleich hinter der Tür befanden sich ein kleiner Flur und rechts ein Wohnraum, im Flur eine geschwungene Treppe in den ersten Stock. Sie blieben einen Augenblick stehen und lauschten. Stimmen, entfernt und fast unhörbar, kamen von oben. Zum Glück war die Treppe von einem Teppich bedeckt, und so gingen sie nach oben, Remberto voran.

Der obere Treppenabsatz führte in beide Richtungen, so daß sie erneut stehenbleiben und lauschen mußten. Die Stimmen waren jetzt lauter und kamen von links. Zusammen gingen sie durch den schmalen Gang an einer offenen Tür zu einem verdunkelten Schlafzimmer auf der Linken und einer offenen Tür zu einem verdunkelten Badezimmer rechts vorbei; die Stimmen kamen aus einem weiteren Zimmer direkt vor ihnen. Die Stimme der Frau wurde lauter, als sie an die Tür des Zimmers trat, und sie sahen durch die offene Tür ihren Schatten aus dem von der Sonne erhellten Zimmer. Um ein Haar hätten sie sie selbst sehen können. Remberto schlüpfte in das Schlafzimmer; Murray verschwand im Bad auf der anderen Seite des Flurs.

»Je eher, desto besser«, sagte sie. »Wenn Sie wollen, werde ich es tun. Dazu bin ich gekommen.«

»Herrgott«, schluchzte der Mann. »Nein ... nein. Gehen Sie ... gehen Sie nur raus ... gehen Sie nach unten.«

»Okay«, sagte sie. »Ich gehe.« Sie trat durch die Tür in den Gang. Ihre linke Hand lag auf der Tasche, die von ihrer Schulter hing, den rechten Arm hielt sie nach unten ausgestreckt. In der Hand befand sich eine Waffe mit einem Schalldämpfer. Sie tat einige Schritte, blieb dann stehen, drehte sich um, ging zur Tür zurück und hob die Waffe mit gestrecktem Arm in Schulterhöhe.

In diesem Augenblick sprangen Remberto und Murray in den Gang und schrien auf die Frau ein, während im Zimmer ein einziger Schuß ertönte. Sie drehte sich gewandt herum, ohne den Arm zu senken, und der Schalldämpfer hustete einmal, zweimal, dreimal in die Türblätter auf beiden Seiten des Ganges, während Remberto und Murray hastig zurücksprangen. Sie schauten sich über den Flur hinweg an und warteten – der Vorteil war auf ihrer Seite.

Stille.

Murray schaltete das Badezimmerlicht ein und fand auf der Ablage einen Handspiegel. Er schaltete das Licht wieder aus, und gleich darauf bewegte sich der Spiegel aus der Tür. Die Frau stand ihnen zugewendet, die Füße leicht gespreizt, die Knie in Schußposition gebeugt, die Waffe nun mit beiden Händen haltend. Wieder hustete der Schalldämpfer. Murrays Spiegel zerbarst.

Stille.

»Was haben Sie vor?« rief Murray. »Wollen Sie aus dem Fenster springen?«

Stille.

»Wer sind Sie?« fragte sie mit ruhiger Stimme, fast im Konversationston.

»Keine Polizei«, sagte Murray. »Und wir sind auch keine von Kalatis geschickte Verfolger.«

Stille.

»Sie haben ihn nicht erschossen«, sagte er. »Das wissen wir.«

»Macht das irgendeinen Unterschied?«

»Für mich schon«, sagte Murray kryptisch.

Stille.

»Ich möchte nicht, daß das hier ein böses Ende nimmt«, sagte Murray. »Warum kommen Sie nicht . . .«

Der Schalldämpfer hustete erneut – einmal –, gefolgt vom Geräusch eines stürzenden Körpers. Murray griff nach einer Scherbe des zerbrochenen Spiegels und hielt sie aus der Tür. Er konnte die Frau auf dem Boden liegen sehen.

»Scheiße«, sagte er, streckte den Kopf aus der Tür und zog ihn wieder zurück. »Ich glaube, sie hat's getan«, sagte er und schaute zu Remberto hinüber.

Remberto sah in den Gang und erkannte den dunklen Fleck, der sich auf dem Teppich unter ihrem Kopf ausbreitete; ihr Körper lag fast in dem Zimmer, durch dessen Tür sie vorhin gekommen war. Die Waffe war ihr aus der Hand geglitten und wurde vom Saum ihres Rockes teilweise verdeckt.

»Ja«, sagte er, »sie hat's getan.«

Sie traten aus ihren beiden Türen und näherten sich der Frau vorsichtig, doch sie war eindeutig tot. Remberto stieg über sie hinweg und betrat das Schlafzimmer, das man mit einem Schreibtisch, Bücherregalen, einem Sofa und Sesseln in ein Arbeitszimmer umgewandelt hatte. Faeber lag auf dem Fußboden, die Beine über den Stuhlbeinen eines umgestürzten Stuhls, auf dem er mit dem Gesicht zum Fenster gesessen hatte. Der Schuß aus dem großen Revolver, den er benutzt hatte, hatte ihn nach hinten umkippen lassen.

Remberto ging in den Flur zurück.

»Faeber hat sich auch erschossen«, sagte er.

Murray kniete neben der Frau und zog ihr einen der Latexhandschuhe aus, die sie getragen hatte.

»Ich möchte bloß wissen, wer, zum Teufel, sie ist«, sagte Murray. »Schau in ihre Schultertasche. Ich brauche irgendein Papier.«

Remberto öffnete die Tasche. Sie war vollkommen leer.

»Scheiße«, sagte Murray.

Remberto trat in das Arbeitszimmer und fand einen Umschlag, den er mitnahm. Er reichte ihn Murray. Murray hob die bloße Hand der Frau, beugte ihren Arm und drückte ihre Fingerspitzen in das Blut. Sorgfältig nahm er zwei komplette Sätze Fingerabdrücke. Dann ließ er ihre Hand fallen und wedelte mit dem Umschlag, damit die Abdrücke trockneten.

Die beiden Männer sahen sich an.

»Ich weiß nicht«, sagte Murray schließlich kopfschüttelnd. »Verdammt unheimliche Geschichte. Machen wir, daß wir hier wegkommen.«

70

Selbst wenn Graver die Karten lesen konnte, wußte er doch, daß es von unmittelbarem Vorteil für ihn war, sich Ledet gegenüber eine möglichst günstige Position zu verschaffen.

Als erstes brachte er alle in das Schlafzimmer. Er legte Ledet auf den Boden, fesselte ihm nicht nur die Handgelenke, sondern auch die Füße mit Handschellen und wies Alice an, sich auf das Bett zu setzen. Er legte alle Waffen aufs Bett und gab Neuman sämtliche Seriennummern. Neuman schrieb sie in sein Notizbuch. Dann rief Graver einen Freund bei ATF an, gab ihm die Information und Reddens Telefonnummer und legte auf.

Anschließend wandte er sich dem Fernsehgerät zu, das auf einer Kommode gegenüber dem Fußende des Bettes stand, schaltete den Videorecorder ein und schob das erste Band in den Apparat. Die ersten paar Bänder waren standardmäßige, billige, professionell hergestellte Pornofilme, und Graver sichtete sie im Schnelldurchlauf, da er annahm, daß sie nicht das enthielten, wonach er suchte. Kassette Nummer vier war eine Eigenproduktion aus eben dem Schlafzimmer, in dem sie jetzt saßen. Man sah darauf Eddie Redden – Neuman identifizierte ihn – und einige Mädchen, eine dünne Schwarzhaarige mit pflaumenförmigen Brüsten und blauen Flecken auf dem Gesäß sowie eine schmalhüftige Blondine mit schwarzem Schamhaar und großen und üppigen Brüsten wie übervolle Euter.

Das folgende Band war von ähnlicher Machart und zeigte Ledet und zwei andere Frauen. Das letzte Band war das, was Graver halb zu finden erwartet hatte. Es zeigte Ledet und wieder Redden mit zwei anderen Mädchen. Diesmal jedoch handelte es sich eindeutig um Minderjährige an der Grenze zur Pubertät.

Wie auf ein Stichwort läutete in diesem Augenblick das Telefon. Es war der Bericht von ATF. Sämtliche Waffen entstammten einer Lieferung, die vor zwei Jahren in einem Waffengeschäft in Südflorida gestohlen worden war.

Graver legte den Hörer auf, ging um das Bett herum und setzte sich Ledet gegenüber auf die Kante. Er starrte ihn einen Augenblick an.

»Wenn es nach mir ginge«, sagte er, »würde ich Sie an den Strand bringen und Ihnen eine Kugel in den Kopf schießen. Ich habe noch nie einen Mann erschossen, aber ich glaube nicht, daß es mir in diesem Fall etwas ausmachen würde. Nicht länger als für ein paar Minuten jedenfalls.« Er hielt inne. »Aber in Wirklichkeit ist es so, daß es letzten Endes nicht in meinem Ermessen steht, was schließlich mit Ihnen passiert. Es wird einen Staatsanwalt, einen Richter und einen Verteidiger geben. Sie werden einen Anwalt bekommen, der alles in seiner Macht Stehende tun wird, um Ihnen mildernde Umstände zu verschaffen, was den Koks, die gestohlenen Waffen und die kleinen Mädchen betrifft, aber er wird Ihnen nicht viel nützen können, wenn das alles ist, womit er arbeiten kann.«

Graver schaute zu dem Stapel Waffen und den Videobändern hinüber und nahm sich Zeit zum Nachdenken.

»Ich wünschte, ich bräuchte Ihre Hilfe nicht«, fuhr er fort, »aber ich brauche sie. Und wenn Sie uns helfen, werden Sie auch sich selbst helfen, obwohl ich das bedaure. Ihr Anwalt wird das nehmen, was Sie für uns tun, und herausholen, was herauszuholen ist. Ich persönlich finde nicht, daß Sie auch nur im geringsten davon profitieren sollten, daß Sie uns helfen. Ich finde, man sollte Sie von Gesetzes wegen dazu zwingen. Ich finde, daß man Ihnen die Spritze geben sollte, wenn Sie uns nicht helfen, und lebenslänglich, wenn Sie es tun. Aber Ihr Anwalt wird wesentlich mehr herausholen ... leider Gottes.«

Alice hörte mit leicht geöffnetem Mund zu, als könne sie nicht glauben, in welche Lage sie sich gebracht hatte, als sie einer Nummer für eine Nacht zustimmte.

Graver stand vom Bett auf, ging hinüber zu den Karten, nahm sie in die Hand und baute sich dann vor Ledet auf.

»Wollen Sie versuchen, es Ihrem Anwalt ein bißchen einfacher zu machen?«

Rick Ledet zufolge war Eddie Redden einer der drei Hauptpiloten von Panos Kalatis. Redden trug jederzeit einen Piepser bei sich und war rund um die Uhr abrufbereit. Ledet selbst diente als Kopilot oder Mädchen für alles, je nach Bedarf.

»Was sind die Gründe für die Flüge?« fragte Graver. Sie saßen wieder im Wohnzimmer an dem Rattantisch, die Flugkarten vor sich ausgebreitet. Neuman machte sich Notizen, Alice befand sich im hinteren Schlafzimmer. Graver hatte beschlossen, daß sie genug von dem gehört hatte, was vor sich ging, und sie aufgefordert, während der restlichen Unterhaltung im Schlafzimmer zu bleiben.

»Alles mögliche«, sagte Ledet. Er rauchte und mußte jedesmal, wenn er an seiner Zigarette ziehen wollte, beide mit Handschellen gefesselten Hände heben. »Aber vor ungefähr achtzehn Monaten hat Kalatis seine Piloten sozusagen neu organisiert und mich und Eddie dazu bestimmt, ausschließlich Leute und Geld zu fliegen. Das ist unsere Hauptfracht. Wir transportieren eine Menge Bargeld. Eine Menge Bargeld.«

»Wieviel Geld, und wie oft?«

»Ich fliege ungefähr einmal im Monat Geld. Wieviel? Scheiße. Eddie sagte, es wären Millionen, und ich nehme an, daß das stimmt. Sie laden diese verstärkten Pappkartons in die Maschine, wissen Sie, die, die an den Seiten Grifflöcher haben und einen Deckel, der von oben zugemacht wird. Einmal habe ich mir so einen Karton angesehen, einer der Wächter ließ mich einen Blick hineinwerfen, und die Banknoten waren nett und säuberlich darin gestapelt, mit Banderolen und allem. Sie waren schon gezählt, und sie wußten genau, wieviel in jedem Karton war. Millionen, hat Eddie gesagt. Und wir hatten dreißig oder vierzig von diesen Dingern in der Kabine. Ein Karton voller Bargeld ist schwer, ein ganz schönes Gewicht.«

»Also fliegen sie ungefähr einmal im Monat Geld aus dem Land...«

»Nein, ich habe gesagt, daß *ich* ungefähr einmal im Monat Geld ausfliege«, berichtigte Ledet Graver und drückte eine Zigarette in dem vor ihm stehenden Aschenbecher aus. »Eddie macht das die ganze Zeit. Ich fliege nur, wenn sie nach Panama oder auf die Caymans oder nach Kolumbien gehen. Sie wollen bei diesen Flügen einen Kopiloten, der einigermaßen Spanisch kann, falls mit dem Piloten etwas sein sollte. Sie wollen nicht riskieren, eine Ladung zu verlieren.«

»Und wohin bringt Eddie die Ladung, wenn er allein ist?«

»Aufs Meer. Er fliegt Ladungen zu Schiffen, die draußen im Golf liegen, außerhalb der amerikanischen Hoheitsgewässer. Das macht er einmal in der Woche, seine regelmäßige Tour.« Ledet schaute auf die Karten und tippte mit der Hand darauf. »Dafür sind diese Karten. Die Schiffe warten nie an derselben Stelle. Fahren ständig herum. Die Koordinaten verändern sich jede Woche, mit jedem Flug.«

»Und wie umgehen Sie die offiziellen Flugpläne?«

Ledet warf Graver einen Blick zu, als wolle der ihn auf den Arm nehmen. »Mann, hören Sie, Flugpläne?« Er schnaubte. »Fliegen ist eine der letzten großen Freiheiten in diesem Leben. Natürlich, es gibt alle diese Vorschriften, Scheiße, aber haben Sie eine Vorstellung davon, wie verdammt groß der Luftraum ist? Wie weit?« Er nickte mit dem Kopf in Richtung auf die feuchte Hitze vor der Hintertür des Hauses. »Der Himmel da draußen ist voll von Maschinen, von denen kein Schwein weiß, weder die DEA noch die Grenzkontrolle noch das Militär noch die NSA... Mann, der ›Luftraum‹ ist einfach zu verdammt groß, um die ganze Zeit zu wissen, wer alles da draußen ist. Sie können *manche* Korridore *manchmal* kontrollieren, aber das ist auch alles. Die restlichen neunundneunzig Prozent bleiben unüberwacht. Es ist ein Schmugglerparadies. Wie das offene Meer vor zweihundert Jahren. Sie lesen in der Zeitung, daß die DEA glaubt, ungefähr fünf bis sieben Prozent von dem Zeug zu schnappen, das hereinkommt. Die lügen nicht. Die armen Bastarde pissen einfach gegen den Wind, und das wissen sie. Und Pfund für Pfund geht wahrscheinlich mehr Bargeld raus, als Dope reinkommt.« Er grinste und schüttelte leicht den Kopf. »Das ist ein ›freifließender Strom‹, wie es in dem alten Kirchenlied heißt.«

»Sie glauben also, daß Redden im Augenblick einen Geldtransport macht?«

Bei dieser Frage wirkte Ledet ein wenig unbehaglich, obwohl er zuvor die Informationen freimütig gegeben hatte. Er griff nach einer Zigarette und zündete sie mit einem Einwegfeuerzeug aus Plastik an.

»Vermutlich«, sagte er.

»Also kein Charterflug nach Mexiko.«

Ledet schüttelte den Kopf.

»Nun drücken Sie sich doch deutlicher aus«, sagte Graver ungeduldig.

»Als Eddie mich anrief, hat er gesagt, mit Kalatis würde eine große Sache anstehen. Er, Eddie, bräuchte mich für einen Langstreckenflug.«

»Als Kopilot.«

»Richtig. Aber ich war auch schon bei anderen Flügen Kopilot, nicht nur bei Geldtransporten. Kalatis läßt Leute zu sich einfliegen, Leute, mit denen er Geschäfte macht. Dabei will er immer Kopiloten haben.«

»Was für Leute?«

»Eddie sagt, es sind ›Kunden‹, Leute, mit denen der Grieche reden muß. Über welche Art von Geschäften, weiß ich nicht genau. Aber ich weiß, daß es irgendwie Geldkunden sind, die entweder mit dem Informationsgeschäft oder mit dem Drogenhandel zu tun haben.«

»Sie glauben also, daß Sie für Taxidienste da sind, dafür, Leute zu Treffen zu Kalatis zu fliegen?«

»Ja. Soweit ich das verstanden habe, wird es heute nacht hektisch. Ich glaube, heute nacht haben alle Piloten Dienst.«

Das war es, was Graver hören wollte. Er wollte etwas über Kalatis hören. Er wollte die Details eines Plans hören, von dem Kalatis ein integraler, notwendiger Bestandteil war.

»Jeder Pilot hat auch einen Kopiloten?« fragte er.

»Richtig. Wir sind zu sechst.«

»Und Sie alle fliegen Leute und Geld herunter nach Mexiko, zu Kalatis' Haus.«

»Zu Kalatis' Haus, ja«, bestätigte Ledet, wich dabei jedoch Gravers Blick aus.

Graver und Neuman sahen sich an.

»Ihnen ist doch klar«, erinnerte Graver Ledet, »daß es bei all dem um das geht, was ich Ihnen zu Anfang sagte. Ich will wissen, wie man zu Kalatis kommt.«

Ledet nickte und zog an seiner Zigarette. Seine Hände lagen neben dem Aschenbecher auf der Tischplatte. Die, die die Zigarette hielt, zitterte. Er schien zu irgendeiner wesentlichen Entscheidung zu gelangen, seinem persönlichen Rubikon.

»Ich möchte in einen dieser Spezialflügel eines Hochsicherheitsgefängnisses«, sagte Ledet abrupt. »Wo man die Leute reinsteckt, wenn man denkt, daß ihr Leben dort in Gefahr ist. Sonst sage ich nichts darüber, wo Kalatis lebt. Das sollen Sie ruhig gleich wissen. Mit diesem Lebenslänglichscheiß können Sie mir soviel Angst machen, wie Sie wollen, das ist mir egal.«

Ledet sah Graver jetzt an, und sein Gesicht spiegelte den Ernst seiner Situation wider.

»Der Mann ist nämlich nicht einfach irgend so ein Bösewicht da draußen«, sagte Ledet. »Der ist ruhig und methodisch und vergißt nie etwas, was ihm irgend jemand mal angetan hat. Wenn Sie dem was tun, dann kriegt er Sie.« Er rauchte seine Zigarette. »Der Mann hat einen unglaublich langen Arm. Sie sind auf der anderen Seite des Erdballs und merken eines Nachts, daß er Sie bei den Eiern hat . . . und zudrückt. Ich würde Ihnen nie etwas verraten, wenn ich dächte, daß er länger lebt, als ich im Gefängnis sitze.«

»Okay«, sagte Graver. »Machen wir einen Deal. Die Sonderabteilung eines Hochsicherheitsgefängnisses.«

Er hatte keinerlei Autorität, solche Zugeständnisse zu machen. Er war nicht einmal der richtige Mahnn, um auch nur darüber zu diskutieren. Außerdem bewegte ihn Ledets erbärmliche, fast animalische Angst in keiner Weise. Er wollte nur Kalatis, und er hätte jeder Absurdität zugestimmt, hätte diesem Mann alles mögliche vorgelogen, um Kalatis zu bekommen.

Ledet musterte ihn einen Augenblick, als mache die Bereitwilligkeit, mit der Graver ihm zugestimmt hatte, ihn mißtrauisch. Doch der Zug um seine Augen verriet auch seine Erkenntnis, daß er in Wirklichkeit keine große Wahl hatte.

»Kalatis wohnt nicht in Mexiko«, sagte Ledet. »Jedesmal, wenn wir jemanden zu ihm fliegen, täuschen wir einen zweistündigen Flug vor. Sagen, daß wir nach Mexiko fliegen, während wir in Wirklichkeit über dem Golf herumkurven oder an der Küste entlang nach Florida fliegen. Kalatis' Haus ist in Galveston.«

»Galveston?« Graver war ungläubig.

Ledet nickte. »Ja. Etwa dreißig Meilen Luftlinie« – er tippte mit dem Mittelfinger auf die Tischplatte – »von hier aus.«

71

14:40 Uhr

Graver lehnte an einer Säule der Veranda und starrte über die Bucht. Er beobachtete zwei Frachter, die sich nach Pelican Spit bewegten. Die dunstige Hitze des späten Juni machte den Eindruck, als sehe er sie durch eine Fata Morgana oder einen Tagtraum, Geisterschiffe, zu unbekannten Häfen unterwegs.

Die Ablenkung dauerte weniger als eine Minute. Dann trat Neuman aus der zerbrochenen Fliegentür, die Ledet eingerannt hatte.

Graver drehte sich um. »Kann er nirgends hin?«

Neuman schüttelte den Kopf. »Nein.« Er blinzelte in den hellen Dunst über der Bucht. »Und jetzt?«

Graver sah auf die Uhr. Er trat vom Rand der Veranda zurück und setzte sich in einen Rattansessel. Sowohl er als auch Neuman hatten die Jacketts abgelegt und die Ärmel aufgekrempelt, und Gravers Waffe, die in seinem Hosenbund steckte, hatte über seiner Hüfte die Haut wundgerieben, die wegen des Schweißes jetzt zu jucken begann. Er war nicht daran gewöhnt, die SIG-Sauer so oft zu tragen. Sie war zu groß, um bequem zu sein.

»Wir haben genug Beweise«, sagte er, die beiden Schiffe beobachtend. Sie waren wie Minuten- und Stundenzeiger einer Uhr, man konnte sehen, daß sie sich bewegten, aber man konnte die Bewegung nicht erkennen. »Aber ich glaube nicht, daß wir genug Zeit haben.«

Ehe Neuman etwas sagen konnte, fuhr Graver fort. Er sprach rasch, er dachte laut, und seine Gedanken überstürzten sich beinahe, während er versuchte, die beste Vorgehensweise zu finden.

»Genug Beweise, um eine taktische Intervention zu rechtfertigen, um zu Kalatis zu fahren und jeden und alles hochzunehmen und in den folgenden Wochen dann auszusortieren. Ich habe keinen Zweifel daran, daß das, was wir von Tisler und Burtell in den Computern haben, alles rechtfertigt. Das und all das andere Zeug, was wir wissen, was wir beweisen können, wir können sogar

Arnette heraushalten ... wir haben mehr als genug, sogar genug, um noch in ein Dutzend andere Richtungen zu ermitteln.«

Er wischte seine schweißfeuchte Stirn an der Schulter seines Hemdes ab. »Aber wir haben nicht genug Zeit, um all das auf die Weise zu präsentieren, auf die es präsentiert werden muß, um die Leute zu überzeugen, die wir überzeugen müssen, damit man uns eine Razzia genehmigt. Und dann sind da die taktischen Vorbereitungen. Wenn diese Sache nicht richtig geplant ist ...«

»Wenn Kalatis solche Geldsummen bewegt«, sagte Neuman, »dann muß er eine Menge Feuerkraft besitzen. Er kommt mir nicht wie jemand vor, der ungeschützt herumläuft.«

»Da haben Sie recht«, stimmte Graver zu. »Und es braucht Zeit, um eine taktische Aktion gegen so etwas vorzubereiten. Vermutlich ist es sogar unverantwortlich von mir, unsere Taktikspezialisten bei nur vier oder fünf Stunden Vorlaufzeit zu einem Operationsversuch aufzufordern. Um diese Sache richtig zu machen, müssen wir Schiffe, Hubschrauber, Autos« – er schüttelte den Kopf – »und wer weiß wie viele Männer haben.«

»Und wir haben keine Ahnung, wie Kalatis' Haus angelegt ist, oder?«

»Nein, haben wir nicht«, sagte Graver. »Es wäre ein Alptraum. Offen gesagt, ich bezweifle, ob die Taktiker unter solchen Umständen ein Eingreifen überhaupt in Erwägung ziehen würden.«

Ungeduldig stand er auf und verschob die Waffe in seinem Hosenbund. »Scheiße«, sagte er und lehnte sich erneut gegen den Pfosten der Veranda. Die Frachter befanden sich jetzt in einem anderen Winkel und strebten der Meerenge entgegen.

Im Haus läutete das Telefon, und Graver wirbelte herum, rannte durch die Küche in den Wohnraum und sah, daß Ledet gefesselt am Boden saß und das Telefon auf dem Rattantisch ansah wie eine Kobra.

»Wenn das Redden ist ... seien Sie vorsichtig«, sagte Graver und legte die Hand auf das Telefon. »Wenn Sie das vermasseln, bei Gott, dann verspreche ich Ihnen, ich werde dafür sorgen, daß Sie in einem Käfig an Altersschwäche eingehen.«

Ledet sah aus, als sei er mit dem Teufel konfrontiert. Das Telefon läutete noch immer. Ledet nickte, und Neuman kniete nieder und löste seine Handschellen. Dann stand Neuman auf und eilte ins Schlafzimmer, während Graver das Telefon von dem Rattantisch hob und vor Ledet auf den Fußboden stellte.

»Okay«, rief Neuman.

Ledet nahm beim sechsten Läuten den Hörer ab.

»Hallo.« Er versuchte, seine Stimme normal klingen zu lassen, was immer zum Teufel das sein mochte. In den letzten zwei Stunden hatte er es vollkommen aus den Augen verloren.

»Hallo, Rick.«

»Eddie, was gibt's?«

»Wann bist du gekommen?«

»Gestern gegen halb sechs. Was ist mit dir?«

»Tja, mit unserem Freund hier läuft eine Menge Scheiße. Als ich dich anrief, hatten wir einen Routinejob. Den Job haben wir immer noch, aber mit Routine hat er nichts mehr zu tun.«

»Stimmt was nicht?«

»Nein, das nicht, aber es ist ... es ist ernst.«

»Also haben wir einige Stunden zu tun?«

»Ja, kann man wohl sagen. Hör mal, ich brauche dich in Las Copas, okay?«

»Wann?«

»Wenn es dunkel wird. Halb neun wäre gut.«

»Das geht nicht.« Ledet sah Graver an.

»Was meinst du?«

»Ich hab' Probleme mit der Ölleitung, Eddie. Ich hab' sie noch nicht repariert.«

»Warum nicht? Du hattest doch gestern Zeit, oder? Den ganzen Tag.« Er zögerte. »Du hast jemanden aufgerissen, was?«

»Tja, also ... ja.«

»Scheiße ... ist sie noch da?«

»Ja«, sagte Ledet zögernd, als erwarte er Vorwürfe deswegen.

»Großer Gott«, sagte Redden. »Also, schaff sie dir vom Hals, Rick. Gott, Mann, das war dumm.«

»Woher sollte ich wissen, daß es um was Besonderes geht?« sagte Ledet und behielt Graver im Blick. »Okay, ich schaff' sie mir vom Hals. Was ist mit Las Copas? Warum kommst du nicht einfach vorbei und holst mich hier ab?«

»Ich weiß nicht«, sagte Redden, und er klang besorgt.

»Was?« Ledet zog überrascht die Augenbrauen hoch und sah Graver an. »Was soll das heißen, du weißt nicht? Worum geht es denn?«

»Ich hab' doch gesagt, es ist ernst, Rick. Ich habe einen Zeitplan, und darin steht nicht, daß ich vorbeikommen soll, um dich abzuholen, kapiert?«

Graver griff nach seinem Notizblock, schrieb etwas auf und hielt es Ledet hin.

»Wo bist du jetzt? Kannst du mich nicht jetzt gleich abholen kommen?«

»Vergiß es«, sagte Redden. »Hör mal, Rick, kannst du die Sache mit der Ölleitung nicht regeln? Wie schlimm kann das schon sein, meine Güte! Rick, hör zu, glaub mir, komm um Gottes willen dorthin. Wir ziehen da irgendwelches dicke Geld ein. Da tut sich was. Ich erzähl's dir, wenn du kommst. Glaub mir einfach, wenn ich dir sage, daß du das nicht verpassen darfst, okay? Außerdem kann ich da nicht ohne Kopiloten antanzen. Ich weiß nicht, was er sonst machen würde.«

Graver setzte sich auf den Boden und kritzelte eine weitere Notiz auf den Block, den er so hielt, daß Ledet lesen konnte, was er schrieb.

»Okay, okay. Äh, Scheiße, ich werd' versuchen, das irgendwie hinzukriegen. Aber was ist mit Las Copas, ich meine, soll das Ding dort über die Bühne gehen, was immer es ist? Ich meine, was ist, wenn ich da ankomme und Öl verliere? Das will ich nicht, wenn all diese –«

»Warte eine Minute, Rick ... äh, Rick, bleib da.« Schweigen. »Ich rufe dich gleich zurück.«

Die Leitung war tot, und Ledet saß mit erstauntem Gesichtsausdruck auf dem Boden.

»Himmel, er hat einfach eingehängt, einfach so«, sagte Ledet zu Graver, den Hörer noch in der Hand. »Glauben Sie, daß er etwas gerochen hat? Glauben Sie, er hat gemerkt, daß hier was nicht stimmt?«

»Legen Sie den verdammten Hörer auf«, herrschte Graver ihn an.

Ledet legte auf. Neuman kam in den Wohnraum.

»Ich glaube nicht, daß er einen Verdacht hatte«, sagte er. Für mich hat es sich so angehört, als hätte ihn dort jemand unterbrochen. Ich glaube, wir sind okay.«

»Was ist Las Copas?«

»Eine kleine Landebahn, die Kalatis in die Wildnis hat schlagen lassen«, sagte Ledet. »Von seinem Strandhaus aus landeinwärts, gegenüber von Chocolate Bay in Brazoria County. Die Piloten benutzen sie als Treffpunkt und transferieren manchmal Fracht von Flugzeugen auf Schiffe. In ungefähr siebzig Meter Entfernung gibt es einen schiffbaren Bayou, aber das ist eine schlammige Angelegenhheit.«

»Ist es in der Nähe von Kalatis' Haus?«

»Ja. Zehn, zwölf Meilen Luftlinie. Er besitzt jede Menge Ufergrund gegenüber der West Bay auf der Golfseite der Insel.«

Das Telefon läutete wieder.

»Hören Sie, was er sagt, bevor Sie die Sache mit der Reparatur der Ölleitung wiederholen«, sagte Graver, während Neuman wieder ins Schlafzimmer ging. »Wir wollen ihn *hier* haben.«

Ledet nickte. »Hallo?«

»Ich bin's«, sagte Redden. »Okay, hör zu, ich komme dich abholen. Das war Wade. Die ganze Sache hat sich geändert – wieder. Neuer Zeitplan. Kein Problem mehr, dich abzuholen. Du hast verdammtes Glück, Ledet. So ist es ohnehin besser. Ich kann in Bayfield auftanken, und wir haben Zeit, uns was zu essen zu besorgen, bevor wir wieder in der Luft sein müssen.«

»Bayfield? Ich dachte, du wärest am Gulf Airport.«

»Nein, Mann, geänderte Pläne. Ich hab' nicht die Beechcraft genommen. Wir hatten Fracht. Ich bin mit der PC unterwegs, weil ich mehr Saft brauchte.«

»Oh«, sagte Ledet und sah Graver an, als wolle er sich rechtfertigen. »Okay. Bin froh, daß wir das geklärt haben. Wann wirst du denn hier sein?«

»Tja, äh, jetzt haben wir jede Menge Zeit, mal sehen, es ist gleich drei. Warum holst du mich nicht um... um fünf da draußen ab. Wir fahren rüber nach Kemah und holen uns ein paar Krebse, bevor wir mit dem kleinen Zirkus anfangen, den der Grieche geplant hat. Wird ’ne lange Nacht, Ricky. Hoffentlich bist du ausgeruht.«

»Okay, um fünf Uhr«, sagte Ledet und legte auf. Er schaute Graver Zustimmung heischend an.

»Was ist eine PC?« fragte Graver.

»Eine Pilatus-PC-12-Turboprop, ein schweizerisches Flugzeug. Ein ganz feines Gerät.«

»Was meinte er mit ›zusätzlichem Saft‹?«

»Die PC ist eine kräftige Maschine. Eine neue Maschine der besseren Klasse, aber ein Arbeitspferd. Sie hat eine Reichweite von 1700 Seemeilen, macht 270 Knoten und kann eine Tonne Fracht aufnehmen – Leute, Lasten, was immer, je nachdem, ob man Sitze einbaut oder Frachtraum bereithalten will.«

»Strecken Sie die Hände aus«, sagte Graver, und als Ledet gehorchte, legte Graver ihm wieder die Handschellen an, setzte sich auf einen der Rattanstühle und betrachtete Ledet auf dem Fußboden.

»Das ist gut«, sagte Neuman, als er ins Zimmer zurückkam.

Graver nickte, aber seine Augen schauten in die weiße Hitze draußen jenseits des sonnenlosen Zimmers und der schattigen Veranda. Selbst im Haus war es jetzt heiß, die Außentemperatur war stärker als die natürliche Kühle aus Schatten und Wind. Sie konnten nichts weiter tun als schwitzen und sich wünschen, es wäre später am Nachmittag.

»Hören Sie, wie lange soll ich eigentlich noch da hinten bleiben?« fragte Alice, die in die Tür zum Wohnraum getreten war. Sie hielt sich mit einer Hand am Türrahmen fest, stand auf einem Fuß und hatte den anderen gegen die Innenseite des Knies gedrückt.

»Nicht mehr lange«, sagte Neuman.

»Es ist drei Uhr«, sagte sie. »So ungefähr jedenfalls.«

»Vielleicht noch eine Stunde«, sagte Neuman, der keine Ahnung hatte.

»Eine *Stunde?* Himmel Herrgott!« Verzweifelt wirbelte sie herum und kehrte ins Schlafzimmer zurück.

Graver sah Neuman an, nickte seitwärts in Richtung Veranda, stand auf und kehrte durch die Küche auf die Veranda zurück.

Neuman folgte ihm. Als Graver draußen war, wählte er Arnettes Nummer.

»Ich habe ein paar Neuigkeiten für dich«, sagte Arnette und erzählte ihm, was in Connies Wohnung passiert war. »Sie sind eben dort weggegangen, Marcus«, sagte sie. »Etwas anderes konnten sie wirklich nicht machen.«

»Verdammter Mist.« Die beiden Tote machten Graver wütend. Er fühlte sich nicht eigentlich dafür verantwortlich, aber doch irgendwie mit ihnen verbunden. Es waren Tote, die ihm Schuldgefühle einflößten. Kalatis stand an der Quelle zweier weiterer Verzweiflungsakte. Der Mann war der Engel der Verzweiflung.

»Was ist aus Kalatis' ›getarnten‹ Anschlägen geworden?« fragte er. »Eine Bombe und jetzt das. Was geht da vor?«

»Ich frage mich, ob er dahintersteckt«, sagte Arnette.

»Wer sonst? Geis?«

»Vielleicht. Was mich verwirrt, ist die Planlosigkeit der Anschläge. Sie wirken unglaubwürdig. Eine Bombe in der Marina. Ein getarnter Mord an Hormann. Offensichtlicher Mord an Faeber. Entweder verliert Kalatis seinen Biß ... oder jemand mit stärkerer Hand ist auf den Plan getreten.«

»Du hängst also noch immer an deiner Theorie von einem ›Regierungsmann‹?«

»Ich weiß nicht. Wenn noch jemand darin verwickelt ist ... wenn es Geis ist ... dann hat die Regierung den Verstand verloren.«

»Bis eben dachte ich, daß du dich irrst«, sagte Graver. »Jetzt denke ich, daß du recht hast, aber ich hoffe, daß du unrecht hast.«

»Was ist mit Faeber – und der Frau? Willst du, daß wir anonym die Mordkommission anrufen?«

»Nein«, sagte Graver rasch. »Dann bricht alles nur noch schneller über mich herein.«

»Himmel, Baby, da wird das Mädchen aber ein schönes Chaos vorfinden, wenn sie nach Hause kommt.«

»Ich kann es nicht ändern«, sagte Graver.

Nach einer Pause fragte Arnette: »Und was hast du durch deinen Piloten herausgefunden?«

Er berichtete ihr von seinem Gespräch mit Ledet und den Alternativen, die er und Neuman diskutiert hatten.

»Da hast du vermutlich recht«, sagte Arnette. »Bis morgen früh ist es vorbei. Und ich glaube, du hast auch recht mit der Annahme, daß Kalatis sein Verschwinden vorbereitet. Ich kann's nicht glauben. Das war eine verteufelt unglaubliche Sache. Paula ackert sich noch immer durch Burtells Unterlagen. Er war gründlich, Marcus. Es ist alles da. Das wird eine Sensation, wenn du schließlich damit herausrückst.«

»Das wird warten müssen.«

»Was wirst du tun?«

»Ich bin hinter Kalatis her. Ich werde versuchen, Eddie Redden umzudrehen«, sagte Graver. »Was ist mit Murray und Remberto?«

»Was meinst du? Willst du sie *benutzen?*«

»Ich will wissen, ob sie mir helfen würden.«

»Wobei?«

»Ich weiß nicht. Ich möchte nur wissen, ob sie interessiert wären.«

»Bist du sicher, daß du ... daß du weißt, was du tust, Marcus? Ich will dich nicht kränken, aber –«

»Schon gut«, unterbrach Graver sie. »Wenn du kein gutes Gefühl dabei hast, dann sag ihnen das. Ich weiß nicht mehr, als ich dir jetzt sage. Ich möchte bloß wissen, ob ich mich auf jemanden verlassen kann, wenn es so aussieht, als wäre die Zeit gekommen, etwas zu unternehmen. Mit Waffen herumballern ist nicht mein Stil, Arnette, also mach dir darüber keine Sorgen. Andererseits wissen sie nach dem, was sie bei Connie erlebt haben, womit sie rechnen müssen. Ich brauche einfach ein paar kompetente Leute, die in den letzten sechs Monaten wenigstens mal auf einem Schießstand waren.«

Arnette sagte einen Augenblick lang nichts.

»Vielleicht werden Sie dir aushelfen«, sagte sie schließlich. »Aber vermutlich nicht zum Wohl der Menschheit. Sie haben schon früher für die Regierung gearbeitet. Es bringt nicht so viel, wie es sollte, wenn sie für dich tätig werden. Sie mögen dich respektieren, Baby, aber sie haben schon ihre Spenden geleistet.«

»Ich kann ihnen nichts bezahlen«, sagte Graver, »aber wenn ich richtig sehe, womit wir es hier zu tun haben, dann werden wir eine

Menge heißes Geld erwischen. Vielleicht Millionen. Dabei könnte ich ein bißchen Hilfe gebrauchen.«

Arnette schwieg erneut. Er wußte, sie begriff, was er sagen wollte. »Okay«, erwiderte sie schließlich. »Ich werde sie fragen.«

»Falls sie interessiert sind, brauche ich sie hier so bald wie möglich, nicht später als halb fünf.« Er gab Arnette die Adresse. »Wenn sie kommen wollen, sollen sie mich anrufen.«

Er legte auf und wählte Rayner Faebers Nummer. Sie meldete sich, und er fragte nach Last. Als Last an den Apparat kam, sagte Graver:

»Das ist nur für deine Ohren bestimmt, Victor.«

Last zögerte nur eine Sekunde. »Ja, okay.«

»Ich brauche deine Hilfe. Da ist Geld zu holen.« Das war ein bißchen übertrieben, dachte Graver, aber da Last mit Übertreibungen Geschäfte machte, sollte er das verstehen. »Wenn du mitmachen willst, mußt du gleich kommen. Ich gebe dir eine Adresse.«

»Ich verstehe«, sagte Last. »Gib sie mir.«

Graver gab ihm die Adresse einer Tankstelle, die ein paar Meilen entfernt war. Er traute den Telefonen in Faebers Haus nicht.

»Du mußt um vier Uhr da sein«, sagte Graver. »Okay?«

»Ich werde da sein.«

Graver legte auf und sah Neuman an. »Sind Sie mit dem einverstanden, was hier vorgeht?«

»Bis jetzt ja«, sagte Neuman.

Das war die Art von Antwort, die Graver zu schätzen wußte. Er konnte sich darauf verlassen, daß Neuman ihm sagen würde, wenn ihm etwas nicht ganz koscher vorkam. Abgesehen von Last, den Graver für den unberechenbaren Faktor bei der Operation hielt, konnte er dasselbe auch von Murray und Remberto erwarten, falls sie sich entschieden mitzumachen. Sie hatten verdammt viel mehr Dinge dieser Art erlebt als er.

»Okay, gut«, sagte Graver. Sein Funktelefon läutete, und er meldete sich sofort.

»Ist das Marcus Graver?«

»Ja, am Apparat.«

»Hier spricht Remberto. Wir machen uns jetzt auf den Weg.«

Die Leitung wurde unterbrochen.

Graver sah auf die Uhr. Es war zehn Minuten nach drei. In einer Stunde und fünfzig Minuten sollte Eddie Redden auf dem kleinen Flugplatz in Bayfield landen.

72

15:50 Uhr

Graver saß mit Remberto und Murray auf der hinteren Veranda. Er hatte ihnen alles erklärt und sich bemüht, ihnen in kurzer Zeit einen möglichst guten Überblick zu geben. Alle drei Männer schwitzten, alle drei Männer tranken Eiswasser, und keiner wollte etwas Stärkeres, das ihr Urteil auch nur augenblicksweise trüben könnte. Da Neuman losgefahren war, um Last an der Tankstelle abzuholen, erzählte Graver ihnen auch von Last. Sie waren zwei Männer, denen er vorbehaltlos vertrauen konnte, und er wollte, daß sie ihm genauso vertrauten.

»Was ist mit der Frau da drin?« fragte Murray. Er richtete sich gerade auf seinem Stuhl auf, das Glas in den massiven Händen, und die Muskeln seiner Arme und Schultern sahen aus, als gehörten sie einem zwanzig Jahre jüngeren Mann. Er hatte einen Kugelschreiber in den Halsausschnitt seines einfachen weißen T-Shirts gesteckt, und in seinem Hosenbund trug er eine alte Colt-Browning, eine .45er Automatik. Sein Gesicht war glattrasiert, und sein kurzer Haarschnitt trug, obwohl sich seine Mähne auf dem Oberkopf schon erheblich lichtete, zu seiner sachlichen, professionellen Ausstrahlung bei. Graver zweifelte weder an Murrays Kompetenz noch an seiner Zuverlässigkeit.

»Ich dachte, ich lasse Last bei ihr, wenn wir Redden abholen. Weiter habe ich noch nicht darüber nachgedacht. Aber ich kann sie ja nicht gut gehen lassen.«

»In Ordnung.«

»Und dieser Redden, wird er bewaffnet sein?« fragte Remberto.

»Ledet meint, ja.«

Remberto war groß für einen Südamerikaner, etwas größer als

Graver, langgliedrig, aber mit breiten Schultern. Ein gutaussehender junger Mann mit dichtem schwarzen Haar, das sauber geschnitten und frisiert war. Er trug bequeme Hosen, ein blaßblaues Hemd und ein Sportjackett, alles etwas lädiert nach der stundenlangen Sauna in Connies Gartenhof. Unter dem Jackett trug er ein Schulterhalfter mit einer SIG-Sauer wie der von Graver. Er saß sehr entspannt und selbstsicher auf seinem Stuhl.

»Ich hocke seit langem hinter einem Schreibtisch«, sagte Graver, »und Sie beide wissen mehr über taktische Fragen, aber ich habe ein paar Vorschläge, wie wir ihn vielleicht am besten hopsnehmen. Sagen Sie mir, was Sie davon halten.

Die erste gute Gelegenheit ist anscheinend, wenn er auftankt. Ledet sagt, daß die Maschinen in Bayfield von einem kleinen Tanklaster betankt werden, der zu den Hangars gefahren kommt. Immer sitzen zwei Serviceleute darin. Ich dachte, zwei von uns könnten ihre Plätze einnehmen. Wenn das nicht machbar ist, könnten wir uns als Piloten ausgeben oder was auch immer, uns auf dem Parkplatz oder im Büro zu schaffen machen. Was immer nötig ist. Die zweite Gelegenheit wäre in dem Restaurant, wo sie essen. So etwas habe ich schon früher gemacht, und es gefällt mir. Man kann leicht von beiden Seiten an ihn ran und die Waffen auf ihn richten, ehe er Verdacht schöpft. Ledet müßte sich an einen Tisch setzen, der leicht zugänglich ist.

Was mir an der zweiten Möglichkeit nicht gefällt«, fügte Graver hinzu, »ist, daß er und Ledet allein zu dem Restaurant fahren müßten, um keinen Verdacht zu erregen. Die Chance ist zu groß, daß Ledet denkt, er könnte ein Autorennen vielleicht gewinnen... das dauert zu lange, und dabei könnten eine Menge Dinge passieren.«

»Nein, mir wäre der Flugplatz auch lieber«, sagte Murray.

»Was ist er für ein Mensch?« fragte Remberto.

»Ich weiß nicht, aber nach seinem Telefongespräch zu urteilen ist er derjenige, der das Kommando hat. Ledet scheint nur mitzulaufen, ist weniger konzentriert. Und außerdem ist Redden derjenige, dem Kalatis vertraut, und das will viel heißen. Kalatis scheint auf persönlichem Kontakt mit seinen drei führenden Piloten zu bestehen.«

»Und wir werden den Burschen einfach verhören, ist es das?« fragte Murray.

Graver erklärte seine Situation hinsichtlich der Mühlen der Bürokratie, die er würde in Gang setzen müsse, um offiziell gegen Kalatis vorzugehen.

»Und während sie versuchen, die Politik eines solchen Schrittes auszuarbeiten, würde Kalatis sich aus dem Staub machen«, sagte er. »Und er wäre nicht die erste große Zielperson, die durch die Hintertür verschwindet, während die Bürokraten zu einer Entscheidung zu gelangen versuchen. Meine Absicht bei dem Verhör Reddens ist, aus diesem Fiasko etwas anderes zu retten als eine langwierige Ermittlung, die achtzehn Monate dauern kann und bei der nichts weiter herauskommt als ein paar Haftstrafen für die kleinen Fische.«

Er sah die beiden Männer an. »Ich möchte Ihnen gegenüber aufrichtig sein«, sagte er. »Ich habe Arnette erzählt, daß sie heute nacht Geld bewegen, und das werden sie tun. Mir geht es aber ausschließlich um Panos Kalatis. Ich will das Geld, weil Kalatis das Geld will, und ich vermute, wo immer das Geld ist, ist er nicht fern. Für mich ist dieses Geld bloß ein Köder. Ich werde es mir nicht ansehen; ich werde nur die Schatten im Auge behalten.«

Deutlicher wurde er nicht. Er hielt es nicht für nötig.

»Sind Sie sicher, daß die Fracht nicht aus Drogen besteht?« fragte Murray.

»Ledet sagt, es sind Leute oder Bargeld oder beides. Keine Drogen. Ihm zufolge transportieren diese Piloten niemals Drogen. Das ist eine andere Zelle, eine andere Gruppe.«

»Gottverdammt«, sagte Murray, »Organisation ist alles.«

»Ja, und ich glaube, es ist nicht ungewöhnlich, daß Kalatis periodisch seine Organisation umgestaltet oder seine Pläne im letzten Moment ändert. Er erwartet, daß alle damit zurechtkommen und nicht durch zeitliche und örtliche Verschiebungen in letzter Minute die Fassung verlieren. Ich denke, Redden und seine beiden Kollegen sind operativ sehr gut. Und da sie soviel wie alle anderen über Kalatis wissen, stelle ich sie ganz an die Spitze. Ich will diese Typen wirklich haben. Aus polizeilicher Sicht wären sie unschätzbar wertvoll.«

Beide Männer nickten, und es hatte den Anschein, als hielten sie seinen Vorschlag für vernünftig, wenn auch etwas unorthodox. Doch Graver nahm an, daß keiner von ihnen für orthodoxe Methoden allzuviel übrig hatte, denn sonst würden sie nicht das tun, was sie taten.

In diesem Augenblick läutete Gravers Funktelefon, und Neuman teilte ihm mit, er sei soeben vor dem Haus vorgefahren.

Die Pilatus PC-12 war in der Tat ein schönes Flugzeug, ein langer, schlanker Rumpf mit Flügeln, die aus dem Bauch sprossen, wie Finnen aufgerichteten Flügelspitzen und einem T-förmigen Schwanz, der zusätzliche Festigkeit durch eine gerade, scharfe Rippe erhielt, die sich gleich hinter dem letzten der acht Fenster bis zum Dach erstreckte. Sie kam vom Golf her über die von Nordwest nach Südost verlaufende Landebahn herein und wirkte wie ein Eiszapfen, der in die sinkende Sonne fiel.

Graver saß im Auto im Schatten eines von mehreren Hangars, die die Landebahn flankierten, auf der Redden soeben den Boden berührt hatte, und beobachtete, wie Ledet in fünfzig Metern Entfernung den Alfa Romeo am Rande der Asphaltpiste entlangsteuerte und bei den geöffneten Türen des Hangars anhielt, in dem Redden die Pilatus gewöhnlich abstellte. Im Inneren des Hangars preßte sich Neuman an die Wand und beobachtete Ledet aus nur fünfundzwanzig Meter Entfernung. Hundertzwanzig Meter weiter, in dem Haupthangar, in dem Graver bereits seinen Ausweis gezeigt und die vier Angestellten davon überzeugt hatte, daß Kooperation und Stillschweigen erforderlich waren, schlüpften Remberto und Murray in die hell orangefarbenen Overalls der beiden Flughafenmechaniker, die normalerweise den kleinen Tanklaster fuhren. Remberto behielt einen weiteren Angestellten im Auge, der Kopfhörer trug und sich auf der anderen Seite der Glaswand befand. Der Mann gab Remberto mit erhobenem Daumen Zeichen.

»Da ist er«, sagte Remberto und zog den Reißverschluß seines Overalls hoch. »Er hat gerade über Funk den Tanklastzug angefordert.«

Über Funk gab Murray das an Graver weiter, während Neuman mithörte. Dann kletterten die beiden Männer in das hohe Führerhaus des Tanklasters, Murray übernahm das Steuer, und sie verließen den Schatten des Hangars. Hinter ihnen, in einiger Entfernung von der Tür, schauten einige Männer – die beiden Tankfahrer, ein Mechaniker und der Dispatcher – dem sich entfaltenden Szenario zu, als handele es sich um ein Spektakel, das durchaus ernste Gefahr heraufbeschwören konnte.

Die Sonne glitzerte auf der Pilatus, als Redden am Ende der Rollbahn wendete und zum Hangar zurückkam.

Ledet, der eine Sonnenbrille trug, stieg aus dem Alfa und lehnte sich an den vorderen Kotflügel. Er sah zu, wie Redden in einem rechten Winkel auf den Hangar zukam und dann die Maschine genau auf die offenen Tore zusteuerte. Das Dröhnen des Turboprop-Triebwerkes wurde lauter im Hangar und hallte von den metallenen Wänden wider. Dann schaltete Redden das Triebwerk aus, und das Geräusch verebbte langsam.

Durch eine Ritze am Rand einer Metallplatte sah Neuman zu, wie Redden, das Gesicht hinter der dunklen Fliegerbrille unbewegt, seine Sachen aus dem Cockpit zusammenräumte und sich anschickte, die Tür zu öffnen. Neuman warf einen Blick auf Ledet, der sich neben dem Wagen aufrichtete, sich aber nicht davon entfernte, während auf seiner anderen Seite, hinter dem Flugzeug, der Tanklaster näherkam.

Neuman konnte sehen, wie Redden seinen Sitz im Cockpit verließ und durch den Mittelgang ging. Dann öffnete sich die Tür hinter dem Cockpit und glitt seitlich an den Rumpf der Maschine.

»He, Rick«, rief Redden und gab Ledet mit einem Kopfnicken zu verstehen, er solle zu ihm kommen. Ledet zögerte. Der Tanklaster näherte sich dem Flügel der Maschine, und er wollte nicht in Reddens Nähe sein, wenn die Waffen gezogen wurden. Ohne Erklärung zeigte er nur auf den Tanklaster.

Murray brachte den Laster zum Stehen, und als er sah, daß Ledet auf ihn zeigte, nahm er ein Klemmbrett vom Armaturenbrett des Lasters, hob es hoch und zeigte darauf. Redden schaute zu dem Laster und sah den Fahrer das Klemmbrett schwenken. Er legte etwas auf einen der Passagiersitze, ließ die Treppe herunter und verließ das Flugzeug. Er hatte sandfarbenes Haar und einen hellen, von der Sonne geröteten Teint. Obwohl er kein schwerer

Mann war, war sein Bierbauch unübersehbar und wurde von seinem lose sitzenden Guyaberahemd kaum verhüllt, einem praktischen Kleidungsstück, unter dem man gut eine Waffe verstecken konnte. Er trug Cowboystiefel und verwaschene blaue Jeans; ein Hosenbein steckte halb im Stiefel und gab das rote Leder des Schafts frei, der als Hintergrund für einen handgestickten mexikanischen Adler diente, dessen Flügel sich nach beiden Seiten ausstreckten.

Murray und Remberto stiegen aus dem Tanklaster, schlugen die Türen zu und gingen um das Ende der Tragfläche herum, während Murray erneut das Klemmbrett hochhielt.

»Man hat uns gesagt, Sie müßten Papierkram erledigen, ehe wir Sie betanken können«, sagte Murray.

Redden sah sich nach Ledet um. »Was soll der Scheiß?«

Ledet zuckte mit den Schultern.

Redden und Murray gingen aufeinander zu. Murray hob das Klemmbrett hoch und drehte sich dabei leicht seitlich, damit Remberto im toten Winkel einige Schritte näher an Redden herankommen konnte.

»Ich hab' bezahlt. Was, zum Teufel, ist los?« sagte Redden und griff nach dem Klemmbrett.

Er hatte es Murray kaum aus der Hand genommen, als Rembertos Arm in den orangefarbenen Overall fuhr und mit der SIG-Sauer wieder herauskam, deren Lauf sich sofort in Nierenhöhe links in Reddens Fleisch bohrte. Redden zuckte zusammen, und im gleichen Augenblick preßte sich Murrays .45er gegen seinen Magen, während Remberto mit der linken Hand seinen Arm über dem Ellbogen packte.

»Eine Fünfundvierziger und eine Neun-Millimeter«, sagte Murray, sein Gesicht dicht vor Reddens. »Und da drüben im Hangar eine MC-10.«

Redden sah sich vorsichtig nach Ledet um. Neuman kam aus dem Hangar, die Waffe auf Ledet gerichtet, der einfach die Hände hob.

»Hurensohn«, sagte Redden. »Himmel, ich glaube das nicht.«

»Glauben Sie's«, sagte Murray, und seine fleischige Hand fuhr hinter Redden herum und nahm ihm die Waffe ab, die er hinten im

Hosenbund stecken hatte. »Neun Millimeter... Beretta«, sagte Murray, noch ehe er sie ganz herausgezogen hatte.

In dem Augenblick, in dem Remberto in seinen Overall gegriffen hatte, hatte Graver den Wagen angelassen und war auf die Rollbahn zwischen Ledets Alfa und dem Flugzeug gefahren. Er stieg aus und ging um das Auto herum auf Redden zu, der noch immer versuchte, die letzten zwanzig Sekunden zu verarbeiten. Graver reichte Murray ein Paar Handschellen, und Murray trat hinter Redden und fesselte ihm die Hände auf dem Rücken.

»Wer, zum Teufel, sind *Sie?*« fragte Redden und richtete seine dunklen Brillengläser auf Graver. Seine Hakennase war von der Sonne verbrannt. Graver nahm an, daß Redden nicht viel Sonne vertrug.

Graver streckte die Hand aus und nahm Redden die Sonnenbrille ab. Dahinter kamen blaßblaue Augen und besonders buschige blonde Augenbrauen zum Vorschein. Redden blinzelte sofort in dem hellen Licht.

»Scheiße«, sagte er.

73

Spontan beschloß Graver, Eddie Redden nicht zur Befragung in sein Haus in Seabrook zu bringen. Statt dessen wies er ihn an, sich in die Mitte des leeren Hangars zu setzen, die Hände auf dem Rücken gefesselt, die Beine in Yogamanier gekreuzt. Er saß mit dem Gesicht den Schiebetüren zugewandt, die weit offenstanden, so daß er seine kostbare Pilatus PC-12 in fünfzig Fuß Entfernung gut sehen konnte. Graver stellte sich seitlich so hin, daß Redden sowohl ihn als auch die Maschine im Blick haben mußte, wenn er mit Graver sprach. In dem metallenen Hangar, der den ganzen Tag lang die Küstensonne absorbiert hatte, war es glühend heiß. Obwohl die riesigen Türen weit geöffnet waren, machte die gelegentliche Brise, die hereinwehte, die Hitze nur auf andere Weise spürbar. Der Hangar wirkte wie ein Konvektor.

Eddie Redden war ein härterer Brocken als Richard Ledet.

Einmal war er kein Mann, der sich von seiner Phantasie Streiche spielen ließ. Er war ein Mann von gesundem Menschenverstand. Man konnte ihn nicht von etwas überzeugen, indem man auf seine Angst setzte – er hatte keine. Er schien dem Leben mit einer schlichten Philosophie der Akzeptanz zu begegnen, einer Art texanischem Stoizismus, der nichts von Sich-an-die-Brust-Schlagen und Jammern hielt. Manchmal pißte das Leben auf dich, manchmal nicht. Wenn es das tat, hattest du Pech. Wenn nicht, hattest du Glück. Mochte das Leben auch auf Eddie Redden pissen, er beklagte sich nicht darüber, sondern duschte lange und mit viel Seife und dachte ernsthaft darüber nach, wie er dem beim nächsten Mal ausweichen konnte.

Genau das tat er auch jetzt, während er mit gekreuzten Beinen dasaß wie ein Inder – vermutlich zum ersten Mal, seit er fünfzehn gewesen war. Er überlegte sich, wie er vermeiden konnte, noch mehr angepißt zu werden als ohnehin schon.

Graver hatte alles so methodisch und leidenschaftslos dargelegt, wie es ihm möglich war, da er annahm, Redden werde eine nüchterne Erklärung seiner Situation zu schätzen wissen. Graver konstatierte die Fakten wie ein Buchhalter. Der Pornofilm mit den kleinen Mädchen, das Kokain, die gestohlenen Waffen, seine Beschäftigung bei Kalatis, die wöchentlichen Flüge zu den Kreuzern im Golf – Graver hatte die Karten, mit denen er das belegen konnte –, die monatlichen Geldflüge nach Süden ... genug, um Redden zu versichern, daß er, als er vor ein paar Minuten den Hangar angesteuert hatte, wahrscheinlich zum letzten Mal in seinem Leben ein Flugzeug bewegt hatte.

Jetzt dachte Redden schwer atmend nach – es war nicht einfach, mit gekreuzten Beinen und auf dem Rücken gefesselten Händen auf einem heißen Zementboden zu sitzen, während der zu enge Hosenbund seiner Jeans in seinen teigigen Bierbauch schnitt. Er schwitzte heftig, und seine unbequeme Stellung verursachte ihm Seitenstechen. Er beugte sich zur Seite, um es zu lindern.

Bei jedem Atemzug knurrte Redden leise. Er schaute zu seiner Pilatus PC-12 auf. Er schüttelte den Kopf. Er grinste ein wenig.

»He, Ricky«, sagte er an Ledet gewandt, der direkt hinter ihm saß, in der gleichen Stellung, aber von Redden nicht zu sehen. »Du hast mit diesen Typen einen Handel abgeschlossen, was?«

Neuman schüttelte den Kopf und sah dabei Ledet an.

Als dieser nicht antwortete, grinste Redden und sagte: »Scheiße.«

Seit sie den Hangar betreten hatten, hatte außer Graver und Redden niemand ein Wort gesagt.

»Also«, sagte Redden und verschob sein Gesäß, um sein Seitenstechen zu lindern. Schweiß tropfte von seiner Nasenspitze auf den Betonboden, wo er sofort verdunstete. »Mit dem Handel ist das so eine Sache ... mit dem Quid pro Kröte ... es ist nämlich so, daß ich dann für den Rest meines Lebens auf meinen Arsch aufpassen muß.«

»Das ist richtig«, sagte Graver und wischte sich mit seinem Taschentuch das Gesicht ab. »Aber wenn Sie sich damit nicht abgeben wollen, können Sie auch einfach den Rest Ihres Lebens in einem Käfig verbringen.«

Redden knurrte. »Sind Sie sicher, daß ich unbedingt diese Handschellen tragen muß? Verdammt.«

Graver trat vor ihn und bückte sich. Er sah ihn an. »Rauchen Sie?«

Redden runzelte die Stirn. »Ja, ich rauche.«

»Möchten Sie eine Zigarette?«

»Ja, ich möchte eine Zigarette.«

Graver sah Neuman an, der zu Ledet hinüberging und dessen Zigaretten aus seiner Hemdtasche nahm, zusammen mit dem Einwegfeuerzeug.

»Nehmen Sie ihm eine Handschelle ab«, sagte Graver zu Neuman, der sich von Murray den Schlüssel geben ließ und eine Handschelle öffnete. Während er das tat, ließ Remberto laut die Sicherungs einer SIG-Sauer schnappen.

Redden zuckte zusammen und wandte langsam den Kopf nach dem Geräusch um, während er von Neuman die Zigarette nahm und anzündete. Er sah Remberto an.

»Ihr benehmt euch wirklich nicht wie Cops«, sagte er. Er versuchte nicht aufzustehen, reckte aber Taille und Schultern und drehte sie hin und her.

»Okay«, sagte Graver, noch immer vor Redden hockend, »sagen Sie mir, was heute nacht passieren soll.«

Redden neigte nicht zur Dramatik, aber seine lange Pause, ehe er Gravers Frage klar beantwortete, spiegelte den Druck wider, unter dem er jetzt stand. Anscheinend konnte niemand über Kalatis reden, ohne sich zu benehmen, als öffne er die Tore der Hölle. Man tat es einfach nicht, es sei denn, man hatte keine andere Wahl.

»Kalatis arbeitet an irgendeinem großen Geschäft«, begann Redden. »Ich weiß nicht, worüber verhandelt wurde – Drogen oder Informationen oder Waffen, ich weiß es einfach nicht – aber heute nacht soll die Sache über die Bühne gehen.« Er zog an seiner Zigarette. »Wenn so etwas läuft, dann werden diese Leute, mit denen er Geschäfte macht, zur Besprechung mit Kalatis eingeflogen. Sie bringen die letzte Bareinzahlung mit. Und normalerweise, das ist einfach ein Tick von diesem Griechen, findet all das nach Mitternacht statt, in den frühen Morgenstunden. So hat er es eben gern.

Es wird so gemacht, daß diese Leute, wenn sie nicht aus der Stadt sind, in einem Hotel in Houston untergebracht werden, und Kalatis' Männer holen sie dann ab und bringen sie zu dem Flugplatz, den wir gerade benutzen.«

Er zog erneut an seiner Zigarette.

»Wie auch immer, diese Leute und ihr Bargeld werden von Kalatis' Sicherheitsleuten von ihrem Hotel zum Flughafen gebracht. Sie steigen ein, das Geld wird eingeladen, und wir heben ab. Und diese Leute denken dann, daß wir nach Mexiko oder so fliegen. Wir fliegen aber bloß zwei Stunden so herum. Wir halten sie in der Kabine beschäftigt, so daß sie die Funkkontakte nicht hören und nichts sehen, auch wenn es Nacht ist, und wenn wir in einem Wasserflugzeug sind, landen wir vor Kalatis Haus. Oder wir machen eine Zwischenlandung und steigen in ein Wasserflugzeug um.«

»Aber zu Kalatis fliegen Sie immer mit einem Wasserflugzeug.«

Redden nickte einmal kurz. »Müssen wir. Er läßt sich das Zeug nicht mit dem Auto anliefern. Außerdem gehört es zum Spiel, daß die Leute denken, sie wären in Mexiko.«

»Gibt es nur einen Zwischenlandeplatz oder mehrere?«

»Nein, nur einen. Er heißt Las Copas.«

»Aber heute nacht läuft es anders?« fragte Graver.

»Ja, heute ist es anders«, sagte Redden, nickte heftig und nahm einen letzten Zug von der Zigarette, die er bis auf den Filter aufgeraucht hatte. Er drückte sie auf dem Boden neben sich aus. Mit dem Daumen seiner rechten Hand wischte er sich den Schweiß von der Stirn, und die lose Handschelle machte das gleiche klappernde Geräusch wie Paulas Armbänder.

»Wenn in einer Nacht mehrere Flüge gemacht werden, dann starten sie alle auf dem gleichen Flugplatz. So müssen Kalatis' Sicherheitsleute nur einen Hangar überprüfen. Das Timing wird so eingerichtet, daß die Kunden mit einer Stunde Abstand eintreffen, so daß zwischen den Verbindungen genug Zeit ist. Keiner der Kunden hat eine Ahnung, daß Kalatis sich in der gleichen Nacht noch mit anderen Leuten getroffen hat. So macht er das.«

Wieder rutschte Redden auf seinem Gesäß herum. »Man sitzt hier wirklich schlecht«, sagte er und warf Remberto einen angewiderten Blick zu. »Scheiße. Okay.« Wieder benutzte er seinen Daumen, um sich den Schweiß von der Stirn zu wischen. »Heute nacht kommen alle drei über verschiedene Flughäfen herein.«

»Über welche?«

»Wade von Andrau, Maricio von Clover, und ich starte von Hobby aus.«

»Und das wird nach Mitternacht passieren?«

»Nein, diesmal nicht«, berichtigte ihn Redden. »Das ist auch geändert worden. Der erste Kunde wird um Viertel nach zehn hier sein. Der zweite um fünf nach halb zwölf. Der dritte um fünf vor eins.«

»Das sind« – Graver überschlug die Zeiten kurz im Kopf – »eine Stunde und zwanzig Minuten Abstand zwischen dem Eintreffen der verschiedenen Kunden.«

»Richtig.«

»Warum die Änderung?«

Redden starrte einen Moment auf den Betonboden vor ihm und sah dann Graver an.

»Tja, um Ihnen die Wahrheit zu sagen«, sagte er, »waren wir selbst ein bißchen beunruhigt über diesen Punkt.«

»Wir?«

»Ich und Wade und Maricio ... die drei Piloten. Wir, äh, wir haben all das beobachtet, und für uns sieht es so aus, als würde Kalatis nach heute nacht vielleicht von der Bildfläche verschwinden.«

»Warum denken Sie das?«

»Da gibt es einen Mann namens Sheck, der früher mit uns geflogen ist«, sagte Redden. »Er ist länger bei Kalatis als wir anderen, und wir treffen ihn ziemlich regelmäßig und reden dann über Kalatis. Der alte Sheck weiß ziemlich gut über den Mann Bescheid. Er arbeitet noch immer für Kalatis an irgendeiner geheimen Sache, die sie laufen haben. Sheck denkt anscheinend, daß er seine Operationen hier zum Abschluß bringt und sich auf irgendein Superding vorbereitet, um dann einfach zu verschwinden. Nachdem heute alle diese Änderungen angeordnet wurden, eine nach der anderen, wurde den Jungs und mir ein bißchen mulmig. Ich habe in den letzten vier oder fünf Stunden versucht, Sheck zu erreichen, um ihm davon zu erzählen, aber ich kann ihn nicht finden.«

»Haben Sie heute morgen die Zeitung gelesen?«

Redden sah Graver an. »Ja.«

»Bruce Sheck ist mit einem dieser Boote in der South Shore Marina in die Luft geflogen.«

Redden wurde bleich, und seine Gesichtsmuskeln erschlafften. »In die Luft geflogen?«

»Kennen Sie Colin Faeber?«

»Ja.«

»Er wurde heute nachmittag erschossen.«

»Erschossen? Umgebracht?«

»Gilbert Hormann?«

Redden nickte. Er sah die Nachricht kommen.

»Er wurde gestern nacht umgebracht.«

Redden schluckte. Seine Augen sahen aus, als würde er sie nie wieder schließen. Er schluckte noch einmal.

»Und drei von meinen CID-Beamten, die an dem Fall arbeiteten«, fügte Graver ohne weitere Erklärung hinzu.

Redden starrte auf die Landebahn außerhalb der Hangartüren. »Sheck hatte verdammt recht ... der Grieche seilt sich ab. Er wird verschwinden.«

»Und wo stehen Ihrer Meinung nach seine Piloten bei diesem Plan, Eddie? Meinen Sie, er würde Sie einfach laufen lassen ... bei all dem, was Sie über ihn wissen?«

»Der ... verdammte ... Hurensohn.« Redden wirkte fast erstarrt.

»Möglicherweise wäre das ohnehin Ihr letzter Flugtag gewesen«, sagte Graver.

Redden sagte nichts. Er starrte auf den Asphalt hinter seinem Flugzeug, der in den Hitzeschwaden zu tanzen schien.

74

»Heute nacht«, sagte Graver und brachte Redden wieder zum Thema, »wenn Sie die Kunden hier abholen, mit ihnen einen zweistündigen ›Ablenkungsflug‹ unternehmen und dann nach Las Copas fliegen, steigen sie dort in Wasserflugzeuge um, um über die Chocolate Bay zu hüpfen, richtig?«

Redden nickte. Er schien noch mehr zu schwitzen als zuvor.

»Wie funktioniert das? Landet das Wasserflugzeug dort im Bayou? Es gibt doch einen Bayou in der Nähe, oder?«

Redden nickte. »Etwa siebzig Meter von der Landebahn entfernt.«

»Weicht in diesem Punkt irgend etwas von der Routine ab?«

Redden nickte wieder, als dämmere ihm gerade etwas, als falle ein weiteres Stück aus Kalatis' Puzzlespiel plötzlich an den richtigen Platz.

»Ja.« Er schluckte noch einmal. »Ja, normalerweise werden das Bargeld und der Kunde in das Wasserfahrzeug gepackt und über die Chocolate Bay geflogen. Wenn wir Kalatis' Pier erreichen, geht der Kunde zu seinem Treffen mit Kalatis nach oben zum Haus, und das Geld wird auf ein Schiff umgeladen.«

»Und dann?«

»Anstelle des Wasserflugzeugs bringt das Schiff das Bargeld raus in den Golf. Das Wasserflugzeug und der Pilot müssen warten, um den Kunden über die Bucht zurückzufliegen.«

»Sie sagten: ›Wenn wir Kalatis' Pier erreichen‹. Fliegen Sie auch das Wasserflugzeug? Gab es dafür keine anderen Piloten?«

»Nein, wir fliegen es. Es gibt nur ein Wasserflugzeug. Der erste Pilot landet in Las Copas, alles wird in das Wasserflugzeug umgeladen, wir fliegen über Chocolate und wieder zurück, wenn der Kunde fertig ist, nehmen das normale Flugzeug und lassen das Wasserflugzeug für den nächsten Piloten und Kunden im Bayou. Und der macht dasselbe. Der Kopilot des letzten Flugzeugs bringt das Wasserflugzeug weg. Es steht in einem kleinen Hangar am Golf, in Kemah.«

»Ich nehme an, daß jemand bei dem jeweiligen Flugzeug bleibt, das in Las Copas zurückgelassen wird?«

»Oh, ja, drei von Kalatis' Wachleuten fahren vorher mit dem Boot nach Las Copas. Sie bleiben während der ganzen Operation da, helfen, das Geld von einer Maschine in die andere zu verladen, und ›sichern‹ dann das Flugzeug, das nicht benutzt wird.«

»Drei Wachleute, sagten Sie. Sind es immer drei?«

»Ja. Da unterscheidet sich Kalatis von den durchschnittlichen Schmugglern oder Bösewichtern. Es gibt sechs bewaffnete Wachen, nicht fünfzehn oder zwanzig. Nur sechs. Drei in Las Copas, drei an seinem eigenen Dock. Sie sind eher leise Typen. Jede Waffe, die sie tragen, hat einen Schalldämpfer. Die Uzis, die Mac-10s, was immer sie tragen. Schalldämpfer. Das ist nur vernünftig, wenn man darüber nachdenkt. Alle diese anderen Cowboys mögen es, wenn es richtig knallt. Scheiße, mit Schalldämpfern können Sie eine Menge Leute umbringen, ehe man Sie überhaupt bemerkt. Also haben sie nichts dagegen, sie zu benutzen. Ich will damit nicht sagen, daß sie schießwütig sind; das habe ich nie gesehen. Aber sie haben auch keine Angst zu schießen.«

Redden dachte eine Sekunde nach und sah dann wieder Graver an. »Hören Sie, kann ich noch eine Zigarette haben?«

Wieder nahm Neuman eine Zigarette von Ledet. Als Redden sie angezündet hatte, fuhr Graver fort.

»Okay, Sie sagten also, diesmal würde es anders sein.«

»Ja. Heute nachmittag hatten wir ein Treffen mit Kalatis. Die normale Routine wurde aufgehoben. Jeder von uns bekam einen etwas anderen Zeitplan. Wade ist der erste. Kein Ablenkungsflug, sondern gleich nach Las Copas. Dort dasselbe wie immer, der Kunde und das Bargeld werden in das Wasserflugzeug umgeladen. Aber wenn er zu Kalatis kommt, setzte er das Geld und den Kunden ab und fliegt ohne den Kunden nach Las Copas zurück.«

»Hat Kalatis das erklärt?«

»Er hat gesagt, daß der Kunde mit dem Schiff nach Galveston gebracht wird und dann mit dem Auto zurück nach Houston.«

»Und was ist damit, daß ihnen vorgemacht wird, sie seien in Mexiko?«

»Ja, danach habe ich gefragt. Kalatis hat gesagt, er hätte mich angeheuert, um Flugzeuge zu fliegen, und nicht, um seine Geschäfte zu leiten.« Redden grinste, wie ein Mann über eine Todesdrohung grinst, statt sich zu erlauben, in Panik zu geraten. »Wie auch immer, Maricio ist der nächste. Dasselbe, direkt nach Las Copas –«

»Wie lange dauert der Flug?« unterbrach ihn Graver.

»Eine halbe Stunde. Dann nimmt Maricio wie Wade das Wasserflugzeug, liefert das Bargeld und den Kunden ab und fliegt nach Las Copas zurück. Und ich mache dasselbe wie die anderen.«

»Zurück zu den Wachleuten«, sagte Graver. »Wenn der Kunde zum Flughafen kommt und mit seinem Geld in die Maschine steigt, hat er dann eigene Wachen, die mitfliegen, um die Übergabe zu schützen?«

»Nein, äh, das gehört nicht zum Geschäft. Kalatis haßt Aufsehen, haßt es, daß all diese Typen mit Automatiks herumspazieren. Es läuft so ab, daß sie ihr Geld an Bord von Kalatis' Flugzeug bringen und von da an Kalatis für alles verantwortlich ist. Wenn sie ihm bis dahin nicht vertrauen, geben Sie ihm ihr Geld nicht.«

»Aber was ist mit der Fahrt zum Flughafen?«

»Kalatis erlaubt dem Kunden, vom Hotel aus zwei Wachleute zum Flughafen mitzunehmen. Einer von Kalatis' Männern ist bei ihnen. Das Flugzeug steht im Hangar. Wir öffnen die Tür, und der Wagen fährt rein. Das Verladen wird so vorgenommen, daß keiner zusehen kann. Die Wachleute des Kunden müssen verschwinden, ehe wir starten.«

»Es gibt also einen Wachmann, der das Geld auf der Reise begleitet.«

»Richtig.«

»Also wird Kalatis vier Wachleute in Las Copas haben.«

»Ja, das stimmt vermutlich. Drei am Boden, einer im Flugzeug. Aber dieser eine Wachmann bleibt immer bei ›seiner‹ Ladung. Er fliegt mit zu Kalatis' Pier. Das Leben des armen Kerls hängt an jeder Geldkiste. Wenn er eine verliert, verliert er auch sein Leben ... früher oder später.«

»Glauben Sie, daß man die Routine der Wachleute auch abgeändert hat, so wie Ihre?«

»Das kann ich nicht sagen. Ich weiß bloß, daß sie nicht erwähnt wurde, als wir die Pläne durchgingen.«

»Wieviel Zeit haben Sie für den Flug mit dem Wasserflugzeug von Las Copas zu Kalatis' Strandhaus und wieder zurück nach Las Copas? Reicht die Zeit?«

»Scheiße, ganz knapp. Der Flug über Chocolate und West Bay ist nicht das Problem. Es ist die Frist zwischen dem Eintreffen in Las Copas, dem Entladen von Kunden und Geld, dem Weg von siebzig Metern zwischen Rollbahn und Wasserflugzeug und dem Einladen von Kunden und Geld. Dafür geben sie uns zwanzig Minuten, dann kommt der fünfzehnminütige Flug zu Kalatis' Dock, zehn Minuten für das Entladen, wieder fünfzehn Minuten zurück nach Las Copas, zehn, um das Wasserflugzeug festzumachen, zu unseren Maschinen zurückzugehen und sich davonzumachen. Sie haben uns zehn Minuten Luft gegeben zwischen der Zeit, in der eine Maschine nach Hause abfliegt und die nächste in Las Copas landet.«

»Und das ist nicht genug.«

Redden zog an seiner Zigarette, schüttelte den Kopf und zog die Mundwinkel herunter. »Nein, nicht genug. Läßt keinen Spielraum für Pannen ... Es gibt immer Pannen, besonders, wenn man auf einer kleinen, unasphaltierten alten Rollbahn wie Las Copas landet. Es wird heikel werden.«

Graver nickte und musterte Redden einen Moment.

»Okay«, sagte er. »Gibt es Ausweichpläne? Was passiert, wenn unterwegs irgend etwas schiefgeht?«

»Ja. Einen alternativen Plan gibt es immer. Eigentlich sind es zwei.« Mit der Spitze seines Stiefels klopfte er die Asche von seiner Zigarette. »Wenn etwas schiefgeht, bevor das Geld ausgeliefert ist, rufen wir eine codierte Nummer an und berichten Kalatis, was passiert ist. Er trifft eine Entscheidung. Wenn er einen anderen Flughafen benutzen will, muß er die Geldübergabe koordinieren, und er muß sicherstellen, daß der Wachmann, der auf die Ladung aufpaßt, Bescheid weiß. Dann ruft er uns zurück und nennt uns den neuen Übergabeort.

Wenn *nach* der Übergabe etwas schiefgeht, gibt es einen vorherbestimmten alternativen Landeplatz. Vorherbestimmt, weil, wenn wir erst mal in der Luft sind, alle dasselbe denken müssen. Das Personal wird knapp, weil die Burschen am ursprünglichen Übergabeort – Las Copas – ja kaltgestellt sind. Kalatis' Truppen werden knapp. Deshalb ist das Alternativziel für alle drei Piloten dasselbe. Kalatis hätte nicht genug Leute am Boden, um sie auf drei verschiedene Übergabeorte zu verteilen.«

Graver sah ihn an. »Sie meinen, alle treffen sich an einem Flughafen.«

»Richtig. Aber das Timing bleibt dasselbe.«

»Welcher Flughafen?«

Redden hob die Hand, an der noch die Handschelle baumelte, und zeigte mit dem Zeigefinger auf den Boden vor ihm.

»Ich sitze darauf«, sagte er.

Graver starrte Redden an. »Haben Sie jemals einen Notfallplan benutzen müssen?«

»Einmal.«

»Wie lief es?«

»Wie am Schnürchen.« Er zuckte mit den Achseln. »Es sind lauter Profis. Sie können mit Notfallplänen umgehen.«

Graver nickte. Die Blechwände des Hangars knackten in der Hitze.

»Haben Sie Kalatis gesagt, daß Sie wegen des Zeitplans in Las Copas so Ihre Zweifel haben?«

Redden nickte stoisch. »Ja.«

»Was hat er gesagt?«

Reddens Gesichtsausdruck war grimmig. Er nahm einen letzten Zug aus der Zigarette und drückte sie auf dem Boden neben der Kippe der anderen aus.

»Er hat unseren Lohn verdoppelt«, sagte er. »Teufel, wir werden ohnehin bezahlt wie Generaldirektoren, und jetzt werden wir bezahlt wie *zwei* verdammte Generaldirektoren.« Er sah sich nach Remberto um und schaute dann wieder Graver an. »Da sieht man mal wieder, nicht? Sie bezahlen einem Mann genug Geld, und er riskiert Kopf und Kragen, um den Job zu erledigen. Je mehr Geld, desto mehr redet er sich ein, daß er gute Chancen hat . . . selbst wenn auch die Risiken größer werden. Er kann an nichts anderes denken als daran, am anderen Ende – das nach Pech und Schwefel riecht – mit der ganzen steuerfreien Kohle wieder rauszukommen.«

75

19:50 Uhr

Zu fünft saßen sie auf der Veranda, die auf die Bucht hinausging, Pizzakartons und Hamburgertüten auf den kleinen Rattantischen verteilt, daneben Dosen mit Limonade. Graver lehnte sich auf seinem Stuhl zurück und schaute durch die Küche in den Wohnraum des geräumigen Bungalows, wo Redden und Ledet mitten auf dem Fußboden saßen, Hand- und Fußgelenke mit Handschellen gefesselt, und im verblassenden Licht wie Geiseln wirkten. Auch Alice trug Handschellen, aber sie befand sich im Schlafzimmer und sah fern. Man hatte ihr gesagt, sie sei eine wichtige Zeugin, und man müsse sie daher noch ein Weilchen länger festhalten. Da Alice nicht allzu intelligent war, akzeptierte sie dies, ohne nach einem Anwalt zu verlangen oder ein Geschrei über ihre Rechte anzustimmen. Das Fernsehgerät war ebenfalls eine Hilfe. Wie sich herausstellte, sah sie gerne fern.

Als sie das Strandhaus erreicht und die drei Personen darin festgesetzt hatten, hatte Graver Victor Last, der bei Alice geblieben war, die Vorfälle geschildert, und Last hatte zugehört, ohne allzu viele Fragen zu stellen. Graver merkte, Last hatte gespürt, daß Fragen an diesem Punkt des Geschehens nicht das Richtige waren, obwohl er nicht recht wußte, was da genau vor sich ging. Aber das war gut so.

Dann hatten sie gegessen und darüber gesprochen, was Reddens und Ledets Geschichten erbracht hatten, was sie von Kalatis' Sicherheitsvorkehrungen hielten, was sie über seine ausgeklügelte Planung dachten, welche Flugzeuge die anderen wohl fliegen mochten und wie schnell diese sein könnten. Kurz, sie redeten über alles, nur nicht über das Wichtigste, das sie beschäftigte – nämlich, was sie tun sollten –, eine Frage, die Gravers Gedanken völlig in Anspruch nahm; er aß schweigend und starrte auf das ersterbende Licht in der Bucht hinaus, während die anderen sprachen.

Nachdem er seinen Hamburger aufgegessen hatte, lehnte Graver sich auf seinem Stuhl zurück und öffnete sein Notizbuch. Er begann, den Zeitplan der Flüge zu notieren, wann jeder Pilot Bayfield verließ, in Las Copas landete, Kunden und Geld in das Wasserflugzeug umlud, von Las Copas abflog und Kalatis' Pier erreichte, Kunden und Geld entlud und nach Las Copas zurückflog. Er notierte alle von Redden angegebenen Zeiten, wobei ihm bewußt blieb, daß Redden bezweifelte, den Zeitplan einhalten zu können. Er war knapp und effizient. Aber irgend etwas damit war ganz und gar nicht in Ordnung.

»Okay«, sagte er schließlich, beugte sich vor, die Notizen in der Hand, und stützte die Unterarme auf die Knie. Alle verstummten, knüllten letzte Papierfetzen zusammen und räumten Tüten und Kartons von den Tischen.

Graver begann die Flugpläne vorzulesen. Ab und zu hielt er inne, um sich anzuhören, ob jemand sich anders an das erinnerte, was Redden zufolge an einem bestimmten Punkt geschehen sollte. Als Graver fertig war, lehnte er sich wieder zurück.

»Irgendwelche Anmerkungen?«

Eine kurze Pause folgte, dann meldete sich Murray zu Wort.

»Ja, eine.« Er achtete darauf, leise zu sprechen. »Ich persönlich glaube, daß fünfundsiebzig Prozent von diesem Plan totaler Quatsch sind.«

Graver lächelte beinahe vor Erleichterung. »Ich auch«, sagte er. »Lassen Sie hören.«

»Erstens mal«, sagte Murray und fuhr sich mit einer dicken Hand über das kurzgeschnittene Haar, »hat Kalatis für diese Sache einen Zeitplan aufgestellt, der zu knapp aussieht. Wir wissen, was

Redden davon hält.« Er rückte seinen Stuhl etwas näher an Graver heran, damit er sich nicht so sehr darum sorgen mußte, von den beiden Männern im Bungalow belauscht zu werden.

»Zweitens, Kalatis hat beschlossen, die Täuschung aufzugeben, daß er irgendwo in Mexiko lebt. Dabei hat er sich monatelang, ja vielleicht ein Jahr oder mehr viel Mühe gegeben, sie aufrechtzuerhalten. Und jetzt, in der letzten Minute vor der Ankunft des letzten großen Geldes, soll er all diese Leute wissen lassen, wo er wirklich wohnt?« Murray schüttelte den Kopf. »Nie im Leben. Ich kaufe ihm das nicht ab. Selbst wenn er abrauscht, kaufe ich ihm das nicht ab.

Drittens ändert er – *in letzter Minute* – einen Plan, der die ganze Zeit funktioniert hat wie ein Uhrwerk. Warum sollte er unmittelbar vor seinem größten Fischzug einen ganz neuen Plan aufstellen, der so kompliziert ist, daß er fast unter Garantie schiefgehen muß?

Viertens, wenn man nach Reddens Bericht geht, dann ist Las Copas so entlegen wie die Hölle.« Murray beugte sich Graver entgegen, drehte sich dann um und sah Remberto an. »Was ich denke«, sagte er, »ist, daß der erste Zwischenstopp in Las Copas der letzte ist... für alle.«

Graver schaute Remberto an, der knapp und zustimmend nickte, dann Neuman, der verblüfft dreinsah, und dann Last, der aussah, als bräche ihm der Schweiß aus.

»Das denke ich auch«, sagte Graver.

»Sie wollen *alle* diese Leute in Las Copas umbringen?« Neuman konnte es nicht glauben. »Die Kunden... und die Piloten... und die Kopiloten?«

Graver nickte. »Ja. Ich glaube, Kalatis hat sich deshalb keine Sorgen gemacht, der knappe Zeitplan könne scheitern, weil es keine Rolle spielte. Die Kunden, die Piloten, das Geld – alle landen zum letzten Mal in Las Copas.«

»Gottverdammt...« Neuman war erschüttert.

»Ja, und ich denke, daß Redden das auch dämmerte«, sagte Murray. »Der Mann ist nicht dumm.«

»Was ist mit den Flugzeugen? Sie würden dort vier Flugzeuge haben«, sagte Neuman.

»Wahrscheinlich nur drei«, sagte Graver. »Das Wasserflugzeug wird möglicherweise gar nicht gebraucht. Und sie werden einfach andere Piloten haben, die sie wegbringen. Aber Redden, Maricio, Wade und ihre Kopiloten wissen zuviel über diese spezielle Operation. Die neuen Piloten wird man bloß angeheuert haben, um ein paar Flugzeuge von einem alten, unasphaltierten Flugplatz abzuholen. Mehr wissen sie nicht. Und sie werden auch nicht viele Fragen stellen. Die Bezahlung ist einfach zu gut, wie Redden gesagt hat.«

»Und wenn alles vorbei ist«, fügte Remberto hinzu und sah dabei Neuman an, »wird es nur drei Zeugen geben: die Sicherheitsleute, die die Schießerei übernehmen. Ihr könnt darauf wetten, daß diese Männer einen Prozentsatz von dem Geld bekommen, das mit den drei Flugzeugen gebracht wird. Solche Leute muß man sehr gut bezahlen. Man läßt seine Tiger nie zu hungrig werden.«

»Die Frage ist, wie man die Sache am besten zum Scheitern bringt«, sagte Graver. »Wir sind nur zu fünft.« Er zögerte. »Ich sehe zwei Chancen. Eins: Wir brechen jetzt sofort nach Las Copas auf. Wir legen den Wachleuten einen Hinterhalt, wenn sie kommen, und dann fangen wir nacheinander die Flugzeuge ab, wie sie einfliegen. Wir müssen uns nur von einem der Wachleute die Signale dafür beschaffen, daß alles klar ist.

Aber diese Idee ist mit einigen unmittelbaren Risiken und Problemen verbunden. In Las Copas könnten nur vier von uns sein. Einer müßte bei Redden bleiben, der die anderen vier einfliegt, sie absetzt und nach Bayfield zurückfliegt. Außerdem müßten wir uns sofort auf den Weg machen, um so früh wie möglich in Las Copas zu sein, wenn wir Kalatis' Leute dort überwältigen wollen. Vielleicht ist es dafür auch schon zu spät. Ich nehme an, daß Kalatis' drei Männer sehr frühzeitig in Las Copas sein wollen, um alles vorzubereiten.« Er sah auf seine Uhr. »In weniger als einer Stunde wird es dunkel.

Oder, zweitens: Wir könnten sie auf jedem der Flughäfen abfangen, gleich nachdem die Wachen des Kunden fort sind, wenn der Kunde und das Geld die Maschine verlassen haben. Bei diesem Szenario hätten wir es nur mit einem Wachmann zu tun.« Er schaute auf seine Notizen nieder. »Das Problem bei dieser zweiten Vorgehensweise ist, daß wir nur eine Ladung Geld und einen Kunden abfangen können, denn wenn das erste Flugzeug – Wade –

Las Copas nicht planmäßig erreicht, wird man Kalatis benachrichtigen, und der wird jemanden schicken, um nachzusehen, was schiefgelaufen ist. Wir müßten die Möglichkeit, die beiden anderen Bargeldladungen auch abzufangen, vergessen.

Und«, fügte er hinzu, »mein Ziel wird dadurch nicht erreicht. Ich wette, Kalatis fühlt sich zu diesem Geld so hingezogen wie ein Hai zu Blut. Er wird dort auftauchen, wo es am meisten davon gibt.«

Alle dachten eine Weile nach, gingen die Handlungsmöglichkeiten durch, stellten sich jede Phase vor.

»Und was wäre, wenn wir mit der ersten Maschine in Las Copas einfliegen würden?« schlug Murray vor. »In Andrau hätten wir es nur mit dem einen Wachmann zu tun, und wenn wir nach Las Copas gekommen sind und die dortigen Wachen überwältigt haben, könnten wir Kalatis über Funk mitteilen, daß alles nach Plan läuft. Wir könnten Maricio abfangen. Redden bräuchte nicht einmal zu starten. Wir hätten alle drei Ladungen an einem Ort.«

»Das ist nur dann gut, wenn wir damit recht haben, was unserer Meinung nach in Las Copas passiert«, warf Remberto ein. »Wenn wir uns irren, wird Kalatis um Viertel vor zwölf, wenn die erste Maschine nicht an seinem Pier eintrifft, wissen, daß etwas nicht stimmt.«

Graver trommelte mit einem Finger auf sein Notizbuch. »Und ich fürchte, wir werden in Las Copas mehr als drei Wachleute antreffen«, sagte er. »Wenn das passiert, sitzen wir in dem Flugzeug fest, vielleicht sogar in einem Kreuzfeuer. Und falls wir recht haben und sie nach der Landung alle beseitigen wollen, dann wissen wir doch nicht, wie sie das machen wollen. Sie könnten alle aussteigen lassen und sie gleich dort auf der Rollbahn erschießen, ohne auch nur aus dem Unterholz herauszukommen. Und was dann?«

Einen Augenblick lang waren auf der Veranda nur das Kreischen der Möwen und das vage Rauschen der Brandung zu hören.

»Tja«, sagte Remberto so leise, daß er gerade die Brandung übertönte, aber klar und fest, »wenn Sie all das Geld an einem Ort haben wollen, weil Sie denken, das würde Kalatis anlocken, dann gibt es, glaube ich, einen anderen Weg, wie wir es machen können.«

76

22:40 Uhr

Rick Ledet legte die Cessna 185 schräg, und Neuman sah durch das Cockpit an ihm vorbei aus dem Fenster auf die schwarze Leere hinunter, von der Ledet behauptete, es handele sich um Chocolate Bay.

»Ich sehe die Landebahn«, sagte Ledet und zog die Cessna wieder so hoch, daß sie parallel zum Horizont flog. Sie flogen jetzt in Richtung Houston, und Neuman konnte in der Ferne die Lichter der Stadt schimmern sehen. »Ich werde die Maschine noch einmal kippen und in Richtung Golf zurückfliegen. Dann schalte ich herunter und fliege ein paar Kehren, und jedesmal, wenn ich es Ihnen sage, feuern sie eine ab. Wir werden ihnen Feuer unter dem Arsch machen.«

»Okay«, sagte Neuman. Das war alles, was er sagen konnte. Es war erstaunlich, wie schnell oben und unten in der Nacht verschwanden. Er hielt eine Schachtel mit militärischen Fallschirm-Leuchtsignalen zwischen den Knien, und die Pistole war geöffnet. Er rammte ein Leuchtsignal hinein.

»Ich dachte, wenn ich sie ein paarmal überfliege, würden sie uns vielleicht ein Lichtsignal geben«, sagte Ledet. »Arschlöcher. Ich hätt's mir denken können. Disziplinierte Bastarde. Spielt keine Rolle. Ich bin da oft genug gelandet... Teufel, ich kann sogar den Bayou sehen. Okay, also los.«

Die Cessna neigte sich und sank gleichzeitig, aber sie sank nicht tief, ehe Ledet sie wieder auffing, und Neuman konnte vor ihnen den Halbmond über dem Golf sehen. Gott, war das ein schöner Anblick. Die Schönheit überraschte ihn.

»Sind Sie fertig?« rief Ledet. »Die erste ist zur Orientierung.«

Neuman schob die Fensterklappe auf, schloß die Leuchtpistole und zielte durch das Fenster. Er spürte, wie das Motorengeräusch der Cessna tiefer wurde, und dann schrie Ledet: »Feuer!«

Neuman betätigte den Abzug. Die Explosion erschütterte das Cockpit.

»Heilige Scheiße!« Ledet lachte. »Schauen Sie sich das an!«

Das Leuchtsignal explodierte draußen am Nachthimmel mit überraschender Brillanz. Phosphorweiß. Der Fallschirm schwankte leicht in der Schwärze, und dann sank er mit einem sanften Schaukeln wie eine Laterne tiefer.

»Gott, am liebsten wäre ich jetzt da unten. Die Arschlöcher werden sich in die Hosen machen!«

Neuman lud nach.

»Okay, ja!« schrie Ledet und bestätigte ihre Position anhand der Leuchtrakete, die die Bayous unter ihnen erhellte. »In Ordnung! Wir sind genau drüber. Feuern Sie die zweite ab!«

Neuman drückte ab. Wumm! Der Himmel erstrahlte engelweiß. Neuman lud wieder nach.

»Und die dritte!«

Die Cessna flog wieder schräg, und Neuman konnte spüren, wie der Rumpf durch das Drehmoment der Kehre erzittete. Er versuchte, das zu ignorieren, während er nachlud und wieder feuerte... und wieder... und wieder. Das Manöver ließ die Zeit verschwimmen. Er hatte keine Ahnung, wie lange es dauerte, aber als er spürte, wie die Schwerkraft ihn von einer Seite auf die andere warf, als er jedesmal feuerte, wenn er dazu aufgefordert wurde, und jedesmal nachlud, wenn er damit fertig war, beobachtete er die Rauchwolken der Treibladung, gefolgt von der Explosion der Leuchtsignale, und dann hing eine riesige Kugel aus weißem Licht in der Dunkelheit, die im Kontrast dazu nicht mehr trüb war, sondern pechschwarze Nacht.

Er spürte, wie sich das Flugzeug noch einmal zur Seite neigte. Die Schachtel mit den Leuchtsignalen war leer. Er schaute aus dem Fenster und sah ein halbes Dutzend schwebender Leuchtfeuer, die sich durch die Dunkelheit seitwärts von ihm entfernten. Es sah aus, als hätten sie eine Ecke der Nacht in Brand gesetzt, und das Feuer war so blendend hell, daß er fast erwartete, es den restlichen Himmel entzünden zu sehen, bis das Tageslicht kam.

22:50 Uhr

Wade Pace hatte zum zehnten Mal die Instrumententafel seiner Malibu Mirage kontrolliert und nahm sich, zufrieden mit dem, was er sah, die Zeit, aus dem Seitenfenster seines Cockpits die Skyline von Houston zu betrachten, die zu seiner Linken aus dem Blickfeld glitt. Sein Kopilot tat dasselbe. Wade drehte sich um und blickte über die rechte Schulter zu den Passagieren hinter ihm. Der Kunde saß unbehaglich in der ersten Reihe der Doppelsitze und sah ebenfalls nach der Skyline. Dahinter saß Kalatis' menschlicher Dobermann und erwiderte unbewegt seinen Blick. Die Aussicht interessierte den Dobermann nicht. Wade wandte sich wieder seinen Instrumenten zu.

»Scheiße«, sagte er zu seinem Kopiloten und erschauerte. Der Kopilot nickte langsam und riß die Augen auf.

»Malibu. Malibu. Hier ist Com One.«

Instinktiv griff Wade mit einer Hand nach seinen Kopfhörern und sah seinen Kopiloten verblüfft und stirnrunzelnd an. Sie erkannten beide Kalatis' Stimme.

»Malibu, hier ist Com One. Hören Sie mich?«

»Ja, Com One, hier ist Malibu. Wir hören.«

»An ihrem Bestimmungsort ist es zu einer Störung gekommen.« Kalatis' Stimme war langsam und entschlossen. »Weichen Sie auf den Ersatzflugplatz aus.«

Wade warf seinem Kopiloten einen erstaunten Blick zu.

»Malibu, hören Sie mich?«

»Hier Malibu, ja, ich höre Sie. Ich steuere jetzt den Ersatzflugplatz an.« Er hielt inne. »Bitte bestätigen Sie das dem Sicherheitsmann hier an Bord. Bleiben Sie auf Empfang.«

Wade wandte sich um und schaute wieder über seine rechte Schulter. Sein Blick traf den des Dobermanns. Er tippte auf seinen Kopfhörer und winkte dem Dobermann, er solle kommen. In aller Ruhe löste der Mann seinen Sitzgurt, stand auf und tat gebückt einige Schritte. Sein Gesicht war ausdruckslos – es war immer ausdruckslos. Als er hinter Wades Sitz stehenblieb, füllte seine massive Gestalt den ganzen freien Raum.

»Sie sollten sich das besser anhören«, sagte Wade, während der Kopilot seinen Kopfhörer abnahm und dem Dobermann reichte, der sich jetzt ins Cockpit beugte. »Es ist Com One. Identifizieren Sie sich zuerst«, sagte Wade, als der Mann den Kopfhörer aufsetzte und das Mikrophon ausrichtete.

»Hier ist Sicherheitsdienst Malibu.«

Wade blieb halb umgedreht sitzen und beobachtete den Mann, während er Kalatis genau die gleichen Worte zu ihm sagen hörte, die er zuvor zu Wade gesprochen hatte. Der Dobermann zeigte keine Reaktion. Er sagte einfach:

»Sicherheitsdienst Malibu bestätigt Order von Com One, Alternativflugplatz anzufliegen.«

Das war alles. Er zog den Kopfhörer ab, gab ihn dem Kopiloten, drehte sich um und ging zurück zu seinem Sitz. Wade sah seinen Kopiloten an und rollte die Augen. Kalatis hatte eine ganze Sammlung von solchen Typen. Es war wie eine Sammlung häßlicher Käfer. Sie alle sprachen in diesem quasimilitärischen Jargon, und sie alle nahmen sich selbst sehr ernst. Nun ja, Scheiße, schließlich beförderten sie eine Menge Geld.

Der Kopilot gab Wade die neuen Koordinaten, und er zog die Malibu in eine lange, sanfte Kurve.

Panos Kalatis saß ohne Hemd in seinem Funkraum, starrte auf die Skalen vor ihm und rechnete sich die Erfolgschancen mehrerer alternativer Schritte aus. Plötzlich schwitzte er, aber er war so ruhig wie ein Philosoph. Der Bericht über die Leuchtraketen über Las Copas war gänzlich unerwartet gekommen und hatte hektische Aktivitäten im Strandhaus ausgelöst. Jael eilte jetzt zwischen dem Haus und dem zweimotorigen Wasserflugzeug hin und her, das am Dock wartete, und lud in letzter Minute noch Gepäck ein, das alles einschloß, von Kleidung zum Wechseln bis zu den Codebüchern für Kalatis' ausländische Bankkonten. Die letzten Stunden waren gekommen, ein wenig vor der Zeit zwar, aber nicht ungeplant.

Er hatte seine Operationen immer gründlich durchgeplant, und sie waren immer mit einer Glattheit abgelaufen, auf die er sehr stolz war. Heute nacht war es nicht anders. Statt der drei Sicherheitsleute in Las Copas hatte er sechs. Sie waren die Angestellten, denen er am meisten vertraute, und waren länger als alle anderen bei ihm, sogar länger, als er und Strasser zusammen waren. Alle sechs waren Piloten, und jeder von ihnen hätte die Malibu oder die Mooney MSE oder die Pilatus fliegen können. Was natürlich alles Teil des Plans war. Alle wären sie an den Exekutionen beteiligt gewesen.

Doch jetzt wären sie das nicht, und, was schlimmer war, sie waren per Boot nach Las Copas gefahren. Für alle praktischen Zwecke fielen sie damit endgültig aus. Selbst wenn die Leuchtsignale keine Razzia bedeuteten, selbst wenn sie eine Art Ablenkung waren und nichts weiter passierte – was Kalatis bezweifelte –, so wären seine sechs zuverlässigsten Männer doch keinesfalls in der Lage, rechtzeitig zurückzukommen, um ihm zu helfen. Kalatis war dabei, die Ereignisse des Abends zu beschleunigen. Er würde sich nun ganz auf die drei Männer verlassen müssen, die er in Las Copas hatte töten lassen wollen, die drei Wachleute, die für die Abholung des Geldes und der Kunden von den Hotels zu den Flughäfen verantwortlich waren. Doch das beunruhigte Kalatis nicht. Sie wußten nicht, daß er sie hatte töten lassen wollen, also war kein Schaden entstanden.

Kalatis gestattete sich auch nicht, darüber nachzugrübeln, wer für die »Razzia« in Las Copas verantwortlich war. Er nahm an, daß es Graver war. Er fragte sich, ob Burtell ihn angerufen hätte, wenn er noch am Leben gewesen wäre. Er fragte sich, wie tief sich fünfhunderttausend Dollar in Burtells traurige Seele eingebrannt hatten. Nun ja, es spielte keine Rolle. Was eine Rolle spielte, war, daß es ein Leck in seinem Sicherheitssystem gab, und die Aussicht, die fast vierzig Millionen Dollar zu verlieren, die bald in der Luft und auf dem Weg nach Bayfield sein würden, begann an ihm zu nagen. Er hatte letzte Woche schon einmal den doppelten Betrag losgeschickt, aber zwei Drittel waren nie so gut wie hundert Prozent, und für hundert Prozent würde Kalatis einige Risiken auf sich nehmen.

Er griff nach dem weißen Telefon, rief zuerst eine Nummer in La Porte an und hinterließ eine Codenummer. Sofort darauf läutete sein blaues Telefon. Der Rückruf kam von einem Mann, einem Texaner, den Kalatis 1981 in Buenos Aires kennengelernt hatte. 1985 hatte der Mann eine Speditionsfirma in La Porte gegründet. 1990 bekam der Mann einen Anruf von Kalatis. Seitdem hatte Kalatis nicht häufiger als vier- oder fünfmal mit ihm gesprochen, aber wenn er es getan hatte, hatte der Mann Kalatis einen seiner Lastwagen »vermietet«, für eine exorbitante Summe. In bar.

Kalatis griff wieder nach dem weißen Hörer und wählte Maricio

Landrones Codenummer. Binnen weniger Augenblicke läutete das blaue Telefon.

»Landrone hier.«

»Maricio, sind Sie beim Hangar?«

»Ja, ich bin hier.«

»Am ursprünglichen Bestimmungsort stimmt etwas nicht. Wir benutzen den Alternativplan.« Kalatis sprach langsam, fast beiläufig. Er hatte schon vor sehr langer Zeit beim Mossad gelernt, daß der erste Schritt, wenn man seine Männer kontrollieren will, darin besteht, seine Stimme zu kontrollieren. Für die meisten Menschen – Männer und Frauen – waren Angst und Panik ansteckend. Wenn sie das Virus von Furcht oder Unsicherheit oder Vergeblichkeit entdeckten, zogen sie sich die Krankheit wahrscheinlich auch zu. Die erste Verantwortung eines Gruppenführers bestand darin, seine Leute niemals dem Virus auszusetzen, auch wenn er selbst daran starb.

»Das Alternativziel bleibt dasselbe«, sagte Kalatis, »aber der Zeitplan ist aufgehoben. Ich möchte, daß Sie sofort aufbrechen. Die Fracht wird in ihrem Hangar bereitstehen, wenn Sie ankommen. Laden Sie und starten Sie so schnell wie möglich.«

»Okay«, sagte Maricio. »Ich habe verstanden.«

Kalatis nahm wieder das weiße Telefon und rief Eddie Redden an. Fast sofort läutete das blaue Telefon, und Kalatis gab seinem dritten Piloten die gleiche Information. Als er aufgelegt hatte, sah er auf die Uhr. Die erste Ladung sollte in Wade Paces Malibu Mirage in etwas über zwanzig Minuten in Bayfield ankommen. Mit Glück würde die letzte irgendwann gegen Viertel nach zwölf mit Eddie Reddens Pilatus einfliegen. Der zweifelhafte Flug war der von Maricio Landrone. Es bestand kein sehr großer Unterschied zwischen den Entfernungen, die Landrone und Redden zu fliegen hatten. Es war möglich, daß sie gleichzeitig in Bayfield ankämen. Kalatis hatte keine Ahnung, wie sie damit umgehen würden. Und er machte sich auch keine Gedanken darüber. Im Augenblick hatte er alles getan, was er tun konnte. Von nun an hing es von anderen Leuten ab, ob er sein Geld bekam oder nicht.

Er hörte die Zwillingsmotoren des Wasserflugzeugs am Dock aufheulen. Er roch beinahe den verbrannten Treibstoff der warmgelaufenen Motoren, ein Geruch, der ihn an andere nächtliche Aufgaben erinnerte, an Jahre voller adrenalintreibender Zeitpläne und Verabredungen, bei denen das Vertrauen darauf, daß andere Leute ihren Teil der Vereinbarung erfüllen würden, seine einzige Hoffnung war, lebend aus der Sache herauszukommen.

»Panos.«

Kalatis drehte sich um und sah durch das Schlafzimmer Jael in der Tür stehen. Sie trug ein weißes Männerhemd und Jeans, und ihr schwarzes Haar war zu einem einzigen dicken Zopf zusammengefaßt, der auf ihrem Rücken hing.

»Wir müssen gehen«, sagte sie. »Der Pilot sagt, wir müssen gehen, wenn wir es sehen wollen.«

»Okay«, sagte Kalatis. »Hast du alles?«

»Alles, ja«, sagte sie.

»Dann geh runter zum Flugzeug. Ich komme gleich nach.«

»Alles« umfaßte eigentlich sehr wenig. Sie gingen buchstäblich aus der Tür eines voll möblierten Hauses mit Schränken voller Kleider, Fernsehgeräten, Stereoanlagen – alles, was das Leben eines Menschen ausmachte. Er fühlte sich großartig, wie eine Schlange, die ihre Haut abwirft. Es war eine erhebende Erfahrung, alles hinter sich zu lassen.

Er beugte sich unter den Schreibtisch, auf dem für Zehntausende von Dollar elektronische Geräte gestapelt waren, Funk- und Telefonausrüstung, die ihm gestattet hatte, fast vier Jahre lang insgeheim mit seinen Leuten zu kommunizieren, und drehte einen Zeitschalter an einem Metallkanister, der etwa die Größe eines Schuhkartons hatte. Er enthielt einen soliden Block verstärktes C-4. Drähte führten von diesem Kanister aus zu zwei Ladungen an anderen Stellen des Hauses. Aufmerksam lauschte er dem leisen Klicken der Wählscheibe und stellte sie auf zwölf Minuten ein. Wenn sie wieder die Null erreichte, würden sie meilenweit draußen im Golf sein, und die Explosion würde aus der Ferne einen schönen Anblick bieten.

77

Es gab nur sehr wenig, womit Graver sein Gewissen hinsichtlich dessen beruhigen konnte, was er tat. Ganz gleich, was er sich auch sagte, es war ihm höchst unwohl dabei, das System zu umgehen – er konnte nicht sagen, die Regeln des Gesetzes zu umgehen, da die sogar innerhalb des Systems oft nicht ganz deutlich waren. Und noch bestürzender war für ihn das Wissen, daß er sich gestattet hatte, die Dinge wegen seiner persönlichen Besessenheit von Panos Kalatis so weit zu treiben. Wenn er professionell und leidenschaftslos gewesen wäre, wäre er diese Risiken nicht eingegangen. Es wäre vorsichtiger gewesen, auf einen anderen Anlaß zu warten, bei dem er und nicht Kalatis den Showdown bestimmen würde.

Aber Graver wartete nicht.

Redden zufolge war den Piloten, wann immer der Alternativplan zum Zuge kam, die Situation in Bayfield nicht völlig klar. Ihre Instruktionen lauteten, Hangar Nr. 2 anzusteuern und das Geld in einen Lastwagen umzuladen, der dort wartete. Der Klient und der Wachmann sollten bei dem Geld bleiben. Die Piloten konnten abfliegen. Und das war, was sie betraf, das Ende der Angelegenheit.

Zum Glück hatte der Hangar ein Hinterzimmer, das am rückwärtigen Ende abgeteilt war und eine flache Decke hatte, die unter dem hochgelegenen Dach des Hangars selbst ein Loft bildete.

In diesem Hinterzimmer»büro« warteten Graver, Murray und Last. In der Trennwand waren eine Tür und ein Schiebefenster, das eine Schmutzschicht bedeckte. Der Raum roch nach Staub und Öl; sie standen zwischen Stapeln alter Reifen und schiefer Pappkartons voller ausgebauter Teile alter Flugzeuge. Gleich vor dem abgetrennten Büro versteckte sich Remberto in der Ecke zwischen einem weiteren Stapel alter Reifen und einem Aluminiumboot mit flachem Boden, das an der vorderen Wand des Büros lehnte. Die Metallwände des Hangars knackten noch immer, jetzt aber, weil das Blech sich nach der Tageshitze abkühlte.

Sie waren noch keine zehn Minuten auf ihren Plätzen, nachdem sie hastig die beiden Autos in benachbarten Hangars versteckt hatten, als auf der vom drei Meilen entfernten Highway abführenden Straße ein Lastwagen erschien. Dem Geräusch des Motors nach hatte der Fahrer es eilig. Es wurde lauter, bis der Wagen vor den geschlossenen Türen des Hangars vorfuhr und anhielt. Der Motor brummte im Leerlauf, eine Tür öffnete sich, und jemand kam rasch auf die Hangartüren zu und machte sich am Riegel zu schaffen. Dann glitten die Türen plötzlich auseinander, und ein Mann stand zwischen den Scheinwerfern eines Lieferwagens, deren Strahlen die Schmutzschicht auf dem Bürofenster erhellten. Graver und die anderen zogen sich in den Schatten zurück.

Einen Augenblick lang dachte Graver, der Mann würde den Hangar durchsuchen, doch dann drehte er sich um, stieg wieder in den Wagen, fuhr ihn in den Hangar und schaltete die Scheinwerfer und den Motor aus. Wieder stieg der Mann aus dem Wagen, ging zu den Türen des Hangars und schob sie zu, jedoch nicht ganz. Der Spalt zwischen ihnen blieb etwa einen Fuß breit. Er stand in der Öffnung, schaute hinaus, nahm nervös eine Zigarette aus der Tasche, zündete sie an und blies den Rauch durch die Öffnung in die Dunkelheit.

Gleich darauf hörte man das ferne Geräusch eines Flugzeugs. Der Fahrer hörte es ebenfalls, warf seine Zigarette weg, schob die Türen etwas weiter auseinander und trat hinaus. Das Geräusch des Flugzeugs wurde lauter, als es sich näherte, bis sich der Ton leicht veränderte. Dann donnerte es plötzlich in geringer Höhe über den Hangar hinweg in Richtung Golf.

Der Mann eilte in den Hangar zurück, ging zu einem Schaltkasten an der Wand rechts von den Türen und legte einen Schalter um. Durch die breitere Öffnung der Türen konnte Graver schwache, weit voneinander entfernte Lichter zu beiden Seiten der Rollbahn ausmachen. Es schien sich um eine provisorische Beleuchtung zu handeln. Die Landebahn selbst war offensichtlich nur für Landungen bei Tageslicht bestimmt. Der Mann kehrte zur Tür zurück, trat ins Freie und schaute sich nach allen Seiten um.

Fast sofort kehrte das Geräusch des Flugzeugs zurück, doch diesmal kam es vom Golf her. Graver lauschte und stellte sich vor, wie es niedrig über dem Wasser flog und weiter an Höhe verlor. Dann hörte er, daß es die Geschwindigkeit verringerte und der Ton des Motors tiefer wurde. Gleich darauf war es unten. Graver sah seine Lichter an dem Spalt zwischen den Türen vorbeiziehen, während es Fahrt verlor, eine Kurve bschrieb und auf den Hangar zukam.

Während die Maschine sich näherte, begann der Fahrer des Lastwagens, die beiden Türen des Hangars zur Seite zu schieben, bis sie weit geöffnet waren. Das Flugzeug kam auf die Öffnung zu, bis seine Nase sich fast im Hangar befand. Dann stellte der Pilot den Motor ab, und der Propeller drehte sich noch eine Weile, bis er stehenblieb.

Der Fahrer schob die Riegel an den hinteren Türen des Lastwagens zurück und öffnete sie. Gleichzeitig schwang die Tür des Flugzeugs, die sich fast in der Mitte des Rumpfes befand und das zweite Fenster hinter dem Cockpit enthielt, von der Mitte her auf, und die obere Hälfte klappte nach oben weg, während die untere sich zu Stufen entfaltete.

Graver spähte mit einem Auge durch das schmutzige Fenster und beobachtete, wie ein großer Mann im Sportjackett ohne Krawatte, der eine Uzi mit Schalldämpfer trug, als erster ausstieg.

»Alles okay hier?« fragte er von den untersten Stufen der Treppe aus und schaute in den hinteren Teil des Lastwagens, wo eine Innenbeleuchtung eingeschaltet worden war, die einen Lichtfleck auf den Betonboden des Hangars fallen ließ.

»Ich bin fertig zum Einladen«, sagte der Fahrer aus dem Innenraum.

Der Wachmann nickte ohne erkennbare Regung und sah sich um, als der Pilot – Wade Pace, erinnerte sich Graver – die Stufen herunterkam, gefolgt von einem Mann, der der Kopilot sein mußte, und einem Mann im Geschäftsanzug, der unsicher und schwankend die schmalen Stufen nahm.

Pace ging zur Rückseite des Lieferwagens und schaute hinein.

»Ich habe acht Kartons«, sagte er.

»Okay, gut, bringt sie raus, und ich stapele sie hier auf.«

Pace sah den Wachmann an, der jetzt in der Nähe der Flugzeugtür stand. Der Wachmann erwiderte seinen Blick.

»Also los«, sagte der Wachmann und wies mit dem Kopf auf die Flugzeugtreppe.

»Wir könnten ein bißchen Hilfe gebrauchen«, sagte Pace.

Der Wachmann machte eine Kopfbewegung, die »Nicht mein

Problem« bedeutete, und überprüfte den Schalldämpfer der Uzi, als wolle er sich vergewissern, daß er fest saß.

Pace zögerte, noch immer den Wachmann anschauend, drehte sich dann um und ging auf die Flugzeugtreppe zu.

»Ich möchte Kalatis anrufen«, sagte der Kunde, der unbeholfen in der Nähe der Hangartür stand. Er war sichtlich nervös und hatte eine Hand in die Hüfte gestemmt, während er sich mit der anderen das Gesicht wischte. »So etwas ist vorher nie passiert. Das ist ein verdammt weiter Weg von Mexiko.«

»Wir können von hier aus keinen Funkkontakt riskieren«, sagte der Wachmann. »In punkto Sicherheit kennt Mr. Kalatis sich aus. Er weiß, was er tut.«

Pace fluchte und kletterte in die Maschine. Nach einem Augenblick begann er, dem Kopiloten die Geldkartons zu reichen. Der Kunde beobachtete sie. Es kam ihm offensichtlich nicht in den Sinn, ihnen zu helfen, oder er war zu dem Schluß gelangt, daß das auch nicht sein Problem sei. Niemand sagte mehr etwas, bis Pace dem Kopiloten den letzten Karton reichte, dieser ihn zum Lieferwagen trug und an der hinteren Tür auf den teppichbelegten Boden des Laderaums plumpsen ließ.

»Das war's«, sagte Pace und kam die Stufen herunter. »Wir sind dann wieder weg.«

»Wissen Sie noch, was Sie zu tun haben?« fragte der Wachmann.

»Ich denke, ich krieg's hin«, sagte Pace, sauer über die mürrische Hochnäsigkeit des Wachmanns.

»Sie haben die Koordinaten bekommen ... fünfzehn Meilen weit raus, und dann können Sie tun, was Sie wollen.«

»Gehen wir«, sagte Pace zu seinem Kopiloten, und zu zweit schoben sie das Flugzeug langsam von den Hangartüren fort in die Dunkelheit bei der Rollbahn.

In dem dämmrigen Licht, das aus dem Laderaum des Lastwagens kam, konnte Graver kaum ausmachen, wie sie die Maschine wieder bestiegen und die Treppe hinter sich einzogen. Nach einer Minute sprang der Motor des Flugzeugs an, und Pace ließ ihn aufheulen und eine Minute laufen und manövrierte die Maschine dann auf die Piste, wo sie ans Ende der Rollbahn glitt. Er bereitete sich zum Start vor, und erneut heulte der Motor auf, bis das

Flugzeug über die Piste ratterte und über dem Wasser in Richtung Golf abhob.

Der Wachmann, der Fahrer und der Kunde standen am Rand des Lichtflecks und sahen zu, wie die Lichter des Flugzeugs zwischen den Sternen verschwanden. Dann drehte der Wachmann sich um, hob seine Uzi und erschoß die beiden anderen Männer.

Die beiden gedämpften Salven waren verblüffend, die raschen, klopfenden Schüsse schienen gar nicht zu ihrer Wirkung zu passen; Blut spritzte aus den Rücken der beiden Männer, während sie gleichzeitig zusammenbrachen.

Graver spürte, wie Murray und Last neben ihm zusammenzuckten, und dabei kam sein Verstand rasch zu der Entscheidung, nichts zu tun. Es würde nichts bringen, jetzt den Wachmann zu erschießen. Sie hatten die beiden Morde, die sie soeben beobachtet hatten, nicht verhindern können. Wenn sie sie vorhergesehen und verhindert und ihn dann erschossen hätten, wäre das gerechtfertigt gewesen. Doch jetzt war der Wachmann ihnen lebendig nützlicher. Graver war dankbar für Rembertos Training. Ein anderer Mann hätte den Wachmann vielleicht auf der Stelle erschossen.

Sie sahen also zu, wie der Wachmann sich die Uzi an ihrem Riemen über die Schulter hängte, in den Hangar kam und die Lichter an der Rollbahn ausschaltete. Dann ging er wieder nach draußen, packte die Füße des Kunden und schleifte den Mann aus dem Licht und um die Ecke des Hangars. Nach einer Weile kam er zurück, nahm die Füße des Fahrers und schleppte diesen ebenfalls außer Sicht. Als er zurückkam, trat er seitlich neben die Hangartür, nahm einen Gartenschlauch, der zusammengerollt dort lag, drehte den Wasserhahn auf, an dem er befestigt war, und machte sich daran, die beträchtliche Menge Blut vor den Türen ab- und in die Dunkelheit zu spritzen.

78

Die sechsundfünfzig Fuß lange *Sphinx* dümpelte sanft im warmen Wasser des Golfstroms. Das Wasserflugzeug war wieder gestartet, und Kalatis und Jael saßen mit Ferngläsern an Deck, die Füße auf der Reling, und schauten auf eine bestimmte Stelle im Nordwesten. Der Bereich, den sie beobachteten, lag fünfzehn Meilen von der Küste entfernt, hätte aber ebensogut fünfhundert Meilen entfernt sein können. Er war die Mitte des Nichts und existierte überhaupt nicht, bis jemand Navigationskoordinaten auf eine Karte zeichnete, um ihn zu definieren. Dreihundertsechzig Grad ringsum gab es nichts als Leere und Dunkelheit, und eine Richtung hätte jede Richtung sein können; alles war leer, ohne Grenze oder Sinn oder Bezug.

Kalatis sah auf seine Uhr und dann wieder in die einzige Richtung, von der die Navigationskarten ihm gesagt hatten, es sei die richtige. Er hob sein Fernglas. Ringsum war es still bis auf das flüsternde Plätschern des Golfstroms am Rumpf der *Sphinx.*

Plötzlich flammte genau in Kalatis' Blickrichtung ein heller Blitz auf.

»Herrgott!– sagte er. »Da ist es. Nahe. Scheiße, näher, als ich erwartet habe. Ich habe das Flugzeug nicht mal gehört.«

Er ließ das Glas sinken und beobachtete den Feuerball von der Größe einer Orange vor dem Hintergrund der sterngefleckten Dunkelheit.

»Wie weit entfernt ist das?« fragte Jael und hob ihr Glas, um es deutlicher zu sehen.

»Ich weiß nicht«, sagte Kalatis, erneut das Glas hebend. »Eine Meile. Vielleicht eine Meile.«

Der Feuerball erstarb rasch und hinterließ einen Abglanz in den Sternen.

»Das war Pace«, sagte Kalatis. »Die ersten dreizehn Millionen sind im Lieferwagen.«

79

Der Wachmann kam in den Hangar zurück und stellte sich an das hintere Ende des Lastwagens. Für ein paar Augenblicke konnte Graver ihn nicht sehen, aber was immer er tat, dauerte nicht lange, und bald schlug er beide Türen zu und verriegelte sie. Die Hangartüren jedoch ließ er offen. Er stand im Freien, etwa an der Stelle, wo er vor ein paar Minuten die beiden Männer erschossen hatte, und machte sich an seiner Uzi zu schaffen. Anscheinend nahm er sie auseinander. Das gab Graver zu denken, denn sobald das nächste Flugzeug landete, würde er mit zwei bewaffneten Männern konfrontiert sein. Jetzt war der perfekte Augenblick, um dieses Risiko zu halbieren. Doch wenn er es tat, gab es keine Möglichkeiten zu erfahren, ob dieser Mann bei der Landung der nächsten Maschine eine Rolle zu spielen hatte – vielleicht ein Signal zu geben, mitzuteilen, daß die Luft rein war. Und Graver wollte die nächste Ladung genau hier in dem Lastwagen vor ihm haben wie die erste. Also wartete er.

Die Hitze in dem Hinterzimmer des Hangars wurde vom Gewicht der reglos stehenden Luft noch verschlimmert. Es gab keinerlei Luftzug, und alles, was Graver berührte, klebte an ihm. Wie Remberto hatte er die Jacke ausgezogen und die Hemdsärmel bis zum Ellbogen aufgekrempelt, und jedesmal, wenn er mit dem Arm den Rand eines Fasses, eines Kartons oder eines Bretts berührte, blieb eine Staubschicht am Schweiß auf seinem Unterarm haften. Schweiß lief ihm an den Rippen herunter und verursachte lange, dunkle Flecken auf seinem Hemd. Im schwachen Licht sah er Murray an, der sein weißes T-Shirt ausgezogen hatte, um weniger sichtbar zu sein. Seine massive Brust und seine kräftigen Arme ließen ihn wie einen Gladiator wirken. Er hielt seine verläßliche alte .45er in der rechten Hand, die Arme leicht vom Körper abgewinkelt.

Dann schaute Graver Last an, der sich mit dem Ärmel seiner teuren Leinenjacke die Stirn abwischte und mit den Augen rollte. Last hatte sich gut gehalten. Graver hatte insgeheim Vorbehalte gehabt, ihm eine Waffe und eine verantwortliche Rolle zu geben, doch indem er es getan hatte, ohne Murray und Remberto gegenüber Zweifel zu äußern, hatte er sich stillschweigend für seine Vertrauenswürdigkeit in einer Zwangslage verbürgt. Natürlich hatte er keine Ahnung, ob Last in einer Zwangslage tatsächlich vertrauenswürdig war, aber Graver hatte sich schon so weit aus dem Fenster gelehnt wie nur möglich, und er brauchte einen weiteren Mann – und eine weitere Waffe – auf seiner Seite der Gleichung.

Der Wachmann setzte seine Uzi zusammen und zündete sich dann eine Zigarette an, die er im Mund behielt, während er zur Seite des Hangars ging, seinen Reißverschluß öffnete und in das trockene Gras am Rand der Rollbahn urinierte.

Gerade, als Graver sich zu fragen begann, ob etwas schiefgelaufen war, wurde in der Ferne das Dröhnen von Maricio Landrones Mooney hörbar. Auch der Wachmann hörte es, beendete sein Geschäft, zog seinen Reißverschluß hoch und trat weiter auf die Rollbahn hinaus, um in den Himmel zu schauen. Wie Pace überflog auch Landrone den Hangar und steuerte Richtung Golf. Rasch ging der Wachmann in den Hangar zurück, schaltete die Lichter an der Rollbahn ein und trat wieder hinaus, um die Landung zu beobachten.

Während der Wachmann sich auf den Anblick und den zunehmenden Lärm der ankommenden Maschine konzentrierte, nickte Graver Murray zu, und dieser schlüpfte aus der Tür des Hinterzimmers und gab Remberto ein Zeichen. Die beiden Männer gingen auf entgegengesetzte Seiten des Hangars, Remberto links vom Lieferwagen, vom Büro aus gesehen, Murray rechts. Beide versteckten sich hinter irgendwelchen Gerätschaften, die sie zu diesem Zweck schon vorher ausgeguckt hatten und die ihnen nur vorübergehend Deckung bieten würden. Wenn jemand beschloß, genauer hinzuschauen, würde alles sehr schnell passieren. Wenn alles lief wie geplant, würde es ohnehin schnell gehen.

Landrone steuerte seine Mooney vor die Türen des Hangars, wie Pace es mit seiner Malibu getan hatte, und der Wachmann stand im Inneren des Hangars, zehn Fuß vom Propeller der Maschine entfernt. Wieder schaltete der Pilot den Motor ab. Die Mooney war ein kleineres Flugzeug als die Malibu, und die Türen öffneten sich zu beiden Seiten des Cockpits. Landrone und sein Kopilot stiegen als erste aus.

»War Pace schon da?« fragte Landrone, auf den Wachmann zugehend, nahm seine Baseballkappe ab und wischte sich mit der Armbeuge die Stirn.

»Rein und wieder raus«, sagte der Wachmann, wandte sich dem Lieferwagen zu, entriegelte die Türen und öffneten sie. »Acht Kartons.«

»Okay. Wir haben auch acht.«

Der andere Wachmann und der Kunde kletterten jetzt aus dem Flugzeug; beide bückten sich unter den Tragflächen der Maschine und traten dann ins Licht.

»Alles bereit«, sagte der erste Wachmann.

Der zweite nickte. »Okay, dann entladen wir den Kram.«

In diesem Augenblick wandten beide Wachmänner Remberto und Murray den Rücken zu, einer auf jeder Seite des Flugzeugs, aber gerade innerhalb des Hangars und im schwachen Licht, das aus dem Laderaum des Lieferwagens kam.

Was als nächstes passierte, war im voraus besprochen worden; man hatte die Wahrscheinlichkeiten analysiert, die praktischen Dinge festgelegt und sich geeinigt.

»Polizei – keine Bewegung!« schrien Remberto und Murray gleichzeitig und stürzten mit gezogenen Waffen aus ihren Verstekken auf den jeweils auf ihrer Seite befindlichen Wachmann zu. Graver und Last sprangen ebenfalls mit dem Ruf »Polizei!« aus dem Büro, damit es sich anhörte, als sei die Halle voller Polizisten.

Doch die Wachleute erstarrten nicht.

So natürlich, wie ihre Herzen schlugen, griffen ihre Hände nach den Uzis, die sie an Riemen über den Schultern trugen, und wollten sich geduckt umwenden. Weder Remberto noch Murray warteten, bis sie sich mehr als halb umgedreht hatten, ehe sie aus einer Entfernung von wenig mehr als sieben Metern jeder dreimal feuerten, so schnell sie konnten. Ihre Schüsse warfen die Wachleute zu Boden und töteten sie auf der Stelle. Nur Murrays Wachmann war es gelungen, seine Uzi abzufeuern, doch er hatte es nicht mehr geschafft, den Lauf zu heben, so daß die Schüsse aus dem Lauf seinen linken Fuß zerschmetterten und Landrone, seinen Kopiloten und den verblüfften Mann im Geschäftsanzug über und über mit Blut und Betonsplittern bespritzten.

Binnen Sekunden lagen die beiden Piloten und der Kunde am Boden und wurden mit Handschellen gefesselt, während Graver und Last den beiden toten Wachleuten die Uzis abnahmen.

Graver schaltete rasch die Lichter an der Rollbahn aus und ging zu dem Piloten hinüber.

»Ich will, daß dieses Flugzeug verschwindet«, sagte er. »Wir haben unsere Autos in dem Hangar gleich da drüben.« Er zeigte nach rechts. »Ist einer von den beiden anderen Hangars leer?«

»Sie sind beide leer«, sagte Landrone.

Und dann hörten sie das Brummen von Reddens Pilatus.

»Verdammte Scheiße«, fluchte Murray keuchend. Sie alle atmeten schwer von der schnellen Arbeit und vom Adrenalin. Töten ließ den Adrenalinspiegel immer steigen.

Murray wirkte überrascht. Das Schicksal von Eddie Redden war während der Planungsstadien vor einigen Stunden eine heiß debattierte Frage gewesen. Sie alle wollten die letzte Geldladung haben, doch Murray hatte gemeint, sie sollten sie im Hobby Airport übernehmen, wo sie Redden übergeben und in sein Flugzeug geladen werden sollte. Doch dazu hätte einer von ihnen mit Redden gehen und die Verantwortung dafür übernehmen müssen, die Ladung ohne Hilfe an sich zu bringen. Murray behauptete, das sei möglich, wenn man den Vorteil totaler Überraschung habe. Graver war nicht so sicher, und außerdem wollte er in Bayfield nicht auf einen Mann verzichten für den Fall, daß sie eine ganz andere als die erwartete Situation antrafen. Der Plan hatte ja schon verlangt, daß Neuman mit Ledet den Leuchtsignalangriff auf Las Copas flog.

Graver war dafür, Redden allein loszuschicken. Nach einer langen Unterhaltung unter vier Augen mit dem Piloten – bei der Graver ihm versicherte, wenn er verschwände, mit oder ohne Geld, werde er, Graver, ihn bis ans Ende der Welt verfolgen, wenn Redden ihm aber helfe, werde Graver sein Möglichstes zu seinen Gunsten tun, wenn alles vorüber sei – hatte Graver den Eindruck gehabt, Redden sei das Risiko wert. Murray dagegen schwor, sie würden sein krebsrotes Gesicht nie wiedersehen, wenn sie ihn mit der Pilatus abfliegen ließen.

Plötzlich donnerte die Pilatus im Tiefflug über sie hinweg in Richtung Golf.

»Ich glaub's nicht«, rief Murray.

»Wir haben keine Zeit mehr, die Maschine über die Rollbahn zu dem anderen Hangar zu schaffen«, schrie Graver und half Last und Remberto in wilder Eile, die drei Männer aufzurichten und ihre Hände auf dem Rücken aneinander zu fesseln. »Fessel sie Rücken an Rücken und schaff sie in den Lagerraum«, fuhr er Last an, rannte dann in den Hangar zurück und schaltete die Lichter der Rollbahn, die er eben gelöscht hatte, wieder ein.

Remberto war bereits dabei, einen der toten Wachmänner um die Ecke in die Dunkelheit zu schleifen, und Murray griff nach dem anderen; beide Leichen hinterließen eine Spur aus Blut und Schmutz. Graver rannte zum hinteren Ende der Maschine und hob ihren Schwanz an, als Remberto zurückkam, dicht gefolgt von Murray; die beiden packten je ein Ende der Tragflächen und schoben das Flugzeug hinaus auf die Bahn. Als es weit genug entfernt war, um es zu drehen, ohne mit den Tragflächen irgendwo anzustoßen, schwang Graver den Schwanz herum, und zu dritt schoben sie das leichte Flugzeug hinaus in die Dunkelheit in das Unkraut zwischen zwei Hangars, an den vier Leichen vorbei und bis auf die Rückseite des Hangars.

Danach rannte Graver wieder zu den vorderen Türen, packte den Schlauch und begann, das Blut fortzuspritzen. Eine nasse Stelle auf dem Zement vor dem Hangar würde nicht gleich so viele Fragen aufwerfen wie eine blutige.

Graver kam sich vor wie in einem Traum. Großer Gott. Er konnte nicht glauben, daß er soeben zwei Männer hatte töten lassen, um eine kleine Chance zu haben, den Mann zu fangen, für den sie arbeiteten. Jetzt, während er den Boden abspritzte, spie er einen Mundvoll Galle aus und mußte an sich halten, um sich nicht zu übergeben. Sein Gesicht war heiß, und er verspürte eine hartnäckige, schwindelerregende Übelkeit.

Er hörte die Pilatus vom Wasser her näher kommen, als Remberto und Murray aus dem Streifen zwischen den Hangars zurückkehrten.

»Murray«, schrie Graver, »der Wachmann, der bei Redden ist, kennt vermutlich die beiden anderen Wachen.« Er reichte Remberto eine der Uzis und hängte sich die andere über die Schulter.

»Sie dürfen nur zwei von uns sehen, und das auch nur aus der Entfernung.«

»Ich stelle mich in das Dunkel gleich hinter der Ecke«, sagte Murray. »Es ist ein Glücksspiel, auf welcher Seite des Flugzeugs der Wachmann aussteigen wird, aber ich möchte ihn mir schnappen, sobald er einen Fuß auf den Boden setzt. Wir können ihm nicht zuviel Zeit lassen, über das nachzudenken, was er hier sieht.«

Dem stimmten alle zu, doch als Murray um die Ecke verschwand, hatten sie keine Zeit mehr, über ihr weiteres Vorgehen zu diskutieren.

»Lassen wir die Tür des Lieferwagens offen?« keuchte Remberto.

»Vielleicht nur eine«, antwortete Graver. »Der Wachmann wird durch das Cockpitfenster schauen. Wenn er einen guten Blick auf den gesamten Innenraum hat, wird er wissen, daß nicht beide Ladungen drin sind, nicht genug Kartons. Aber vielleicht sollten wir ihn ein *paar* Kartons und die Uzis sehen lassen. Nach denen wird er Ausschau halten.«

Remberto schloß eine Tür und ließ die, die die Innenbeleuchtung kontrollierte, offen.

Die Pilatus kam mit helleren Lichtern als die der beiden anderen Maschinen vom Wasser her so präzise herein, daß sie nicht feststellen konnten, wann sie den Boden berührte. In einem Augenblick flog sie noch, im nächsten rollte sie dahin, als gäbe es keinen merklichen Unterschied zwischen den beiden Bewegungsarten. Sie fuhr die Rollbahn etwas weiter hinunter als die anderen, und als sie wendete, um sich dem Hangar zu nähern, tat sie das ohne Zögern oder Unsicherheit, fast so, als werde sie von einem Computer geflogen.

Gravers Herz klopfte noch immer heftig von der Erregung durch die Schießerei. Und es war nicht gerade hilfreich, daß er sich jetzt Sorgen zu machen begann, der Wachmann in der Pilatus könne etwas sehen, was ihm nicht gefiel, und eine verfahrene Situation erzeugen, in der vielleicht einer von ihnen getötet würde.

»Gehen wir vor dem Licht auf die andere Seite«, sagte Graver,

»sie sollen uns sehen, aber nicht zu gut.« Seine Beine fühlten sich an wie Gummi, und er betete zu Gott, daß sie ihn nicht unerwartet im Stich ließen.

Redden, der vielleicht spürte, was in ihm los war, schaltete die Lichter des Flugzeugs aus, als er die Tür des Hangars erreichte, und jetzt war das einzige Licht, das ihre Gesichter erhellte, das schwache Leuchten, das aus dem Lieferwagen kam. Graver und Remberto sorgten dafür, daß sie es im Rücken hatten.

Die Pilatus hielt an, wie es die anderen getan hatten, etwa vier Meter von der Tür des Hangars entfernt. Dann schaltete Redden den Motor aus.

Einen Moment lang geschah gar nichts. Graver brach der Schweiß aus allen Poren. Die Pilatus war groß genug, um sowohl eine Passagiertür gleich hinter dem Cockpit als auch eine viel größere Frachttür dahinter zu haben. Aber es gab nur eine Cockpittür, und zwar auf der von Murray abgewandten Seite der Maschine.

Die Passagiertür öffnete sich als erste, die Stufen wurden heruntergelassen, und der Kunde trat in die Tür und stieg hinab. Als er den Boden schon fast erreicht hatte, drehte er sich plötzlich um und schaute ins Flugzeug zurück, und in diesem Augenblick hörte Graver Schreie aus dem Innenraum und überraschend vier Explosionen – bam! bam! bam! bam! –, und der Körper eines Mannes flog rückwärts aus der Tür und landete auf halber Treppe beinahe auf dem Kunden.

Der Mann im Geschäftsanzug schrie auf und wich zurück und wurde sofort von Graver gepackt, der ihn in die Dunkelheit zerrte.

»Nicht schießen! Nicht schießen!« schrie Redden aus dem Inneren des Flutgzeugs. »Ich hab' ihn erschossen, Graver! Ich hatte keine Wahl, okay? Haben Sie gehört?«

»Okay, Redden«, schrie Graver. »Werfen Sie die Waffe nach draußen und kommen sie mit erhobenen Händen aus der Maschine.«

»Okay!Okay!«

Eine Automatik flog aus der Tür und schlitterte über den Boden. Das bedeutete natürlich überhaupt nichts. Er konnte trotzdem noch bewaffnet sein. Doch Redden erschien mit erhobenen Händen in der Tür, und Murray kam unter der Nase des Flugzeugs hervor und trat an die Treppe.

»Der Hurensohn hat was gerochen«, erklärte Redden von der obersten Stufe aus. »Er war vom Start an mißtrauisch, weil ich ohne Kopiloten erschien. Passen Sie auf seine gottverdammte Uzi auf« – Redden nickte in Richtung auf den Körper am Fuß der Treppe – »sie ist gespannt und entsichert.«

»Kommen Sie runter«, sagte Murray, seine .45er auf Reddens Brust gerichtet.

Am Fuß der Treppe mußte Redden aufpassen, um nicht das Gleichgewicht zu verlieren, als er über den Leichnam des Wachmanns hinwegstieg, und in dem Augenblick, in dem er den Boden berührte, fesselte ihm Remberto die Hände hinter dem Rücken.

»Niemand sonst in der Maschine?« fragte Graver.

»Nein, das war's. Aber das Geld ist drin, zehn Kartons.«

Graver fühlte sich wie ein Mann, der gerade ohne jede Schramme eine Explosion überlebt hat. Alle drei Geldladungen waren am Boden. Keiner seiner Leute war verletzt. Er hatte zwei der drei Kunden. Beide konnten aus ihrer jeweiligen Perspektive erheblichen Aufschluß über Kalatis' Operationen geben.

Doch trotz der Ruhe nach dem Sturm und der Erleichterung, allen Tragödien entgangen zu sein, die ihnen hätten zustoßen können, war ihm bewußt, daß Kalatis entkommen war. Was auch immer Kalatis arrangiert hatte, um das Geld in seinen Besitz zu bringen, war mit den Wachleuten und dem Fahrer des Lastwagens gestorben. Die Klienten wußten nichts von dem, was nach der Lieferung mit dem Geld hatte geschehen sollen. Und jeder, der es gewußt hatte, war nun tot. Graver war tatsächlich dadurch, daß sie die Mittelsmänner so sauber ausgeschaltet hatten, von Kalatis abgeschnitten. Er hatte ihn nicht einmal mit eigenen Augen gesehen, außer auf Fotos. Das, was er am meisten gewollt hatte, war ihm entgangen, und allein diese Frustration verwandelte den Rest seines Glücks in säuerliche Enttäuschung.

Plötzlich begann die Dunkelheit zu pochen und sich zu verdichten, und sofort stieg die Übelkeit Graver wieder in die Kehle, als mit betäubendem Lärm ein schlanker, schwarzer Hubschrauber über den Bäumen auf der anderen Seite der Rollbahn erschien. Fast unsichtbar hing er in der Nachtluft, seine Lichter blinzelten vor den Sternen, und seine schwach erleuchteten Fenster glotzten sie aus hundert Fuß Entfernung wie die Augen einer riesigen Heuschrecke an. Seine Mammutrotoren peitschten eine unsichtbare Wolke aus Sand und Staub auf, die auf sie einprasselte, als hackten Messer die schwarze Nacht in Schlackenstücke.

80

Remberto und Murray zogen sich mit Redden rasch in den Hangar zurück und schoben sich in die Dunkelheit hinter der Fahrerkabine des Lieferwagens, wo Last Landrone, seinen Kopiloten, und den Kunden festhielt, der mit ihnen geflogen war.

Graver sicherte seine SIG-Sauer und rammte sie in das Halfter. Er wartete neben der Tragfläche der Pilatus. Wenn es Kalatis war, dann hatte Graver nicht die Absicht, eine Schießerei zwischen den beiden Gruppen von Männern zuzulassen. Es gab schon zu viele Leichen; er wollte nicht die Ursache für eine weitere sein. Kalatis konnte sein Geld haben – aber Graver wollte zuerst mit ihm sprechen.

Der riesige Bell LongRanger schaukelte leicht, als er aus der Dunkelheit hinabsank und den Boden berührte; die düsengetriebenen Rotoren wechselten den Ton, als sie kein Gewicht mehr zu tragen hatten, und verlangsamten wimmernd und pfeifend ihre Drehungen.

Ein paar Augenblicke lang geschah im Hubschrauber gar nichts, bis die Rotoren sich nur noch so langsam drehten, daß das Auge ihrer Bewegung folgen konnte, und schließlich stillstanden. Graver wartete, wo er war. Die Türen öffneten sich. Graver wäre nicht überrascht gewesen, den haarigen, schwarzen Körper des Teufels aussteigen zu sehen, behuft und gehörnt und nach seiner eigenen Korruption und dem Tod stinkend, über den er immer regierte, selbst in dieser Nacht, und der über ihnen allen lag.

Doch statt dessen entfalteten sich die Stufen, und ein mittelgroßer Mann in mittleren Jahren trat allein aus dem Helikopter. Er trug einen beigen Anzug ohne Krawatte und ging auf Graver zu. Als er näher kam, sah Graver, daß sein Haar schütter wurde und sein Anzug zerknittert und vernachlässigt wirkte, und als Graver sich von der Tragfläche der Pilatus löste und auf ihn zuging, merkte er, daß ihm das Gesicht vertraut war. Als sie noch dreißig Fuß voneinander entfernt waren, erkannte Graver den Mann und blieb stehen.

»Geis«, sagte Graver.

Der Mann blieb ebenfalls stehen. Er sah Graver mit gleichmütigem, aber ernstem Gesicht an.

»Sehr gut«, sagte er. »Das ist beachtlich.«

Die Fotos vom Brunnen kamen Graver in den Sinn. Der Mann am Brunnen. Geis. Wie Arnette gesagt hatte, war dieser Geis da vor ihm eine unauffällige Erscheinung. Der Mann strahlte ... gar nichts aus. Sein Aussehen war so nichtssagend, daß er nahezu unsichtbar gewesen wäre, wenn man ihm auf der Straße oder in einem Einkaufszentrum oder im Straßenverkehr begegnet wäre. Er war in jeder Hinsicht uninteressant.

»Was machen Sie hier?« fragte Graver.

»Übergeordnete Interessen, Graver. Übergeordnete Interessen.« Er nickte zu seinen eigenen Worten. Er sprach sie müde, als habe er einen langen Tag hinter sich, wolle sich aber nicht darüber beklagen. »Was, äh ... Ist das ganze Geld hier?«

Graver zögerte, ohne zu wissen warum. Höchstwahrscheinlich wußte Geis verdammt gut, wo das Geld war.

»Es ist alles hier«, sagte Graver.

»Was ist mit Panos Kalatis?«

»Ich weiß nichts über Panos Kalatis.«

Geis seufzte und nickte. »Wußten Sie, daß vor ungefähr einer Stunde sein Haus in die Luft geflogen ist?«

»Das wußte ich nicht.«

»Riesenknall. Alles im Arsch.«

Geis nickte und beugte sich dann zur Seite, um an Graver vorbei zum Eingang des Hangars zu blicken. Sein billiger, lose sitzender Anzug betonte seine runden Schultern und seine plumpe Statur. Graver fiel auf, daß die Ärmel seines Jacketts ein wenig zu lang waren und ihm bis auf die Hände reichten.

»Sie haben da hinten Leute mit Waffen, nehme ich an«, bemerkte Geis freundlich. Genauso hätte er Graver fragen können, ob er schon wisse, wie er nach Hause komme.

Graver sagte nichts.

»Tja, sehen Sie«, sagte Geis, richtete sich auf und steckte die plumpen Hände in die Taschen seiner ausgebeulten Hose, »ich, äh, ich werde das Geld mitnehmen müssen.«

»Wohin?«

»Nun, eben mitnehmen.«

»Das glaube ich nicht«, sagte Graver.

Pause.

»Ist alles in dem Hangar da, im Lieferwagen?«

Graver sagte nichts.

»Ich glaube nicht, daß alles in dem Lieferwagen ist«, sagte Geis fast wie zu sich selbst. »Sie hatten noch keine Zeit, die Pilatus zu entladen.«

Pause.

Graver drehte sich halb zum Hangar um und rief über seine Schulter: »Benutzt das Funkgerät und ruft Westrate an«, sagte er. »Ruft Verstärkung her. Sagt ihnen, wer hier ist.«

»Tun Sie das nicht«, sagte Geis rasch, aber nicht dringlich. »Ich meine, wir werden hier weg sein, ehe jemand kommen kann, aber wenn wir ohne das Geld fliegen, ist das sehr, sehr schlecht. Warten Sie noch mit dem Anruf. Ich werde Ihnen zeigen, was ich meine.«

Geis' Kaltblütigkeit in Gegenwart von soviel Tod bewirkte, daß Graver seine Worte ernst nahm. Er hob die Hand, drehte sich um und schaute zum Hangar.

»Wartet noch!« rief er. Er wandte sich Geis zu. »Wenn Sie CIA sind, sollten Sie das besser beweisen. Ich werde Ihnen ohne eine sehr überzeugende Autorisation das Geld nicht geben.« Er zögerte kurz. »Ich meine das ernst.«

Geis winkte in Richtung Hubschrauber, ohne sich umzudrehen. »Ich werde es Ihnen zeigen«, wiederholte er.

Die Tür des Helikopters öffnete sich erneut, und ein Mann trat heraus, der ein Telefon trug. Er joggte zu ihnen hinüber. Er gab Geis den Apparat, trat ein paar Schritte zurück und wartete. Geis drückte einen Knopf auf dem schwarzen Gerät, lauschte einen

Augenblick und sagte dann: »Geben Sie ihm den Apparat.« Er reichte Graver den Hörer.

Graver nahm ihn und hielt ihn ans Ohr. »Hallo«, sagte er.

»Captain, hier spricht Neuman.«

»Casey? Wo sind Sie?«

»Ich weiß nicht genau.«

»Was meinen Sie damit? Was ist los?«

»Na ja, sie halten uns irgendwo fest.«

»Sie und Ledet?«

»Ja.« Pause. »Und Lara und Ginette Burtell.«

Graver hätte den Hörer beinahe fallen lassen. Seine Muskeln wurden schlaff, als sei er stundenlang geschwommen, als habe er keinerlei Kraft mehr, nur noch zitternde Muskeln.

»Ich möchte mit Lara sprechen«, sagte Graver.

»Ich werde sehen...«

Pause.

»Hallo?« Lara klang verängstigt. Das war unverkennbar. Zwei Silben genügten.

»Lara, bist du okay?« fragte Graver, Geis fixierend.

»Ja. Ja, wir sind okay. Sie sind ins Haus eingebrochen...« Sie begann zu weinen, hielt inne, fand ihre Stimme wieder. »Es tut mir leid... mein Gott...«

Sie sind ins Haus eingebrochen? Gravers Kehle wurde eng. Nun war wieder Neuman in der Leitung.

»Wir sind alle in Ordnung«, versicherte Neuman ihm.

»Keiner ist verletzt...?«

»Nein, nein, alles in Ordnung, nichts dergleichen.«

»Okay«, sagte Graver. »Macht euch keine Sorgen. Alles wird gut. Wir regeln das. Verstanden?«

»Ja, Captain... ›Geis‹ ist Strasser...« Die Leitung war tot.

Strasser.

Der plumpe Mann griff nach dem Telefon, nahm es Graver ab und reichte es dem Mann zurück, der es aus dem Hubschrauber gebracht hatte.

»Sie sind Brod Strasser?« Graver kam sich vor wie ein Narr. Er hatte keinen tieferen Einblick in diesen Alptraum gehabt als ein Kind. Die Überraschung war lähmend. Nicht nur das, er wußte, daß Strasser jeden umbringen würde, den er in seiner Gewalt hatte, wenn ihm keine andere Wahl blieb.

»Hier passieren einfach eine Menge Dinge, die Sie nicht verstehen, Graver«, sagte Strasser.

»Das bezweifle ich nicht.« Graver schämte sich beinahe seiner Dummheit. Er hatte das Leben aller aufs Spiel gesetzt. Irgendwo unterwegs hatte er zugelassen, daß er in einen Strudel von Selbsttäuschung geriet. Hier, angesichts dieses mächtigen, unordentlichen kleinen Mannes, erkannte Graver plötzlich, wie schrecklich er in die Irre gegangen war. Nun drohte diese banale, gefährliche Kreatur mit vier weiteren Toten. Graver war entsetzt über das, was er getan hatte.

»Wissen Sie, was Kalatis gemacht hat?« fragte Strasser. Seine Stimme brachte Graver in die Gegenwart zurück.

»Ich habe angenommen, daß Sie beide ein weiteres Grab ausgeraubt haben.«

»Tja, da haben Sie es. Genau deshalb stehen wir hier. *Wir* haben überhaupt nichts gemacht. Panos wollte alles für sich. Ich habe Panos Kalatis mit ziemlicher Sicherheit zum letzten Mal gesehen. Hier sind insgesamt vierzig Millionen Dollar. Sogar noch ein bißchen mehr. Das war die letzte ›Sammlung‹ aus einer ganzen Reihe von Sammlungen, die Panos hinter meinem Rücken durchgeführt hat. Er hat schon mehr als« – Strasser beugte sich Graver entgegen, um seine Worte zu betonen, die Hände an den kurzen Armen noch immer in die Hosentaschen gestemmt – »mehr als hundert Millionen beiseite geschafft... bei diesem Geschäft. ›Unser‹ Geld, sozusagen.«

Strasser richtete sich auf. »Aber er hätte hundertvierzig Millionen gehabt, wenn ich die Blutung nicht gestillt hätte. Ich habe überall auf der Welt Männer, die meine Interessen vertreten, Graver. Manchmal bestehlen sie mich lange Zeit, ehe ich sie erwische. Panos war darin besser als die meisten anderen. Der dumme Mistkerl.«

»Hat er seine Brücken verbrannt? Sind deshalb alle gestorben?«

»Nun, nicht alle. Tisler, Besom, ja, natürlich. Faeber, Gilbert Hormann, ja. Aber Burtell arbeitete für mich, und er kam dahinter, daß er... daß er benutzt wurde.«

»Daß Sie nicht CIA waren.«

Strasser zuckte kurz mit den Schultern.

»Was ist mit Sheck?«

»Ach, Sheck war einfach... wissen Sie, zur falschen Zeit am falschen Ort. Das passiert Leuten wie Sheck. Wenn er letzte Nacht nicht dort gewesen wäre, wäre er in einer anderen Nacht anderswo gewesen.«

»Großer Gott.« Graver traute seinen Ohren nicht.

»Kalatis«, sagte Strasser kopfschüttelnd. »Die Sache begann sich aufzulösen. Zu schade. Da ist diese Vorstellung, eine bürgerliche Vorstellung, die Sie sogar bei den unbürgerlichsten Leuten finden – bei Kalatis zum Beispiel –, daß ein Mensch nicht sein ganzes Leben lang arbeiten müssen sollte. Das ist einfach eine bizarre Vorstellung, wenn man darüber nachdenkt. Ich meine, woher *kommt* sie? Das hat Kalatis in Schwierigkeiten gebracht. Er wollte dieses Geld um sich ›zur Ruhe zu setzen‹. Er wollte sich einfach zurücklehnen und für den Rest seines Lebens junge Mädchen vögeln.«

»Strasser. Strasser.« Das war Victor Last, der hinter Graver aus dem Hangar kam, wo er eigentlich die Piloten und die beiden übrigen Kunden festhalten sollte. Beim Klang seiner Stimme, die Strassers Namen rief, fühlte Graver sich, als sei er einem verletzenden, kalten Luftzug ausgesetzt. Er wußte auf der Stelle Bescheid. Verrat war eine höchst populäre Sünde.

»Zwei Drittel von dem Geld sind noch in den Flugzeugen«, keuchte Last, während er auf sie zulief und Graver einen verlegenen Blick zuwarf.

Strasser lächelte gutmütig. Es war das erste Mal, daß sein Gesicht überhaupt einen Ausdruck zeigte.

»Tja, Vic, dann wollen wir mal alles herausholen«, sagte er. Er sah Graver an. »Ich vermute, das überrascht Sie«, sagte er und wies mit dem Kopf auf Last.

»Ja, das überrascht mich.« Graver wandte sich an Last. »Wie lange arbeitest du schon für ihn, Victor? Von Anfang an?«

Last wußte nicht recht, wie er sich verhalten sollte. Wenigstens hatte er noch genug Skrupel in seiner Seele behalten, um sich zu schämen. Lahm murmelte er etwas von »rein geschäftlich«.

»Wir hätten nicht gewußt, wo Sie heute nacht sind, wenn Vic nicht gewesen wäre«, erklärte Strasser. »Er trägt ein paar Piepser mit Spezialfrequenz. Einer blieb die ganze Zeit eingeschaltet, daher wußten wir, wo Sie sind. Und dann, als er sicher war, wo das Geld sein würde, schaltete er auch den zweiten ein, und wir flogen einfach dem Signal nach.«

Strasser drehte sich um, winkte wieder in Richtung Flugzeug, und ein anderer Mann sprang heraus. Strasser wandte sich wieder an Last. »Wo ist die andere Maschine?«

»Hinter dem Hangar. Sie haben sie hingeschoben.« Last war von einer einschmeichelnden Hilfsbereitschaft. Er sah Graver nicht wieder an. Wie ein Neunauge hing er fest an Strassers weichem Wirtsbauch. Last würde aus seiner Nützlichkeit bei dieser Sache genug herausholen, um seinen eigenen bürgerlichen Ruhestand zu sichern.

»Bring diese Burschen dorthin«, sagte Strasser zu Last, als der zweite Mann sich dem Mann mit dem Funktelefon anschloß.

Graver drehte sich um und winkte Remberto und Murray zu sich. Er sah Strasser an.

»Ich muß ihnen sagen, was hier vor sich geht.«

Strasser nickte verständnisvoll.

Als Remberto und Murray näherkamen, war klar, daß sie »Geis« ebenfalls erkannten.

»Das ist Brod Strasser«, sagte Graver. Remberto und Murray schauten von Graver zu Strasser, der einfach dastand, die Hände in den Taschen, als warte er auf einen Aufzug. »Kalatis hat ihm Geld ›gestohlen‹. Er hat anscheinend schon über hundert Millionen auf die Seite geschafft. Da drüben sind vierzig Millionen«, sagte er, in Richtung Hangar nickend. »Strassers Leute haben Ledet, Neuman, meine Assistentin aus dem Büro und Ginette Burtell. Er will das Geld haben.«

»Hei-lige Scheiße«, fluchte Murray.

Remberto blickte Strasser an, als habe er das alles schon mal gesehen. Das war das Drogengeschäft.

»Mr. Strasser«, schrie einer von Lasts Helfern, »es wird einfacher sein, die Maschine herüberzuschieben. Es ist eine kleine Mooney. Wir könnten den Scheinwerfer des Hubschraubers brauchen.«

Strasser drehte sich um, ging zurück zum Helikopter und wies den Piloten an, den Scheinwerfer einzuschalten.

»Haben Sie mit Neuman geredet?« fragte Remberto schnell, als Strasser sich entfernte.

»Ja, habe ich. Und mit meiner Assistentin. Sie war mit Ginette Burtell in meinem Haus.«

»Dann *haben* Strassers Leute sie tatsächlich in ihrer Gewalt?« sagte Murray.

Graver nickte. »Ich fürchte ja.«

Als Strasser zu ihnen zurückkam, schauten alle nach dem Strahl des Scheinwerfers, der zwischen die beiden Hangars fiel, und sahen, wie die drei Männer die Mooney umdrehten und dann anfingen, sie zwischen den zwei Gebäuden auf sie zuzuschieben.

»Ich sehe da drüben ein paar Leichen«, bemerkte Strasser beiläufig. »Die Wachleute?«

»Ja«, sagte Graver. »Einer von ihnen tötete –«

Die Explosion erfolgte in einem Doppelschlag: zuerst die Bombe, dann der Treibstofftank der Mooney. Beide zusammen erzeugten einen Minirauchpilz, der sich zwischen den beiden Hangars erhob, und ließen das Flugzeug, Strassers zwei Männer und Last in einem fluoreszierenden Blitz in Flammen aufgehen. In die Luft gesprengt wurden auch die dreizehn Millionen Dollar, die hoch in den Nachthimmel flogen, und als der Pilz nach ein oder zwei Sekunden ausgebrannt war, war das einzige Feuer am Himmel eine Wolke von treibendem, schwebendem, flatterndem Geld in der Luft, einzelnen Scheinen, die einschrumpelten wie fallende Blätter, brennende Blätter, ein Herbst aus entflammten Millionen.

Alle starrten verblüfft dem brennenden Vermögen nach, das langsam niedersank wie die Funken eines Feuerwerks.

Und dann brüllte Strasser: »Allmächtiger! Gottverdammt, seine verfluchte Seele soll zur Hölle fahren! Dieser Hurensohn . . .«

Alle hatten im selben Moment den gleichen Gedanken: Kalatis' Leute hatten vermutlich Bomben in allen Flugzeugen gelegt. Alle Piloten waren in dem Augenblick zum Tode verurteilt, in dem sie ihre Maschinen entluden und wieder abflogen. Kalatis hatte nahezu reinen Tisch gemacht.

»Die Pilatus«, krächzte Strasser. Wenn die Pilatus in die Luft flog, würde sie den Lieferwagen mitnehmen. Vierzig Millionen in Flammen.

Remberto und Murray und Graver rannten zu Reddens Flugzeug, hoben seinen Schwanz an und zerrten es von den Türen des Hangars weg. Da Last und Strassers Leute die Mooney gerade erst angeschoben hatten, befand sie sich noch neben dem hinteren Teil des Hangars, als sie explodierte, und die Wucht der Explosion hatte die hintere Wand des Hangars in das Büro gedrückt. Redden, Landrone, Landrones Kopilot und die beiden Kunden konnten das nicht überlebt haben.

Remberto kletterte in den Lieferwagen, ehe ihn jemand anderer erreichen konnte. Er legte den Rückwärtsgang ein und fuhr mit brüllendem Motor den ganzen Weg bis hinaus zum Hubschrauber, dessen Rotoren sich schon wieder zu drehen begannen. Während Murray und Graver sich rennend von der Pilatus entfernten, sprangen zwei weitere Männer aus Strassers Helikopter und rannten auf die Pilatus zu, während Strasser ihnen Anweisungen zuschrie. Sie liefen an Graver und Murray vorbei, die ungläubig herumfuhren und entsetzt zusahen, wie die beiden Männer in das noch immer offene Cockpit kletterten, wie Strasser ihnen befohlen hatte. Strasser selbst beobachtete ohne jede sichtbare Emotion, wie die beiden Männer seinetwegen dem fast sicheren Tod entgegengingen. Er hätte an einem Spieltisch stehen können, wo Leben und Tod nicht auf dem Spiel standen. Doch er stand an keinem Spieltisch. Und Leben und Tod standen auf dem Spiel.

Der Propeller der Pilatus sprang an, und fast gleichzeitig kam einer der Männer mit einem Aktenkoffer aus dem Cockpit geklettert, mit dem er in der Dunkelheit verschwand, während die Pilatus sich drehte und von dem brennenden Hangar entfernte und zu dem Helikopter und dem Lieferwagen auf die Rollbahn hinausfuhr.

Nach einem Augenblick kam der Mann ohne den Aktenkoffer aus der Dunkelheit gelaufen, so schnell er konnte, und war auf der Rollbahn, als die Bombe hochging. Ein weiterer roter Pilz erleuchtete das Flugfeld, und sie konnten die Hitze der Explosion spüren; sie war von den Hangars entfernt und richtete keinen Schaden an. Der Feuerball verschwand schnell, und die Dunkelheit kehrte in den Raum zurück, aus dem sie vertrieben worden war.

Erst in diesem Augenblick wurde Graver bewußt, daß die beiden Hangars seit der ersten Explosion in Flammen gestanden hatten und im zweiten ihre Autos verbrannten.

81

Graver, Remberto und Murray standen auf der Rollbahn und sahen zu, wie Strassers Leute die Pilatus und den Lieferwagen entluden und die Kartons mit Bargeld in den Rumpf des Hubschraubers trugen. Als alles fertig war, kam Strasser zu Graver herüber.

»Das waren zweiundzwanzig Millionen«, sagte Strasser. »Wissen Sie, wieviel in die Luft geflogen ist? *Achtzehn* Millionen. Die größte Ladung war im kleinsten Flugzeug.« Er schnaubte. »Ich weiß nicht, wie Panos das angestellt hat.«

»Woher weiß ich, daß meine Leute in Ordnung sind?« fragte Graver.

»Sie sind in Ordnung«, sagte Strasser. Er hob das Telefon, das er bei sich hatte, und drückte erneut auf einen Knopf. Er hörte einen Moment zu. »Ich bin's. Gebt mir fünfzehn Minuten und laßt sie dann in Frieden. Wenn ihr geht, sagt ihnen, sie sollen diese Nummer anrufen.«

Er tippte mehrere Nummern in den Apparat, lauschte, drückte einen anderen Knopf und reichte das Telefon Graver.

»Hier«, sagte er. »Ihre Leute werden Sie in fünfzehn Minuten anrufen. Aber von dem Apparat aus können Sie jetzt nicht mehr selbst anrufen. Ich habe ihn ausschließlich auf Empfang gestellt.« Er schaute auf den noch immer brennenden Hangar. »Ich denke, jetzt ist ohnehin jemand hierher unterwegs«, sagte er. Er musterte Graver. »Das war eine teuflische Geschichte für Sie, was?«

»Ja«, sagte Graver.

»Was haben Sie gemacht, die Bürokratie umgangen?«

»Was meinen Sie?«

»Die ganze Sache hat für Sie vor fünf Tagen angefangen, als Arthur Tisler tot aufgefunden wurde. Und jetzt stehen Sie hier und reden mit mir. Um Ihnen die Wahrheit zu sagen, das überrascht mich sehr. Ich bin kein prätentiöser Mensch, Graver. Ich halte nicht viel davon, allerhand Wind zu machen, aber ich weiß, wie ich Dinge handhaben muß. Ich weiß, daß ich gut bin in dem, was ich tue. Unter normalen Umständen wären Sie mir in fünf Jahren nicht so nahe gekommen, geschweige denn in fünf Tagen.«

»Tja«, sagte Graver und wischte sich mit dem Hemdsärmel, der jetzt voller Ruß und Schmutz und Schweiß war, die Stirn ab, »das waren keine normalen Umstände.«

»Nein, das stimmt«, räumte Strasser ein, »das stimmt. Aber trotzdem bewegt die Bürokratie sich nicht so schnell, wie Sie sich in diesen letzten fünf Tagen bewegt haben.« Er sah Remberto und Murray an. »Und ich glaube nicht, daß diese beiden Polizisten sind.«

»Sagen Sie mir eins«, sagte Graver. »Habe ich noch immer jemanden im Police Department, der Dreck am Stecken hat?«

»Mann, ich habe keine Ahnung.« Strasser zuckte beiläufig mit den Schultern. »All das war Panos' Sache. Ich hatte nie damit zu tun, außer, daß ich Faeber und Hormann mittels Strohfirmen aufgekauft habe. Im Grunde habe ich Kalatis' Unternehmungen nur finanziert. Alle Details waren seine Sache. Ich bin bloß hier, wissen Sie, weil man, wenn man Geschäftspartner wie Panos hat, jemanden braucht, der sie die ganze Zeit beobachtet. Einige meiner Leute bei seinen Geschäften, Leute, von denen er nicht wußte, daß es meine waren, sagten mir, sie glaubten, er sei dabei, mich zu bescheißen. Panos hat allerhand auf dem Kasten. Wissen Sie irgend etwas über ihn?«

»Ja, ich weiß, daß er Yosef Raviv ist. Ich kenne seinen Hintergrund beim Mossad, all das.«

»Teufel, was Sie nicht sagen.« Strasser nickte und sah Graver bewundernd an. »Also, okay, dann wissen Sie, wie gut er ist. Brachte alles in einzelnen Fächern unter. Dieser ›Beschiß‹ also – keiner wußte viel darüber, weil er keinem davon erzählte. Deswegen machte ich mich an Burtell heran. Er hatte Tisler und Besom schon in Verdacht, also gab ich ihm alles, sagte, ich sei CIA – was ihn daran hinderte, Sie einzuweihen, wissen Sie, in höherem Auftrag –, und er kam der Sache auch beinahe auf den Grund. Aber er war verdammt viel schlauer als gut für ihn war. Er kam mir ungefähr um die gleiche Zeit auf die Schliche, als er herausfand, was Kalatis machte.

Wie auch immer, Panos war mein größter Erfolg und gleichzeitig mein schlimmster Fehler. Wie bei allen Vorschlägen, die viel einbringen, war auch das Risiko hoch.«

»Dann ist er also verschwunden... zusammen mit hundert Millionen.«

Strasser verschränkte seine plumpen Arme und sah sich nach dem Helikopter um. Der Pilot hatte die Turbos angeworfen, und die Rotoren begannen zu jaulen.

»Tja, das Geld zurückzukriegen, ist so eine Sache«, sagte er. »Ich werde sehen, ob ich es schaffe. Das ist ein Vielleicht.« Er wandte sich wieder um und schaute erneut Graver an. »Aber Panos... Panos ist kein Vielleicht. Panos ist eine sichere Sache.«

Die Rotoren des Bell-Hubschraubers gewannen erstaunlich schnell an Geschwindigkeit und durchschnitten die Nachtluft.

»Sir«, schrie ein Mann über ihr anschwellendes Dröhnen hinweg, »wir müssen abfliegen.«

Strasser winkte mit einem dicklichen Arm, ohne sich umzudrehen.

»Wie viele Leute sind da drinnen verbrannt?« fragte er.

»Zwei Piloten, ein Kopilot und zwei Geschäftsleute, die ihre Geldlieferungen begleiteten. Ich weiß nicht einmal, wer sie sind.«

Strasser nickte und schaute nach den beiden brennenden Hangars.

»Hätte schlimmer sein können«, sagte er, wandte sich um und ging dem Helikopter entgegen, dessen Rotoren jetzt die Luft peitschten und sich zu dem vertrauten Whumpwhumpwhump hocharbeiteten, ehe er abhob.

Strasser kletterte in den Hubschrauber, und die Tür wurde geschlossen. Er saß mit dem Rücken zum Cockpit, und Graver konnte sehen, wie er seinen Sitzgurt schloß, und dann konnte er Strassers Gesicht sehen, das sich durch das Fenster ihnen auf dem Asphalt zuwandte. Gleich darauf hatten die Rotoren die richtige Geschwindigkeit erreicht, und die Maschine wurde leicht auf ihren Kufen und erhob sich in die Dunkelheit. Graver schaute auf ihren Bauch, als sie seitwärts zu schweben begann und sich dem Golf am

Ende der Rollbahn näherte, mit der Nacht verschmolz, Schwarz auf Schwarz, als die Dunkelheit sie verschluckte.

AUGUST

82

Ende August erliegen die Brisen, die gewöhnlich die italienische Küste bei Amalfi begünstigen, dem Spätsommer und werden an den langen Nachmittagen schwach und lustlos. Es gibt dort eine Villa von rehbrauner Farbe, die sich an die felsige Küste über dem Golf von Salerno schmiegt und eine Aussicht hat, die die Insel Capri streift und über die fünfzehn Meilen des Tyrrhenischen Meers hinweg bis Sardinien reicht. Sie ist ein Kleinod von einer Villa mit einer Terrasse, die am Rand der Klippe hängt und von der aus der Blick über das blaue, lebhafte westliche Mittelmeer sich ungehindert bis zum Horizont erstreckt.

Panos Kalatis lag nackt auf einer Strandliege. Er lag auf dem Bauch, die Arme unter dem Kopf gefaltet. Er war wunderbar gebräunt, und sein elegant ergrauendes Haar war glatt aus der Stirn gekämmt. Zwanzig Fuß entfernt glitzerte der Pool, in dem er und Jael geschwommen waren, in den Strahlen der Sonne, die im Westen ihren Abstieg bereits zur Hälfte absolviert hatte.

Jael, ebenfalls nackt, kniete rittlings über Kalatis. Auch sie war tiefbraun, und ihr langes, nasses Haar war am Hinterkopf zusammengefaßt und locker mit einer Haarnadel festgesteckt. Sie hatte die hohle Hand mit Öl gefüllt und rieb Kalatis mit ihren langen Fingern den Rücken ein. Der Geruch von Kräuteröl auf seinem Rücken, von der Sonne erwärmt, füllte Kalatis' Nüstern mit einem Duft, der so alt war wie die Küste von Amalfi selbst. Während Jael ihn massierte und die Sonne seine Rückenmuskeln wärmte, spürte Kalatis die doppelte Rundung ihres Gesäßes auf seinem eigenen hin und her rutschen, wenn sie mit den geölten Händen auf seinem Rücken auf und ab fuhr.

Kalatis wurde träge und gestattete sich das leichtgewichtige Gefühl des Dahintreibens, eine schwache Erregung bei der Berührung der weichen Innenseiten von Jaels Oberschenkeln an seinen Hüften.

Jael beobachtete ihren eigenen Schatten auf den Fliesen der Terrasse, hielt inne, hob die Hand und nahm die dicke Haarnadel aus ihrem langen Haar. Sie schüttelte ihre Mähne, bis sie gerade und glatt fast bis auf ihre Taille fiel.

Sie nahm die dicke Nadel in die linke Hand und berührte leicht den Punkt an einer bestimmten Stelle zwischen Kalatis' zweitem und drittem Rückenwirbel an der Schädelbasis. Sie richtete die Nadelspitze ein wenig aufwärts und stieß sie dann mit der Handfläche der rechten Hand nach unten, preßte den rostfreien Stahl direkt in sein Rückenmark. Sie setzte sich auf sein Gesäß zurück, bis seine Beine zu zittern aufgehört hatten und er sich nicht mehr rührte.

83

Graver wendete am hinteren Ende des Pools und begann mit der zweiten Hälfte seiner letzten Runde. Er hatte sich auf vierzig Minuten gesteigert, und als sein rechter Arm den Stoß beendet hatte und seine linke Hand den Rand des Pools berührte, hämmerte sein Herz gegen die Rippen wie ein dieselgetriebener Kolben.

Er riß sich die Schwimmbrille vom Kopf und hing nach Luft schnappend am Rand des Pools. Obwohl er keine weitere Runde mehr geschafft hätte, fühlte es sich gut an, sich so verausgabt zu haben. Während er sich ausruhte, wärmte die späte Augustsonne seinen nassen Schädel und brannte sich in die Muskeln seiner Schultern wie eine Rotlichtlampe. Er wartete darauf, daß sein Herz und seine Lungen ihr Gleichgewicht wiederfanden, und spürte, wie sein Körper sanft vom Wasser bewegt wurde, das sich allmählich beruhigte.

Er atmete tief die drückende Nachmittagsluft ein, starrte über den heißen grünen Rasen mit den vereinzelten Sagopalmen und ließ seine Gedanken zum tausendsten Mal zu den jüngsten Ereignissen und ihren Nachwirkungen zurückkehren.

Die obligatorische Suspendierung während der Dauer der Untersuchung hätte ein Segen sein sollen, eine Gelegenheit, sich zu entspannen, seine verausgabten Energien zurückzugewinnen und nachzudenken. Doch es kam anders. Obwohl die Medien am Anfang alle Punkte nur schleppend miteinander in Verbindung gebracht hatten, machten sie nach der Katastrophe von Bayfield die verlorene Zeit wieder gut. Die investigativen Journalisten witterten ein gefundenes Fressen, und binnen einer Woche tauchten jeden Tag »neue Hinweise« auf, und das blieb auch während der glühend heißen Monate Juli und August so.

Der vernichtende Angriff der Medien brachte die Criminal Intelligence Division zum Stillstand, und die Komplexität dessen, was während der fünf heißen Tage im Juni passiert war, versprach eine langandauernde Untersuchung.

Gravers Bericht vor der besonderen Untersuchungskommission war lang und detailliert gewesen, außergewöhnlich detailliert. Für die ganze Periode hatte er fast über jede Stunde seiner Zeit Rechenschaft ablegen können. Er hatte das Labyrinth der Beziehungen zwischen den einzelnen Teilnehmern umrissen und diejenigen, die ihm unterstanden, nicht geschont – so wenig wie sich selbst –, weil sie nichts entdeckt hatten, obwohl er zwei Jahre zuvor ein neues Gegenaufklärungsprogramm entwickelt hatte, das die Entstehung genau solcher Sicherheitslücken verhindern sollte. Er hatte Namen, Verbindungen und Informationen geliefert, die die Kommission in die Lage versetzten, sich unter Strafandrohung ganze Computerprogramme von DataPrint und Hormann Plastics und Gulfstream National Bank and Trust vorlegen zu lassen; er hatte vollständige Kopien von Dean Burtells und Bruce Shecks Computer- und Mikrofilmberichten über ihre Verwicklungen geliefert. Die Details hatten fast zwei Wochen von Hilfskräften zusammengetragen werden müssen, ehe die Verwaltung auch nur den Punkt erreichte, an dem sie ihn suspendieren und die Arbeit der Kommission beginnen konnte. Dann verließ er sein Büro und ging nach Hause.

Das einzige, was ein Problem darstellte, war die Beteiligung von Arnette Kepner und ihren Leuten. Graver hatte sich geweigert, sie als Quelle preiszugeben, und zu seiner Überraschung und Dankbarkeit hatten das auch Casey Neuman und Paula Sale getan. Obwohl sie für die Dauer der Untersuchung ebenfalls suspendiert waren, war ihr Schweigen ein außerordentlicher Vertrauensbeweis. Natürlich würde es einen Weg geben, das Problem zu lösen. Den gab es bei Bürokratien immer, vor allem bei Bürokratien, die sich auf Geheimnisse verließen, um ihr eigenes Überleben zu sichern.

Das lag fast zwei Monate zurück. Er schwamm zweimal täglich. Er trank mehr Wein, als er hätte trinken sollen, aber nicht zuviel. Er nahm zu, aber nicht mehr, als er zunehmen mußte. Seine Gefolgsleute innerhalb des Departments hielten ihn über die Gerüchte und, wenn sie konnten, über die aktuellen Fakten auf dem laufenden. Anscheinend war Westrate sofort umgefallen und hatte das Opfer von Gravers Karriere angeboten, um die Wut der Bürokraten über die Schande zu mildern, die das Department unter der Wolke des Skandals erlitt. Aller Wahrscheinlichkeit nach war Gravers Laufbahn beendet. Das Schicksal von Neuman und Paula war weniger klar; ihre Zukunft hing noch in der Luft.

Von Arnette hörte er kein Wort. Das hatte er erwartet; es war richtig so. Es war ein hartes Geschäft, und gewisse Dinge verstanden sich von selbst. Indem sie ihm in solchem Maß geholfen hatte, hatte sie die ausgemachten Regeln des Spiels weit überschritten. Ihr Schweigen jetzt war nichts weiter als Selbstschutz. Sie hätte dasselbe von Graver erwartet.

Aber Graver war Realist und hatte das Unvermeidliche bereits akzeptiert; er brauchte nicht auf ein Verdikt der noch tagenden Sonderkommission zu warten, um zu wissen, daß er schließlich seines Amtes enthoben werden würde. Er würde noch Glück haben, wenn man ihm einen Teil seiner Pension ließ. Er verbrachte jedoch den größten Teil seiner Zeit damit, über die Ereignisse dieser kurzen Spanne nachzugrübeln. Die Tage gingen unterschiedslos ineinander über, während er die Fehler, die Enttäuschungen und sein Pech immer wieder durchspielte.

All die Toten verfolgten ihn.

Es wäre einfach gewesen, die Schuld anderen in die Schuhe zu schieben. Panos Kalatis und Brod Strasser und ihrem skrupellosen Handel mit der Chemie saurer Träume, ihrem Verkehr mit einer Ware, die unaussprechliche Vermögen bewegte. Es wäre einfach gewesen, Geschäftsleute wie Faeber und Hormann und die namenlosen »Kunden« zu beschuldigen, deren Gier so ungeheuer und dunkel war, daß sie das Licht gewöhnlicher Anständigkeit ausblendete.

Doch wenn er ganz aufrichtig war, konnte er die Schuld nicht so leicht von sich weisen. Er hätte viele der Todesfälle vermeiden können, wenn er sich strikt an seine Aufgabe gehalten hätte, Informationen zu sammeln. Das sagte er sich an manchen Tagen selbst. An anderen Tagen sagte er sich etwas ganz anderes. An den Tagen, an denen er immer wieder die Toten zählte, kam es ihm vor, als wäre jeder, der umgekommen war, ohnehin gestorben, ganz gleich, was er getan hätte. Ihr Schicksal war der Einsatz bei einem Glücksspiel gewesen, das Kalatis und Strasser sich ausgedacht und in Gang gesetzt hatten, ein Spiel, das schon lange lief und gerade zum Abschluß kam, als Graver darüber stolperte. Trotz allem, was er vielleicht tun zu können gemeint hatte, war es die ganze Zeit über seiner Kontrolle entzogen. Ganz gleich, was er hätte tun können, Kalatis wäre trotzdem mit hundert Millionen Dollar verschwunden. Strasser wäre trotzdem mit zweiundzwanzig Millionen abgeflogen. Keiner der beiden Männer würde den Drogenhandel aufgeben. Sie würden einfach zu neuen Ufern aufbrechen. Sie würden sich mit einem anderen Aufgebot an Nebendarstellern umgeben, und im Nu würde der ganze Strom saurer Träume wieder fließen, bis über die Ufer angeschwollen von vernichteten Hoffnungen und dcm menschlichen Treibgut ihres Handels.

Über diese beiden undurchsichtigen Persönlichkeiten war wenig in den Nachrichten zu hören und zu lesen. Ihre Namen erschienen nur zweimal, beide Male am Rande und im Kontext von Gerüchten. Graver hörte, daß ein paar Leute aus dem Außenministerium für einige Tage in der Stadt gewesen waren, und danach waren Kalatis und Strasser ganz aus dem Bild verschwunden, verdrängt durch Geschichten, daß Art Tisler für Sex CID-Informationen verkauft habe. Ausgefallener Sex und korrupte Polizisten waren eine saftigere Geschichte und verbannten schlichte Gier gänzlich aus den Schlagzeilen.

»Federal Express«, sagte Lara, als sie aus der Hintertür des Hauses kam. Sie war im Badeanzug und hatte ein Handtuch und einen großen Umschlag in der Hand.

Graver zog sich aus dem Pool, schüttelte das Wasser ab und ging hinüber zu dem schmiedeeisernen Tisch und den Stühlen, wo sein Handtuch lag. Er trocknete sich ab und sah Lara über den Rasen auf sich zukommen. Sie gab ihm den Umschlag, indem sie ihm damit leicht auf den Bauch schlug. Er nahm ihn, während sie ihr Handtuch auf einen der Stühle warf, zum Rand des Pools ging und hineinsprang.

Graver schaute nach der Adresse des Absenders. Der Brief war in Houston aufgegeben worden. Er öffnete ein Ende des Umschlags und zog eine handgeschriebene Nachricht auf einem einzelnen Blatt Papier heraus.

Jael ist bei ihm geblieben, bis es ihr gelungen war, die Nummern all seiner ausländischen Konten festzustellen. Binnen achtundvierzig Stunden nach der Entdeckung des letzten hatte ich das gesamte Geld, und sie führte ihren Job zu Ende. Sie war eine gute und treue Dienerin.

Ich dachte, das würden Sie gern wissen.

»Geis«

Graver sah sich die erste Fotografie an: Sie war aus einer Position oberhalb des nackten Kalatis aufgenommen worden. Er lag bäuchlings auf einer Strandliege und hatte den Kopf zur Seite gedreht, die Arme unter dem Kopf, als schliefe er. Ein silbern glänzendes Stück Metall von etwa fünf Zentimeter Läge lag waagrecht auf seinem Nacken.

Das zweite Foto war eine Aufnahnme des Metallstifts, der halb aus dem Nacken herausgezogen war; Beweis dafür, daß er zur Gänze dringesteckt hatte.

Das dritte Foto war eine Nahaufnahme der Eintrittswunde mit dem Stift an Ort und Stelle.

Graver schob die Fotografien wieder in den Umschlag und

dachte an die harmlose Gestalt Strassers, wie er auf der Rollbahn gestanden und den Eindruck eines überarbeiteten Vertreters gemacht hatte.

»Was war das?« fragte Lara. Sie war im Wasser am Ende des Pools, wo er gewesen war; ihre Arme lagen auf dem Rand des Pools, und sie schüttelte sich das nasse Haar aus dem Gesicht.

»Bloß noch mehr über die Untersuchung«, sagte Graver. »Die Leute versuchen noch immer, lose Enden zu verknüpfen.«

Er schaute auf den Brief. »Sie *war* eine gute und treue Dienerin.« Die Vergangenheitsform war vielsagend.

Vielleicht war in jener Nacht in Bayfield wirklich der Satan aus diesem schwarzen Helikopter gestiegen. Gravers Fehler war gewesen, daß er nie in so dunklen Begriffen hatte denken können, um wirklich zu verstehen, womit er es zu tun hatte. Arnette hatte das angedeutet. Statt in Begriffen von Informationsmaterial oder Aufklärungsarbeit zu denken, hätte er in weniger handgreiflichen Begriffen denken sollen. Im Grunde hätte er seine Arbeit als einen Kampf von abstrakten Begriffen betrachten sollen.

Seine Laufbahn war der Aufgabe gewidmet gewesen, Licht auf Geheimnisvolles zu werfen, die Dunkelheit durch Wissen zu erhellen, wenn auch durch geheimes Wissen. Jetzt dachte er, daß er all die Jahre das richtige Ziel gehabt hatte, doch er hatte versucht, es mit der falschen Technik zu erreichen. Und vielleicht hatte er sogar an den falschen Orten nach den Antworten gesucht. Vielleicht hätte er sich nicht damit abgeben sollen, Lichter auf die Taten von Menschen zu werfen, denn wenn das Licht schließlich kam, wurde das Wesen der Dunkelheit verändert; es war nicht länger Dunkelheit. Ihm erschien es so, als sei er zu spät im Ablauf der Ereignisse auf den Plan getreten. Vielleicht hätte er statt dessen versuchen sollen, den Charakter der Dunkelheit selbst zu verstehen, zu begreifen, was geschah, wenn die Begierden der Menschen in völliger Abwesenheit des Lichts gebildet und geformt wurden, wenn das Dunkel selbst zu leuchten begann.